KB155591

Die Lebenden und die Toten

DIE LEBENDEN UND DIE TOTEN by Nele Neuhaus
ⓒ by Ullstein Buchverlage GmbH, Berlin. Published in 2014 by Ullstein Verlag
Korean Translation Copyright ⓒ 2015 by Thenan Contents Group
All rights reserved.
The Korean language edition is published by arrangement with Ullstein Buchverlage
GmbH through MOMO Agency, Seoul.

이 책의 한국어판 저작권은 모모에이전시를 통해 Ullstein Buchverlage GmbH사와의 독점 계약으로
(주)더난콘텐츠그룹에 있습니다.
저작권법에 의해 한국 내에서 보호를 받는 저작물이므로 무단전재와 무단복제를 금합니다.

산 자와 죽은 자

Die Lebenden und die Toten

넬레 노이하우스 지음

김진아 옮김

북로드

※ 이 책은 소설입니다.
실존 인물이나 실제 사건과의 유사성은 저자가 의도한 바가 아님을 밝힙니다.

섭씨 3도. 바람 없는 차분한 날씨. 비 예보도 없다.

조건은 완벽하다.

오전 8시 21분.

그녀가 나타났다. 이제 막 동 트기 시작한 무채색 겨울 풍경 속에서 분홍빛 모자가 신호라도 되는 듯 반짝였다. 그녀는 언제나처럼 혼자다. 개 한 마리가 옆을 따를 뿐이다. 개의 유연한 움직임이 어두운 그림자가 되어 앙상한 가지 사이에서 춤을 췄다.

그녀는 항상 똑같은 길로 다닌다. 먼저 란 가에서 쭉 내려가다가 놀이터를 지나 베스터바흐 강에 놓인 보행자 전용 나무다리를 건넌다. 그런 다음 오른쪽으로 꺾어 물가를 따라 달리다가 포장도로가 초등학교 쪽, 즉 왼쪽으로 꺾어지는 곳에서 멈춘다. 거기가 전환점이다. 그러고는 다시 나무다리를 건너 에쉬보른에서 니더회히슈타트까지 죽 이어지는 들길을 달리다가 집으로 간다.

개가 그네 앞 잔디밭에 볼일을 봤다. 그녀는 비닐봉투에 개똥을 담아 교차로 옆 쓰레기통에 버렸다. 그녀가 그의 바로 앞을 지나갔다. 채 20미터도 되지 않는 거리지만 그녀는 그의 존재를 알아채지 못했다. 그는 나무다리를 향해 가는 그녀를 눈으로 좇았다. 비가 온 뒤라 다리가 물기로 검게 번들거렸다. 그녀의 모습이 나무 기둥 뒤로 사라졌다. 그는 진녹색 판초 우의를 뒤집어쓰고 바닥에 엎드렸다. 30분 정도는 기다려야 할 것이다. 한 시간을 기다려야 한다고 해도 큰 문제는 아니다. 인내심이라면 자신 있다.

발아래로 여름에는 그저 가느다란 물줄기에 불과하던 베스터바흐 강이 콸콸 소리를 내며 흘렀다. 주변을 뛰어다니던 까마귀 두 마리가 호기심 어린 시선으로 그를 빤히 쳐다보더니 금세 관심 없다는 듯 시선을 돌렸다. 두꺼운 스키 바지를 뚫고 한기가 느껴졌다. 잎이 다 떨어진 상수리나무 위에서 비둘기 한 마리가 슬피 울었다. 냇가 저편에서 가벼운 발걸음 소리가 들렸다. 젊은 여자가 이어폰을 꽂은 채 음악에 맞춰 춤추듯 달리고 있었다. 멀리서 열차 소리가 나더니 어디선가 딩동댕 하는 종소리가 들렸다.

칙칙한 겨울 풍경 속에 분홍색 점이 떠올랐다. 그녀가 돌아오고 있었다. 그는 심장박동이 빨라지는 것을 느끼며 망원조준경에 눈을 갖다댔다. 호흡을 가다듬으며 오른쪽 손가락을 움직였다. 그녀가 나무다리 쪽 길로 들어섰다. 개는 몇 미터 뒤에 따라오고 있었다.

그는 방아쇠로 손을 가져가며 주위에 사람이 없는지 살폈다. 없었다. 오직 그녀뿐이었다. 그녀는 놀이터 쪽으로 꺾어서 계속 달려왔다. 그녀의 왼쪽 얼굴이 또렷이 보였다. 모든 게 계획대로였다.

방음장치 때문에 정확도가 떨어질 테지만, 80미터 정도라면 문제없다. 요란한 총소리는 불필요한 관심만 불러일으킬 뿐이다. 그는 차분히 숨을 고르며 정신을 집중했다. 목표물을 향해 시야를 좁히며 초점을 맞췄다. 그러고는 가볍게 방아쇠를 당겼다. 묵직한 반동이 쇄골을 때렸다. 레밍턴 코어록트는 순식간에 그녀의 두개골을 박살 낼 것이다.

아니나 다를까 그녀는 아무 소리도 내지 못하고 그 자리에 풀썩 고꾸라졌다. 명중이다. 축축한 땅에 떨어진 탄피에서 하얗게 김이 피어올랐다. 그는 탄피를 주워 외투 주머니에 넣었다. 차가운 땅에 한참 엎드려 있다가 일어났더니 무릎이 약간 저렸다. 그는 재빨리 총을 해체해서 스포츠가방에 넣었다. 판초도 벗어서 함께 쑤셔넣었다. 그런 다음 주위에 아무도 없는지 다시 한 번 살피고 은신처였던 나무덤불에서 나왔다. 그리고 놀이터를 가로질러 차를 세워놓은 비젠바트 수영장 방향으로 걷기 시작했다.

그가 차에 올라 주차장을 빠져나온 시각은 오전 9시 13분이었다.

같은 시각

피아 키르히호프는 휴가 중이다. 지난주 목요일부터 내년 1월 16일까지니까 한 달도 넘는다! 2009년에 크리스토프와 남아프리카에 간 게 마지막이니 제대로 된 휴가를 다녀온 지 벌써 4년이나 됐다. 이번에는 지구를 반 바퀴 도는 여행을 할 것이다. 먼저 에콰도르로 갔다가 배를 타고 갈라파고스 군도로 갈 계획이다. 동물원장인 크리스토프는 종종 주최 측의 부탁으로 고급 크루즈 여행의 가이드를 맡곤 했다. 이번에 피아는 처음으로 그 여행에 따라가게 됐다. 그것도 그의 아내 자격으로!

피아는 침대에 걸터앉아 손가락에 낀 가느다란 금반지를 흐뭇한 표정으로 바라보았다. 시청의 혼인신고 담당 공무원은 크리스토프가 그녀의 왼손에 반지를 끼워주는 것을 보고 약간 당황한 눈치였다. 피아는 심장이 왼쪽에 있으니 반지도 왼손에 끼겠다고 선언했지만 그게 다는 아니었다. 헤닝과 결혼할 때 보통 독일 사람들이 하는 대로 오른손에 결혼반지를 꼈는데 그 결혼이 실패해서 약간 꺼림칙했다. 물론 그 둘 사이엔 아무런 관련이 없다는 걸 잘 알고 미신을 과도하게 믿는 편도 아니지만, 새로운 시작을 앞두고 마음에 걸리는 일을 남겨두고 싶지 않았다. 그리고 다른 이유도 있었다. 사실 이게 결정적인 이유인데, 악수를 할 때 손에 힘을 꽉 주는 사람을 만나면 반지 낀 손가락이 정말 으스러질 듯 아팠기 때문이다.

피아와 크리스토프는 지난 금요일 볼롱가로 궁전 정원에 있는 회히스트 혼인청에서 아무도 모르게 조용히 결혼했다. 가족도 친구도 증인도 없이 정말 비밀리에 치른 결혼식이었다. 남미로 여행을 다녀온 뒤 주위에 결혼 사실을 알리고, 여름이 되면 비르켄호프에서 성대한 파티를 열 계획이다. 한참 동안 생각에 잠겨 있던 피아는 침대에 쌓여 있는 옷가지를 여행가방에 꾹꾹 눌러 담기 시작했다. 두꺼운 점퍼와 스웨터는 필요 없다. 하늘하늘한 여름옷과 티셔츠, 반바지, 수영복이면 충분할 것이다. 피아는 겨울의 추위와 별로 좋아하지도 않는 크리스마스 시즌을 피해 멀리 달아날 수 있다는 게 무엇보다 기뻤다. 선상에서 햇볕을 쬐며 낮잠을 자거나 책을 읽으면서 제대로 한번 게으름을 피워봐야지! 물론 크리스토프는 할 일이 많겠지만, 자유시간도 있을 것이다. 게다가 밤은 온전히 두 사람 차지다. 부모님과 여동생, 오빠에게는 그림엽서를 보내 결혼했다고 알릴 생각이다. 그래, 오빠랑 그 잘난 올케를 빼놓을 수 없지! 헤닝과 이혼한다고 했을 때 올케인 실비아가 한 말이 아직도 귓가에 생생하다. 실비아는 "서른 넘은 여자가 남자를 다시 만나기는 번개 맞을 확률보다 낮다던데"라고 재수 없는 소리를 했다. 하지만 6년 전 6월 어느 화창한 아침, 오펠 동물원 코끼리 우리 안에서 피아는 번개에 맞았다! 그날 그녀는 오펠 동물원 원장 크리스토프 산더 박사를 만났고, 첫눈에 반했다. 상대도 마찬가지였다. 두 사람은 4년 동안 비르켄호프에서 함께 살았고, 마침내 남은 인생도 함께하자는 결론에 이르렀다.

아래층에서 휴대전화가 경쾌한 멜로디를 내며 울렸다. 피아는 계단을 내려가 부엌 식탁에 둔 전화기를 집어들었다. 그녀는 화면을 확인한 후 전화를 받았다.

"저 지금 휴가 중인데요. 원래는 떠난 거나 다름없거든요."

"'원래는'이라는 단어는 상당히 애매한 말이지." 가끔씩 정확한 단어 사용에 꽂혀서 사람을 피곤하게 하는 피아의 상관, 올리버 보덴슈타인이 말했다. "방해해서 정말 미안한데 문제가 생겼어."

"문제요?"

"시체가 발견됐어. 거기서 아주 가까워." 보덴슈타인이 말을 이었다. "난 화재 사건 때문에 처리해야 할 일이 쌓여 있고, 셈은 휴가를 갔고, 카트린은 병가를 냈어. 잠깐 가서 서류만 처리해주면 안 될까? 크뢰거 팀이 아까 출발했으니까 금방 도착할 거야. 나도 여기 일 마무리하는 대로 가서 교대할게."

피아는 머릿속으로 오늘 할 일들을 나열해보았다. 시간은 넉넉했다. 3주 동안 집을 비우기 전에 해둬야 할 일들은 모두 끝냈다. 가방 싸는 거야 30분이면 충분하다. 정말 급한 일이 아니었다면 보덴슈타인이 도움을 청하지 않았을 것이다. 서너 시간 정도 짬을 내 도와준다고 해서 잘못될 건 없다.

"알았어요." 피아는 흔쾌히 대답했다. "어디로 가면 되죠?"

"정말 고마워, 피아." 보덴슈타인은 크게 안도하는 목소리였다. "니더회히슈타트. 거기 큰길에서 슈타인바흐 쪽으로 꺾으면 돼. 한 800미터쯤 가다 보면 들길 나올 거야. 그리로 들어가면 돼. 우리 직원들이 이미 현장에 가 있어."

"네, 알았어요."

피아는 전화를 끊고 손가락에서 반지를 빼 부엌 서랍 속에 넣었다.

"우린 나중에 보자."

＊

언제나 그렇듯 현장에서 무엇이 기다리고 있을지 피아는 몰랐다. 상황실에 출동 사실을 알렸을 때만 해도 그저 "니더회히슈타트에서 여성 사체 발견"이라는 말만 들었을 뿐이다. 피아는 경계를 알리는 이정표가 나오자마자 오른쪽으로 꺾어 아스팔트가 깔린 들길로 들어섰다. 순찰차 몇 대와 구급차 한 대가 서 있는 것이 멀리서도 보였다. 가까이 다가가니 감식반의 파란색 폭스바겐 버스와 관용차 아닌 승용차도 몇 대 보였다. 피아는 덤불이 우거진 풀밭에 차를 세운 뒤 뒷좌석에 있던 베이지색 오리털 파카를 집어들고 차에서 내렸다.

"키르히호프 형사님, 오랜만이에요." 통제선 앞을 지키던 정복 차림의 젊은 순경이 알은체했다. "이 길로 쭉 내려가시면 돼요. 나무가 우거진 데를 지나서 오른쪽이에요."

"네, 고마워요."

피아는 젊은 순경이 알려준 길로 내려갔다. 탁 트인 들판 한가운데 나무들이 작은 숲을 이루고 있었다. 그곳을 돌아 처음 마주친 사람은 호프하임 경찰서의 감식반장 크리스티안 크뢰거였다.

"피아!" 크뢰거가 놀란 얼굴로 외쳤다. "여기서 뭐하는 거야? 원래는……."

"네, 휴가 중이죠." 피아는 웃는 얼굴로 말을 받았다. "보덴슈타인 반장님이 대신 좀 가달라고 해서요. 반장님도 곧 오실 거예요. 반장님

오시면 전 바로 갈 거고요. 그나저나 여긴 어떻게 된 거예요?"

"끔찍한 사건이야." 크뢰거가 대답했다. "노부인인데, 머리에 총을 맞았어. 백주대낮에, 그것도 에쉬보른 경찰서에서 채 1킬로미터도 떨어지지 않은 곳에서 말이야."

"언제요?"

"9시 직전. 시간은 정확해. 자전거를 타고 지나가던 사람이 목격했거든. 그냥 힘없이 풀썩 쓰러지더래. 총소리도 안 났고. 법의학자 말로는 멀리서 쏜 총에 맞은 거 같대."

"어, 헤닝도 와 있어요? 차 못 봤는데."

"다행히 다른 사람이 왔어. 소장님이 되고 나서는 현장에 나올 시간도 없는 모양이야." 크뢰거가 삐딱한 미소를 지으며 말했다. "뭐, 나야 전혀 아쉬울 거 없지만 말이야."

크뢰거는 헤닝을 싫어했다. 그건 헤닝도 마찬가지였다. 두 사람은 만나기만 하면 서로 으르렁대기 바빴다. 날이면 날마다 반복되는 그들의 유치한 말싸움은 보는 사람들을 짜증나게 했지만, 둘 다 일처리만큼은 확실해서 그나마 원성을 사지 않았다. 현장에서 벌어지는 두 사람의 언쟁은 동료들 사이에 어록으로 회자될 만큼 유명했다.

토마스 크론라게 교수가 퇴임한 후 헤닝은 법의학연구소 소장 자리에 올랐다. 연구소 측은 원래 외부 사람을 영입할 계획이었으나 법의학적 인류학계의 독보적인 존재인 헤닝을 붙잡아두고 싶어 소장자리를 내준 것이다.

"새로 온 사람 이름은 뭐예요?" 피아가 물었다.

"까먹었는데." 크뢰거가 중얼거렸다.

그때 시체 옆에 쪼그리고 앉아 있던 흰색 오버올 차림의 남자가 비닐 모자를 벗으며 일어섰다. 음, 젊은 피는 아니군. 피아는 속으로 생각했다. 대머리에 짙은색 콧수염을 기른 그는 나이를 짐작하기 힘들었다. 대머리 남자들은 제 나이보다 훨씬 늙어 보이게 마련이다.

"프레데릭 레머 박사입니다." 그는 장갑을 벗고 오른손을 내밀었다. "만나서 반갑습니다."

"네, 저도요." 피아가 악수를 하며 말했다. "호프하임 경찰서 강력반 피아 키르히호프입니다."

시체가 발견된 현장에서 차리는 예의로는 이만하면 충분했다. 손을 놓은 피아는 마음을 단단히 먹고 시체 앞으로 다가갔다. 회색 아스팔트, 갈색 진흙탕, 벌써 검게 변색된 피 위에 놓인 꽃분홍색 털모자가 초현실적인 느낌을 주었다.

"쉰들러 리스트." 피아가 중얼거렸다.

"네?" 레머 박사가 영문을 몰라 물었다.

"리암 니슨하고 벤 킹슬리가 나오는 영화 있잖아요." 피아가 설명했다.

레머는 피아의 말을 알아듣고는 미소를 지었다.

"아, 그러고 보니 조금 비슷한 것 같네요. 흑백영화인데 소녀의 외투만 빨간색이었죠."

"네. 전 시각적 정보에 민감한 편이에요. 현장에서도 첫인상이 가장 중요하죠." 피아는 장갑을 끼고 시체 옆에 쭈그려 앉았다. 레머도 똑같이 따라했다. 피아는 오랜 세월 강력반에 있으면서 사건과 내적 거리를 두는 법을 배웠다. 그러지 않으면 잔인하게 잘려나가거나 처참하게 훼손된 시체를 객관적으로 대하는 게 불가능하다.

"총알이 왼쪽 관자놀이를 뚫고 들어갔어요." 레머가 선명하게 난 총구멍을 가리켰다. "총알이 관통하면서 오른쪽 얼굴을 거의 다 박살냈어요. 부분피갑을 쓰는 큰 구경의 총에서 전형적으로 나타나는 현상이에요. 내 생각엔 소총인 것 같아요. 꽤 멀리서 쐈고요."

"이 동네에서 사냥총 사고가 일어날 리 만무하고, 살해 목적으로 겨냥한 거 아니겠어?" 크뢰거가 뒤에서 말했다.

피아는 고개를 끄덕이며 거의 절반이 날아가버린 시체의 얼굴을 바라보았다. 육칠십 대 노부인이 길거리에서 총에 맞은 이유가 뭘까? 그냥 재수가 없었던 걸까? 그저 잘못된 시간에 잘못된 장소에 있었던 걸까?

감식반원 몇몇이 총알을 찾기 위해 금속탐지기를 들고 나무덤불과 들판을 뒤지고 있었다. 다른 몇몇은 사진을 찍거나 총알이 날아온 방향을 알아내기 위해 측량을 했다.

"신원은 밝혀졌어요?" 피아가 크뢰거에게 물었다.

"아니, 열쇠 꾸러미만 발견됐어. 지갑도 휴대전화도 아무것도 없어." 크뢰거가 대답했다. "목격자랑 얘기해볼래? 지금 구급차 안에 있는데."

"좀 있다가요." 피아는 주위를 휘 둘러보고는 얼굴을 찌푸렸다. 주변은 온통 빈 들판과 밭뿐이었다. 멀리 텔레비전 송신탑과 프랑크푸르트의 스카이라인이 두꺼운 구름을 뚫고 나온 희미한 겨울 햇살 아래 빛나고 있었다. 40미터쯤 떨어진 곳에 하천이 하나 있고 하천을 따라 키 큰 나무들이 죽 서 있었다. 앙상한 나뭇가지 사이로 놀이터가 있고, 그 뒤로 니더회히슈타트의 집들이 보였다. 아스팔트 깔린 길이 들판과 들판 사이로 뻗어 있고, 그 길을 따라 가로등이 죽 서 있었다. 근교에 위치한 이곳은 주민들이 자전거를 타러 오기도 하고, 조깅이나 산책, 혹은…….

"개는 어디 있어요?" 피아가 난데없이 물었다.

"개?" 크뢰거와 레머가 어리둥절해서 동시에 반문했다.

"이거 개 목줄이잖아요." 피아가 몸을 굽혀 진한 갈색 끈을 가리켰다. 상당히 낡은 가죽 끈이 죽은 노부인의 어깨와 상체를 휘감고 있었다. "개를 데리고 나온 거였어요. 그리고 차 열쇠가 발견되지 않은점으로 보아 이 근처에 사는 사람인 게 분명해요."

*

"아, 3주간 휴가라니 정말 좋다!" 카롤리네 알브레히트는 만족스러운 한숨을 토해내며 다리를 쭉 폈다. 식탁 위에는 그녀가 즐기는 차인 루이보스 바닐라가 놓여 있었다. 친정에 와서 차 한 잔을 앞에 놓고 있으니 그동안의 스트레스가 단번에 녹아내리고 평온이 깃드는것 같았다. "그냥 집에서 그레타랑 같이 빈둥거리려고. 아니면 여기와서 쿠키나 먹으면서 놀까?"

"그래, 와라. 너희가 온다면 나야 좋지." 어머니가 돋보기안경 너머로 미소를 지었다. "난 너희가 어디 따뜻한 나라로 여행이라도 갈 줄알았어."

"아유, 엄마, 올해는 내가 카르스텐보다 비행기를 더 자주 탔을걸. 카르스텐은 비행기 조종사인데 말이야!" 카롤리네는 장난스럽게 웃으며 어머니에게 눈을 흘겼다. 그러나 그녀의 쾌활함은 마음에서 우러나온 것이 아니었다.

8년째 컨설팅 회사의 임원으로 일하고 있는 그녀는 기업 국제화와구조조정 전문가다. 2년 전 경영컨설팅부를 맡은 뒤 호텔, 비행기, 공항의 VIP라운지에서 대부분의 시간을 보내고 있다. 업계에서 그녀처럼 높은 위치에 오른 여성은 드물었다. 물론 돈도 많이 벌었다. 그것도 엄청나게 많이. 딸 그레타는 기숙사에서 생활했고 남편과는 이혼했다. 연락이 뜸하다 보니 친구들은 거의 떨어져나갔다. 그녀에게는 언제나 일이 최우선이었다. 고등학교 때부터 그랬다. 항상 1등이 목표였고, 그 결과 졸업 시험에서도 평균 1.0, 최고점을 받았다. 독일과 미국 일류대학에 진학해 우수한 성적으로 졸업했다. 사회에 뛰어든 뒤에도 계속해서 성공 가도를 달려왔다.

그런데 몇 달 전부터 극심한 피로와 공허가 그녀를 집어삼키기 시작했다. 그와 함께 회의가 찾아들었다. 일이 그렇게까지 중요한 걸까? 딸과 함께 시간을 보낼 수도 없고, 벌써 마흔 넷인데 사는 것처럼 살아본 적도 없다. 언제나 미팅에서 미팅으로 쫓기듯 움직였고, 여행가방 하나 들고 객지로만 떠돌았다. 그녀에게 아무 의미도 없는 사람들, 그들에게 그녀도 마찬가지일 그런 사람들에게 둘러싸여 지냈다. 그레타는 카르스텐이 새로 이룬 가정에서 안정감을 느끼는 것 같았다. 형제자매가 있고, 개가 있고, 엄마를 대신해주는 새엄마가 있는 집⋯⋯. 자기를 낳아준 친엄마보다 새엄마와 더 가깝게 지내다니! 이렇게 가다가는 딸마저 잃어버릴 것이다. 사실 그렇게 된다고 해도 누구도 탓할 수 없다. 딸의 삶에서 없어도 되는 존재가 된 건 카롤리네 자신의 선택 때문이니까.

"하지만 일하는 게 여전히 좋지?"

어머니의 말에 그녀는 상념에서 퍼뜩 깨어났다.

"사실 잘 모르겠어." 카롤리네는 찻잔을 식탁에 내려놓았다. "그래서 내년에는 휴직할까 생각 중이야. 그레타랑 함께 있는 시간을 좀 더 내보려고. 그리고 집도 팔까 봐."

"아니, 집은 왜?" 마가레테 루돌프는 눈썹을 치켜세웠지만 그다지 놀란 것 같지는 않았다.

"너무 크잖아. 그레타랑 둘이 살기에 딱 좋은 아담하고 아늑한 집

16

으로 옮기고 싶어. 이 집처럼."

그런 큰 집을 원한 것은 카롤리네 자신이었다. 화려하고 스타일이 있는 집, 친환경 에너지 시설을 갖춘 집. 넓이가 무려 400평방미터나 되고, 비싼 건축자재를 써서 지은, 편의를 위한 온갖 기구로 가득 찬 집. 그러나 그 집이 정말 집처럼 느껴진 적은 한 번도 없었다. 카롤리네는 늘 그녀가 자란 낡은 저택의 포근함이 그리웠다. 밟을 때마다 삐걱거리는 나무 복도, 닳고 닳은 부엌 바닥의 바둑판무늬, 지붕으로 창이 난 다락방들, 재래식 욕실……

"우리 한잔할까, 어때?" 어머니가 제안했다.

"좋지. 나야 뭐, 휴가도 냈겠다." 카롤리네가 웃으며 대답했다. "냉장고에 술 있어?"

"당연하지. 샴페인도 사다놨는걸." 어머니가 한쪽 눈을 찡긋하며 미소 지었다.

잠시 후 모녀는 마주앉아 술잔을 부딪쳤다. 크리스마스뿐만 아니라 인생에 있어 큰 변화를 맞이한 카롤리네의 결단을 축하하는 의미였다.

"엄마, 나 가만히 생각해보니까 그동안 너무 남들이 원하는 대로만 살아온 것 같아. 다들 철저하고 이성적이고 완벽한 사람을 원하니까 그런 사람이 돼야 한다고 생각했어. 그런데 그게 내가 정말 원하는 건 아니었어. 그래서 그렇게 스트레스가 심했나 봐."

"이제 깨달았으니 자유로워질 수 있을 거야." 어머니가 다정하게 말했다.

"나도 그렇게 생각해." 카롤리네는 어머니의 두 손을 덥석 잡았다. "엄마, 나 이제는 잠도 편하게 잘 수 있고 숨도 제대로 쉴 수 있을 것 같아. 정말 몇 년간 물 밑에 가라앉은 채 살았던 것만 같아. 물 밖으로

17

나온 듯 숨통이 탁 트이고 세상이 얼마나 아름다워 보이는지 몰라!
돈과 일이 삶의 전부가 아니었어."

"그래, 네 말이 맞다." 마가레테 루돌프는 미소를 지었지만 어딘가
슬픈 표정이었다. "네 아버지도 그걸 깨달아야 하는데……. 은퇴하고
나면 깨닫는 게 있겠지."

하지만 아버지가 그럴 것 같지는 않았다. "엄마, 우리 같이 장 보러
가자." 카롤리네는 말을 돌렸다. "옛날처럼 크리스마스이브에 같이 음
식 장만하는 거야."

마가레테 루돌프는 감동받은 듯 웃으며 고개를 끄덕였다. "그래,
그러자. 그리고 내일 저녁엔 그레타를 데리고 오렴. 함께 크리스마스
에 먹을 쿠키를 만들자꾸나."

*

30분 뒤 올리버 보덴슈타인 반장이 현장에 도착했다.

"휴가인데도 나와줘서 정말 고마워. 이제 내가 맡을 테니 그만 들
어가 봐." 보덴슈타인이 피아에게 말했다.

"아니에요. 특별히 할 일도 없는걸요. 좀 더 있다 갈게요."

"그래? 그럼 사양 안 한다."

보덴슈타인은 그렇게 말하고는 씩 웃었다. 피아는 그를 보며 지난
2년간 그가 참 많이 변했다고 생각했다. 이혼을 하는 과정에서 삶이
뿌리째 흔들린 보덴슈타인은 딴생각에 빠져 있거나 일에 집중하지
못하기 일쑤였다. 하지만 이제는 그 특유의 예리함과 자신감을 되찾
았고 자신에게도 점점 너그러워지고 있었다. 예전에 무모한 주장을
내세우고 추진력 있게 일을 진행시키는 사람은 피아였고, 보덴슈타

인은 규칙과 규율을 따르며 그녀를 제지하는 역할을 했다. 그런데 이제는 그 역할이 바뀌지 않았나 싶을 정도가 됐다.

실존적 아픔을 겪고 그걸 이겨낸 사람만이 성숙해지고 자신을 변화시킬 수 있다. 어디선가 읽은 말이다. 이 말은 보덴슈타인뿐만 아니라 피아 자신에게도 해당됐다. 서로 부부로 살면서 마치 아무 일도 없다는 듯 현실을 외면하고 지내는 사람들이 허다하다. 그러나 환상은 어느 날 비눗방울처럼 터져버리고, 남을 것인가 떠날 것인가 하는 문제에 직면하게 된다. 죽지 못해 살 것인가, 아니면 제대로 사는 것처럼 살 것인가 하는 문제 말이다.

"목격자는 만나봤어?" 보덴슈타인이 물었다.

피아는 점퍼에 달린 모자를 뒤집어썼다. 바람이 무척 차가웠다. "목격자는 자전거를 타고 들길을 따라 에쉬보른에서 니더회히슈타트 쪽으로 오는 길이었어요. 저기 보이는 전봇대 근처에서 피해자가 쓰러지는 걸 봤대요. 총소리는 안 났고, 그냥 풀썩 쓰러지기에 심장마비인가 보다 하고 얼른 달려왔대요."

"피해자의 신원은 확인됐나?"

"아니요. 하지만 이 근처에 사는 것 같아요. 개를 데리고 나왔고, 자동차 열쇠는 발견되지 않았거든요."

피아와 보덴슈타인은 시체운반차가 지나가도록 길을 비켜주었다.

"그리고 총알도 발견됐어요." 피아가 말을 이었다. "완전히 찌부러지긴 했지만 분명히 소총용 총알이에요. 레머 박사 말로는 피갑을 입힌 할로포인트래요. 사냥꾼들이 흔히 쓰고, 경찰도 큰 파괴력이 필요할 때 사용해요. 군대에서는 헤이그 협약에 의해 금지됐고요."

"우와, 그걸 다 레머 박사가 가르쳐줬어?" 보덴슈타인이 웃음기를 담아 말했다. "그런데 레머 박사는 대체 누구야?"

"제가 이미 알고 있던 사실이에요." 피아는 샐쭉해져서 쏘아붙였다. "레머 박사는 새로 온 법의학자고요."

그때 뒤쪽에서 길게 휘파람 소리가 들렸다. 돌아보니 크뢰거가 두 팔을 크게 흔들고 있었다.

"크뢰거 반장님이 뭔가 발견했나 보네요. 어서 가봐요." 피아가 말했다.

잠시 후 두 사람은 나무다리를 건너 놀이터 어귀에 다다랐다. 베스터바흐 강 위쪽에 펼쳐진 넓은 공터에 그네, 시소, 알록달록한 색깔의 정글짐, 밧줄타기, 모래 놀이터, 물 놀이터 등이 흩어져 있었다.

"여기예요!" 크뢰거가 외쳤다. 크뢰거는 뭔가를 발견하면 언제나 이렇게 흥분해서 소리를 지른다. "범인은 바로 이 덤불 속에 숨어 있었어요. 여기를 보시면…… 여기요, 아직도 풀이 눌려 있는 거 보이시죠? 그리고 여기엔 양각대가 세워져 있던 자국이 있어요. 좀 흐릿해졌지만 충분히 식별 가능합니다."

피아의 눈에는 젖은 풀과 마른 낙엽, 축축한 흙 외에는 아무것도 보이지 않았다.

"그러니까 자네 말은 범인이 이곳에 매복해 있다가 피해자를 쐈다는 거지?" 보덴슈타인이 확인하듯 물었다.

"네, 바로 그겁니다." 크뢰거는 열심히 고개를 주억거렸다. "물론 범인이 피해자를 목표로 했는지 아니면 아무나 걸려라 하고 기다렸는지는 알 수 없습니다. 하지만 이거 하나는 확실합니다. 이놈은 절대 아마추어가 아니에요. 대충 총싸움을 흉내 내는 수준이 아니란 말입니다. 미리 매복해 있었다는 점, 소음기를 사용한 점, 게다가 탄환도 지랄 같은 걸 사용했고……."

"아, 할로포인트!" 보덴슈타인이 피아에게 눈을 찡긋했다.

"네, 아시네요." 크뢰거는 말이 끊겨 불쾌한 듯했다. "어쨌든 그놈은 여기 엎드려 있었을 겁니다. 아마 길리슈트 같은 걸 입고 있었겠죠."

"길리…… 뭐?"

"나 참. 반장님, 이번엔 모르는 척입니까?" 크뢰거가 답답한 듯 목소리를 높였다. "저격수들이 주변 환경과 비슷하게 보이려고 입는 위장복 있잖아요. 아무튼 중요한 건 그놈이 정확한 조준을 위해 양각대 위에 총을 걸쳐놓고 여기 매복해 있었다는 겁니다. 자, 그다음은 그쪽에서 알아서 하실 일이고요. 제발 우리 일하는 거 방해만 하지 말아주세요."

크뢰거는 그 말을 남기고 휙 돌아서 가버렸다.

"반장님이 놀린다고 생각했나 봐요." 피아가 보덴슈타인에게 눈치를 주었다.

"아냐, 정말 길리슈트가 뭔지 몰랐다고!" 보덴슈타인이 억울한 듯 변명했다. "크뢰거가 말하니까 아, 그거구나 하긴 했는데 그전에는 진짜 몰랐어."

"한마디로 생각이 안 났다는 거죠?" 피아가 정리했다.

"그래, 역시 내 맘을 아는 건 피아밖에 없어."

그때 보덴슈타인의 휴대전화가 울렸다.

"전 저것 좀 해결하러 갈게요." 피아가 턱으로 길가에 모여든 구경꾼들을 가리켰다. 하나둘 모여들기 시작한 구경꾼은 어느새 많이 불어나 있었다. 개중에는 휴대전화로 사진을 찍는 사람도 있었다. 볼 거라고는 흰색과 빨간색 줄이 쳐진 경찰통제선과 감식반 직원들뿐인데도 말이다. 어떤 사람들은 그저 멍하니 현장을 바라봤고, 어떤 사람들은 수다 떨기에 열심이었다. 끔찍한 것을 즐기는 인간의 오래된 욕망 때문이리라. 피아는 폭력에 의한 죽음이 왜 그렇게 사람들을 매혹시

21

키는지 늘 의아했다. 그녀는 놀이터로 들어가려는 여자 둘과 아이들 서넛을 막고 있는 순경에게로 다가갔다.

"우리 애들은 수요일마다 이 놀이터에서 논단 말이에요." 한 여자가 항의했다. "애들이 오늘을 얼마나 기다렸는지 알아요?"

정복 차림의 순경은 짜증나는 듯 얼굴을 찌푸렸다.

"몇 시간만 있으면 다시 사용하실 수 있습니다. 지금은 통제구역이라니까요."

"왜요? 그리고 다리는 왜 막은 거예요?" 또 다른 여자가 물었다. "저렇게 막아놓으면 강을 어떻게 건너요?"

"수영장 쪽으로 가시면 되잖아요. 그쪽에도 다리가 있잖습니까." 순경이 말했다.

"기가 막혀서!" 첫 번째 여자가 격앙된 목소리로 외쳤다. 그러자 두 번째 여자도 공격적으로 변해서 경찰국가니 신체활동의 자유니 하며 목소리를 높였다.

그때 피아가 다가가 순경에게 말했다.

"교차로하고 저 위쪽 도로까지 통제구역 넓혀요. 문제 있으면 충원 요청하고."

순경의 관심이 흐트러진 틈을 타서 싸움꾼 여자가 경찰통제선 밑으로 유모차를 들이밀었다.

"잠깐!" 피아가 여자를 제지했다. "통제구역 밖으로 물러나세요."

"왜요?" 여자는 눈을 부라리며 해볼 테면 해보라는 듯 턱을 쓱 쳐들었다. "우리 애가 여기서 논다고 누구한테 방해라도 돼요?"

"네, 저희가 일하는 데 방해됩니다." 피아가 차갑게 대꾸했다. "정중하게 부탁드리죠. 어서 뒤로 물러나세요."

"이 나라에는 엄연히 신체활동의 자유가 있어요!" 그녀는 누군가

시비 걸기를 기다렸다는 듯 목청을 높였다. "보세요, 당신네들이 무슨 짓을 했는지! 경찰이 놀이터에서 못 놀게 하니까 애들이 혼란스러워하잖아요! 아직 이런 거 이해할 만한 나이가 아니라고요!"

피아는 바로 당신의 분별력 없는 행동이 불필요하게 일을 크게 만들었고, 아이들은 경찰통제선이 아니라 이상한 행동을 하는 엄마 때문에 혼란스러워하는 거라고 따끔하게 말해주고 싶었다. 하지만 그럴 시간이 없을뿐더러 말해도 소용없을 것 같았다.

"자, 마지막으로 한 번 더 얘기하는데 뒤로 물러서세요. 물러서지 않으면 공무집행방해가 됩니다. 그러면 신상정보 털리고 고소당하는 거예요. 자녀들에게 좋은 본보기로 남아야 하지 않겠어요?"

"여기서 놀려고 크론베르크에서부터 왔는데 대체 이게 무슨 경우냐고요!" 여자는 눈을 희번덕거리며 씩씩 숨을 몰아쉬었다. 그러나 피아가 아무 반응을 보이지 않자 결국 큰 소리로 욕을 하며 물러났다. "흥, 민원 넣을 테니까 두고 보라지! 우리 남편이 내무부에 아는 사람이 얼마나 많은데!"

마지막까지 한마디도 지지 않는군. 피아는 속으로 누군지 모르지만 저 여자의 남편이 안됐다고 생각하며 더 이상 아무런 대꾸도 하지 않았다.

"어유, 정말 끈질긴 아줌마네요." 젊은 순경이 머리를 절레절레 흔들며 말했다. "사람들이 점점 파렴치해지는 것 같아요. 다들 권리만 내세울 줄 알았지 배려라는 걸 몰라요!"

피아는 호기심에 굶주린 군중을 순경에게 맡기고 몇 걸음 떨어진 곳에서 기다리고 있는 보덴슈타인에게로 갔다. 놀이터를 가로질러 걷는 두 사람의 발밑에서 축축하게 젖은 잔디가 질벅거렸다.

"집집마다 돌아다니면서 개 키우는 백발 노부인을 아는지 물어보자고." 보덴슈타인이 제안했다. "다들 여기 모여 있는 게 아니라면 문 열어주는 집이 있을 테지."

두 사람이 길게 늘어선 주택가의 첫 번째 집 앞에 도착했을 때 갈색 래브라도 한 마리가 피아의 눈에 띄었다. 개는 맞은편 길가에 주차된 자동차들 사이에 겁먹은 듯 잔뜩 웅크리고 앉아 있었다.

"피해자의 개가 틀림없어요." 피아가 말했다. "잘하면 잡을 수 있을 것 같아요."

피아는 천천히 걸어가 개 앞에 쭈그리고 앉아 손을 내밀었다. 코가 회색빛을 띤 것으로 보아 꽤 나이 든 듯했다. 개는 낯선 사람이 다가오자 잔뜩 경계했다. 피아가 다가서자 벌떡 일어나더니 자동차 뒤에 있는 덤불을 비집고 나가 저만치 보이는 다른 도로로 달려가버렸다. 피아와 보덴슈타인은 개를 쫓아 모퉁이를 돌아갔지만 개는 온데간데없었다.

"아무 집이나 들어가서 초인종을 눌러봐야겠어." 보덴슈타인이 가장 가까운 집 울타리 문을 열며 말했다.

첫 번째 집에는 아무도 없었다. 두 번째 집에도 인기척이 없었다. 세 번째 집에 이르러서야 반응이 왔다.

"누구요?" 노파가 안전체인을 걸어둔 채 살짝 문을 열고 의심스러운 표정으로 물었다.

"경찰서에서 나왔습니다." 피아가 신분증을 들어 보이며 말했다. 탐문 수사를 하다 보면 여호와의 증인이나 귀찮은 방문판매원으로 오해받는 경우가 많아서 피아는 언제라도 보여줄 수 있도록 신분증을 준비해둔다. 집 안에서 남자 목소리가 나자 노파는 뒤를 돌아보았다.

"경찰이래요!" 노파는 안쪽에 대고 소리를 지르더니 안전체인을 벗기고 문을 활짝 열었다.

"혹시 근처에 나이 든 갈색 래브라도를 키우는 사람이 있나요?" 피아가 물었다.

그때 노파 뒤로 털스웨터와 슬리퍼 차림의 노인이 나타났다.

"레나테네 톱시를 말하는 것 같은데." 노파가 말했다. "그런데 왜요? 무슨 일이라도 생겼수?"

"그분 성이 뭔지, 어디에 사는지 아십니까?" 보덴슈타인은 노파의 질문을 못 들은 척했다.

"아, 당연하지. 레나테의 성이 뭐냐 하면, 롤레더야 롤레더." 노파가 얼른 대답했다. "톱시가 사고라도 당한 거면 큰일인데…… 레나테가 엄청 마음 아파할 거야."

"주소는 44번지요." 노인이 거들었다. "이 길을 따라서 죽 올라가면 정원에 하얀 벤치가 있는 노란색 집이 보일 거요."

"원래는 레나테 남편 집이었지." 노파가 눈동자를 번뜩이며 비밀 얘기라도 하듯 목소리를 낮췄다. "7년 전에 남편이 집을 나갔는데…… 글쎄, 크리스마스 사흘 전에 그랬다니까. 그러고 나서 친정 엄마가 와서 살더라고."

"경찰이 그걸 알고 싶어 하는 게 아니잖아." 노인이 남의 말 하기 좋아하는 아내를 말렸다. "운터오르트 가에 있는 꽃집을 운영하지요. 아마 잉게보르크는 지금쯤 집에 있을 거요. 이 시간이면 항상 개를 데리고 산책을 갔다가 돌아오거든."

"좋은 정보 감사합니다." 보덴슈타인이 정중하게 말했다. "아주 큰 도움이 됐습니다. 부탁이 하나 있는데요, 꽃집에 바로 전화하지 말아 주셨으면 좋겠습니다."

"아유, 당연하지요." 노파가 한풀 꺾인 목소리로 말했다. "사실 레나테랑 그렇게까지 친한 사이는 아니라우."

피아와 보덴슈타인은 길을 걸어 44번지에 도착했다. 44번지는 연립주택이 줄줄이 서 있는 긴 도로 끝에 위치해 있었다. 집은 밝은 노란색 페인트를 칠해서 한눈에 들어왔다. 밝은색 나무로 된 차고에는 낡았지만 상태가 좋은 오펠이 세워져 있고, 잘 다듬어놓은 앞뜰에서는 겨울 분위기가 물씬 풍겼다. 나무 기둥에는 보온을 위해 황마 자루를 덧대어놓았고, 키 작은 나무와 회양목에는 크리스마스 장식이 되어 있었다. 크리스마스 화환이 걸려 있는 문 앞에 톱시가 덜덜 떨며 누군가 문을 열어주기를 기다리고 있었다.

* * *

문에 달린 간판에는 '롤레더, 50년 된 꽃집'이라고 쓰여 있었다. 가게 문을 열자 종소리가 났다. 동시에 온갖 꽃냄새와 전나무 가지 냄새가 섞인 습하고 따뜻한 공기가 훅 풍겨 나왔다.

하얗게 김이 서린 유리문 너머에는 사람들이 바글바글했다. 유리 선반, 목재 선반, 바구니에는 갖가지 꽃과 장식품이 그득했다. 긴 작업대 뒤에서는 세 명의 여자가 열심히 꽃다발을 만들고 있었다.

가게를 가득 채운 꽃냄새에 묘지 영안실이 떠오른 보덴슈타인은 그대로 발길을 돌려 밖으로 나가고 싶은 것을 꾹 참았다. 그는 정원이나 들판의 꽃은 아름답지만 줄기가 잘려 화병에 담긴 꽃은 아름답지 않다고 생각했다. 아니, 그런 꽃을 보면 거의 비위가 상하는 수준이었다.

그는 계산대 앞에 늘어선 줄 앞쪽으로 성큼성큼 걸어갔다. 작은 별 장식 하나를 손에 꼭 쥐고 막 차례가 되어 계산을 하려던 백발 노파가 거세게 항의했다.

"이봐 젊은이, 이게 무슨 버르장머리 없는 짓이야?"

노파가 떨리는 목소리로 나무라며 보행보조기를 들어 보덴슈타인의 다리를 툭 쳤는데 전혀 떨림이 없는 안정적인 동작이었다.

"어리게 봐주셔서 감사합니다." 보덴슈타인이 건조하게 말했다. 사실 이런 날에는 잔뜩 늙어버린 기분이 들었다. 강력반 형사 생활을 한 지 25년이나 됐지만 피해자의 가족에게 비보를 전하는 것은 여전히 힘겹기만 했다.

"올해 내 나이가 아흔일곱이야!" 노파의 말에서 자랑스러움이 배어났다. "나한테는 다 이마에 피도 안 마른 어린 것들이지, 뭐!"

"제가 당연히 양보해야지요." 보덴슈타인은 정중히 말하며 옆으로 비켜섰다. 그리고 노파가 포장된 별 장식을 받고 계산을 끝낼 때까지 끈기 있게 기다렸다. 가게를 둘러보던 피아가 보덴슈타인 옆에 와서 섰다.

"뭘 드릴까요?" 비쩍 마른 금발 여자가 환한 미소와 함께 물었다. 눈 화장이 좀 과한 듯싶었고 손은 일 때문인지 무척 거칠었다.

"안녕하십니까, 호프하임 경찰서 강력반 반장 보덴슈타인입니다. 이쪽은 키르히호프 형사고요." 보덴슈타인이 말했다. "레나테 롤레더 씨를 만나러 왔습니다."

"제가 레나테 롤레더인데, 무슨 일이시죠?" 그녀의 얼굴에서 웃음기가 사라졌다. 순간 보덴슈타인은 앞으로 오랫동안 그 얼굴에 미소가 돌아오지 않으리라고 생각했다. 그때 종소리가 났다. 손님이 왔지만 레나테 롤레더는 인사도 건네지 않았다. 그녀의 시선은 빨판이라도 달린 듯 보덴슈타인의 얼굴에 고정돼 있었다. 그녀의 인생을 바꿔놓을 재앙을 예감한 것 같았다.

"무슨…… 무슨 일이 생겼나요?" 그녀가 입속으로 웅얼거렸다.

"다른 곳에서 얘기했으면 좋겠습니다만……." 보덴슈타인이 말꼬리를 흐렸다.

"무, 물론이죠. 이쪽으로 오세요." 그녀는 작업대 한쪽을 들어올리고 피아와 보덴슈타인을 안으로 들어오게 했다. 그리고 복도 끝에 있는 사무실로 안내했다. 작은 사무실은 잡동사니로 가득 차 있었다.

"죄송하지만 안 좋은 소식을 전해드려야 할 것 같습니다." 보덴슈타인이 입을 열었다. "오늘 아침 에쉬보른과 니더회히슈타트 사이 들판에서 노부인이 변사체로 발견됐습니다. 은발에 올리브색 재킷을 입고 분홍색 모자를 쓰고 있었습니다."

레나테 롤레더의 얼굴이 백짓장처럼 하얗게 질렸다. 그녀는 한마디도 하지 못하고 믿기지 않는다는 표정이 역력한 얼굴로 그저 어깨를 축 늘어뜨린 채 멍하니 서 있었다. 그러다 양손으로 주먹을 쥐었다가 힘없이 폈다.

"개 목줄이 함께 발견됐습니다." 보덴슈타인이 말을 이었다.

레나테 롤레더는 뒤로 한 걸음 물러서더니 의자에 풀썩 주저앉았다. 불신에서 내적 부인 단계로 접어든 것이리라. 아냐, 그럴 리 없어. 이건 뭔가 잘못된 거야!

"어머니는 톱시랑 산책하고 나서 가게로 오겠다고 했어요. 크리스마스 때는 언제나 일손이 부족하거든요. 안 그래도 전화해볼까 생각하다가 바빠서 아직 못 했는데……." 레나테 롤레더가 풀 죽은 목소리로 말했다. "분홍색 털모자는 제가 선물한 거예요. 3년 전 크리스마스 때, 분홍색 목도리랑 같이요. 어머니는 개를 데리고 산책할 때면 항상 그 올리브색 재킷을 입었어요. 그 낡고 냄새나는 걸……."

그녀의 눈에 눈물이 가득 고였다. 불신과 부인을 넘어 충격의 단계가 시작된 것이다. 그녀는 충격과 함께 어머니의 죽음을 어쩔 수 없는 사실로 받아들이고 있었다. 피아와 보덴슈타인은 서로 얼굴을 쳐다보았다. 분홍색 모자, 래브라도, 올리브색 재킷. 피해자가 잉게보르크 롤레더라는 데는 더 이상 의심의 여지가 없었다.

"어떻게 된 거죠? 어떻게…… 심장마비였나요?" 레나테 롤레더가 맥없이 중얼거리며 보덴슈타인을 쳐다보았다. 아이라이너와 마스카라가 눈물과 함께 흘러내리며 얼굴을 적셨다. "제가 직접 봐야겠어요! 우리 어머니 어디 계세요?"

그녀는 벌떡 일어나 책상 위에서 휴대전화와 차 열쇠를 움켜쥐더니 옷걸이에서 외투를 낚아챘다.

"롤레더 부인, 잠깐만요." 보덴슈타인은 그녀의 떨리는 어깨를 살짝 잡았다. "저희가 집에 모셔다 드리겠습니다. 지금은 어머님께 갈 수 없어요."

"왜요? 돌아가신 게 아닐 수도 있잖아요. 그냥…… 의식을 잃었거나…… 혼수상태일 수도 있잖아요!"

"롤레더 부인, 죄송합니다만 어머님은 총에 맞으셨습니다."

"총에 맞아요? 우리 어머니가 총에 맞았다고요?" 레나테 롤레더는 어이없다는 듯 중얼거렸다. "그럴 리 없어요! 누가 그런 짓을 하겠어요? 우리 어머니는 평생 남에게 베풀기만 한 분이에요. 법 없이도 살 사람이라고요."

레나테 롤레더는 잠시 비틀거리더니 무릎에 힘이 빠진 듯 휘청거렸다. 보덴슈타인은 그녀가 쓰러지기 전에 얼른 부축해 의자에 앉혔다. 그녀는 보덴슈타인을 멍하니 쳐다보더니 절망이 담긴 날카로운 비명을 질렀다. 그 비명 소리는 몇 시간 동안이나 보덴슈타인의 귓가에서 떠나지 않았다.

*

강력반 회의실은 한산했다. 긴 타원형 탁자 한쪽에는 피아와 보덴슈타인이 앉았고, 니콜라 엥엘은 상석에, 카이 오스터만은 다른 사람들에게 감기를 옮기지 않으려고 혼자 반대편 끝에 떨어져 앉았다. 끊임없이 기침을 해대고 코를 푸는 그의 모습은 실로 애처로웠다. 보덴슈타인이 보고를 마칠 때쯤 창밖은 어두워져 있었다.

"시민 제보를 받는 게 좋을 수도 있겠어." 엥엘 과장이 혼잣말처럼 말했다. "목격자 덕분에 사건이 발생한 구체적인 시간대를 알게 됐으니 그 시간에 놀이터에서 나오는 범인을 본 사람이 있을지도 모르잖아."

"좋은 생각이지만 사람이 너무 부족합니다. 피아는 휴가 중인데 오늘만 나와준 겁니다. 여기서 핫라인에 사람을 하나 묶어놓으면 저 혼자 뛰어다녀야 합니다."

"그럼 어떻게 했으면 좋겠어?" 니콜라 엥엘이 가늘게 손질한 눈썹을 치켜세웠다.

"범인이 잉게보르크 롤레더를 목표로 했는지 아니면 잉게보르크 롤레더가 지나가다가 우연히 범죄의 희생양이 된 건지 아직 알 수 없는 상태입니다." 보덴슈타인이 말했다. "피해자 주변을 탐문해서 그것부터 알아내야 합니다. 피해자의 딸, 즉 꽃집 주인과 이웃사람 몇 명의 얘기를 들어본 바로는 피해자가 생전에 적을 만들었을 것 같지는 않습니다. 누구에게나 친절하고 덕망이 있고 평판도 좋았답니다. 즉, 개인적인 동기는 아직까지 찾지 못했습니다."

"베라 칼텐제 사건 잊으셨어요?" 피아가 반박했다. "그때도 그랬어요. 처음에는 그 할머니도 누구에게나 존경받고 인자하고 고상한 부인인 줄 알았잖아요."

"지금 이 상황을 그때랑 비교할 순 없어." 보덴슈타인이 딱 잘라 말했다.

"왜요?" 피아가 어깨를 으쓱했다. "70년이나 살았는데 얼마나 많은 일이 있었겠어요? 과거에 무슨 일이 있었는지 알 수 없는 거라고요."

"제가 피해자에 대해 한번 알아보겠습니다." 오스터만이 다 죽어가는 소리로 말했다.

"그래, 그래. 한번 찾아봐." 보덴슈타인이 고개를 주억거렸다. "그 밖에 탄환 검사 결과가 나오면 범행 무기에 대해 더 알게 될 것 같습니다."

"알았어." 니콜라 엥엘이 자리에서 일어서며 말했다. "수고들 했어요. 진행 상황 계속 보고하세요."

"알겠습니다."

"자, 다들 힘내고!" 니콜라 엥엘은 밖으로 나가다 말고 다시 한 번 뒤를 돌아보았다. "키르히호프 형사, 오늘 나와줘서 고마워. 휴가 잘 보내고 즐거운 크리스마스 되길 바랄게."

"감사합니다. 과장님도요."

의자에서 일어난 오스터만이 콜록거리며 사무실로 갔다. 피아는 그 뒤를 따랐다. 오스터만의 책상 위에는 여러 종류의 약, 보온병, 티슈 상자가 죽 늘어서 있었다.

"정말 이런 감기는 난생처음이야." 오스터만은 끙 소리를 내며 의자에 앉았다. "살인 사건만 아니면 내일 하루 집에서 쉬면 딱 좋겠는데…… 자기도 감기 옮기 전에 어서 가. 크루즈 여행 가서 기침감기, 코감기 달고 숙소에 처박혀 있지 말고."

"혼자 두고 가려니까 너무 마음이 아파서 그래." 피아가 말했다.

"쓸데없는 소리." 오스터만은 크게 기침하더니 휴지에 코를 팽 풀었다. "나라면 자기가 여기에 반송장이 돼 널브러져 있어도 아무렇지도 않게 휴가를 떠날 거야."

"물론 그렇겠지. 고마워서 눈물이 다 난다." 피아는 책상에 올려둔 작은 가죽 배낭을 어깨에 들쳐메며 씩 웃었다. "그럼 감기 빨리 낫고 크리스마스 잘 보내. 안녕, 친구!"

"에콰도르의 태양에게 안부 전해줘." 오스터만은 손을 흔들다 다시 에취 하고 기침을 했다. "자, 이제 얼른 꺼지라고!"

2012년 12월 20일 목요일

보덴슈타인은 좀처럼 잠을 이룰 수 없었다. 30분 정도 뒤척거리던 그는 이러다 잉카를 깨우겠다 싶어 새벽 4시 반에 자리에서 일어났다. 옆에선 잉카가 조용히 코를 골며 잠들어 있었다. 그는 불을 켜지 않은 채 침실을 빠져나가 잠옷 위에 플리스 재킷을 껴입고 계단을 내려갔다. 그리고 부엌으로 가 자신에게 주는 크리스마스 선물로 미리 사놓은 반자동 커피머신을 켜고 빈 찻잔을 올렸다.

지금 강력반에는 병가를 낸 사람이 둘이나 된다. 게다가 피아와 셈은 휴가 중이다. 사건은 쉽게 풀릴 것 같지 않고, 다른 부서에 지원을 요청하기도 어려운 상황이다. 지독한 감기가 유행하고 있어서 다들 형편이 좋지 않았다.

커피 그라인더가 작동하기 시작하더니 잠시 후 환상적인 향과 함께 커피가 졸졸 흘러나왔다. 보덴슈타인은 맨발에 양털 안창을 댄 부츠를 신고 발코니로 나갔다. 커피를 한 모금 마셔보았다. 역시 홀

룽했다. 앞으로 쑥 나온 발코니 처마 밑에는 등나무 의자들이 놓여 있었다. 그는 벤치에 앉아 옆에 잘 개켜져 있는 모포를 끌어다 덮었다. 베일 듯이 차가운 공기는 멀리 착륙하는 비행기의 위치표시등이 보일 정도로 맑았다. 탁 트인 평지로 시작해 회히스트 산업단지와 프랑크푸르트 공항까지 이어지는 전망은 언제 봐도 훌륭했다. 밤낮과 계절을 가리지 않고 좋았다. 보덴슈타인은 이렇게 발코니에 앉아 풍경을 감상하며 생각에 잠기는 시간을 사랑했다. 루퍼츠하인의 이 집을 산 것을 한 번도 후회해본 적이 없다. 이 집은 4년 전 코지마와의 이혼으로 산산조각 난 그의 삶이 다시 정상적인 궤도에 들어섰음을 상징했다. 그 혼란스러운 시기에 유일하게 그를 지탱해준 것은 일이었지만, 피아가 아니었으면 이미 잘렸을지도 모른다. 일에 집중하지 못하고 말도 안 되는 실수를 저지른 게 한두 번이 아니었다. 그럴 때마다 얼마나 후회했는지 모른다. 피아는 매번 그 뒤처리를 도맡았지만, 생색을 내거나 반장 자리를 차지하려는 욕심에 그의 치부를 까발리는 짓은 한 번도 하지 않았다. 피아는 최고의 파트너였다. 사실 말을 안 해서 그렇지 이번 에쉬보른 살인 사건을 피아 없이 해결해야 한다고 생각하면 막막하기 그지없었다.

그때 미닫이문 열리는 소리가 났다. 뒤를 돌아본 보덴슈타인은 큰딸 로잘리를 보고 깜짝 놀랐다.

"우리 큰딸, 왜 이렇게 일찍 일어났어?"

"잠이 안 와서요." 로잘리가 대답했다. "생각이 너무 많아요."

"이리 와보렴." 보덴슈타인은 로잘리가 앉을 수 있도록 옆으로 비켜 앉았다. 부녀는 그렇게 나란히 앉아서 초겨울의 고즈넉한 새벽 풍경을 한참 동안 말없이 바라보았다. 로잘리는 뭔가 하려는 말이 있는 것 같았다. 보덴슈타인은 딸이 먼저 말을 꺼낼 때까지 기다렸다. 어릴 때부터 조금이라도 환경에 변화가 생기면 배가 아프다고 할 정도로 예민한 로잘리가 스물다섯의 나이에 뉴욕 고급 호텔의 부주방장으로 가기로 결정하기까지는 큰 용기가 필요했을 것이다. 로잘리는 작년에 수석으로 조리사 과정을 마치고, 스승인 스타 요리사 장 이브 생클레어의 조언을 받아들여 외국에 나가 경험을 쌓기로 했다.

"지금까지는 한두 주 이상 집을 떠나본 적이 없는데……." 로잘리가 이윽고 천천히 입을 열었다. "그리고 항상 엄마나 아빠 집에서 살았잖아요. 그런데 갑자기 미국에, 그것도 그런 대도시라니!"

"빨리 독립하는 사람도 있고 늦게 독립하는 사람도 있는 거야." 보텐슈타인이 딸의 어깨를 감싸안으며 말했다. 로잘리는 다리를 가슴께로 끌어당겨 안으며 아버지에게 기댔다. "대학에 진학해 집을 떠나는 아이들도 계속 부모한테 용돈 받는데, 그에 비해 넌 일찌감치 돈을 벌기 시작했고 자기 일도 알아서 잘하잖아. 게다가 살림도 네가 거의 도맡아 했고. 네가 없으면 아빠가 걱정이지. 보고 싶을 거야, 우리 딸."

"저도 아빠가 보고 싶을 거예요. 이곳의 모든 게 다 그리울 거예요. 사실 전 딱히 도시형 인간이라고는 할 수 없거든요." 로잘리는 아버지의 어깨에 머리를 기댔다. "그러다 향수병에 걸리면 어쩌죠?"

"일단 그곳 생활이 향수병에 걸릴 정도로 한가하지 않을 거야. 그리고 보고 싶은 사람이 있으면 영상통화를 하거나 전화를 하면 되지. 주말이나 연휴에는 롱아일랜드나 버크셔힐로 여행을 가는 것도 괜찮을 거다. 뉴욕에서 가깝거든. 그리고 네 엄마가 그곳에 뻔질나게 드나들걸."

"네, 맞아요." 로잘리는 한숨을 푹 쉬었다. "사실은 저도 뉴욕에 가는 게 좋아요. 새로운 직장도, 새로운 사람들을 만날 것도 기대되고요. 그런데도 왠지 싱숭생숭하고 기분이 이상해요."

"이상하지 않으면 그게 더 이상한 거야. 어쨌든 아빠는 네가 얼마나 자랑스러운지 몰라. 처음에 조리사 과정을 밟는다고 할 때는 그냥 반항심에 그런다고 생각했거든. 사실 금방 포기할 줄 알았어. 그런데 끝까지 잘 버텨서 이렇게 훌륭한 요리사가 됐잖아."

"저녁이면 저도 포기하고 싶을 때가 많았어요." 로잘리가 털어놓았다. "친구들이 파티를 열고, 콘서트나 클럽 같은 데 놀러 가자고 해도 전 한 번도 못 갔잖아요. 하지만 나중에 생각해보니 다들, 뭐랄까…… 아무 계획 없이 살았던 것 같아요. 친구들 중에 원했던 일을 하는 사람은 저밖에 없어요."

보덴슈타인은 어둑어둑한 새벽빛 속에서 가만히 미소 지었다. 로잘리는 그를 참 많이 닮았다. 고향에 애착이 있고 가족을 소중히 여기는 것뿐 아니라 자신의 결정에 책임질 줄 알고 자신에게 중요한 일을 위해 다른 것을 포기할 줄도 안다. 그런가 하면 코지마에게서 그에게 조금 부족한 기질, 즉 자신의 한계를 뛰어넘게 만드는 욕심도 물려받았다.

"그건 아주 중요하지. 자기가 정말 좋아하는 일을 해야 직업적으로 성공할 수 있고 일에서 의미를 찾을 수 있는 거야. 결정 잘했어. 미국에서 머무는 1년 동안 모든 면에서 부쩍 성장하게 될 거다."

보덴슈타인은 딸의 머리에 가만히 뺨을 갖다댔다.

"하지만 그러다 보면 힘든 일도 분명 있을 거야. 그럴 땐 언제라도 환영이니까 집으로 돌아오렴." 그가 나지막이 말했다.

"고마워요, 아빠." 로잘리는 중얼거리는 소리로 말하더니 하품을 했다. "이제 괜찮아졌어요. 가서 좀 더 자야겠어요."

로잘리는 자리에서 일어나 그의 뺨에 입을 맞추고 집 안으로 사라졌다.

그렇게 조그맣던 애들이 어느새 다 컸구나. 보덴슈타인은 약간 서글픈 마음이 들었다. 로렌츠와 로잘리는 이미 성인이 됐고, 소피아도 몇 주 전 일곱 번째 생일을 맞았다. 18년 후 소피아가 지금 로잘리의 나이가 되면 그는 거의 일흔이다! 그때 그는 자신의 삶을 돌아보며 만족할 수 있을까? 1년 반 전, 니콜라 엥엘이 정직 처분을 받고 수사 과장 자리를 맡게 되었을 때 그 자리에 눌러앉을 것을 제안받은 적이 있다. 하지만 행정 업무가 너무 많고 정치적인 관계에 크게 영향받는 자리라 단박에 거절했다. 그는 사무실에 앉아 있기보다는 현장에서 직접 몸으로 뛰며 일하고 싶었다. 그 자리를 거절함으로써 피아가 승진할 기회를 뺏었다는 사실은 나중에야 깨달았다. 경사로 승진한 지 2년이 지난 피아는 강력반장에게 요구되는 능력과 경험을 충분히 갖추고 있다. 하지만 그가 자신의 자리를 지키고 있는 한 피아는 팀원으로서의 역할에 만족해야 한다. 과연 언제까지 거기에 만족할 수 있을까? 어쩌면 승진하기 위해 다른 부서로 옮기려고 할지도 모른다. 보덴슈타인은 조금 남은 커피를 마저 마셨다. 커피는 차디찼다. 보덴슈타인의 생각은 다시 사건으로 향했다. 과연 피아 없이 어떻게 할지는 오늘부터 직접 몸으로 부딪쳐보면 알 것이다.

*

피아 키르히호프 또한 보덴슈타인과 비슷한 이유로 잠을 이룰 수 없었다. 전날 일어난 살인 사건에 대한 생각이 머릿속에서 떠나지 않았던 것이다. 퇴근하고 집에 가면 일에 대한 것은 완전히 잊는다는 동료들도 있지만 피아는 그런 적이 거의 없었다. 밤새 뒤척이던 그녀는 어느 순간 일어나 조심조심 발끝으로 걸어 아래층으로 내려갔다. 옷을 걸쳐 입고 추위 속으로 나가자 거실에 놓인 바구니에서 자던 개들도 따라나섰다. 좋아서라기보다는 주인에 대한 의무감 때문에 마지못해 따라오는 것 같았다. 피아는 선 채로 잠을 자는 말들을 돌아본 후 마구간 앞 벤치에 앉았다.

잉게보르크 롤레더는 평생 가업인 꽃집을 운영하며 살았고, 누구에게나 사랑받는 행운을 누렸다. 탐문에 응한 이웃이나 충격에 빠져 있던 꽃집 여직원들은 잉게보르크 롤레더의 머리에 총알을 박아 넣을 만한 사람은 있을 수 없다고 입을 모았다. 범인이 뭔가 착각한 걸까? 아니면 오해? 아니면 정말 묻지마 살인의 희생양이 된 걸까? 만약 그렇다면 정말 큰일이다. 독일에서 일어나는 살인 사건의 70퍼센트는 범인과 피해자 사이에 관계가 있다. 주변 사람이 범인인 경우도 많다. 살인 동기는 주로 질투나 분노, 혹은 다른 범죄를 덮기 위해서다. 불특정 인물을 목표로 한 살인은 드물고, 그런 경우 사건을 해결하는 것은 극히 힘들다. 범인과 피해자 사이에 관계가 없다면 목격자나 지문, 다른 사항에 의존해야 하기 때문이다. 그리고 최근 참석했던 총기 관련 범죄 세미나에 따르면, 독일에서 일어나는 살인의 단 14퍼센트만이 총기에 의한 것이라고 한다. 피아는 생각과 다른 결과에 놀라지 않을 수 없었다.

추위에 몸이 떨렸다. 이른 시간이라 작은 승마 연습장 너머 고속도로는 헤드라이트 불빛이 가끔 스쳐갈 뿐 아직 한산했다. 그러나 두 시간만 지나면 완전히 다른 풍경이 펼쳐질 것이다.

피아의 시선이 발치에 앉아 덜덜 떨고 있는 개들에게 머물렀다. 따뜻하고 편안한 바구니에서 그냥 잠이나 잘걸 하고 후회하는 것처럼 보였다.

"자, 들어가자." 피아가 일어서며 말했다. 개들은 얼른 앞장서더니 현관문이 열리자마자 집 안으로 쏙 들어가버렸다. 피아는 외투와 장화를 벗고 침실로 올라갔다.

"아이고, 이게 웬 얼음덩어리야?" 피아가 침대 속으로 기어들자 크리스토프가 놀란 척 과장해서 말했다.

"잠깐 나갔다 왔어요." 피아가 작은 소리로 말했다.

"몇 시야?"

"4시 40분."

"왜 무슨 일 있어?" 크리스토프가 그녀 쪽으로 돌아누우며 물었다.

"어제 사건이 머릿속에서 떠나지 않아서요."

피아는 전날 밤 그에게 휴가 중인데도 사건 현장에 나갔다 온 이유를 설명했다. 이런 문제에 있어서 크리스토프만큼 이해심이 많은 사람은 없을 것이다. 그 자신도 동물원 원장으로서 일손이 부족할 때는 주말이고 휴일이고 가리지 않고 열과 성을 다하는 일벌레다.

"피해자가 정말 착한 할머니예요. 나쁘게 말하는 사람이 한 사람도 없더라고요. 그리고 범인은 소음기를 사용했어요."

"그래서? 그게 의미하는 게 뭔데?" 크리스토프가 삐져나오는 하품을 참으며 물었다.

"아직 수사 초반이긴 하지만, 내 생각엔 피해자가 우연히 범죄의 희생양이 된 것 같아요. 그렇다면 저격수에 의한 묻지마 살인이라고 봐야 하거든요."

"그런데 동료들은 전부 아프거나 휴가 중이라서 일할 사람이 없다는 거지?"

"맞아요." 피아가 고개를 끄덕였다. "셈과 카트린이 있다면 가벼운 마음으로 떠날 수 있을 텐데……."

"피아, 내 말 들어봐." 크리스토프는 피아에게 팔베개를 해주며 뺨에 입을 맞췄다. "상황이 그러면 꼭 같이 안 가도 돼. 나한텐 어차피 휴가라기보다는 일이니까."

"그렇다고 신혼여행을 혼자 가는 법이 어디 있어요?" 피아가 바로 반박했다.

"신혼여행은 나중에 가면 되지. 계속 동료들에게 미안하다는 생각을 하면 쉬어도 쉬는 것 같지 않을 거야."

"에이, 내가 없어도 어떻게든 해 나가겠죠." 그러나 피아의 말투에는 확신이 없었다. "뭐, 오늘 안에 사건이 해결될 수도 있는 거고."

"천천히 생각해봐." 크리스토프가 그녀를 안으며 말했다.

"알았어요." 피아는 그에게서 전해지는 온기에 몸이 노곤해지는 것을 느끼며 잠 속으로 빠져들었다.

*

그는 신문을 한 장씩 넘기며 꼼꼼히 읽었다. 그러나 에쉬보른에서 살인 사건이 일어났다는 기사는 어디에서도 찾을 수 없었다. 인터넷 뉴스와 경찰의 수사기록도 뒤져봤지만 마찬가지였다. 경찰은 당분간 이 사건을 언론에 노출시키지 않을 생각인 것 같았다. 그에게는 잘된 일이다. 며칠 있으면 상황이 달라지겠지만 적어도 그때까지는 비교적 자유롭게 움직일 수 있을 것이다.

그는 자신의 전략에 만족했다. 모든 것이 계획대로 진행됐다. 비젠바트 수영장 주차장에서 총이 든 스포츠가방을 차 트렁크에 넣는데 여자 몇이 아이들을 데리고 지나갔지만 그에게 별 관심을 보이진 않았다.

그는 아이패드를 켜고 독일 기상청 사이트로 들어갔다. 몇 달 전부터 하루에도 몇 번씩 날씨를 체크하고 있다. 계획을 진행하는 데 있어 날씨는 아주 중요한 요소이기 때문이다.

"젠장." 앞으로 사흘간의 날씨 예보가 바뀌었다. 금요일 저녁부터 많은 눈 혹은 비가 올 수 있다는 것이다. 그는 이맛살을 찌푸렸다.

눈은 좋지 않다. 눈이 쌓이면 흔적을 남기게 된다. 어떻게 해야 할까? 일을 성공시키기 위해서는 위험 요소를 최소화한, 치밀한 계획에 따라 움직여야 한다. 그런데 빌어먹을 눈이 모든 계획을 망치려 하고 있다. 그는 책상 앞에 앉은 채 골똘히 생각에 잠겼다. 세부 계획을 머릿속에 그려보았지만 역시 무리였다. 눈은 무시하지 못할 위협이다. 그렇다면 계획을 수정해야 한다. 지금 당장.

*

"카이, 여기서 이럴 게 아니라 집에 가서 푹 쉬어야 하는 거 아냐?" 회의실에 들어선 보덴슈타인이 마지막 남은 부하직원에게 말했다.

"어차피 죽으면 실컷 자게 될 텐데요, 뭘. 괜찮습니다. 보이는 것만큼 나쁘진 않아요." 카이 오스터만이 씩 웃더니 콜록콜록 기침을 해댔다. 보덴슈타인은 그런 그를 안쓰럽게 바라보았다.

"어쨌든 자네라도 곁에 남아 있으니 고맙군." 보덴슈타인이 커다란 탁자에 앉으며 말했다.

"방금 전에 탄도 검사 결과가 나왔습니다." 오스터만이 철한 종이를 몇 장 건넸다. "사용된 탄약은 308 윈체스터네요. 애석하지만 아주 흔하게 쓰이는 구경이죠. 군대, 사냥, 스포츠 사격 등 안 쓰는 곳이 없고 탄약 생산업체라면 안 만드는 곳이 없습니다. 종류도 아주 다양하고요."

히터를 세게 틀어놓아서 보덴슈타인은 등에서 땀이 나는 것 같았다. 그러나 오스터만은 목에 목도리를 두르고 스웨터 위에 오리털 조끼까지 껴입었는데도 전혀 덥다고 느끼지 못하는 것 같았다.

"탄환은 레밍턴 코어록트 11.7그램짜리. 사냥 분야에서 세계적으로 가장 많이 팔리는 센터파이어 방식 탄환입니다. 이걸 토해낸 무기는 아직 발견되지 않았습니다."

"특별히 단서가 될 만한 건 없다는 말이군." 보덴슈타인은 재킷을 벗어 의자 등받이에 걸쳤다. "감식반에서 새로운 소식 온 거 없나?"

"없습니다. 아, 범인은 약 80미터 밖에서 총을 쐈습니다." 오스터만은 기침을 하더니 샐비어 사탕을 입속에 집어넣었다. "저격수에게는 그렇게 먼 거리가 아니에요. 범인이 총을 쏜 장소에서는 양각대를 세워놨던 흔적 말고 사건에 관련된 단서는 어떤 것도 발견되지 않았습니다. 떨어진 탄피는 범인이 가져간 것 같고요. 이웃 사람들이나 꽃집 종업원들의 진술을 종합해보면, 잉게보르크 롤레더에게 최근 무슨 일이 있었거나 위협받는 것처럼 보이지는 않았다고 합니다. 평소와 다른 점은 전혀 없었다고 하네요."

보덴슈타인은 알아낸 것이 아무것도 없다는 뼈아픈 현실을 인정하지 않을 수 없었다. 팀에 빠진 사람이 이렇게 많으니 어쩔 수 없이 니콜라 엥엘에게 말해서 다른 부서의 지원을 받아야 할 것이다.

"정말 이래 가지고는……." 보덴슈타인이 막 입을 떼는데 뒤에서 문이 열렸다. 오스터만이 눈을 동그랗게 떴다.

"안녕하세요?" 등 뒤에서 피아의 목소리가 들렸다. 보덴슈타인은 뒤를 돌아보았다.

"아니, 웬일이야?" 보덴슈타인이 깜짝 놀라 물었다.

"왜요? 제가 방해했나요?" 피아가 오스터만에게 눈인사를 하며 말했다.

"아니, 아니, 아니야. 방해는 무슨?" 보덴슈타인이 얼른 말했다. "어서 앉아."

"휴가 떠나기 전날인데, 그렇게 할 일이 없어?" 오스터만이 쉰 목소리로 말했다.

"응." 피아는 재킷을 벗고 자리에 앉으며 빙긋 웃었다. "짐은 다 싸놨어. 시간이 남아서 사건 해결에 도움이 될까 해서 나왔지. 앞으로 3주 동안 태양 아래서 휴가를 보낼 텐데 이 정도 선심은 써야 되지 않겠어?"

그 말에 오스터만은 못 말리겠다는 듯 미소를 지었다. 보덴슈타인은 스웨터를 벗으며 피아에게 방금 오스터만과 나눈 이야기를 요약해서 들려주었다.

"알아낸 게 많지는 않네요." 피아가 짧게 정리했다. "그 총알을 언제 어디서 샀는지 알아낼 방법은 없겠지?"

"없어." 오스터만이 머리를 흔들었다. "탄약도 탄환도 세계 어느 나라, 어느 총포사에나 다 있는 거야. 무기 카탈로그에도 마찬가지고."

"문제는 아직도 살인 동기가 파악되지 않았다는 거야." 보덴슈타인이 말했다. "정신 나간 저격수가 재미로 한 살인일 수도 있어."

"아니면 잉게보르크 롤레더에게 아무도 모르는 어두운 과거가 있을지도 몰라요. 피해자의 과거와 주변을 처음부터 다시 조사해봐야 해요."

"좋아." 회의실 안의 더운 공기와 오스터만의 샐비어 사탕 냄새에 지친 보덴슈타인이 얼른 동의하고 나섰다. "먼저 레나테 롤레더한테 갔다가 법의학연구소로 가자고. 부검이 11시 반으로 잡혔어."

*

레나테 롤레더는 전날보다 조금도 나아 보이지 않았다. 그녀는 눈이 빨갛게 부은 채 식탁 앞에 앉아 왼손으로는 끊임없이 손수건을 만지작거렸고, 오른손으로는 다리에 기대고 있는 암컷 래브라도를 쓰다듬었다. 솜씨 있게 위로 틀어올렸던 금발은 오늘 어깨 위로 축 늘어져 있고, 밤새 울기라도 한 듯 퉁퉁 부은 얼굴에는 화장기가 전혀 없었다.

"왜 신문에는 한마디도 보도되지 않는 거죠?" 그녀는 보덴슈타인의 정중한 인사를 무시하고 앞에 펼쳐진 신문을 손으로 툭툭 쳤다. 책망하는 말투였다. "라디오에서도 아무 말이 없던데요. 우리 어머니를 돌아가시게 한 범인을 찾으려고 뭔가 하고 있긴 한 거예요?"

살인 사건 피해자의 유족을 만나는 것은 결코 쉬운 일이 아니다. 보덴슈타인은 25년간 강력반 형사로 일하면서 여러 가지 유형의 사람을 만나봤다. 대개 시간이 지나면 정신을 차리지만 처음 며칠간은 충격에서 헤어나지 못하고 실성한 사람처럼 멍하니 있거나 혼란스러워하거나 좌절한다. 이렇게 감정적 비상사태에 빠져 있는 유족들에게 강력반 형사들은 때로 피뢰침 역할을 한다. 그런 일을 하도 많이 겪다 보니 보덴슈타인도 어느새 낯이 두꺼워졌다.

"시기상조입니다." 보덴슈타인이 차분하게 말했다. "아직 시민 제보를 받을 만큼 정보가 모이지 않았어요. 어머니 사건이 선정적인 기삿거리가 되길 바라시는 건 아니겠죠?"

레나테 롤레더는 어깨를 으쓱했다. 그리고 이삼 분마다 한 번씩 울리는 스마트폰에 시선을 주었다.

"저도 그런 걸 바라진 않아요." 그녀가 중얼거렸다. "보세요, 가게에도 못 나가고 있잖아요! 좋은 뜻으로 그러는 건 알지만…… 사람들이 끊임없이 조의를 표하는 바람에 아무 일도 할 수 없어요!"

보덴슈타인은 부엌으로 흘깃 시선을 던졌다. 부엌의 상태로 보아 딸이 가게를 운영하고 잉게보르크 롤레더가 살림을 맡아서 한 것 같았다. 겨우 하루 지났을 뿐인데 사람 없는 티가 확 났다. 식탁에는 빵 부스러기가 흩어져 있는 접시, 숟가락이 꽂힌 채 열려 있는 잼 병, 축축한 티백이 말라붙어 있는 찻잔 받침 등 아침식사의 흔적이 적나라했고, 싱크대에는 바닥이 눌어붙은 냄비가 처박혀 있었다.

"저희도 방해하고 싶은 생각은 없는데 어쩔 수 없네요." 피아가 말했다. "어머니에 대해서, 그리고 어머니의 주변에 대해서 더 알아야 할 필요가 있어요. 어머니의 고향이 어디죠? 에쉬보른에 사신 지는 얼마나……."

"에쉬보른이 아니라 니더회히슈타트예요." 레나테 롤레더는 피아의 말을 정정하더니 휴지에 코를 풀었다.

"네, 니더회히슈타트에 사신 지는 얼마나 됐죠? 어머니에게 적이 있었나요? 가족 간에 문제는 없었나요? 최근에 이상한 행동을 하거나 긴장해 있거나 협박을 받는 것 같지는 않았나요?"

"정말 누가 우리 어머니를 의도적으로 쐈다고 생각하는 거예요?" 레나테 롤레더가 따지듯 물었다. "이미 말했듯이 적은 없었어요! 어머니를 싫어하는 사람은 없었다고요. 1960년대 초반에 조센하임에서 이사 와서 아버지랑 같이 꽃집을 차렸어요. 그리고 평화롭고 행복하게 살고 있었다고요, 50년도 넘게요!"

그녀는 막 화면이 밝아지며 울려대는 휴대전화를 피아에게 내밀었다.

"자, 봐요! 마을 사람 모두가 조의를 표하고 있어요. 심지어 시장님까지도요!" 그녀의 눈에 눈물이 고였다. "사람들이 우리 어머니를 싫어했다면 이러겠어요?"

"어머니의 과거에 뭔가 비밀이 있을지도 모르잖아요. 아주 오래된 과거 말이에요." 피아는 쉽게 물러서지 않았다. 그녀는 여전히 베라 칼텐제 사건을 염두에 두고 있었다. 아주 잘못된 생각은 아닐 것이다. 게다가 수사 초반에는 여러 가지 가능성을 추적해봐야 한다. 그래서 아까 차 안에서 피아가 우연한 사건이 아니라고 말했을 때 보덴슈타인도 반박하지 않았다. 범죄 통계를 봐도 진짜 아무런 동기 없이 단순한 살의 때문에 살인을 저지르는 경우는 극히 드물다.

"롤레더 부인, 돌아가신 어머니의 이름을 욕되게 하려는 의도는 아닙니다." 이윽고 보덴슈타인이 달래는 투로 끼어들었다. "저희의 목적은 단 하나, 어머니를 돌아가시게 한 범인을 찾아내는 겁니다. 살인 동기를 찾기 위해서는 피해자의 가족, 친구, 지인들을 세밀히 살펴야 합니다."

"동기 따위는 없어요." 레나테 롤레더는 고집스럽게 말했다. "우리 어머니한테 뭔가 뒤집어씌우려고 그러는 것 같은데, 그래 봐야 헛수고예요."

피아는 계속 질문하려고 했지만 보덴슈타인은 더 이상 질문해봤자 무의미하다는 것을 깨닫고 짧게 고개를 저었다.

"감사합니다, 롤레더 부인." 보덴슈타인이 말했다. "수사에 도움이 될 만한 것이 떠오르면 언제든 연락 주십시오."

"네, 그러죠." 레나테 롤레더는 이미 축축해진 휴지에 다시 팽 하고 코를 풀었다. 보덴슈타인은 그녀가 혹시 악수를 하자고 할까 봐 손을 슬그머니 코트 주머니에 넣었다. 그러나 그녀의 관심은 끊임없이 울리는 휴대전화에 쏠려 있었다.

부엌을 나온 피아와 보덴슈타인은 복도를 지나 현관으로 갔다. 밖으로 나오자 보데슈타인은 코트 깃을 세웠다. 하우프트 가에 있는 에쉬보른 경찰서 주차장에 차를 세워놓아서 거기까지 걸어가야 했다.

"에쉬보른이 아니라 니더회히슈타트예요!" 피아가 콧방귀를 뀌었다. "기가 막혀! 행정구역 통합한 게 언젠데? 50년쯤 되지 않았어요?"

"1971년." 보덴슈타인이 입가에 웃음을 띠며 말했다. "자기 마을에 대한 자부심이지. 정체성을 지키려는 거야."

"말이 좋아서 정체성이죠." 피아는 머리를 절레절레 흔들었다. "통합하지 않았으면 지금쯤 다들 깡통 찼을걸요."

저만치 길이 꺾이는 곳에 노인 여럿이 모여서 그들을 빤히 쳐다보고 있었다. 보덴슈타인은 고개를 끄덕여 인사를 했다.

"시골 양반들 이제 이야깃거리 생겨서 심심하지 않으시겠네." 피아가 구시렁거렸다.

"시간이 지나도 촌은 촌이야." 보덴슈타인이 말했다.

"혹시 잉게보르크 롤레더도 에쉬보른에 산다고 해서 총 맞은 거 아닐까요?" 피아가 독설을 내뱉었다.

"그 말에 왜 그렇게 신경을 써?" 보덴슈타인은 피아를 흘깃 쳐다보았다. "레나테 롤레더가 뭐 용의자 이름이라도 댈 줄 알았어? 그래서 지금쯤 범인을 체포하러 가게 될 줄 알았어?"

그들은 어느새 경찰서 주차장에 도착했다. 보덴슈타인은 리모컨으로 차 문을 열었다.

"그런 건 아니에요." 피아가 관용차 앞에서 걸음을 멈추며 말했다. 그리고 멋쩍은 듯 웃으며 어깨를 으쓱했다. "사실 그런 기대를 전혀 하지 않은 건 아니에요. 사건이 해결되면 가벼운 마음으로 여행을 떠날 수 있을 테니까요."

*

피아와 보덴슈타인은 정확히 11시 반에 케네디 가에 있는 법의학 연구소 건물 지하에 있는 제2부검실에 도착했다. 잉게보르크 롤레더의 시체는 깨끗하게 닦여 철제 부검대 위에 놓여 있었다. 헤닝 키르히호프 교수와 프레데릭 레머 박사는 이미 검안을 하는 중이었다.

"피아!" 헤닝이 뜻밖이라는 듯 외쳤다. "여기서 뭐하는 거야? 휴가 낸 거 아니었어?"

"맞아, 휴가 중이야." 피아가 대답했다. "우리 팀에 아픈 사람이 많아서 오늘만 뛰는 거야."

"아아, 그래?" 헤닝은 마스크를 벗으며 눈썹을 치켜세웠다. 그리고 입꼬리를 올리며 비웃는 듯한 표정을 지었다. 적어도 피아가 보기에는 그랬다.

"짐도 다 싸놨어. 내일 저녁 7시 45분 비행기야."

"짐만 싸놓으면 뭐하나?" 헤닝이 시비조로 말했다. "당신이 그 비행기를 안 탄다는 데 100유로 걸겠어."

"어머, 100유로 벌었네." 피아가 무뚝뚝하게 받아쳤다. "다들 여기서 엉덩짝이 얼어붙는 동안 난 따뜻한 태양 아래서 일광욕을 즐기고 있을걸."

"절대 그런 일은 없을 거야. 내가 당신을 몰라?" 헤닝이 이죽거렸다. "크리스토프 혼자 떠날 경우를 대비해서 미리 초대할게. 크리스마스 때 심심하면 놀러와. 우리 집에 트리도 있어."

"내일 떠난다니까!" 약이 오른 피아가 퉁명스럽게 내뱉었다.

그녀는 헤닝이 아직도 자신을 너무 잘 안다는 사실, 그에게는 너무 쉽게 속마음을 들켜버린다는 사실에 화가 났다. 실은 그녀도 이 여행을 접고 싶은 마음이 굴뚝같았다. 하지만 그 사실을 인정하고 싶지 않았다. 그런데 전남편의 입을 통해 듣게 되다니!

보덴슈타인은 티격태격하는 두 사람을 보고 어리둥절해하는 레머 박사에게 악수를 청했다.

"이 두 사람은 종종 이렇게 싸웁니다. 한때 부부였거든요." 보덴슈타인이 설명했다. "전 강력반의 올리버 보덴슈타인입니다."

"만나서 반갑습니다. 프레데릭 레머입니다."

"이제 시작하죠." 피아가 끼어들었다. "언제까지 노닥거리고 있을 거예요?"

"왜? 여행은 내일 간다며?" 헤닝이 다시 피아를 놀렸다. 그는 피아의 화난 표정을 보고 짓궂게 웃었지만 곧 부검대로 시선을 돌렸다.

부검 결과는 신통치 않았다. 잉게보르크 롤레더의 건강 상태는 매우 좋았고, 만약 총에 맞지 않았다면 꽤 오래 살았을 거라는 소견이 나왔다. 총알은 왼쪽 귀 바로 위를 뚫고 들어가 두개골을 비스듬히 관통한 뒤 오른쪽 두정골을 뚫고 다시 나왔다. 탄도에 대한 크뢰거의 추측은 옳았다. 총알은 고도가 낮은 개울가 쪽에서 날아왔다. 범인은 아무도 모르게 왔다가 연기처럼 사라져버렸다.

*

"엄마, 이거 어때?" 그레타는 인조 모피가 달린 짧은 재킷을 입고 거울 앞에서 이리저리 제 모습을 비춰보며 심각한 표정을 지었다. 재킷은 날씬하고 다리가 긴 그레타에게 무척 잘 어울렸다. 그레타 또래의 아이들 중에는 이미 어른처럼 살집이 많은 아이들도 있지만 그레타는 이런 옷을 소화할 만큼 날씬했다.

"아주 잘 어울려." 카롤리네가 말했다.

그레타는 밝게 웃음 지으며 재킷 소매에 달린 가격표를 확인했다.

"세상에!" 그레타는 놀라서 눈이 둥그레졌다. "이건 안 되겠다!"

"왜?"

"180유로나 해!"

"맘에 들면 크리스마스 선물로 사줄게."

그레타는 결정을 못 하겠는지 카롤리네와 거울을 번갈아보았다. 이성과 욕심 사이에서 오락가락하는 게 고스란히 보였다. 결국 재킷은 청바지 세 벌, 스웨터 하나, 후드 티셔츠 하나와 함께 쇼핑백 속으로 들어갔다. 그레타는 좋아서 어쩔 줄 몰라 했다. 그런 딸을 보는 카롤리네도 기분이 좋았다. 크리스마스 쇼핑을 해본 게 얼마 만인가! 한 20년은 된 것 같다. 아니, 더 됐다. 어렸을 때는 단짝친구와 함께 인파가 붐비는 시내를 곧잘 싸돌아다녔다. 번쩍이는 크리스마스 장식도, 크리스마스 캐럴이 울려 퍼지는 것도, 길모퉁이마다 서 있는 가판대를 구경하는 것도, 차가운 겨울바람에 실려 오는 달콤한 로스트 아몬드 냄새를 맡는 것도 좋았다. 오전에 기숙사에서 그레타를 데려올 때는 괴테 가로 갈 생각이었는데 그레타는 무슨 일이 있어도 자일에 있는 쇼핑몰로 가야 한다고 졸랐다. 그래서 후끈하게 난방이 된 쇼핑몰에서 세 시간째 사람들에게 떠밀려 돌아다니는 중이었다. 친구들, 아빠, 새엄마, 이복형제들에게 줄 크리스마스 선물을 고르며 눈을 반짝이는 딸, 그녀가 보기에는 좀 아니다 싶은 옷들을 입어보며 즐거워하는 딸을 보며 카롤리네는 마냥 기분이 좋았다. 놀랍게도 사람이 많은 것마저 좋았다. 사람들로 미어터지는 쇼핑몰에서 그녀는 오랜만에 어릴 적 추억에 잠길 수 있었다. 그때는 시간이 참 많았다. 어머니는 너그러운 분이셔서 저녁에 늦게 들어와도 야단치지 않았다. 시간의 압박이 없다는 것은 얼마나 소중한 일인가! 휴대전화를 차에 두고 왔지만 전화기가 없다는 것조차 잊고 있었다.

그들은 5시쯤 양손 가득 쇼핑백을 들고 지하 주차장으로 내려갔다. 이제 오버우어젤에 있는 할머니 댁으로 쿠키를 만들러 갈 것이다. 그레타는 열네 살인데도 쿠키 만들러 간다는 말에 어린아이처럼 좋아했다.

"엄마, 정말 일 그만둘 거야?" 카롤리네가 검정색 포르셰를 빼내고 있는데 그레타가 물었다.

"왜? 엄마 말이 믿기지 않아?" 카롤리네는 옆자리에 앉은 딸을 흘긋 쳐다보았다. 믿지 않는 눈치였다.

그레타는 한숨을 푹 쉬었다.

"기숙사도 좋지만 엄마랑 아빠네 집에 살았으면 좋겠어. 주말 말고 주중에도. 그런데……."

"그런데?" 카롤리네가 판독기에 주차권을 꽂자 차단기가 올라갔다.

"아빠 말로는 세상이 멸망하지 않는 한 엄마가 일을 그만두는 일은 없을 거래. 일을 그만둔다면 그건 아마 다른 일자리가 생겼기 때문일 거래."

*

피아와 보덴슈타인은 실망감만 안고 호프하임으로 돌아왔다. 회의실에 들어서니 오스터만이 화이트보드에 붙여놓은 잉게보르크 롤레더의 사진이 보였다. 그 옆에는 덜렁 이름과 사건 발생 시각만 쓰여 있었다. 동료 몇 명이 실시한 탐문 수사에서는 아무 성과도 나오지 않았다. 목격자 진술도 정확한 시간을 알아낸 것 외에는 도움이 되지 않았다. 목격자는 아무도 못 봤다고 했다. 감식반은 사건 현장을 중심으로 1평방킬로미터를 이 잡듯 뒤졌지만 양각대가 세워져 있던 흔적 외에는 아무것도 찾아내지 못했다. 얼어붙은 땅에는 발자국 하나 남아 있지 않았다. 실오라기 하나, 각질 한 조각, 머리카락 한 올 떨어져 있지 않았다. 범인은 유령 같았고 살인 동기는 여전히 수수께끼였다.

"이제 어떻게 하죠?" 오스터만이 밭은기침을 하며 물었다.

"글쎄······." 보덴슈타인은 벽에 붙어 있는 지도를 쳐다보며 뒤통수만 긁적거렸다. 범인은 어디로 도망쳤을까? 놀이터를 가로질러 라인가를 따라 올라가다가 에쉬보른 경찰서를 지나쳐 갈 정도로 뻔뻔한 놈일까? 아니면 란 가를 따라 걷다가 전망 좋은 보행자 길을 지나 자동차에 올라탔을까? 사건 발생 장소에서 도망치려는 사람에게는 이 두 길이 가장 빠른 길이다. 다른 가능성도 있다. 예를 들어, 수영장 옆 주차장까지 걸어가는 방법이 있다. 아니면 테니스장을 지나 근처 회사들이 주차장으로 많이 사용하는 대운동장에 차를 세워놨을 수도 있다. 어디서건 눈에 띄지 않게 차를 타고 빠져나갈 수 있다.

"시민 제보를 받아야 해요." 피아의 말에 오스터만이 고개를 끄덕였다. "더 이상의 단서를 모으기는 힘들 거예요."

그러나 보덴슈타인은 여전히 확신이 서지 않았다. 나서기 좋아하는 사람들의 전화가 빗발치고 그릇된 단서가 난무할 텐데, 넘쳐나는 정보를 거르고 그 진위를 조사하는 데 필요한 인력을 어떻게 충당한단 말인가? 이렇게 일손이 부족한 상황에서 그런 시간낭비를 할 여유가 있을까? 그렇다고 다른 방안이 있는 것도 아니다. 피아의 말대로 단서가 더 모이길 기대하는 것도 무리였다. 시민 제보에는 적어도 희망이 존재했다. 뭔가를 보고 대수롭지 않게 넘긴 사람이 있을지도 모른다.

"좋아." 보덴슈타인이 결심한 듯 말했다. "언론에 발표하고 좋은 결과를 기다려보자고."

*

이끼 긴 편평한 지붕 위는 전나무 가지가 축축 늘어져 있어 몸을 숨기기에 안성맞춤이었다. 오후 6시. 이미 어둠이 짙게 깔렸다. 오른쪽은 온통 들판이고, 쾨니히슈타인 방향으로 이어지는 국도와 마을 경계 사이에 위치한 숲에 이르는 막다른 골목에 그 집이 있었다. 그녀는 10분 전 부엌에 불을 켜고 이층으로 올라갔다. 구석 격자창에는 블라인드 없이 나무 덧문만 달려 있는데, 그냥 장식으로 달아놓은 것인지 항상 열려 있었다. 그는 인형의 집을 들여다보듯 창문을 통해 온 집 안을 샅샅이 볼 수 있었다. 그녀가 어디로 가는지, 뭘 하는지 훤히 다 보였다. 그녀의 하루 일과는 약간의 예외가 있을 뿐 늘 비슷하게 흘러갔다. 늦어도 10분 뒤에는 부엌으로 가서 남편과 자신을 위해 저녁상을 차릴 것이다.

전날부터 떨어지기 시작한 기온은 오늘 삼사 도 정도 더 내려갔다. 일기예보에선 밤 늦게부터 올 거라던 눈은 그리 오래 기다리지 않아도 금방이라도 쏟아질 것 같았다. 두툼한 옷을 준비했기 때문에 더 추워진다 해도 상관없었다. 그는 손목시계를 보았다. 18:22라는 숫자가 눈 안으로 파고들었다. 그 순간 그녀가 부엌으로 들어갔다. 칼레스 ZF69 망원조준경을 통해 그녀가 바로 눈앞에 있는 듯 선명하게 보였다. 그녀는 허리를 굽혔다 일어나더니 몸을 돌려 찬장에서 뭔가를 꺼냈다. 그러면서 입술을 움직였다. 아마도 라디오를 틀어놓고 노래를 따라 부르는 것이리라. 혼자 있을 때 그러는 사람이 많지 않은가.

그는 검지를 방아쇠에 올렸다. 목표물에 완전히 집중한 채 천천히 호흡을 가다듬었다. 그리고 그녀가 그를 향해 돌아선 찰나 방아쇠를 끝까지 당겼다. 총알이 유리창을 뚫고 들어가 그녀의 머리를 박살낸 순간, 그의 시선에 다른 사람이 잡혔다. 이런 빌어먹을! 그녀는 혼자가 아니었다. 날카로운 비명이 귓전을 때렸다.

"젠장!" 그의 입에서 욕설이 튀어나왔다. 온몸에 전율이 일고 심장이 거칠게 뛰었다. 부엌에 사람이 더 있었다니! 그녀는 노래를 흥얼거린 게 아니라 누군가와 말을 하고 있었던 것이다! 그는 재빠른 손놀림으로 총을 해체해 가방에 넣은 다음 탄피를 주워 점퍼 주머니에 넣었다. 그리고 낮은 포복으로 지붕 가장자리까지 기어갔다. 거기서 늘어진 전나무 가지에 몸을 숨긴 채 조립식 변전소 지붕에서 미끄러져 내린 다음 어둠 속으로 사라졌다.

*

부엌은 온통 난장판이 됐다. 뜨거운 액체가 분수처럼 솟구치더니 그녀의 얼굴, 손, 팔로 마구 튀었다.

"빌어먹을!"

그녀는 옷을 내려다보고 얼굴을 찡그렸다. 아끼는 연회색 스웨터에도 오렌지색 액체가 사정없이 튀었다. 호박과 당근만큼 지우기 어려운 얼룩이 또 있을까! 피아는 핸드믹서를 냄비에 집어넣고 돌리기 전에 앞치마를 입지 않은 자신이 원망스러웠다. 게다가 냄비 뚜껑 닫는 것도 잊어버려서 전기레인지 상판도 부엌 바닥도 온전치 못했다. 부엌 절반이 오렌지색으로 얼룩졌다. 원래는 부엌 일에 그렇게 서툰 편이 아닌데 오늘따라 도통 요리에 집중할 수 없었다. 게다가 생강과

코코넛밀크를 넣은 호박 수프는 처음 만들어보는 것이었다. 레서피를 읽을 때만 해도 식은 죽 먹기라고 생각했는데, 막상 시작하고 보니 만만치 않았다. 첫 번째 단계인 호박 자르기부터 인내심 테스트였다. 호박은 요리책에서 본 것처럼 쉽게 잘리지 않았다. 고기 자르는 칼을 들고 호박과 한참 씨름하던 피아는 결국 그 골치 아픈 채소 덩어리를 밖으로 들고 나가 장작 패는 통나무 위에 놓고 도끼로 내리쳐 버렸다.

"네가 이기나 내가 이기나 해보자." 피아가 핸드믹서의 전원을 끄며 중얼거렸다. 그 난리통에 요리책도 무사하지 못해서 코코넛밀크를 얼마나 넣어야 할지 알 수 없게 되었다. 그때 밖에서 차 소리가 났다. 잠시 후 문 열리는 소리, 개들이 반갑게 짖어대는 소리가 들렸다. 크리스토프가 돌아온 것이다.

"음, 요리하는 아내라, 좋은데!" 크리스토프가 부엌에 들어서며 쾌활하게 말했다. "그렇지, 휴가는 이렇게 시작해야 하는 거야."

피아는 뒤를 돌아보고 미소를 지었다. 많은 시간이 흘렀지만 그를 보면 아직도 가슴이 뛰었다.

"맛있는 수프를 만들어서 깜짝 놀래주려고 했는데……. 20분이면 만들 수 있는 간단한 요리라더니 호박 자르는 것부터 너무 힘들어서 하마터면 성격 나올 뻔했어요."

크리스토프는 전쟁터처럼 변한 부엌을 훑어보더니 못 말리겠다는 표정으로 웃었다. 그리고 호박과 당근으로 범벅이 된 피아를 꼭 안고 입을 맞추었다.

"으음!" 크리스토프가 자신의 입술을 핥으며 말했다. "이거 꽤 맛있는데?"

"코코넛밀크랑 고수만 넣으면 돼요."

"자, 이렇게 하면 어떨까?" 크리스토프가 피아의 손에서 핸드믹서를 빼내며 말했다. "나머지는 내가 할 테니까 자기는 여기 어질러진 걸 치우고 상을 차려, 어때?"

"네, 서방님. 그렇게 말씀해주시길 얼마나 기다렸는지 몰라요." 피아는 과장되게 말하며 미소를 지었다. 그리고 그에게 가볍게 입을 맞춘 다음 폭탄 맞은 것 같은 부엌을 치우기 시작했다.

15분 뒤 두 사람은 식탁에 마주 앉았다. 수프는 생각보다 맛이 좋았다. 피아는 평소와 달리 별 의미도 없는 이야기를 끊임없이 조잘거렸다. 오늘 일하러 갔었냐고 물을까 봐 질문할 틈을 주지 않으려 한 것이다. 음식을 먹는 동안에는 피아의 전략대로 되는 것 같았지만, 식탁을 정리하는데 크리스토프가 넌지시 말을 꺼냈다.

"참, 갈 건지 남을 건지 결정했어?"

"당연히 가야죠!" 피아가 대답했다. "가방도 다 싸놨는걸요."

"범인은 잡았어?"

"아니요, 단서도 없고 증인도 없고 눈에 띄는 동기도 없어요. 어쩌면 정말 잘못된 시간에 잘못된 장소에 있었던 건지도 모르죠. 범인과 피해자 사이에 무슨 관계가 있는 건지 실마리조차 찾지 못했어요."

"그럼 묻지마 살인이라는 거야?"

"그럴 수도 있어요. 가끔 그런 범죄도 일어나거든요."

피아는 식기세척기에 그릇을 넣기 시작했다.

"반장님이 시민 제보를 받기로 결정했어요. 누군가 뭐든 봤을지도 모르잖아요. 그러니까 내가 여기 남아 있을 필요는 없어요." 피아는 일부러 쾌활하게 말했다. 하지만 마음은 착잡하기 그지없었다. "나 없이도 어떻게든 되겠죠, 뭐."

"지금 막 비스바덴에서 오는 길이야." 니콜라 엥엘이 보덴슈타인 의 책상 맞은편에 앉으며 말했다. "지역범죄수사국에서 우연히 전략 적 범죄분석팀 팀장을 만났지 뭐야. 원하면 사람을 하나 보내주겠대. 그러면 부족한 일손을 채울 수도 있고, 관점을 전환해 사건을 새로운 시각으로 볼 수 있을 거야."

보덴슈타인은 돋보기를 벗으며 엥엘 과장을 빤히 쳐다보았다. 니 콜라 엥엘이 누군가를 '우연히' 만나는 일은 절대 없다. '원하면'이라 는 말은 이미 말뚝 박고 왔으면서 상대의 의견을 묻는 척하는 수사학 적 술수일 뿐이다.

"안드레아스 네프라고 경험 많은 프로파일러야." 니콜라 엥엘은 다 음 순간 그의 추측을 확인시켜주었다. "미국에서 일하는 동안 최신 프로파일링 기법을 배웠대."

보덴슈타인은 생판 모르는 사람과 함께 일하는 것이 그리 내키지 않았다. 하지만 피아가 휴가를 떠나고 카트린이 계속 병가를 낸다면 어디서든 인력을 충원해야만 했다.

"반응이 왜 그래?" 니콜라 엥엘이 물었다. "사람 데려다 주면 좋아 서 춤이라도 출 줄 알았는데?"

보덴슈타인은 오래전 자신의 약혼녀였던 상사를 빤히 쳐다보았다. 2년 전 여름 오랫동안 함께 일해온 동료 프랑크 벤케의 문책 건으로 그는 그녀를 체포했고 그녀는 정직 처분을 받았다. 그 후 참 많은 일 이 있었다. 프랑크 벤케는 15년 전 현장에 투입됐을 때 니콜라 엥엘 에게 언더커버 요원을 죽이라는 명령을 받았다고 주장했다. 그 요원 이 몇몇 고위급 인사가 아동성폭력 집단과 관련됐다는 사실을 알아냈기 때문이었다. 수사과장이 체포되자 경찰청은 크게 술렁였다. 언론도 달려들었다.

그러나 그렇게 당하고만 있을 니콜라 엥엘이 아니었다. 1997년 당시 프랑크푸르트 강력반에서 근무했던 보덴슈타인도 그 사건에 대해 약간 들은 바가 있었다. 그런데 엥엘의 입에서 나온 이야기는 뜻밖의 것이었다. 알고 보니 정치권 최고위층에까지 끈이 닿아 있던 그 음모의 희생양은 벤케가 아니라 엥엘이었다. 막후의 고위 인사들은 엥엘이 그들에게 위협적인 존재가 되자 그녀를 압박하다가 뷔르츠부르크로 좌천 인사를 내버렸다. 엥엘은 살인 사건에는 공소시효가 없다는 것을 알았기에 일단 진실을 묻어두기로 하고 때를 기다렸다. 드디어 엥엘이 입을 열자 경찰국장 대리와 전직 주 고등법원 판사가 목숨을 끊었다. 그 밖의 관련자들은 체포된 후 순순히 자백했다. 그래서 에릭 레싱과 프랑크푸르트 로드킹 조직원 두 명이 살해된 사건은 14년 만에 해결될 수 있었다. 니콜라 엥엘은 그 후 복권되어 원래 자리로 돌아왔고, 프랑크 벤케는 세 사람을 죽인 죄로 종신형을 선고받았다.

니콜라 엥엘이 없는 동안 보덴슈타인은 형사 신분인 채로 과장 역할을 대신했다. 엥엘은 호프하임으로 돌아온 뒤 보덴슈타인과 피아를 불러놓고 긴 대화를 나누며 그들의 노고를 치하했다. 오랜 시간 짊어지고 있던 짐을 내려놓은 듯 엥엘은 무척 홀가분해 보였다. 그리고 그 후로 그녀는 달라졌다. 수사관들에게 더 친밀하게 대했고, 가끔은 허물없는 모습을 보이기도 했다.

"춤? 우리 팀이 다 모이면 추지." 보덴슈타인이 컴퓨터를 끄며 말했다. "하지만 프로파일러도 괜찮은 생각인 것 같아. 지금은 흙탕물에서 낚시하는 꼴이거든. 시간은 가는데 계속 제자리야."

니콜라 엥엘이 자리에서 일어나자 보덴슈타인도 따라 일어섰다.

"그럼 알아서 결정해." 엥엘이 말했다. "사람 필요하면 얘기하고. 언제든 충원해줄 테니까."

그때 보덴슈타인의 휴대전화가 울렸다.

"알았어." 보덴슈타인이 고개를 끄덕이자 엥엘은 방을 나갔다. 그는 전화를 받았다.

"아빠!" 로잘리의 흥분한 목소리가 들렸다. "방금 엄마가 난쟁이 똥자루를 여기 내려놓고 갔어요. 원래 내일 데려오기로 해놓고서!"

"나, 난쟁이 똥자루 아니야!" 소피아의 화난 목소리가 어렴풋이 들려왔다. 보덴슈타인의 입가에 미소가 번졌다.

"조용히 좀 해봐." 로잘리가 여동생에게 핀잔을 주더니 다시 전화에 대고 말했다. "일정이 변경됐다나 뭐라나. 오늘 베를린으로 떠나야 한대요. 그런데 저 할 일이 많은데 어떡해요? 소피아를 집에 혼자 둘 수도 없고. 아유, 정말 어떡해……."

"아빠가 갈게." 보덴슈타인이 큰딸의 말을 끊고 얼른 말했다. "30분만 참아."

보덴슈타인은 옷걸이에서 코트를 집어 들고 서류가방을 챙긴 다음 사무실 불을 껐다. 그리고 사무실을 나가면서 휴대전화 주소록에서 헤어진 아내의 번호를 찾아 전화를 걸었다. 코지마가 그렇지, 뭐! 코지마는 일정이 꼬이거나 갑자기 좋은 생각이 나거나 하면 다른 사람은 전혀 신경 쓰지 않는다. 남편도 아이도 예외는 아니다.

＊

피아의 휴대전화가 다시 진동했다. 이번에도 발신자표시제한이었다. 피아는 화면을 확인한 뒤 휴대전화를 밀어놓았다. 저녁 7시 반에 오는 발신자표시제한 전화는 모르는 사람이거나 상황실이거나 둘 중 하나다.

"전화 안 받아?" 크리스토프가 물었다.

"안 받아도 돼요."

피아는 막 말 먹이를 주고 들어와 소파에 자리를 잡은 참이었다. 크리스토프와 함께 영화를 보면서 와인 한 병을 비울 생각이었다.

"영화는 골랐어요?"

"〈킬러들의 도시〉(콜린 패럴 주연의 영국 블랙코미디 영화_역주) 어때? 본 지 꽤 오래됐잖아." 크리스토프가 제안했다.

"총 쏘고 시체 나오는 거 말고는 없어요?" 피아의 대답이 돌아왔다.

"총이랑 시체 빼면 우리 집 DVD 몇 장 안 남을걸." 크리스토프가 웃으며 말했다.

크리스토프는 아무리 꼬드겨도 〈철목련〉이나 〈악마는 프라다를 입는다〉를 보자는 말에 절대 넘어오지 않았다. 피아는 그가 유료 방송에서 축구 경기를 찾아내거나 아르테 방송국에서 하는 지루한 다큐멘터리에 혹하기 전에 제임스 본드 영화로 합의를 봤다. 그건 그나마 기분전환이라도 되고, 그럭저럭 볼 만하다.

그때 피아의 휴대전화가 다시 진동했다.

"받아봐. 급한 일인가 본데." 크리스토프가 말했다.

피아는 한숨을 폭 쉬고는 전화를 받았다.

"키르히호프 형사, 휴가 중인데 미안합니다." 당직 형사의 목소리가 들렸다. "강력반 사람들이 아무도 전화를 안 받아서요. 또 변사체가 발견됐습니다. 이번엔 오버우어젤이에요."

"젠장." 피아가 나지막하게 중얼거렸다. "보덴슈타인 반장님은요?"

"전화를 안 받습니다. 계속 연락해보는 중입니다."

"어디로 가야 하죠?" 피아는 크리스토프와 눈이 마주치자 하는 수 없다는 뜻으로 어깨를 으쓱해보였다.

"하이데 가 12번지요. 감식반에는 이미 연락했습니다."

"네, 고마워요."

"제가 고맙죠." 당직 형사는 그래도 양심은 있는지 즐거운 저녁 보내라는 둥 형식적인 인사는 하지 않았다. 그런 건 이미 물 건너갔다.

"무슨 일이야?" 크리스토프가 물었다.

"에이, 전화 받지 말걸." 피아가 일어서며 말했다. "오버우어젤에서 시체가 발견됐대요. 미안해요. 반장님 오시는 대로 바로 들어올게요."

*

보덴슈타인은 현재 자신이 코지마의 삶에 가까이 있지 않다는 것이 얼마나 다행인지 몰랐다. 끊임없이 바뀌는 그녀의 일정에 맞춰 살아야 하는 것은 결코 흥미진진한 일이 아니며 그저 엄청난 스트레스일 뿐이라는 사실을 그는 얼마 전에야 인정했다. 코지마는 마음이 변하면 몇 달 전에 세운 계획도 손바닥 뒤집듯 엎어버렸다. 그리고 당연하다는 듯 주위 사람들이 자신에게 맞추기를 바랐다. 그녀는 유연성과 즉흥성이 자기 장점이라고 내세우고 다니지만, 보덴슈타인이 보기에 그런 것은 계획성이 부족한 사람이라는 증거일 뿐이다.

"택시를 부르려고 했는데 한 시간이나 기다려야 한다는 거야!" 코지마가 말했다. 보덴슈타인은 루퍼츠하인에 있는 마술산 건물 주차장에서 그녀의 짐을 차 트렁크에 싣고 있었다. "정말 기가 막혀서!"

"어제 예약했으면 아무 문제도 없었겠지." 보덴슈타인은 그렇게만 말하고 트렁크를 닫았다. "뭐 빠진 거 없어?"

"맞아, 내 핸드백! 이 안에 뒀나? 어디 뒀지?" 코지마가 다시 트렁크를 열며 말했다. 보덴슈타인은 운전석에 앉아 뒷좌석 카시트에 앉은 소피아를 돌아보았다.

"벨트 맸니?"

"그럼, 아기들도 다 할 줄 아는 건데!" 막내딸이 의기양양하게 대답했다.

"아, 찾았다!" 코지마가 외쳤다. 그녀는 트렁크를 닫고 조수석에 털썩 주저앉았다. "아우, 바쁘다, 바빠!"

보덴슈타인은 세상에는 아무리 시간이 지나도 변하지 않는 것들이 있다고 생각하며 말없이 차를 출발시켰다.

피시바흐와 켈크하임을 지나 B8연방도로를 따라 내려가는 동안 코지마는 끊임없이 조잘거렸다. 그러다 마인타우누스 센터에서 A66 고속도로 비스바덴 방향으로 들어서고 나서야 입을 다물었다. 보덴슈타인은 잠깐 오른쪽으로 고개를 돌려 피아가 남자친구와 살고 있는 비르켄호프를 보았다. 어둠 속에 창문의 불빛이 보였다. 어쩌면 엥엘 과장이 떠안기다시피 한 프로파일러가 정말 사건을 해결하는 데 도움을 줄지도 모른다. 피아, 셈, 카트린 없이 일을 해야 한다고 생각하니 영 허전했다. 오랜 형사 생활 동안 그가 맡은 사건 중 일명 콜드 케이스, 미제로 남은 사건은 몇 되지 않았다. 그런데 왠지 잉게보르크 롤레더 사건은 상자에 담겨 기록실 행이 될 것만 같았다. 이렇게까지 증거가 빈약한 사건은 없었다.

"아빠, 언제 도착해?" 소피아가 뒤에서 물었다.

"나 왔어." 보덴슈타인이 오른쪽 방향등을 넣으며 말했다. 잠시 후 조명이 환하게 밝혀진 프랑크푸르트 공항이 나타났다. 코지마가 여행을 떠날 때마다 데려다주고 데려오느라 이제는 눈 감고도 찾아갈 수 있을 정도다. 이른 저녁의 공항은 언제나처럼 북적였다. 보덴슈타인은 운 좋게 출국장 앞 단기주차장에서 빈자리를 차지할 수 있었다. 코지마가 소피아와 작별인사를 하는 동안 그는 카트를 가져와 코지마의 짐을 실었다. 이윽고 두 사람이 마주보고 섰다.

"이러니까 꼭 옛날 같다." 코지마가 약간 멋쩍어하며 말했다. "크리스마스 잘 보내. 그리고 고마워, 올리버."

"고마울 것 없어." 보덴슈타인이 말했다. "크리스마스 잘 보내고 전화 한번 해. 이브 때 우리 집에 모두 모일 거니까."

"나도 그 자리에 있고 싶다." 코지마가 한숨을 쉬었다. 뜻밖에도 그녀는 별로 행복해 보이지 않았다. 오랫동안 준비한 영화 촬영을 떠날 때 들뜨곤 하던 예전 모습과는 사뭇 달랐다.

그때 그녀가 갑자기 그에게 한 발짝 다가서더니 포옹을 했다. 헤어지고 나서 그녀가 그를 만진 것은 이것이 처음이었다. 그런데 그 느낌이 아주 익숙하고 친근했다. 옛날과 똑같은 향수 냄새가 났다.

"그리웠어." 코지마가 그의 뺨에 입을 맞췄다. 그리고 바로 카트 손잡이를 잡더니 소피아에게 마지막으로 손 키스를 날리고 돌아섰다.

보덴슈타인은 그녀가 북적이는 인파 속으로 완전히 사라질 때까지 멍하니 그 뒷모습을 바라보았다.

＊

내비게이션에 의지해 일러준 주소로 찾아간 피아는 일찍 집에 가기는 글렀다는 생각이 들었다. 들판 옆 고즈넉한 골목에는 여러 대의 순찰차와 구급차, 구급의사, 감식반, 심리상담지원팀 등 이미 한 부대가 출동해 있었다. 어둠 속에서 파란 경광등 불빛이 깜박거렸다. 피아는 프랑크푸르트 번호판을 단 검정색 SUV 뒤에 차를 세우고 문이 열려 있는 파란색 폭스바겐 버스로 다가갔다. 엷은 눈발이 흩날리고 있었다.

"안녕하세요." 피아가 보호복을 입거나 장비를 챙기고 있는 감식반 직원들에게 인사했다.

"아, 피아!" 크리스티안 크뢰거가 차에서 뛰어내렸다.

"무슨 사건이에요?" 피아가 물었다.

"노부인이 총에 맞았어." 크뢰거가 설명했다. "그런데 손녀가 바로 옆에 있었지 뭐야. 딸도 집 안에 있는데 둘 다 쇼크 상태라 지금 심리 상담을 받고 있어."

아, 이건 좋지 않다. 너무 안 좋다.

"피해자 신원은요?"

"마가레테 루돌프, 65세. 남편은 의사라나 봐." 크뢰거는 보호복에 달린 비닐 모자를 뒤집어썼다. "검시의도 막 도착해서 들어갔어. 우리 직원도 안에 두 명 있고. 난 밖에서부터 시작하려고. 눈이 쌓이거나 호기심 많은 이웃들이 들어와서 흔적을 망쳐놓으면 안 되니까."

크뢰거는 두 개의 철제 가방을 양손에 들었다.

"왜요?" 피아가 뜻밖이라는 듯 물었다. "사건은 안에서 일어난 거 아니에요?"

"피해자가 부엌에 서 있는데 총알이 창문을 뚫고 밖에서 들어왔어. 두부 총상, 큰 구경이야. 내 의견을 묻는다면, 우리가 찾는 그놈이 다시 일을 저지른 것 같아. 이만 가봐야겠어. 미안해, 서둘러야 해서."

피아는 고개를 끄덕였다. 후 하고 한숨이 나왔다. 다행히 가족사에 얽힌 비극은 아니다. 그러나 그보다 나을 것도 없어 보였다. 피아는 소용돌이치며 흩날리는 눈발 너머로 오래된 저택을 바라보았다. 저

곳에서 과연 무엇이 그녀를 기다리고 있을까? 빌어먹을, 왜 그 전화를 받았을까? 집에서 편안히 영화를 볼 수도 있었는데 의무감에 떠밀려 여기까지 나온 자신이 한심하게 느껴졌다. 그러나 곧 마음을 다잡고 살짝 열린 대문을 지나 블록이 깔린 진입로를 걸어갔다.

"어디예요?" 피아가 현관을 지키는 순경에게 물었다.

"쭉 가서 오른쪽이에요. 부엌으로 들어가시면 됩니다." 순경이 대답했다. "피해자의 딸과 손녀는 집 안에 있습니다. 남편인 디터 루돌프는 아직 도착하지 않았고요. 아직 소식을 못 들은 것으로 알고 있습니다. 미리 알고 계시라고요."

"고마워요."

현장에서 일한다는 건 충격에 휩싸인 가족이 함께 있는지 없는지에 따라 천지차이다. 그런 의미에서 심리상담지원팀이 와 있다는 사실은 피아에게 무한한 안도감을 줬다.

"안녕하십니까." 피아가 부엌으로 들어가며 인사를 했다.

"아, 키르히호프 형사!" 프레데릭 레머가 고개를 들고 턱짓으로 인사를 했다. "죽은 지 한 시간 정도 됐습니다. 총상입니다. 오른쪽에서 날아와 머리를 맞혔는데, 그 순간 피해자가 왼쪽으로 고개를 돌린 것 같습니다. 탄환은 거의 같은 높이로 머리를 뚫고 나와 찬장 문에 박혔어요. 제가 보기엔 지난번 사건과 같은 구경 같습니다."

노부인은 바닥에 등을 대고 쓰러져 있었다. 파란색과 흰색 줄무늬 앞치마 아래로 갈색 스웨터와 얇은 카디건이 보였다. 얼굴은 무참히 망가져 있었다. 파괴력이 워낙 큰 탄환이라 원래 얼굴을 알아볼 수 없을 정도였다. 뇌 파편과 피가 찬장은 물론이고 천장에까지 튀어 있었다. 피아는 살인 사건을 다루는 형사로서 수많은 교육과 세미나에서 이런 경우 어떻게 해야 하는지 배웠다. 마음의 문을 닫고 머리가 일하도록 해야 한다. 그러나 피해자의 왼손에 들려 있는 밀가루 봉지를 보니 울컥하는 마음을 주체할 수 없었다. 창문 앞 조리대에는 설탕, 버터, 달걀, 초콜릿 가루, 코코넛 가루, 양푼, 믹서, 쿠키 틀이 옹기종기 놓여 있었다. 크리스마스트리 모양, 동물 모양, 별 모양…….

"쿠키를 만들고 있었나 봐요." 피아가 목멘 소리로 중얼거렸다. 순간 분노가 치밀었다. 사람이 얼마나 잔인하면 크리스마스를 목전에 두고, 그것도 아이가 보는 앞에서 이런 짓을 할 수 있을까!

집 안 어디선가 전화벨 소리가 울렸다. 그러나 전화를 받는 사람은 아무도 없었다.

"다 끝났어요?" 피아가 감식반 직원들에게 물었다.

"네, 시체는 다 됐습니다." 감식반 직원이 말했다.

"레머 박사님도요?"

"네." 레머도 가방을 닫고 일어섰다.

"그럼, 시체를 바로 치우고 현장청소팀 불러주세요. 이렇게 두는 건 유족들에게 못 할 짓이에요."

"알겠습니다." 감식반 직원이 말했다. "제가 나가서 장의업체랑 얘기하겠습니다."

모두 나가고 혼자 남은 피아는 깨진 창문을 바라보았다. 찬바람이 솔솔 들어오고 있었다. 마가레테 루돌프는 순식간에 죽음을 맞았다. 죽음에 대한 두려움도, 아픔도 느끼지 못했을 것이다. 하지만 손녀는 그 모든 걸 지켜봐야 했다. 피아는 손목시계를 들여다보았다. 8시 반. 보덴슈타인은 도대체 어디 있는 걸까?

이제 피해자의 딸과 손녀를 만나봐야 한다. 마음 같아서는 그냥 도망치고 싶지만 그래선 안 된다. 결국 언젠가는 해야 할 일이다.

갑자기 밖이 소란스러워졌다. 복도로 나가보니 검정색 코트 차림의 호리호리한 은발 신사가 집으로 들어오려다가 순경 두 명에게 제지당하고 있었다.

"이거 봐요! 왜 내 집에 못 들어가게 하는 거요?" 남자가 거세게 항의했다. "도대체 무슨 일입니까?"

피아가 다가가자 순경들이 옆으로 비켜섰다.

"루돌프 씨?"

"그렇소. 그러는 당신은 누구요? 무슨 일이 일어난 겁니까? 우리 집사람은 어디 있어요?"

장의업체 직원들이 시체 넣을 관을 들고 들어가다가 엄숙한 표정으로 멈춰섰다.

"전 호프하임 경찰서 강력반 형사 피아 키르히호프라고 합니다. 조용히 얘기 좀……."

"무슨 일이 일어났는지부터 얘기하라니까요!" 루돌프 교수가 버럭 소리를 질렀다. 금테 안경 뒤의 눈동자가 두려움으로 흔들렸다. "밖에 내 딸 차도 있던데 딸아이는 어디 있소?"

그때 거실 문간에 어두운색 금발 여자가 나타났다. 나이는 마흔 초반에서 중반쯤으로 보였다. 진정제 때문인지 충격 때문인지 눈동자가 초점 없이 번들거렸다.

"카롤리네!" 루돌프 교수는 그대로 피아를 지나쳐 딸에게 다가갔다. "왜 아무도 전화를 안 받는 거냐?"

"엄마가 돌아가셨어요." 그녀가 건조하게 말했다. "누군가 부엌 창문 너머에서 엄마를…… 쐈어요."

*

"남편 반응은 어땠어?" 20분 뒤 사건 현장에 도착한 보덴슈타인이 피아에게 물었다. 그는 막내딸을 맡기고 와야 해서 늦었다고 양해를 구했다.

"완전히 미친 사람 같았어요." 피아는 루돌프 교수가 끔찍한 소식을 듣고 보인 격렬한 반응에 아직도 얼얼한 상태였다.

"부인 시체를 봤어?"

"네, 막았어야 하는데……." 피아는 추위에 몸을 부르르 떨었다. "갑자기 밀치고 부엌으로 달려가서 막을 틈이 없었어요. 시체에서 떼어내는데도 네 사람이나 필요했어요. 서재에 들어가서 자해하려는 것도 그 집 딸이 겨우 말렸고요."

피아와 보덴슈타인은 감식반 버스 앞에 서 있었다. 눈발은 더욱 거세졌다. 시체는 이송되었고, 현장청소팀은 막 도착해서 부엌에서 작업을 시작했다. 구급차와 구급의사는 떠났다. 이웃사람 몇몇이 가로등 불빛 아래 모여 피해자의 딸이 프랑크푸르트 번호판이 붙은 SUV로 걸어가는 모습을 지켜보았다. 그녀는 심리상담사의 조언에 따라 피아가 할머니의 죽음을 목격한 열네 살짜리 딸 그레타와 대화하는 것을 허용하지 않았다. 피아는 그냥 알았다고 했다. 목격자라고는 하지만 뭔가 도움이 될 만한 것을 봤을 가능성은 별로 없었다.

"아버지를 혼자 두고 가네요." 피아가 말했다. "이상하지 않아요?"

"아버지가 혼자 있고 싶다고 했나 보지." 보덴슈타인이 대꾸했다. "이런 일에 대응하는 방식은 사람마다 다르기 마련이야. 그리고 손녀딸이 저 집에 오래 있는 건 좋지 않아. 그런데 애는 어디로 간 거야?"

"아까 애 아빠가 와서 데려갔어요. 부모가 따로 산대요. 애 아빠는 바트조덴에 살아요." 피아가 말했다. "그리고 이웃 탐문을 하라고 직원들을 보냈어요. 뭔가 본 사람이 있을지도 모르잖아요."

"잘했어." 보덴슈타인은 손을 비비다가 코트 주머니에 집어넣었다.

크뢰거가 다가왔다.

"범인이 총을 쏜 장소를 찾아냈습니다. 가서 보시겠어요?"

"그럼, 봐야지."

보덴슈타인과 피아는 크뢰거를 따라 저택을 빙 돌아갔다. 저택 뒤에서 바로 숲이 시작되었다. 한쪽 구석에 변압기 시설이 있었다. 가건물 형태인데 지붕에 작은 천막이 쳐 있고 헤드라이트가 그 안을 비추고 있었다.

"범인은 저 위에 엎드려 있었습니다." 크뢰거가 위를 가리켰다. "다행히 눈 오기 전에 천막을 쳐서 흔적을 보존할 수 있었습니다. 지붕 바닥에 이끼가 자라나 있는데 이끼 위에 엎드린 흔적이 남아 있습니다. 이번에도 양각대를 사용했습니다."

"올라가봐도 되나?" 보덴슈타인이 물었다.

"네, 올라가셔도 됩니다. 작업 끝났습니다." 크뢰거는 고개를 끄덕이며 변압기 건물에 걸쳐진 사다리를 가리켰다. 피아와 보덴슈타인은 사다리를 타고 올라갔다. 두 사람은 나란히 쭈그리고 앉아 맞은편에 있는 저택을 바라보았다. 여름 같으면 서어나무 울타리가 훌륭한 가리개 역할을 했겠지만 겨울이라 집 안이 훤히 들여다보였다.

"이상적인 위치야. 하지만 쉽게 찾아낼 수 있는 위치는 아니지." 보덴슈타인이 말했다. "주변 탐색을 제대로 했군."

"집에서 60미터 정도 떨어져 있어요." 보덴슈타인과 피아가 사다리에서 내려오자 크뢰거가 말했다. "가능한 도주 경로는 두 가지입니다. 숲과 정원 사이에 난 길로 쭉 가다가 노동청 교육센터 주차장까지 가는 방법이 있고, 아니면 저기 아래쪽 울타리를 넘어서 하이데크 룩 호텔까지 가는 방법이 있습니다. 그 호텔은 1월 말까지 문을 닫거 든요. 거기 차를 세워놔도 아무도 모릅니다. 게다가 호텔 주차장에서 1분이면 도로로 나갈 수 있어요. 그 도로를 타면 쾨니히슈타인으로 갈 수 있고, B455연방도로로도 이어집니다. 완벽한 도주로라고 할 수 있죠. 산책 나온 사람이 어쩌다 우연히 봤다면 모를까, 목격자 찾 기도 힘들 겁니다."

"정말 어제 사건과 동일범일까?"

"거의 확실합니다. 찬장에 박힌 탄환을 빼보니 같은 구경이었습니 다. 탄피도 발견하지 못했고요. 흔적을 남기지 않으려고 챙겨간 것 같 습니다."

그들은 차가 있는 곳으로 천천히 움직였다.

"모든 게 아주 체계적으로 계획된 일 같네요." 피아가 말했다.

"맞아." 보덴슈타인이 맞장구를 쳤다. "묻지마 사건은 아닌 것 같아. 다시 들어가서 루돌프 교수와 얘기를 해보자고. 내일은 손녀딸을 만 나보고."

수련산업단지 주차장에는 사람이 별로 없었다. 창고형 슈퍼마켓과 빵집만 일찍 문을 열고 다른 가게들은 적어도 한 시간 뒤에나 영업을 시작한다. 인근 산업단지에서 일하는 사람들은 주로 점심시간이나 퇴근 시간에 몰리고, 이 시간에 돌아다니는 사람은 은퇴한 노인들이나 프랑크푸르트로 출근하는 길에 아침거리나 커피를 사려는 사람들이다. 그는 빵집 앞에 늘어선 줄에 끼어 끈기 있게 기다렸다. 친절한 터키인 여종업원에게 빵을 사기 위해 뒷사람에게 순서를 양보하기까지 했다. 아침 근무를 하는 다른 여종업원들은 뚱한 표정인데 이 젊은 터키 여자는 언제나 밝은 미소로 손님을 맞는다. 지금도 오렌지색 유니폼을 입은 청소부 두 명과 농담을 하는 중이다. 쓰레기차를 무단으로 주차해놓고 노닥거리는 그들을 보며 그녀는 속으로 무슨 생각을 할까?

"어서 오세요!" 그녀가 환하고 매력적인 영업용 미소로 그를 맞았다. "오늘도 같은 걸로 드려요? 검은빵 자른 거죠?"

역시 장사를 잘하려면 단골손님의 기호쯤은 알고 있어야 한다.

"네, 그리고 프레첼도 하나 주세요. 소금 많이 묻은 걸로요."

빵은 먹지 않은 채 굳어버릴 것이다. 지난 몇 주간 여기서 사 간 빵들은 다 그렇게 버려졌다. 그의 목적은 빵이 아니다. 그러나 그녀가 그걸 알 리 없다.

"네, 알겠습니다!" 단정하게 묶은 포니테일에서 검은 곱슬머리 한 가닥이 삐져나와 이마 위로 흘러내렸다. 그녀는 오목조목한 얼굴에 입술이 도톰하고 유난히 흰 치아를 가졌다. 그의 취향에는 화장이 너무 진하지만, 뭐 그런 건 중요하지 않다. 중요한 건 그녀의 일과가 매우 규칙적이라는 것, 정해진 습관에 따라 움직인다는 것이다. 덕분에 그는 일을 많이 덜 수 있었다.

"연말에는 쉬어요?" 그녀가 프레첼을 종이봉투에 담는 동안 그가 지나가는 말처럼 물었다.

"아니요." 그녀는 아쉬운 표정을 짓다가 금세 또 환하게 웃었다. "대신 연초에 휴가를 가요. 어쩌죠? 3주간 저 없이 지내셔야겠어요."

그녀는 최소한 사흘은 더 살 수 있었는데 문장 두 개로 그 기회를 날려버렸다. 원래 크리스마스와 연말에는 그냥 놔둘 생각이었지만 휴가를 간다니 어쩔 수 없다. 어느새 그도 제법 여유가 생겨서 일정을 변경해야 할 일이 생겨도 그리 당황하지 않았다.

"저런, 큰일인데요." 그는 10유로짜리 지폐를 카운터에 올려놓으며 웃었다. 그녀가 그 말의 이중적 의미를 알 리 없다는 것은 확실했다.

"그 전에 몇 번은 더 볼 텐데요, 뭘." 그녀는 애교 섞인 미소를 지으며 아직 따뜻한 프레첼과 빵이 담긴 종이봉투를 건넨 후 거스름돈을 내주었다.

"그럼, 내일 또 봬요!" 그녀는 친한 척하며 한 눈을 찡긋했다. 그러고는 곧바로 그 미소로 다음 손님의 마음을 사로잡았다. 그녀가 그에게만 친절한 것은 아니다. 설령 그렇다고 해도 달라질 것은 없겠지만.

*

피아 키르히호프는 샤워부스에서 나오며 수건을 홱 낚아챘다. 크리스토프는 15분 전에 비르켄호프를 떠났다. 그는 여행가방을 들고 나가면서 오후에 안토니아와 안토니아의 남자친구 루카스가 공항에 태워다주고 차는 비르켄호프에 가져다 놓기로 했다며 피아를 안심시켰다.

"당연히 이해하지." 전날 밤 그는 이렇게 말했다. "나라도 그렇게 결정했을 거야."

크리스토프는 피아가 떠나지 않을 걸 이미 알고 있었다. 헤닝이 그랬던 것처럼. 알고 보면 세 사람은 똑같은 부류의 인간이다. 피아는 셋 다 일에 목매다는 사람들이라는 걸 인정하지 않을 수 없었다.

헤닝과 함께 살 때는 남편이 가정보다 일을 우선시한다는 것 때문에 속을 많이 끓였다. 헤닝은 아내가 직장에 나가는 것을 좋아하지 않았다. 그래서 피아는 작센하우젠의 저택에서 빈둥거리며 무료하게 시간을 보냈다. 저녁시간이나 주말에는 남편 얼굴을 보기 위해 법의학연구소를 찾아가야 했고, 자연히 그곳 부검실에서 보내는 시간이 많아졌다. 헤닝과 헤어지게 된 것은 8년 전 3월, 오스트리아에서 일어난 케이블카 추락 사고 때문이었다. 그러고 보니 벌써 8년 전 일이다. 헤닝은 오스트리아 사건 현장으로 떠나기 전 간다는 말도 하지 않았다. 피아는 바로 짐을 싸서 집을 나왔다. 헤닝이 그 사실을 알기까지는 꼬박 2주가 걸렸다. 그녀 인생에서 가장 잘한 일 두 가지는 비르켄호프를 산 것과 예전에 일하던 강력반으로 돌아간 것이다. 그녀는 자유를 원했다. 그녀는 다시는 타인 때문에 자신의 뜻을 꺾지 않으리라 결심했다. 그러다 크리스토프를 만나 첫눈에 사랑에 빠졌다. 처음에는 그 초콜릿색 눈동자에 반했고, 그다음에는 크리스토프라는 특별한 남자 그 자체에 반했다. 사실 크리스토프도 헤닝 못지않은 일벌레지만, 이제는 피아에게도 일이 있기 때문에 그때와는 상황이 다르다. 피아는 일을 의무로 느껴본 적이 없었다. 직업의 특성상한가할 때는 일찍 퇴근해서 농장을 돌보고 동물들과 함께 시간을 보낼 수 있다는 점도 좋았다. 물론 가끔은 일 때문에 이런 상황도 벌어진다. 하지만 크리스토프는 그녀가 만날 일만 한다고 해도 비난하는 사람이 아니다. 물론 그녀도 그가 몇날며칠 동물원에만 매여 있다고 해서 잔소리를 늘어놓지 않는다. 최근만 해도 코끼리 우리를 새로 짓느라 얼굴 보기가 힘들었다.

피아는 거울에 비친 자신의 모습을 보고 한숨을 폭 쉬었다. 크리스토프가 화를 내거나 실망하지 않을 건 잘 알고 있었다. 하지만 막상 그의 반응을 보니 힘이 쭉 빠졌다. 부부로서 처음으로 크리스마스와 연말을 함께 보낼 예정이었는데, 그녀는 혼자 비르켄호프에 앉아 청승을 떨어야 하고 그는 이역만리에서 낯선 사람들과 함께 보낸다고 생각하니 우울할 수밖에.

마지막으로 길게 포옹을 한 후 크리스토프가 떠났을 때 피아는 심장이 튀어나오는 것 같은 아픔을 느꼈다. 그리고 곧바로 이 결정이 과연 올바른 것인지 자문했다. 시체 두 구 때문에 사랑하는 사람을 혼자 떠나보내는 게 옳은 일일까? 만약 비행기가 추락하거나 배가 침몰해서 다시는 크리스토프를 보지 못하게 되면 어쩌지? 그걸 어떻게 감당하지? 벌써부터 그가 보고 싶어 견딜 수 없었다. 아픔이 몸으로 느껴질 정도였다. 그를 안 뒤로 이렇게 오랫동안 떨어져 있는 건 처음이었다.

그녀는 머리카락을 둥글게 말아 목 뒤에서 단정하게 하나로 묶었다. 보덴슈타인은 아직 그녀의 결정에 대해 모른다. 다른 동료들도 그녀가 사건 때문에 휴가를 포기하리라고는 생각하지 못할 것이다. 지금이라도 크리스토프에게 전화를 걸어 함께 가자고 할까? 피아는 욕실에서 나와 불을 끄고 아래층으로 내려갔다. 부엌 식탁에 휴대전화가 놓여 있었다. 전화기를 들고 크리스토프의 번호를 누르기만 하면 된다!

그러나 다음 순간 전날 본 피해자의 남편과 딸이 떠올랐다. 그리고 레나테 롤레더도 떠올랐다. 그 절망과 충격! 할머니의 머리가 날아가는 것을 바로 옆에서 본 손녀딸은 과연 무슨 생각을 했을까? 젠장.

*

호프하임 경찰서 상황실 뒤에 있는 대기실은 발 디딜 틈 없이 꽉 차 있었다. 서에서 가장 큰 공간이라 매스컴 타기 좋아하던 전임 과장 니어호프가 기자들을 모아놓고 대대적으로 기자회견을 열곤 하던 곳이다. 오늘은 이곳에서 '스나이퍼'로 명명된 범인을 잡기 위한 특별수사본부가 첫 모임을 갖는다. 대기실에는 책상과 전화기, 특수본부에 빠질 수 없는 화이트보드, 컴퓨터, 인쇄기, 팩스가 들어찼고, 다른 부서에서 차출된 직원 스물다섯 명이 빽빽이 앉아 있었다. 그 밖에 니콜라 엥엘 과장, 기동대장, 지역범죄수사국에서 파견된 프로파일러 안드레아스 네프, 보덴슈타인 반장, 그리고 강력반 최후의 1인 오스터만이 참석했다.

신문사와 인터넷 뉴스포털에서 보덴슈타인이 전날 저녁 내보낸 짤막한 보도자료를 "제2의 스나이퍼 살인 발생! 사이코 킬러가 활보하고 있다?" 같은 선정적인 제목의 기사로 탈바꿈시켜 내놓아 시민들의 불안은 점점 커지고 있었다. 범죄신고번호 110으로 전화해 어떻게 된 일이냐고 물어보는 사람들도 있어서 신고센터 동료들은 무척 난감해하고 있었다. 그래서 따로 비상번호가 신설됐다. 오스터만은 목이 쉬어 목소리가 나오지 않았기 때문에 보덴슈타인이 사건의 개요를 설명했다.

"수요일 오전 8시 45분경 니더회히슈타트에서 75세 여성 잉게보르크 롤레더가 총상을 입고 숨졌습니다. 범행 동기는 아직 밝혀지지 않았습니다. 범인은 소총을 사용했고, 탄약은 308 원체스터입니다. 애석하게도 일반적으로 많이 사용되는 구경이라 누가 어디서 구입했는지 알아내는 것은 불가능합니다. 처음에는 롤레더 부인이 우연히 범죄의 희생양이 된 것 아닌가 생각했습니다만 어제저녁 7시 반 오버우어젤에서 매우 유사한 방식의 살인 사건이 발생했고……."

그때 밖에서 문 두드리는 소리가 나더니 누군가 들어왔다. 경찰들이 속닥거리는 소리가 들렸다.

"어이, 피아!" 사기전담반 형사 마투셰크가 말했다. "여긴 무슨 일이야?"

"우리랑 헤어지기가 너무 힘든가 보지?"

누군가 던진 말에 짧은 웃음이 터졌다.

"휴가 중에는 회사에 안 나오는 거야!" 누군가 나서서 한마디 거들었다.

피아는 항상 들고 다니는 작은 배낭을 보덴슈타인이 앉아 있는 책상에 올려놓았다.

"우리 이렇게 하면 어때요?" 피아가 동료들을 둘러보며 말했다. "지금 이 순간부터 '휴'로 시작하는 특정 단어를 말하지 않기. 머릿속 사전에서 잠깐 지워주세요."

사람들은 말없이 고개를 끄덕였다. 어젯밤 한숨도 자지 못한 보덴슈타인은 피아가 떠나지 않기로 결심한 것을 눈치채고는 내심 크게 안도했다.

"그래도 그렇지 미련하긴!" 누군가 중얼거렸다. "해외여행 안 가고 여길 왜 기어들어와? 나 같으면 돈 줘도 안 한다."

"바로 그거예요, 프롭슈트 선배." 피아가 날카롭게 받아쳤다. "그래서 지금 선배가 그 자리에 앉아 있는 거죠. 은퇴할 때까지 계속 그 자리를 지킬 거고요."

보덴슈타인은 순간적으로 엥엘 과장과 눈이 마주쳤다. 그녀의 눈에 미소가 스치는 것이 보였다.

"계속하세요, 반장님." 피아는 보덴슈타인을 향해 고개를 끄덕였다. 그런 뒤 오스터만이 어느새 옆 사람을 쫓아내고 비워놓은 자리에 가서 앉았다.

"그래, 고마워." 보덴슈타인은 피아에게 대답하고 다시 동료들을 향했다. 두 사건의 경과와 그동안 정리된 사실들이 짧게 요약, 보고되었다.

"두 피해자 모두 노년층이고 피해자들의 가족 배경을 봐도 아직까지는 범행과의 관련성이 발견되지 않았습니다. 피해자 2의 남편은 의사이고 피해자 1의 딸은 플로리스트입니다. 현재 알려진 건 이게 전부입니다."

"감사합니다, 보덴슈타인 반장님." 안드레아스 네프가 말을 받았다. "사실 지금까지 모인 정보가 많다고 할 수는 없겠네요. 게다가 앞으로 더 많은 정보가 모일 거라고 기대하기도 어렵습니다. 제가 보기에 이 두 사건은 우연에 의한 범행의 전형 같습니다. 제가 미국에서 참여했던 수사와 유사점이 많은데요. 2002년 10월 워싱턴 DC에서 남자 두 명이 무차별적으로 사람들을 쏴서 3주 사이에 열 명이 죽은 사건이 있었습니다. 피해자를 선택한 기준 같은 것은 없었습니다. 그저 살인의 쾌락을 느끼기 위해 임의의 대상을 선택한 거죠."

"저건 또 누구야?" 네프가 존 앨런 무하마드와 리 보이드 말보에 대해 얘기하는 동안 피아가 오스터만에게 조용히 물었다.

"비스바덴에서 온 비밀병기." 오스터만이 아니꼽다는 듯 눈동자를 굴리며 말했다. "우리 시골 경찰들에게 지원이 필요하다고 생각했는지 윗선에서 사람을 보냈어."

"안드레아스 네프라고 지역범죄수사국에서 온 프로파일러야." 보덴슈타인이 작은 소리로 덧붙였다.

"프로파일러요?" 피아가 이마를 찡그렸다. "프로파일러가 여기서 뭘 할 건데요?

오스터만이 말없이 어깨를 으쓱했다.

"과장님 결정이야." 보덴슈타인이 말했다. "그리고 지금은 강아지 손이라도 빌려야 해."

피아는 네프의 말이 끝날 때까지 기다렸다.

"전 어제 이후로 생각이 바뀌었어요." 피아가 반박했다. "현장의 위치만 봐도 우연한 범행이라고는 보기 힘듭니다. 피해자의 집은 높은 나무울타리 뒤에 있습니다. 범인은 총을 쏠 장소뿐만 아니라 도망칠 곳도 찾아야 했을 겁니다. 지금 우리는 알아내지 못했지만 두 피해자 사이에는 분명 어떤 관계가 있습니다. 전 피해자의 주변과 과거 행적을 철저히 조사해야 한다고 생각합니다."

네프는 피아의 말을 끝까지 듣더니 웃으며 고개를 끄덕거렸다.

"물론 그러셔야죠. 전 다만 현재 상황에 대한 제 소견을 진술했을 뿐입니다. 그런데 말입니다. 물론 제가 잘못 생각하는 것일 수도 있지만……."

"됐어, 초기 진단은 그 정도면 되겠어." 보덴슈타인이 끼어들었다. "키르히호프 형사와 함께 루돌프 부인의 가족을 만나러 갈 건데 자네도 같이 가지."

보덴슈타인은 다른 사람들에게도 업무를 나눠주고 회의를 마쳤다. 카이 오스터만은 새 동료에 대한 거부감을 감추지 않았다.

"어휴, 낙하산 메고 다니려면 골치 좀 아프겠네." 오스터만은 그렇게 말했다가 보덴슈타인에게 따가운 눈총을 받았다.

피아는 네프가 그들과 동행하는 데 반감이 없었다. 프로파일러들이 사건 해결에 도움이 되는 세부적인 단서를 찾아냈다는 이야기를 많이 들었기 때문이다. 시간이 촉박했다. 범인이 언제 다시 살인을 저지를지 몰랐다.

*

"현장 일선에서 일하는 형사들은 사건을 분석할 시간이 모자랄 수밖에 없어요. 호프하임 분들은 그걸 잘 아시는 듯합니다. 그런 의미에서 이렇게 사건 초반부터 저를 수사에 참여시킨 건 매우 현명한 처사라 할 수 있지요." 안드레아스 네프는 관용차 쪽으로 걸어가며 말했다. 그리고 당연하다는 듯 조수석에 앉으려고 했다.

"뒤에 앉으세요." 피아가 그의 앞을 가로막으며 말했다.

네프는 피아를 위아래로 쓱 훑어보더니 웃으며 어깨를 으쓱했다. 그는 한 번 보고 금방 잊어버리기 쉬운 평범한 얼굴에 키는 피아보다도 이삼 센티미터는 작아 보였다. 그러나 왜소한 체격 때문에 자격지심이 있는 것 같지는 않았다.

"키르히호프 형사님, 이게 바로 제가 늘 겪는 일이랍니다." 네프가 뒷좌석에 앉으며 말했다. "지역범죄수사국 프로파일러로서 저는 어느 팀에도 속하지 않습니다. 그리고 보통은 더 이상 손을 쓸 수 없을 때 제가 투입되기 때문에 사람들은 저를 좋아하지 않아요. 자신의 실패를 인정하고 싶은 사람은 없는 법이지요."

피아는 그가 무슨 말을 하려는지 감이 잡히지 않았다.

"그래서 늘 무슨 일을 겪는다는 건가요?"

"제가 새로운 팀에 가면 사람들이 은근히 텃세를 부리지요." 네프가 대답했다. "전 인간의 행동 양식을 오랜 시간 연구해왔습니다. 인간의 의사소통 행위 중 8퍼센트만이 언어로 되어 있고, 나머지 92퍼센트는 신체언어로 되어 있다는 사실 아세요? 방금 키르히호프 형사님의 신체언어에서 저는 형사님이 저와 관련해 불안감을 느끼고 있다는 걸 인지했습니다. 형사님은 그 불안감을 공격성으로 감추고 있어요. 아마 자신은 의식하지 못하실 테지만요. 이런 행동 패턴은 특히 성 역할과 신체적 약자라는 면에서 열등의식을 가진 여성들에게서 많이 나타나지요. 넌 뒤에 앉아라, 내가 앞에 앉겠다. 그런 건 팀에서 제 역할을 축소시키고 그 사실을 확고히 함으로써 자신의 우월성을 입증하려는 신체언어인 셈이죠."

"아, 그런가요?" 피아가 뜻밖이라는 듯 말했다. "난 당신보다 신체적으로 열등하다고 느끼지도 않고 불안하지도 않은데요."

"아니요, 인정하기 힘드시겠지만 분명 그럴 겁니다." 네프는 자신의 주장을 꺾지 않았다. "저는 다 이해합니다. 보통 그렇게들 말하지요. 저처럼 모든 걸 미세한 부분까지 분석하다 보면 팀 구성의 면면을 바로바로 파악할 수 있는 섬세한 감각이 생깁니다. 미국 경찰은 여성들의 평등과 자부심 면에서 우리보다 훨씬 앞서 있죠. 우리가 한 10년은 뒤처져 있다고 봐야 할 겁니다."

보덴슈타인은 혼자 말없이 웃고 있었다.

"그러니까 지금 내가 앞좌석에 앉은 게 불안을 느낀다는 증거라는 거예요?" 피아가 따지듯 물었다. "아니면 내가 여자로 태어났기 때문에 불안해한다는 거예요?"

"둘 다죠."

피아는 농담이려니 했는데 네프는 사뭇 진지하게 고개를 끄덕이며 말을 이었다.

"그건 형사님이 방금 제게 권력 행사를 하는 방식에서도 증명됐습니다. 정중하게 부탁한 게 아니라 '뒤에 앉으세요'라고 명령하셨죠? 게다가 제 앞으로 비집고 들어오지 않았습니까? 신체적 행위로 그 명령에 방점을 찍은 거죠."

"나 참." 피아가 머리를 절레절레 흔들었다. "잠깐만요. 내가 앞에 앉겠다고 한 건 이 차에 내비게이션이 없기 때문이에요. 그런데 난 현장으로 가는 길을 알고 당신은 모르잖아요. 그리고 난 항상 앞에 앉아요."

"아아, 네." 네프가 말했다. "난 항상 앞에 앉는다⋯⋯. 자, 이 평범하기만 한 말이 형사님과 형사님의 사고방식에 대해 어떤 사실을 말해줄까요? 형사님은 유연성이 부족하고 정례적인 것을 선호합니다. 그런 건 안전하다는 믿음을 주니까요. 그런데 그런 건 더 나아가서 변화와 변혁을 두려워한다는 뜻입니다. 뭐 더 자세히 설명할 수도 있지만 이쯤에서 그만두도록 하죠."

피아는 독한 말로 맞받아치고 싶었지만 꾹 참았다. 그리고 왠지 그의 말을 듣다 보니 정말 불안해지는 느낌이었다. 그녀는 그 사실에 더욱 화가 났다. 네프는 그녀의 침묵을 패배를 인정한 것으로 받아들였는지 FBI에 있을 때 배웠다는 최신 프로파일링 기법에 대해 일장 연설을 늘어놓기 시작했다.

"통계적으로 볼 때, 특히 연쇄살인범들은 특정한 사회경제적 특징과 관련지을 수 있는 행동 패턴을 보입니다." 네프는 뒷자리에서 혼자 계속 주절거렸다. "저희는 단서, 현장에 남아 있는 흔적, 범행 상황 등의 범죄학적 근거에 의거해 결론을 도출하지요. 그런데 매우 안타까운 것이 현장을 사진으로만 보고 상황을 유추해야 한다는 겁니다. 저는 현장에 가서 직접 몸으로 느끼는 걸 좋아하는데 말이죠."

보덴슈타인은 쾨니히슈타인 로터리에서 크론베르크 방향으로 꺾었다. 차가 오펠 동물원을 지나칠 때 피아는 보덴슈타인에게 차를 세워달라고 하고 싶은 유혹에 빠졌다. 아직 늦지 않았다! 지금이라도 크리스토프와 함께 비행기를 타고 에콰도르와 갈라파고스 군도로 떠날 수 있는데 왜 이런 웃기지도 않는 애송이에게 모욕적인 소리를 듣고 있어야 한단 말인가!

"중요한 말씀 중에 죄송한데요." 피아가 끼어들었다. "제가 어제 사건이 발생한 지 45분 후에 범행 현장에 있었거든요. 뭐 물어보실 거 있으면 물어보세요."

"알고 있습니다." 네프는 약간 기분이 상한 듯했다. "저도 사건일지를 읽거든요. 물론 물어보고 싶은 것도 있습니다. 때가 되면 다 물어볼 겁니다. 우린 이제 한 팀이니까요."

문서상에서나 그렇지! 피아는 혼자 입을 비죽거렸다. 그리고 정말 팀에 적응하기 힘든 성격이라고 생각하며 속으로 혀를 끌끌 찼다.

"하지만 유족들과 대화하는 건 우리가 해." 15분이나 입을 꾹 다물고 있던 보덴슈타인이 드디어 입을 열었다.

"아니, 왜요?" 네프가 항의했다. "저도……."

"수사를 맡은 수사관은 우리고 자네는 외부에서 온 범죄분석요원이니까. 그 말은 자네는 곧 일종의 관찰자라는 뜻이야. 자네는 관찰하고 관찰한 것을 분석하면 되는 거야." 보덴슈타인이 차분한 목소리로 말했다. 피아는 네프의 딱 벌어진 입을 보고 보덴슈타인에게 입이라도 맞추고 싶은 심정이었다.

*

마가레테 루돌프는 오버우어젤에서 태어나 평생 그곳에서 살았다. 그녀가 살던 아름다운 저택은 부모님이 물려주신 것으로, 부모님이 일찍 돌아가시자 남편과 함께 들어가 살기 시작했다. 그녀는 잉게보르크 롤레더와 마찬가지로 주위사람들에게 사랑과 존경을 받았고 교회, 스포츠클럽, 문화센터에서 활동했다. 브리지 게임을 즐겼고 독서 모임을 이끌었으며 라이온스클럽에서도 활동했다. 그 누구도 그녀의 목숨을 위협할 사람은 없다고 남편과 딸은 재차 강조했다. 그들은 여전히 깊은 충격에 빠져 있었다.

"커피라도 한잔 대접하고 싶습니다만…… 하지만 저도, 제 딸도…… 도저히……." 예순 초반의 호리호리한 은발 신사 디터 루돌프 교수는 말끝을 흐렸다. 보덴슈타인도 피아도 그의 말을 이해할 수 있었다. 현장청소팀이 부엌을 깨끗하게 치워놓아서 어디서도 핏자국

같은 것은 보이지 않았지만 아내가 죽은 장소에 다시 들어가는 것이 쉽지 않을 터였다.

루돌프 교수는 형사들의 질문에 성심성의껏 답하며 최대한 감정을 드러내지 않으려고 애썼다. 딸도 마찬가지였다. 둘 다 어떤 것에도 쉽게 흔들리지 않는 강인한 모습을 보이는 데 익숙한 사람이었다. 그러나 마음의 동요를 모두 감출 수는 없었다. 카롤리네 알브레히트는 전날 저녁에 입었던 옷을 그대로 입고 있었다. 밤을 새웠다는 증거다.

집 안에선 크리스마스 분위기가 물씬 풍겼다. 장식대 위에는 누렇게 바랜 수염에 파이프를 문 인형과 손으로 깎은 천사 인형들이 죽 놓여 있었고, 받침이 높은 유리그릇에는 크리스마스 장식이 된 전나무 가지가 담겨 있었다. 묵중한 식탁 한가운데에는 커다란 크리스마스 화환을 올려놓았다. 마지막 초는 아직 켜지 않은 상태였다. 천장까지 닿는 커다란 격자창 앞에는 빨간색과 흰색 별 장식이 매달려 있었다. 창밖 테라스에는 크리스마스트리로 쓰려고 준비해둔 전나무가 위풍당당하게 서 있었다. 그러나 이제 그 나무를 장식할 사람은 없다. 모든 것이 그대로지만 그 무엇도 예전 같지 않을 것이다. 심장마비나 중병으로 가족을 잃는 것도 힘든데, 하물며 살해를 당하다니.

"알브레히트 부인." 피아가 조심스럽게 입을 열었다. "따님과 얘기를 해봐야 할 것 같아요."

"그래 봤자 별 쓸모없을 겁니다." 카롤리네 알브레히트가 말했다. "밖은 어두웠고 부엌에는 불이 켜져 있었기 때문에 안에서는 아무것도 보이지 않았어요."

"그레타는 지금 어디에 있죠?"

"바트조덴에 있는 제 아버지 집이요. 지금 그 애에겐 평범하고 익숙한 환경이 필요해요."

카롤리네 알브레히트는 더 이상 말을 잇지 못하고 입술을 앙다물었다. 아버지가 그녀의 팔을 쓰다듬었다. 그녀도 아버지의 손 위에 자신의 손을 얹었다. 두 사람은 나란히 붙어 앉아 있는데도 묘하게 외로워 보였다. 서로 가까운 사이 같지 않았다. 보통 가족 중 누군가 갑작스러운 죽음을 맞으면, 특히 살인 사건의 경우 유족들은 그간의 적대감을 잊고 서로에게 버팀목이 되어주려고 한다. 그러나 가끔은 오랫동안 꺼지지 않던 반목의 불씨가 되살아나 가족이 파탄 나는 계기가 되기도 한다. 피아는 그레타 이야기를 붙잡고 늘어지는 것은 좋지 않겠다는 판단을 내렸다. 그래서 보덴슈타인에게 다음 화제로 넘어가라는 뜻으로 고개를 끄덕였다.

"부인께서 최근 변했다고 느끼신 적 있습니까?" 보덴슈타인이 물었다. "아니면 뭔가 목격했거나 위협받은 일이 있습니까?"

"아니요." 루돌프 교수가 맥없이 고개를 저었다. 그는 우두커니 앉아 유난히 섬세한 손을 기도하듯 깍지 끼고 있었다. 뺨에는 파르스름한 수염 자국이 나 있었고, 무표정한 얼굴에는 베일에 가린 듯 초점 없는 눈동자가 떠 있었다.

"한 번도 본 적 없는 수리공이 집에 온 적은 없습니까? 전기나 수도 계량을 하러 온 적은요?" 보덴슈타인은 조심스럽게 말을 이어갔다. "뭔가 평소와 다른 건 없었습니까? 아니면 이상한 일이 일어나지는 않았나요?"

루돌프 교수는 잠시 생각하는 듯하더니 고개를 저었다.

"내가 알기로는 없습니다."

"잉게보르크 롤레더라는 이름 들어보신 적 있으세요?" 피아가 다시 나섰다. "니더회히슈타트 사람이에요."

루돌프 교수는 기억을 더듬는 듯 얼굴을 찡그렸다.

"아니요, 미안합니다만 모르겠습니다. 처음 듣는 이름입니다."

"알브레히트 부인, 만약 어머니께 무슨 일이 있었다면 따님께 얘기를 했을까요?" 이번에는 보덴슈타인이 딸에게 물었다. "어머니와의 관계는 어땠습니까?"

"좋았어요. 친구 같았어요." 카롤리네 알브레히트가 대답했다. "일이 아무리 바빠도 매일 통화를 했어요. 짧게 얘기하고 끊는 날도 있었지만 한 시간, 아니 그보다 길게 통화하기도 했어요. 어머니는 제 삶의 구심점 역할을 해주신 분이에요." 카롤리네 알브레히트는 목소리가 떨렸지만 애써 감정을 자제했다. "만약…… 만약 고민되거나 불안한 일이 있었다면 분명히 제게 말씀하셨을 거예요."

어머니의 죽음과 그런 무시무시한 일을 목격한 딸 걱정에 마음이 찢어질 그녀가 감정을 통제하기 얼마나 힘이 들지 피아는 상상할 수 있었다. 언젠가는 그 힘이 다할 테고 절망이 봇물 터지듯 흘러넘칠 것이다. 피아는 서로를 위해 그때가 지금이 아니기를 바랐다. 일단 감정이 폭발하고 나면 그녀는 창피해할 것이고, 그렇게 되면 다음 대화를 이어가기가 쉽지 않을 것이다.

보덴슈타인, 피아, 정말 입을 꼭 다물고 있던 네프가 일어서자 카롤리네 알브레히트도 따라 일어섰다.

"어머니는 평생 남에게 해 끼치지 않고 살았어요. 어머니를 총으로 쏠 만한 사람은 아무도 없다고요!" 그녀는 울음인지 웃음인지 모를 신음소리를 내질렀다. 그러자 그녀의 아버지도 얼음 같은 통제력을 잃고 흐느껴 울기 시작했다. "세상에 나쁜 사람들이 얼마나 많은데 왜 하필 착한 우리 어머니를 죽였냐고요!"

*

돌아가는 길에는 피아가 운전대를 잡았다. 그녀는 다시 오펠 동물원을 지나고 싶지 않아 보머스하임을 지나서 바로 커브를 틀었다. 그러면 A66고속도로 진입로로 바로 연결된다. 시내를 통과하지 않아도 되고, 여름용 타이어를 낀 채 시속 30킬로미터로 거북이주행하는 차들과 신호등을 피해갈 수도 있다.

피아와 보덴슈타인은 이렇게 차를 타고 갈 때면 질문을 받았던 사람의 대답, 반응, 태도 등에 대해 대화를 나누곤 했다. 그러나 오늘은 안드레아스 네프 때문에 한마디도 의견을 나눌 수 없었다. 네프는 뒷좌석에 앉자마자 숨 쉴 틈도 없이 방금 오갔던 대화를 토씨까지 따져가며 분석하기 시작했다.

"아유, 시끄럽게 떠드는 통에 생각을 할 수 없잖아요!" 듣다 못한 피아가 버럭 짜증을 냈다. "이제 심리분석까지 하려는 거예요?"

"제 안목과 소견을 피력하는 것을 떠든다고 표현한 사람은 아직까지 한 명도 없었습니다." 기분이 상한 네프가 말했다. "제가 발견한 바로는 탐문 후 최대한 빨리 동료들과 의견을 나눠야만 인지적 연관성을 이끌어낼 수 있습니다."

"여보세요, 우린 그 대단한 발견을 이미 몇 년 전에 했거든요." 피아가 날카롭게 받아쳤다. "남은 10킬로미터는 입 다물고 조용히 좀 있어주세요. 그러면 정말 고맙겠네요."

네프가 뭐라고 대꾸하려는데 마침 보덴슈타인의 휴대전화가 울렸다. 보덴슈타인은 별 생각 없이 스피커를 켰다가 발신자를 확인하고는 스피커를 껐다. 그는 잠시 듣고 있다가 알았다는 듯 음, 음 하고는 전화를 끊었다.

"과장님이에요?"

"음."

"어느 정도예요?"

"꽤 심한데."

"뭐 때문에요?"

"위에서."

"언론 때문이구나."

"맞아."

7년간 함께 일해온 피아와 보덴슈타인은 오래된 부부 같아서 근래에는 거의 전보 형식으로 대화를 나누곤 했다. 오랫동안 함께 시간을 보낸 사람들에게 나타나는 전형적인 현상이다.

"방금 그 투박한 의사소통 방식은 저를 대화에서 배제하려는 의도로 보이는데요." 네프가 악의를 담아 말했다.

"전혀 아니야." 보덴슈타인이 뜻밖이라는 듯 말했다. "엥엘 과장님 전화인데, 언론에서 공포 분위기 조성한 것 때문에 여론이 흥분했다며 상부에서 걱정하고 있다는 거야. 짧고 쉬운 말로 하면 위에서 압박 내려온다는 거지. 이제 됐나?"

"흠." 네프는 신음처럼 중얼거릴 뿐이었다.

피아는 계기판의 시계를 보았다. 4시 43분. 지금쯤 크리스토프는 슬슬 공항으로 이동하고 있을 것이다. 이제 3주나 되는 기나긴 시간 동안 그를 볼 수 없다.

"도로가 엄청 한산하네." 보덴슈타인이 말했다. "금요일 오후 이 시간쯤이면 엄청 막히는 곳인데."

"그러게요. 반장님도 그것 때문이라고……?" 피아가 물었다.

"응, 나도 같은 생각이야." 보덴슈타인이 고개를 끄덕였다.

"무슨 문장을 그런 식으로 쓰십니까? 두 분은 지금 좋은 우리말을 학대하고 있는 거라고요." 뒤에서 네프가 잔소리를 해댔다.

"그래요?" 피아가 몰랐다는 듯 딴청을 피웠다.

"당치 않은 소리." 보덴슈타인이 피식거리며 말했다.

그리고 두 사람은 웃을 일이 없는데도 껄껄 소리 내어 웃었다.

*

오버우어젤과 니더회히슈타트에서 목격자와 단서를 찾아 헤매다 온 동료들은 기운 없이 축 처져 있었다. 하루 종일 초인종을 누르고 돌아다녔지만 모르겠다는 대답이나 어깨를 으쓱하는 반응 일색이었다. 핫라인에도 쓸 만한 정보는 전혀 접수되지 않았다.

루돌프 교수는 잉게보르크 롤레더라는 이름을 처음 들어봤다고 했고, 레나테 롤레더 또한 마가레테 루돌프라는 사람을 전혀 알지 못한다고 했다. 두 피해자의 유일한 공통점은 여성이라는 것과 자식을 둔 어머니라는 것뿐이었다.

오버우어젤에서의 현장 작업도 전날 니더회히슈타트와 마찬가지로 별 성과 없이 끝났다.

"탄환에는 아무런 흔적이 없고, 탄피는 사라졌고, 족적도 없고. 한마디로 단서가 전혀 없습니다. 범인의 존재는 현재로선 유령이나 마찬가지입니다." 크리스티안 크뢰거가 실망스러울 정도로 짧은 보고를 마쳤다.

"저도 비슷합니다." 보덴슈타인이 마지막으로 보고를 시작했다. "두 피해자 모두 사전에 협박 혹은 익명의 전화를 받은 적은 없었다고 합니다. 두 건 모두 희망이 없어 보입니다. 우연히 단서가 나타나거나 범인이 범행 동기를 드러낼 때까지 기다릴 수밖에 없습니다."

회의실에 침묵이 감돌았다.

"제 의견은 좀 다릅니다. 그렇게 절망적인 사건은 아닙니다." 안드레아스 네프가 말했다.

"또 시작이네." 피아는 넥타이를 고쳐매고 재킷 단추를 잠그는 네프를 보고 지겹다는 듯 눈알을 굴렸다.

"제 눈에는 이미 확실한 패턴이 보입니다." 네프가 말을 이었다. "범인은 무작위로 살인을 저지르지만 철저한 계획에 따라 움직이고 있습니다. 우리는 범인이 매우 영리하다는 전제에서 출발해야 합니다. 범인은 충동적이지만 충동적 성향을 통제할 줄도 압니다. 범인은 아주 젊지는 않습니다. 하지만 많아봐야 서른 정도일 겁니다. 잘 뛰고 기어오를 수 있어야 하니까요. 피해자 상도 이미 선명하게 도출됐습니다. 60세에서 75세 사이의 여성입니다. 그리고 범죄분석은 범죄학, 범죄예방학과 관련 있지만, 감히 제가 심리학적 진단을 내리자면 범인은 심각한 모성 콤플렉스를 가진 남자입니다."

네프는 자신이 대견한 듯 흐뭇한 미소를 지으며 기대감이 담긴 눈빛으로 좌중을 둘러보았다.

"그래서 어쩌라는 거야?" 오스터만이 피아에게 속닥거렸다. "60세 이상 여성분들 조심하세요, 밖에 쏘다니지 말고 집에서는 창문에 꼭 커튼을 치세요, 그러라고?"

피아는 얼굴을 찡그린 채 머리만 설레설레 흔들었다. 하필이면 이때 복도에 나가 전화 통화를 하고 있는 엥엘 과장이 어서 이 입만 산 나잘난 박사의 정체를 알아채기만을 바랄 뿐이었다. 게다가 크리스토프가 떠나기 전 한 번 더 연락해오기를 애타게 기다리고 있었기 때문에 네프의 연설은 귓등으로 흘려들을 수밖에 없었다.

"미안하지만 그건 아닌 것 같은데요." 크뢰거가 나섰다. "얼마 안 되는 정보로 범인의 상을 만들어내는 건 위험합니다."

"그쪽은 그럴지도 모르지만 전 아닙니다." 네프가 여전히 미소 띤 얼굴로 말했다. "제가 FBI에 있을 때 배운 바로는……."

"저도 FBI에 2년 있었습니다. 배운 것도 많고요." 크뢰거가 항의하듯 말했다. "특히 단서가 충분히 갖춰지기 전에 무모하게 전체 그림을 그려서는 안 된다는 걸 배웠죠. 세부 사항을 하나하나 다 점검한 뒤에야 전체 그림을 그려볼 수 있는 겁니다."

"그래서 제가 온 거 아닙니까?" 네프가 아무렇지도 않은 듯 쾌활하게 말했다. "여기 계신 분들이 세부적인 것에 빠져 전체 그림을 보지 못하니까 보다 넓은 시각을 가진 제가 필요했던 거 아닌가요?"

그 말에 크뢰거의 얼굴이 붉으락푸르락해졌다. 주위의 웅성거리는 소리도 커졌다. 가끔씩 우쭐대서 그렇지 정확한 일처리에 있어서 크뢰거의 명성은 확고했다. 그는 작은 것 하나도 놓치지 않는 날카로운 눈과 명민함으로 사건을 해결하는 데 결정적인 단서를 제공해왔다.

"자, 그만하면 됐어." 보덴슈타인이 서둘러 끼어들었다. 네프가 너무 나갔다고 판단한 것이다. "네프는 끝나고 바로 내 방으로 와. 다른 사람들은 퇴근 잘하고. 퇴근해도 항시 대기 상태인 거 잊지 말고. 그럼 내일 10시 회의에서 봅시다."

"어이구 저런!" 오스터만이 속삭였다. "비밀병기가 크뢰거 반장을 잘못 건드렸는데."

"나하고는 이미 틀어졌어." 피아가 말했다. "저런 마초 나잘난 박사가 올 게 뭐람? 난 프로파일러가 왔다기에 수사에 도움이 될 거라고 기대했는데."

카트린 파싱어는 무덤 앞까지 갔다 온 사람처럼 초췌했다. 갸름한 얼굴은 핏기 없이 허옇고 눈은 퀭했다. 그녀는 힘없이 들어와 의자에 털썩 주저앉았다.

"카트린, 스나이퍼 조심해라. 그 얼굴 보면 할머니인 줄 알겠어." 크뢰거가 카트린을 놀렸다.

"반장님은 어떻고요? 거울이나 보세요. 시들 대로 시든 주제에." 카트린이 입을 비죽거렸다. "기껏 도와주려고 나왔더니 뭐예요?"

"나쁜 뜻으로 그런 거 아니야." 오스터만이 웃으며 말했다. "그런데 말이야, 어제 과장 발 비밀병기가 주장을 하나 내놨는데……."

"누구요?" 카트린이 물었다.

"비스바덴에서 파견된 FBI 엘리트 하나 있어." 크뢰거가 경멸을 담아 말했다. "뭐든지 알고 뭐든지 잘하지. 얘기하는 거 들어보면 몇 년 전 워싱턴 저격수 살인 사건도 자기 혼자 다 해결한 것 같아."

"안드레아스 네프. 지역범죄수사국에서 내려온 프로파일러야. 우리 팀에 지원 나왔어." 피아가 설명했다. "두 사건을 분석한 결과 범인이 할머니들만 골라서 죽이는 사이코라고 굳게 믿고 있어."

"뭐야? 그런 거였어요?" 카트린이 크뢰거를 흘겨보았다.

카트린 파싱어는 팀의 막내다. 오목조목한 얼굴에 몸집이 작은 그녀는 각진 안경을 쓴 데다 얼굴까지 동안이라 실제 나이 스물일곱보다 훨씬 어려 보인다. 그러나 순한 인상만 보고 만만히 생각했다가는 큰 코 다친다. 그녀는 자의식이 강하고 겁 없는 인물로, 몇 년 전 프랑크 벤케와 맞장 떠서 결국 정직에 이르게 한 장본인이다.

"어떤 사람이기에 그래요?" 카트린이 물었다.

"금방 만나게 될 거야." 창가에 기대 주차장을 내려다보던 오스터만이 말했다. "자, 데일 쿠퍼(미국 드라마 〈트윈픽스〉에 등장하는 FBI 요원_역주) 등장입니다!"

"그럼, 내용이 많진 않지만 탄도 검사 결과를 짧게 얘기해줄게." 크뢰거가 가지고 온 서류를 펼치며 말했다. "두 개의 탄환을 비교해본 결과 같은 총에서 발사됐다는 결론이 나왔어. 하지만 총은 아직 한 번도 데이터에 걸린 적이 없어. 즉, 우리 시스템에 없다는 뜻이야."

"어쨌든 두 사건의 범인이 한 놈이라는 거네." 오스터만이 말했다.

"모성 콤플렉스 가진 놈." 피아가 말했다.

"할머니 콤플렉스." 크뢰거가 한 눈을 찡긋하며 방을 나갔다.

피아의 생각은 크리스토프에게로 달려갔다. 두 사람은 어제저녁 비행기가 출발하기 전에 통화를 했다. 그는 지금쯤 에콰도르에 도착했을 것이다. 시차가 여섯 시간이니까 지금 그곳은 새벽 4시, 전화하기에는 너무 이르다. 하지만 벌써부터 얼마나 보고 싶은지 문자로 남길 수는 있다. 피아는 어제저녁 통화를 끝낸 후 가방을 풀고 일찍 잠자리에 들었다. 그리고 놀랍게도 오랜만에 깊고 편안한 잠을 잘 수 있었다. 이곳에 남기로 한 결정이 옳았음을 뜻했다.

안드레아스 네프가 회의실에 들어섰다. 어두운색 양복에 검정색 넥타이, 머리는 완벽하게 매만졌고 검정색 구두에서는 반짝반짝 윤이 났다. 손에는 커피 한 잔이 들려 있었는데 복도 끝에 있는 휴게실에서 타 온 것 같았다.

"좋은 아침!" 네프가 우렁찬 목소리로 외쳤다. 그의 시선이 피아와 오스터만을 거쳐 카트린에게 머물렀다. "아, 누구시더라?"

"카트린 파싱어입니다." 카트린이 안 나오는 목소리를 쥐어짜냈다. "감기 옮을지도 모르니까 조심하세요."

"안드레아스 네프입니다. 지역범죄수사국에서 나왔습니다." 그는 카트린을 쓱 훑어보더니 관심 없다는 표정으로 말했다. "이 부서의 비서인가 보죠?"

그 말을 들은 카트린의 눈이 가늘어졌다. 오스터만은 피아와 의미심장한 눈빛을 주고받았다. 두 사람은 웃음을 참느라 돌아섰다. 네프는 정말이지 민망한 실수만 골라서 하는 재주가 있다.

"어젯밤에 생각해봤는데요." 네프는 오스터만에게 몸을 돌렸다. "크리스마스 휴가 기간에는 아무 일도 일어나지 않을 겁니다. 범인은 사회적 관계를 중요시하는 사람이거든요. 가정도 있고……."

"그거 내 컵이에요." 카트린이 말했다.

"어쩌면 가족여행을 갈지도 모르죠." 네프는 카트린에게 눈길조차 주지 않은 채 탁자를 빙 돌아가며 커피를 한 모금 마셨다. "총을 쏜 시점만 봐도 분명히 알 수 있는 사실입니다. 연휴 전에 일을 저질렀잖아요."

카트린은 자리에서 일어나 네프 앞을 가로막더니 손가락으로 컵을 가리켰다.

"내 컵이라니까요." 카트린이 다시 한 번 힘주어 말했다. "보세요, 여기 '카트린 거'라고 쓰여 있잖아요."

"아, 네." 네프는 이마를 찡그렸다. "다른 건 다 더럽더라고요. 주방 세제를 조금만 써도 감쪽같이 깨끗해질 텐데 말이에요. 정말 마술 같다니까요."

"내 컵 내놔요." 카트린이 화난 얼굴로 말했다. "커피 마시고 싶으면 자기 컵 가져다놓고 쓰세요."

"이런! 사무실 생활 편하게 하려면 누구보다 비서들에게 잘 보여야 하는데." 네프는 딴에 한껏 여유로운 표정을 지으며 컵을 내밀었다. "안 그러면 커피가 맛이 없어지거든요."

"저 비서 아니거든요." 카트린이 퉁명스럽게 말했다. "카트린 파싱어 경장이에요!"

안드레아스 네프는 당황해하지도, 미안해하지도 않았다.

"아, 그래요? 가만, 어디까지 얘기했더라? 맞아, 범인 프로필까지 했죠."

"그런데 이렇게 적은 정보로 어떻게 그런 결론을 내릴 수 있습니까?" 카이 오스터만이 물었다.

"전문가들에게는 다 방법이 있게 마련이죠." 네프가 뽐내며 말했다. "오랜 경험을 바탕으로요."

그때 탁자 가운데 놓인 전화기가 울렸다. 가까운 곳에 앉아 있던 피아가 팔을 뻗어 전화를 받았다. 그녀는 수화기를 들고 잠시 듣고만 있었다.

"바로 갈게요." 피아가 짤막하게 말하고는 수화기를 내려놓았다.

"무슨 일이에요?" 카트린이 물었다.

"마인타우누스 센터에서 총성이 났대." 피아가 튀어오르듯 일어나며 말했다. "카이, 반장님에게 연락해봐. 난 카트린이랑 같이 바로 출발할게."

"나도 같이 가요." 안드레아스 네프가 눈을 반짝이며 말했다.

"안 돼요." 피아는 재킷과 배낭을 집어 들며 매몰차게 말했다. "필요하면 부를게요."

"그럼 난 여기 남아서 뭐합니까?"

"전체 그림 봐야죠." 피아가 말했다. "그거 하러 왔다면서요."

*

"아빠, 나도 할래!" 소피아는 욕실에 있는 작은 플라스틱 의자를 부엌으로 가지고 왔다. "나 닭고기 수프에 뭐 들어가는지 다 알아."

소피아는 의자를 보덴슈타인 바로 옆에 놓았다.

"정말?" 딴생각에 빠져 있던 보덴슈타인은 얼른 미소를 지었다. "뭐가 들어가는데?"

"먼저 물이 들어가야 해. 그리고 소금, 후추, 대파." 소피아는 조리대에 기대서 손가락을 꼽아가며 재료를 댔다. "그리고 닭고기. 그냥 닭고기 말고 유기농 닭고기를 넣어야 해. 음, 그리고 버섯! 나 버섯 엄청 잘 먹어!"

"그래? 좋았어." 보덴슈타인이 고개를 끄덕였다. "우리 그대로 한번 만들어보자."

"내가 당근 썰 거야." 소피아는 서랍을 열더니 큰 식칼을 꺼냈다.

"넌 버섯이나 씻는 게 좋겠다." 보덴슈타인이 식칼을 빼앗았다.

"싫어, 그건 재미없어! 엄마는 하게 해준단 말이야." 소피아는 인상을 쓰며 몸부림 쳤다.

"아빠 집에서는 안 돼."

"나 당근 썰 줄 알아!"

"버섯 씻든지 아무것도 하지 말든지."

"그럼 안 해!" 소피아는 바닥으로 내려와 플라스틱 의자를 발로 뻥 차버렸다. 의자는 저만치 굴러가 나동그라졌다. 소피아는 보란 듯이 부엌 바닥에 앉아 팔짱을 꼈다.

보덴슈타인은 삐친 아이를 잠시 그대로 두기로 했다. 아이와 함께 보내는 주말이 점점 힘들어졌다. 소피아는 온종일 그의 관심을 요구했고, 로잘리나 잉카에게 과도한 질투심을 보였으며, 매사 제멋대로 굴었다. 아마 코지마가 뜻을 다 받아주는 것 같았다. 그래야 편하니까. 로잘리와 로렌츠가 어렸을 때도 그랬다. 아이들은 자랄 때 엄마보다 아빠와 보내는 시간이 많았다. 코지마는 일 때문에 여행을 떠나거나 사무실에 있는 시간이 많았기 때문에 아이들은 엄마 없이 지내는데 익숙했다. 그러다 보니 집에 오면 설 자리가 없었다. 그래서 그녀가 택한 방법은 아이들에게 모든 것을 허락하는 것이었다. 평소에 아빠가 금지시킨 일을 모두 하게 해주니 아이들은 당연히 엄마를 좋아하게 되었다. 그러나 곧 엄마 머리 꼭대기에 올라가 말을 듣지 않았다. 그러자 코지마는 아이들을 엄격하게 대하려고 했지만 그마저도 일관되게 유지하지 못했다. 그런 상황에서 싸움을 중재하고 아이들에게 규칙을 가르치면서 균형추 역할을 한 것이 보덴슈타인이었다.

소피아를 보면 엄격한 가정교육이 얼마나 부족한지 한눈에 보였다. 이 일곱 살짜리는 세상 모든 일이 원하는 대로 되지는 않는다는 것, 지켜야 할 규칙이 있다는 걸 몰랐다. 할머니, 할아버지나 보모는 애교를 부려서 금방 자기편으로 만들었지만, 보덴슈타인은 그렇게 쉽게 넘어가지 않았다. 보덴슈타인은 아이의 예쁘장한 얼굴 뒤에 버르장머리 없는 고집쟁이가 자라고 있다는 것을 느낄 수 있었지만 어떻게 대처해야 할지 알 수 없었다.

잉카가 살림을 합치기로 해놓고 아직까지 이사를 미루고 있는 이유가 정말 소피아 때문은 아닐까? 어느새 아이와 함께 보내는 주말에는 잉카가 오지 않는 게 당연한 것처럼 되어버렸다. 왠지 서운해서 이런 얘기를 꺼낸 적이 있다. 그의 질문에 잉카는 그가 완전히 소피아 차지가 돼버리기 때문에 차라리 집에 있거나 병원에 가는 게 낫다고 말했다. 그와 잉카는 싸워본 적이 없었다. 물론 그 대화도 싸움으로 발전하지는 않았지만, 잉카의 속뜻은 소피아와 자기 중에 선택하라는 것이다. 보덴슈타인은 그녀에게 실망하기도 했지만 한편으로는 다행이라는 생각이 들었다. 그녀가 오지 않으면 소피아와 잉카 중 한 사람을 선택할 필요가 없다. 비겁한 생각이고 이기적인 태도다.

사실 이제 와서 다시 어린아이를 키운다는 게 지금의 그에게는 무척 버겁게 느껴지기도 했다. 소피아를 가졌을 당시 코지마는 모든 결정을 내려놓고 그에게 임신 사실을 통보했다. 그것이 그들 관계의 끝이 시작된 지점이었다. 젊게 살고 싶은 코지마의 욕심은 늦둥이에서 그치지 않았다. 그녀는 가족은 안중에도 없이 젊은 애인과 바람을 피웠고 그로써 모든 것을 망쳤다. 가정만 버린 것이 아니라 소피아가 엄마 아빠와 함께 성장할 수 있는 기회도 박탈했다. 그는 지금도 종종 코지마가 왜 그랬는지 의문이 들었다. 코지마가 끝없는 이기심으로 저질러놓은 실수를 왜 자신이 다 처리해야 하는 걸까? 러시아인 탐험가 애인과의 관계는 얼마 가지 못했다. 그가 원한 건 열정적인 애인이었지 육아에 지친 어머니가 아니었으니까.

보덴슈타인은 루퍼츠하인에 집을 살 때도 소피아를 염두에 뒀다.

아이를 볼 사람이 없을 때면 언제든 바로 데려올 생각이었다. 그러나 아이에게 삶의 모든 면을 맞출 생각은 없었다. 더구나 잉카와의 관계가 위협받는 것은 원치 않았다.

식탁에 앉아 수프를 한 스푼 뜨는데 휴대전화가 울렸다. 전화기에서 피아의 긴장된 목소리가 흘러나왔다. "지금 마인타우누스 센터로 가는 중이에요. 총성이 났다는데, 현장이 아수라장이 된 모양이에요. 사망자나 부상자가 있는지는 아직 모르겠어요."

그 말을 들은 보덴슈타인은 소스라치게 놀랐다. 심연으로부터 공포심이 솟구쳤다. 로잘리가 뉴욕으로 떠나기 전 마지막으로 살 것이 있다며 한 시간 반 전에 쇼핑센터에 간 것이다!

"애 맡기는 대로 바로 갈게." 그는 짧게 말하고 자리에서 일어섰다. "계속 연락해줘!"

그리고 떨리는 손으로 로잘리에게 전화를 걸었다. 신호가 가는데도 로잘리는 전화를 받지 않았다. 그는 차분히 생각하려고 노력했다. 이런 날에는 수천 명이 쇼핑센터에 갈 것이다. 그런데 하필 로잘리에게 그런 일이 일어날까? 이런 사건이 일어났을 때 내 가족이 피해자가 되었을 거라고 생각하는 사람은 없다. 누구나 내 가족만은 무사하기를 바란다. 그러나 피해자는 늘 있게 마련이다.

보덴슈타인은 잉카에게 전화를 걸어 부탁했다.

"일 때문에 나가봐야 하는데 소피아 좀 맡아줄 수 있어?"

"나 지금 왕진 나왔는데." 잠깐의 망설임 뒤에 잉카가 말했다. "병원에 데려다줘. 바그너 부인더러 보고 있으라고 할게."

"언제 데리러 갈지 몰라." 그는 전기레인지의 불을 껐다. "마인타우누스 센터에서 총성이 났다는데 로잘리가 쇼핑하러 갔거든. 연락이 되지 않아서 걱정이야."

"지금쯤 난리 났겠네. 벨소리를 못 들었을 거야. 걱정 마. 소피아는 늦게 데리러 와도 괜찮아."

역시 잉카다. 보덴슈타인은 잉카의 이런 면이 좋았다. 문제가 생기면 망설이지 않고 즉시 해결에 나선다. 자신이 얼마나 힘들고 복잡하고 불편할지부터 생각하는 코지마와는 완전히 다르다.

"그럼 수프는 언제 먹어?" 소피아가 물었다. 보덴슈타인은 딸의 계산적인 눈빛이 마음에 들지 않았다.

"미안하지만 지금은 시간이 없어." 그는 고개를 저었다. "아빠 지금 바로 나가봐야 해. 잉카 아줌마에게 데려다줄 테니까 서두르자."

"그래도……"

"시간 없어." 그는 소피아의 말을 끊었다. "옷 입어, 어서!"

소피아는 어쩔 줄 모르는 얼굴로 그를 바라보았다.

"나 배고프단 말이야!"

"미안하지만 지금은 안 돼." 그는 코트를 입고 목도리를 두른 다음 딸에게 오리털 파카를 내밀었다. "어서 가자."

"안 가." 소피아는 다시 팔짱을 끼고 바닥에 앉아버렸다. 보덴슈타인은 답답한 마음에 속이 타들어가는 것 같았다.

"소피아, 아빠 지금 일하러 가야 해. 너랑 이러고 있을 시간이 없어. 3분 내로 옷 입고 아빠 차 있는 데로 가지 않으면 정말 화낼 거야."

"화내면 어쩔 건데?" 소피아가 딱 제 엄마 말투로 내뱉었다.

"크리스마스에 선물도 안 사줄 거고 영화도 못 보게 할 거야. 농담 아니야."

"그런 게 어디 있어?" 소피아는 소리를 냅다 지르더니 큰소리로 울음을 터뜨렸다. "아빠 미워!"

*

마인타우누스 센터는 혼란 그 자체였다. 위층 매장에서 난 총성을 모두가 들은 것은 아니지만, 테러가 일어났다느니 사망자와 부상자가 속출한다느니 하는 소문이 삽시간에 퍼졌기 때문이다. 사람들은 이미 손님으로 미어터지는 가게 안으로 피신하거나 밖으로 나가려고 문 쪽으로 우르르 몰려갔다. 하지만 신고를 받고 바로 출동한 경찰기동대가 출입구를 봉쇄하고 아무도 내보내지 않았다.

피아와 카트린은 방탄조끼를 입고 기동대와 함께 텅 빈 매장 복도를 걸어갔다. 총을 쏜 사람이 어디에 있는지, 아직 건물 안에 있는지 아니면 이미 도망쳤는지 모를 땐 보호구를 착용하고 조심하는 편이 낫다. 바닥에는 사람들이 정신없이 도망치다 떨어뜨리거나 인파에 휩쓸려 떨어진 쇼핑백과 옷가지가 난무했다. 프랑크푸르트 소속 기동대 여러 부대가 총 쏜 사람과 피해자를 찾아 쇼핑센터를 샅샅이 뒤지고 있었다. 모두들 금방이라도 스나이퍼를 잡게 될 거라는 긴장감에 차 있었다. 하지만 피아는 뭔가 잘못됐다는 느낌이 들었다. 스나이퍼가 이런 붐비는 쇼핑센터를 선택했다는 것이 석연치 않았다. 이제까지 범인은 도주로를 확보해놓고 범행을 저질러왔다. 이곳은 보는 눈도 많거니와 패닉에 빠진 군중에 휩쓸려 도망치지 못할 위험이 너무 컸다. 물론 군중 속에 숨는 방법도 있다. 하지만 총을 들고 다녀야 하는 점을 생각해보면 역시 위험한 선택이다.

쇼핑센터는 섬뜩할 정도로 고요했다. 건물 상공을 맴도는 헬리콥터 소리만 들려오는 가운데 사람들은 좁은 수족관에 갇힌 물고기들처럼 가게 유리창에 붙어 눈만 껌벅거렸다.

"부상자가 많습니다." 센터 매니저가 부지런히 보조를 맞춰 걸으며 피아에게 말했다. "구급차라도 들어오게 하면 안 될까요?"

매니저는 호리호리한 초로의 남자로, 얼굴이 허옇게 질려 있었다. 그는 이런 최악의 상황에 대비해 훈련된 보안요원들이 맥없이 군중에게 짓밟히는 것을 그저 바라보고 있어야만 했다. 매장에서 주차장으로 통하는 문으로 겁에 질린 사람들이 수백 명이나 몰려드는 통에 부상자가 다수 발생했다. 주차장도 차들이 얽히고설켜 난리통이었다. 개중에는 그 혼잡한 틈을 타 쇼윈도를 부수고 금품을 훔치는 이들도 있었다. 보안요원들이 그들을 막으려다가 몸싸움이 벌어지는 통에 부상자의 수는 더 늘어났다. 최고 매출을 올린 날로 기록되어야 할 날이 최악의 날로 바뀐 셈이었다.

"골절, 자상, 타박상은 물론이고 급성 심장마비를 일으킨 부인, 어른들의 구둣발에 짓밟힌 아이들도 있습니다. 치료가 시급합니다!" 매니저가 피아에게 거듭 부탁했다.

"나도 알아요. 하지만 여기 어딘가에서 범인이 총을 들고 어슬렁거리고 있을지도 모른다고요!" 피아가 걸음을 멈추고 그의 얼굴을 뜯어보았다. 창백하지만 단호한 표정이었다. 어떻게 해야 할까? 사망자가 나올 수도 있는 위험을 감수하고 부상자들의 치료를 막아야 할까? 그렇다고 스나이퍼가 도망치도록 놔둬야 할까?

'형사님은 그 불안감을 공격성으로 감추고 있어요. 아마 자신은 의식하지 못하실 테지만요.' 안드레아스 네프의 말이 머릿속에서 윙윙거렸다. 빌어먹을!

차분히 생각하자. 보덴슈타인은 이곳에 없다. 현장에서 직급이 가장 높은 사람은 나다. 우선순위를 정해서 결정을 내려야 한다. 그것도 지금 당장!

"카트린." 피아가 몸을 돌리며 말했다. "구급차랑 구급의사 들여보내라고 해."

"알았어요." 카트린은 고개를 끄덕이고 무전기를 들었다.

"감사합니다." 매니저는 안도의 한숨을 쉬며 재빨리 갈 길을 갔다.

그때 피아의 무전기가 지지직거렸다.

"투입 성공!" 기동대장의 목소리가 쨍하니 들려왔다. 안도감이 물결처럼 온몸을 훑으며 지나갔다. "버스정류장 옆 주차장 2층. 총기도 확보됐습니다."

"바로 갈게요." 피아는 달리기 시작했다.

*

유리창 깨지는 소리, 둔탁한 소음, 고막을 찢을 듯한 비명소리에 그녀는 몸을 움찔했다. 등골이 서늘했다.

그레타! 식탁에 앉아 장 볼 목록을 적고 있던 그녀는 볼펜을 내팽개치고 벌떡 일어나 부엌으로 달려갔다. 그레타가 부엌에 서 있었다. 그녀는 딸이 무사한 것을 보고 일단 안도했다. 다음 순간 그레타의 얼굴과 스웨터에 묻어 있는 피가 눈에 들어왔다. 그레타는 차를 타고 오는 동안 쇼핑백에 들어 있던 스웨터를 꺼내 갈아입었다. 그녀는 숨이 멎는 것 같았다. 그레타는 더 이상 비명을 지르지 않았다. 퀭하니 벌어진 눈으로 부엌 바닥을 응시하고 있었다. 그녀의 시선도 바닥으로 향했다. 그 순간 세상이 무너졌다. 크림색과 검정색 타일 바닥 위에 어머니가 누워 있었다. 머리 주변에 피가 흥건했다. 그 속에 허연 뼈의 파편, 노란 덩어리 같은 것이 섞여 있었다. 피는 타일 이음새를 따라 천천히 퍼져나갔다. 흰색 찬장에도 피가 흩뿌려져 있었다. 그녀는 무릎을 꿇고 어머니의 손을 만져보았다. 따뜻했다. 어쩌면 찬장에 머리를 부딪쳐서 기절했는지도 모른다!

"엄마!" 그녀가 속삭였다. "엄마, 일어나봐요!"

그녀는 어머니의 어깨를 잡고 가볍게 흔들었다. 그러자 어머니의 머리가 옆으로 툭 떨어졌다. 얼굴이 있어야 할 자리에 얼굴은 없고 피범벅 된 덩어리만 있었다.

카롤리네 알브레히트는 벌떡 일어나 앉았다. 가슴이 아플 정도로 심장이 거칠게 뛰었다. 온몸이 땀으로 축축하게 젖었다. 한기가 들면서 몸이 바르르 떨렸다.

엄마는 죽었다.

꿈이 아니다.

그녀는 어떻게 대처해야 할지 알 수 없는 이 현실과의 대면을 조금이라도 늦추기 위해 다시 누워 잠을 청했다. 제발 머릿속에서 이 그림을 떨쳐낼 수만 있다면! 꿈을 꾸고 나니 그날의 일이 세부적인 것까지 새록새록 떠올랐다. 그날 느꼈던 경악과 두려움도 다시 선명해졌다. 그날 저녁 그녀는 히스테리 상태의 그레타를 끌고 서둘러 부엌을 나왔다. 그 이후의 일은 토막토막 기억 날 뿐이다. 어느 순간 카르스텐이 왔고 경찰도 왔다. 그리고 아버지가 왔다. 아버지의 그런 모습……. 절망에 빠져 절규하는 아버지의 모습은 얼굴이 없어진 어머니를 보는 것만큼이나 끔찍했다. 카롤리네는 탄식처럼 한숨을 내쉬었다. 이제 어떻게 해야 하는 걸까? 어머니가 총에 맞아 죽은 모습을 본 사람은 어떻게 해야 하는 거지? 사람들은 그녀가 어떻게 행동하기를 바랄까? 그녀는 문제가 생기면 논리적으로 해결해왔다. 언제나 합리적 결정을 내렸고, 신속하게 일을 처리했다. 그런데 이번에는 그게 되지 않았다. 심장이 오그라드는 것만 같았다. 울면 안 돼! 지금 슬픔에 지면 감정적으로 무너지고 말 것이다.

그녀는 힘겹게 일어나 앉았다. 온몸이 납으로 만든 것처럼 무겁고 뼈마디가 쑤셨다. 악몽에서 봤던 장면들이 고장 난 수도꼭지에서 흘러내리는 물처럼 머릿속으로 흘러들었다. 물은 끊임없이 흘러내려 벽을 허물고 머릿속을 가득 메워 결국 모든 것을 침수시킬 것이다. 그녀의 세상에는 더 이상 색깔이 없었다. 그녀의 삶은 어머니의 죽음 전과 그 후로 구분될 것이다.

카롤리네는 침대를 짚고 일어나 흐느적흐느적 욕실로 갔다. 그제 이후로 옷을 갈아입지 않았다. 씻지도 않았고 음식에도 거의 손을 대지 않았다. 카르스텐, 그레타와 전화 통화를 했고 아버지를 돌봤다. 그녀와 똑같이 경악과 혼란의 늪에 빠져 있는 아버지, 입을 다물고 거의 말을 하지 않는 아버지…… 어젯밤 그녀는 옷을 갈아입으려고 집에 왔다. 그리고 침대에 쓰러져 그대로 잠들어버렸다.

샤워를 하고 있는데 전화벨이 울리기 시작했다. 누군지 모르지만 나중에 걸자. 전화는 아무 때나 다시 하면 된다. 지금은 강해져야 한다. 그레타, 그리고 무엇보다 아버지를 위해. 아버지는 그 어느 때보다 그녀를 필요로 했다.

*

컴퓨터 앞에 앉아 보고서의 마지막 줄을 입력한 피아는 파일을 저장한 뒤 니콜라 엥엘에게 메일로 보냈다. 금방이라도 스나이퍼가 잡힐 것처럼 긴박한 분위기였지만 긴장과 기대는 결국 실망으로 끝났다. 청소년 세 명이 아버지의 가스총을 들고 나와 장난으로 쏴본 것이었다. 말이 장난이지 그 결과는 엄청났다. 보덴슈타인은 큰딸이 아무 일 없이 무사하다는 사실에 크게 안도했다. 그는 맹랑한 개구쟁이

들을 앉혀놓고 그들이 얼마나 심각한 일을 벌였는지 설명하며 잔뜩 겁을 주었다. 경찰기동대가 투입된 것만으로도 아이들의 부모는 수천 유로를 토해내야 할 것이다. 거기다 피해보상 청구도 뒤따를 것이다. 중상을 포함해 다친 사람이 총 34명이고, 심장마비를 일으킨 부인은 사경을 헤매고 있다. 피아는 자리에서 일어나 휴게실로 갔다. 보덴슈타인과 엥엘 과장이 커피를 마시고 있었다.

"그 애들, 아무 생각도 없었어." 보덴슈타인이 컵에 커피를 따르며 머리를 흔들었다. "그냥 재미있겠다, 총 한번 쏴보자 했던 거야. 정말 이해가 안 돼!"

"이상할 것도 없지." 니콜라 엥엘이 커피를 홀짝거리며 말했다. "요새 애들은 옳고 그름의 개념이 없어. 컴퓨터 앞에 앉아서 사람 죽이는 게 일인데 뭘. 우리가 옛날에 보드 게임에서 말 잡는 것처럼 아무렇지도 않게 사람을 죽이잖아."

"부모들은 아주 죽을 맛이겠어요." 피아가 말했다. "특히 무기보관함을 제대로 안 잠근 아버지 말이에요. 빈넨덴(2009년 학교 총기 난사 사건이 일어난 독일 남부 도시_역주)이나 에르푸르트(2002년 총기 난사 사건이 일어난 독일 동부 도시_역주) 사건도 있었는데 왜 교훈을 얻지 못할까요?"

"내 자식은 그럴 리 없다고 생각하니까 그렇지." 보덴슈타인이 대꾸했다.

"어쨌든 그만하기에 다행이지." 니콜라 엥엘은 컵을 헹궈 건조대 위에 엎어놓았다. "조금만 늦었어도 큰일 날 뻔했어. 키르히호프 형사, 수고 많았어."

"보고서는 메일로 보냈어요." 피아는 질문이 나오기 전에 미리 말했다.

니콜라 엥엘은 잠시 피아를 쳐다보다가 고개를 끄덕였다.

"음, 그럴줄 알았어." 엥엘은 그렇게만 말하고 보덴슈타인을 향했다. "잠깐 나 좀 볼까? 상의할 게 있어."

"네, 가시죠." 보덴슈타인은 엥엘과 함께 휴게실을 나갔다.

피아는 복도를 가로질러 오스터만과 함께 쓰는 사무실로 갔다. 자신의 책상에 발을 올린 채 앉아 있는 안드레아스 네프를 본 피아는 눈살을 찌푸렸다.

"내 말 맞죠?" 네프가 거보란 듯이 말했다. "스나이퍼 짓이 아니라고 했잖아요. 크리스마스 전에는 조용할 거라고요."

"내 책상에 좀 앉아도 될까요?" 피아가 새 쫓듯 손을 휘저으며 말했다. "카트린이 쓰는 사무실에 빈자리가 하나 있을 거예요."

"여기도 있는데요." 네프가 프랑크 벤케가 쓰던 책상을 가리켰다. 그 자리는 지금 오스터만이 이런저런 서류와 압류품을 정리하는 용도로 사용하고 있었다. "괜찮다면 이 책상을 쓰겠습니다."

"거기 있는 서류에는 손 안 대는 게 좋을걸요." 피아가 충고했다.

그때 피아의 책상에서 전화벨이 울렸다.

"귀가 먹었어요? 아니면 나 화나게 하려고 일부러 그러는 거예요?" 피아가 화를 냈다. 네프는 그제야 천천히 다리를 내리고 보란 듯이 늑장을 부리며 일어섰다. 피아는 의자에 털썩 주저앉아 전화를 받았다.

"에쉬보른 경찰서에서 전화가 왔는데 반장님이나 선배를 바꿔 달래요." 수화기에서 카트린의 목소리가 흘러나왔다.

"나한테 돌려. 반장님은 과장님하고 얘기 중이셔."

네프는 그새 옛날 벤케의 책상으로 가서 각을 맞춰 쌓아놓은 서류 더미와 서류철을 이리저리 뒤적거리고 있었다. 누군가 서류에 손댄

걸 알면 오스터만이 가만있지 않을 텐데…….

"안녕하십니까? 로타우스입니다." 피아도 안면이 있는 경찰이었다.
"오늘 편지가 한 장 왔는데 그쪽에서 관심 있을 것 같아서요. 잉게보
르크 롤레더의 부고입니다."

피아는 온몸에 전기가 통한 것처럼 찌릿했다.

"부고요?" 피아가 물었다.

"네, 검정색 테두리에 십자가도 있고, 부고 맞아요. 그런데 내용이
좀 이상해요. 뭐라고 써 있냐면…… 잉게보르크 롤레더 별세. 잉게보
르크 롤레더는 딸의 구조의무 위반과 과실치사에 일조한 죄 때문에
죽어야 한다. 그리고 그 밑에 재판관이라고 쓰여 있어요."

피아는 너무 긴장해서 숨도 쉬지 못했다. 이건 관심 있는 정도가
아니다! 두 피해자의 실명은 외부에 알리지 않은 상태다. 그렇다고
잉게보르크 롤레더의 지인이 그런 편지를 보냈을 리도 없다. 범인이
틀림없다. 범인이 편지를 통해 범행 동기를 천명한 것이다! 피아는
30분 내에 가겠다고 말하고는 전화를 끊었다.

"무슨 일 있습니까?" 네프가 궁금한 듯 물었다.

피아는 그의 말을 들은 척도 하지 않고 벌떡 일어나 보덴슈타인을
찾으러 갔다. 보덴슈타인은 엥엘 과장의 방에서 막 나오는 중이었다.

"그럼 난 잉카에게 가서 교대해줘야겠어. 무슨 일 있으면 전화
로……."

"반장님, 지금 바로 에쉬보른으로 가야 해요." 피아가 보덴슈타인
의 말을 끊고 다급하게 말했다. "에쉬보른 경찰서에 익명의 편지가
왔는데 잉게보르크 롤레더의 부고래요! 피해자 이름을 아는 것도 그
렇고 범인만 아는 정보가……."

피아는 네프가 복도를 따라 어슬렁어슬렁 걸어오는 것을 보고 입

을 다물었다.

"왜요? 계속 얘기하시죠." 네프가 웃으며 말했다.

"그렇게 쥐새끼처럼 엿듣고 있는데 어떻게 말해요?" 피아가 퉁명스럽게 쏘아붙였다. 순간적으로 네프의 얼굴에서 웃음기가 사라졌다. 그러나 그 순간뿐이었다. 네프는 생각보다 낯이 두꺼웠다.

"네프를 배제할 수는 없어." 네프가 사라진 후 보덴슈타인이 말했다. "방금도 과장이 협조해서 일 잘하라고 신신당부했다고."

"저런 멍청이랑 어떻게 일을 같이 해요?" 피아가 고집스럽게 말했다. "끊임없이 떠벌리는 것도 정말 듣기 싫어 죽겠어요."

보덴슈타인은 한숨을 푹 쉬며 주머니에서 휴대전화를 꺼냈다.

"지금 바로 니더회히슈타트로 가지." 보덴슈타인은 전화번호를 누르며 말했다. "크뢰거랑 네프도 동행할 거야."

"꼭 그래야 해요? 네프 말이에요." 피아가 뽀로통해져서 물었다.

"응, 꼭 그래야 해." 보덴슈타인이 대답했다. "부탁이니 좀 사이좋게 지내봐."

*

세상에 변하지 않는 것은 없다. 무릇 사람은 유연해야 하는 법이다. 아무리 완벽한 계획도 언제 어떻게 터질지 모르는 불안 요소가 있다면 아무 소용없다. 사실 그는 순서를 바꿀까 생각하고 있었다. 그러나 빵집 여종업원이 언제 휴가에서 돌아올지 모르는 일이다.

그는 치즈 샌드위치를 한입 베어물며 책상 위에 놓인 건물 도면과 사진을 바라보았다. 어제 아침 빵집에 가보니 근처 공사 중인 건물 골조에 하룻밤 사이 외장이 둘러쳐져 있었다. 그가 총을 쏘려고 그간

눈여겨본 건물이었다. 그는 짜증이 났다. 총 쏠 장소를 새로 물색해야 했기 때문이다. 그러나 우연히 최적의 장소를 찾아냈고 구글 지도를 통해 도주로를 연구한 다음 어제 사전답사를 해두었다.

텔레비전에서는 오늘 오전 마인타우누스 센터에 혼란을 불러온 총성에 대해 새로운 보도를 내보내고 있었다. 그는 리모컨으로 볼륨을 높였다.

"……경찰의 발표에 따르면 최근 에쉬보른과 오버우어젤에서 부녀자 둘을 살해한 범인이 아니라 아버지의 가스총을 들고 나온 세 청소년의……."

그는 머리를 절레절레 흔들며 텔레비전을 껐다.

비닐을 씌운 식탁에는 총기 손질에 필요한 도구들이 죽 놓여 있었다. 총을 사용한 후에는 반드시 잘 닦아두어야 한다. 화약 찌꺼기가 남아 있으면 정확도가 떨어지기 때문이다. 총열을 잘 닦아야 하고, 노리쇠 뭉치에 묻은 그을음도 제거하고 살짝 기름칠을 해야 한다.

그는 총집을 풀고 총열 덮개에서 노리쇠 뭉치를 꺼냈다. 그리고 총구 관에 청소용 기름을 한 방울 떨어뜨린 후 꽂을대를 집어넣었다. 탄창에서부터 총구 끝까지 황동 솔을 쑥 밀어넣으며 그는 회심의 미소를 지었다. 그리고 능숙한 동작으로 가느다란 솔과 둥근 솔로 총구 주변을 닦은 다음 꽂을대를 뺐다. 그런 다음 청소용 심지를 총구에 집어넣어 깨끗해질 때까지 왔다 갔다 했다. 그는 아직 건재하다. 두 번 모두 훌륭하게 명중하지 않았는가!

*

"음, 틀림없어요." 안드레아스 네프가 에쉬보른 경찰서장의 방에서 익명의 편지를 보자마자 말했다. "범인은 관심을 요구하고 있습니다. 관심 받을 만한 자격이 있다고 생각하는 거죠. 존 앨런 무하마드의 경우 해당 경찰서 서장에게 전화를 걸어 자신을 신이라고 칭했습니다. 경찰과 접촉하려는 이러한 시도는 자기애성 인격장애를 가진 사람에게 나타나는 전형적인 증상입니다."

안드레아스 네프는 방에서 나오면서부터 쉴 새 없이 떠들어댔다. 숨도 안 쉬고 늘어놓는 장광설에 피아는 마치 세뇌라도 당하는 기분이었다. 도무지 맑은 정신으로 생각할 수 없었다. 그래도 보덴슈타인의 당부를 생각해서 한마디 하고 싶은 것을 꾹 참았다. 한편 크뢰거는 낙하산 비밀병기에 대한 적대감을 전혀 감추지 않았다.

"독일공업규격 A4 80g, 평범한 백색 복사지네요." 크뢰거가 네프의 말을 무시하고 말했다. "이걸 만진 사람이 누구누구죠?"

"편지를 뜯은 직원 말고는 없습니다." 로타우스 경사가 대답했다.

"그 직원의 지문은 시스템에 들어 있을 테니까 배제하면 되겠군요." 크뢰거가 투명한 비닐봉투 두 개에 들어 있는 편지와 편지봉투를 들여다보며 말했다.

"꽤 전문적인 솜씨인데?" 보덴슈타인이 말했다.

"요새는 이런 거 만드는 거 일도 아니에요." 크뢰거가 대꾸했다. "신문사 광고 포털에 들어가면 부고나 행사 알림 같은 건 간단하게 만들어서 인터넷에 올릴 수 있어요."

"범인은 인터넷을 다룰 줄 알고 직접 광고를 만드는 능력이 있다는 점에서 서른 살 정도의⋯⋯." 네프가 또 주장을 펼치기 시작했다.

"난 마흔일곱인데도 그런 거 할 줄 알거든요. 일흔이 넘으신 우리 부모님도 하실 줄 알아요." 크뢰거가 답답한 듯 끼어들었다.

"그럼 반장님의 부모님이 변압기 시설에 기어 올라가서 80미터 떨어진 곳에 있는 사람을 쏘아 맞힐 수도 있습니까?" 네프가 삐딱하게 물었다.

"지금 인터넷 광고 만드는 능력으로 범인 프로필을 설정하고 있었던 거 아닙니까?" 크뢰거가 논리의 허점을 짚었지만 네프는 그냥 웃어넘겼다.

"만약 이게 정말 범인이 보낸 메시지라면 잉게보르크 롤레더는 우연히 살해된 게 아니야." 보덴슈타인이 혼잣말처럼 말했다.

"구조의무 위반과 과실치사에 일조한 죄라……. 이게 무슨 뜻일까요?" 피아가 물었다.

"잘 모르겠지만 범인은 우리에게 결정적인 정보를 줬어." 보덴슈타인이 이마에 주름을 잡으며 말했다. "잉게보르크 롤레더는 딸이 한 행동 때문에 죽었어. 하지 말아야 할 일을 했거나 해야 할 일을 하지 않았거나. 어쨌든 이제부터는 사건을 보는 관점이 완전히 달라지겠군."

"이건 범인이 무작위로 살인을 저지르지 않는다는 증거예요." 피아가 말했다. "범인은 목적의식을 가지고 행동하고 있어요. 그는 자신이 하는 일을 정당하다고 생각해요. 자기 자신을 재판관이라고 부르잖아요."

"자, 가지. 레나테 롤레더한테 가서 어떻게 된 일인지 물어보자고."

보덴슈타인은 경찰서장에게 고맙다고 말하고 밖으로 나왔다. 크뢰거, 네프, 피아가 그 뒤를 따랐다.

"사이코패스네요." 네프가 피아의 마지막 말에 논평을 달았다. "틀림없습니다. 과거에 모욕당한 일 때문에 복수를 하고 있는 겁니다. 그것도 죄를 지은 사람이 아니라 그 가족에게요. 아주 비열한데요."

"어제는 정반대로 말했잖아요." 피아가 말했다. "범인이 무작위로 살인을 저지르는 게 확실하다면서요."

"어제는 이 정보를 몰랐잖아요." 네프가 뺀질뺀질하게 대답했다.

이윽고 피아의 인내심이 한계에 달했다. "말이나 못하면!" 피아는 경멸하는 표정으로 머리를 내둘렀다. "그것도 미국에서 배워왔어요? 당신이 뭐 아데나워(전 독일 총리_역주)예요? 어제는 어제고 오늘은 오늘이다 이거예요? 계속 그렇게 말을 바꾸면 누가 당신의 말을 신뢰하겠어요? 그렇게 행동하니까 사람들이 당신 말을 듣는 척도 안 하는 거잖아요!"

크뢰거의 얼굴에 고소하다는 표정이 번졌다. 네프가 처음으로 말문이 막혔기 때문이다. 그러나 그것도 오래 가지는 않았다.

"수사 초기에는 모든 가능성을 열어둬야 하는 법입니다." 네프가 자신의 의견이 백팔십도 달라진 데 대한 변명을 늘어놓았다.

"그럼 앞으로 근거 없는 추측은 근거 없는 추측이라고 확실하게 말하세요." 피아가 차갑게 말했다. "그러지 않으면 혼란을 야기하게 되니까요."

"뭐, 키르히호프 형사 같은 문외한이 내 생각을 쫓아올 수 있을 거라고는 생각하지 않았습니다." 네프가 얄밉게 웃으며 말했다. "그리고 사실 여기처럼 체계 없고 비효율적인 팀은 처음 봅니다."

피아가 독한 말로 되받아치려는데 크뢰거가 선수를 쳤다.

"여기 문외한이 있다면 그건 당신뿐이야." 키가 큰 크뢰거는 말 그대로 고압적인 자세로 네프를 내려다보았다. 네프의 키는 크뢰거의 턱에 닿을락 말락 했다. "설익은 이론으로 잘난 척하면서 혼란을 일으키는 사람은 바로 당신이라고. 그냥 입 다물고 가만히 있으면 중간이라도 가지."

"아니, 뭐 잘못 먹었어요?" 화가 난 네프가 공격을 시작했지만 크뢰거는 대수롭지 않다는 듯 그를 지나쳐 갔다.

"아니, 잘못 먹은 거 없는데." 크뢰거는 그를 쳐다보지도 않은 채 말했다. "참, 피아, 방금 생각났는데 오버우어젤에 전화해서 그쪽에도 편지가 오지 않았는지 물어봐야 하지 않을까?"

네프에게 제대로 한 방 먹인 셈이었다. 피아는 네프의 붉으락푸르락하는 얼굴을 보고 웃음이 나오는 것을 겨우 참았다.

보덴슈타인은 보안검색대에서 기다리고 있었다.

"왜 이렇게 늦게 와?"

"지역범죄수사국에서 내려오신 나폴레옹 장군께서 또 말실수를 하셔서 긴히 대화를 좀 나누느라고요." 크뢰거가 말했다. "반장님, 제 생각엔 오버우어젤에도 비슷한 편지가 와 있을 것 같습니다. 범인이 파출소에 편지를 보낸 건 아직 어디서 사건을 담당하고 있는지 모르기 때문인 것 같아요."

"그런데 어째서 오버우어젤이지?" 보덴슈타인이 물었다.

"마가레테 루돌프가 오버우어젤에 살았잖아요."

보덴슈타인은 잠시 생각하더니 크게 고개를 끄덕였다. "그럼 바로 알아보지." 그는 바로 상황실로 들어가 담당직원을 불렀다.

"편지가 가짜일 가능성은 없나요?" 피아가 크뢰거에게 물었다.

"편지는 진짜인 것 같아." 크뢰거가 대답했다. "그 점에서는 우리 나폴레옹 말이 옳아. 범인은 범행 동기를 천명하고 있고, 그건 복수야."

"지금 날 뭐라고 부른 겁니까?" 네프가 인상을 쓰며 물었다.

"나폴레옹이 뭐 어때서 그래? 좋기만 한데." 크뢰거가 딴청을 부렸다. 피아는 네프의 면전에 대고 웃음을 터뜨릴 것 같아 얼른 돌아섰다.

"이런 대우, 더 이상 참을 수 없습니다!"

"키르히호프 형사도 문외한이란 말은 참을 수 없지." 크뢰거가 기다렸다는 듯 받아쳤다.

"아니, 키르히호프 형사는 말을 못 합니까? 왜 대신 변호하는 거죠? 꼭 반장님을 통해서 말해야 하는 겁니까? 아니면 반장님이 키르히호프 형사를 위해 발 벗고 나서는 다른 이유라도 있는 겁니까?" 네프가 히죽 웃으며 빈정거렸다.

"역시 크리스티안이야!" 보덴슈타인이 상황실에서 나오며 외쳤다. "그쪽에도 오늘 부고가 왔대. 롤레더 부인 집에 들렀다가 오버우어젤로 가자고!"

"대답을 안 하는 것도 일종의 대답이죠. 이미 눈치채고 있었습니다." 네프가 말했다.

"뭘 눈치챘다는 거야?" 보덴슈타인이 물었다.

"피아에게 모욕적인 말을 해서 제가 피아 편을 들었더니 우리 나폴레옹이 저와 피아를 특별한 사이라고 생각하는 것 같습니다." 크뢰거가 말했다. 그 말을 들은 네프는 얼굴이 벌겋게 달아올랐다.

"지금 뭣들 하는 거야?" 보덴슈타인이 따끔하게 말했다. "해결해야 할 사건이 두 건이나 되는데 이러고 있을 시간이 어디 있어? 한 팀이면 서로 협조해서 일을 처리해야지 말다툼이나 하면 되겠어?"

"사사건건 절 따돌리려고 하더니 이제는 말도 하지 말라잖아요." 네프가 크뢰거를 노려보며 말했다.

"아침부터 밤까지 멍청한 소리나 지껄이니까 그렇지." 크뢰거가 유리문을 열며 말했다.

"교양 없기는! 하나같이 무식해가지고!" 네프가 악의에 가득 찬 말을 중얼거렸다.

"난쟁이 똥자루 주제에!" 크뢰거가 지지 않고 받아쳤다.

네프와 잘 지내라는 보덴슈타인의 당부를 잊지 않은 피아는 아무 말 없이 가만히 있었다. 힐끗 옆을 보니 보덴슈타인의 이마에 길고 깊은 세로주름이 잡혀 있었다. 귀족 출신으로 오랫동안 훈련받은 자제력이 무너지기 직전이었다.

"왜 내가 이런 말을 계속 듣고 있어야 합니까? 가겠습니다!" 머리 끝까지 화가 난 네프는 그들을 지나쳐 성큼성큼 걸어가버렸다. 그러나 그를 잡는 사람은 아무도 없었다.

"버스정류장은 오른쪽에 있어요!" 피아가 뒤에 대고 외쳤다. 그 말을 안 하고 배길 수 없었다.

"지금 뭐하는 거야? 유치원생도 아니고……." 보덴슈타인이 그녀를 나무랐다.

"솔직히 반장님도 네프 때문에 짜증났잖아요. 저 인간이 온 뒤로 생각이란 걸 할 수 없어요." 피아가 말했다.

"가버렸으니 어쩔 수가 없지." 보덴슈타인도 아쉬워하는 것 같지는 않았다. "자, 어서 가자고. 할 일이 많아."

*

레나테 롤레더는 집에 없었다. 보덴슈타인은 나중에 다시 오기로 하고 오버우어젤로 차를 돌렸다. 그도 네프가 가버린 것이 아주 마음 아프지는 않았다. 네프는 그의 팀에 분란을 일으켰다. 면담할 때 더 확실하게 얘기했어야 했다. 보덴슈타인은 그의 잘난 척하는 태도가 얼마나 비생산적으로 작용하는지 충고해줘야겠다고 다짐했다.

그때 휴대전화가 울렸다. 잉카의 동물병원에서 일하는 바그너 부인이 퇴근하려는데 잉카가 아직 왕진에서 돌아오지 않았다고 했다.

젠장.

"저희 부모님께 연락해서 데려가라고 하겠습니다. 고생 많으셨습니다."

보덴슈타인은 일이 끝날 때까지 부모님이 소피아를 맡아줄 수 있기를 기대하며 집에 전화를 걸었다. 다행히 아버지가 시간이 있다며 바로 동물병원에 가서 손녀를 데려오겠다고 했다.

"저 오늘 늦을지도 몰라요." 보덴슈타인이 말했다.

"그럼 여기서 재우지, 뭐." 아버지의 말에 보덴슈타인은 마음이 놓였다. "처음 있는 일도 아니잖니? 내일 아침에 데려가렴."

보덴슈타인은 고맙다고 말하고 전화를 끊었다. 그도 딸을 끊임없이 누군가에게 맡기는 것이 내키지 않았다. 하지만 달리 방법이 없었다. 코지마도 똑같이 하고 있지 않은가? 그는 낮에 부엌에서 있었던 일에 대해 소피아와 차분히 얘기할 생각이었다. 그러나 지금은 일이 먼저다. 살인 사건 수사하는 데 일곱 살짜리 아이를 데려갈 수도 없는 노릇 아닌가?

그들은 바로 오버우어젤 경찰서로 가서 편지를 보여달라고 했다. 잉게보르크 롤레더의 부고처럼 평범한 백색 복사지에 인쇄되어 창 없는 편지봉투에 들어 있었다. 편지봉투에는 컴퓨터로 친 주소와 우표가 붙어 있었다. 크리스티안 크뢰거는 라텍스 장갑을 낀 후 편지를 살펴보았다.

"마가레테 루돌프 별세." 크뢰거가 편지를 읽었다. "마가레테 루돌프는 남편이 욕심과 허영 때문에 살인을 저질렀으므로 죽어야 한다. 재판관."

"과연 루돌프 교수가 뭐라고 할지 궁금하군." 보덴슈타인이 손목시계를 보며 말했다. 시곗바늘은 6시를 향해 가고 있었다. 아직 그리 늦은 시간은 아니다. 잠시 후 그들은 루돌프 교수의 집 앞에 도착했다. 오래된 저택은 완전히 어둠 속에 잠겨 있었다. 크뢰거는 차에 남고 피아와 보덴슈타인만 내렸다. 그들은 가볍게 흩날리는 눈을 맞으며 짧은 진입로를 걸었다. 센서가 작동하며 가로등 하나가 켜졌다.

"집에 있기나 한지 모르겠네요." 피아가 초인종을 누르며 말했다.

루돌프 교수가 문을 열기까지는 약간 시간이 걸렸다. 안 그래도 홀쭉한 얼굴이 핏기 없이 꺼칠하게 말라 있었다. 이틀 사이에 10년은 늙어버린 것 같았다.

"무슨 일입니까?" 루돌프 교수가 인사도 없이 시큰둥하게 물었다.

"안녕하십니까? 보여드릴 게 있는데 잠시 들어가도 되겠습니까?" 보덴슈타인이 정중하게 물었다.

루돌프 교수는 잠시 망설이더니 이윽고 정신을 차린 듯 표정을 가다듬었다.

"물론입니다. 들어오시죠."

보덴슈타인과 피아는 그를 따라 현관을 지나 식당으로 들어갔다. 환기를 안 시킨 듯 공기가 탁했다. 차가운 공기 속에 담배 냄새와 음식 냄새가 섞여 있었다.

"따님은 안 계신가 봐요?" 피아가 물었다.

"카롤리네는 그레타를 돌봐야 합니다." 루돌프 교수가 전등 스위치를 켰다. "난 어떻게든 혼자 지낼 수 있으니까요. 달리 무슨 수가 있겠습니까?"

천장에 매달린 전등이 식탁 위로 창백한 빛을 던졌다. 희미하던 빛이 천천히 밝아졌다. 루돌프 교수는 방 한가운데 선 채 애매한 손짓으로 식탁을 가리켰다. 식탁에는 치우지 않은 접시와 컵이 놓여 있었다. 앉는 사람은 아무도 없었다.

"루돌프 씨." 보덴슈타인이 복사해온 부고를 펼치며 말했다. "오늘 오버우어젤 경찰서에 배달된 편지입니다. 저희는 범인이 보낸 것으로 추측하고 있습니다. 이제까지는 부인의 죽음이 우연한 범행에 의한 것이라고 생각했습니다만, 이 편지의 내용을 보면 사건의 방향이 완전히 다르다는 것을 알 수 있습니다."

보덴슈타인은 루돌프 교수에게 부고를 건넸다. 부고를 읽는 루돌프 교수의 얼굴이 허옇게 질렸다.

"이게…… 이게 뭡니까?" 그가 쉰 목소리로 중얼거렸다. "난 20년도 넘게 장기 이식을 해왔습니다. 죽어가는 사람들을 살렸다고요! 휴가 중에도 아프리카에 가서 무료 수술을 하는 사람이 접니다!"

그는 식탁 의자 하나를 빼고는 그 위에 털썩 주저앉았다. 그는 부고를 다시 한 번 읽으며 머리를 절레절레 흔들었다. 그의 손이 가늘게 떨렸다.

"장기 이식 수술을 받다가 죽은 환자의 가족이 교수님께 책임을 물으려는 건 아닐까요?" 피아가 조심스레 추측했다.

"장기 이식을 받으려는 사람은 성공하지 못하면 죽는다는 걸 잘 압니다." 그는 부고를 밀어놓고 안경을 벗더니 엄지와 검지로 눈두덩을 문질렀다.

"교수님, 누군가 이런 비난을 할 만한 사람이 있는지 한번 잘 생각해보십시오." 보덴슈타인이 말했다.

루돌프 교수는 아무 반응도 없었다.

"전 사랑하는 아내를 잃었습니다." 이윽고 그가 나지막한 소리로 입을 열었다. "딸과 손녀는 심각한 트라우마를 겪고 있고요. 우리 가족은 삶의 중심을 잃어버렸습니다. 제발 절 좀 가만히 내버려두십시오. 전 지금…… 질문에 대답할 수 있는 상태가 아닙니다."

그의 목소리가 갈라졌다. 그는 너무 무겁다는 듯 천천히 머리를 들었다. 사건이 일어난 날 저녁 피아가 보았던 자신감 넘치고 민첩한 남자는 더 이상 거기 없었다. 그곳에는 아내의 죽음을 이겨내야 할 뿐 아니라 자신 때문에 아내가 죽었다는 비난을 감당해야 하는 축 처진 어깨의 노인이 있을 뿐이었다.

"이제 그만 돌아가주십시오."

"알겠습니다. 저희가 알아서 갈 테니 나오지 마십시오." 보덴슈타인이 말했다. 피아는 문간에서 다시 한 번 뒤를 돌아보았다. 루돌프 교수는 두 팔에 얼굴을 묻고 울고 있었다.

*

집에서도 가게에서도 레나테 롤레더를 만날 수 없었다. 일행은 어쩔 수 없이 경찰서로 돌아왔다. 보덴슈타인은 주차장에서 바로 집으로 돌아갔고, 크뢰거는 그 길로 편지를 들고 과학수사연구소가 있는 비스바덴으로 향했다. 편지에 남아 있을지도 모를 지문과 유전자 흔적을 조사하기 위해서였다. 피아는 혼자 건물 안으로 들어갔다. 카트린은 집으로 돌아간 듯했고, 안드레아스 네프는 나타나지도 않은 것 같았다. 사무실에 들어서니 오스터만 혼자서 불통거리고 있었다.

"네프 이 멍청이가 내 서류를 몽땅 뒤집어놨어! 내 손에 잡히기만 해봐라, 절대 가만 안 둬! 내 시스템대로 다시 정리하는 데 두 시간이나 허비했다고."

꽁지머리에 니켈 안경테, 허름한 옷차림을 하고 다니는 카이 오스터만은 전형적인 괴짜처럼 보인다. 그러나 피아는 오스터만처럼 체계적인 사람을 아직 본 적이 없다.

"내가 주의를 줬는데도 꼭 여기다 자리를 잡겠다고 우기더라고." 피아가 말했다.

"내 눈앞에 보이기만 해봐!" 오스터만은 분이 풀리지 않는지 연신 혼잣말을 하며 씩씩거렸다.

피아는 그의 기분을 풀어주기 위해 에쉬보른 경찰서에서 있었던 일을 들려주었다. 네프가 어떻게 해서 먼저 가버렸는지 들은 오스터만은 껄껄대고 웃었다.

"나폴레옹! 그야말로 딱 어울리는데! 계속 그렇게 해보라지, 여기서 워털루를 겪게 될 테니까."

피아는 오스터만에게 두 통의 부고와 성과 없이 끝난 루돌프 교수와의 만남에 대해서도 들려주었다. 이야기가 끝날 무렵 피아의 휴대전화가 울렸다.

"안녕, 헤닝!" 피아가 전남편에게 인사를 했다. "무슨 일이야?"

"듣자 하니 내가 내기에서 이긴 것 같은데?" 헤닝이 비웃는 투로 말했다. 피아는 바로 속이 부글부글 끓었다. "크리스토프 혼자 지구 반대편으로 떠났다면서?"

"무슨 내기?" 피아가 차갑게 대꾸했다. "난 동의한 적 없는데."

"어쨌든 초대는 했으니까 24일 저녁에 우리 집으로 와. 미리엄이 좋아할 거야."

마음은 고마웠지만 피아는 그 집에 가고 싶은 생각이 추호도 없었다. 헤닝과 오랫동안 같이 살았던 집이고, 헤어진 뒤에 뢰플리히 검사와 헤닝이 소파 탁자 위에 함께 있는 걸 목격한 일도 있어서 다시 발을 들여놓고 싶지 않았다. 좋은 기억보다 나쁜 기억이 더 많았다.

"말이라도 고마워." 피아가 말했다. "그런데 이번 크리스마스에는 가족들을 만나러 가려고 해. 오빠네랑 동생이 부모님 댁에 모인다고 해서.”

“그럼 잘 다녀와. 내 안부도 전해주고.”

피아와 헤닝은 쇼핑센터에 출동했던 일에 대해 잠시 대화를 나누었다. 그러다 피아가 스나이퍼가 보낸 부고에 대한 이야기를 꺼냈다. 법의학연구소 소장인 헤닝은 경찰 소속은 아니지만 강력반 식구나 다름없었다. 그는 풍부한 경험과 명민한 감각을 갖춘 조언자로서 매번 사건을 해결하는 데 큰 도움을 줬다.

“그래도 수사가 많이 진척된 건 아니네.” 헤닝이 말했다.

“그렇긴 하지. 하지만 부고 덕분에 범행 동기가 밝혀졌어.” 피아가 말했다. 그러다 언뜻 스치는 생각이 있었다. “가만, 혹시 디터 파울 루돌프 교수 알아? 장기 이식 전문의야.”

“글쎄…….” 헤닝은 잠시 기억을 더듬는 듯했다. “이름만 들어서는 모르겠는데. 하지만 알아볼 수는 있지. 장기 이식 전문의는 그렇게 많지 않거든.”

피아는 헤닝, 그리고 현재 그의 아내이자 피아의 친구인 미리엄의 정보력을 익히 알고 있는 터라 잘됐다 싶었다.

“우린 지금 도움이 절실해. 엥엘 과장이 프로파일러라고 붙여준 얼간이가 하나 있는데 그 인간은 도움은커녕 방해만 돼.”

그들은 주말 잘 보내라는 인사를 끝으로 전화 통화를 마쳤다.

“가족이 있었어?” 오스터만이 호기심 어린 표정으로 물었다.

“당연하지.” 피아가 퉁명스럽게 쏘아붙였다. “난 하늘에서 뚝 떨어졌을까 봐?”

“너무 사적인 걸 물어봤다면 미안해. 그동안 한 번도 부모님이나 형제자매 얘기 하는 걸 들은 적이 없어서.”

“아니야, 내가 미안해. 너무 예민했어.” 피아가 바로 사과했다. “사실 우리 가족은 서로 그렇게 애틋하지 않아. 다 함께 모인 지도 몇 년이나 됐어."

그러고 보니 오스터만은 피아의 가족에 대해 아는 바가 전혀 없었다. 그도 그럴 것이 피아는 개인적인 일은 거의 입에 올리지 않았다. 셈의 책상에 가족사진이 즐비하게 놓여 있는 것과는 대조적이었다. 비스바덴 근교의 이크슈타트에 사는 피아의 부모님은 딸이 왜 안정적인 결혼생활을 포기하고 외떨어진 목장에서 혼자 살기로 결정했는지, 왜 다시 강력반 형사 일을 시작했는지 이해하지 못했다. 피아의 아버지는 40년간 회히스트(1863년 설립된 독일의 화학회사_역주)에서 일했다. 아버지가 퇴직한 후 부모님의 삶은 교회, 정원 가꾸기, 볼링 클럽으로 제한되었다. 피아가 처음으로 크리스토프 얘기를 꺼냈을 때 어머니는 아직 이혼도 안 했는데 사람들이 뭐라고 하겠냐며 잔소리부터 했다. 사실 부모님과의 불화는 벌써 20년도 전에 시작됐다. 피아가 프랑스 여행에서 만난 남자에게 여러 달 동안 스토킹을 당하다가 자기 집에서 성폭행 당했을 때였다. 부모님의 반응은 당황스러운 침묵뿐이었다. 단 한 번도 그 주제에 대해 터놓고 얘기한 적이 없었다. 그로부터 몇 년 후 헤닝과 결혼식을 올릴 때도 부모님은 시큰둥한 반응을 보였고, 피아는 그들과 어떤 교감도 나눌 수 없다는 것을 깨달았다. 부모님은 그들의 보수적인 세계에 갇혀 살았다. 피아에게는 그 세계가 너무 낯설었다.

오빠 라르스 역시 어른이 되면서 보수적인 속물이 되어갔다. 피아가 오빠와 등을 돌리게 된 결정적인 계기는 주식 투자 때문이었다. 피아는 1990년대 말 라르스의 고리타분한 조언을 듣지 않고 수천 유로를 닷컴 기업들에 투자했다. 그리고 헤닝과 헤어진 뒤 주식으로 벌어들인 수익으로 비르켄호프를 샀다. 자신을 대단한 주식 전문가로 알고 있는 라르스는 자존심이 상해서 그 후로 동생과 말도 섞지 않았다.

가족 중 그나마 가끔씩이라도 연락을 주고받는 사람은 여동생 킴 뿐이었다. 킴은 함부르크에 있는 교도소에서 심리 상담을 하고 있다. 프라이탁 집안에서는 피아의 직업만큼이나 환영받지 못하는 직업이다.

"뭐 가족을 고를 순 없는 거니까." 오스터만이 말했다. "나도 부모님하고 거의 연락 안 해. 크리스마스나 생일이 되면 직접 만든 카드를 보내주시는 정도지."

오스터만은 머리 뒤로 손깍지를 끼고는 혼자 너털웃음을 웃었다.

"우리 부모님은 골수 68세대거든. 지금은 뢴(독일 중부 산간지방_역주)에 있는 낡은 목장을 사서 가스도 전기도 쓰지 않고 직접 채소를 길러 먹으면서 사셔. 우리 부모님한테는 내가 하필 경찰이 된 게 엄청난 배신이었어. 집안에서 난 돌연변이야. 전경 시절에 어떤 시위에 투입된 적이 있는데 우리 부모님이 활동가 친구들이랑 같이 철로 위에 앉아 있는 거야. 어찌나 창피하던지!"

피아는 빙긋 웃었다.

"한번은 아버지가 뭐라고 했는지 알아? 내가 납치당해도 한 푼도 안 줄 거래." 오스터만이 말했다. "그 정도로 나한테 실망했다는 거지."

"그건 너무한데." 피아가 대꾸했다. "설마 진심은 아니시겠지."

"아니야, 진심이실걸." 오스터만이 어깨를 으쓱했다. "그 말 들으니까 오히려 마음이 편해지더라고. 우리 부모님은 자신들만 옳다고 생각하는데, 난 그런 부류의 인간은 딱 질색이야. 자기들이 엄청나게 사회참여적이고 깨어 있다고 생각하지만 알고 보면 그렇게 편협하고 배타적일 수 없다니까."

"우리 부모님은 그냥 좀생이야. 시야가 정원 울타리까지밖에 안 닿아. 그 좁은 세계에 갇혀 살면서 조금이라도 변화가 생기면 벌벌 떨지." 피아는 이마를 찌푸렸다. "최근에 그런 생각이 들었어. 만약 부모님이나 오빠가 총에 맞아 죽는다면 어떨까 하는 생각."

"그런데?" 오스터만이 궁금한 표정으로 그녀를 쳐다보았다.

"냉정하게 들릴지 모르지만 별로 슬플 것 같지 않았어. 그냥 남이나 똑같아. 서로 볼 일도 없고."

"애석한 일이지만 나도 그래." 오스터만이 말했다. "그런데 왜 크리스마스에 부모님 댁에 가려는 거야?"

"방금 말한 그 이유 때문에. 나 자신이 너무 끔찍하게 느껴졌거든. 가족들에게 한 번 더 기회를 주고 싶어. 어쨌든 내 가족이잖아."

"그 사람들은 잘하려는 생각이 없는데 왜 혼자만 노력하려고 해?" 오스터만이 이해가 안 된다는 듯 말했다. "우리도 이제 가족들 마음에 들려고 하기 싫은 짓을 꾹 참고 할 나이는 지났다고."

부모님도 집도 20년 동안 전혀 변하지 않았다. 이크슈타트에 도착한 지 10분도 지나기 전에 피아는 크리스마스를 부모님 집에서 보내기로 한 결정을 후회했다.

"너희는 크리스마스에라도 교회에 가볼 것이지!"

어머니는 킴과 피아가 못마땅한 듯 인사하자마자 잔소리를 퍼부었다. 그런 모습을 보니 잘해보려고 다짐했던 마음이 싹 가셨다.

부모님의 1970년대식 거실에 놓인 가죽 소파에 여동생 킴과 올케 실비아 사이에 끼어 앉아 있으려니 영 어색하고 불편했다. 두 시간 전 함부르크에서 도착한 킴은 피아네 집에서 자기로 했다.

피아는 대화를 해보려고 노력했다. 부모님과 오빠, 올케에게 정중하게 어떻게 지내는지 물었지만 돌아온 것은 올케 실비아의 독백과도 같은 자기자랑뿐이었다. 안면홍조증이 있는 통통한 체구의 어머니는 자기가 아는 사람 얘기가 아니면 전혀 듣지 않았고, 무뚝뚝한 아버지는 안락의자에 앉아 허공만 쳐다보았다.

"난 부엌에 좀 가봐야겠다." 끊임없이 떠들어대던 실비아가 숨을 돌리는 틈을 타 어머니가 말했다.

"도와드릴까요?" 피아와 킴이 합창하듯 동시에 물었다.

"아니다. 다 준비해놨어." 어머니의 대답이 돌아왔다.

실비아가 없었다면 대화의 불씨는 바로 꺼졌을 것이다. 가족이 모여 앉았지만 아무런 할 말이 없었다. 피아는 위장 점막이 따끔거릴 정도로 신맛이 강한 리슬링 와인을 홀짝거렸다.

"심리학을 전공하는 사람은 대부분 자기 자신을 고치고 싶어서 그런 거라죠?" 실비아가 와인 잔을 내려놓으며 말했다. 실비아는 지난 5년간 못 본 새 몸이 찐빵처럼 부풀어올랐다. 라르스도 안드레아스 네프가 형님으로 모셔야 할 정도로 잘난 척하는 수위가 높아졌다.

"언니, 난 적어도 직업이 있잖아요. 남자가 날 먹여살릴 필요도 없고요." 킴이 말했다. "난 내 일이 좋고 인정도 받고 있어요."

킴은 실비아와 정반대의 외모를 가졌다. 키가 크고 날씬하고 화장을 전혀 하지 않는다.

"글쎄요, 아가씨를 먹여살려줄 남자가 어느 세월에 나타날지, 과연 나타나기나 할지 모르겠네요." 실비아가 가식적인 미소를 지으며 말했다. 그 미소로는 말 속의 악의가 감춰지지 않았다. "여자 나이 마흔넷이면 생물학적 시곗소리가 빅벤만큼이나 커진다지요?"

실비아는 자기 농담에 깔깔깔 소리 내 웃었다.

"언니 같은 여자들은 남편과 애가 세상에서 가장 큰 행복인 것처럼 얘기하더라고요. 난 그런 건 정말 이해 못 하겠어요." 킴이 아무렇지도 않은 듯 여유 있게 받아쳤다. "아마 결혼해서 애 낳고 사는 여자들은 대부분 나처럼 살고 싶어 할걸요. 재정적으로 독립하고 직장에서 인정받고 주말엔 늦잠도 자고……."

킴이 피아에게 한 눈을 찡긋했다. 피아는 웃지도 못하고 표정 관리를 하느라 힘들었다.

"화려한 싱글이니 뭐니 하면서 미화해도 궁상맞은 건 궁상맞은 거죠." 실비아가 웃으며 말했다. 그러나 그것은 여유를 가장한 가짜 웃음이었다. 킴이 아픈 곳을 정확하게 찌른 것이다. "애들은 인생의 축복이에요! 삶을 충만하게 해주죠. 애 없는 사람은 절대 알 수 없을 테지만요."

"그것도 전형적인 자기기만이에요." 킴이 말했다. "애들은 자기밖에 모르는 작은 괴물이에요. 대부분의 애정관계는 그 괴물들에 의해 파괴되죠. 평생 자식 얘기만 하고 살던 부모들 보세요. 애들이 커서 독립하고 나면 서로 할 말이 없어져서 멍하니 텔레비전이나 보고 앉아 있잖아요."

피아는 귀를 쫑긋하며 부엌 쪽을 살폈다. 어서 식사를 끝내고 이곳을 떠나고 싶었다. 피아의 생각은 다른 곳으로 달려갔다. 최근 일어난 사건으로 인해 크리스마스 대목을 기대했던 상권은 폭삭 주저앉았다. 마트 주차장은 텅 비었고 프랑크푸르트와 비스바덴에서 열린 크리스마스 시장도 찾는 사람이 없어 예정보다 하루 일찍 문을 닫았다. 그렇게 된 데는 텔레비전의 역할이 컸다. 방송국에서는 끊임없이 스나이퍼 살인 사건에 대한 뉴스를 내보내며, 미국 연쇄살인범의 자료화면을 보여주었다. 그 결과, 미치광이 살인마가 활보하고 있는 듯한 공포감이 조성되었다. 사람들은 총에 맞아 죽지 않기 위해 문을 꼭 걸어 잠그고 바깥출입을 자제했다.

수사팀도 처음에는 그런 종류의 사건으로 생각했지만 부고 덕분에 특정 대상을 목표로 한 범행임을 알게 되었다. 네프가 빠진 월요일 조회에서 피아는 언론에 그런 사실을 발표하자고 했다. 그러나 보덴슈타인 반장과 엥엘 과장은 사람들이 완전히 안전하다고 착각할 수 있어 위험하다며 반대했다.

다행히 일요일은 아무런 사건 없이 지나갔다. 레나테 롤레더는 휴가 기간 동안 개를 데리고 쾰른에 있는 친구 집에 다니러 갔고, 과학 수사연구소에서는 두 통의 편지 모두 편지를 뜯은 직원의 지문 외에는 아무것도 발견되지 않았다는 결과를 내놓았다. 수사는 정체에 빠졌다. 사무실에 죽치고 앉아 있어봐야 아무 할 일도 없었다. 수사관들은 정오쯤 서로에게 "메리 크리스마스"를 외치고 네프의 예언이 들어맞기를 바라며 각자 집으로 흩어졌다.

"그 동물원 남자는 언제쯤 소개시켜줄 거예요?" 실비아가 이번에는 피아를 물고 늘어졌다. "크리스마스인데 혼자 휴가를 떠난다는 게 이상하지 않아요? 의심해봐야 하는 거 아니에요?"

"휴가를 간 게 아니라 일하러 간 거예요." 피아가 올케의 말을 고쳐주었다. 그동안 미지근해진 와인은 말로 표현할 수 없을 정도로 맛이 없었다.

"이번에도 네 전남편 같은 일벌레를 만난 거냐?" 라르스가 끼어들었다. "하긴 너도 항상 일에 매여 있지, 뭐."

"응, 맞아. 사실 오늘도 대기근무야." 피아는 사람이 죽지만 않는다면 크리스마스 전날 사건이 터져도 환영할 것 같았다.

부모님도 오빠 내외도 그녀가 어떻게 지내는지, 일은 할 만한지 물어보지 않았다. 인사치레로라도 물어볼 법한데, 그들은 그만큼 그녀에게 관심이 없었다. '그 사람들은 잘하려는 생각이 없는데 왜 혼자만 노력하려고 해?' 오스터만의 말이 뇌리를 스쳤다. 이 순간은 어떻게든 지나갈 것이다. 피아는 오늘부로 가족과의 관계에 종지부를 찍어야겠다고 결심했다.

*

"아이 참, 왜 택시를 탄다고 그러세요?" 보덴슈타인이 힘주어, 그러나 부드럽게 장모 손에서 전화기를 뺏었다. "제가 모셔다 드릴게요."

피아와 마찬가지로 하루 종일 대기근무 중인 보덴슈타인도 식전 샴페인만 한 잔 마셨을 뿐 술은 입에 대지 않았다.

"그래, 그럼 데려다줘." 가브리엘라가 말했다. "이미 날이 저물었고 자네도 피곤할 텐데 정말 괜찮겠어?"

"정말 괜찮습니다. 그런 걱정일랑 붙들어매십시오."

"그럼 부탁하네!" 가브리엘라 폰 로트키르히 공작부인은 로잘리를 향해 와인 잔을 높이 들었다. "잘 먹었다, 로잘리! 최고였어!"

"그래, 정말 맛있었어." 잉카도 옆에서 거들었다. "이제 미국 사람들은 좋겠네. 로잘리가 만든 맛있는 요리도 먹을 수 있고."

"고맙습니다." 로잘리가 감동받은 표정으로 말했다. "모두 정말 제게 잘해주셨어요. 보고 싶을 거예요."

로잘리는 눈물을 훔쳤다.

"우리도 보고 싶을 거야." 보덴슈타인은 그렇게 말하며 얼굴을 잔뜩 찡그렸다. "어휴, 내일부터는 뭘 먹고 산다니?"

"아빠! 제가 빠르고 쉽게 할 수 있는 요리법 다 적어드렸잖아요." 로잘리가 눈을 동그랗게 뜨며 말했다. "또 냉동피자 먹고 있다는 말 들리면 가만있지 않을 거예요!"

"알았다, 알았어. 내가 또 냉동피자를 먹으면 성을 간다!" 보덴슈타인이 웃으며 말했다. 기분 좋은 저녁이었다. 보덴슈타인의 아들 로렌츠와 잉카의 딸 토르디스 부부도 왔다. 그들은 오늘 잉카의 집에서 잘 것이다. 소피아도 평소에 비하면 꽤 얌전했다. 하지만 전화하겠다고 약속한 엄마에게서 전화가 오지 않아서 입이 쭉 나왔다.

"자, 그럼 가시죠!" 보덴슈타인이 가브리엘라에게 말했다. "부엌은 제가 올 때까지 애들이 다 치워놓겠죠."

"여기 애들이 누가 있어요?" 로렌츠가 재미있다는 듯 말했다. "애가 하나 있긴 한데 지금 소파에서 쿨쿨 자고 있어요."

"천만다행이죠." 그동안 여동생의 보모 노릇을 하느라 힘들어했던 로잘리가 가벼운 한숨을 쉬었다.

"너희가 아무리 나이가 들어도 아빠한테는 언제나 애야." 보덴슈타인이 말했다.

"아빠!" 로잘리가 그의 품으로 달려들며 외쳤다. "아빠는 세상에서 가장 자상하고 멋진 분이세요! 벌써부터 보고 싶어지려고 해요!"

눈물과 함께한 애틋한 작별인사가 끝난 뒤 보덴슈타인은 가브리엘라와 함께 집을 나섰다. 그는 조수석 문을 열어준 뒤 운전대를 잡았다. 날은 얼음처럼 차가우면서 맑았다. 도로에 지나가는 차도 거의 없었다.

"정말 즐거운 저녁이었어!" 가브리엘라가 말했다. "아직도 이런 자리에 잊지 않고 불러주니 고마워."

"당연히 오셔야죠." 보덴슈타인이 말했다. "코지마의 어머니, 애들 외할머니일 뿐 아니라 제가 마음 깊이 존경하는 멋진 여성이신 걸요!"

"말이라도 고맙네." 가브리엘라는 깊이 감동받은 표정이었다.

그들은 한동안 말없이 차를 타고 갔다.

"내가 요새 코지마를 맘에 안 들어 하는 거 알지?" 가브리엘라가 입을 열었다. "하나뿐인 딸이긴 하지만 하는 짓이 영 맘에 안 들어. 자네랑 헤어진 것도 큰 충격이었다네."

"예, 압니다. 하지만 제가……." 보덴슈타인은 뭔가 변명을 해야 할 것만 같아 난감했다. 가브리엘라는 기어 위에 놓인 그의 손을 토닥거렸다.

"아니, 아니야. 자네가 잘못한 건 없어. 나 같았으면 벌써 오래전에 내쫓았을 거야. 오늘 보니까 그 애가 자네랑 애들만 두고 얼마나 밖으로 나돌았는지 알겠더군. 지금도 소피아를 돌볼 생각은 하지 않고 영화다 뭐다 하며 지구를 몇 바퀴씩 돌고 있으니……. 내가 너무 오냐오냐하며 키웠나 봐."

그녀는 깊은 한숨을 쉬었다.

"마침 둘만 있을 시간이 생겼으니 잘됐네." 차가 쾨니히슈타인 윌믈 길을 따라 내려가고 있을 때 가브리엘라가 말했다. "긴히 할 얘기가 있어. 코지마랑 자네가 헤어지고 난 뒤로 줄곧 생각해온 거야. 실은 얼마 전에 유언장을 고쳤네. 코지마는 제 앞으로 나온 유류분을 받을 거야. 내 재산은 대부분 손주들에게 물려줄 생각이네. 그리고 자네를 재산관리인으로 정했어."

보덴슈타인은 잘못 들었나 싶어 자신의 귀를 의심했다.

"하지만 그건……." 보덴슈타인이 항의하려 하자 가브리엘라가 말을 막았다.

"사양하지 말게. 깊이 생각해서 결정한 거야. 변호사들하고도 상의했다네. 내 집은 자네에게 증여할 거야. 죽어서보다 살아 있을 때 주는 게 낫지. 혹시 아나, 내가 오래오래 살아서 자네가 상속세를 절약할 수 있을지도 모르잖아."

"하지만 장모님, 그건 받을 수 없습니다."

웬만한 일에는 좀처럼 흔들리지 않는 보덴슈타인이지만 이번만큼은 어찌할 바를 몰랐다. 장모의 저택은 부자 동네인 바트홈부르크에서도 가장 땅값이 비싼 하르트발트에 엄청난 규모로 펼쳐져 있다. 돈으로 환산하면 수백만 유로에 달한다. 장모는 그 밖에도 집과 아파트, 엄청난 가치의 미술품, 공익재단을 소유하고 있다. 고가의 주식도 가지고 있다. 한낱 경찰공무원인 그가 앞으로 그런 어마어마한 재산을 관리해야 한다고 생각하니 어지럼증이 일 지경이었다.

"앞 잘 봐!" 가브리엘라가 소리 내어 웃었다. "올리버, 난 항상 자네 같은 아들이 하나 있었으면 했어. 가정적이고 신념을 위해 노력하는 사람 말이야. 자네는 마음이 따뜻하고 이성적이고 사려 깊고 믿을 만한 사람이야. 내 재산을 관리해서 손주들에게 전해주는 데 자네보다 적임자는 없어. 물론 적절한 대가도 받게 될 거야. 내가 죽은 다음에는 옳다고 생각하는 대로 재산을 굴려도 돼. 그리고 그 전에 꼭 갖고 싶었던 것이 있으면 사고, 하고 싶었던 일이 있으면 해. 이제까지 검소하게 살아왔지 않나. 어때, 할 만하겠지?"

그녀가 어둠 속에서 활짝 웃었다.

"그, 글쎄요……." 보덴슈타인은 말을 더듬었다. "그건 좀……."

"이 늙은이의 성의를 무시하면 안 되지." 가브리엘라가 유쾌하게 웃었다. "서류는 이미 준비됐어. 자네 서명만 있으면 돼."

"하지만 코지마도 그렇고 다른 형제들도 그렇고…… 다들 가만있지 않을 겁니다." 보덴슈타인은 서서히 처음의 충격에서 벗어났다.

"가만있지 않으면 어쩔 건데? 이게 내 뜻인걸. 그리고 코지마, 라파엘라, 래티티아는 제 아버지한테서 이미 꽤 많은 돈을 물려받았어. 로렌츠, 로잘리, 소피아는 내 유일한 손주들이야. 난 유산이 로트키르히 집안에 머물기를 바라네. 자, 어떤가? 내 말대로 해줄 거지?"

보덴슈타인은 장모를 보며 웃었다.

"하지만 조건이 하나 있어요."

"그게 뭔데?"

"장모님이 오래오래 사시는 거요."

가브리엘라 폰 로트키르히 공작부인은 사위의 손을 토닥거리며 웃었다.

"음, 약속은 못 하겠지만 열심히 노력은 해봄세."

2012년 12월 25일 화요일

밤새 눈이 내렸다. 경찰은 그의 발자국을 발견할 것이다. 그러나 그는 걱정하지 않았다. 일부러 특이하지 않은, 아주 흔한 신발을 골라서 샀기 때문이다. 오래 기다릴 필요는 없었다. 목표물은 연휴 첫날에도 언제나와 같이 정확한 시간에 움직였다. 그리고 그는 맞히려고 했던 곳을 정확히 맞췄다. 순간적으로 혈액순환이 멈췄다. 그의, 아니 그녀의 심장이 멎었다. 인간이 자연의 순리를 거스르지 않았다면 이미 10년 전에 멈췄어야 할 심장이다. 그는 늙은이의 놀란 얼굴이 보고 싶었다. 돈으로 살 수 있는 시간은 10년뿐이었음을 깨닫는 순간의 표정, 충격과 고통에 일그러진 그 얼굴을 보고 싶었다. 잠시 더 그곳에 남아 있고 싶은 충동이 일었지만 그런 위험을 감수할 수는 없었다. 그는 탄피를 주워 재킷 주머니에 넣고 총을 해체해 가방에 넣은 다음 어깨에 둘러멨다. 그리고 완벽한 은신처가 되어준 나무 울타리에서 빠져나왔다. 어둠이 물러가고 흐릿하게 여명이 밝아오는 가운데 그는 계단을 올라가 홀연히 사라졌다. 겨울은 그가 예전부터 좋아하는 계절이었다.

*

오전 9시 10분 전. 피아는 전화벨 소리에 잠이 깼다. 어제저녁 피아와 킴은 식사가 끝나자마자 부모님의 집에서 나왔다. 그렇지 않았다면 실비아와 킴 사이에 싸움이 크게 벌어졌을 것이다. 실비아와 라르스는 아이들에게 터무니없이 비싼 선물을 잔뜩 안겨줘 가족들 눈살을 찌푸리게 했다. 무뚝뚝한 피아의 아버지마저도 못마땅한 듯 한마디 거들 정도였다. 비르켄호프에 도착한 자매는 맛좋은 레드와인을 두 병이나 비우며 새벽녘까지 수다를 떨다가 잠들었다.

"어디로 가야 하죠?" 피아가 잠이 덜 깬 목소리로 물었다.

"켈크하임 파자넨 가 47번지요." 상황실 직원이 진저리가 쳐질 정도로 말짱한 목소리로 대답했다. "감식반을 보내고 검시의도 신청하겠습니다."

"보덴슈타인 반장님한테도 연락 좀 해주세요." 피아는 침대에서 뭉그적거리며 기어나왔다. "저도 바로 출발할게요."

피아는 비틀거리며 욕실로 가서 얼른 이를 닦고 옷을 입었다. 샤워할 시간은 없었다.

"어? 벌써 일어났어?"

아래층으로 내려간 피아는 부엌에서 커피를 마시며 담배를 피우고 있는 킴을 발견했다. 그녀 앞에는 아이패드가 키보드와 연결되어 있었다. 바구니에서 뛰어나온 개들이 꼬리를 흔들며 주인을 반겼다.

"응, 신체시계가 직장에 맞춰져 있어서 휴일에도 항상 7시 정각에

일어나. 난 원래 아침잠이 많은 편이었는데도 말이야." 킴이 난감한
표정으로 웃었다.

"같이 한가하게 아침 먹고 싶었는데 안 되겠다." 피아는 개들을 쓰
다듬어주고 커피를 따랐다. "쾰크하임에서 시체가 발견됐어."

"그래? 나도 가도 돼?" 킴이 아이패드를 닫으며 말했다. "2분만 기
다려. 얼른 준비할게."

킴은 몇 년 전부터 함부르크 인근에 있는 치료감호소 부소장으로
재직 중이다. 그리고 법원이나 검찰을 위한 감정의로서 꾸준히 명성
을 쌓아왔다. 네프는 크리스마스 동안 휴가를 간다고 했으니 수사관
들과 다른 관점에서 사건을 볼 수 있는 사람을 데려가는 것이 크게
잘못된 일은 아니리라.

"그럼! 못 갈 것도 없지." 피아는 그렇게 말하고 커피를 한 모금 마
셨다. 커피는 영 맛이 없었지만 별로 상관없었다. 그녀에게 커피는
카페인 효과를 의미했다. 지금 그녀는 그 어느 때보다 카페인이 필
요했다.

잠시 후 자매는 피아의 SUV를 타고 비르켄호프를 나섰다. 정문을
넘어가는데 문턱에서 차가 크게 덜컹거렸다.

"완충기가 맛이 갔네." 킴이 소리만 듣고 진단했다.

"차 전체가 맛이 갔어." 피아가 건조하게 대꾸했다. "곧 바꿔야지.
이러다 시트 꺼지면 엉덩이가 다 날아갈 거야."

"이번에도 스나이퍼 짓일까?" 킴이 물었다. 어젯밤 피아는 동생에
게 수사 중인 두 사건에 대해 말해주었다.

이번 피해자는 노부인이 아니라 젊은 남자다. 그리고 살인은 크리
스마스 연휴 동안에 일어났다. 만약 동일범의 짓이라면 네프의 예언
은 완전히 빗나간 셈이다.

"그럴지도 모르지." 피아는 그렇게만 말하고 B8연방도로로 꺾어 들어가 액셀을 밟았다. 바트조덴으로 빠지는 지점에 이르렀을 때 갑자기 은색 벤츠 한 대가 경적을 울리며 쌩 지나갔다. 딱 봐도 과속이었다.

"아, 헤닝도 출동 중이군." 피아는 전조등을 깜박여 알은체하고는 차 바닥에 발이 닿을 정도로 세게 액셀을 밟았다. 엔진이 부릉거리며 숨넘어가는 소리를 냈지만 계기판의 바늘은 140을 넘지 못했다. 거기까지가 한계였다.

"현장으로 갈 때 무슨 생각해? 막 흥분되고 그래?" 킴이 궁금한 듯 물었다.

"흥분된다기보다는 긴장되지." 피아가 대답했다. "현장에서 뭐가 기다리고 있을지 모르니까."

"이렇게 차를 몰고 가면 어디서 무슨 사건이 났는지 다 기억나?"

"그럼. 내 머릿속에는 일종의 현장 지도랄까, 그런 게 저장돼 있어. 어디서 불이 났고 어디서 시체가 발견됐는지 다 알지."

피아는 속도를 줄이고 저속 기어로 바꿨다. 그리고 연방도로가 끝나는 곳의 교차로에서 오른쪽으로 꺾은 다음 조금 더 가다가 왼쪽으로 꺾었다.

"저기야." 피아가 순찰차 뒤에 차를 세우며 말했다. "반장님도 도착하셨네."

*

"막시밀리안 게르케, 28세." 동료와 함께 제일 먼저 현장에 도착한 여형사가 말했다. "오전 8시경 아버지 집으로 가는 중이었습니다. 매일 치르는 의식 같은 거였나 봐요. 시체를 발견한 이웃집 여자 말로는 그래요."

"뭔가 더 본 건 없대요?"

"네, 개를 산책시키러 나왔는데 여기 이렇게 엎어져 있었답니다. 총소리도 못 들었고요."

"수고했어요." 보덴슈타인은 주위를 둘러보았다. 남자는 엎드린 채 죽어 있었다. 다리는 단층집 대문으로 통하는 진입로 위에, 머리는 누렇게 말라버린 잔디 위에 놓여 있었다. 그야말로 즉사했는지 주머니에 손을 넣은 채였다. 반사적으로 팔을 들어올릴 틈조차 없었던 것이다.

"흠, 머리가 아니야." 보덴슈타인은 라텍스 장갑을 끼고 시체의 뒷목을 만져보았다. 아직 온기가 남아 있었다. 왼쪽 가슴 높이에 총알이 뚫고 들어간 자국이 있었다. 밝은 회색 재킷에 검붉게 얼룩져 피가 번져 있었다.

"뒤에서 쐈네요. 심장을 정통으로 맞았고." 뒤에서 누군가 말했다.

"어서 와요, 헤닝." 보덴슈타인은 뒤를 돌아보고 크리스마스 인사를 할까 하다가 상황에 맞지 않는 것 같아 그만두었다. "이렇게 빨리 와줘서 고마워요. 크리스마스 땐 사람 구하기가 여간 어려운 게 아니거든요."

"별 말씀을. 명절이라고 해서 뭐 특별한 날인가요?" 헤닝은 알루미늄 트렁크를 열고 보호복과 장갑, 덧신을 꺼내 입었다. "이번에도 니더회히슈타트, 오버우어젤과 동일한 범인이라고 생각하세요?"

"글쎄요. 확신이 서지 않네요." 보덴슈타인이 시체에서 한 걸음 물러서며 말했다. "이제까지 범인은 피해자의 머리를 쐈습니다. 그런데 갑자기 행동 패턴을 바꿀 필요가 있었을까요? 어쨌든 소음기를 사용한 점은 스나이퍼와 같습니다."

그때 피아의 낡은 SUV가 도로를 꺾어 들어와 순찰차 뒤에 섰다. 잠시 후 피아가 다른 여자 한 명과 함께 길을 건너 대문 쪽으로 걸어오는 것이 보였다. 총에 맞아 쓰러지기 전 막시밀리안 게르케도 그렇게 걸어왔을 것이다.

"안녕하세요, 반장님." 피아가 인사했다. "메리 크리스마스!"

"메리 크리스마스." 보덴슈타인이 고개를 끄덕였다.

"이쪽은 제 동생이에요. 지금 저희 집에 와 있어요."

"반갑습니다." 보덴슈타인이 손을 내밀어 악수를 청했다. "올리버 보덴슈타인이라고 합니다."

"카타리나 프라이탁입니다. 킴이라고 부르시면 돼요."

힘이 들어간 악수, 짙은 속눈썹에 둘러싸인 청회색 눈동자, 탐구하는 듯한 눈빛. 자매는 무척 닮은 모습이었다. 높은 광대뼈, 큰 입, 도톰한 입술에 훤칠한 이마. 높은 이마는 머리를 뒤로 모아 묶은 킴에게서 더욱 두드러졌다.

"가족을 사건 현장에 데리고 오는 건 좀 그렇지만 킴은 치료감호소 소속 심리학자예요. 도움이 될 것 같아서 데려왔어요."

"그건 내가 판단할 일이 아니지." 보덴슈타인이 대꾸했다. "어쨌든 옆에서 보는 건 괜찮아요."

길 건너편에 하나둘씩 구경꾼이 모여들었다. 크리스마스 날 아침에 살인 사건이 일어났다는 소식이 고급주택가에 퍼지고 있었다.

"이제 피해자의 아버지를 만나볼 생각이야." 보덴슈타인이 피해자에 대한 정보를 알려준 다음 말했다. 검안을 거의 마친 헤닝은 처제를 보자 놀랍고도 반가운 표정으로 인사를 했다.

그때 감식반이 탄 파란색 폭스바겐 버스가 들어왔고, 곧 감식반 직원들이 내렸다. 크뢰거를 본 헤닝은 회심의 미소를 지었다.

"5 대 7. 곧 따라잡을 수 있겠어." 헤닝이 피아와 킴을 보며 말했다. "올해 크뢰거가 나보다 빨리 현장에 도착한 게 일곱 번이거든. 스나이퍼가 계속 이렇게 해준다면 현실적으로 봐도 승산이 있겠어."

"정말 못 말려!" 피아가 못마땅한 표정으로 머리를 절레절레 흔들었다. "제발 그 유치한 경쟁 좀 그만둘 수 없어?"

"그래서 아까 그렇게 과속하신 거예요?" 킴이 물었다.

"어, 그거…… 그렇다고 봐야지." 헤닝 키르히호프는 그 사실을 인정하기는 민망한지 머쓱한 표정을 지었다.

"자, 어서 들어가지." 보덴슈타인이 피아를 재촉했다. "저 두 사람, 여기서 또 한 판 붙을 것 같은데."

*

피아는 직업상 다양한 사람들을 만난다. 젊은 사람, 나이 든 사람, 똑똑한 사람, 멍청한 사람, 영악한 사람, 세상물정 모르는 사람, 차분한 사람, 공격적인 사람, 솔직한 사람, 거짓된 사람……. 모두 각양각색이지만 감정적 비상사태에 처하면 누구나, 설사 한순간에 그칠지라도 속마음을 들키고 만다. 피아는 그렇게 많은 사람의 속마음을 들여다보았다. 수사관이라는 직업은 늘 객관적이어야 하지만 인간이다 보니 아무래도 호감이 더 가는 사람이 있고 덜 가는 사람이 있다.

프리드리히 게르케는 정말 동정이 가는 사람이었다. 백발이 성성한 노신사는 세상이 무너진 듯 절망한 얼굴이었지만 보덴슈타인의 질문에 성실하게 대답하려고 노력했다. 그리고 그 세대가 그렇듯 평정심을 잃지 않으려고 무던히 애썼다. 젊은 사람들은 히스테리 증상을 보이며 울음을 터뜨리거나 이성의 끈을 놓아버리기 일쑤인데, 그는 질문 하나도 놓치지 않으려고 심혈을 기울였다.

82세인 프리드리히 게르케는 1995년 아내가 세상을 떠난 뒤 큰집에 혼자 살고 있었다. 아직 부촌이 형성되지 않았을 때 집을 지었으니 그곳에 산 지도 50년이 넘었다. 그는 구체적으로 언급하지 않았지만 여러 가지 노인병을 앓고 있는 것 같았다. 그러나 혼자 사는데 지장은 없다고 했다. 일요일과 공휴일을 제외하고는 매일 가사도우미가 와서 집안일을 해주고, 하루 두 번씩 방문요양 서비스를 받고 있으며, 매일 아침 외아들인 막시밀리안이 빵을 사들고 아버지를 찾아와 함께 신문을 읽는다고 했다.

"누가 무슨 이유로 막시밀리안을 죽였는지 도저히 모르겠습니다." 게르케는 수사관들을 거실로 안내한 뒤 소파에 앉았다. 백발은 단정하게 가르마를 타 옆으로 빗어넘겼고 와이셔츠에 넥타이, 진자주색 스웨터를 입었다. 검버섯이 잔뜩 핀 손에는 지팡이를 꼭 쥐고 있었다. 집은 낡았지만 무척 깨끗했고 구석구석 잘 손질되어 있었다. 천연석이 깔린 바닥은 반짝반짝 윤이 났고 양탄자 가장자리에 달린 술 장식마저도 곱게 빗질이 된 듯했다.

"겸손하고 착실한 아이입니다." 금테 안경 뒤에서 눈물이 반짝였다. "음악교육학과를 나와서 켈크하임에 있는 음악학교에서 학생들을 가르쳐요. 성 프란치스쿠스 교회에서 합창단 지휘자도 하고 오르겔도 연주하지요."

그는 아들이 죽고 없다는 것을 알면서도 아들에 대한 이야기를 차마 과거형으로 하지 못했다.

"아드님은 어디에 살았습니까?" 보덴슈타인이 물었다.

"켈크하임 프랑크푸르트 가요." 게르케가 대답했다. "이 집에 출입구가 별도로 있는 집이 딸려 있어서 거기 살라고 했지만 싫다더군요. 그 아이한테는 자기 혼자 힘으로 뭔가를 한다는 게 중요하거든요. 태어날 때부터 심장에 문제가 있어서 오랫동안 병원에서 지냈습니다. 우린 아들을 유리 다루듯 했어요. 다른 아이들처럼 뛰어놀거나 공차기를 해본 적도 없어요. 하지만 친구는 많았어요. 왜냐면 막시밀리안은…… 우리 애는…… 미안합니다."

그는 목이 메어 말을 잇지 못하고 눈물을 삼켰다. 그리고 믿을 수 없다는 듯 머리를 설레설레 흔들었다.

그때 밖에서 문 두드리는 소리가 났다. 피아가 양해를 구하고 일어나 복도를 지나 현관으로 나갔다.

"시체는 다 끝냈고 총 쏜 장소를 찾아냈어." 크뢰거는 아직 비닐 보호복을 머리끝까지 뒤집어쓴 상태였다. "함께 가볼래?"

피아는 고개를 끄덕이고 밖으로 나갔다. 장의업체 직원들이 법의학연구소로 운반하기 위해 시체를 부대에 넣고 있었다.

"저기야." 크뢰거가 길 건너편에 있는 마당 넓은 집을 가리켰다. 게르케의 집보다 약간 높은 지대에 위치한, 키 큰 주목 울타리에 둘러싸인 집이었다. "범인은 저기 서 있었을 거야."

"너무 위험하지 않나요?" 피아가 의심쩍은 얼굴로 말했다. "저 집에 사는 사람들이 다 봤을 텐데."

"아니야. 저기야말로 최적의 장소야. 가보면 알아."

피아는 크뢰거를 따라 길을 건넜다. 주목 울타리가 있는 집에 가까이 가보니 그 옆으로 좁은 계단이 나 있었다. 계단은 건너편 도로로 연결되는 것 같았다. 크뢰거는 그리 높지 않은 철망을 넘어가 주목 울타리를 비집고 들어갔다.

"빨리 와!" 크뢰거가 피아에게 말했다. "내 뒤에 바짝 붙어서 와야 해. 이번에는 놈이 흔적을 남겼거든! 신발 자국이 눈 위에 찍혀 있더라고!"

피아는 크뢰거처럼 울타리를 비집고 들어갔다. 주목 울타리는 멀리서 볼 때처럼 그렇게 무성하지 않았지만, 집에서 멀리 떨어져 있을 뿐 아니라 거대한 철쭉나무가 완벽한 보호벽 역할을 하고 있었다.

"바로 여기야. 놈은 여기 서서 기다렸어." 크뢰거가 걸음을 멈추고 말했다. "울타리에 구멍을 냈어. 여기 봐, 잔가지들이 잔뜩 있잖아."

피아는 크뢰거 옆에 가서 섰다. 게르케의 집이 한눈에 들어왔다.

"물론 탄도검사를 해봐야 알겠지만, 여기서 총알이 날아간 게 100 퍼센트 확실해." 크뢰거가 말했다. "그리고 다시 계단을 올라가서 뿅 사라진 거지. 나흐티갈렌 가에 차를 세워두었을 수도 있고, 더 가서 주택가에 세워두었을 수도 있어. 거긴 눈이 많이 안 왔더라고. 그래서 흔적을 놓쳤어. 거기서 B8연방도로까지는 1분도 안 걸리거든."

피아는 다시 계단을 올라가 주위를 둘러보았다.

"맞아요. 도주 경로는 완벽해요."

그때 피아의 재킷 주머니에서 휴대전화가 울렸다. 발신자표시제한이었지만 피아는 전화를 받았다.

"켈크하임 경찰서의 해넬이라고 합니다." 잔뜩 들뜬 젊은 남자 목소리였다. "우리 서에 편지가 하나 배달됐는데 호프하임 앞으로 온 겁니다!"

"우리 앞으로요?" 피아는 앞서가는 크뢰거의 소매를 잡아당겼다.

"네, 주소가 '호프하임 강력반'으로 돼 있습니다."

"누가 배달했는데요?"

"개를 데리고 온 할머니요. 수도원 앞에서 어떤 남자가 손에 쥐어 줬답니다."

"그 할머니 이름이랑 주소 알아냈어요?" 피아가 물었다.

"당연하죠!" 살짝 기분 나쁘다는 말투였다.

"알았어요. 지금 바로 갈게요." 피아는 전화를 끊었다.

"무슨 일이야?" 크뢰거가 궁금한 듯 물었다.

"켈크하임 경찰서에서 온 전화인데요." 피아의 표정은 심각했다. "어떤 할머니가 편지를 배달했대요. 만약 스나이퍼의 편지라면 정말 뻔뻔한 놈인 거죠."

*

막시밀리안 게르케는 한 인간의 죽음을 방조하고 뇌물을 수수한 아버지의 죄로 죽었다.

피아는 부고의 복사본을 칠판에 붙이고 그 위에 피해자의 이름, 사망일자와 시각을 적었다. 비상 호출을 받은 직원들이 하나둘씩 회의실에 들어섰다. 피아와 보덴슈타인은 편지를 배달한 노부인을 찾아갔지만 별로 도움이 되지 못했다. 그녀는 남자의 얼굴을 보지 못했다고 했다. 조깅하는 차림새였는데, 모자를 뒤집어쓰고 선글라스를 끼고 목도리를 눈 밑까지 끌어올렸으며 말은 한마디도 하지 않았다고 했다.

"적어도 세 가지는 확실해졌어요." 피아가 말했다. "범인이 세 번째 살인을 저질렀다는 것, 지역 사정에 밝다는 것, 복수를 위해 사람을 죽인다는 것."

"그런데 무엇 때문에 복수를 하는지 우리가 전혀 모른다는 게 문제지." 카이 오스터만이 말했다.

"그래도 부고에 구체적인 이유를 제시하고 있어." 보덴슈타인이 혼잣말처럼 말했다. "자기가 로빈 후드라고 생각하는 건가?"

"아니에요. 그렇다면 언론에 편지를 보냈을 거예요. 이 사건은 그런 경우가 아니에요. 개인적인 복수예요." 가만히 듣고 있던 킴이 단호하게 말했다.

"그럴듯하네요." 어느새 회의실로 들어온 니콜라 엥엘이 킴을 위아래로 훑어보며 말했다. "실례가 안 된다면 누구신지 물어봐도 될까요?"

킴과 피아가 동시에 자리에서 일어섰다.

"전 킴 프라이탁 박사라고 합니다." 킴이 자신을 소개하며 손을 내밀었다. 엥엘은 잠시 망설이다가 악수를 했다. "키르히호프 형사의 동생이에요. 크리스마스라 다니러 왔어요."

"아, 그래요? 우리 서에서는 직원 가족이 살인 사건 수사에 참여하는 일은 없는데요." 엥엘이 나무라는 눈빛으로 피아를 쳐다보았다. "아니면 앞으로는 할머니, 엄마, 오빠, 연휴에 심심해하는 가족들을 다 불러들일 작정인가요?"

엥엘 과장이 능력 있는 조력자를 환영할 것이라 믿었던 피아는 서슬 퍼런 꾸지람에 금세 주눅이 들어버렸다.

"저, 그런 건 아니고요…… 그게……." 피아는 당황해서 말을 더듬었다.

"가만, 그러고 보니 어디서 들어본 이름인데……." 엥엘 과장은 피아에게는 전혀 신경 쓰지 않고 고개를 갸우뚱하며 킴을 찬찬히 뜯어보았다.

"전 함부르크 오히젠촐 치료감호소 부소장입니다. 전국적으로 법원과 검찰에 감정서를 제출하고 있죠." 킴은 아웃도어 재킷 안주머니에서 명함을 꺼내 건넸다. "마지막으로 감정한 사건은 카를스루에(독일 남부에 있는 도시_역주) 고속도로 살인 사건입니다. 주로 연쇄살인이나 강간, 학대 사건을 다루고 있습니다."

"12월 초 빈에서 범죄자의 심리학적 특징에 대해 강연한 적 있죠?"

"네, 맞습니다. 대법원 건물에서 열린 법의심리학 대회였죠." 킴이 미소를 지으며 말했다. "어제 언니에게서 사건에 대한 이야기를 듣고 제가 미국에 있을 때 참여했던 비슷한 사건이 떠올랐어요."

"설마 또 존 앨런 무하마드 얘기는 아니겠죠?" 오스터만이 노트북에서 눈을 떼지 않은 채 말했다.

"그 사건 맞아요. 그런데 왜 그러시죠?" 킴이 의아한 듯 물었다.

"지역범죄수사국에서 나오신 어느 나리께서 그 이야기를 하도 해대서 귀에 딱지가 앉을 지경이거든요." 오스터만이 대답했다. "얘기 들어보면 FBI 사건을 혼자 다 해결하고 온 것 같다니까요."

"그래요?" 킴은 고개를 갸우뚱했다. "제가 콴티코 FBI 아카데미에 2년간 있었는데 수사에 참여한 독일 경찰은 없었어요."

"그건 지금 중요한 게 아닌 것 같네요." 엥엘이 끼어들어 논쟁을 끝냈다. "자, 하던 거 마저 합시다. 프라이탁 박사는 이따가 잠깐 뵙죠."

"네." 킴이 환하게 웃었다.

"키르히호프 형사, 사건에 대해 설명해봐." 엥엘 과장이 피아의 자리에 앉으며 말했다.

피아는 이제까지 알아낸 사실을 열거하고 화이트보드에 그림을 그려가며 현장 상황과 범인의 도주로를 설명했다.

"탄환은 이번에도 큰 구경이고, 역시 소음기를 사용했습니다." 피아가 보고를 마무리 지었다. "그런데 범인은 이번에 처음으로 흔적을 남겼습니다. 바로 발자국입니다. 그리고 편지를 배달한 부인에게 목격되었습니다. 하지만 목격자 진술은 상당히 애매한 수준입니다."

"위키피디아에 피해자 아버지의 이름이 나오네요." 오스터만이 외쳤다. "프리드리히 게르케. 1931년 쾰른 출생, 의학 전공, 1953년 마리안네 자이츠와 결혼, 1955년 박사학위 취득, 1958년 장인 회사에 취업…… 어쩌고저쩌고…… 부인 죽고, 회사가 성장하고…… 어쩌고저쩌고…… 1982년 재혼, 1998년 미국 투자자에게 기업 매각. 상도 많이 받았네요. 1등급 십자훈장도 있어요."

"어쩌고저쩌고 한 부분 자세히 말해봐." 보덴슈타인이 오스터만의 말을 끊었다.

"원래는 위장약 만드는 공장이었대요. '자이츠와 아들들'이라는 회사인데 자이츠에게 아들이 없었으니까 아마 '자이츠와 사위'로 바뀌었겠죠. 게르케는 수완이 좋았던 모양입니다. 작은 의약품 제조업체를 '산텍스'라는 이름의 큰 제약회사로 키워냈습니다. 주로 복제약을 생산했는데 1998년 20억 달러를 받고 미국 기업에 팔았습니다. 다시 말하면 절대 가난한 할아버지는 아닙니다."

"한 가지 이상한 점이 있어요." 킴이 불쑥 말했다. "앞서 두 피해자는 머리에 총을 맞았어요. 그런데 이번에 범인은 심장을 쐈어요. 그리고 피해자의 아버지는 아들이 심장병을 앓았다고 했어요."

보덴슈타인이 고개를 번쩍 들었다.

"그리고 몇 년 전 심장 이식 수술을 받았다고 했지." 그가 말했다.

"범인은 그 사실을 알고 일부러 이식된 심장을 노렸을 수도 있어요." 킴이 말을 이었다. "자신의 전지전능함을 과시하려고 말이에요."

아무도 말이 없었다.

"피해자 사이의 관계를 말해주는 거야!" 보덴슈타인이 상기된 표정으로 외쳤다. "첫 번째 단서입니다!"

보덴슈타인이 벌떡 일어나 칠판으로 가더니 마가레테 루돌프의 이름을 툭툭 쳤다.

"이 피해자의 남편은 장기 이식 전문의이고 세 번째 피해자는 심장 이식 수술을 받았습니다! 이건 절대 우연이 아닙니다!"

오스터만의 손가락이 자판 위에서 바쁘게 움직였다.

"디터 파울 루돌프 교수. 1950년 마르부르크 출생." 그는 입술 사이로 높은 휘파람 소리를 냈다. "엘리트 중 엘리트인데요. 크리스티안 바너드(세계 최초로 심장 이식 수술에 성공한 남아프리카공화국 의사_역주)와 케이프타운에서 일한 적이 있고, 취리히 대학병원과 함부르크 에펜도르프 대학병원에도 있었어요. 신기술도 몇 가지 개발했고, 심장 이식 분야에서는 독일 최고의 전문가 중 하나로 꼽힙니다. 1994년부터 프랑크푸르트 재해병원에 재직하다가 2004년 바트홈부르크의 개인병원으로 옮겼습니다. 아마 지금도 그 병원에서 근무하는 것 같습니다. 출간한 책도 많고, 상도 많이 받았네요."

"이 근처에 심장 이식을 할 수 있는 병원이 과연 몇 곳이나 될까?" 보덴슈타인이 혼잣말처럼 중얼거렸다. "루돌프 교수와 얘기를 해봐야겠습니다. 막시밀리안 게르케라는 환자를 기억하고 있을지도 모릅니다."

*

구름 낀 아침은 바람 없는 흐린 날로 이어졌다. 보덴슈타인은 담당자에게서 관용차 열쇠를 받아 생각에 잠긴 표정으로 마당을 가로질렀다. 그리고 주차장에서 열쇠에 맞는 차를 찾아 문을 열고 운전석에 앉았다. 엥엘과 면담 중인 피아 자매를 기다리려는 것이다.

어제 코지마의 어머니와 대화를 나눈 이후 아직까지도 꿈꾸는 듯한 기분이었다. 가브리엘라가 자신을 신뢰한다는 생각에 기분이 좋았지만 동시에 걱정도 됐다. 보덴슈타인 가문에 돈이 많았던 적은 한 번도 없다. 슈나이트하인과 피시바흐 사이에 놓인 영지와 성을 제외하고는 물질적 가치를 가진 재산이 거의 전무했다. 보덴슈타인 자신도 경영이나 은행 관련 업무에 대해선 통 몰랐다. 하지만 가브리엘라의 제안을 거절하더라도 유언장에 따라 아이들의 재산관리인 역할을 해야 하므로 어차피 알아놔야 할 것이다. 그녀와 수년간 함께 일해온 변호사, 은행, 재단 사람들은 그가 아무것도 모른다는 사실을 금세 알아챌 것이다. 그리고 그의 무지를 이용해 돈을 빼돌리거나 사기를 칠지도 모른다. 게다가 코지마가 어머니의 결정에 어떻게 반응할지 알 수 없었다. 코지마는 언제나 돈은 그리 중요하지 않다는 듯 말했지만 그건 집안에 돈이 많기 때문이다. 코지마는 아버지가 돌아가셨을 때 신탁자금에서 큰 액수의 돈을 받았다. 영화 제작, 여행 비용, 생활비 모두 그 돈으로 충당했다. 그에 비하면 그가 벌어오는 공무원 월급은 보잘것없었다. 20년 전 켈크하임에서 좀 더 나은 주택가에 집을 지을 수 있었던 것도, 아이들이 비싼 사립학교에 다닐 수 있었던 것도 모두 코지마 덕분이었다. 그가 벌어오는 월급만 가지고는 어림도 없었다. 돈이 많은 아내와 사는 것은 결코 쉽지 않았다. 그러나 어려서부터 근검절약의 중요성을 교육받아온 그는 그것 때문에 크게 괴로워하지 않았다. 그런데 이제 모든 것이 바뀌었다. 더 이상 경찰 일을 할 필요도 없을 것이다. 그러나 그에게 일은 직업 이상의 의미가 있었다. 그리고 일을 하지 않으면 뭘 한단 말인가?

어쨌든 전날 바트홈부르크에서 돌아오면서도 생각했지만 당분간은 아무에게도 말하지 않을 생각이다. 잉카도 포함해서. 아니, 특히 잉카에게는 말하지 말아야 한다. 잉카는 그가 코지마와 전화 통화만 해도 상당히 예민하게 반응한다. 소피아를 데려다주거나 데리러 갈 때 코지마와 마주치는 것도 껄끄러워한다. 코지마와 완전히 끝났다고 아무리 말해도 완전히 믿지 않는 눈치다. 그런데 가브리엘라의 제안을 받아들이면 전부인의 가족과 더 밀접하게 엮이는 꼴이 된다.

"저희 왔어요!" 피아가 조수석 문을 활짝 열어젖히는 통에 보덴슈타인은 퍼뜩 정신이 들었다. "전화통에 불나게 생겼어요. 카이는 계속 구시렁거리고 있고요. 어디서 정보가 샜는지 언론에서 난리예요."

"꼭 나쁠 것도 없지, 뭐." 보덴슈타인이 시동을 걸며 말했다. "뭔가 본 사람이 있을 수도 있잖아."

그는 룸미러를 통해 뒷좌석에 시선을 주었다.

"우리 과장님은 뭐라고 하시던가요?"

"도우미 할 만한 능력이 있다고 인정하셨어요." 킴이 웃으며 말했다. "하지만 우선은 손님 자격이라고 못 박았어요. 정식으로 승인 날 때까지는 보수도 없고 요구할 수 있는 것도 전혀 없다고요. 하지만 괜찮아요. 아직 휴가가 많이 남았고 딱히 할 일도 없거든요."

"그럼, 우리 팀에 온 걸 환영합니다." 보덴슈타인이 다정하게 말했다. "니콜라 엥엘의 마음에 들기가 쉬운 일은 아니거든요."

보덴슈타인은 킴이 마음에 들었다. 동생도 언니처럼 명민함과 추진력, 그리고 유머감각을 갖추고 있었다.

"프로들끼리는 서로 알아보는 법이거든요. 그리고 특수한 상황에서는 특수한 조치가 필요한 거 아니겠어요?"

"맞는 말이네요!" 보덴슈타인은 주차장을 나가 유난히 한산한 도로로 들어섰다.

*

20분 후 보덴슈타인, 피아, 킴은 루돌프 교수의 딸 앞에 서 있었다. 위아래로 검정색 옷을 입고 있는 그녀는 눈이 벌겋게 충혈되어 있고 칙칙한 얼굴에는 핏기가 없었다. 여전히 충격에서 헤어나지 못한 듯했다.

"안녕하십니까, 알브레히트 부인." 보덴슈타인이 악수를 청했다. "좀 어떠십니까? 따님은 좀 괜찮아졌나요?"

"아무 말도 안 해요." 그녀가 대답했다. "전남편이 오늘 할머니 댁에 데리고 갔어요."

"좋은 생각이네요. 부인에게도 그런 환경의 변화가 필요하지 않을까요?"

"전 아버지 곁에 있어야 해요." 카롤리네 알브레히트는 카디건을 여미며 팔짱을 꼈다. "어머니 장례식 준비도 해야 하고요."

그녀의 녹색 눈동자 속에는 보덴슈타인이 일찍이 보지 못했던 깊은 절망이 서려 있었다. 그녀의 고통과 슬픔은 전혀 준비되지 않은 그에게 뒤통수를 치는 느낌으로 다가왔다. 평소에는 피해자나 유족과 거리를 두는 데 전혀 어려움이 없는 그였지만 오늘은 달랐다. 굳은 어깨와 무표정한 얼굴로 가족을 위해 강해지려고 안간힘을 쓰는 이 여자에게는 사람의 마음을 두드리는 뭔가가 있었다.

"함께 있어줄 친구는 없어요?" 보덴슈타인이 부드럽게 물었다.

"크리스마스잖아요. 이런 날 누구더러 와달라고 할 수도 없고 그러기도 싫어요. 혼자서도 할 수 있어요. 산 사람은 어떻게든 살겠죠."

보덴슈타인은 그녀의 팔을 살짝 도닥여주었다. 그렇다. 그녀는 잘해낼 것이다. 카롤리네 알브레히트는 강한 여자다. 지금은 땅이 꺼지는 것 같겠지만 이 시련 또한 곧 지나갈 것이다.

"아버님과 할 얘기가 있습니다." 보덴슈타인이 용건을 말했다. "제가 왔다고 말씀드려주시겠습니까?"

"물론이죠. 들어오세요."

그는 그녀를 따라 집 안으로 들어갔다. 지난번처럼 고약한 냄새는 나지 않았다. 식탁은 깨끗이 치워져 있고, 크리스마스 장식은 모두 사라지고 없었다. 카롤리네 알브레히트는 밖으로 나가더니 잠시 후 다시 식당으로 돌아왔다.

"서재에서 기다리고 계세요." 그녀가 안내하듯 손짓하며 말했다.

루돌프 교수 또한 그동안 많이 야위어 있었다. 그는 천장까지 닿는 높은 책장 사이에 허깨비처럼 앉아 있었다. 인사를 하려고 일어나려고 하지도 않았다.

"잠깐 나가 있어라." 그가 말하자 카롤리네 알브레히트는 조용히 문을 닫고 나갔다. 보덴슈타인은 오늘 아침 켈크하임에서 일어난 살인 사건에 대해 말해주었다.

"피해자는 28세 청년입니다. 피해자의 아버지 말로는 선천성 심장병이었는데 심장 이식 수술을 받고 목숨을 구했답니다."

"슬픈 일이군요." 루돌프 교수는 별 관심 없다는 듯 말했다.

"혹시 교수님이 그 청년을 알고 계시지 않을까 해서요. 이름이 막시밀리안 게르케입니다."

"게르케? 글쎄요, 이름만 가지고는 모르겠는데요." 그는 고개를 저었다. "심장 이식으로 20년도 넘게 밥벌이를 했습니다. 그 많은 환자를 모두 기억할 수는 없지요."

"하지만 희귀한 병이었거나 특별한 환자였다면 기억나시지 않을까요?" 킴이 끼어들었다. "막시밀리안은 당시 많이 어렸어요. 선천성 심장병을 가진 청소년 나이의 환자예요. 부탁이니 다시 한 번 기억을 더듬어보실 수 없을까요?"

루돌프 교수는 안경을 벗고 충혈된 눈을 문지르며 기억을 되새겨 보았다.

"그래요." 그가 생각난 듯 고개를 들었다. "그 아이, 기억납니다. 팔로사징증(선천성 심장병의 일종_역주)을 가지고 태어난 아이였어요. 그게 우심실비대증으로 발전했고 추가로 다른 것들도 따라왔지요. 수술을 몇 번 했지만 소용없었고 거의 포기해야 할 단계까지 갔습니다. 마지막 남은 방법이 심장 이식이었습니다."

피아와 보덴슈타인은 의미심장한 눈빛을 주고받았다. 드디어 수사에 물꼬가 트이는 것일까? 이로써 두 피해지 사이의 관계가 밝혀지는 것일까?

"혹시 잉게보르크 롤레더라는 이름도 기억나시나요?" 피아가 다시 한 번 물었다.

"그건 또 누굽니까?" 루돌프 교수는 다시 안경을 꼈다.

"첫 번째 피해자예요." 피아가 말했다. "75세이고 에쉬보른, 아니 니더회히슈타트에 살았어요."

"아, 저번에도 한번 물어봤었죠. 아니요, 그 이름은 처음 듣습니다. 됐나요?"

"아니요, 아직 하나 더 있습니다." 보덴슈타인이 나섰다. 그는 민감한 주제를 꺼내기 전, 잠시 말을 골랐다. "편지가 의미하는 게 뭔지 생각해보셨습니까?"

"얘기를 들은 후 밤낮 그 편지 생각만 하고 있습니다." 그는 힘없이 어깨를 늘어뜨렸다. "그런데 도무지 무슨 소린지 모르겠습니다. 오랫동안 의사로 일해오면서 환자 가족과 문제가 생겼던 적은 한 번도 없었습니다."

그들은 인사를 하고 루돌프 교수의 딸과는 다시 마주치지 않은 채 그 집을 나왔다.

"기억을 더듬어보라고 한 거 정말 잘했어." 밖으로 나와 차를 세워 둔 곳으로 걸어가면서 피아가 동생을 칭찬했다.

"언니가 말한 머릿속의 지도를 생각했어. 현장이 어딘지 다 기억한다고 했잖아." 킴이 웃으며 말했다. "그 의사에게도 그런 지도가 있을지 모르지."

"어쨌든 피해자 사이의 관계가 하나라도 밝혀졌으니 다행이야." 피아가 재킷 지퍼를 턱 밑까지 올리며 말했다. "문제는 그게 뭐냐는 거지. 이렇게 쓸 만한 단서가 하나도 없다니 정말 미치겠다! 범인은 피해자 주변을 샅샅이 조사한 것 같아. 피해자의 습관이나 상황을 너무잘 알잖아. 그리고 남의 눈에 띄지 않게 숨어 있을 장소, 재빨리 도망칠 수 있는 길도 다 확보해놨어. 어쩌면 그렇게 단 한 사람도 보질 못했을까?"

"봤지만 기억에 남지 않은 게 아닐까?" 킴이 말했다. "저 앞에 개 끌고 가는 남자를 봐. 뭔가 특이한 행동을 하지 않는다면 10초만 지나도 잊어버릴걸. 범인은 아마 환경에 적응을 잘하고 다른 사람의 눈에 띄지 않게 행동하는 사람일 거야."

"난 오늘 범인이 편지를 전달한 방식이 마음에 걸려." 피아가 말했다. "발각될 위험이 큰데도 그렇게 행동하다니, 아주 자신 있나 봐."

"발각될 위험은 크지 않았어." 보덴슈타인이 반대의견을 말했다. "범인은 편지 배달부를 고르고 또 골랐을 거야. 그 부인은 나이가 많고 겁도 많은 사람이었어. 준비가 안 된 상태에서 갑자기 들이댔으니 더 놀랐겠지. 범인을 과소평가하지 마! 놈은 그 무엇도 우연에 맡기지 않아."

"언젠가는 범인도 실수를 하겠죠." 피아가 말했다.

"그때까지 기다리면 안 되지." 보덴슈타인이 차 문을 열었다. "압박이 점점 커지고 있어. 시민들은 두려움에 떨고 있고."

"살인은 여기서 끝나지 않을 거예요." 킴이 예언했다. "범인은 관심을 바라고 있어요."

"그럼 관심받게 해주지, 뭐!" 피아가 말했다. "세부 정보를 언론에 주자고요! 그럼 사람들은 자신이 직접적인 위험에 처해 있지 않다는 걸 알고 진정하겠죠."

"그건 너무 위험해." 보덴슈타인은 가볍게 머리를 흔들고 시동을 걸었다. "그것 때문에 무슨 일이 생기면 우리가 책임져야 한다고."

"책임져야 할 사람은 단 한 사람, 범인뿐이에요." 킴이 말했다.

*

그녀는 냉동고를 열었다. 냉동고 안에 차곡차곡 쌓인 플라스틱 그릇들을 보자 바로 눈물이 고였다. 정말 알뜰하신 분이었지! 어머니는 빈 통도 함부로 버리는 법이 없었다. 잼이나 오이피클 병은 뒀다가 과일절임을 넣을 때 사용했고, 플라스틱으로 된 납작한 아이스크림 통은 음식을 냉동시킬 때 썼다. 수십 년 전부터 루돌프 집안의 냉동고를 차지하고 있는 이 플라스틱 통들에는 꼼꼼하게 메모가 되어 있었다. '세게드(헝가리 중남부 도시_역주)식 굴라시. 2012년 9월 12일.' 어머니의 고운 글씨체가 눈에 들어왔다.

"아, 엄마!" 카롤리네는 탄식하듯 중얼거리며 눈물을 닦았다. "내가 요리를 얼마나 못하는지 알잖아."

카롤리네는 냉동고 문을 닫고 1층으로 이어지는 가파른 계단을 올랐다. 아버지는 경찰들이 다녀간 후 서재에서 꼼짝도 하지 않았다. 그녀에게는 오히려 그 편이 나았다. 아버지는 어머니와의 말없는 대화에 방해가 될 뿐이었다. 아버지는 이곳에 속하지 않는 사람이었다. 적어도 낮에는 그랬다. 그녀의 기억 속 아버지는 언제나 오전 7시면 집을 나섰고 밤 10시 전에는 돌아오지 않는 사람이었다. 어머니는 그것 때문에 한 번도 불평하지 않았다. 언젠가 한번은 아버지가 은퇴하고 하루 종일 집에 있게 되면 걱정이라고 그녀에게 털어놓은 적도 있다. 어머니는 그동안 자신만의 삶을 가졌고, 취미활동도 열심히 했다. 아버지의 머릿속에는 오직 일뿐이었다.

'나랑 똑같아.' 카롤리네는 이런 생각을 하며 또 다시 솟구치는 눈물을 삼켰다. 지난 20년간 왜 그렇게 미친 듯이 일만 했을까? 왜 가족이나 친구들과 함께 시간을 보내지 않았을까? 이제까지 중요하다고 생각했던 것들이 갑자기 너무 하찮게 느껴졌다. 세계의 최고경영자들에게 자기 계발, 시간 경영, 기업 문화와 인성 향상을 위한 전략의 가치를 가르치는 동안 정작 그녀 자신은 한때 중요하다고 여겼던 가치들을 짓밟고 있었다. 성공과 인정을 향해서만 질주하다 보니 결혼만 파탄 난 것이 아니라 관계라는 것 자체가 없어져버렸다.

'함께 있어줄 친구는 없어요?' 아까 형사가 물었다. 그녀에게는 그런 친구가 없다. 부끄럽지만 사실이다. 그녀의 유일한 친구는 어머니였다. 그런데 어머니는 이제 이 세상에 없다. 어머니의 죽음은 그녀 삶의 한가운데가 텅 비었다는 걸 직시하게 만들었다. 다른 사람들의 그곳은 아름다운 기억, 추억, 사랑, 행복, 애인, 남편, 소중한 친구들로 채워져 있지만 그녀에게는 기억할 만한 것이 별로 없었다. 어머니를 애도하면서 그녀는 이제까지 얼마나 무의미한 삶을 살았는지 깨달았다. 그건 또 다른 충격으로 다가왔다. 그동안 얼마나 외적인 가치에만 치중했던가! 얼마나 알맹이 없는 삶을 살았던가!

그녀는 혐오감을 억누르며 부엌에 들어섰다. 예전에는 부엌을 참 좋아했다. 부엌은 집의 중심이었고, 항상 불 위에서 뭔가 끓고 있거나 오븐에서 황홀한 냄새가 나는 어머니의 왕국이었다. 널찍한 창가에는 허브 화분이 늘어서 있었고 나무 선반에는 양파와 마늘이 쌓여 있었다. 그런데 지금은 그 마법을 잃고 어둠의 공간이 되어버렸다. 총알이 뚫고 들어온 창문에는 임시방편으로 두꺼운 종이를 대어놓았다. 청소하는 사람들이 말끔하게 청소를 해서 창문 말고는 목요일 저녁을 떠올리게 하는 것이 없었다. 그녀는 서랍에서 냄비를 꺼내 레인지 위에 놓고 냉동된 굴라시를 넣었다. 그리고 슈패츨(독일식 파스타_역주)을 꺼내놓고 다른 냄비에 소금물을 안쳤다. 일상은 그녀에게 유일한 탈출구였다. 그녀는 카드로 만든 집처럼 힘없이 허물어져버리거나 절망의 검은 파도에 휩쓸리지 않도록 일상을 단단히 붙잡았다. 의사가 처방해준 진정제도 먹지 않았다. 그런데도 정신이 몽롱했다. 상담지원팀이 권한 상담도 정중하게, 하지만 단호하게 거절했다. 말할 것도 없고 말하고 싶지도 않았다. 이 충격은 그녀 혼자 이겨내야 한다. 필요한 건 단지 시간이다. 이런 일이 일어났음을 인정하고 받아들일 시간 말이다. 그리고 앞으로 어떻게 할 것인지 생각할 시간.

그녀는 창밖으로 시선을 던졌다. 눈 쌓인 정원 너머 앙상한 서어나무 울타리 뒤, 저기에 그가 매복해 있었다. 죽음의 전령. 경찰은 범인이 조립식 변전소 지붕 위에 엎드려 있다가 총을 쐈다고 했다. 하지만…… 왜? 언론에서는 '스나이퍼'가 닥치는 대로 아무나 쏜다고 하지 않나? 첫 번째 피해자는 개를 데리고 산책 중이었다. 그리고 오늘, 세 번째 살인이 일어났다. 피해자는 막 아버지의 집 앞뜰에 들어서던 젊은 남자였다. 그 둘은 우연한 희생자일 수 있다. 잘못된 시간에 잘못된 장소에 있었다고 할 수도 있다. 그러나 어머니는 자기 집 부엌에 있었다. 그리고 이 집은 막다른 골목, 나무와 울타리에 가려져 있는 집이다! 지나가다 우연히 들를 수 있는 곳이 아니다! 범인은 모든 것을 철저히 계획한 것이다.

국수를 삶으려고 얹어놓은 물이 피식 소리를 내며 끓어넘쳤다. 미동도 없이 서 있던 카롤리네는 상념에서 깨어나 조리대로 가서 불을 낮췄다.

그 순간 그녀를 에워싸고 있던 슬픔과 충격의 안개가 걷히며 정신이 맑아졌다. 그렇다, 어머니는 우연히 죽음을 당한 것이 아니다! 그렇다면 왜 죽어야 했던 걸까? 어머니가 말하지 않은 비밀이 있을까? 숨기고 있던 죄가 있을까? 카롤리네는 무슨 일이 있어도 그것을 밝혀내야겠다고 마음먹었다. 그러지 않으면 다시는 마음의 안정을 찾지 못할 것 같았다.

*

막시밀리안 게르케의 집을 수색한 직원들은 일기장, 편지 등 개인 기록이 담긴 물건들을 몇 상자나 실어 왔다. 보덴슈타인이 다시 한번 프리드리히 게르케를 만나러 간 사이 피아, 킴, 오스터만은 상자 안의 물건을 살펴보았다. 막시밀리안 게르케는 남자치고는 일기를 열심히 쓰는 편이었다. 큰 병 때문에 온실 속의 화초처럼 자랐고 열한 살 때 어머니마저 세상을 떠났기 때문일 것이다. 어린 소년에게는 쉽지 않은 삶이었다. 그러나 자신의 운명을 비관한 것 같지는 않았다. 음악과 책을 사랑했던 그는 오르겔과 피아노를 연주했고 닥치는 대로 책을 읽었다. 일기에도 독후감과 콘서트 감상문이 많았다.

"나는 내가 나이 들지 않으리라는 것을 안다." 피아가 2000년도 일기장을 소리 내 읽기 시작했다. "그래서 내게 주어진 삶을 조금이라도 더 즐기고 싶다. 아빠는 언젠가 내게 맞는 심장이 나타날 때를 대비해 수술할 수 있는 건강한 몸 상태를 유지해야 한다고 말씀하신다. 하지만 나는 그런 걸 바라도 되는지 잘 모르겠다. 내가 심장을 받으려면 누군가 젊은 사람이 죽어야 하기 때문이다. 늙은 사람의 심장은 이식할 수 없으니까."

"열여섯 살짜리치고는 상당히 성숙한데." 오스터만이 말했다.

"당연하죠. 언제나 이런 생각을 마음에 품고 살았을 테니까요." 킴이 말했다. "결국엔 충분히 나이 들지 못했군요. 가슴이 아프네요."

살인 사건에서는 항상 서로 상관없어 보이는 사실들을 연관 지어야 하는 어려움이 있다. 범인의 동기와 정체를 알아내기 위해서는 피해자의 이력과 삶에 대해 잘 알아야 한다. 그렇게 조사하다 보면 마지막에는 가장 친한 친구들보다 피해자에 대해 더 많은 것을 알게 된다. 그러나 피해자의 운명에 너무 가까이 다가가서는 안 된다. 피해자에 대한 동정심이나 범인에 대한 증오심이 생기면 객관성을 잃게 되기 때문이다. 피아는 법의학과 부검실에서 많은 시간을 보내며 피해자를 인간으로 보지 않고 범죄학적 흔적 찾기의 대상으로 보는 연습을 했다. 그런데 이번에는 그게 그렇게 쉬울 것 같지 않다. 일기장이 한 장 한 장 넘어갈 때마다 그런 생각은 더욱 강해졌다. 범인의 진짜 목표는 막시밀리안 게르케, 잉게보르크 롤레더, 마가레테 루돌프가 아니다. 그들이 죽은 이유는 가족의 어떤 행동이 범인에게 복수심을 불러일으켰기 때문이다.

"찾았다!" 킴이 갑자기 흥분해서 외쳤다. "2002년 9월 16일 일기에 이식할 심장이 나타나서 저녁에 병원에 가야 한다고 쓰여 있어!"

오스터만과 피아는 고개를 번쩍 들었다. 킴은 일기를 빠르게 훑으며 중간중간 몇 문장을 소리 내 읽었다. 열여덟 살 소년에게 다른 사람의 심장을 몸에 지니게 된다는 사실은 엄청난 사건이었다. 이식 후 몇 주가 지나자 몸은 훨씬 좋아졌지만 막시밀리안은 심장의 주인에 대해 끊임없이 생각했다. 심장의 주인에게 무슨 일이 있었던 걸까? 왜 그렇게 일찍 죽어야 했을까? 그는 기증자의 이름을 알아내기 위해 온갖 수단과 방법을 다 썼다. 그리고 결국 알아냈다.

"키르스텐 슈타틀러라는 여자가 기증자였어." 킴이 말했다. "프랑크푸르트 재해병원 직원에게서 알아냈다는데 그 직원 이름은 쓰여 있지 않아."

오스터만은 노트북을 끌어당겨 경찰 수배 시스템에 그 이름을 쳐 보았다. 그리고 결과가 나오지 않자 구글에서 검색했다.

"인터넷에는 키르스텐 슈타틀러라는 이름을 가진 여자가 수도 없이 많아. 우리가 찾는 사람만 빼고." 오스터만이 낮은 소리로 중얼거렸다. "페이스북만 해도 이 이름으로 등록된 사람이 열네 명이나 돼."

"막시밀리안의 아버지는 그 사실을 몰랐을까?" 피아가 의심스럽다는 듯 말했다.

"글쎄." 킴이 대꾸했다. "독일에서는 인체조직 수혜자가 기증자에 대해 알지 못하도록 돼 있어. 미국은 우리와 달라서 수혜자와 기증자의 가족이 만나는 일도 더러 있지만 말이야."

"막시밀리안이 아버지에게 이런 얘기를 했을 것 같지는 않아." 오스터만이 거들었다. "이름도 불법으로 알아냈고 거기서 더 이상 알려고 하지 않았으니까. 기증자의 가족을 만나려고 하지도 않았잖아."

피아는 일기장을 도로 상자에 넣고 보덴슈타인에게 전화를 걸기 위해 수화기를 들었다. 키르스텐 슈타틀러라는 이름은 새로운 단서였다. 설사 나중에 막다른 골목에서 끝난다 하더라도 모든 단서는 희망을 의미했다.

*

그는 차고 문을 내리고 자물쇠를 잠근 후 시동을 걸어놓은 자동차에 올라탔다. 그리고 끝없이 이어진 차고들을 지나 도로로 나갔다. 크리스마스 연휴인 데다 스나이퍼에 대한 공포까지 겹쳐 도로는 더 없이 한산했다. 고속도로로 나갈 때까지 다른 차를 한 대도 만나지 못했다. 사실 그는 각각의 처형 사이에 더 많은 시간 간격을 두려고 했다. 그러나 계획은 계획일 뿐이다. 경찰은 그동안 상상력을 발휘해 '스나이퍼'라는 이름으로 특별수사본부를 만들었다. 그들은 언젠가 그를 찾아낼 것이다. 완벽한 살인이란 없으니까. 그리고 그도 꼭 그렇게 하려는 것은 아니었다. 새로운 시체가 나올 때마다 새로운 흔적이 남고 새로운 위험이 따른다. 경찰도 곧 왜 이런 사건이 벌어졌는지 알게 될 것이다. 그래서 더 시간을 두고 싶어도 그렇게 할 수 없다. 아직 할 일이 많다. 내일과 모레는 날씨 때문에 움직일 수 없다. 일기예보에서 비바람이 닥칠 거라고 했다. 800미터 밖에서 총을 쏘기에는 좋지 않은 조건이다. 대신 금요일에는 날이 개고 바람도 잠잠할 것이다. 이상적인 날씨다. 그때까지는 조용히 눈에 띄지 않게 생활하면 된다. 부고에 단서를 남겼는데도 경찰은 여전히 감을 잡지 못하는 것 같다. 그는 그 상태가 조금 더 지속되기를 빌었다.

2012년 12월 27일 목요일

특수본부 '스나이퍼'의 아침 조회에는 강력반 전체가 모였다. 셈은 터키에서 휴가를 일찍 접고 날아왔고, 카트린은 건강이 어느 정도 회복된 것 같았다.

"크리스마스에 사건 났을 때 저는 왜 연락을 못 받은 겁니까?" 네프가 불평했다. "절 이렇게 따돌리시면 어떻게 건설적으로 일을 할 수 있습니까?"

"누가 따돌린다는 거야?" 보덴슈타인이 반문했다. "휴가 중에도 연락 가능한 연락처를 남겼어야지."

"남겼는데요!"

"내가 여러 번 전화했어요." 오스터만이 말했다. "그런데 전화기는 꺼져 있고 음성사서함으로도 연결 안 되던데요."

몇 사람이 히죽거렸다. 네프는 휴대전화를 꺼내 통화 기록을 확인하더니 더 이상 아무 말도 하지 않았다.

그때 니콜라 엥엘이 들어왔다. 수군거리는 소리가 뚝 그쳤다. 엥엘은 화이트보드 앞에 서서 좌중을 둘러보았다.

"모두 휴가 잘 보냈겠죠? 심기일전해서 다시 일에 매진할 수 있기를 바랍니다. 먼저 새로운 팀원을 소개하겠어요. 킴 프라이탁 박사는 함부르크 오히젠츨 치료감호소 부소장이자 경륜 있는 감정의입니다. 우리를 위해 조언자 역할을 해줄 겁니다."

"이 팀엔 도대체 조언자가 몇이나 필요한 거야?" 네프가 구시렁거렸다.

"네프 씨는 범죄분석가이고 프라이탁 박사는 법의심리학자예요." 엥엘이 딱 잘라 말했다. "완전히 다른 관점에서 사건을 볼 수 있으리라 생각합니다."

보덴슈타인은 의외라는 듯 한쪽 눈썹을 치켰다. 이제까지 엥엘이 이렇게 외부 조언자의 편을 들어준 적은 없었다. 짧은 순간이지만 그는 엥엘과 킴이 눈빛을 주고받는 것을 눈치챘다. 뭐지, 이건? 피아의 동생이 나타난 건 우연이 아니었나?

"그리고 지금 우린 도움이 절실한 상태입니다. 정부와 검찰에서는 세 번째 살인이 일어났는데도 변변한 단서 하나 찾아내지 못한 것에 대해 매우 불편한 심기를 드러내고 있어요." 엥엘은 킴에게 고개를 끄덕이며 눈짓을 했다. "프라이탁 박사는 비슷한 사건들을 다뤄본 경력이 있어요. 지금부터 그 얘기를 한번 들어보겠습니다."

킴이 일어나 헛기침을 했다.

"여러분 앞에 놓인 세 사건은 그동안 여러분이 다뤄온 범죄와는 성격이 다릅니다. 보통은 시체에 남겨진 흔적에서 범인의 정체를 밝혀내는데요, 이번 사건들은 범인이 피해자와 직접적으로 접촉하지 않아 시체에서 단서를 찾을 수 없습니다. 앞으로도 그런 유형의 증거가 나올 가능성은 희박해 보입니다. 그리고 범행 동기도 피해자들과 관련지어 볼 때 매우 특별합니다. 범인이 복수하려는 대상은 피해자가 아니라 그들의 가족입니다. 아마도 피해자들은 범인과 아무 관계가 없으며, 범인을 본 적도 없을 겁니다. 이 같은 전제 아래 수사해야 합니다. 범인이 범행에 대한 단서를 주는 행위는 시사하는 바가 큽니다. 범인은 순전히 쾌락 때문에 살인을 저지르는 사이코패스가 아닙니다. 그와는 완전히 반대죠. 범인은 자신이 하는 일이 정당하다고 생각합니다. 그럼에도 불구하고 양심의 가책을 느끼지 않는 것은 아닙니다. 범인 행동을 평가……."

그녀의 시선은 벽에 기댄 채 자신이 말할 때마다 눈을 감고 머리를 절레절레 흔드는 네프에게 머물렀다.

"저와 의견이 다르신가요?" 킴이 물었다.

"계속 말씀하시죠, 박사님." 네프가 거만한 미소를 지으며 말했다. "물론 제 생각은 좀 다릅니다만……."

"네프 씨는 국제적으로 인정받는 범죄분석가예요. 그 분야의 엘리트죠. 특히 연쇄살인범과 저격수에 대해서는 전문가예요." 오스터만이 끼어들었다. "FBI에 있었거든요."

"아, 정말요?" 킴은 다시 봐야겠다는 표정을 지었다. "언제 어느 부서에 계셨어요?"

"지금 그런 게 뭐 중요합니까?" 네프가 얼른 말했다.

"워싱턴 저격수 사건도 해결했답니다. 그것도 거의 혼자 힘으로요." 오스터만이 또 끼어들었다. 네프는 그를 죽일 듯이 노려보았지만 오스터만은 천연덕스러운 미소를 지으며 아무것도 모르는 척했다.

"전 2002년에 콴티코 행동분석팀에 있었어요. 그쪽은요?" 킴은 그렇게 묻고 나서 생각하는 듯한 표정을 지었다. "사람 이름과 얼굴을 잘 기억하는 편인데, 그쪽은 본 기억이 없네요."

오스터만은 킥킥거렸고 피아는 웃음이 나오는 것을 참느라 인상을 찌푸렸다.

"지방검찰 스태프였습니다." 완전히 수세에 몰린 네프는 얼굴이 붉으락푸르락해졌다.

보덴슈타인은 엥엘 쪽으로 고개를 돌렸다. 엥엘은 공개 망신을 당할 위기에 처한 네프를 구해줄 생각이 없는지 두 외부 조언자의 대화를 재미있다는 듯 지켜보고만 있었다.

"주제에서 벗어나는 얘기입니다." 안 되겠다 싶었는지 보덴슈타인이 나섰다. 그는 팀에 불화가 이는 것이 싫었다. 팀원들이 조용히 일에 집중하기를 바랐지 혼란, 심지어 알력다툼이 생기는 것은 바라지 않았다. "프라이탁 박사의 의견은 잘 들었습니다. 그럼 제가 지금까지의 상황을 설명하겠습니다."

"오늘 오후에 잉게보르크 롤레더의 장례식이 있습니다." 보덴슈타인의 설명이 끝나자 네프가 입을 열었다. 조금 전만 해도 놀란 토끼눈을 하고 있더니 금세 자신감을 회복한 표정이었다. "제 생각엔 범인이 오늘 장례식에 나타날 겁니다."

"아니요, 안 나타날 걸요." 킴이 말했다.

"반드시 나타날 겁니다." 네프가 인상을 쓰며 말했다. 크리스마스 전에 보이던 여유로운 미소는 더 이상 찾아볼 수 없었다. "범인은 과시욕이 강합니다. 스릴을 즐기고 모험을 좋아합니다. 꽤 젊은 편이고, 날쌔고 유연합니다. 그리고 나르시시스트의 성향이 강해요. 그래서 자신이 한 일을 보고 욕구를 충족시킬 겁니다."

"전 완전히 생각이 다릅니다." 킴이 반박했다. "범인은 프로예요."

"프로 킬러 말입니까?" 네프가 비웃었다.

"제 말을 잘못 이해하셨군요." 킴이 친절하게 말했다. "프로페셔널이라고요. 아마도 저격수일 거라는 뜻이에요. 경찰이나 군인 출신일 수도 있고요."

"어쨌든 범인은 장례식에 나타날 겁니다." 네프가 손을 내두르며 말했다. "변장할 수도 있겠지만 어쨌든 나타나서 자신의 작품을 감상할 겁니다."

"절대 안 나타나요." 킴이 크게 고개를 저었다. "일단 죽였으면 뒤도 안 돌아보고 다음 목표를 향해 움직이는 사람이에요."

"네, 전문가들의 소견 잘 들었습니다." 말다툼이 시작되려 하자 보덴슈타인이 다시 한 번 중재에 나섰다. "키르스텐 슈타틀러. 2002년 9월 두 번째 피해자의 남편 루돌프 교수가 이 여자의 심장을 막시밀리안 게르케에게 이식했습니다. 우린 이 여자에 대해 알아내야 합니다. 두 번째 피해자와 세 번째 피해자의 접점이 지금으로서는 가장 중요한 단서예요. 피아는 롤레더 부인을 찾아가서 다시 한 번 얘기해봐. 잉게보르크 롤레더와 나머지 두 피해자 사이에 어떤 관계가 있는지 알아내야 해. 셈과 카트린은 프랑크푸르트 재해병원에 가서 서류 열람을 요청해. 아마 안 된다고 할 거야. 거기 대비해서 오스터만은 검찰의 동의서를 받아놓고. 다른 사람들은 켈크하임에 가서 게르케 집 근처 주민들을 탐문해봐. 아, 그리고 한 가지 얘기해둘 게 있는데, 외부 조언자는 수사 과정을 함께하면서 수사를 지원하기 위해 있는 겁니다. 한 팀으로서 힘을 모으고 집중해서 사건을 최대한 빨리 해결하는 게 관건이라는 말입니다. 바라건대, 아니 팀장으로서 요구하건대, 모두 협동하는 모습을 보여주기 바랍니다. 원래 그렇게 해왔잖아요. 내 말, 무슨 뜻인지 알겠죠?"

마지막 말은 보덴슈타인답지 않게 강한 어조였다. 모두 고개를 끄덕였다.

"이것으로 회의를 마치겠습니다. 자, 일들 하러 가시죠." 보덴슈타인의 말이 끝나자 의자 미는 소리, 웅성거리는 소리와 함께 모두 자리에서 일어섰다.

"전 뭘 하죠?" 안드레아스 네프가 뚱한 얼굴로 물었다.

"장례식에 간다면서?" 보덴슈타인이 반문했다. 그리고 책상 위에 놓인 상자를 가리켰다. "다녀와서 피해자 집에서 가져온 개인기록을 좀 보도록 해. 2002년부터 일어난 일은 다 중요해. 저 속에 피해자와 범인 사이의 관계가 숨어 있을 수도 있어."

*

"어머니는 그 병원에 가신 적이 한 번도 없어요." 레나테 롤레더는 위아래로 검은색 옷을 입고 작업대 뒤에 서 있었다. 가게 안에 그녀 말고는 피아와 킴뿐이었다. "장기를 기증하거나 받은 적도 없고요. 제가 그걸 모를 리 없잖아요!"

"키르스텐 슈타틀러라는 사람 아세요?" 피아가 물었다.

"네." 레나테 롤레더는 뜻밖이라는 표정으로 고개를 끄덕였다. "옛날에 친하게 지냈어요. 세 집 건너 살았거든요. 사고 전까지는 친구처럼 지냈어요. 그런데 사고가 난 다음에 가족이 모두 이사 갔어요."

"무슨 사고인데요?" 피아가 물었다.

"키르스텐은 어느 날 아침에 조깅하다가 쓰러졌어요." 레나테 롤레더가 말했다. "뇌출혈이었죠. 마른하늘에 날벼락이라는 말처럼, 그냥 그렇게 쓰러져버렸어요. 그날 저도 개를 데리고 나갔기 때문에 또렷이 기억하고 있어요. 개가 토끼를 쫓아가서 시간이 많이 늦어졌죠. 갑자기 키르스텐의 딸 헬렌이 나타나서는 엄마에게 일이 생겼다며 도와달라고 했어요."

피아는 레나테 롤레더의 말보다 행동에서 더 많은 것을 읽을 수 있었다. 그녀는 긴장한 것 같았다. 자꾸 코를 만지고 머리칼을 넘기거나 귓불을 만지작거렸다. 마음이 편치 않다는 뜻이다.

"그래서요?" 피아가 야무지게 말꼬리를 잡았다. "도와줬나요?"

"그날…… 그날 전 휴대전화를 두고 나갔어요." 레나테 롤레더가 어색하게 미소를 지었다. "그리고 개가 차 앞으로 뛰어드는 통에 정신이 하나도 없었어요. 전 집에 가서 구조대에 전화해주겠다고 했어요. 그랬는데 어쩌다 보니…… 잊어버렸어요. 개는 피를 흘리고 운전자는 소리를 빽빽 지르고…… 안 그래도 늦었는데 정신이 없더라고요. 지나가는 사람이 또 있겠거니 했죠. 제가 그걸…… 키르스텐의 상태가 얼마나 위급했는지 어떻게 알았겠어요?"

"그건 구조의무 위반이에요." 피아가 말했다.

"네, 아마도 그렇겠죠." 꽃집 주인은 그 이야기를 하는 것이 영 껄끄러운 모양이었다. "나중에 저도 죄책감을 많이 느꼈어요. 키르스텐은 정말 착했거든요. 항상 괜찮은 사람이라고 생각했어요. 그 일이 꿈에까지 나와서 괴로웠어요. 키르스텐의 가족은 사고가 나고 반년쯤 있다가 니더회히슈타트를 떠났어요. 어디로 갔는지는 저도 몰라요. 그러고 나서는…… 점점 잊어버렸죠. 산 사람은 어떻게든 살아가게 마련이니까요."

"보여드릴 게 있어요." 피아는 배낭에서 부고의 복사본을 꺼내 레나테 롤레더에게 내밀었다.

"이게 뭐예요?" 레나테 롤레더가 망설이는 표정으로 물었다.

"어머니를 쏜 범인이 보낸 거예요."

부고를 읽는 레나테 롤레더의 얼굴에서 핏기가 싹 가셨다. 그녀는 마치 손을 베기라도 한 듯 종이를 떨어뜨렸다.

"아니에요!" 그녀가 사색이 된 얼굴로 나지막하게 내뱉었다. "아니에요! 어떻게 그런 일이…… 그럴 리 없어요! 설마 저 때문에……?"

자기 때문에 어머니가 죽은 거냐고 묻고 싶은 것 같았지만 차마 그 말을 입 밖으로 내뱉지는 못했다.

"저희 소견으로는 이 편지가 가짜는 아닌 것 같아요." 피아가 건조하게 말했다. "다른 피해자들에 관해서도 비슷한 편지가 왔어요."

종소리와 함께 가게 문이 열리고 여자 손님이 들어왔다.

"죄송합니다. 나중에 다시 와주세요." 레나테 롤레더는 손님에게 말하고 상복 위에 입고 있던 초록색 잎치마 주머니에서 열쇠를 꺼내 유리문을 잠갔다. 그리고 문에 기대 서서 눈을 감고 한 손으로 가슴을 쓸어내렸다.

"이건 말도 안 되는 비방이에요. 명예훼손에 대한 무고죄로 고발하겠어요." 그녀는 흥분해서 법률 용어를 뒤죽박죽으로 사용했다. "우리 어머니가 나 때문에 돌아가셨다고 하다니…… 용서할 수 없어요!"

"어머니를 돌아가시게 한 죄는 어머니를 쏜 사람에게 있어요." 피아가 말했다. "범인은 이미 죄 없는 사람을 셋이나 죽였고 앞으로도 계속 사람을 죽일 거예요. 범인은 아마 키르스텐 슈타틀러의 주변사람일 거예요. 롤레더 부인은 슈타틀러 집안에 대해 잘 아시잖아요. 가족 중에 그런 짓을 할 만한 사람이 있나요?"

레나테 롤레더는 힘겹게 침을 삼켰다. 그리고 손으로 얼굴을 쓸어내리더니 결심한 듯 입을 열었다.

"그 애가 왔었는데…… 너무너무 냉정했어요." 그녀가 작은 소리로 말했다. "내 얼굴에 대고 앞으로 다시는 웃을 일이 없게 해주겠다고 말하는데 소름이 쫙 끼치더라고요."

"누구 말이에요?" 피아가 물었다.

레나테 롤레더는 한숨을 푹 쉬었다.

"헬렌. 키르스텐의 딸 헬렌요. 몇 달 전에 어떤 남자랑 같이 갑자기 가게에 찾아왔어요. 전 처음에 누군지 알아보지도 못했어요. 저 때문에 제 엄마가 죽었다면서 막 뭐라고 하더라고요. 마치 키르스텐이 저 때문에 뇌출혈을 일으켰다는 듯이 말이에요!"

"헬렌과 함께 온 남자는 아는 사람이었나요?" 피아가 물었다.

"아니요, 소개도 하지 않았어요." 레나테 롤레더는 고개를 저었다.

"어떻게 생긴 남자였나요? 몇 살이나 돼 보였죠?"

"글쎄요, 잘 모르겠어요. 30대 중반이나 후반쯤?" 그녀는 갑자기 몸서리를 쳤다. "아주 잘생긴 얼굴이었어요. 그런데 어딘지 모르게…… 으스스하고 광적인 분위기를 풍겼어요. 아무 말도 안 하고 그냥 서 있기만 했는데도 얼마나 무서웠는지 몰라요."

*

"범인이 여자일 수도 있을까?" 꽃집을 나와 걸으며 피아가 물었다.

"슈타틀러의 딸을 의심하는 거라면 그건 좀 아닌 것 같은데." 피아가 롤레더 부인과 얘기하는 동안 뒤에서 듣고만 있던 킴이 말했다. "슈타틀러의 딸은 감정을 잘 통제하지 못하는 충동적인 부류야. 그런 사람들은 충동적 살인을 하지. 스나이퍼가 한 짓은 완전히 달라. 그리고 남성적인 느낌이 강하게 풍겨. 여자들은 사람을 죽이는 것도 남자들과 달라. 그건 언니가 더 잘 알겠지만. 이 일을 20년 넘게 하면서 별의별 끔찍하고 악하고 패륜적인 것들을 다 봐왔는데, 관계없는 사람을 죽인 여자는 단 한 명도 못 봤어."

"예외가 규칙을 만드는 법이지. 중동의 여성 자살폭탄테러범들을 생각해봐. 죄 없는 애들이 죽는데도 아랑곳하지 않잖아."

"언니, 그건 정말 아니야. 그 딸은 잊어버려." 킴이 머리를 흔들었다. "그런 짓을 하려면 아주 참을성이 강하고 끈기가 있어야 해."

"같이 왔다는 남자는 누굴까?" 피아는 차 앞에서 걸음을 멈췄다.

"그건 헬렌 슈타틀러에게 물어봐야지." 킴이 말했다. "아우, 추워. 얼른 들어가자. 궁둥짝 얼겠네."

피아는 그 말에 피식 웃으며 차에 올라탔다. 전혀 비속어를 쓸 것 같지 않아 보이는 동생의 입에서 그런 말이 나왔기 때문이다.

"난 프로의 짓이라는 데 한 표. 정말 경찰이나 군대 쪽으로 한번 알아봐."

"뭘 어떻게 알아봐? 구체적인 질문을 하기에는 아직 정보가 너무 부족해."

그때 피아의 휴대전화가 울렸다. 오스터만이었다. 주민자치센터를 통해 죽은 키르스텐 슈타틀러의 남편 거주지를 알아냈다는 소식이었다. 디르크 슈타틀러라는 사람으로 주소는 니더바흐였다.

"얼른 그쪽으로 가봐. 반장님도 출발하셨어."

"알았어. 바로 갈게."

오스터만이 알려준 주소로 가보니 오래된 주택가가 나왔다. 디르크 슈타틀러의 집은 평범한 연립주택인데, 목재로 외장을 두르고 디자인을 약간 달리해 차별화를 시도한 듯했다. 보덴슈타인은 이미 도착해 길모퉁이에서 기다리고 있었다. 칼바람을 피하느라 코트 깃을 세우고 주머니에 손을 찔러넣은 채였다. 피아는 보덴슈타인이 타고 온 관용차 뒤에 차를 댔다.

"편지를 보여줬더니 깜짝 놀라더라고요." 피아가 레나테 롤레더를 만나고 온 일을 보고했다. "키르스텐 슈타틀러는 이웃에 살던 여자인데, 꽤 친하게 지냈대요. 슈타틀러가 죽은 날을 아주 잘 기억하고 있더라고요. 도와주지 못해서 계속 죄책감을 느끼고 있었나 봐요. 개가 도망쳐서 달리는 차에 뛰어드는 바람에 정신이 없었대요. 레나테 롤레더가 함께 갔거나 구급차를 불렀더라도 아마 크게 도움이 되지는 않았을 거예요. 키르스텐 슈타틀러는 뇌출혈이었거든요. 그런데 그 집 딸은 그렇게 생각하지 않는 것 같아요."

"몇 달 전에 어떤 남자랑 같이 가게에 찾아와서 욕을 하고 갔대요." 킴이 거들었다. "범인이 그 일을 알고 있다면 슈타틀러의 가족이거나 가까운 친척일 가능성이 높아요."

"자, 그럼 키르스텐 슈타틀러의 남편이 뭐라고 하는지 가서 한번 들어보자고." 보덴슈타인은 동 번호가 맞는지 확인하고 58호 초인종을 눌렀다. 이마가 벗어진 짧은 회색 머리 남자가 문을 열어주었다.

"호프하임 경찰서에서 나온 보덴슈타인 반장입니다." 보덴슈타인이 신분증을 들어 보이며 말했다. "이쪽은 키르히호프 형사와 프라이탁, 제 동료들입니다. 디르크 슈타틀러 씨를 만나러 왔습니다."

"접니다만……." 그는 강력반 형사가 갑자기 찾아왔을 때 보통 사람들이 보이는, 적대감과 수줍음 섞인 태도를 취했다.

"들어가도 되겠습니까?"

"네, 들어오시죠."

그는 50대 중반으로 회색 코르덴 바지와 셔츠 위에 올리브색 V넥 스웨터를 입고 있었다. 말랐고 키가 작은 왜소한 체구로 보덴슈타인을 한참 올려다봐야 했다.

"아들이 점심 먹으러 와 있습니다." 그가 양해를 구했다. 복도로 이어지는 큰 방이 보였다. 식당이자 부엌이자 거실인 듯했다. 서른 정도 되어 보이는 남자가 식탁에 앉아 태블릿PC를 보고 있다가 고개를 돌렸다. 그는 일어서지 않고 짧게 눈인사만 했다.

"제 아들 에릭입니다." 디르크 슈타틀러가 아들을 소개했다. "무슨 일로 오셨죠?"

"말하자면 돌아가신 부인 때문입니다."

"키르스텐요?" 디르크 슈타틀러는 영문을 모르겠다는 듯 보덴슈타인, 피아, 킴을 번갈아 쳐다보았다. "뭔가 오해가 있으신 것 같습니다. 집사람은 저세상으로 간 지 10년도 넘었습니다."

"최근 일어난 살인 사건에 대해 들으셨죠?" 보덴슈타인이 말을 이었다. "니더회히슈타트와 오버우어젤에서 부녀자 두 명이 총에 맞아 죽었고, 크리스마스 아침에는 켈크하임에 사는 젊은 남자가 살해됐습니다."

"네, 신문에서 봤습니다." 디르크 슈타틀러가 대답했다. "라디오와 텔레비전에서 계속 보도되고 있으니까요."

에릭 슈타틀러는 이쪽을 보고 있다가 식탁에서 일어나 아버지 옆으로 와서 섰다. 아버지와 비슷한 키에 깊은 눈두덩이나 얼굴 생김새도 아버지와 거의 똑같았다.

"범인이 저희에게 메시지를 보냈습니다." 보덴슈타인이 설명했다. "피해자가 생길 때마다 부고를 만들어 보냈는데 그 속에 자신의 행동이 정당하다는 내용이 담겨 있습니다. 그런데 마지막 피해자의 일기장에서 댁의 부인 이름이 나왔습니다. 그 청년은 스물여덟 살이었습니다. 심장병 때문에 원래는 그 나이까지 살지도 못했을 겁니다. 부인의 심장을 이식받지 않았다면 말입니다."

아버지와 아들은 창백해진 얼굴로 짧게 눈빛을 주고받았다.

"오버우어젤에서 살해된 부인의 남편은 당시 심장 이식 수술을 담당했던 의사입니다."

"맙소사!" 디르크 슈타틀러가 탄식처럼 내뱉었다.

"그리고 첫 번째 피해자의 어머니는 니더회히슈타트 주민입니다. 예전에 이웃이었죠."

"어, 어떻게…… 그런 일이!" 디르크 슈타틀러가 떠듬떠듬 중얼거렸다. "하지만 왜 그런 일이? 이렇게 시간이 많이 흘렀는데!"

"저희도 똑같은 질문을 했습니다." 보덴슈타인이 고개를 끄덕였다. "피해자들 사이에 아무 관계도 없는 것 같았는데 아무래도 돌아가신 부인이 연결고리인 것 같습니다."

"저…… 저는 좀 앉아야 되겠습니다." 디르크 슈타틀러가 말했다. "이쪽으로 오시죠. 옷은 거기 옷걸이에 거시면 됩니다."

가만 보니 그는 살짝 다리를 절었다. 한쪽 다리가 약간 짧은 것 같았다. 디르크 슈타틀러는 식탁 앞에 앉았다. 보덴슈타인, 피아, 킴도 맞은편에 나란히 앉았다.

에릭 슈타틀러는 빈 그릇을 싱크대로 가져갔다. 싱크대는 흰색 유광 문짝에 상판은 검정색 대리석이고 나머지는 스테인리스 스틸로 되어 있었다. 거실 유리문 앞에는 크리스마스트리가 서 있고, 소파 탁자 위에는 쿠키가 담긴 접시가 놓여 있었다. 흰색, 검정, 회색으로 꾸민 집 안은 소박하지만 기품 있었다. 꽃 장식과 벨벳 커튼으로 꾸며 놓고 냉장고에 아이가 그린 그림과 메모가 붙어 있던 루돌프 교수의 집과 달리 이 집에는 여성의 손길이 전혀 느껴지지 않았다. 유일하게 눈에 띄는 가구는 은색 액자가 놓인 골동품 느낌의 장식대였다. 액자 속에는 카메라를 향해 환하게 웃는 젊은 금발 여자의 사진이 들어 있었다. 디르크 슈타틀러가 피아의 시선을 눈치채고 말했다.

"키르스텐입니다." 디르크 슈타틀러가 목멘 소리로 말했다. "죽기 전 여름에 찍은 사진입니다. 프랑스로 마지막 휴가를 갔을 때죠."

에릭이 식탁으로 돌아와 아버지 옆에 앉았다.

"전 도저히…… 아내 때문에 사람들이 죽었다는 게 이해가 안 됩니다." 그는 헛기침을 하며 평정심을 잃지 않으려고 노력했다. "왜요? 대체 이유가 뭡니까?"

"시간이 갈수록 개인적 동기에서 나온 행동이라는 것이 분명해지고 있습니다." 보덴슈타인이 대답했다. "부인의 죽음에 대해 복수를 하고 있는 겁니다. 그렇다면 범인은 부인과 가까운 사람이겠죠."

"하지만 아내는 뇌출혈로 죽었는걸요." 디르크 슈타틀러가 이해가 안 된다는 듯 말했다. "그건 불행한 사고였습니다. 그 누구의 잘못도 아닙니다. 머릿속에 동맥류가 있었고 그게 터진 겁니다. 언제 어디서든 일어날 수 있는 사고였어요."

*

그는 음식을 먹는 둥 마는 둥 하고 포크를 내려놓았다.

"맛이 없어요?" 카롤리네가 물었다.

"아니, 아주 맛있구나." 아버지가 살짝 미소를 지어 보였다. "내가 입맛이 없어서 그래."

입맛이 없기는 그녀도 마찬가지였다. 하지만 그녀는 억지로라도 먹었다. 억지로라도 살아야 하는 것처럼.

"네가 와서 이렇게 함께 있어주니 얼마나 고마운지 모르겠다."

"제가 좋아서 하는 일인걸요." 그녀도 살짝 미소를 지었다.

그녀는 이틀 전부터 머릿속에 떠도는 생각을 어떻게 말로 표현할지 고심하고 있었다. 아무래도 의심스럽다고 말로 하면 되는데 아버지와 그 얘기를 하는 것이 왜 이리 힘들까? 예전의 유려한 말솜씨와 용기는 다 어디로 갔을까? 어머니의 죽음 이후 그녀와 아버지는 거의 말을 하지 않았다. 사실 그전에도 별로 다르지 않았다. 부녀 사이가 좋아 보였던 것은 모두 어머니의 노력 때문이었다. 중간에서 다리 역할을 하던 어머니가 없어지자 두 사람 사이에는 어색한 침묵만 흘렀다. 그녀는 아버지와 가깝다고 느껴본 적이 한 번도 없었다. 아마 아버지가 육아와 교육에 전혀 참여하지 않았기 때문일 것이다. 아버지는 천재였다. 자신이 몸담은 분야에서 최고의 엘리트였다. 아버지는 죽어가는 사람을 살리는 중요한 일을 했다. 그녀는 그런 아버지가 자랑스러웠고 사람들이 아버지를 칭찬하는 것을 들으면 어깨가 으쓱해지곤 했다. 그러나 세월이 흐르면서 부녀 사이는 점점 멀어졌다. 그녀가 의대에 가지 않겠다고 하자 아버지는 크게 실망했다. 그 뒤로 둘 사이는 점점 더 벌어졌고, 싸움이나 침묵만 용납되는 이상한 긴장 관계 속에 있게 되었다.

사실 어머니의 죽음은 두 사람이 가까워질 수 있는 절호의 기회였다. 그러나 아버지는 이 기회마저도 아무 노력 없이 흘려보낼 생각인 것 같았다. 대화를 시도해도 어색한 분위기에서 몇 마디 오가다가 짧게 끝나기 일쑤였다.

"물어볼 게 있어요." 아버지가 다시 꾸역꾸역 서재로 기어들어가기 전에 그녀가 입을 열었다.

"뭔데 그러니?"

"언론에서는 엄마가 우연히 스나이퍼의 희생양이 된 거라고 하잖아요." 그녀는 아버지의 눈을 보지 않은 채 오해의 소지가 없는 표현을 고르느라 고민했다. "그런데 상황을 가만히 생각해보면 꼭 그렇지도 않은 것 같아요."

고개를 들어보니 아버지가 그녀를 쳐다보고 있었다. 오늘 들어 처음으로 눈을 맞추고 제대로 쳐다보는 것이었다.

"그럼 네 생각은 어떤데?"

"우리 집은 우연히 지나다 들를 수 있는 곳에 있지 않잖아요." 그녀는 그렇게 말하며 식기를 한쪽에 가지런히 놓았다. "부엌 창문은 정원 쪽으로 나 있어요. 울타리 뒤에는 사람이 지나갈 수 있는 길조차 없고요. 범인은 우리 집 근처를 면밀히 살피다가 그 변전소 건물을 발견한 거예요. 우연히 일어난 일이 아니라고요."

아버지는 그녀를 찬찬히 뜯어보았다.

"범인은 엄마를 목표로 하고 쏜 거예요." 카롤리네가 말했다. "하지만 그 이유가 뭔지 잘 모르겠어요. 만약……."

그녀는 말을 잇지 못하고 도리질 쳤다.

"만약 뭐?"

"만약 엄마에게 아무도 모르는 비밀이 있었다면 얘기가 달라지겠죠. 아버지도 모르고 저도 모르는 비밀 말이에요. 그럴 만한 비밀이 뭐가 있을지 상상도 되지 않지만, 그런 게 분명해요."

아버지는 여전히 그녀를 쳐다보고 있었다. 그러다 문득 다시 포크를 들고 음식을 뒤적거렸다. 1분이 지나고 2분이 지났다. 빌어먹을 침묵이 다시 찾아온 것이다! 어릴 때는 이런 상황이 오면 금세 기가 죽곤 했다. 하지만 이제는 아니다. 오늘은 아버지가 이렇게 빠져나가게 두지 않을 것이다.

"그제 경찰이 와서 뭐라고 했어요?" 카롤리네가 물었다.

"사건들 사이의 연결점을 찾고 있다더라." 아버지가 이윽고 입을 열었다.

"그래서요? 의심 가는 데가 있대요? 연결점이 뭐래요?"

그는 바로 대답하지 않았다. 그 망설임의 순간이 너무 길었다.

"아니, 아직도 통 모르겠다는구나." 그는 눈썹 하나 까딱하지 않고 그녀를 똑바로 쳐다보았다. 그가 거짓말을 하고 있음을 눈치챈 그녀는 뒤통수를 한 대 맞은 기분이었다.

"정말요?" 말은 그녀가 의도한 것보다 훨씬 더 날카롭게 나왔다. 이런 식으로 바보 취급 받고 싶지 않았다. "왜 거짓말을 하세요?"

"왜 내가 거짓말한다고 생각하니?"

"대답을 피하시잖아요. 저는 누가 거짓말을 하면 바로 알아챌 수 있어요. 그날 경찰이 뭐라고 했어요? 왜 어린애처럼 절 서재에서 쫓아내셨어요?"

그는 뜻밖에도 손을 뻗어 그녀의 손을 잡았다.

"다 널 보호하기 위해서였다. 네가 조금이라도 이 일에서 멀리 떨어져 있기를 바라는 마음에서 그러는 거야. 네가 얼마나 엄마에게 의지했는지, 얼마나 그레타를 걱정하고 있는지 다 안다."

순간 그녀는 아버지의 말을 믿었다. 아니, 믿고 싶었다. 그러나 아버지는 그저 그녀를 위하는 척하는 것뿐이었다. 그 사실을 깨닫자 실망과 함께 분노가 치솟았다. 이 세상에 믿고 의지할 수 있는 사람이 단 한 사람도 없다는 사실에 마음이 아팠다.

"아버지는 저한테 뭔가 숨기고 있어요." 카롤리네는 아버지에게 잡힌 손을 빼며 일어섰다. "그게 뭔지, 왜 그러시는 건지 모르겠지만 꼭 알아내겠어요."

*

"부인이 돌아가셨을 때의 상황을 좀 말씀해주시겠어요?" 피아가 디르크 슈타틀러에게 물었다. "그때 무슨 일이 있었죠?"

아버지와 아들은 번갈아가며 2002년 9월 16일에 있었던 일을 설명했다. 당시 38세였던 키르스텐 슈타틀러는 운동을 즐기는 건강 체질이었다. 그날도 아침 일찍 개를 데리고 조깅하러 갔다. 조깅이 끝나고 집에 와서 아이들을 학교에 태워다줄 생각이었다. 한 시간이 지나도 어머니가 돌아오지 않자 에릭과 헬렌은 어머니를 찾으러 밖으로 나갔다. 그리고 의식을 잃고 들길에 쓰러져 있는 어머니를 발견했다. 개가 그 옆에 앉아 있었다.

"구급차가 아내를 재해병원으로 데려갔고 거기서 뇌출혈이라는 진단이 나왔습니다. 전 그때 일 때문에 극동 지역에 있어서 연락이 되지 않았습니다. 그래서 장인어른과 장모님이 병원에 가셨죠."

"그땐 정말 끔찍했어요." 에릭이 그때를 회상했다. "엄마가 중환자실에 누워 계시는데, 꼭 자고 있는 것 같았어요. 그런데 의사들은 뇌사 상태라고 하더군요. 출혈이 심해서 뇌가 돌이킬 수 없는 상태로 망가졌다고요."

잠시 침묵이 흘렀다. 굴뚝을 넘나들며 윙윙거리는 바람이 손바닥만 한 땅에 심은 보잘것없는 유실수 가지를 흔들어댔다.

"이틀 뒤 제가 귀국했을 때 아이들은 완전히 트라우마 상태였습니다." 디르크 슈타틀러가 말을 이었다. "장인 장모님도 별반 다르지 않았고요. 의사들의 성화에 못 이겨 뇌사 상태인 딸의 장기 기증에 동의한 상태였습니다."

그는 헛기침을 두어 번 했다.

"제 아내는 여러 가지 이유에서 장기 이식에 반대했습니다. 당시로선 흔하지 않았던 생전 유서(갑작스러운 사고나 질병으로 스스로 의사를 밝힐 수 없는 상태가 되었을 때를 대비해 치료 한계를 정해두는 문서_역주)까지 남기고 제게 위임장을 줬죠. 의사들은 제가 돌아올 때까지 기다려야 했습니다. 그런데 급했던 모양입니다. 뇌사 판정을 위해 지켜야 할 일정을 무시했더라고요. 그리고 처음에 말한 장기뿐만 아니라 모든 장기를 들어냈습니다. 심장과 콩팥만 꺼낸 게 아니었어요. 눈, 뼈, 피부, 세포조직까지 다 떼어냈습니다. 그것 때문에 저는 나중에 병원을 상대로 법정싸움을 벌였습니다."

그는 잠시 말을 멈추고 슬픈 눈으로 아내의 사진을 바라보았다.

"전 지금까지 아내가 기증한 장기가 여러 사람 목숨을 구했다는 사실을 위로로 삼고 살아왔습니다. 그런데 저희 장인어른은 다릅니다. 그 양반은 슬픔과 분노 때문에 제정신이 아니었어요. 병원이 정신 사납게 굴면서 당신을 속였다고 굳게 믿으시거든요. 당신은 딸을 치료할 권한을 위임한다는 서류에 서명했지 장기 적출에 동의한 적이 없다면서요. 결국 대형 병원과 소송을 벌였을 때 통상 나오는 결과가 나왔죠. 병원은 제게 합의금을 제안했고 전 합의했습니다. 더 이상 변호사 비용을 댈 수 없었거든요. 그때 받은 합의금으로 아이들 교육자금을 충당했습니다."

피아는 날카로운 눈으로 두 남자를 관찰했다. 손짓 하나 말 한마디 놓치지 않고 유심히 살폈지만 딱히 이상한 점은 보이지 않았다. 디르크 슈타틀러는 깊은 상실을 경험하고 힘든 시간을 보냈지만 지금은 과거를 덮고 조용히 살아가는 사람 같았다. 에릭 또한 감정에 치우치지 않는 객관적인 사람으로 보였다. 피아가 생각한 것을 에릭이 말로 표현했다.

"그 아픔을 극복하는 데 많은 시간이 걸렸습니다. 하지만 엄마는 우리가 울고만 있는 걸 바라지 않으실 거예요. 엄마는 명랑한 분이셨어요. 전 그렇게 기억하고 있어요. 그래서 지금 이렇게 평범한 삶을 살 수 있는 겁니다. 당사자가 원하기만 한다면 아무리 깊은 상처도 결국은 낫게 마련이지요."

"키르스텐의 죽음과 관련된 사람들에게 누군가 복수를 하고 있다는 게 전 도무지 이해되지 않습니다." 디르크 슈타틀러가 말했다. "제 말은, 그때 누군가 욱해서 그랬다면 이해하겠는데 10년이나 지난 지금 그런다는 게……."

"전 이제 가야겠어요." 에릭이 손목시계를 보더니 태블릿PC를 접고 일어났다. "줄츠바흐에서 회사를 운영하는데 연말에 할 일이 많거든요. 더 물어보실 게 있으면 이쪽으로 전화주세요." 그는 노트북 가방에서 명함을 꺼내 보덴슈타인에게 건넸다. 보덴슈타인도 슈타틀러 부자에게 명함을 한 장씩 주었다.

"그럼 저희도 그만 일어나겠습니다." 보덴슈타인이 자리에서 일어서자 피아와 킴도 따라 일어섰다. "도움이 될 만한 것이 떠오르면 연락 주십시오."

디르크 슈타틀러는 문 앞까지 나와 그들을 배웅했다.

"다리를 다치셨나 봐요?" 피아가 물었다.

"네, 오래됐습니다." 그가 웃으며 대답했다. "15년 전 두바이 건설 현장에서 다쳤습니다. 젊었을 때 고층건물 기술자로 전 세계를 누비고 다녔지요. 불행히도 다리가 완전히 낫지 않더라고요. 지금도 비만 오면 쑤신답니다."

"지금은 어떤 일을 하시죠?"

"아내가 죽고 나서 그 일을 그만뒀습니다. 아이들 옆에 있어줘야 했으니까요. 1년간 무급휴가를 냈다가 프랑크푸르트 시청 도시계획 과에 들어갔습니다. 지금은 제가 장애인 고용비율을 맞추고 있죠."

에릭은 재킷을 입고 모자를 썼다.

"잘 먹었어요, 아버지." 그가 아버지의 어깨를 만지며 한 눈을 찡긋 했다. "만날 소시지빵만 먹다가 간만에 포식했네요."

"잘 먹었다니 다행이다." 디르크 슈타틀러가 말했다. "토요일 일은 전화 한번 해라. 리즈한테 안부 전하고."

"알았어요. 갈게요."

그는 미소 띤 얼굴로 아들의 뒷모습을 바라보았다. 아들이 사라지 자 미소도 사라졌다.

"한 가지 더 말씀드릴 게 있습니다." 그가 말했다. "제 장인 장모 말 인데요, 그분들은 키르스텐의 죽음을 극복하지 못했습니다. 지금도 장기 기증자들의 가족이 모여 만든 단체에서 활동을 하십니다. 그리 고 또 한 가지……."

그는 말끝을 흐리며 고개를 저었다.

"또 한 가지 뭐요?" 피아가 캐물었다.

갑자기 그는 무척 슬퍼 보였다.

"이런 말을 해서는 안 되는 줄 알지만 숨기고 싶지는 않습니다." 그는 입술을 앙다물고 잠시 망설이다가 깊은 한숨을 쉬었다. "저희 장인어른이 옛날에 스포츠 사격도 하고 사냥도 하셨는데, 명사수였 어요."

*

"멀쩡하던 사람이 갑자기 사라져버리면 정말 끔찍할 것 같아요."

피아가 차 있는 곳으로 걸어가며 말했다.

디르크 슈타틀러가 글라스휘텐에 사는 장인의 주소를 가르쳐주었지만 그들은 그 전에 관용차 한 대를 호프하임에 두고 갈 생각이었다.

"슈타틀러 부자에 대해 어떻게 생각해요?" 보덴슈타인이 킴에게 물었다.

"디르크 슈타틀러는 남편으로서 많이 힘들었을 거예요." 킴이 생각에 잠긴 표정으로 말했다. "하지만 부인의 죽음을 잘 극복한 것 같았어요. 아버지도 아들도 특별히 긴장한 것 같지 않았고 신경이 곤두서 있다는 느낌도 없었어요. 뭔가 숨길 게 있는 사람들은 티가 나거든요. 놀라는 것도 당황하는 것도 제가 보기엔 자연스러웠어요. 그리고 부자 사이가 참 좋더라고요."

"어머나!" 피아가 갑자기 멈춰서며 외쳤다. "딸에 대해 물어보는 걸 깜빡했어요."

"범인은 여자가 아니라니까." 킴이 고개를 저으며 말했다. "범인은 남자야."

"그래도 얘기는 해봐야지. 그리고 그 여자가 레나테 롤레더의 가게에 나타났을 때 남자랑 같이 있었다잖아."

그때 피아의 휴대전화가 울렸다. 피아는 법의학연구소 번호를 확인하고 전화를 받았다.

"헤닝, 나 지금……."

"지금 2시 15분이거든." 헤닝이 차갑게 말했다. "2시하고도 벌써 15분이 지났다고. 우리 미천한 검시의들은 지하에서 눈 빠지게 기다리고 있는데 경찰 나리들은 언제나 나타나시려나?"

"왜?" 피아가 놀란 듯 물었다. "부검 일정 있었어?"

"그래, 당신 상사가 크리스마스 시체 좀 빨리 부검해달라고 특별히 부탁한 것 같은데?" 헤닝이 비꼬았다. "고매하신 폰 보덴슈타인님께서는 도대체 왜 전화를 안 받으시는 거지?"

"우리 지금 이동 중이야." 피아가 헤닝을 달랬다. "15분 내로 갈게. 그럼 됐지?"

헤닝은 전화를 걸었을 때와 마찬가지로 아무 인사 없이 전화를 뚝 끊었다.

"아, 부검! 젠장, 깜빡했네!" 보덴슈타인이 주머니에서 스마트폰을 꺼내며 외쳤다. "특별히 알람까지 맞춰놨는데! 이거 왜 안 되는 거지? 한번 봐봐."

그가 피아에게 전화기를 내밀었다.

"무음으로 해놓으니까 그렇죠. 소리 나게 해놨으면 알림음이 났을 텐데." 피아가 웃으며 말했다.

"최신 기술이랑은 영 친해지기가 힘들다니까." 그가 인상을 찌푸리며 말했다. "내 차는 일단 여기 세워두자고. 이따 차 가지러 올 때 슈타틀러한테 딸에 대해서도 물어보고."

그들은 피아와 킴이 타고 온 차가 조금 더 나았기 때문에 그 차를 타고 가기로 결정했다. 보덴슈타인은 디르크 슈타틀러의 장인 장모 요아힘과 리디아 빙클러가 사는 글라스휘텐 주소로 순찰차를 보내라고 지시했다.

"반장님이 부고와 피해자들에 대한 얘기를 하셨을 때 슈타틀러 부자의 반응은 아주 자연스러웠어요." 피아가 킴에 이어 의견을 말했다. "저번에 심문 상황에서의 비언어적 소통에 관한 세미나를 듣고 온 뒤로 상대방의 신체언어를 유심히 보고 있거든요."

"그래도 사람 일은 모르는 거야." 킴이 말했다. "개중에는 거짓말탐지기도 속이는 사람이 있거든. 물론 디르크 슈타틀러가 그 다리로 변전소 건물에 올라갔을 것 같지는 않아. 게르케의 이웃집 정원도 마찬가지고. 다리를 저니까 아마 사람들 눈에 금방 띄었겠지."

"남편이 범인이라면 너무 쉽게?" 보덴슈타인도 한마디 거들었다.

그들은 유난히 차가 드문 고속도로를 지나 역시나 유난히 한산한 시내로 들어섰다. 스나이퍼에 대한 공포 때문에 일대가 유령도시처럼 변해가고 있었다.

"세상에! 저기 좀 봐요!" 피아가 역 앞에 모여 있는 택시 몇 대를 가리켰다. 평소 같으면 수십 대가 손님을 기다리고 있었을 것이다. "이런 식으로는 안 돼요!"

"안타까운 일이지만 내 생각에 범인의 복수극은 아직 끝나지 않았어." 보덴슈타인이 심각한 표정으로 말했다.

"어서 조치를 취해야 해요! 도시 전체가 근거 없는 공포에 휩싸여 있잖아요!"

"그 얘기는 이미 했잖아." 보덴슈타인이 천천히 고개를 저었다. "전혀 안전하지 않은데 안전하다고 믿게 하는 건 무책임한 짓이야."

"이런 날씨라면 스나이퍼도 당분간은 움직이지 않을 거예요." 킴이 말했다. "범인은 피해자와의 직접적 접촉을 꺼려요. 그리고 멀리서 총을 쏘려면 이상적인 기상 조건이 필요할 거예요."

피아는 무력감이 밀려드는 것을 느꼈다. 일찍이 느껴본 적 없는 강한 무력감이었다. 그들은 유령 같은 범인을 찾아 헤매고 있었다. 놈은 영리하고 냉철하며 그 어떤 것도 우연에 맡기지 않는다. 그 어떤 실수도 허용하지 않고, 매번 그들보다 한 걸음 앞서 걷는다. 키르스텐 슈타틀러라는 단서를 겨우 잡았지만 희생자가 세 명이나 나오고 난 뒤다. 오늘 아침 킴이 말한 대로 이 사건은 이제까지 그들이 다뤘던 것과는 완전히 다른 종류의 사건이다. 보통 수사에서 결정적인 역할을 하는 피해자의 신원도 이 사건에서는 중요하지 않다. 범인의 진짜 목적이 아니기 때문이다. 흔적도, 단서도, 증인도 없다. 그들이 가진 것이라고는 시신 세 구, 부고 세 장, 독일에서 수십만 켤레는 팔렸을 신발의 발자국, 독일 남자 세 명 중 한 명에 해당할 만한 애매한 목격자 진술뿐이다. 그리고 키르스텐 슈타틀러라는 이름! 그들이 이 미치광이를 찾아내지 못하면 어떻게 될까? 얼마나 많은 이름이 그의 살생부에 올라 있는 것일까?

"레나테 롤레더의 가게에 동행했다는 남자가 그 오빠가 아닌 건 분명해." 킴이 불쑥 말했다. "연령대도 안 맞고, 아무리 봐도 잘생긴 얼굴이라고 보기는 힘들던데."

"으음." 피아가 건성으로 대꾸했다. 그 후로 차가 법의학연구소 건물 주차장으로 들어설 때까지 모두 말이 없었다. 피아는 1940년대부터 법의학연구소 건물로 사용돼온 이 유겐트 양식 저택의 육중한 나무문을 지날 때마다 친정에 온 듯 반가웠다. 한때 집보다 이 건물에서 더 많은 시간을 보냈다. 그들은 짙은 갈색 목재로 마감된 벽을 따라 복도를 걸어갔다. 복도 끝에 있는 계단을 내려가면 두 개의 부검실이 나온다. 막시밀리안 게르케의 시체는 제1부검실에서 깨끗하게 닦인 채 그들을 기다리고 있었다.

"어서 와요!" 헤닝의 조수 로니 뵈메가 작은 사무실에서 나왔다. 커피머신을 두고 휴게실로도 쓰는 곳이다. "도착했다고 말씀드릴게요."

"고마워, 로니." 피아는 외투를 벗어 옷걸이에 걸었지만 보덴슈타인과 킴은 그냥 입은 채로 있었다. 부검실에는 언제나처럼 냉랭한 기운이 감돌았다.

"지금 막 커피 끓였는데 한 잔씩 하세요." 로니가 귀에 수화기를 댄 채 말했다. 그때 밖에서 발소리가 났다. 로니는 수화기를 내려놓았다.

"변명은 필요 없습니다." 헤닝이 문가에 나타났다. 학생으로 보이는 청년과 하이덴펠트 검사가 그 뒤에 서 있었다. 피아는 하이덴펠트 검사를 처음 만난 날을 떠올렸다. 피아와 보덴슈타인이 함께한 첫 사건 때였는데, 부검대 위에는 이자벨 케르스트너가 누워 있었고 하이덴펠트는 비위가 상해 부검실에서 뛰쳐나갔었다.

"나도 변명할 생각은 없어요." 보덴슈타인이 말했다. "어서 시작합시다."

"나는 시작하라고 해야 시작하는 사람 아니거든요." 헤닝이 퉁명스럽게 대꾸했다.

밝은 수술 조명 아래 총알이 몸에서 빠져나가며 남긴 상흔이 적나라하게 드러났다. 갈비뼈가 으스러지고 피부에도 커다란 구멍이 뚫려 있었다. 피아는 막시밀리안 게르케의 갸름한 얼굴을 내려다보았다. 편안히 잠자고 있는 것 같았다. 그의 일기를 읽어서인지 마치 아는 사람처럼 느껴졌다. 갑자기 자신의 비열한 행위를 정당하다고 말하며 재판관 행세를 하는 범인에게 분노가 치밀었다.

"이렇게 젊은 나이에 그렇게 힘든 일을 겪고 범죄의 희생양이 되어야 하다니 정말 불쌍해." 피아가 동정심이 가득한 목소리로 말했다. "적어도 고통스럽게 죽지는 않았겠지."

"바닥에 쓰러지기도 전에 죽었어." 헤닝이 말했다. "심장이 갈가리 찢겼어."

"그마저도 남의 심장이었지."

"뭐?" 눈 바로 밑까지 마스크를 올려 쓴 헤닝이 무슨 소리냐는 듯 피아를 쳐다보았다.

"10년 전에 심장을 이식받았어." 피아가 설명했다.

헤닝은 손을 거두더니 마스크를 내렸다.

"까놓고 말해서⋯⋯." 그는 보덴슈타인, 피아, 하이덴펠트의 얼굴을 죽 훑어보았다. "내가 부검 찬성자인 건 모두 알죠? 하나라도 더 하면 더 했지 덜 하자고 하는 사람이 아니지만, 그렇다고 해서 무의미한 시간 낭비에 찬성하진 않거든요. 그래서 말인데 원하는 게 뭔지 한번 들어봅시다. 사인이 이보다 분명할 순 없는 거 아닙니까?"

"부검하라는 검찰의 지시가 있었습니다. 살인의 경우⋯⋯." 하이덴펠트가 끼어들었지만 헤닝이 귀찮다는 듯 손사래를 치자 이내 입을 다물었다.

"그러니까 내 말은, 의대 1학년 학생도 딱 보면 사인을 알 만한 시신이 벌써 세 구째라고요." 헤닝이 다시 말했다.

"솔직히 지푸라기라도 잡는 심정으로 하는 겁니다." 보덴슈타인이 터놓고 말했다. "현재 정황으로 볼 때 막시밀리안 게르케에게 심장을 기증한 여자로 인해 이 세 사건이 일어난 것 같아요. 그런데 손에 잡히는 물증이 없어요. 증거도 없고 흔적도 없고 아무것도 없어요."

"이번에도 앞선 두 건과 마찬가지로 별 의미 없는 결과가 나올 겁니다." 헤닝이 어깨를 으쓱했다.

"지금 부검을 거부하시는 겁니까?" 하이덴펠트 검사가 다시 끼어들었다.

"천만의 말씀." 헤닝은 다시 마스크를 끌어올렸다. "하지만 여긴 검사님만 있어도 충분하겠군요. 반장님, 나중에 연락드리죠."

*

카롤리네 알브레히트는 아버지가 뭔가 숨기고 있다는 사실에 마음이 편치 않았다. 그 친절한 경찰에게 말하는 것이 가장 현명하겠지만 그건 생각만으로도 두려웠다. 아버지 몰래 경찰과 얘기했다가 나중에라도 그것을 알게 됐을 때 아버지가 어떻게 생각할지 짐작조차할 수 없었다. 어머니를 잃은 마당에 아버지마저 잃고 싶지는 않았다. 그리고 혹시라도 그녀가 기억하는 어머니의 모습이 변질될까 봐두려웠다. 어쩌면 그녀를 보호하고 싶다는 아버지의 말은 사실인지도 모른다. 이렇게 망설이는 자신이 스스로도 낯설었다. 이제까지는문제가 생기면 언제나 정면으로 부딪쳐 해결해왔다. 그런데 왜 이렇게 아무런 결정도 내리지 못하고 차를 타고 배회하고 있단 말인가?목요일 저녁의 충격이 아직도 남아서일까? 어제저녁 그녀는 그레타와 잠깐 통화하고 나서 카르스텐과 한 시간 동안 긴 대화를 나눴다.그레타는 괜찮아지고 있는 것 같았다. 가벼운 진정제 덕분에 악몽도꾸지 않는다고 했다.

"잘 극복할 수 있을 거야." 카르스텐이 말했다. "그레타에게 필요한건 시간이야. 환경을 바꾼 건 잘한 선택인 것 같아. 여기 할머니, 할아버지가 있는 목장은 아직 평화로운 세상이거든."

"그레타를 잘 돌봐줘서 고마워. 부모님이랑 니키한테도 그렇게 전해줘." 카롤리네가 말했다.

"당연히 해야 할 일인데, 뭘." 그는 잠시 망설이다 물었다. "당신은어때? 좀 괜찮아진 거야?"

조심스레 묻는 그에게 그녀는 '그럼 괜찮고말고. 잘될 거야'라고자동적으로 내뱉을 뻔했다. 하지만 그 거짓말은 목에 걸려 입 밖으로나오지 않았다.

이건 독감이나 놓쳐버린 일감이 아니라 실존에 관계된 문제였다.그리고 그 문제는 어머니의 죽음이 아니라 그녀가 놓인 정체성의 위기에서 비롯된 것이었다.

"음, 안 좋아." 그녀는 전남편에게 말했다. "엄마 생각이 많이 나. 그 냥 이불 뒤집어쓰고 울고만 싶어."

그녀는 우연히 날아온 총알일 리 없다는 의심을 털어놓았고 아버지가 뭔가 숨기는 것 같다고 말했다.

"그게 뭔지 꼭 밝혀낼 거야." 그녀가 말했다. "엄마가 남이 쏜 총에 맞아 죽을 만한 짓을 했다고는 도저히 상상이 안 돼."

"아이고, 이 사람아." 카르스텐은 한숨을 푹 쉬었다. "이해는 하지만 위험한 짓은 하지 마. 위험한 짓 안 하겠다고 약속해."

카롤리네는 그러겠다고 약속했다.

"도움이 필요하면 얘기해." 통화가 끝나갈 무렵 카르스텐이 말했다. "언제든 환영이니까."

카롤리네는 힘겹게 "고마워"라고 말하고 전화를 끊었다. 지금 남편과 아이들에게 둘러싸여 슈타른베르거제에 있는 시부모님의 목장에 있는 사람이 니키가 아니라 그녀일 수도 있었다. 그 기회를 뺏은 사람은 다름 아닌 그녀 자신이었다.

카롤리네는 다른 생각을 하려고 애썼다. 다른 피해자의 가족을 만나보면 어떻겠느냐는 말은 카르스텐에게서 나왔다. 수사는 경찰에게 맡겨두라고 해도 듣지 않을 것을 알기 때문일 것이다. 그래서 카롤리네는 에쉬보른으로 가고 있었다. 스나이퍼의 첫 번째 피해자는 니더회히슈타트에 살던 나이 지긋한 부인이었다. '스나이퍼'는 언론이 이 미치광이 범인에게 붙여준 이름이다. 그 부인의 이름도, 유족이 어디에 사는지도 몰랐지만 탐정 활동을 시작하기에는 피해자가 살던 곳이 최적의 장소일 것 같았다. 차가 니더회히슈타트로 달리고 있을 때 연료 표시등이 깜박거렸다. 카롤리네는 가까운 주유소에 멈췄다. 가격이 놀랄 정도로 저렴했지만 손님은 그녀뿐이었다.

"오전에도 손님 하나 없었어요." 50대 중반으로 보이는 건장한 여자가 카운터에 앉아 있다가 손가락으로 《빌트》(독일의 대표적 황색신문_역주)를 툭툭 치며 푸념을 늘어놓았다. "이거 봤어요? 사람들을 쏘고 다니는 미친놈 때문에 다들 겁을 잔뜩 집어먹었어요. 텔레비전에서도 그 얘기밖에 안 하잖아요."

"이 근처에서 일어난 일이죠?" 카롤리네는 이런 식의 수다를 무척 싫어했지만, 목적을 위한 수단은 신성하다고 하지 않던가! "그 부인을 아셨나요?"

"그럼요, 롤레더 부인 잘 알았죠. 주유하러 오기도 하고 신문 사러 오기도 했어요. 아유, 어떻게 그런 끔찍한 일이 일어났는지!" 마침 할 일이 없던 계산원은 동네 정보통의 진면모를 보여주었다. 계산을 마치고 나올 때쯤 카롤리네는 피해자의 개 이름, 타던 차종, 딸이 운터오르트 가에서 꽃집을 운영한다는 사실, 오늘 오전에 니더회히슈타트 묘지에서 장례식이 있었다는 사실, 그리고 가장 중요한 것, 잉게보르크 롤레더가 딸과 함께 살았던 집이 어디인지 알게 되었다.

*

보덴슈타인이 코메르츠방크 아레나(축구팀 아인트라흐트 프랑크푸르트의 홈구장_역주)를 지나 고속도로 방향으로 가고 있을 때 카폰이 울렸다. 오스터만이 새로울 것 없는 새 소식을 전해왔다. 켈크하임에서 직원들이 열심히 탐문을 했지만 크리스마스 아침에 무슨 소리를 들었거나 이상한 사람을 보았다는 사람은 아무도 없었다. 그리고 빙클러 부부는 글라스휘텐의 집에서 만날 수 없었다. 글라스휘텐으로 찾야간 순경은 호프하임 강력반으로 전화하라는 메시지만 남기고 돌아왔다. 과학수사연구소에서는 편지봉투와 부고에서 지문이나 유전자 흔적을 발견하지 못했다는 결과를 보내왔다. 잉게보르크 롤레더의 장례식에 참석했던 나폴레옹 네프도 별다른 소식 없이 돌아왔다.

"꽉 막혔습니다." 오스터만이 말했다. "오늘 것에도 소인이 없어요. 인쇄는 전부 잉크젯 프린터로 했는데, 아무 데서나 살 수 있는 평범한 물건입니다. 복사지도 마찬가지고요."

"옛날에는 편지봉투에 침이 묻어 있기도 했고 잘 안 쳐지는 타자기 버튼도 있었지." 뒤에서 크뢰거가 말하는 소리가 들렸다. "종이가 제조된 시기에서 단서를 찾을 수도 있었는데 요즘은 범죄자들이 어떻게 하면 흔적을 남기지 않는지 텔레비전 드라마에서 모조리 보고 배운다니까."

"셈이랑 카트린은 재해병원에 가서 뭐 좀 건졌나?" 보덴슈타인이 물었다.

"아니요." 오스터만의 대답은 그의 마지막 희망을 무참히 짓밟았다. "병원 측 말로는 지금은 서류 열람 권한을 가진 사람이 없답니다. 검찰에서는 아직 서류가 안 왔고요."

돌아가는 길은 올 때보다 더 조용했고 차 안 분위기는 더욱 무거웠다. 헤닝의 말이 옳았다. 막시밀리안 게르케의 경우, 아니 잉게보르크 롤레더와 마가레테 루돌프의 경우도 부검은 필요하지 않았다. 그저 지푸라기라도 붙잡고 싶었던 거다. 그는 마치 기름이 바닥 난 차를 운전하는 기분이었다.

"반장님 차를 리더바흐에 놓고 왔잖아요." 그가 마인타우누스 센터에서 막 호프하임 방향으로 진입하려는데 피아가 얼른 말했다. 그는 재빨리 방향등을 넣고 급하게 오른쪽으로 꺾었다. 그나마 로잘리가 뉴욕에 잘 도착해서 다행이었다. 앞으로 1년간 생활할 도시와 직장이 마음에 들었는지 작별의 슬픔은 온데간데없이 들떠 있었다. 가브리엘라의 제안에 대해서는 언제 잉카에게 말해야 할까? 잉카는 어떤 반응을 보일까? 이제까지는 말할 기회가 없었다. 낮에는 각자 일하느라 바쁘고 밤에는 소피아가 와 있어서 각자 집에서 잤기 때문이다. 요즘은 잉카에게 말을 꺼내기가 어려웠다. 잉카는 걸핏하면 아직도 코지마에게 미련을 버리지 못했냐고 비난했다. 이런 상황에서 다투기까지 한다면 좋을 게 없었다.

보덴슈타인은 아까 두고 간 관용차 옆에 차를 세운 뒤 안전벨트를 풀고 차에서 내렸다.

"그럼 이따 봐." 보덴슈타인이 운전석에 앉은 피아에게 말했다.

"네." 피아가 고개를 끄덕였다. "차 열쇠 있어요?"

보덴슈타인은 코트 주머니를 손으로 툭툭 치고는 길게 늘어선 차고를 지나 디르크 슈타틀러가 사는 건물을 향해 걸어갔다. 이미 어둠이 내리기 시작했고, 사람이 있는 집은 모두 창문에 블라인드를 내렸다. 현관문 유리 장식으로 희미한 빛이 새어나올 뿐 문이란 문은 모조리 닫혀 있었다. 디르크 슈타틀러의 집에는 불이 켜져 있지 않았다. 보덴슈타인은 초인종을 누르고 잠시 기다렸다가 다시 눌렀다. 그러나 아무도 문을 열어주지 않았다. 세찬 바람이 문 양쪽에 자란 어린 회양목을 후려치자 마른 이파리들이 우수수 떨어졌다. 저녁이 되면서 기온은 삼사 도 정도 더 떨어졌다. 바지통 속으로 찬바람이 기어들어왔다. 그는 자신의 일을 사랑했다. 때로는 고생스럽고 피곤에 찌들어 녹초가 될 때도 있지만 30년째 하고 있는 이 일이 좋았다. 사건은 언제나 일종의 도전을 의미했다. 범인을 잡았을 때는 정의를 실현한다는 만족감을 얻을 수 있었다. 다른 일을 한다는 것은 상상할 수도 없었다. 솔직히 말하면 경찰 외에 할 줄 아는 것도 없다. 그에게 직업은 사명을, 경찰은 단순한 직장 이상을 의미했다. 그가 맡은 사건 중에 '콜드케이스', 즉 가끔씩 서고에서 꺼내와 검토해야 하는 미제 사건은 거의 없었다. 범죄 수사 기술도 나날이 발전해 더욱 세밀한 분석과 정확한 결과 도출이 가능해졌고, 때로는 각국 경찰의 국제적 협조와 정보 공유의 도움을 받기도 한다. 그는 경찰에게 가장 중요한 덕목은 차분함과 인내심이라고 믿으며 반평생을 보냈다. 그런데 지금은 기다리는 것이 세상에서 가장 힘든 일처럼 느껴졌다. 그는 차가 있는 곳으로 발길을 돌렸다.

'물론 적절한 대가도 받게 될 거야.' 가브리엘라의 말이 머릿속에서 맴돌았다. 경찰공무원인 그에게 부수입이 생기는 일은 결코 단순하게 생각할 수 있는 것이 아니다. 경찰 일을 그만둬야 할까? 과연 그는 장모의 기대에 부합할 수 있을까?

보덴슈타인은 히터를 가장 세게 틀었다. 그러자 송풍구에서 차디찬 바람이 얼굴로 뿜어져 나왔다. 그는 투덜거리며 방향을 조정했다. 그리고 와이퍼를 작동시킨 후 차를 출발시켰다.

보덴슈타인은 리더바흐에서 호프하임으로 가는 동안 가브리엘라의 제안이 가져올 좋은 점을 생각해보았다. 일단 어딘가에서 시체가 발견되어도 한밤중이나 일요일 아침에 전화벨 소리에 놀라 일어나지 않아도 된다. 인원 부족, 팀 내 불화, 수많은 규정과 제한, 지겨운 서류 작업 때문에 괴로워할 일도 없다. 불에 타고 부패하고 물에 불은 시체들을 볼 필요도 없다. 끝없이 이어지는 거짓말을 들어야 하는 심문 릴레이도, 스트레스도, 정신없이 뛰어다녀야 할 일도, 잠복근무도 없어진다. 현장으로 출동할 때의 긴장감, 범인을 쫓고 있을 때의 긴박감, 좋은 일을 한다는 뿌듯함, 팀 활동이 주는 보람이 그리워질까? 장모의 재산을 관리하게 되면 만족스러울까?

"아니야." 그는 큰 소리로 혼잣말을 했다. "하지 말자."

그러고 나니 거짓말처럼 기분이 좋아졌다.

*

카롤리네 알브레히트는 한참 동안 차 안에 앉아 있었다. 과연 앞에 보이는 연립주택의 초인종을 누르고 잔혹한 운명이 동병상련의 친구로 만들어준 그 여자를 만나야 할까? 사실 그녀는 그 여자를 만나고 싶지 않았다. 감정은 이미 그녀의 것만으로도 넘치기 직전이었다. 또 한 사람 분의 슬픔, 아픔, 분노를 견딜 수 있을 것 같지 않았다. 장례식 후 다과회에 온 손님들이 다 돌아갈 때쯤 그녀는 결심한 듯 일어섰다. 너무 늦으면 불청객이 되어버릴 것이다.

"누구세요?" 레나테 롤레더는 문을 조금 열고 의심스러운 눈초리로 그녀를 훑어보았다. "무슨 일이세요?"

"이렇게 갑자기 찾아와서 죄송해요." 카롤리네 알브레히트가 말했다. "전 카롤리네 알브레히트라고 합니다. 제가 온 건…… 저희 어머니가 지난주 총에 맞아 돌아가셨어요. 오버우어젤에서요. 그쪽 어머니와 똑같은…… 범인이 쏜 총에."

"세상에!" 레나테 롤레더의 벌겋게 부은 눈이 동그래졌다. 조심스럽던 태도는 호기심으로 바뀌었다. 그녀는 이름과 주소를 어떻게 알아냈느냐고 묻지 않았다. 대신 서둘러 안전체인을 빼더니 문을 활짝 열었다. "들어오세요."

집 안에 들어서니 달콤한 냄새와 곰팡내 비슷한 냄새에 개 냄새가 섞인 냄새가 났다. 두 여자는 좁은 복도에 서서 어색하게 서로를 마주보았다. 레나테 롤레더는 근심 때문에 얼굴이 많이 상한 것 같았다. 팔자주름이 깊게 파였고 눈두덩은 부었고 눈 밑도 퍼렇게 처져 있었다. 나이는 카롤리네와 비슷해 보였지만 아주 늙은 여자 같았다.

"어머니 일은 정말 마음이 아픕니다." 카롤리네가 침묵을 깨고 말했다. 그러자 레나테는 큰소리로 흐느끼며 그녀를 와락 껴안았다. 평소 신체 접촉을 그다지 좋아하지 않는 카롤리네지만 부드러운 가슴에 안기니 마치 심장을 옭죄고 있던 얼음이 산산조각 나는 것 같은 느낌이었다. 그녀도 참지 않고 울음을 터뜨렸다. 그녀와 똑같이 영혼이 부서져버린 낯선 여자와 부둥켜안고 큰 소리로 흐느껴 울었다.

잠시 후 두 사람은 거실에 앉아 차를 마셨다. 말을 놓기로 하고 마주 앉았으나 둘 다 어떻게 말을 시작해야 할지 알 수 없었다. 갈색 털을 가진 늙은 래브라도는 제 바구니에 앉아 청색이 한 꺼풀 썩은 눈을 끔벅거리며 그들을 쳐다보았다.

"톱시는 어머니가 돌아가신 뒤로 통 먹질 않아." 레나테가 한숨을 쉬었다. "그 일이…… 있었을 때 옆에 있었거든."

카롤리네는 긴장해서 침을 꼴깍 삼켰다.

"우리 딸 그레타도 어머니가 부엌 창문으로 날아온 총알에 맞았을 때 옆에 있었어." 카롤리네는 그렇게 말하고 내심 놀랐다. 아버지와 그녀는 그 말을 한 번 하려면 수천 가지 완곡한 표현을 동원해야 했다.

"세상에!" 레나테는 놀란 표정으로 얼굴을 일그러뜨렸다. "그건 더 심하네. 딸은 좀 어때?"

"지금 제 아빠한테 가 있어. 잘 지내고 있는 것 같아." 카롤리네는 양손으로 찻잔을 감쌌다. "우리 어머니가 우연히 총에 맞았다는데 난 도저히 믿을 수 없어! 우리 부모님 집은 숲 바로 옆에 있고 막다른 골목이거든. 그냥 지나가다 들를 수 있는 그런 집이 아니야."

레나테는 허리를 꼿꼿이 펴고 앉으며 묘한 눈빛으로 카롤리네를 쳐다보았다.

"우연이 아니야." 그녀가 나지막하게 말했다. "경찰이 아무 말도 안 하니까 신문에서 그렇게 떠드는 것뿐이야."

"뭐?" 카롤리네는 영문을 모르겠다는 표정으로 상대를 바라보았다.

"경찰은 키르스텐 때문이라고 믿고 있어. 키르스텐 슈타틀러." 레나테가 떨리는 목소리로 말했다. 눈에는 금세 눈물이 고였다. "세 번째 피해자를 통해서 그 이름을 알게 됐대. 그리고 그…… 그 부고."

그녀는 다시 흐느끼기 시작했다.

"어쩌다 이렇게 됐는지 모르겠어! 우린 거의 친구나 다름없었어. 키르스텐하고 나 말이야. 우린 자주 만났고 가끔은 같이 조깅도 했어. 키르스텐도 개를 키웠거든. 호파바르트(독일이 원산지인 견종_역주)였는데 이름이 스파이크였어."

카롤리네는 키르스텐이 누구인지, 레나테가 무슨 소리를 하고 있는지 이해가 되지 않았다.

"부고라니?" 그녀가 레나테의 말을 끊고 물었다.

"잠깐만." 레나테는 거실을 나갔다가 잠시 후 종이 한 장을 들고 와 카롤리네에게 건넸다. "누군가 이걸 에쉬보른 경찰서에 보냈대."

복사지에 인쇄된 부고였다.

잉게보르크 롤레더 별세. 잉게보르크 롤레더는 딸의 구조의무 위반과 과실치사에 일조한 죄 때문에 죽어야 한다.

재판관.

"이게 무슨 뜻이야?" 카롤리네가 중얼거렸다. "그리고 이게 우리 어머니랑 무슨 상관이 있어?"

"나도 몰라." 레나테가 코를 팽 풀었다. 그리고 2002년 9월 16일 아침에 일어난 일을 이야기해주었다. "나 때문에 우리 어머니가 죽었다니 정말 이해가 안 돼. 내가 무슨 잘못을 그렇게 크게 했다는 거야? 그날 키르스텐이 어떤 상태였는지 내가 어떻게 알았겠어? 그리고 젊고 건강한 여자가 갑자기 뇌사 상태가 될 거라고 누가 생각이나 했겠냐고? 내가 도대체 어떻게 했어야 하는 거야?"

레나테는 잠시 그렇게 앉아서 손에 든 휴지를 구기며 허공을 노려보았다. 카롤리네는 레나테가 이 이야기를 하는 데 얼마나 큰 용기를 냈는지 알 수 있었다. 그녀는 자책감 때문에 자신을 갉아먹고 있었다.

"그러니까 네가 이웃을 돕지 않았기 때문에 네 어머니가 돌아가셨다고?" 카롤리네는 들은 것을 말로 정리해보았다. "내가 제대로 이해한 거야?"

레나테는 수심이 가득한 얼굴로 고개를 끄덕였다. 그러고는 어깨를 으쓱했다.

"정말 알 수 없어. 차라리 나를 쏠 것이지. 왜 나를 쏘지 않았을까? 우리 어머니는 정말이지…… 정말로 착한 사람이었다고! 얼마나 너그러우셨는데……. 누구든 자기 일처럼 도와주고, 사람들 말도 잘 들어주고."

레나테는 슬픔에 휩싸여 다시 흐느껴 울기 시작했다.

"오래된 일이라 다 잊어버리고 있었어. 그런데…… 어느 날 갑자기 헬렌이 어떤 남자랑 같이 찾아왔어."

"헬렌?"

"키르스텐의 딸이야. 그날 왜 자기 엄마를 도와주지 않았냐고 묻더라고. 그제야 모든 게 다시 떠올랐어."

"그게 언제야? 딸이 왜 온 건데?"

"몇 달 됐어. 여름이었어. 나더러 아줌마가 얼마나 엄청난 짓을 저질렀는지 알기는 하느냐, 반성하고 있느냐면서 막 따지더라고. 같이 온 남자는 한마디도 안 하고 쳐다보기만 했는데, 그런데도 얼마나 무서웠는지 몰라."

레나테는 무슨 말을 하려는 것일까?

"경찰이 그 남자에 대해 물었는데 그때는 정신이 없어서 아무 생각도 안 났어. 그런데 그제 뭔가가 떠올랐어." 레나테는 거실 탁자에 놓인 신문을 집어 카롤리네에게 내밀었다. "우연히 이 광고가 눈에 들어왔는데 그 순간 딱 떠오르더라고."

레나테가 손가락으로 신문 광고 하나를 가리켰다.

"두 사람이 타고 온 차에 이 표시가 있었어. 차가 우리 가게 쇼윈도 바로 앞에 세워져 있었거든."

그 표시는 호프하임에 있는 어느 금은방 로고였다.

"카롤리네, 무슨 말인지 알겠어?" 레나테가 은밀하게 속삭였다. 그녀의 눈동자에 두려운 빛이 떠올랐다. "내 생각엔 그 남자가 재판관인 것 같아!"

카롤리네는 상대를 빤히 쳐다보았다. 머릿속에서는 두뇌가 수많은 퍼즐 조각들을 맞추려고 부지런히 움직이고 있었다. 부고, 키르스텐 슈타틀러, 구조의무 위반, 뇌사! 그녀는 안전그물도 매트리스도 없이 가느다란 줄 위에서 춤추는 곡예사가 된 것 같았다. 그 줄은 그녀에게 마지막 남은 순수한 믿음을 의미했고, 그 원초적 믿음은 시커멓게 아가리를 벌린 심연 위에서 위태롭게 흔들리고 있었다.

"레나테, 그날 키르스텐 슈타틀러가 어느 병원으로 실려 갔는지, 거기서 어떻게 됐는지 알아?" 카롤리네는 팽팽한 긴장감에 목이 바싹바싹 탔다. 손에서는 땀이 배어나왔고 곧 듣게 될지도 모르는 두려운 대답에 심장은 거칠게 뛰었다.

"글쎄…… 잘 모르겠는데. 생각을 좀 해봐야겠어." 레나테는 손가락으로 관자놀이를 짚고 눈을 감은 채 집중했다. "프랑크푸르트에 있는 병원이었어. 내 생각엔 재해병원인 것 같아. 하지만 병원에서도 손을 쓰지 못했어. 뇌가 너무 오랫동안 산소 공급을 받지 못해서……."

카롤리네의 머릿속은 뒤죽박죽이 되었다. 그녀는 더 이상 레나테가 하는 말을 듣고 있지 않았다. 뭐라고 했는지도 모르게 인사를 하고 레나테의 집을 나왔다. 정신을 차려보니 차가운 바깥공기 속에 서 있었다. 그녀는 비틀거리는 걸음걸이로 어두운 길을 걸어 자동차를 세워둔 곳으로 갔다.

차에 탄 후 운전대를 잡고 반복해서 심호흡을 했다. 아버지가 키르스텐 슈타틀러의 일에 관련돼 있을 거라는 의심이 솟구쳤지만 아닐 거라고, 아닐 거라고 자꾸만 되뇌었다. 실은 사실을 알고 싶지 않았다. 이미 죽은 어머니는 뭘 해도 다시 살아날 수 없다.

*

"우리 둘은 사는 방식이 완전히 반대인 것 같아." 킴이 2인용 소파에 푹 파묻힌 채 말했다. "난 대도시의 원룸에서 살고 언니는 목장에서 살잖아."

"난 항상 이렇게 살고 싶었어!" 피아가 웃으며 화이트와인이 든 잔을 동생의 잔과 부딪쳤다. "도시가 정말 지겨웠거든. 몇 시간씩 주차

공간 찾아서 헤매다가 결국 지하주차장에 들어가야 하고……."

"하지만 여긴 이웃이 없잖아." 킴이 말했다. "무슨 일이 생기면 누가 알기나 하겠어?"

"보통은 크리스토프가 있고, 500미터만 가면 이웃도 살아." 피아가 반박했다. "그리고 도시엔 이웃 사이에 관계가 없잖아. 집에서 죽었는데 찾는 사람 없이 몇 주씩 방치되는 시체가 얼마나 많은 줄 아니? 이웃이 열이든 스물이든 아무도 관심을 가지지 않는다면 무슨 소용이야? 여기선 서로 다들 알고 지낸다고."

"글쎄, 난 이렇게 적막하게는 살 수 없을 것 같아." 킴은 와인을 한 모금 마셨다.

"적막해?" 피아가 어이없다는 듯 웃었다. "무슨 소리야? 100미터도 안 떨어진 곳에 독일에서 가장 붐비는 고속도로가 지나가!"

"무슨 뜻인지 알잖아." 킴이 말했다. "그런 일이 있었는데 이렇게 외롭게 사는 게 괜찮은지 해서 하는 말이야."

"그때는 이웃에 둘러싸여 살았지. 양 옆집에 사람이 살았지만 소용없었잖아."

일이 끝난 후 자매는 함께 장을 보고 돌아와 말 먹이를 주었다. 그리고 피아는 요리를 시작했다. 메뉴는 마늘, 올리브기름, 허브가 들어간 양고기 구이에 파르메산 치즈와 버터에 볶은 당근을 곁들인 폴렌타(곡물 가루를 끓여서 만드는 수프의 일종_역주)였다. 거기다 가비 디 가비(이탈리아산 화이트와인_역주)를 한 병 따서 맛있는 식사를 했고, 연이어 한 병을 더 땄다.

"매일 저녁 이렇게 먹어?" 킴이 물었다.

"응, 보통은 크리스토프가 요리를 해. 요리를 정말 잘하거든. 원래 난 낮에는 소시지나 케밥, 햄버거로 때우고 집에 와서도 피자나 먹었는데 요즘은 요리도 괜찮게 하는 편이야. 호박 수프만 빼고."

"괜찮게 하는 편이라고? 엄청 맛있던데!"

"고마워." 피아는 웃으며 자신의 잔에 와인을 조금 따랐다. 벽난로에서는 장작이 타닥타닥 소리를 내며 탔고, 집 안에는 기분 좋은 온기가 퍼졌다. 3년 전 리모델링을 하고 난 후 비르켄호프는 삶의 질이 놀랄 정도로 향상되었다. 창은 삼중창으로 바뀌었고, 완벽한 방수가 가능한 새 지붕도 생겼고, 전기세만 잡아먹고 제대로 작동하지 않던 구식 히터 대신 현대적인 중앙난방장치가 들어왔다. 2층에는 발코니가 달린 커다란 새 침실, 화려한 욕실, 그리고 드레스룸이 생겼다. 전에 침실로 쓰던 아래층 방은 욕실 딸린 손님방이 되었다.

"크리스토프가 어떤 사람인지 꼭 만나보고 싶어." 킴이 말했다. "아, 여기 오니까 정말 좋다!"

"나도 좋아." 피아는 웃으며 동생을 바라보았다. 어릴 때는 늘 동생과 함께 다녔고 뭐든지 함께했다. 그러나 피아에게 부모님 집은 재미없고 우중충하게만 느껴졌다. 자유에 대한 갈망에 일찌감치 눈뜬 피아는 고등학교를 졸업하자마자 집에서 독립했다. 그 후 친구와 자취를 하면서 법대에 다녔는데 부모님에게 손을 안 벌리려고 쉴 새 없이 아르바이트를 했다. 반면 밖으로 나도는 것보다 집에 있기를 좋아하는 킴은 부모님 집에서 편하게 사는 쪽을 택했다. 피아보다 순하고 조용한 편인 킴은 목적의식이 더 강하고 성격도 더 진득한 면이 있었다. 자식들 중 하나라도 회히스트에 취업해 아버지의 뒤를 잇기를 바랐던 부모님은 은행원 하나와 대학생 둘로 만족해야 했다. 라르스와 킴은 그나마 꾸준히 한 우물을 팠지만 피아는 대학 공부를 집어치우고 경찰이 됐다. 볼링 클럽과 성가대에서 미래의 변호사 딸을 자랑하던 부모님에게는 커다란 수치였다. 거기다 시체 다루는 남자와 결혼하자 피아는 부모님의 관심 밖으로 밀려났다. 킴의 경우도 그리 다르지 않다. 중범죄자나 사이코패스를 상대하는 막내딸도 자연스럽게 족보에서 지워졌다. 피아는 그러려니 하고 별로 신경 쓰지 않았지만 킴은 대놓고 자신을 배척하는 부모님에게 큰 상처를 입었다. 그녀는 함부르크로 이사를 했고 지난 10년간 형식적인 크리스마스카드를 보내는 것 말고는 부모님과 아무런 연락도 하지 않고 지냈다.

"그런데 올해는 왜 집에 가보려고 한 거야?" 피아가 킴에게 물었다.

"나도 모르겠어." 킴이 어깨를 으쓱했다. "이제 다른 곳으로 옮길 때가 된 것 같아서. 11년째 같은 일을 하면 긴장감이 사라져. 그리고 함부르크에서는 소장이 될 가망도 없고. 스카우트 제안은 여기저기서 많이 들어와. 여기 프랑크푸르트에서도 들어온 게 있고."

"어머!" 피아가 탄성을 질렀다. "그래, 가까이에 살면 정말 좋겠다!"

"응, 나도 그쪽으로 많이 기울고 있어." 킴은 생각에 잠긴 얼굴로 손 안에 든 와인 잔을 굴렸다. "베를린, 뮌헨, 슈투트가르트, 빈보다 프랑크푸르트가 좋지. 한가운데라서 어디든 빨리 갈 수 있잖아."

"남자는 있어?" 피아가 물었다.

"아니, 연애한 지 오래됐어. 그런데 이대로가 편하고 좋아. 언니는 크리스토프 만난 지 얼마나 됐어?"

"6년." 피아가 미소를 지었다.

"아, 오래됐구나. 그럼 진지한 사이인가 보네?"

"그렇다고 할 수 있지." 피아는 갑자기 얼굴이 환해졌다. "우리 열흘 전에 결혼했어."

"정말?" 킴은 놀라서 눈을 둥그렇게 떴다. "그 얘기를 그렇게 아무렇지도 않게 해?"

"아직 아무도 몰라. 크리스토프의 딸들도 모르는걸. 우리만을 위한 결혼식으로 했어. 여름이 오면 여기 비르켄호프에서 시끌벅적하게 파티를 할 거야."

"와, 근사한데!" 킴이 웃으며 말했다. "그 말을 듣고 보니까 형부가 어떤 사람인지 더 궁금해지는데!"

"곧 만나게 되겠지. 너도 분명히 마음에 들 거야. 좋은 사람이거든."

그리고 지구 반대편에 있지. 그렇게 생각하자 낮에는 그럭저럭 잊고 지냈던 그리움이 샘솟았다.

자매는 한동안 그렇게 말없이 앉아 있었다. 벽난로 속에서 장작이 타닥 소리를 내더니 불꽃을 튀며 벌어졌다. 바구니에서 자던 개한 마리가 꿈을 꾸는지 주둥이와 앞발을 움찔하고는 컹 짖었다.

"언니네 상사가 맘에 들어." 킴이 불쑥 말했다.

"누구? 보덴슈타인?" 피아가 깜짝 놀라며 물었다.

"아니." 킴이 차분한 표정으로 미소를 지었다. "보덴슈타인 말고. 니콜라. 니콜라 엥엘."

"뭐, 뭐라고?" 피아는 눈을 동그랗게 떴다. "설마…… 농담이지?"

"아니, 진담이야." 킴은 손에 든 잔을 천천히 돌렸다. "뭔지 모르겠지만 내 마음에 드는 구석이 있어."

"야, 그 여자는 아침으로 날고기랑 못을 한 주먹씩 먹는 여자야. 그것도 모자라면 직원들을 한 명씩 먹어치울걸." 피아는 당황스러움을 감추지 못했다. "쇠붙이같이 차가운 데다 한 세 번 정도 드라이클리닝한 것 같은 그런 사람이라고. 그런 여자랑 뭘 어떻게 해보겠다는 거야?"

"나도 몰라." 킴이 어깨를 으쓱했다. "그냥 나한테 깊은 인상을 남겼어. 이런 느낌은 정말 오랜만이야."

너무 조용해서 잠이 깼다. 바람은 밤새 집 주변을 맴돌며 굴뚝에서 우는 소리를 냈고 덧창을 흔들어댔다. 그런데 지금은 너무도 고요하다. 그는 침대 옆에 놓인 자명종으로 손을 뻗었다. 5시 50분. 하루를 시작하기에 좋은 시간이다. 그가 전국적으로 신문 헤드라인을 장식할 날이 시작되고 있었다. 첫 번째 사건이 발생한 순간부터 신문, 텔레비전, 라디오는 온통 그에 대한 얘기로 넘쳐났다. 앞으로도 그럴 것이다. 그가 그렇게 되도록 할 테니까. 마음에 들지 않는 것은 언론이 그를 아무나 쏴 죽이고 다니는 미치광이 킬러로 표현한다는 것이다. 그것은 사실과 전혀 다르다. 이제 시민들도 사실을 알아야 할 때가 됐다. 부고 아이디어는 참 좋았다. 그러나 경찰은 정보를 차단하고 밖으로 내보내지 않을 생각인 것 같다. 그래서 어느 정도 이름이 있는 신문사 중에서 그의 기사를 여러 번 다룬 기자를 골라서 그 앞으로 부고 복사본을 보냈다.

이불을 걷고 일어난 그는 욕실로 가서 오줌을 눴다. 그리고 뜨거운 물로 샤워를 했다. 겨우 참을 수 있을 정도로 뜨거운 물로 오랫동안. 이것이 집에서 하는 마지막 샤워일지도 모른다. 어젯밤이 집에서 잔 마지막 밤일지도 모른다. 언제라도 들킬 수 있다고 생각하니 매일이 소중했다. 자유인으로서 누리는 마지막 날일 수 있기 때문이다. 그는 그렇게 사소한 것 하나까지 만끽하며 지냈다. 편안한 포켓스프링 매트리스, 따뜻한 오리털 이불, 부드러운 다마스크 천으로 된 침대보, 눈 튀어나오게 비싼 샤워젤, 보송보송 부드러운 수건, 섬유유연제 향기가 나는 속옷. 그는 거품을 잔뜩 내 면도를 했다. 감옥에서는 이런 호사를 누리지 못할 것이다. 어쩌면 오늘 저녁이면 모든 게 끝날지도 모른다. 아니면 사흘 뒤, 아니면 2주 뒤가 될지도 모른다. 이런 불확실성은 그를 흥분시켰다. 이렇게 신경을 간질이는 듯한 스릴은 오랜만이었다. 그러나 이것은 그가 그 일을 꼭 해야만 했기에 따라오는 부수적인 현상일 뿐이다. 그들에게 다른 방법은 도통 먹히질 않았다. 그들은 옳고 그름을 구분할 줄도 몰랐고, 죄책감도 느끼지 못했고, 반성도 하지 않았다. 단 한 사람도 반성하는 사람이 없었다. 그래서 그가 반성하는 방법을 가르쳐주려는 것이다.

그는 천천히 옷을 입고 거울에 자신의 모습을 비춰보았다. 오늘 붙잡힌다 해도 준비가 되어 있었다. 처리할 것도 다 처리했다. 그는 부인하지 않을 것이다. 변호사도 필요 없다. 그는 망설임 없이 바로 자백할 생각이다. 그것도 그의 계획 중 하나다. 7시 23분. 여섯 시간 후 그의 손가락이 방아쇠를 당길 것이다. 그는 재킷을 입었다. 그리고 마지막으로 그녀에게서 빵과 프레첼을 사기 위해 집을 나섰다.

보덴슈타인도 날씨가 갠 것을 눈치챘다. 그는 커피를 들고 발코니로 나가 왼쪽 이웃집 정원에 꽂혀 있는 깃발이 축 처져 있는 것을 걱정스레 바라보았다.

풍속 제로.

저격수에게는 이상적인 조건이다.

그는 먼 곳을 바라보았다. 왼쪽에는 텔레비전 송신탑 꼭대기에서 빛나는 빨간 불빛이, 그 옆으로는 은은하게 반짝거리는 프랑크푸르트 시내 은행가가 보였다. 중앙에는 회히스트 건물과 산업단지가 펼쳐져 있고, 오른쪽 끝은 공항이다. 그 사이에 25만 명이 살고 있다. 그중 누구라도 다음 피해자가 될 수 있다. 경찰은 높은 단계의 비상 체계에 돌입했다. 휴가는 취소됐고, 이웃 주에서 인력을 지원받았지만 이 지역 전체를 감시할 수는 없다. 경찰이 쫙 깔려 있고 시민들의 관심이 아무리 높다 해도 범인의 도주로를 차단하는 정도이지 범행 자체를 막는 것은 불가능하다.

키르스텐 슈타틀러.

정말 10년 전 죽은 이 여자가 스나이퍼 살인의 이유일까? 보덴슈타인은 혹시나 나중에 추궁받을 일이 생길까 봐 디르크 슈타틀러와 에릭 슈타틀러에게 감시를 붙였다. 24시간 감시는 무리고, 그들이 사는 리더바흐와 프랑크푸르트 노르트엔트에서 순찰차가 시간 간격을 두고 왔다 갔다 하기로 했다. 그들이 집에서 나가면 연락하도록 지시해두었다.

공기는 차고 맑았다. 그는 한기를 느꼈다.

오늘 소피아를 돌보기로 한 보모는 8시나 되어야 온다. 그때까지는 어차피 나갈 수 없다. 그는 우편함에서 신문을 가지고 들어와 커피를 한 잔 더 따라서 식탁에 앉았다. 무심코 신문을 펼치던 그는 하마터면 사레들릴 뻔했다. '스나이퍼 살인. 경찰이 숨기는 것은 무엇인가?'라는 제목의 기사가 눈에 들어왔다. 그는 극비 정보를 실었다는 기사를 찾아 3페이지를 펼쳐놓고 읽기 시작했다. 초반부는 대부분 추측과 억측으로 이루어져 있었다. 그러나 밑으로 내려갈수록 화가 치밀고 기가 막혔다. 'KF'라는 약자 뒤에 숨은 기자는 피해자들의 이름과 성의 이니셜을 공개했고 괄호 속에 나이까지 써놓았다. 거기다 범인이 목적 없이 범행을 저지르지 않는다는 사실을 경찰은 이미 알고 있으며 아마도 수사 전략 때문에 숨기는 것 같다고 되어 있었다. 어디서 이걸 다 알아냈지? 팀에 첩자가 있단 말인가? 아니면 범인이 직접 정보를 준 것일까?

*

카롤리네 알브레히트는 레드와인 반 병을 앞에 놓고 거의 밤을 새우다시피하며 사실들을 연관관계에 따라 정리했다. 이제 아버지와 정면대결할 일만 남았다. 아버지와의 관계가 영원히 무너진다고 해도 어쩔 수 없다. 그녀는 망설이는 자신에게 자꾸만 화가 났다. 우유부단함은 이성을 마비시키고 두려움 속에서 옴짝달싹 못 하게 만든다. 자신이 원래 우유부단한 사람이 아닌 걸 알기에 더욱 화가 났다. 퀠크하임에서 오버우어젤로 오면서 그녀는 땀을 뻘뻘 흘리다가도 금세 한기를 느끼고 덜덜 떨었다. 위장이 뒤틀리는 것 같고 손에서는 땀이 흥건하게 배어났다. 24년 전 운전면허 시험을 보러 가던 날 아침에 딱 이랬다! 집에 도착해 마당에 서 있는 아버지의 차를 보자 조용히 차를 돌려 그대로 내빼고 싶은 심정이었다.

"이 겁쟁이, 어서 해치워버려!" 그녀는 자신을 나무랐다. 그리고 차에서 내려 문 앞으로 걸어갔다. 막 열쇠를 꽂으려는데 문이 열리고 아버지가 나왔다.

"카롤리네, 일찍 왔구나!"

아버지는 깨끗이 면도를 하고 코트 차림에 서류가방까지 들고 있었다.

"아버지, 어디 나가세요?" 카롤리네는 예상치 못한 아버지의 모습에 깜짝 놀랐다.

"응, 병원에 가봐야겠다. 집에만 있으니 우울해져서. 일이 만병통치약 아니냐."

"아버지, 할 얘기가 있어요." 아버지가 그녀를 지나쳐 차 있는 곳으로 가기 전에 그녀가 얼른 말했다.

"뭔데? 오늘 저녁까지 기다리면 안 되겠니? 중요한 수술이 있어서……."

"제가 얘기하자고 할 때마다 아버지는 지금처럼 중요한 수술이 있다고 하셨어요." 그녀는 아버지의 말을 끊었다. "오늘은 안 돼요. 기다릴 수 없어요."

"무슨 일이 있는 거냐?"

아버지, 그걸 말이라고 하세요?

"제게 숨기는 게 있다는 거 알아요. 왜 그러시는지 모르겠어요. 정말 저를 생각해서 그러시는 건지 아니면 숨길 게 있어서 그러시는지……."

"난 숨기는 거 없다!"

방금 그거, 아버지의 눈동자에 어른거리던 그 감정은 뭐지? 화가 나셨나? 심기가 불편하신 건가? 아니면 두려움인가?

"정말 없어요? 그럼 제가 경찰에 전화해서 엄마의 부고가 왔는지 안 왔는지 물어볼까요?"

그의 망설임은 그녀에게 충분한 대답이 되었다. 착각한 거라고 믿고 싶었던 실낱같은 희망은 연기가 되어 사라졌다. 아버지는 그녀를 속이고 있었다. 그녀를 보호하기 위해서가 아니라 레나테 롤레더처럼 죄책감을 느꼈기 때문이다.

"부고에 뭐라고 쓰여 있죠?" 그녀가 캐물었다. "재판관이 뭐라고 썼어요? 말해주세요! 저도 알 권리가 있어요. 엄마가 왜 돌아가셨는지, 왜 내 딸이 이런 끔찍한 일을 겪어야 하는지 알 권리가 있다고요!"

"얘야!" 아버지는 가방을 내려놓고 그녀의 어깨를 쓰다듬으려고 했다. 그녀는 뒤로 한 발짝 물러나며 그 손길을 피했다. "숨기려고 한 건 아니다. 조용히 얘기하려고 했어. 이렇게 문간에 서서 할 얘기는 아니잖니?"

"언제 얘기하려고 했는데요?" 젠장! 다시 눈물이 솟구쳤다. 심리전에서 눈물은 큰 약점이다. 그녀는 울고 싶지 않았다. 안 돼, 지금은 안 돼! "지난번에 경찰이 찾아왔을 때부터 알고 계셨던 거죠? 그렇죠?"

"그래, 맞다. 네 상태가 좀 더 좋아지면 얘기하려고 했다. 나도 혼자서 자괴감 때문에 많이 괴로웠다." 아버지는 한숨을 쉬며 어깨를 축 늘어뜨렸다. 그러나 눈빛만은 살아서 그녀를 똑바로 쳐다보았다. "그 부고에는 내가 살인을 했기 때문에 네 엄마가 죽었다고 쓰여 있어. 하지만 그건 터무니없는 소리야! 경찰에게도 그렇게 얘기했다. 사람 목숨을 살리는 게 내 직업이야. 삶과 죽음, 희망과 절망 사이를 매일같이 넘나드는 게 내 직업이라고."

"그러니까 그…… 스나이퍼가 엄마를 쏜 건 우연이 아니란 거군요." 카롤리네가 팔짱을 끼며 말했다. "키르스텐 슈타틀러와 상관있는 건가요? 그 일은 도대체 어떻게 된 거죠?"

"그건 터무니없는 소리라고 했잖니!" 아버지는 어떤 주제에 대해 더 이상 말하고 싶지 않을 때 쓰는 성급한 말투를 썼다. 어머니는 아버지가 그런 식으로 말할 때마다 매우 언짢아했다. 대화 상대에게 그만 꺼지라고 말하는 것 같아서 무례하다고 느꼈던 것이다. 그러나 어머니는 언제나 그런 아버지를 감쌌다. 아버지의 속마음은 그렇지 않단다, 환자들을 생각하시느라 그런 거란다…….

'엄마는 모든 걸 좋게만 보셨지.' 카롤리네는 어머니가 자신도 그렇게 대했을 것을 생각하니 가슴에 비수가 꽂히는 것 같았다. '나한테도 그러셨겠구나.'

자기밖에 모르는 이기주의자에 워커홀릭인 남편과 딸을 둔 어머니가 어떻게 달리 행동할 수 있었겠는가!

"그때 무슨 일이 있었던 거죠?" 그녀가 다시 캐물었다.

"특별한 건 없었다. 그냥 정례에 따라 처리했다."

그에게는 정례적인 일이었겠지만 환자에게는 그렇지 않았을 것이다. 디터 루돌프 교수가 집도한다는 것만으로도 그들은 큰 전환점이라고 느꼈을 것이다. 아버지는 그들에게 절망 속에 떠오른 마지막 희망이었는지도 모른다. 아버지는 과연 그런 생각을 한 번이라도 해봤을까? 의료적인 것 말고 환자의 운명을 한 번이라도 생각해본 적이 있을까?

"아버지!" 카롤리네는 목소리를 낮췄다. "만약 아버지가 한 일 때문에 엄마가 죽은 거라면 절대 용서 못 해요!"

그녀가 아버지에게 이렇게 대놓고 강한 어조로 말한 적은 한 번도 없었다. 현관의 희미한 전등불 아래서 아버지는 갑자기 늙어 보였다.

어릴 적 그녀는 아버지의 관심과 사랑을 받으려고 처절하게 노력했다. 그 위엄 있는 아버지, 전능하고 우월한 아버지는 더 이상 없었다.

"날 뭘로 보는 거냐? 어떻게 내가 네 엄마에게 나쁜 일이 생기도록 놔뒀겠어?" 그가 갈라진 목소리로 말했다. "난 아무 죄도 없다. 믿어다오. 그 환자 일은 특별할 게 없었어. 뇌출혈을 일으킨 상태로 오랫동안 산소 공급을 받지 못한 채 실려 왔지. 뇌사였어. 어떤 조치도 늦은 상태였다. 가족은 장기 적출에 동의했고, 필요한 검사를 마친 뒤 '유로트랜스'에 결과를 보냈어. 거기서 장기 기증을 기다리는 환자 중 적합한 사람에게 연락을 취한단다. 뇌사한 그 여자는 그날 밤 수술했다. 원래 그렇게 하는 거야! 그 여자 가족에겐 슬픈 일일 테지만 내게는 일상적인 일이었다."

"뭔가가 잘못됐겠죠!" 카롤리네는 쉽게 물러서지 않았다. "그렇지 않다면 10년이 지난 지금 죄 없는 사람들을 죽이고 다니겠어요?"

"잘못된 건 아무것도 없어! 정말이다!" 아버지가 강하게 반박했다. 그는 가방을 들고 몸을 홱 돌렸다. 차고 앞 센서등이 켜지며 마당을 훤히 비추었다.

"저녁 내내 집에 있을 거냐?" 그녀가 아무 말도 없자 아버지가 물었다.

"아마도요."

그녀는 차로 걸어가는 아버지의 뒷모습을 바라보았다. 그녀는 아버지가 하는 말을 의심해본 적이 없었다. 아버지의 직업에 대해서 깊이 생각해본 적도 없었다. 조금 전까지는. 아버지는 거짓말을 하고 있다. 당시 뭔가가 잘못됐고, 어머니는 그것 때문에 죽어야 했던 것이다.

*

보덴슈타인은 텅 빈 회의실에 턱을 괴고 앉아 괴로운 표정으로 칠판을 쳐다보았다. 칠판에는 여러 개의 이름이 적혀 있고, 현장 사진과 피해자들의 사진이 붙어 있었다. 스나이퍼는 다시 총을 잡을 것이다. 당장 오늘 사건이 터질지도 모른다. 그러나 아무리 머리를 쥐어짜보아도 막을 도리가 없었다. 범인이 어떤 법칙에 따라 피해자를 고르는지 아직 모르기 때문이다. 보덴슈타인은 망연자실했다.

큰 불의가 발생했다. 죄 지은 자들은 고통을 맛보아야 한다. 그들이 무관심, 욕심, 허영, 부주의를 통해 초래한 것과 똑같은 고통을. 나는 산 자와 죽은 자를 가리러 왔으니 죄를 짊어진 자들은 두려움에 떨 것이다.

보덴슈타인은 범인이 《타우누스 에코》 신문사 편집부에 보낸 편지의 복사본을 접었다. 지역경찰청 홍보 책임자에게 문의했더니 《타우누스 에코》에서 누가 KF라는 이니셜을 쓰는지 바로 알려주었다. 하지만 콘스탄틴 파버와 전화 통화를 하기까지는 한 시간이나 걸렸다. 섣부른 추리와 피해자의 이름 게재로 경찰의 공무수행을 위험에 빠트렸다는 비판에 파버는 꽤 쌀쌀맞게 나왔다.

"이 나라는 언론의 자유가 보장돼 있습니다." 그가 말했다. "그리고 전 언론인으로서 독자들에게 진실을 알릴 의무가 있습니다."

보덴슈타인은 할 말이 많았지만 마음속의 기어를 한 단계 낮추고 꾹 참았다. 기자들을 적으로 돌리는 것은 좋지 않다. 협조하는 게 서로에게 훨씬 이득이다. 파버가 받은 세 장의 부고와 편지는 우편으로 왔다. 물론 보낸 사람의 이름은 없었다. 하지만 자신을 재판관이라고 칭하는 범인의 짓임에 틀림없었다. 보덴슈타인은 경찰서로 가는 길에 쾨니히슈타인에 있는 《타우누스 에코》에 들러 파버와 얘기를 나눴다. 부고와 편지는 증거물이라며 봉투째로 압수했다. 보덴슈타인은 다시 범인에게 연락이 오면 바로 알려주는 대가로 그에게 독점으로 정보를 제공하기로 했다.

《타우누스 에코》가 내보낸 기사 때문에 특별히 신설한 경찰 핫라인에는 공포에 질린 사람들의 전화가 빗발쳤다. 그 가운데 간혹 검토해봐야 할 제보도 있었다. 그래서 조회는 짧게 끝났다. 보덴슈타인은 네프와 킴 사이에 다시 시작된 말다툼의 불씨를 서둘러 끄고, 직원들에게 분명한 임무를 주어 내보냈다. 그리고 제발 어디선가 단서가 잡히기를 간절히 바랐다. 지금 그들에게는 단서가 절실히 필요했다.

먼저 디르크 슈타틀러의 장인 요아힘 빙클러, 그리고 헬렌 슈타틀러와 함께 레나테 롤레더의 꽃집에 나타났다는 남자를 서둘러 찾아내야 한다. 슈타틀러 남매 에릭과 헬렌도 만나봐야 하고, 니더회히슈타트에 사는 슈타틀러의 옛 이웃도 만나봐야 한다. 그리고 당시 프랑크푸르트 재해병원에서 일하던 사람 중 누가 키르스텐 슈타틀러 사건에 연관됐는지도 알아내야 하고, 디르크 슈타틀러와 프랑크푸르트 재해병원 사이의 법정싸움 자료 열람 승인도 받아야 하고, 양측 변호사가 누구였는지도 확인해야 한다. 범인의 말이 사실이라면 프리드리히 게르케에게 뇌물을 받은 사람은 누구인지, 그 뇌물은 아들 막시밀리안의 심장 이식 때문이었는지, 심장 이식을 위해 뇌물을 주는 것이 가능하기는 한 건지 등등 알아봐야 할 것이 많았다.

보덴슈타인은 밤늦게까지 인터넷을 뒤졌고 심장병 환자들이 자신에게 맞는 심장을 기증받는 것이 상당히 어렵다는 사실을 알아냈다. 이식된 심장에 거부반응이 일어나지 않으려면 다양한 의학적 수치가 일치해야 한다. 네덜란드에 있는 '유로트랜스플랜트'라는 공익재단에서 리스트에 이름을 올려놓고 기다리는 환자들 중 수치가 맞는 사람에게 심장을 보내는 식으로 운영되는데, 최근에는 조작된 조건으로 리스트에 이름을 올린 사람들이 있어 구설수에 오르기도 했다. 보덴슈타인도 신문에서 그 같은 내용의 기사를 접했지만 그때는 별 관심이 없었다.

"어, 반장님! 아직 여기 계셨어요?" 피아가 부르는 소리에 그는 정신이 퍼뜩 들었다. "제가 방해했나요?"

"아니야, 들어와. 그리고 문 좀 닫아줘."

이 이상한 사건이 터진 뒤로 피아와 단둘이 얘기할 기회가 없었다. 피아는 의자를 가져와 그의 맞은편에 앉았다.

"그런데 재판관이 왜 하필 콘스탄틴 파버를 골랐을까요? 인터넷에서 《타우누스 에코》 웹사이트에 들어가봤는데 그 기자는 원래 문화 담당이더라고요."

"아마 우연일 거야." 보덴슈타인이 추측했다. "크리스마스와 연말에는 파버가 편집부 책임자거든. 그래서 그 사람 앞으로 편지가 배달된 거야. 그나마 다행이지. 파버는 그래도 협조적인 편이거든. 적어도 가십거리만 쫓아다니는 쓰레기는 아니야."

그들은 잠시 말이 없었다.

"오늘 무슨 일이 날 것 같아요." 피아가 불쑥 말했다. "기분이 영 이상해요."

"나도 그래."

"분위기가 너무 어수선해요. 도대체 조용히 생각할 수 없어요. 걸 핏하면 새 아이디어가 떠올랐네, 새로운 출발점을 잡았네, 행동 패턴이 어떻고 범인 프로필이 어떻고…… 정말 피곤해요."

"나도 그래." 보덴슈타인이 한숨을 푹 쉬었다. "우리 조언자들이 지금은 촉매제 역할을 하는 게 아니라 브레이크를 걸고 있어."

"제가 하고 싶은 말이 바로 그거예요." 피아가 난감한 표정으로 웃었다. "꼭 경찰학교에 다닐 때 같아요. 행동 하나하나에 이유를 대고 왜 그랬는지 다 밝혀야 하잖아요. 쓸데없는 말이 너무 많아요."

"그럼 어쩌지?" 보덴슈타인이 물었다.

"떼어버려요. 나폴레옹 네프도 내 동생도 다 떼어버리자고요. 분석만 하라고 하고 우리가 하는 일을 방해하지 못하게 하는 거예요."

"좋았어."

언론의 관심이 커질수록 정부에서 니콜라 엥엘에게 가하는 압박도 커졌다. 니콜라 엥엘은 그 압박을 그대로 보덴슈타인에게 전달했다. 보덴슈타인이 이렇게 큰 팀을 꾸리고 이끄는 것은 이번이 처음이 아니었다. 지금까지는 느슨하게 풀어줬지만 안드레아스 네프처럼 자의식이 과도한 사람에게는 분명하게 선을 그어줘야 한다. 그렇지 않으면 팀 전체를 혼란에 빠뜨릴 수도 있다. 그리고 피아의 동생 킴도 감정의로서 존중받는 데만 익숙했지 팀플레이어는 아니었다.

"슈타틀러 부자는 어떻게 하고 있지?" 보덴슈타인이 물었다.

"에릭 슈타틀러는 어제 회사에 있다가 저녁 7시쯤 집에 돌아갔고, 오늘 아침 8시 7분에 집에서 나와 조깅을 하러 갔어요." 피아가 대답했다. "디르크 슈타틀러는 신문 가지러 잠깐 나온 뒤로는 죽 집에 있고요."

"그럼, 먼저 에릭, 그다음에 디르크 슈타틀러에게 가자고." 보덴슈타인이 일어서며 말했다. "우리 둘만 가는 거야."

습관에 따라 움직이는 사람은 많다. 예를 들면 빵집 여종업원이 그렇다. 그녀는 자신의 일과에 분 단위까지 시계를 맞춰도 될 만큼 규칙적으로 생활한다. 지난 2주간 그녀를 관찰하면서 뜻밖의 일이 생기거나 일과 중 하나라도 습관에 어긋나는 것을 보지 못했다. 그녀는 매일 아침 5시 45분 집을 나서 에쉬보른에 있는 레베 슈퍼마켓 옆 빵집으로 출근한다. 차는 항상 슈퍼마켓 뒤 주차장에 세워두고 6시부터 낮 1시까지 일한다. 아침식사 시간에 잠깐 쉬는데 그 시간은 조금씩 다르다. 일이 끝나면 슈퍼마켓에서 장을 본다. 장 보는 시간은 15분을 넘기지 않는다. 그리고 차를 타고 슈빌바흐 방향으로 달려 집으로 간다. 집에 가면 대개 남편이 먼저 와 있다. 남편은 늦어도 2시 반이면 다시 집을 나선다. 아마 그때 점심시간이 끝나는 것이리라. 4시가 되면 두 번째 직장, 바트조덴에 있는 네일 스튜디오로 출근한다. 거기서는 주 5일 근무하는데, 6시 30분까지 일한다. 그녀는 아이 없이 남편하고만 산다. 나중에 가질 계획일 것이다. 그녀는 아직 젊으니까.

"어서 오세요!" 그의 차례가 되자 그녀가 환하게 웃으며 인사를 했다. 손은 벌써 빵을 집으러 가고 있었다. "오늘도 똑같은 거죠?"

"아니요, 오늘은 아니에요." 그가 미소를 지었다.

"어머나, 이제 그 빵 맛 없으세요?"

"아직 집에 남아 있어서요. 오늘은 샌드위치로 줘요."

"네, 알겠습니다!" 그녀는 장갑 낀 오른손으로 유리 진열장에서 샐러드와 삶은 달걀이 들어 있는 동그란 치즈 샌드위치를 꺼내 냅킨 한 장과 함께 종이봉투에 넣었다.

"휴가 갈 짐은 다 싸놨어요?" 그가 지나가는 말처럼 물었다.

"아니요, 아직." 그녀가 미소를 지으며 대답했다. "주말에 한가할 때 싸려고요. 2유로 70센트입니다."

그는 5유로짜리 지폐를 내밀었다.

"잔돈은 됐어요. 휴가비에 보태요."

"어머, 고맙습니다!" 그녀의 꾸며낸 쾌활함 위로 진심으로 기뻐하는 표정이 떠올랐다. "연말 잘 보내세요! 또 봐요!"

그래, 또 보게 될 거야.

그는 연말 잘 보내고 휴가도 잘 다녀오라고 말한 뒤 마지막으로 빵집을 나섰다.

*

줄츠바흐의 비젠 가 끝에 위치한 옛 공장 건물 주차장에는 차가 몇 대 없었다. 아스팔트가 갈라지고 여기저기 움푹 팬 마당에는 폐타이어가 쌓여 있었고, 철망으로 된 운반용 컨테이너 안에는 쓰레기봉지가 가득했다. 마당 한구석에는 다 녹슨 선박용 컨테이너가 하나 있었다.

"여기도 20년 전에는 꽤 잘나가는 중소기업이었어." 보덴슈타인이 물 고인 웅덩이를 건너뛰며 말했다. "부사장이 사무실에서 머리에 총을 쏘고 자살한 뒤로 급속도로 나빠지다가 파산했지. 그 뒤로 기업들이 여기 들어오려고 하지 않아."

"그 말을 들으니 이해가 되네요." 피아가 공장 건물을 훑어보며 말했다. "건물에 뭔가 나쁜 기운이 서려 있는 것 같아요. 그런데 우리 맞게 찾아온 거예요?"

피아는 몸을 부르르 떨었다.

"에릭 슈타틀러는 나쁜 기운 같은 것엔 관심이 없나 본데." 보덴슈타인이 턱으로 문 옆에 붙은 명패를 가리켰다. 직사각형 아크릴 판에 'SIS 슈타틀러 인터넷 서비스'라고 새겨져 있었다.

유리로 된 문은 너무 지저분해서 마치 반투명유리 같았다. 아무도 손잡이를 사용하지 않는지 유리문과 문틀에 손자국이 잔뜩 나 있었다. 피아와 보덴슈타인은 현관으로 들어갔다. 낡은 붉은 타일 바닥에 닳아빠진 누런 양탄자가 깔려 있고 꽉 닫힌 문 앞에는 어디서나 볼 수 있는 흔한 글씨체로 사무실, 관리부, 화장실, 제작부라 쓰인 명패가 붙어 있었다. 코팅된 종이 팻말이 SIS로 가는 2층 방향을 가리키고 있었다. 2층에 올라가보니 완전히 딴 세상이었다. 피아는 어리둥절해서 여기저기 둘러보았다.

"오래된 건물에 돈깨나 처발랐네요!" 피아가 감탄했다. "와, 원목 마루까지 깔았어요!"

"비닐이에요." 계단 맞은편 '기록실'에서 서류철 세 권을 품에 안고 나오던 여자가 말했다. "원목 무늬가 들어간 거죠. 가격이 싸진 않지만 훼손이 적고 정전기 방지가 된다는 장점이 있어요. 컴퓨터가 널려 있는 회사에서는 그런 것이 매우 중요하거든요. 그런데 무슨 일로 오셨나요?"

"호프하임 강력반 보덴슈타인 반장입니다." 보덴슈타인이 신분증을 들어 보였다. "슈타틀러 씨를 만나러 왔습니다만."

"죄송하지만 사장님은 지금 안 계세요." 주근깨가 난 예쁘장한 얼굴에 친절한 미소 대신 적대감이 떠올랐다. "언제 다시 오실지도 확실히 말씀드릴 수 없네요. 요즘은 주로 홈오피스에서 일하셔서요."

"그렇게 말씀하시는 분은 누구시죠?" 보덴슈타인이 정중히 물었다.

"영업부 어시스턴트 프랑카 펠만이라고 해요." 그녀가 어깨를 쫙 펴며 말했다. 그러면서 마치 의도하지 않았다는 듯 모양이 잘 잡힌 둥그런 가슴을 쑥 내밀었다. 그리고 눈알을 위로 굴리며 과장되게 한숨을 쉬었다. "어시스턴트이자 경리, 안내, 비서, 그리고 청소부죠. 좋을 대로 부르세요."

그녀의 말에서 씁쓸함이 짙게 묻어났다. 인정받지 못한 자아와 말하고 싶은 욕구가 함께할 때 수사에 얼마나 큰 도움이 되는지 익히 알고 있는 보덴슈타인은 슬쩍 맞장구를 쳐주었다.

"일이 아주 많은 모양이네요. 이제 곧 연말인데……."

"연말결산은 전부 제 차지예요." 그녀가 서류철을 들어 보이며 말했다. "오늘 아침에도 결재 받을 거 있다고 하니까 잠깐 얼굴만 비치고 바로 사라졌어요. 나더러 이 많은 걸 어떻게 다 하라는 건지……."

보덴슈타인이 불만에 가득 찬 어시스턴트의 하소연을 들어주는 동안 피아는 벽에 걸린 사진 액자들을 눈으로 훑었다. 패러글라이딩을 하는 남자, 베이스점핑(빌딩이나 절벽 등 높은 곳에서 낙하산을 타고 뛰어내리는 익스트림 스포츠의 일종_역주)을 하는 남자, 낙하산을 타고 내려오는 모습, 결승선에 1등으로 들어오는 바이애슬론(크로스컨트리 스키와 사격을 조합한 동계 스포츠_역주) 선수의 모습이 보였다.

"그거 다 우리 사장님이에요." 프랑카 펠만이 묻지도 않았는데 말했다. "스릴을 위해서 사는 사람이에요. 완전 미친 짓이죠."

"에릭 슈타틀러 씨가 베이스점핑을 한다고요?" 피아가 놀라서 물었다.

"네, 어디 그뿐인가요? 목숨이 위험한 거라면 뭐든지 해요." 펠만은 마음에 안 든다는 듯 말했지만 자랑스러워하는 말투였다. "왜 아드레 날린 정키라고들 하잖아요. 딱 그거예요. 올림픽에 바이애슬론 선수로 나가서 동메달 딴 적도 있어요. 바이에른에서 군복무할 때요."

"흥미로운데요." 보덴슈타인이 고개를 끄덕였다. "오늘 사장님 만나거나 연락되면 경찰서로 전화하라고 전해주세요."

"무슨 용건이라고 전할까요?" 펠만이 어시스턴트 본연의 자세로 돌아가서 잘 손질된 눈썹을 치키며 물었다.

"전화해보면 알 거라고 하세요." 보덴슈타인이 뭉뚱그려 대답했다. "그럼 수고하십시오."

막 돌아서는데 피아에게 떠오른 것이 있었다.

"참, 펠만 씨! 어디 가면 슈타틀러 씨 여동생을 만날 수 있죠?"

펠만은 의아한 눈빛으로 피아와 보덴슈타인을 번갈아 쳐다보았다.

"헬렌은 죽었어요." 펠만이 답했다. "자살했어요. 벌써 몇 달이나 됐는데. 그 뒤로 사장님이 많이 변했죠."

놀라서 굳어 있던 두 사람 중 먼저 정신을 차린 사람은 피아였다.

"그건 몰랐네요. 감사합니다. 안녕히 계세요."

두 사람은 말없이 계단을 내려가 건물 밖으로 나갔다.

"그 사람들은 왜 헬렌이 죽었다는 말을 안 했을까요?" 주차장으로 가면서 피아가 물었다.

"우리가 물어보지도 않았잖아." 보덴슈타인이 대답했다.

"그래도요." 피아가 걸음을 멈추고 말했다. "자기 어머니가 어떻게 죽었는지 30분 동안이나 얘기했고 헬렌 이름도 여러 번 나왔는데 자살했다는 말을 안 한 건 이상해요."

"흠." 보덴슈타인은 생각하는 표정이었다.

"지금 저랑 똑같은 생각 하세요?" 피아가 물었다.

"우리가 쫓는 놈이 에릭 슈타틀러일 수도 있다는 거?" 보덴슈타인이 말했다.

"네." 피아는 입술을 핥으며 생각에 잠겼다. "위험을 즐기는 익스트림 스포츠광이라……. 군대에 있었고 바이애슬론 선수였다면 총은 당연히 쏠 줄 알겠죠."

"프랑크푸르트로 가서 만나보자고." 보데슈타인이 제안했다. "만약 집에 있다면 말이야."

"제 생각엔 100퍼센트 없어요."

*

카롤리네 알브레히트는 살면서 이런 짓을 한 번도 해본 적 없었다. 그녀는 죄책감에 떨리는 가슴으로 아버지의 서재를 뒤졌다. 약 30년 전 아버지 책상 앞에 앉아 친구와 통화를 하다가 크게 혼난 뒤로 지붕 창, 묵중한 금고, 천장까지 닿는 책장이 있는 아버지의 서재는 그녀에게 제한구역이 되었다. 그 뒤로는 자발적으로 이 방에 들어간 적이 없다. 서재와 관련된 기억은 그 뒤로도 별로 좋지 않았다. 서재에 불려 가면 대개는 고리타분하기 짝이 없는 설교와 훈계를 들어야 했다. 아버지는 밖에 나갈 때면 반드시 서재 문을 잠갔다. 말로는 일하는 사람들이 함부로 들어가지 못하게 하기 위해서라고 했다. 그러나 카롤리네는 여벌 열쇠가 어디에 있는지 어머니에게 들어서 알고 있었다. 문을 열고 들어간 그녀는 잠시 방 한가운데 우두커니 서 있었다. 어디서부터 시작해야 하지? 뭘 찾아야 하지? 그녀는 두려운 마음을 다독이며 휴지통부터 뒤지기 시작했다. 세무조사 하는 사람처럼 바닥부터 천장까지 꼼꼼하게 뒤졌다. 예상했던 대로 책상 근처에서는 별로 비밀스러운 것이 발견되지 않았다. 오래된 컴퓨터의 비밀번호는 그녀에게 극복할 수 없는 장애물로 다가왔다. 전화기의 최근 통화 기록에는 켈크하임 지역번호로 시작되는 번호가 유일하게 남아 있었다. 12월 25일에 건 전화였다. 지난주 목요일 이후로 아버지는 이 전화기로 전화를 하지도, 받지도 않았다. 이상한 일이었다. 카롤리네는 오래된 금고 열쇠가 숨겨져 있는 곳을 알아내느라 거의 30분을 보냈다. 벽에 걸린 액자들을 뒤집어보고 양탄자와 화분 밑도 살폈다. 책장에서 책을 한 권씩 꺼내 뒤적거리다 보니 아버지가 직접 저술해서 지금도 의대생들의 전공서적으로 쓰이는 《흉부외과수술》이란 책에 열쇠가 끼워져 있었다. 죄책감은 씻은 듯 사라졌고, 그녀는 탐정이라도 된 듯 열에 들떴다. 잡생각을 없애고 한 곳에 집중하자 치유되는 느낌마저 들었다. 그녀는 열쇠를 꽂고 돌린 다음 시멘트와 철로 만든 묵직한 금고문을 열어젖혔다. 안에는 부모님의 여권, 어머니의 보석함 여러 개, 아버지가 모은 시계들, 현금, 자동차등록증, 금화, 족보, 보험서류, 집필 중인 원고, 작년 소득세 신고서, 그리고 아버지가 노후 준비로 하나둘씩 사들인 부동산 관련 서류가 든 서류철이 있었다. 그녀가 찾으려고 했던 물건, 즉 부고는 금고에 들어 있지 않았다. 금고문을 닫으려는 순간 금고 속 어딘가에서 나지막하게 전화벨 소리가 들렸다. 카롤리네는 귀를 쫑긋 세우고 소리의 진원지를 찾았다. 그녀는 급히 보석함을 하나씩 열어보았다. 그리고 시계 상자 중 하나에서 이미 벨소리가 멈춘 스마트폰을 찾아냈다. 꽤 최신 모델이고 배터리도 완전히 충전된 상태였다. 왜 아버지는 휴대전화를 금고에 보관하는 걸까? 그리고 왜 이런 최신 모델을 놔두고 오래된 전화기를 사용하는 걸까?

그녀는 손바닥에 놓인 전화기를 잠시 내려다보다가 홈 버튼을 누르고 액정을 손가락으로 건드렸다. 메뉴가 나타났다. 부재중 통화 두 통이 있다는 표시가 떴다. 카롤리네는 입술을 지그시 깨물었다. 통화

기록을 누르면 이 표시는 사라질 것이다. 아버지가 그 사실을 알아챌 정도로 스마트폰에 대해서 잘 아실까? 꺼내놓고 쓰지 않기 때문인지 비밀번호는 설정되어 있지 않았다. 결국 호기심에 지고 만 카롤리네는 통화 기록을 눌러보고 적잖이 놀랐다. 어제 아버지는 전화를 여러 통 했다. 그런데 통화 시간이 각각 한 시간이 넘는 것이 아닌가! 오래된 친구들, 동료와 지인들에게 전화를 한다는 것은 현재 아버지의 상황을 생각할 때 그리 이상한 일이 아니다. 그런데 왜 책상 위에 있는 유선전화를 사용하지 않고 이 전화를 사용했을까? 카롤리네는 고개를 갸웃하지 않을 수 없었다.

*

그는 몇 주 전 에쉬보른 남부 산업단지에서 우연히 그 고층빌딩을 발견했다. 유리, 철, 시멘트로 된 건물들 사이에서 전면에 거대한 광고판을 붙이고 있어서 눈에 띄었다. 게다가 광고판에 조명까지 켜져 있었다. 수련산업단지에서 1킬로미터 정도 떨어진 곳이다. 바람이 없는 날이라면 불가능한 거리는 아니다. 그는 두 번이나 가서 리모델링 중인 그 주상복합건물을 자세히 살폈다. 리모델링을 위해 세워놓은 구조물을 타고 사람들의 눈에 띄지 않고 옥상까지 올라갈 수 있었다. 도중에 만난 사람들은 그를 이상하게 여기지 않았다. 건물 안에 회사가 많아서 종종 낯선 사람과 마주치기 때문일 것이다. 건물에 입주해 있는 312가구 주민들도 그에게 별 관심을 두지 않았다. 몇 달째 리모델링 중이라 구조물 위에 사람이 있어도 전혀 이상한 일이 아니었다. 그는 어떻게 하면 사람들의 눈에 띄지 않고 옥상으로 갈 수 있을지 연구했다. 처음에는 구조물을 타고 기어 올라갔다. 무거운 가방을 메고 옥상까지 올라가는 것은 꽤 힘들었다. 그래서 두 번째 갔을 때는 엘리베이터를 타고 올라갔다. 건물 안에 들어가는 것은 전혀 어렵지 않았다. 이번에도 그는 수많은 초인종들 중 하나를 누르고 "우체국입니다!"라고 외쳤다. 전자음과 함께 문이 열렸다. 문 앞과 엘리베이터로 가는 통로에 감시카메라가 설치되어 있다. 그것을 아는 그는 옷에 달린 모자를 푹 뒤집어쓰고 그 위에 건설 현장에서 쓰는 안전모까지 썼다. 엘리베이터를 타고 24층까지 간 그는 발코니로 통하는 유리문을 열고 나갔다. 그리고 난간에서 훌쩍 뛰어 구조물 위에 올라섰다. 몇 분 지나지 않아 옥상에 도착했고, 고정된 사다리를 타고 더 위로 올라갔다. 위성방송 수신기와 안테나들이 여기저기 설치돼 있는 이곳은 사람들의 눈으로부터 안전했다. 증권거래소 건물에서는 보이겠지만 안전모 쓴 남자가 옥상에 있다고 해서 눈여겨보는 사람은 없을 것이다. 그는 벽을 따라 죽 걸어가서 보일러실과 펜트하우스 사이에 난 틈으로 미끄러져 들어갔다. 외부의 시선으로부터 완전히 차단된 그곳에는 총을 세워두기에 충분한 공간이 있었고, '만 모빌리아' 가구점 건물만 제외하면 장애물 없이 레베 슈퍼마켓이 훤히 내려다보였다. 이제까지 이렇게 사람이 많은 곳을 목표로 한 적은 없었다. 분명 장관이 연출될 것이다. 옥상은 무척 추웠지만 내복과 오리털 재킷을 단단히 챙겨입었기 때문에 괜찮았다. 그는 조심스레 총을 조립한 다음 탄환을 넣고 자세를 잡았다. 그리고 위장하기 위해 회색 담요를 자신의 몸과 총신 위로 뒤집어썼다. 이제 우주 공간에 떠 있는 위성으로도 그를 찾아내지 못할 것이다. 그는 망원조준경을 들여다보며 초점을 맞췄다. '만 모빌리아' 건물에 꽂혀 있는 깃발이 축 늘어져 있었다. 바람 한 점 없는 날씨. 기상 조건은 완벽했다. 조준경을 통해 사람들, 자동차, 슈퍼마켓 앞에 세워놓은 세일 광고판을 관찰했다.

광학 렌즈의 성능이 좋아서 자동차 번호판에 그려진 등록 인장까지 알아볼 수 있었다. 그녀의 자동차는 주차장에 있었다. 모든 준비가 끝났다. 그는 손목시계를 보았다. 11시 44분. 건물 앞에서 여기까지 오는 데 11분 걸렸다. 이제 여기서 1시간 25분을 기다리면 된다. 그는 매우 끈기 있는 사람이었다. 기다림은 전혀 문제되지 않았다.

*

프랑크푸르트 노르트엔트에 있는 에릭 슈타틀러의 집에는 아무도 없었다. 전화를 해도 받지 않았다.

"괜히 헛걸음했네." 피아가 구시렁거렸다. "홈오피스는 무슨! 지금 어디서 무슨 짓을 하고 있는지 알게 뭐람?"

차를 세워놓은 곳까지 가려면 조금 걸어야 했다. 노르트엔트의 주차 상황은 언제나처럼 재난 수준이었다. 특히 저녁과 주말, 그리고 크리스마스 연휴에는 더욱 심했다.

"디르크 슈타틀러가 프랑크푸르트 시청에 근무한다고 하지 않았던가?" 보덴슈타인이 조수석에 앉으며 말했다.

"네, 하지만 지금 거기 전화해봐야 아무도 안 받을걸요." 피아가 대꾸했다. "그러지 말고 펠만 부인에게 전화해보세요. 반장님을 마음에 들어 하는 눈치던데."

"왜 내가 그 여자 마음에 들었다고 생각하는 거야?" 보덴슈타인이 생뚱맞다는 표정으로 물었다.

다른 남자가 그렇게 물었다면 칭찬을 바라는 것이려니 생각했겠지만 보덴슈타인의 경우는 달랐다. 보덴슈타인은 여자에 관한 한 영 눈치가 없었다. 누가 봐도 분명한 신호도 읽지 못했다. 그것 때문에 곤경에 빠진 적도 많다. 결혼생활이 파탄 난 데도 그런 점이 어느 정도는 작용했을 것이다. 여자들의 교묘한 술수와 책략 앞에서 그는 손도 쓰지 못했다. 어쩌면 그래서 잉카 한젠 같은 무미건조한 여자와 잘 지내는 건지도 모른다. 물론 둘은 개인사에 대해서는 서로 거의 말을 하지 않았다. 피아는 그가 과연 잉카 한젠과 행복한지, 왜 그런 무뚝뚝하고 멋대가리 없는 수의사를 좋아하는지 알 수 없었다.

"반장님에게 가슴을 디밀었잖아요. 그건 100퍼센트 유혹하는 거라고요. 그리고 그 여자 눈 뒤집어까는 거 못 보셨어요?" 피아는 과장된 표정으로 눈 깜박이는 흉내를 냈다. "그리고 제가 볼 때 그 여자는 에릭 슈타틀러에게 완전히 빠져 있어요. 물론 돌아오는 감정은 없는 것 같지만요."

"3분 동안 참 많이도 알아냈네." 보덴슈타인은 혀를 끌끌 차며 돋보기를 꺼냈다. 그리고 안경을 쓴 다음 에릭 슈타틀러의 명함에 적힌 번호를 스마트폰에 입력했다. 피아의 말이 틀리지 않았는지 프랑카 펠만은 기꺼이 정보를 내놓았다. 보덴슈타인은 그녀가 알려준 번호로 전화를 걸었다.

"네, 슈타틀러입니다." 잠시 후 스피커에서 디르크 슈타틀러의 목소리가 흘러나왔다.

"호프하임 강력반의 보덴슈타인입니다. 슈타틀러 씨, 지금 어디 계십니까?"

"프랑크푸르트 하우프트 공동묘지에 있습니다만." 디르크 슈타틀러가 놀란 목소리로 말했다.

"따님 무덤을 찾아가셨나요?" 보덴슈타인이 물었다.

잠시 침묵이 흘렀다.

"아니요." 그가 갑자기 목 메인 소리로 말했다. "헬렌은 켈크하임 묘지에 있습니다. 여긴 업무 때문에 왔습니다. 비석의 견고성을 조사하는 중입니다."

"왜 따님이 자살했다는 말을 하지 않았습니까?" 보덴슈타인이 물었다.

다시 잠깐의 침묵이 있었다.

"그 일이 사건과 상관있다고 생각하지 않았습니다." 그는 헛기침을 한 뒤 말을 이었다. "키르스텐이 죽은 뒤 우리 부녀는 어려운 시기를 함께 보냈습니다. 매우 가까운 사이였죠."

빤한 거짓말을 들이대리라 예상했던 보덴슈타인은 그의 솔직함에 당황했다.

"제가 너무 직설적으로 말한 것 같군요. 죄송합니다." 보덴슈타인이 훨씬 부드러워진 말투로 말했다. "어제 따님 일에 대해서 한마디도 하지 않은 것 때문에 화가 났었습니다."

이것이 바로 피아가 보덴슈타인을 존경하는 이유 중 하나였다. 그는 실수를 하면 인정할 줄 아는 대범함을 가졌다.

"네, 경찰도 압박을 많이 받겠죠." 디르크 슈타틀러도 부드럽게 나왔다. "이해합니다."

"여쭤볼 것이 있어서 다시 한 번 만나야 할 것 같습니다."

"네, 그러시죠. 4시쯤 일이 끝납니다."

"그럼 4시 반에 댁으로 찾아가겠습니다."

보덴슈타인은 전화를 끊었다.

"이 말을 믿어야 해, 말아야 해?" 피아에게라기보다는 보덴슈타인 자신에게 묻는 말이었다.

"딸의 죽음을 숨길 이유가 따로 있을까요?" 피아가 말했다.

"내가 궁금한 게 바로 그거야." 보덴슈타인은 머리를 시트에 기대고 눈을 감은 채 깊은 생각에 잠겼다.

*

주차장을 세 번이나 돌고도 빈자리를 찾지 못한 셀리나 호프만은 다급함에 욕설이 튀어나왔다. 시계는 어느새 1시 1분을 가리키고 있었다. 빨리 주차할 곳을 찾지 못하면 교대 시간에 늦을 것이다. 위르멧도 놓칠 것이다! 그녀는 2주 전 위르멧에게 빌린 50유로를 새해가 되기 전에 꼭 갚고 싶었다. 셀리나는 그다지 규칙을 중요하게 여기는 사람이 아니지만 미신은 믿었다. 그녀는 빌린 돈을 갚지 않고 새해를 맞으면 불운이 따르고 더 많은 빚을 지게 된다는 할머니의 말을 들으며 자랐다.

"드디어 하나 나왔네." 바로 앞에서 오펠이 후진하는 것을 보고 셀리나가 중얼거렸다. 운전석에 앉은 할아버지는 혼자 열심히 운전대를 돌리고 있었고, 도로를 봐줘야 할 할머니는 멍하니 서 있었다. 젠장, 시간이 좀 걸리겠군!

오늘은 정말 재수 옴 붙은 날이다. 아침에 늦잠을 잤는데 출근하려고 보니 차에 기름이 떨어지고 없었다. 주유소까지는 갈 수 있었지만 기름을 다 넣고 나니 지갑을 집에 두고 온 것이 생각났다. 다행히 주유소에서 일하는 젊은 직원과 안면이 있어서 돈을 빌릴 수 있었다. 지갑을 가지러 집으로 간 그녀는 엘리베이터가 고장 나서 숨을 헐떡거리며 8층까지 걸어 올라가야 했다. 오늘이 그녀에게 행운의 날이 아닌 건 분명했다.

할아버지는 드디어 차를 빼는 데 성공했다. 할머니가 굼뜬 동작으로 조수석에 올라탔고, 셀리나는 그제야 주차를 할 수 있었다. 그녀는 주차장을 가로질러 뛰기 시작했다. 멀리 빵집 앞에 늘어선 줄이 보였다. 오늘 당번은 아수노비치 아줌마다. 에이, 하필이면! 아줌마는 그녀가 늦게 왔다고 사장에게 일러바칠 것이다. 그녀는 줄 선 손님들 사이를 헤치고 앞으로 나가 판매대 뒤에 있는 문을 열고 휴게실 겸 창고로 쓰이는 방으로 들어갔다.

"위르멧 갔어요?" 그녀가 재킷과 가방을 의자에 던져놓고 앞치마를 두르며 숨찬 목소리로 물었다.

"오늘도 지각이네." 오븐에서 프레첼 판을 꺼내던 아수노비치 아줌마가 말했다. "당연히 갔지. 벌써 1시 5분인데!"

"젠장. 주차할 곳을 못 찾아서요." 셀리나는 나이 든 동료를 제치고 밖으로 나갔다.

"드디어 오셨네!" 낮 당번 동료인 외즐렘 역시 반기는 말투는 아니었다. "지금 손님들 밀리고 난리도 아니야."

"위르멧이 슈퍼마켓에서 나가는 거 보면 말해줘." 셀리나가 말했다. "50유로 갚아야 하거든. 말해주면 이따 저녁청소는 내가 할게."

"알았어." 외즐렘은 고개를 끄덕이고 다음 손님을 맞았다.

*

그녀는 14분 전 빵집을 나와 슈퍼마켓으로 들어갔다. 그는 참을성 있게 기다렸다. 슈퍼마켓은 언제나처럼 사람들로 붐볐다. 연말 연휴라 근처 빌딩의 회사원들이 나오지 않았는데도 그랬다. 주차장은 꽉 찼고 사람들은 바쁘게 움직였다. 장을 보러 들어가는 사람, 장을 보고 나오는 사람, 급히 뛰어가는 사람, 느릿느릿 걸어가는 사람. 여기서는 모두 개미처럼 작아 보였다. 바람은 여전히 잠잠했다. 하지만 그가 있는 위쪽에는 가볍게 바람이 불고 있었다. 물론 그는 그것도 계산에 넣었다. 아무리 정확도가 뛰어난 장비라 하더라도 이렇게 먼 거리에서는 탄도에 오차가 발생할 수밖에 없다. 그래서 이번에는 소음기를 사용하지 않을 작정이다. 소음기는 탄환의 속도를 줄이기 때문이다. 가까운 거리에서는 거의 차이가 없지만 600미터부터는 그 어떤 것도 속도에 영향을 끼쳐서는 안 된다. 그는 호흡을 가다듬으며 슈퍼마켓 출구에 집중했다. 그때 그녀가 나왔다! 그녀는 장바구니를 팔에 걸치고 옷가게와 신발가게를 지나 빠른 걸음으로 차를 세워놓은 주차장 쪽으로 걸어갔다. 그는 천천히 심호흡을 했다. 망원조준경 안으로 그녀의 머리가 들어왔다. 그는 손가락을 구부렸다. 잠깐! 빌어먹을. 그녀가 걸음을 멈추더니 돌아섰다. 누군가 뒤에서 그녀를 부른 것 같았다. 어쩔 수 없다. 대상이 이렇게 정확하게 과녁 안에 들어오는 일도 드물다. 그는 방아쇠를 당겼다. 탕 하고 총성이 울리며 쇄골에 강한 반동이 느껴졌다.

*

카롤리네 알브레히트는 자기 집 부엌 식탁에 앉아 노트북을 펴놓고 파워포인트 화면을 들여다보았다. 그녀가 이제까지 모은 정보는 보잘것없지만 세 번째 피해자가 누군지는 알아냈다. 신문에는 이름과 성의 이니셜만 나와 있었지만 아버지의 비밀 전화기에서 찾아낸 메시지와 조합해보니 누군지 알 것 같았다. 문제는 레나테 롤레더, 아버지, 프리드리히 게르케가 어떤 관계인가 하는 것이었다. 그녀도 프리드리히 게르케를 본 적이 있었다. 부모님의 지인 중 하나로 그리 가까운 사이는 아니다. 지금 아마 여든 살쯤 되었을 것이다.

"막시밀리안이 총에 맞았어." 아버지의 음성사서함에 게르케의 떨리는 목소리가 녹음되어 있었다. "연락 바라네."

더 이상의 말은 없었다. 게르케와 아버지의 관계는 생각보다 가까운 것 같았다. 적어도 그녀는 모르는 아버지의 비밀 전화번호를 알고 있지 않은가?

카롤리네는 레나테 롤레더에게 전화를 걸어 헬렌 슈타틀러와 동행했던 남자가 타고 온 차에 그려져 있던 회사 로고가 어느 신문 광고에 있었냐며 그 광고를 읽어달라고 했다. 그리고 구글에서 호프하임 하르티히 금은방을 검색했다. 금은방의 주인은 옌스 하르티히라는 남자로, 공방이 딸린 가게는 호프하임 하우프트 가에 있었다. 홈페이지에는 그가 직접 만든 금세공품 사진 몇 개와 영업시간, 사업자등록번호가 올라와 있을 뿐 별다른 정보는 없었다. 하다못해 사장이 일하는 모습을 찍은 사진 한 장, 경력 한 줄 없었다. 과연 이 옌스 하르티히라는 사람은 슈타틀러의 딸과 무슨 관계일까? 그 두 사람이 연쇄살인 사건의 배후일까?

카롤리네는 뒷목을 문지르며 아침 겸 점심으로 살라미 샌드위치를 베어물었다. 뭔가 맞지 않았다. 그게 뭔지 알아내기에는 가진 정보가 너무 부족했다. 그녀는 노트북을 닫고 아버지의 휴대전화 주소록에서 옮겨 적은 연락처들을 죽 훑어보았다. 아버지의 비밀 휴대전화는 다시 시계 상자 안에 넣었고, 금고 열쇠는 금고를 잠근 다음 도로 책 속에 끼워두었다. 그러나 서재 열쇠는 서재 문을 잠근 후 자기 주머니에 넣었다. 만약의 경우를 생각해서였다. 느른한 슬픔의 늪에 빠져 있던 그녀는 그때쯤 불안하고 조급한 상태가 되었다. 구석구석 어머니의 기억이 남아 있는 집에서 더 이상 견디기 힘들어 밖으로 나와 차에 탄 뒤 그레타에게 전화를 걸었다. 다행히 그레타의 상태는 조금 더 나아진 것 같았다. 눈물도 흘리지 않았다. 사촌 다나와 함께 마구간에 갔었다며 자기 말을 갖고 싶다고 했다. 카르스텐의 가족은 매년 오스트리아로 스키 여행을 가는데 그 여행이 무척 기대된다고도 했다.

샌드위치를 씹으며 주소록을 훑던 카롤리네는 전혀 누군지 알 수 없는 이름 앞에서 다시 멈췄다. 프랑크푸르트 지역번호를 쓰는 페터 리겔호프라는 사람인데, 전화번호가 무척 길었다. 인터넷 전화번호부를 뒤져봐도 나오지 않는 것으로 보아 내선번호인 것 같았다. 아버지는 최근 이 리겔호프라는 사람과 여러 번 통화했다. 카롤리네는 인터넷에서 리겔호프라는 이름을 검색했다. 프랑크푸르트에는 이 이름을 가진 사람이 여럿 있었다. 유기농 와인 수입업자, 광고업체 사장, 치과 의사, 변호사. 그중 누가 아버지와 통화한 사람인지 알아내려면 모두에게 전화를 걸어봐야 할 것이다. 아버지의 뒷조사를 하는 것이 썩 내키지 않았지만 달리 선택의 여지가 없었다. 이렇게 만든 사람은 결국 아버지 자신이다.

*

"위르멧! 잠깐만!" 빵집 옆문에서 뛰쳐나온 셀리나는 위르멧에게 달려갔다. 위르멧은 걸음을 멈추고 뒤를 돌아보며 미소를 지었다. "새해가 되기 전에 빚을 갚아야지." 셀리나가 씩 웃으며 앞치마 주머니에 넣어둔 50유로짜리 지폐를 꺼내 흔들었다. 그녀가 지폐를 내민 순간 위르멧의 머리가 폭발했다. 그냥 갑자기 머리가 팡 터지면서 피와 뇌수가 섞인 분홍색 덩어리가 분수처럼 공중으로 솟구쳤다. 동시에 탕 하는 소리가 나더니 옆에 있던 쇼윈도가 지진이라도 난 듯 흔들렸다. 시간이 멈춘 것 같았다. 셀리나는 소리를 지르려고 했지만 입만 벌어질 뿐 목구멍에서는 아무 소리도 나오지 않았다. 그녀는 그렇게 믿기지 않는다는 표정으로 위르멧이 푹 고꾸라지는 모습을 지켜보았다. 1미터도 떨어지지 않은 거리였다. 위르멧의 몸뚱이는 마치 푸딩으로 만든 인형처럼 소리 없이 주저앉았다. 팔에서 장바구니가 미끄러졌고 장 본 물건들이 바닥으로 쏟아졌다. 셀리나는 여전히 손에 지폐를 든 채 순식간에 머리가 없어져버린 동료를 멍하니 내려다보았다. 주변은 아수라장이 되었다. 사람들은 비명을 질렀고 아이와 함께 있던 부모들은 아이를 감싸며 바닥에 엎드렸다. 어떤 사람들은 정신없이 도망쳤고, 주차된 차 뒤로 숨는 사람도 있었다. 셀리나는 자동차들이 서로 부딪치는 것도, 도망치는 사람들이 뒤엉켜 쓰러지는 것도 눈에 보이지 않았다. 그저 한때 위르멧의 머리였던 핏덩어리를 망연자실해서 바라볼 뿐이었다. 그리고 다음 순간 발작과도 같은 날카로운 비명 소리가 공기를 찢었다.

"거기 서 있지 마요!" 누군가 그녀의 팔을 붙잡았다. 그녀는 눈앞의 끔찍한 광경에서 눈을 떼지 못한 채 자신을 붙잡는 억센 팔을 뿌리쳤다. 남자가 그녀의 뺨을 때리자 그제야 제정신으로 돌아온 그녀는 큰 충격에 몸이 휘청거렸다.

"거기 서 있지 마요!" 남자가 소리쳤다. "이리 오라고요!"

목이 찢어질 듯 아팠다. 비명을 지른 사람은 다름 아닌 그녀 자신이었다! 무슨 일이 있었던 거지?

"위…… 위르멧은 어디 있어요?" 그녀가 혼란스러운 듯 물었다. "50유로를 갚아야 하는데!"

그녀는 무릎에 힘이 빠지는 것을 느끼며 비틀거렸다. 그리고 갑자기 눈앞이 시커멓게 변했다.

*

비상연락이 온 것은 그들이 막 A66고속도로에서 호프하임 진출로로 나왔을 때였다.

"어딘지 정확하게 말해봐." 보덴슈타인이 말했다.

"에쉬보른 수련산업단지입니다." 상황실 직원의 목소리가 무전을 통해 들려왔다. 피아의 반응 속도는 매우 빨랐다. 그녀는 왼쪽 방향등을 넣고 U턴한 다음 속도를 높였다. 잠시 후 그들은 반대 차선 위를 달리고 있었다. 보덴슈타인은 더 상세한 정보를 요청했다.

"부녀자 한 명이 슈퍼마켓 앞에서 총에 맞아 사망했습니다. 그 이상은 저도 모릅니다. 산업단지 전체가 폐쇄되었고 상공에는 헬기가 떠 있습니다."

"신고 들어온 게 언제지?" 보덴슈타인이 물었다.

"13시 37분입니다."

3분 전. 그보다 더 빠를 순 없다. 그러나 보덴슈타인은 이미 늦었다는 예감을 떨칠 수 없었다. 범인은 이미 도망쳤을 것이다. 만약 아직 현장에 있다 해도 군중 속으로 숨어들었을 것이다.

수련산업단지는 그가 잘 아는 곳이다. 큰 슈퍼마켓과 가구점이 여러 개 있고 패스트푸드 식당 두 개, 그리고 회사와 가게들이 많은 곳이다. 근처에는 A66고속도로와 L3005국도가 지나가고 타우누스와 A5고속도로로 통하는 길도 있다. 그뿐인가, 산책로와 자전거도로, 슈발바흐로 통하는 들길도 있어서 최적의 도주 조건을 갖췄다고 할 수 있다. 그러나 뭐니 뭐니 해도 가장 완벽한 위장은 군중 속으로 숨는 것이다. 연말에 금요일, 게다가 사람이 많이 모이는 곳이다. 그보다 더 좋은 조건이 있겠는가?

"스나이퍼 짓일까요?" 피아는 도로를 살피다가 오른쪽 차선에서 달리던 차를 엄청난 속도로 추월했다. 추월당한 운전자는 화가 나서 크게 경적을 울렸지만 피아는 본 척도 하지 않았다.

"이번엔 확실해." 보덴슈타인이 비장한 얼굴로 고개를 끄덕였다.

"지난주에 마인타우누스 센터에서 벌어진 상황과 비슷하지 않아요?" 피아의 말에는 이번에도 가짜 알람이기를 바라는 실낱같은 희망이 들어 있었다. 하지만 보덴슈타인은 가장 나쁜 상황을 대비하고 있었다.

"아니야. 그때는 총소리만 났지 누가 죽었다고는 하지 않았어. 그놈 짓이 확실해. 그 나쁜 자식이 다시 움직인 거라고. 그것도 최적의 장소와 시간대를 골라서."

백주대낮에 사람을 죽이고 연기처럼 사라지는 냉혈한의 총에 희생된 사람은 또 누굴까? 얼마나 미친놈이기에 복수하려는 대상이 아닌 죄 없는 가족을 해친단 말인가? 도대체 뭐에 대한 복수를 하려는 걸까? 범인의 목적은 뭘까? 왜 이런 미친 짓을 한단 말인가? 그리고 어째서 열흘이 지난 지금도 수사가 단 한 발짝도 앞으로 나아가지 못하는 걸까? 정부, 언론, 여론의 압박이 커져가는 가운데 아무 성과도 내지 못하고 속수무책으로 일이 터지기만을 기다려야 하는 상황은 실로 견디기 힘든 시련이다. 이런 조건에서는 아무리 경륜 있는 수사관이라고 해도 차분하게 일을 처리하기가 힘들다. 뭐라도 해야 한다는 생각에 섣불리 잘못된 결정을 내리기 쉽기 때문이다.

피아는 고속도로에서 나가자마자 급하게 브레이크를 밟았다. 고속도로 밑에서부터 길이 꽉 막혀 있었다.

"경광등을 붙여야겠는데요." 피아가 말했다. "이래서는 도저히 뚫고 나갈 수 없겠어요."

보덴슈타인은 조수석 뒤에서 경광등을 꺼내 차창을 열고 차 지붕 위에 붙였다.

"저 앞에서부터 완전히 막혔어요." 피아가 말했다. "이번에는 잡을 수 있을지도 몰라요."

도로 위에 가로로 서 있는 경찰차들 때문에 산업단지의 주 도로 역할을 하는 조센하임 가 전체가 완전히 차단된 상태였다. 순경 한 명이 피아와 보덴슈타인을 위해 차를 빼주었다. 피아가 창문을 내리고 물었다.

"어디로 가야 하죠?"

"신호등에서 왼쪽으로 돌아서 쭉 가세요. 가다 보면 KFC가 나옵니다. 거기서 왼쪽에 있는 주차장입니다!" 저공비행 중인 헬리콥터의 소음 때문에 순경은 있는 대로 소리를 질렀다.

"고마워요." 피아는 가속 페달을 밟았지만 몇 미터 못 가서 다시 멈춰야 했다. 수백 명의 사람이 산업단지에서 빠져나가려고 한곳으로 몰리고 있었다. 대부분 차로 이동하고 있었지만 걸어서 몸을 피하는 사람도 많았다.

피아는 차를 오른쪽으로 틀어 살짝 인도로 올라간 다음 근처의 가구점 주차장으로 들어갔다.

"여기서부터는 걸어가는 게 좋겠어요." 피아가 안전벨트를 풀며 말했다. "이대로 있다가는 밤새겠어요."

보덴슈타인은 알았다는 듯 고개를 끄덕였다. 차에서 내린 두 사람은 꽉 막힌 도로를 건넜다. L3005국도 진입로도 차단된 상태였다. 통제선을 지키는 경찰관들은 방탄조끼를 입고 총을 든 채 지나는 차들을 일일이 세워 검문하고 있었다.

"이렇게 막는다고 소용 있을까요?" 잠시 후 기동대장을 만난 보덴슈타인이 한탄하듯 말했다. "놈은 이미 달아났을 겁니다."

레베 슈퍼마켓 앞에 있는 큰 주차장은 거의 비어 있는 상태로, 사방에 경찰통제선이 쳐 있었다. 구조대원들이 쇼크를 받은 사람들과 유리 파편에 맞아 부상당한 사람들을 돌보고 있었다. 구름 낀 회색 하늘에는 경찰 헬리콥터가 맴돌고 있었고, 여기저기서 경광등이 번뜩였다.

피해자에게는 어떤 구조의 손길도 이미 늦은 상태였다. 총알은 그녀의 머리를 관통한 후 그녀 뒤에 있던 신발가게 쇼윈도를 깨뜨렸다. 잉게보르크 롤레더, 마가레테 루돌프, 막시밀리안 게르케와 마찬가지로 몸이 바닥에 닿기도 전에 이미 숨이 끊어졌다. 미치광이 한 사람 때문에 젊디젊은 여자가 순식간에 목숨을 잃은 것이다.

"피해자의 신원은 확인됐나요?" 피아는 제일 먼저 현장에 도착한 여자 경찰에게 물었다.

"저기 빵집 종업원인데 퇴근하고 주차장으로 가는 길이었대요." 여자 경찰이 대답했다. "함께 일하는 친구가 총에 맞을 때 옆에 있었는데 지금 쇼크 상태라 응급처치 중입니다."

그녀는 피해자의 손가방을 피아에게 내밀었다. 유명 브랜드의 모조품으로 지갑, 휴대전화, 열쇠 꾸러미, 그 외에 잡다한 물건이 들어 있었다. 피아는 고맙다고 말하고 주머니에서 라텍스 장갑을 꺼내 꼈다. 지갑 속에는 신분증이 들어 있었다.

"위르멧 슈바르처." 피아가 신분증에 적힌 이름을 읽었다. "얼굴도 예쁘네. 28세. 주소지 슈발바흐."

"이유가 뭘까?" 보덴슈타인이 혼잣말처럼 물었다. "스물여덟 살짜리 빵집 종업원을 왜 죽였을까?"

"만약 스나이퍼 짓이라면 곧 알게 되겠죠." 피아가 대꾸했다. "범행이 점점 대담해지는데요."

"관심을 원하는 거겠지." 보덴슈타인이 추측했다. "놈은 살인을 즐기는 게 아냐. 배후에 분명 뭔가 있어."

"분명한 건 범인이 냉철한 계획에 따라 움직이고 있고 우리를 바보 취급한다는 거예요." 피아가 말했다.

보덴슈타인은 주위를 둘러보았다. 이번에는 어디서 쏘았을까? 비스듬히 길 건너편에 공사 중인 건물이 보였다. 저기 옥상에 엎드려 매복하고 있었을까? 어떻게 하면 저 위로 올라갈 수 있지? 혹시 가구점 주차장에 있는 감시카메라에 범인이 찍히진 않았을까?

보덴슈타인은 지금까지 형사 생활을 하면서 이렇게 무력감을 느낀 적이 없었다. 마치 보물이 든 궤짝을 앞에 놓고 어떻게 열어야 할지 몰라 헤매는 기분이었다.

*

카롤리네 알브레히트는 쾨니히슈타인에 위치한 《타우누스 에코》 편집실에서 나와 림부르크 가로 갔다. 다른 때 같으면 연말이라 사람들로 발 디딜 틈이 없었을 텐데 문 닫은 가게가 많았다. 세 발의 총알이 가져온 결과다. 어쨌든 신문사에서 알려준 식당은 영업 중이었다. 문을 열고 바람막이용 커튼을 젖혀보니 우중충한 조명 아래 남자 몇이 바에 앉아 커피를 마시고 있었다. 인터넷에서 본 콘스탄틴 파버의 얼굴은 그중에 없었다. 그녀는 물어보지 않고 기다릴 작정이었다. 신문사 여직원의 말로는 콘스탄틴 파버가 거의 매일 이 식당에 들른다고 했다. 그녀는 커피를 주문하고 바에 앉은 남자들의 호기심 가득한 시선을 받으며 탁자에 앉았다. 탁자는 몇 개 되지 않았다. 그녀가 막

돈을 내고 나가려는데 커튼이 열리고 차디찬 칼바람이 들어왔다. 카롤리네는 그를 바로 알아보았다. 인터넷에서 본 것보다 뚱뚱하고 머리숱이 적었지만 그가 확실했다.

"크리스마스는 잘 보냈나?" 콘스탄틴 파버가 남자들에게 인사를 건네며 바에 앉았다.

"지금 그걸 말이라고 해?" 남자 한 명이 나무라듯 말했다. "크리스마스 전에 이렇게 매상이 안 오른 건 처음이야."

"우리도 그래." 다른 남자가 맞장구를 쳤다. "1년 내내 크리스마스 대목만 기다렸는데 그놈의 스나이퍼인지 뭔지가 다 망쳤다고."

다른 두 명도 처참한 표정으로 고개를 주억거렸다. 주문이 전부 취소됐네, 직원들이 아프다는 핑계로 나오지 않았네 하는 것을 보니 식당 주인들인 것 같았다. 카롤리네는 스마트폰을 들여다보는 척하면서 그들의 대화에 귀를 기울였다.

"지금이 대목인데 다들 인터넷으로 선물을 주문하면 어쩌자는 거야?" 두 번째 남자가 하소연했다. "다음 달에 직원을 두 명 내보내야겠어. 그렇게라도 하지 않으면 도저히 못 버틸 것 같아."

"우린 이 광풍이 지나갈 때까지 좀 쉬려고." 식당 주인 중 한 명이 말했다. "내일 이탈리아로 떠나기로 했어. 일주일 일찍 가나 늦게 가나 그게 그거지, 뭐."

누군가가 말하길 전날부터 버스와 기차가 운행하지 않고 있으며, 프랑크푸르트에서는 전철이 멈췄고, 택시 기사들도 집에서 나오지 않는다고 했다.

"그 미친놈 빨리 잡아야지, 원!" 주인이 콘스탄틴 파버에게 커피를 건네며 말했다. "이러다가 타우누스 상권이 다 죽겠어."

"우리도 곤란한 게 한두 가지가 아니야." 콘스탄틴 파버가 거들었다. 신문배달부들이 아프다고 핑계를 대며 나오지 않아서 신문을 못 받은 구독자들에게서 항의 전화가 빗발친다는 것이었다. 그렇다고 배달부들을 탓할 수도 없는 노릇이었다.

남자들은 경찰이 무엇을 해야 한다느니 어떻게 해야 한다느니 하며 토론을 이어갔다. 카롤리네는 도시에 만연한 공포는 과대포장된 것이라는 말이 목구멍까지 치밀었다. 자칭 재판관은 신문배달부나 버스운전사 등 눈에 띄는 사람들에게 마구잡이로 총을 쏘는 게 아니다. 그런 관점에서 생각해본 적은 없지만 지역의 자영업자들이 재판관 때문에 생활고를 겪는 것은 사실인 것 같았다. 카롤리네는 자리에서 일어나 그들에게 다가갔다.

"실례지만 《타우누스 에코》의 콘스탄틴 파버 씨인가요?" 그녀가 파버에게 물었다.

"그러는 댁은 누구요?" 그의 얼굴에 적대감이 떠올랐다. "경찰?"

"아니에요. 신문사에 갔더니 여기 계실 거라고 하더군요. 할 얘기가 있는데 자리를 좀 옮길 수 있을까요?"

"어이, 자네 납치당하게 생겼는데!" 남자들 중 한 명이 농담을 하자 다른 남자들이 와르르 웃었다. 그러나 파버는 그들에게 신경 쓰지 않았다. 그의 얼굴에서 적대감이 사라졌다.

"그럽시다." 파버는 바에서 일어나며 재킷을 집어들었다. "달아둬, 빌리."

"알았어." 주인이 말했다.

카롤리네 알브레히트는 커피 값을 계산하고 파버를 따라 밖으로 나갔다.

피아는 여러 사람 앞에서 일하는 것에 익숙하지 않았다. 보통은 집이나 숲속, 잘 보이지 않는 곳에서 시체가 발견되고 수사는 한두 명의 목격자, 그리고 최초 발견자와 얘기를 나누는 식으로 진행된다. 그런데 이번에는 위르멧 슈바르처가 총에 맞는 것을 목격한 사람이 수도 없이 많았다. 총을 사용하는 일이 드물고 실생활에서 총을 보기 힘든 나라라 목격자들의 충격은 더욱 컸다. 그중에서도 특히 심하게 트라우마를 겪고 있는 사람은 가족과 함께 쇼핑을 나온 여덟 살짜리 소년이었다. 신발가게 안에서 누나가 신발을 신어보는 동안 지루해서 창밖을 쳐다보고 있다가 바로 눈앞에서 그 끔찍한 광경을 목격한 것이다. 그나마 천만다행인 것은 유리창을 깨고 들어온 총알이 아이 바로 옆으로 날아가 진열대에 박혔다는 것이다.

아이는 구급차에서 의사의 처치를 받고 있었다. 보덴슈타인이 아이의 부모와 대화를 나누는 동안 피아는 피해자 바로 앞에 서 있었다는 여자를 만났다.

"질문 좀 해도 될까요?" 피아가 구급의사에게 물었다.

"한번 해보세요." 구급의사가 대답했다. "충격을 크게 받은 모양입니다. 우리도 말을 걸어봤는데 아무 말도 안 합니다."

20대 초반에 금발인 셀리나 호프만은 구급차 발판에 걸터앉아 멍하니 땅만 쳐다보고 있었다. 앞치마를 입은 채였고 누가 덮어주었는지 어깨에는 비상용 담요가 걸쳐 있었다. 피아는 그녀의 얼굴에 주근깨가 있다고 생각했는데, 자세히 보니 얼굴, 머리, 앞치마, 손 등 여기저기에 피가 튄 것이었다.

"호프하임 강력반에서 나온 피아 키르히호프입니다." 피아가 말을 걸었다. "잠깐 옆에 앉아도 될까요?"

셀리나 호프만은 멍한 표정으로 피아를 올려다보다가 어깨를 으쓱했다. 그녀는 얼굴이 하얗게 질린 채 몸을 덜덜 떨고 있었다. 충격은 차츰 사라지겠지만 그녀는 오늘 있었던 일을 절대 잊지 못할 것이다. 피아는 그녀 옆에 앉았다.

"위…… 위르멧이 휴가 가기 전에 50유로를 갚으려고 했어요." 셀리나는 꼬깃꼬깃해진 지폐를 피아 앞에 내밀었다. 그녀의 눈에서 눈물이 또르르 흘러내렸다. "크리스마스 며칠 전에 빌렸는데 오늘 꼭…… 갚으려고…… 돈을 안 갚고 새해를 맞으면 운이 나쁘다고 해서……."

"위르멧과 동료죠?" 피아가 물었다.

"네, 위르멧과…… 같은 빵집에서 일했어요." 셀리나는 손에 튄 핏자국을 내려다보았다. "위르멧은 주로 아침 당번이고 전 보통 정오나 돼야 시작해요. 그런데 오늘…… 오늘은 제가 지각을 했어요. 차에…… 기름이 떨어졌거든요. 위르멧은 이미 나가고 없었어요. 그런데 위르멧은 항상 일 끝나고 장을 보거든요. 그래서 계속 슈퍼마켓 쪽을 보고 있었어요. 위르멧이 레베에서 나오는 걸 보고 막 달려가서 이름을 불렀어요. 그래서 위르멧이 멈췄는데…… 그런데…… 위르멧이 뒤를 돌아보는데 그때…… 그때……."

셀리나는 말을 맺지 못하고 울음을 터뜨렸다. 눈물이 흐르면서 충격도 풀려나오는 것 같았다. 셀리나는 하염없이 눈물을 흘리며 엉엉 울었다. 피아는 휴대용 티슈를 건네주고 그녀가 감정을 추스를 때까지 끈기 있게 기다렸다.

"도대체 무슨 일이 일어났는지 알 수 없었어요." 셀리나가 이윽고 입을 열었다. "위르멧이 바닥에 누워 있었고 전 미친 사람처럼 소리를 질렀어요. 그러다 어떤 남자가 제 뺨을 때리고 뒤로 끌어냈어요."

"총알이 어느 쪽에서 날아왔는지 봤어요?" 피아가 물었다.

"아니요……, 전 그냥 위르멧만 보고 있었어요." 셀리나는 코를 훌쩍거렸다. "아마 오른쪽 뒤에서, 위쪽에서 날아온 것 같아요. 왜냐면…… 왜냐면…… 위르멧은 주차장을 등지고 서 있었거든요. 그랬는데…… 그랬는데 갑자기 위르멧의 머리가…… 머리가 펑 하고 터졌어요."

셀리나는 30분 전에 본 끔찍한 광경이 머릿속에 떠오르는지 두 손으로 얼굴을 가렸다. 아마도 머릿속에서 영영 지우고 싶은 그림일 것이다. 그러나 피아는 감탄하지 않을 수 없었다. 목격자가 이렇게까지 상세하게 뭔가를 기억하는 일은 드물다. 끔찍한 일을 겪은 사람에게 질문을 퍼붓는 것이 매정하게 느껴질지도 모르지만 목격자 진술은 빨리 이뤄질수록 다른 요소의 영향을 받지 않은, 즉 진실에 가까운 진술을 얻어낼 수 있다. 목격자가 일단 생각을 하고 다른 사람과 얘기할 시간을 갖고 나면 여러 가지 유추된 생각과 감정이 끼어든다. 인간의 뇌는 자신을 보호하기 위해 끔찍한 기억을 지워버리거나 조각조각 쪼갠다. 그 결과, 사고 장면을 봤거나 직접 사고를 경험한 사람이 그 순간을 전혀 기억하지 못하게 되기도 한다. 그리고 이 같은 기억상실은 대개 계속 유지된다.

"많이 힘들죠?" 진심에서 우러나온 말이었다. "미안하지만 감식반하고 한 번 더 얘기해야 할 거예요."

셀리나는 말없이 고개를 끄덕였다. 피아는 그녀의 이름, 주소, 연락처를 메모하고 그녀를 보러 온 동료들과 만날 수 있게 해주었다. 현장으로 돌아와보니 크리스티안 크뢰거와 감식반 직원들이 도착해 과학수사를 펼치고 있었다.

"목격자 진술에 의하면 총알은 오른쪽 뒤, 위쪽에서 날아왔어요." 피아가 보덴슈타인과 크뢰거에게 말했다. "피해자가 여기 서 있었다면 저쪽에서 날아온 거죠."

피아가 가구점을 가리켰다.

"난 저기 길 건너 공사 중인 건물 옥상일 거라고 생각했는데." 보덴슈타인이 말했다.

"아니에요. 거긴 각도가 틀려요." 크뢰거가 주위를 둘러보며 고개를 저었다. "목격자가 제대로 기억하고 있는 것 같은데요. 총알이 왼쪽 귀 상부를 통해 두개골을 뚫고 들어갔거든요. 제 생각엔 저 '만 모빌리아' 건물 옥상인 것 같습니다. 가서 탄도 계산을 해봐야겠어요."

"전화가 오는데요!" 감식반 직원 중 하나가 위르멧 슈바르처의 가방을 들고 와 피아에게 내밀었다. 피아는 보덴슈타인을 흘낏 쳐다본 후 가방에서 휴대전화를 꺼냈다.

화면에 '파트릭'이라는 이름이 떠 있었다. 그게 누구든 이름만으로 저장돼 있는 것으로 보아 위르멧 슈바르처와 가까운 사이일 것이다. 피아는 전화를 받았다.

"위르멧, 어디 있는 거야?" 남자 목소리가 들렸다. "왜 이렇게 전화를 안 받아?"

"전 호프하임 강력반의 피아 키르히호프입니다. 전화 거신 분은 누구시죠?"

"우리 집사람 어디 있습니까?" 피해자와의 관계가 드러났다. "무슨 일입니까? 왜 전화를 못 받는 거죠?"

"슈바르처 씨, 지금 어디 계시죠?" 피아가 반문했다. 아내가 죽었다는 말을 듣고 그가 어떻게 반응할지 몰랐기 때문이다. 만약 대형 트럭을 몰고 있다가 사고라도 난다면!

"네, 지금…… 집에 있습니다." 파트릭 슈바르처는 주소를 말했다. 방금 전까지만 해도 확고하던 목소리가 가볍게 떨렸다. "우리 집사람은 어떻게 된 겁니까? 말해주십시오."

"저희가 지금 바로 댁으로 가겠습니다." 피아는 전화를 끊은 뒤 감식반 직원이 내미는 증거물 봉투에 전화기를 집어넣었다.

피아는 절망한 유가족과 마주할 일을 생각하니 눈앞이 아득했다. 벌써 네 번째다. 할 수만 있다면 누군가에게 미루고 싶지만 그럴 만한 사람도 없다.

"자, 가자고." 보덴슈타인이 그녀의 마음을 읽기라도 한 듯 말했다. "어차피 맞을 매, 빨리 맞는 게 나아."

*

"피해자 남편은 뭐래?" 니콜라 엥엘이 물었다. "자기 부인이랑 다른 피해자들 사이에 무슨 관계가 있대? 키르스텐 슈타틀러가 누군지는 알아?"

"무슨 일이 일어났는지 말해줬더니 크게 충격받은 것 같았습니다." 보덴슈타인이 보고했다. "파트릭 슈바르처는 하테르스하임 저축은행에서 고객 상담원으로 일하고 있는데 여느 날과 똑같이 점심을 먹으러 집에 왔답니다. 라디오가 없어서 에쉬보른에서 일어난 사건에 대해 모르고 있었습니다. 전혀 예상치 못한 것 같았습니다."

"스나이퍼 짓인 건 확실하고?" 니콜라 엥엘이 물었다.

"100퍼센트 스나이퍼 짓이에요. 이번에도 다른 피해자들 때와 똑같은 총알이 사용됐습니다." 피아가 대답했다.

"그런데 스나이퍼가 갑자기 언론과 접촉한 이유는 뭐지?" 니콜라 엥엘은 오늘 아침 보덴슈타인이 콘스탄틴 파버에게서 압수한 편지를 보여줄 때 그 자리에 없었다. "내용을 다시 보자고."

"큰 불의가 발생했다. 죄 지은 자들은 고통을 맛보아야 한다. 그들이 무관심, 욕심, 허영, 부주의를 통해 초래한 것과 똑같은 고통을. 나는 산 자와 죽은 자를 가리러 왔으니 죄를 짊어진 자들은 두려움에 떨 것이다." 안드레아스 네프가 캐비닛에 기대선 채 편지를 소리 내 읽었다.

"사이코패스입니다." 네프가 평하기 시작했다. "자신이 재판관이라고 생각하는 과대망상증 환자입니다. 범인은 이 편지를 통해 자신에 대해 많은 것을 드러내고 있어요. 예를 들면 범인은 신앙이 있는 사람입니다. 마지막 구절은 기독교의 기본 사상을 보여주거든요. 범인은 자신이 중요한 임무를 수행하고 있다고 생각합니다. 또 이 편지로 추격자들을 약 올리고 싶어 하지요. 일종의 게임을 하고 있는 겁니다. 모험가 유형이죠."

그는 동의를 바라는 표정으로 좌중을 둘러보았다.

"이제 다들 제 범인 프로필이 옳았다는 걸 믿으시겠어요?"

"믿는다는 건 확실히는 모른다는 뜻이기도 해요."

킴은 그를 쳐다보지도 않고 시큰둥하게 내뱉었다. 네프는 그녀를 뚫어지게 쳐다보았다. 네프는 분명 킴에게 관심이 있었다. 반면 킴이 네프에게 아무 관심도 없다는 것은 누가 봐도 자명했다. 네프만 빼고 말이다. 킴은 그의 이론은 안중에도 없다는 듯 아랫입술을 잘근잘근 씹으며 자기 생각에 빠져 있었다.

"헬렌 슈타틀러와 얘기해본 사람 있나요?" 킴이 불쑥 물었다. "레나테 롤레더의 가게에 간 이유가 뭐래요?"

보덴슈타인과 피아는 빠르게 시선을 주고받았다. 정신이 없다 보니 오늘 아침에 들은 정보를 공유한다는 것을 깜박 잊고 있었다.

"헬렌 슈타틀러는 수개월 전에 자살했답니다." 보덴슈타인이 말했다. "오늘 아침 에릭 슈타틀러 회사의 직원이 그러더군요. 아버지한테서 확인했고요."

"에릭 슈타틀러는 바이애슬론 선수였대요. 현재도 베이스점핑 같은 익스트림 스포츠를 즐기고요." 피아가 보충했다. 말을 하면서도 네프의 주장을 뒷받침하는 것 같아 썩 내키지 않았다. "올림픽에 나가 동메달도 땄대요. 군복무도 했고요. 즉 총을 쏠 줄 안다는, 아니 잘 쏜다는 뜻이죠. 그리고 중요한 사실이 하나 더 있습니다. 에릭 슈타틀러는 오늘 12시쯤에 집에도 회사에도 없었습니다."

"그럼 그렇지." 안드레아스 네프가 흡족한 얼굴로 말했다. "내 말이 딱 맞았네! 키르스텐 슈타틀러의 아들이니 동기도 확실하잖아요."

"올리버, 어떻게 생각해?" 니콜라 엥엘이 보덴슈타인의 의견을 물었다.

"뭐 거의 모든 조건을 갖췄다고 봐야겠죠." 보덴슈타인이 수염을 깎지 않아 꺼칠한 턱을 긁적이며 대답했다.

"그럼 수배해야겠지?" 니콜라 엥엘이 말했다.

"프랑크푸르트 쪽 동료들이 이미 자택을 감시 중입니다." 카이 오스터만이 말했다. "회사에도 순찰차를 보내도록 하겠습니다. 집이든 회사든 언젠가는 나타나겠죠."

"키르스텐 슈타틀러의 양친도 아직 연락이 안 왔습니다." 셈이 다른 의견을 내놓았다. "부모 쪽도 남편과 아들만큼이나 동기가 강합니다."

니콜라 엥엘은 잠시 생각하더니 자리에서 일어났다.

"언론에 발표합시다." 그녀가 선언하듯 말했다. "현재 우리가 가진 정보를 전부 공개해야겠어요. 일주일에 살인이 네 건이나 발생하다니! 지역 전체가 흔들리고 있어요. 시민들의 도움을 받아야 합니다. 그러려면 범행 장소와 시간을 정확히 알려야겠죠. 아주 작은 거라도 본 사람이 분명히 있을 거예요. 언론에 내보낼 상세한 사건 재구성과 도주 경로 예측도가 필요하겠군요."

"그건 제가 만들겠습니다." 오스터만이 말했다.

"스나이퍼가 스포츠가방이나 큰 마트 봉지 같은 걸 들고 다닌다는 말도 해야 합니다." 셈이 말했다. "해체된 총을 그런 데 넣어서 나를 테니까요."

"결과를 가져오세요, 결과를!" 니콜라 엥엘이 힘있게 말했다. 손뼉이라도 칠 것 같았다. "자, 일하러 갑시다!"

"제 생각엔 범행 동기가 단순한 복수가 아니라 앙갚음인 것 같아요." 킴이 말했다.

"그게 다를 게 뭔데요?" 카트린이 이해가 안 된다는 표정으로 반박했다. "어차피 결과는 똑같은 거 아니에요? 사적 제재!"

"앙갚음은 불의를 당한 사람이 복수로 되갚는 것을 말하고 질적으로 그에 부합하는 처벌을 요구하죠." 킴이 대꾸했다. "상대가 내게 한 것처럼 나도 상대에게 똑같이 하는 거예요. 긍정적인 것, 부정적인 것 모두 해당돼요. 꼭 부정적인 것만 되갚는 건 아니에요. 윤리적인 의미에서 되갚음은 사회의 기본 원칙이에요. 복수는 그 극단적인 형태고요. 예를 들면 피의 복수가 그렇죠. 복수를 선택하는 사람은 법적 수단을 배제합니다. 목적에 적합하지 않다고 보기 때문이죠."

"그게 어떻게 다른 건지 저도 잘 모르겠는데요." 오스터만이 말했다. "헌법 211장에 복수는 전형적인 살인 동기 중 하나라고 나오죠."

"맞아요." 킴이 수긍했다. "결과적으로는 다를 게 없어요. 문제는 동기예요. 제 생각에 우리가 찾는 범인은 아주 특이한 유형의 살인자예요. 사이코패스하고는 거리가 멀고, 과대망상증 환자도 아니에요. 범인은 우리와 게임을 하는 게 아닙니다. 스릴이나 도전을 즐기는 것도 아니에요. 범인은 총 쏠 장소를 고를 때 도발이 아니라 오직 실용성만을 생각해요. 최적의 각도와 최적의 도주 가능성만을 따지지요. 전 여전히 범인은 전문가라는 의견입니다."

*

"마가레테 루돌프는 남편이 욕심과 허영 때문에 살인을 저질렀으므로 죽어야 한다. 재판관."

카롤리네 알브레히트는 이를 악물고 눈물을 참았다. 그녀는 파버가 진정할 시간을 준 것이 여간 고맙지 않았다. 파버는 그녀에게 등을 돌린 채 신문사 2층의 회의실 창가에 서 있었다.

"범인이 이걸 왜 파버 씨에게 보냈을까요?" 카롤리네가 목멘 소리로 물었다.

"솔직히 말하면 저도 잘 모르겠습니다." 파버가 뒤돌아섰다. "우리 신문 구독자일 수도 있고, 저를 개인적으로 아는지도 모르죠."

그는 의자를 하나 빼내 그녀의 맞은편에 앉았다. 신문사는 한산했다. 대부분의 책상이 텅 빈 채 주인을 기다리고 있었다.

"아니면 그냥 우연일 수도 있습니다." 파버가 말을 이었다. "연휴 동안 제가 자진해서 책임편집자 역할을 맡았거든요. 연말부터 새해 연휴까지는 별 기삿거리가 없어 모든 직원이 출근할 필요가 없지요."

카롤리네 알브레히트는 그를 똑바로 쳐다보았다. 그녀가 두 번째 스나이퍼 피해자의 딸이라고 말했을 때 그는 아무 의심 없이 그 말을 믿었다. 처녀 적 성이 기재되어 있는 신분증을 보여주겠다고 하는데 도 필요 없다고 했다. 아마도 지칠 대로 지친 얼굴에 모든 것이 다 드러나 있는 것이리라.

"이 일에 대해 뭘 아시죠?"

"아무것도 모릅니다." 파버는 어깨를 으쓱했다. "제 기사를 보면 아시겠지만 저도 추측할 뿐입니다. 경찰도 그것 때문에 화를 냈습니다만, 전 시민들에게 알 권리가 있다고 생각합니다."

카롤리네는 실망했다. 그는 그녀보다도 아는 게 없었다.

"왜 경찰에 가서 묻지 않으십니까?" 이번에는 그가 물었다. "피해자의 가족이니까 정보를 줄 텐데요."

카롤리네 알브레히트는 잠시 말이 없었다.

"저희 아버지는 유명한 의사예요. 자신의 분야에서는 세계적으로 손꼽히는 전문가죠. 이제까지 죽어가는 생명을 여럿 살려왔고, 지금도 많은 사람들에게 마지막 희망으로 꼽히고 있지요. 그런데 누군가 아버지가 살인을 저질렀고 그것 때문에 어머니가 죽어야 했다고 주장하고 있어요! 제가 그걸 어떻게 믿을 수 있겠어요?"

"아버님께 정말 죄가 있는지 알고 싶으신 거군요?" 파버가 물었다.

"맞아요." 그녀가 고개를 끄덕였다. "전 어머니가 왜 죽어야 했는지 알고 싶어요. 그런데 경찰의 관심은 그것보다는 살인자를 체포하는 데 있어요. 설혹 살인자를 잡더라도 저는 그것만으로는 만족할 수 없어요."

"그렇다면 제가 어떻게 도움을 드려야 할까요? 전 지역신문의 부서 편집장일 뿐입니다. 그것도 문화 담당이지요. 음모를 파헤치는 사람이 아니에요."

카롤리네 알브레히트는 그의 불편한 심기를 눈치채고는 고개를 끄덕였다. 과체중에 키가 작고 회색 카디건 차림에 머리카락이 가느다란 그는 마치 정년을 앞둔 늙수그레한 교사처럼 보였지 밥 우드워드와 칼 번스타인(워터게이트 사건을 폭로한 미국 기자들_역주)처럼 보이지는 않았다. 스나이퍼는 그에게 편지와 함께 언론인으로서 성공할 수 있는 절호의 기회를 제공했다. 그러나 그는 그 기회를 붙잡기에는 너무 늙고 안이했다. 그는 행동하는 인간이 아니다. 그녀에게 도움이 되지 못할 것이다.

"부고와 편지를 복사해도 될까요?" 그녀가 물었다.

"예, 물론입니다." 그가 서둘러 답하며 일어섰다. 그녀는 가방과 종이를 들고 양탄자가 깔린 복도를 걸어 복사실로 갔다.

"궁금한 게 있으면 전화하십시오." 헤어질 때 그가 말했다. 도와달라고 조르지 않아서 천만다행이라는 표정이었다.

"고맙습니다." 그녀는 명함 한 장을 내밀었다. "새로운 정보가 있으면 알려주시겠어요?"

"그렇게 하죠." 그는 그러면서도 그녀의 시선을 피했다. 그녀가 어서 가기를 바라는 마음에서 빈말을 한 것인지도 모른다.

*

디르크 슈타틀러는 보덴슈타인, 피아와 거의 비슷한 시각에 집 앞에 도착했다. 그는 수많은 차고 중 하나로 차를 몰고 들어가더니 잠시 후 다리를 살짝 절며 걸어나왔다.

"좀 늦었습니다." 그는 먼저 피아에게, 그리고 보덴슈타인에게 악수를 청했다.

"저희도 늦었습니다." 보덴슈타인이 말했다. "또 희생자가 생겼다는 소식 들으셨습니까?"

"네, 라디오에서 들었습니다." 슈타틀러가 고개를 끄덕였다. "집으로 들어가시죠. 여기보다는 따뜻할 겁니다."

그가 문을 열려고 하는데, 이웃집 여자가 대신 받아두었던 소포를 전해주었다.

"참 좋은 이웃을 뒀죠?" 그가 웃는 얼굴로 말했다. "이렇게 다닥다닥 붙어 사는 연립에서는 이웃을 잘못 뒀다간 골치 아프기 마련이거든요."

그는 피아에게 잠깐 소포 상자를 들어달라고 했다.

"요즘은 거의 모든 물건을 인터넷으로 주문하지요." 그가 열쇠로 문을 열며 말했다. "영세 상인들에게는 안된 일이지만 저처럼 다리가 불편한 사람에게는 더없이 편하거든요."

그들은 집 안으로 들어갔다. 슈타틀러는 불을 켜고 외투를 벗었다. 피아는 복도에 있는 장식대 위에 소포를 놓고 슈타틀러와 보덴슈타인을 따라 거실 겸 부엌으로 들어갔다. 집주인은 마실 것을 권했지만 그들은 정중하게 거절했다.

"왜 이 사건들이 죽은 우리 집사람과 관련 있다고 생각하시는 겁니까?" 두 사람이 식탁에 앉자 슈타틀러가 먼저 입을 열었다.

"첫 번째 피해자의 딸 레나테 롤레더는 슈타틀러 씨 가족이 니더회히슈타트에 살 때 이웃이었습니다. 부인이 쓰러진 날 따님이 롤레더 부인에게 도움을 청했지만 잊어버렸죠." 보덴슈타인이 말을 시작했다.

"네, 기억납니다." 슈타틀러가 고개를 끄덕였다. "에쉬보른에서 꽃집을 했죠. 개도 한 마리 키웠고요. 집사람과 함께 산책을 가곤 했습니다."

"네, 그렇습니다." 보덴슈타인이 말했다. "두 번째 피해자의 남편은 흉부외과 전문의로, 부인이 돌아가신 그 병원의 외과 과장이었습니다. 나중에 병원과 법정 싸움을 벌이셨죠? 그리고 세 번째 피해자는 부인의 심장을 이식받은 사람이었습니다. 선천적으로 심장병을 가지고 태어난 청년이었죠."

"세상에!" 슈타틀러가 놀라서 나지막하게 외쳤다.

"그리고 네 번째 피해자가 발생했습니다." 보덴슈타인이 말을 이었다. "28세의 젊은 여성입니다. 아직 다른 사건과의 연관성은 밝혀지지 않았습니다만, 아마도 피해자의 남편이 그 사고와 관련 있는 것 같습니다."

보덴슈타인은 부고와 편지에 대해서는 입에 올리지 않았다.

"지난번에 왜 헬렌이 죽었다는 말을 하지 않았죠?" 피아가 물었다.

"그 일이 이 사건과 상관있는지 몰랐습니다." 디르크 슈타틀러는 감정을 추스르려 애썼다. "전 헬렌 때문에 항상 걱정이 많았습니다. 그런데 1년 전부터는 많이 나아졌어요. 드디어 우울증과 죄책감을 극복한 것 같았습니다. 대학 공부도 거의 끝나가고 있었고 지난여름에 좋은 남자와 약혼도 했습니다. 10월 초에 결혼할 예정이라 청첩장까지 돌렸죠. 그런데…… 맑은 하늘에 날벼락이라고…… 달리는 전철에 뛰어들었어요."

"어디서요?" 피아가 물었다. "그게 언제 일이죠?"

"켈스터바흐에서요." 디르크 슈타틀러가 목멘 소리로 답했다. "9월 16일, 제 엄마의 열 번째 기일이었습니다."

"따님이 우울증을 앓은 이유가 뭐죠?" 피아가 캐물었다. "무엇 때문에 죄책감을 느꼈던 건가요?"

디르크 슈타틀러는 바로 대답하지 않았다. 눈물을 참는 모습이 역력했다. 피아는 위로라도 건네고 싶은 심정이었다.

"키르스텐은 매일 아침 개를 데리고 조깅을 했습니다." 그가 드디어 입을 열었다. "비가 오는 날이든 눈이 오는 날이든 빠짐없이 운동을 했죠. 뉴욕 마라톤을 준비하고 있었거든요. 집사람은 미국을 동경했습니다. 언젠가는 거기서 살고 싶다고 했죠. 헬렌도 가끔씩 제 엄마가 조깅하는 데 따라갔습니다. 그런데 그날은 더 자고 싶었는지 함께 나가지 않았습니다. 헬렌이 막 열다섯 살이 되었을 때였어요. 그런데 아이들을 학교에 데려다주고 출근해야 할 사람이 한 시간이 지나도 돌아오지 않았습니다. 그러자 아이들은 불안해졌죠. 휴대전화로 연락이 안 되자 제 엄마를 찾아 나섰습니다. 키르스텐이 다니는 길을 알고 있었거든요. 그렇게…… 그렇게 해서 엄마를 찾아낸 겁니다. 집에서 멀리 가지도 못했더랍니다. 적어도 한 시간 정도는 그렇게 쓰러져 있었던 거죠. 에릭은 키르스텐의 휴대전화로 구급차를 불렀고 헬렌은 도움을 청하러 뛰어갔습니다. 나중에 병원에서 들으니 뇌출혈이었다는데, 그것만으로는 죽는 병이 아니라더군요. 일찍 발견해서 산소 공급을 해줬으면 수술해서 살아날 수도 있었다는 겁니다."

그는 고개를 들었다. 눈에서 눈물이 또르르 흘러내렸다.

"헬렌은 그날 아침 게으름을 피우고 엄마를 따라나서지 않은 걸 평생 후회했습니다." 슈타틀러의 목소리는 금방이라도 뒤집어질 것처럼 위태로웠다. 울음을 참느라 콧구멍이 벌름거리고 턱이 덜덜 떨렸다. "무슨 말인지 아시겠습니까? 헬렌은 그날 따라 나섰더라면 엄마를 살릴 수 있었을 거라고 굳게 믿었습니다."

"부인은 죽고, 딸은 10년간이나 죄책감에 시달리다가 자살하고! 거의 공포영화 수준인데요. 운명이 가혹하기도 하지!" 돌아가는 차 안에서 피아가 말했다.

밖에는 눈이 내리기 시작했다. 눈과 비가 섞인 진눈깨비였다.

보덴슈타인은 돋보기를 쓰고 침침한 실내조명 아래서 디르크 슈타틀러가 흔쾌히 내준 소송 기록을 들여다보고 있었다. "비극이지." 그는 소송 기록에서 10년 전 키르스텐 슈타틀러와 관계있던 병원 관계자들의 이름을 찾아내볼 요량이었다. 그중에 잠재적 피해자가 있다면 미리 경고할 수도 있는 일이다.

"헬렌 슈타틀러의 약혼자를 만나보는 게 급선무예요." 피아가 와이퍼를 작동시키며 말했다. 다른 차들이 지나가면서 튀긴 물에 염화칼슘이 섞여 있어서 차 앞 유리가 금방 지저분해졌다. "그나마 슈타틀러가 협조적으로 나와서 다행이에요. 그렇지 않았으면 여전히 제자리걸음일 텐데."

보덴슈타인이 끙 하고 신음 소리를 냈다. 등을 잔뜩 구부린 채 서류 속에 코를 처박고 있는 자세가 불편한 모양이었다.

"10분이면 도착해요." 그 모습을 본 피아는 저절로 웃음이 나왔다. "사무실에 가서 보는 게 훨씬 편하지 않을까요?"

"맞아, 그러는 게 낫겠어." 그는 서류철을 덮고 한숨을 푹 쉬더니 와이퍼 너머로 보이는 풍경에 시선을 던졌다. 그리고 입을 꾹 다문 채 생각에 잠긴 표정으로 서류철의 종이덮개를 톡톡 두드렸다. 피아가 익히 아는 표정이었다. 뭔가 신경 쓰이는 일이 있는데 아직 입 밖으로 말할 단계는 아닐 때 짓는 표정이다. 피아는 고속도로에서 나와 2

킬로미터 정도 달린 후 호프하임 경찰서에 도착했다. 보안검색대를 지나는데 오스터만이 다가왔다.

"과장님이 회의를 소집하셨어요." 오스터만이 턱짓으로 대기실 쪽을 가리켰다. "오늘 저녁 7시에 실내체육관에서 대대적으로 기자회견을 연답니다."

"올 게 왔네!" 피아가 젖은 외투를 벗으며 말했다.

"에릭 슈타틀러는 아직도 소식이 없고요. 빙클러 부부한테서는 연락 왔습니다." 오스터만이 보고했다.

보덴슈타인은 슈타틀러가 준 서류철을 오스터만에게 건넸다.

"슈타틀러와 프랑크푸르트 재해병원의 소송 기록이야. 이 사건과 관계있을 만한 이름이 있는지 찾아봐."

"바로 확인하겠습니다." 오스터만이 싹싹하게 말했다.

"기자회견이 끝난 다음에 글라스휘텐으로 가서 빙클러 부부를 만나봐야겠어." 보덴슈타인이 말했다. "괜찮겠어, 피아?"

"그럼요. 집에서 기다리는 사람도 없는데요, 뭘." 피아가 대답했다. "그런데 기자회견할 동안 제가 헬렌 슈타틀러의 약혼자를 만나보는 건 어떨까요? 기자회견장에 저는 필요 없잖아요. 그리고 오늘 죽은 피해자의 남편하고도 다시 얘기해보는 게 좋을 것 같아요."

"그건 과장님이 결정하시겠지." 복도를 돌아 나오는 니콜라 엥엘을 보고 보덴슈타인이 말했다. 엥엘 과장은 하이힐 뒤축으로 공격적인 스타카토 리듬을 만들어내며 또각또각 걸어왔다.

"이미 날 선 칼이랑 갑옷으로 세팅 끝내셨는데요." 오스터만이 나지막하게 중얼거렸다.

"다 들었어." 엥엘이 찬바람을 일으키며 지나가자 레몬과 버베나 향이 은은하게 코를 자극했다. "왜 여기 서서 넋 놓고들 있는 거야?

얼른 들어가!"

킴의 얘기를 들은 뒤로 피아는 도대체 동생이 니콜라 엥엘의 어떤 점에 끌렸는지 궁금하지 않을 수 없었다. 엥엘 과장은 힘든 하루가 다 저물어가고 있는데도 여전히 에너지 넘쳤다. 그녀는 오늘도 완벽했다. 매끈하게 칠한 손톱, 은은한 화장, 방금 미용실에서 나온 듯 스타일이 살아 있는 머리, 밝은 녹색 투피스, 목에 두른 한 줄짜리 진주 목걸이와 화사한 색깔의 스카프. 발에는 옷과 색깔을 맞춘 에나멜 하이힐을 신었는데 굽이 최소한 12센티미터는 돼 보였다. 젊었을 때 보덴슈타인이 엥엘과 약혼했었다는 사실은 알고 있지만, 피아의 상상 속에서 엥엘은 침대가 아닌 전기의자에서 잠을 자고 다음 날 완전히 충전되어 출근하는 로봇 같은 존재였다. 이 여자가 무릎 나온 트레이닝 바지에 낡아빠진 티셔츠를 입고 화장기 없는 맨얼굴로 소파에 드러누워 있는 게 과연 가능할까? 어쨌든 보덴슈타인이 유지비가 많이 드는 강철 여인들을 선호하는 것만은 분명했다. 코지마 폰 보덴슈타인도 전속력으로 인생 트랙을 질주하는 부류였고, 잉카 한젠 역시 냉철한 워커홀릭 아닌가!

"여러분! 모두 앉아주세요!" 니콜라 엥엘이 외쳤다. "30분 뒤에 실내체육관에서 기자회견이 시작됩니다. 이러다가 늦겠어요."

회의에는 보덴슈타인, 피아, 오스터만, 셈, 카트린 외에 킴과 안드레아스 네프, 그리고 특수본부에서 함께 일하는 다른 부서의 직원들 몇 명이 참석했다. 보덴슈타인과 피아는 오늘 있었던 사건과 수사 상황을 돌아가며 보고했다. 니콜라 엥엘은 피아, 셈, 킴이 회의가 끝난 뒤 죽은 헬렌의 약혼자를 만나러 가는 것을 승낙했다.

"자, 이제 움직입시다." 엥엘이 손목시계를 보더니 자리에서 일어났다. "오스터만, 보도자료 어디 있어?"

"여기 있습니다. 50부 복사했습니다." 오스터만이 두꺼운 파일을 내밀었다. 파일은 바로 보덴슈타인의 손으로 넘어갔다.

"저도 범인 프로필 중 핵심 포인트만 뽑아서 준비해봤습니다." 안드레아스 네프가 넥타이를 고쳐 매며 얼른 끼어들었다. "제 생각엔 과장님이 말씀하신 다음에 제가 발표를……."

"네프 씨까지 나설 필요 없어요. 더군다나 기자들 앞에서는." 니콜라 엥엘은 딱 잘라 말하고 코트에 팔을 집어넣었다.

"하지만 저는 그럴 만한 능력과……." 네프가 발끈했다.

"능력 있는 사람은 지금도 차고 넘쳐요." 엥엘은 네프를 쳐다보지도 않고 말했다. "보덴슈타인 반장, 기동대장, 대변인, 검찰 쪽 사람 한 명, 그리고 내가 연단에 설 거예요."

"그럼 전 집에 가는 게 낫겠네요." 네프가 실망한 얼굴로 구시렁거렸다. "능력을 알아주는 사람이 있어야 일을 하든지 말든지 하지……."

"팀에 동화돼서 자기 할 일을 알아서 잘하면 능력을 알아주는 사람이 왜 없겠어요?" 보안검색대 유리창 앞에 도착한 엥엘이 싸늘한 눈빛으로 네프를 쏘아보았다. "네프 씨는 범죄분석관이에요, 그렇죠? 범죄분석관이 하는 일은 현장에 남은 흔적을 분석해서 사건의 경과를 재구성하고 다른 행동과의 연관성을 알아냄으로써 수사관들의 수사를 보조하는 것 아닌가요? 네프 씨는 범인의 심리를 추론할 자격이 없어요. 그건 법의심리학자의 몫이죠."

"빌어먹을 여성 쿼터제!" 자존심이 상한 네프가 빈정거렸다. "이놈의 집구석은 아주 여자들 판이군그래!"

"어서들 갑시다! 쓸데없이 기자들을 기다리게 할 필요 없어요." 엥엘이 검색대 직원에게 문 열라는 신호를 보냈다. 유리문 밖으로 나오니 비가 내리고 있었다.

"보덴슈타인 반장, 우산 있어?"

"암탉이 울면 집안이 망한다더니!" 네프가 엥엘 뒤에 대고 욕을 했다. "저러니 남자가 있을 턱이 있나?"

"맥의 고추가 가끔이라도 여자 손을 탄다면 그 지경은 아닐 텐데 말이에요." 킴이 지나가면서 툭 던지듯 말했다.

네프는 얼굴이 벌겋게 달아올랐다. 그 말을 들은 엥엘이 뒤를 돌아보고 싱긋 웃었다.

"잠깐만요! 기다리세요! 중요한 일입니다!" 크리스티안 크뢰거가 복도를 뛰어오며 외쳤다.

"크뢰거, 우리 지금 늦었는데…… 무슨 일이야?" 엥엘이 물었다.

"위르멧 슈바르처에게 쏜 총알이 어디서 발사됐는지 알아냈습니다!" 크뢰거가 헉헉대며 말했다. "지금까지 모인 정보를 바탕으로 컴퓨터 시뮬레이션을 돌려봤습니다. 피해자의 신장, 총알이 날아온 각도 같은 정보를 총동원했지요."

"그래, 그게 어떤 건지 알아." 니콜라 엥엘이 답답한 듯 재촉했다. "중요하다는 일이 대체 뭐야?"

"범인은 총을 잘 쏘는 사람도, 아주 잘 쏘는 사람도 아닙니다." 크뢰거는 엥엘의 성화에 아랑곳하지 않고 다음 말을 강조하기 위해 뜸 들이는 여유까지 부렸다. "명사수 중에 명사수입니다. 특별한 훈련을 받은 저격수예요. 그냥 취미로 총을 쏘는 사람은 절대 이렇게 할 수 없어요. 총알이 날아온 곳이 어딘지 아세요? 에쉬보른 브레머 가에 있는 고층빌딩 옥상입니다! 거의 1킬로미터 밖에서 쐈다니까요."

"확실해?" 엥엘은 믿기지 않는 표정이었다.

"네! 100퍼센트 확실합니다! 정말이에요!" 크뢰거는 열심히 고개를 주억거렸다. "그 각도가 나올 수 있는 높은 건물은 그 빌딩 말고는 없어요. 직접 올라가서 레이저로 측량해봤더니 882.9미터가 나왔습니다. 믿을 수 있으세요?"

"근처에 있는 사격협회는 다 조사해봐야겠네요." 오스터만이 나섰다. "그런 실력자라면 알 만한 사람은 다 알 겁니다. 군대와 경찰 조직도 살펴봐야겠는데요. 현직, 전직, 예비군 전부 다요."

"좋아." 엥엘이 고개를 끄덕였다. "조사해봐, 오스터만."

"그 빌딩에 사람들을 보내서 탐문하라고 해." 우산을 펼쳐든 보덴슈타인이 오스터만에게 말했다. "집집마다 찾아가서 이상한 사람 못봤는지 물어봐. 감시카메라가 있는지도 알아보고!"

"네, 알겠습니다." 오스터만이 고개를 끄덕였다.

계단 밑에서는 관용차가 들어오고 있었다.

"잘했어, 크뢰거." 니콜라 엥엘은 당당한 걸음걸이로 계단을 내려갔다. 그리고 보덴슈타인의 호위 아래 또각또각 하이힐 소리를 내며 빗속으로 걸어 나갔다.

"멋진 여자야." 킴이 중얼거리더니 피아에게 한 눈을 찡긋했다.

"우리도 빨리 가자." 피아가 말했다. "잘하면 그 하르티히라는 남자를 만날 수 있을 거야."

*

보덴슈타인은 이렇게 많은 인파가 기자회견장에 몰려든 것을 처음 보았다. 실내체육관 앞에는 독일 전역의 방송국 차량이 거의 다와 있는 것 같았다. 입구는 프레스카드를 받으려는 기자들로 북적였다. 정복경찰들이 니콜라 엥엘, 보덴슈타인, 기동대장, 대변인을 호위해 사람들 사이로 뚫고 들어갔다. 로젠탈 검사는 작은 방에서 그들을 기다리고 있었다.

"범행 현장, 날짜, 시각에 대한 정보를 모두 밝힐 겁니다." 보덴슈타인의 짤막한 보고가 끝나자 엥엘이 입을 열었다. "시민들에게 도움을 받으려면 정확한 정보가 필수예요. 그렇지 않으면 정보를 공개하는 의미가 없지요."

"옳으신 말씀입니다." 로젠탈 검사가 고개를 끄덕였다.

그때 보덴슈타인의 휴대전화가 울렸다. 코지마! 코지마는 옛날부터 전화 받기 어려운 상황만 골라서 전화하는 특기가 있었다.

"죄송합니다." 보덴슈타인은 구석으로 가 전화를 받았다.

"올리버!" 코지마가 큰소리로 말했다. "나 지금 기차 타고 쾨니히슈타인으로 가고 있어. 공항에서 택시를 잡으려고 했는데 타우누스까지 가는 택시가 없더라고."

"시베리아로 가는 거 아니었어?" 보덴슈타인이 놀라서 물었다.

"아, 그거? 너무 추워서 안 가기로 했어." 코지마는 소리 내 웃었다. 정말 우스워서 웃는 웃음은 아니었다. "우리 팀은 갔는데 나만 빠졌어. 왠지 가고 싶지 않아서. 이따가 소피아 데리러 갈까?"

"좋을 대로 해. 지금 잉카가 데리고 있어. 우린 사건이 안 풀려서 난리야. 이제 기자회견하러 들어가야 해."

"아, 그 스나이퍼? 사람들이 거의 히스테리에 가까운 반응이던데?"

"이제 끊어야겠어. 미안해, 여……." 하마터면 '여보'라는 말이 튀어나올 뻔했다. 이혼한 지 4년이 지난 지금에 와서! 세상에, 설마 눈치채지 못했겠지?

"응, 괜찮아." 코지마가 대꾸했다. "쾨니히슈타인에서 루퍼츠하인까지 어떻게 갈지는 모르겠지만, 잉카한테 가서 소피아 데려갈게."

"알았어. 연락해놓을게."

"고마워. 그럼 내일 봐." 코지마는 그렇게 말하고 전화를 끊었다.

지난 25년간 코지마가 영화 촬영을 중간에 그만둔 일은 단 한 번도 없었다. 더구나 추워서라니, 뭔가 잘못됐다! 어머니가 유언장을 고쳤다는 말을 듣고 돌아온 걸까? 그는 급히 잉카에게 문자메시지를 보냈다. 소피아가 3주 일찍 제 엄마에게 돌아간다는 소식에 잉카가 서운해하지는 않으리라. 그렇게 생각하니 가슴 한구석이 아릿했다.

다시 휴대전화가 울렸다. 이번에는 오스터만이었다.

"에릭 슈타틀러가 지금 막 집에 들어왔답니다. 어떻게 할까요?"

"잠깐 기다려봐." 보덴슈타인은 의논하기 위해 엥엘과 검사에게 갔다.

"구속할 만한 근거는 충분합니까?" 로젠탈 검사가 물었다.

"구체적인 근거는 없습니다." 보덴슈타인이 솔직하게 털어놓았다. "영장실질심사에서 판사가 납득하지 못할 겁니다."

"긴급체포 정도는 괜찮을 거예요." 니콜라 엥엘이 말했다.

"좋아요. 그럼 일단 체포해서 심문해봐요." 검사가 동의하며 손목시계를 보았다. "시간이 됐군요. 나갑시다."

"카이." 보덴슈타인이 오스터만에게 말했다. "에릭 슈타틀러가 도망가지 못하게 계속 감시하라고 해. 여기 일 끝나면 내가 프랑크푸르트로 가서 체포할 테니까."

책상 하나와 의자 다섯 개가 놓인 연단으로 걸어가면서 보덴슈타인은 피아에게도 얼른 문자메시지를 보냈다. 그리고 전화기를 무음 모드로 바꿨다.

"6시 반까지잖아! 젠장!"

피아는 어두운 금은방을 들여다보다가 손으로 쇼윈도를 쾅쾅 두드렸다. 옌스 하르티히가 혹시 뒷방에 앉아 있다가 그 소리를 듣고 나올까 기대했지만 안에서는 아무런 인기척도 나지 않았다.

"칼퇴근이네." 셈이 말했다. "개인 연락처는 몰라?"

"몰라." 피아는 몇 장 남지 않은 명함을 하나 꺼내 뒷장에 메모를 하려고 차 안으로 들어갔다. 긴 하루였다. 끝없이 이어지는 긴장감과 뼛속까지 파고드는 추위에 진이 빠지는 느낌이었다. 신경은 잔뜩 곤두섰고 여기저기 안 아픈 곳이 없다. 얼른 집에 가서 따뜻한 소파 속으로 파고들고 싶은 생각뿐이었다. 그녀가 무거운 몸을 이끌고 차 밖으로 나오는데 노인 하나가 그녀 앞으로 뚜벅뚜벅 걸어왔다.

"이보쇼, 저기 있는 팻말 안 보여요? 여긴 보행자 전용 거리란 말이오!" 노인은 그녀 앞에 딱 버티고 서서 버럭 화를 냈다. 피아는 하루치 예의가 바닥난 지 오래였다.

"할아버지, 안경은 폼으로 쓰고 다니세요? 차량 진입 금지는 9시부터 6시까지잖아요. 지금은 6시 반이거든요."

그녀는 노인을 세워둔 채 하르티히의 가게로 가 우편함에 명함을 집어넣었다.

"이제 글라스휘텐으로 가야겠어. 빙클러 부부를 만나는 게 더 중요해." 피아가 셈과 킴에게 말했다.

노인은 외투 주머니에서 주섬주섬 휴대전화를 꺼내더니 피아의 관용차 앞으로 가서 차번호를 찍었다. 피아는 노인을 무시하고 셈에게 차 열쇠를 건넸다.

"교대 좀 해줘. 난 이제 더는 못 하겠어."

"알았어, 내가 할게." 셈이 열쇠를 받아들고 운전석에 앉았다. 피아는 조수석에, 킴은 뒷좌석에 앉았다. 글라스휘텐으로 가는 동안 아무도 말이 없었다. 피아는 조용히 있을 수 있어서 다행이라고 생각했다. 도로는 텅 비어 있었다. 쾨니히슈타인 근처에 닿을 무렵 비는 함박눈으로 바뀌었다. 피아는 그제야 보덴슈타인에게 문자메시지가 와 있는 것을 발견했다. '에릭 슈타틀러가 나타났어. 기자회견 끝나고 잡으러 가자.'

에릭 슈타틀러. 그는 여동생을 좋아했을까? 오랜 세월 여동생이 괴로워하는 모습을 봐야 하는 오빠의 심정은 어땠을까? 여동생의 자살이 살인 동기로 작용했을까? 에릭 슈타틀러와 그의 아버지에게는 레나테 롤레더, 디터 루돌프, 프리드리히 게르케를 증오할 만한 이중의 동기가 있다. 피아는 하품을 했다. 차 안이 따뜻해서 졸음이 밀려왔다. 지금쯤 크리스토프와 함께 아무 걱정 없이 찬란한 햇빛 아래 선상 일광욕을 즐기고 있어야 하는데 이게 무슨 꼴인가? 그녀는 어둠과 눈발을 헤치고 달리고 있는 차 안에서 생각했다. 살인 사건은 꼬리에 꼬리를 물고 발생하는데 수사에는 아무런 진전이 없다! 먼저 행동하지 못하고 반응만 하는 상황이 이렇게 괴로울 줄이야! 살인이 네 건이나 발생했는데도 아직도 장님 코끼리 만지듯 하고 있다.

"자, 다 왔어." 셈의 말에 피아는 퍼뜩 정신이 들었다. "불이 켜져 있는 걸 보니 집에 있는 것 같은데?"

그들은 차에서 내려 초인종을 눌렀다. 발목까지 푹푹 빠지는 눈밭을 걸어 빙클러의 집 앞으로 갔다.

키르스텐 슈타틀러의 어머니 리디아 빙클러는 왜소한 체구에 어두운 붉은색으로 염색한 짧은 머리, 고생을 많이 한 듯한 주름투성이 얼굴의 여자였다.

"들어오세요." 그녀가 상냥하게 말했다. "이런 날씨에 여기까지 오시느라 고생 많으셨네요."

"괜찮습니다." 피아는 억지로 미소를 지었다. "다행히 헤센 주에서는 관용차에 스노타이어를 제공하거든요."

집은 밖에서 본 것보다 훨씬 넓었다. 전형적인 1970년대식 집의 짙은색 나무 천장, 암갈색 타일 바닥에 깔린 페르시아 양탄자, 철제로 틀을 한 커다란 창문이 게르케의 집을 연상시켰다. 빙클러 부인은 그들을 거실로 안내했다. 거실은 피아가 사는 비르켄호프 1층 면적만큼이나 넓었다. 짙은색 천장 때문에 거실의 높이는 실제보다 낮아 보였다.

"잠깐 기다리세요. 남편을 불러올게요." 빙클러 부인은 앉으라는 말도 없이 거실에서 나갔다. 피아, 셈, 킴은 서로 멀뚱멀뚱 쳐다보다가 천천히 주위를 둘러보았다. 피아는 사진 액자가 가득한 장식대를 호기심 어린 눈빛으로 살펴보았다. 대부분 딸과 손주들의 사진이었다. 성장 단계에 따라 사진들이 죽 진열돼 있었다. 하지만 사위의 사진은 어디에서도 보이지 않았다. 벽에도 죽은 딸의 사진이 걸려 있었다. 사진 속의 키르스텐 슈타틀러는 예쁘장한 소녀에서 환한 미소를 가진 매력적인 아가씨로 변모했다.

빙클러 부인은 한참 지나서야 남편을 데리고 나타났다. 남편은 키가 훌쩍 크고 체구가 단단한 대머리 남자로, 비쩍 마른 얼굴에서는 패배감이 짙게 묻어났다. 그의 밝은 회색 눈동자 속에는 사소한 자극에도 금방 폭발해버릴 것 같은 조급함이 감춰져 있었다. 피아는 왠지 그에게 호감이 가지 않았다.

"아, 경찰에서 나오셨군. 뭐 그리 급하다고 이런 날씨에, 쯧쯧." 요아힘 빙클러는 못마땅하다는 듯 혀를 끌끌 차며 보란 듯이 양손을 바지주머니에 집어넣었다. 피아는 아무 대꾸도 하지 않았다. 잠시 불편한 침묵이 이어졌다. 집 안은 무척 더웠다. 등에 땀이 흘렀다. 입 안은 모래를 문 것처럼 텁텁하고 머리는 띵하니 아팠다.

"무슨 일이오?" 빙클러가 귀찮다는 듯 물었다.

"디르크 슈타틀러 씨에게 들으셨는지 모르겠지만, 최근 발생한 스나이퍼 살인이 돌아가신 따님과 관련 있을 가능성이 매우 높습니다." 피아가 본론부터 말했다. 사위의 이름이 나오자 빙클러의 얼굴이 금세 어두워졌다.

"아니, 몰랐소." 빙클러가 무뚝뚝하게 내뱉었다. "그 사람이랑 연락 안 하고 지낸 지 오래됐어요."

그도 그의 아내도 최근 일어난 살인 사건과 죽은 딸 사이에 어떤 관계가 있는지 알려고 하지 않았다. 둘 다 긴장한 듯했지만 특별히 놀라지도, 궁금해하는 것 같지도 않았다. 참으로 이상한 반응이었다.

"따님과 관련 있는 사람들의 가족이 살해당하고 있어요." 피아가 말을 이었다. "디르크 슈타틀러 씨는 혹시 장인어른이 관련돼 있을지도 모르겠다고 하던데요."

셈이 눈치를 주었지만 피아는 자신의 실수를 너무 늦게 알아챘다.

"뭐라고요?" 빙클러는 화가 나서 얼굴이 붉으락푸르락했다. "그놈이 실성했나? 어디서 망발이야, 빌어먹을 놈이!"

대화는 제대로 시작되기도 전에 주제에서 빗나가버렸다. 피아가 그런 말실수를 한 것은 극도의 피로와 빙클러에 대한 이유 없는 거부감 때문이었다. 그러나 아무리 피곤해도 프로로서 그런 실수를 해서는 안 된다. 일단 셈에게 넘기는 것이 좋을 것 같았다. 셈은 말을 돌려하는 데 피아보다 능숙했다.

"진정해요, 여보." 빙클러 부인이 팔을 잡으며 남편을 진정시키려 했지만 그는 아내의 손을 거칠게 뿌리쳤다.

"이런 헛소리 듣고 있을 시간 없소!" 그는 분을 참지 못해 씩씩거렸다. "말도 안 되는 소리로 사람 귀찮게 하고 있어!"

그는 그렇게 말하고는 휙 돌아 거실을 나가버렸다. 잠시 후 집 안 어디선가 시끄러운 텔레비전 소리가 났다.

"죄송합니다." 피아가 하릴없이 어깨를 으쓱했다. "제가 표현을 잘 못했네요. 요즘 스트레스가 심해서요."

"괜찮아요." 리디아 빙클러가 애써 미소를 지었다. "남편은 키르스텐 이야기가 나오면 아직도 예민하게 반응해요. 모든 게 자기 탓이라고 생각하거든요."

헬렌 슈타틀러도 어머니의 죽음으로 인해 죄책감에 시달렸는데, 외할아버지도 그렇단 말인가?

"따님은 뇌출혈로 돌아가셨잖아요." 피아가 말했다. "그렇다면 그 누구의 책임도 아니지 않을까요?"

"우린 모두 힘든 시간을 보냈답니다. 키르스텐이 죽은 뒤 우리 가족은 완전히 망가졌어요. 가족의 갑작스러운 죽음은 누구에게나 힘든 거지만 죽음 뒤에 그런 상황까지 겪다 보니 정말 견디기 힘들었죠."

"그런 상황이라니 어떤 걸 말씀하시는 겁니까?" 셈이 물었다.

"말하자면 길어요." 리디아 빙클러는 한숨을 쉬며 소파를 가리켰다. "좀 앉으세요."

*

 카롤리네 알브레히트에게 기자회견은 낯설지 않았다. 하지만 항상 연단에 서는 입장이었기 때문에 기자들 사이에 앉아 있는 것이 조금 어색하기는 했다. 그녀는 특종을 잡아보려는 욕심으로 눈을 번뜩이는 기자, 카메라맨, 사진기자들 사이에 앉아 경찰의 발표를 기다리고 있었다. 콘스탄틴 파버가 기자회견이 열릴 예정이라는 내용의 이메일을 보내주었다. 그러나 자신은 참석하지 않을 것이란 말도 덧붙였다. 기자회견장은 기자들로 터져나갈 것 같았다. 하지만 프레스카드나 신분증을 확인하는 사람은 없었다. 덕분에 카롤리네는 기자회견장 안으로 아무 문제없이 들어갈 수 있었다.

 7시가 조금 지나자 드디어 검사와 경찰 들이 무대에 나타났다. 무대 위에는 마이크가 산처럼 쌓인 긴 책상이 놓여 있었다. 조명이 켜지자 번개 치듯 여기저기서 카메라 플래시가 터졌다. 먼저 호프하임 경찰서 수사과장이라는 여자가 발표를 했다. 초록색 투피스 차림에 야무져 보이는 빨간 머리 여자였다. 수사 정보와 상황을 모두 밝히는 발표에 카롤리네는 적잖이 놀랐다. 경찰이 자신들의 미비한 수사 성과를 감추기 위해 상세한 정보를 발표하지 않을 거라고 예상했기 때문이다.

 "일일이 다 적지 않으셔도 됩니다." 니콜라 엥엘이 기자들에게 말했다. "보도자료에 모든 데이터와 정보를 자세히 기재해두었습니다. 경청해주셔서 감사합니다. 그럼 질문 받겠습니다."

 기자들이 모두 일어서서 한꺼번에 소리를 지르는 바람에 객석은 순식간에 시끌벅적해졌다. 마이크를 든 젊은 여자 두 명은 갑작스러운 상황에 어쩔 줄 몰라 했다. 그러자 수사과장이 직접 나와 한 명씩 기자들을 지목하며 질문을 받았다.

"단서를 잡긴 한 겁니까?" 누군가 물었다.

순간 조용해지며 카메라 셔터 누르는 소리, 플래시 터지는 소리만 들렸다.

"안타깝지만 아직 단서를 확보하지 못했습니다." 수사반장 보덴슈타인이 차분한 목소리로 말했다. "오늘 저희는 저희가 가진 정보를 모두 공개했습니다. 공포에 떨고 있는 지역 주민들을 안심시킬 수 있는 정보가 있다면 기꺼이 밝히겠습니다만, 실상은 그렇지 못합니다. 그러니 이 지역에 거주하시는 분들은 특별히 조심하시기 바랍니다. 저희가 확실하게 알고 있는 것은 범인이 닥치는 대로 아무나 쏘지 않는다는 것입니다. 현재 말씀드릴 수 있는 것은 여기까지입니다."

기자회견은 7시 45분에 끝났다. 대부분의 사람이 강당을 빠르게 빠져나갔다. 몇몇 방송국 사람들만 남아 카메라 장비를 챙기고 있었다. 카롤리네는 자신이 왜 이곳에 왔는지 회의가 들었다. 어머니에 대한 기억이 더럽혀진 기분이었다. 사람들은 어머니를 '피해자 2번'이라고 불렀다. 마음 같아서는 마이크를 뺏어 들고 특종을 찾아 몰려든 기자들에게 타인의 존엄성을 존중해달라고 외치고 싶었다. 그렇게 했다면 그들은 '피해자 2번의 딸'인 그녀에게 달려들어 사진을 달라고 하거나 뒷이야기를 들려달라고 졸랐을 것이다. 아니, 더 나아가 눈물 없이 들을 수 없는 감동 스토리를 지어냈을지도 모른다.

카롤리네는 실내체육관 출구로 걸어가다가 보덴슈타인 반장이 기자 한 명에게 붙잡혀 있는 것을 보았다. 기자의 가방에는 《타우누스 에코》라고 쓰여 있었다. 비겁한 파버가 후배를 대신 보낸 것이리라. 카롤리네는 호기심이 발동해 귀를 쫑긋 세우고 천천히 그 옆으로 지나갔다.

"저희가 아무것도 안 하고 노닥거린다고 생각하시는 겁니까?" 수사반장 보덴슈타인이 말했다. 화가 났는지 짜증이 났는지 표정만으로는 알 수 없었다. "귀사에서 내보낸 기사 때문에 우리 직원 수십 명이 핫라인에 매달려 전화를 받아야 하는 상황입니다."

그는 '귀사'라는 말을 썼다. 카롤리네는 그런 정중한 표현을 좋아했다.

"오늘 오후까지만 해도 200명 정도의 사람이 범인을 봤다고 제보해왔습니다. 저희는 그걸 하나하나 확인해야 합니다. 그러기 위해서 얼마나 많은 인력과 비용이 드는지 아십니까? 그 인력이 다른 수사활동에 동원될 수도 있는데도 말입니다."

"하지만 그렇게 해서라도 제대로 된 단서를 잡아야 하는 거 아닙니까?" 기자가 고집스럽게 반박했다.

"아니요. 그건 그냥 시간낭비입니다." 보덴슈타인 반장은 이마에 주름을 잡으며 휴대전화를 들여다보았다. "이번 사건은 제가 처음 맡은 사건도 아니고 처음 하는 수사도 아닙니다. 어느 시점에 어떤 정보를 내보내야 하는지 정도는 압니다. 파버 씨에게 전하세요. 새로운 정보가 있으면 제게 연락하라고요. 신문에 내기 전에 말입니다."

"새로운 정보가 있기는 합니다." 보덴슈타인 반장이 가려고 하자 파버의 후배 기자가 말했다. "당시 슈타틀러 가족이 소송을 냈을 때 병원 측 변호사를 알아냈습니다. 페터 리겔호프라는 사람인데, 당시 상황에 대해 아는 게 있을지도 모릅니다."

카롤리네는 헉 하고 숨을 들이마셨다. 그것은 그녀가 오늘 파버에게 준 정보였다. 그는 그 정보를 철저히 비밀에 부치겠다고 약속하지 않았던가! 비열한 인간 같으니라고! 카롤리네는 갑자기 좋지 않은 예감이 들었다. 그에게 또 무슨 얘기를 했지? 다른 이름을 더 입에 올렸나? 만약 그것 때문에 문제가 생기면 어쩌지?

"파버 씨든 누구든 사적으로 수사를 하지 말아주셨으면 합니다."
수사반장이 기자에게 말했다. "그건 아주 위험한 행동입니다. 파버 씨
에게 저와 한 약속을 지키라고 전해주십시오. 그럼 전 이만."

그는 그렇게 말하고 돌아섰다.

카롤리네는 그의 뒷모습을 보며 쫓아가 파버와 얘기한 사람이 자
신이라고 밝힐까 잠깐 고민했다. 하지만 뭐라고 말한단 말인가? 그
녀가 할 수 있는 얘기는 그가 이미 다 알고 있는 내용일 텐데. 그녀
가 가진 정보는 레나테 롤레더를 통해 알게 된 것이 전부였다. 그리
고 레나테 롤레더는 경찰에게 들은 얘기를 했을 것이다. 밖으로 나
온 카롤리네는 코트에 달린 모자를 뒤집어썼다. 그리고 보덴슈타인
반장이 빨간 머리 상사와 함께 검정색 자동차에 올라타는 것을 지켜
보았다.

그렇다. 스트레스를 잔뜩 받은 수사반장에게 확실하지도 않은 얘
기를 꺼내기엔 때가 이르다.

*

피아는 한시름 놓은 표정으로 셈과 킴 사이에 앉았다. 리디아 빙
클러는 맞은편 소파에 앉아 2002년 9월 16일에 무슨 일이 있었는지
결연한 목소리로 말하기 시작했다. 쓰러진 어머니를 발견한 에릭은
할머니에게 다급하게 전화를 했다.

"남편과 저는 서둘러 니더회히슈타트로 갔어요." 그녀가 말했다.
"거기서 애들을 데리고 키르스텐이 실려간 병원으로 갔지요. 애들은
제정신이 아니었고 디르크는 외국에 있어서 연락이 안 됐어요. 병원

에서는 키르스텐이 너무 오랫동안 산소 공급을 받지 못한 채 방치됐다고, 뇌사라고 하더군요. 우린 너무 놀라고 당황해서 의사들 말이 귀에 제대로 들어오지 않았어요. 중환자실에 누워 있는 키르스텐은 꼭 잠을 자는 것 같았어요. 인공호흡기를 달긴 했지만 몸이 따뜻했고 심지어 땀도 흘렸어요. 그리고…… 소화도 진행되고 있었고요."

리디아 빙클러는 잠시 말을 멈추고 눈물을 삼켰다. 그녀는 깊이 한숨을 쉬고 나서 다시 말을 이었다.

"의사들은 키르스텐의 뇌간과 대뇌 일부가 돌이킬 수 없이 손상됐다고 했어요. 그리고 장기를 기증하는 것이 어떻겠느냐면서 우리를 들볶기 시작했어요. 우린 도저히…… 키르스텐의 몸을 가르고 장기를 꺼내게 하는 건 마치 살인처럼 느껴졌어요. 키르스텐은 정말이지…… 꼭 살아 있는 것 같았거든요."

그녀는 목이 메어 다시 말을 잇지 못했다. 그녀는 울지 않으려고 무던히 애썼다. 그러나 상처는 깊었고 기억은 생생했다. 지구 반대편에 있는 사위는 연락이 닿지 않았고 의사들은 결정을 재촉했다. 그러나 그 결정을 내리는 일이 그들에게는 너무도 힘들었다. 그들은 딸과 장기 기증에 대해 얘기해본 적이 없었다. 그들은 딸이 장기 기증 등록증을 가지고 있는지, 어떤 유언을 남겼는지조차 몰랐다.

"우린 사위가 올 때까지 기다려달라고 했어요. 하지만 의사들은 막무가내였어요. 빨리 결정을 내려야 한다, 지금 이 순간에도 사람들이 죽어가고 있다며 윤리적인 압박을 가했어요. 정말 앞뒤 안 가리고 달려들더라고요."

리디아 빙클러는 돋보기를 손에 들고 만지작거리며 감정에 휩쓸리지 않으려고 애썼다. 그러다 엎친 데 덮친 격으로 당시 열여덟 살이던 에릭이 의사들이 하는 말을 엿듣고 소란을 피웠다고 했다. 병원에서 어머니를 포기한 지 오래고, 연명치료를 하는 것은 오로지 장기 때문이라는 것을 알게 된 것이었다.

"에릭은 미친 사람처럼 악을 쓰고 몸부림쳤어요." 리디아 빙클러가 말했다. "어떻게 해도 달랠 수 없었어요. 병원 사람이 우리더러 집에 가 있으라고 하더군요. 그리고 다음 날 아침 남편과 함께 병원에 갔더니 이미 일을 다 저질러놓은 거예요. 밤새 우리 딸 몸에서 온갖 걸 다 들어냈더라고요. 심지어…… 심지어 눈이랑 뼈까지요! 키르스텐은 완전히 누더기가 돼 있었어요."

괴로운 표정의 그녀는 다시 말을 멈추고 감정을 자제하려 애썼다.

"껍질밖에 안 남은 아이를 영안실에서 보는데 정말 끔찍했어요. 눈알을 빼고 눈꺼풀을 꿰매놨더라고요." 그녀의 목소리가 파르르 떨렸다. "마치 극심한 고통을 겪은 것 같은 표정이었어요. 우린 키르스텐이 평화롭게 잠들길 바랐어요. 가족들이 지켜보는 가운데 연명치료를 중단할 생각이었죠. 하지만 우리 딸한텐 그것조차 허락되지 않았어요."

다음 날 극동지역에 있던 디르크 슈타틀러가 돌아왔고 병원은 그에게 서명이 된 장기 기증 동의서를 내밀었다. 흰 종이에 검은 글씨로 분명하게 장인의 서명이 되어 있었다. 요아힘 빙클러는 그런 서류에 서명한 적 없다고, 딸이 스스로 서명할 수 없는 상태였기 때문에 병원 측에 진료 권한을 위임한다는 서류에 대신 서명했을 뿐이라고 끊임없이 이야기했다.

"하지만 서류에는 남편의 서명이 있었어요. 분명히 남편의 서명이었어요." 리디아 빙클러가 말을 이었다. "그 사람들이 우릴 속인 거예요. 하지만 서로 말이 다르니 어쩔 수 없었죠. 나중에는 우리가 극도의 감정적 비상사태에 처해 있었기 때문에 자기네 말을 제대로 알아듣지 못한 거라고 하더군요. 남편은 그것 때문에 크게 상처 받았어요. 반박할 근거가 없었으니까요."

"그래서 슈타틀러 씨가 병원을 상대로 소송을 한 겁니까?" 셈이 물었다.

"네, 그것 때문이기도 하죠." 리디아 빙클러가 고개를 끄덕였다. "하지만 무엇보다도 병원에서 키르스텐을 대한 방식 때문이었어요. 키르스텐이 죽을 걸 알자 더 이상 사람으로 취급하지 않았어요. 고기 냄새를 맡은 독수리 떼 같았죠. 그 사람들이 키르스텐을 난도질하고 장기를 훔쳐간 걸 생각하면…… 하물며 짐승에게도 그렇게는 못 할 거예요!"

"소송은 어떻게 됐죠?" 셈이 물었다.

"디르크는 나중에 병원이랑 합의를 봤어요. 합의금을 받고 그쪽에서 변호사 비용을 냈죠. 그건 자기들한테 책임이 있다는 걸 시인하는 거나 다름없어요."

피아는 속으로 요아힘 빙클러에게 가졌던 적대감이 너무 섣부른 것이었음을 인정했다. 그러나 동시에 그에게 완벽한 살인 동기가 있다는 것도 부인할 수 없었다. 문제는 70대 노인이 그런 일을 해낼 수 있느냐 하는 것이었다.

"슈타틀러 씨 말로는 어떤 단체에서 활동하신다고요?" 피아는 대화의 방향을 틀었다.

"네, 맞아요." 리디아 빙클러가 고개를 끄덕였다. "키르스텐이 죽고 나서 우린 아무것도 할 수 없는 무기력한 상태였어요. 마음속에 있는 의심과 화, 죄책감을 풀어낼 데가 없었죠. 그러다 헬렌이 인터넷에서 그 단체를 찾아냈어요. '장피모'는 우리 같은 일을 겪은 사람들이 모여서 만든 이해집단이에요. 사고로 죽은 어린 자녀를 장기 기증이라는 이름으로 내놔야 했던 사람도 있고, 배우자나 부모님을 그렇게 보내야 했던 사람도 있어요. 갑자기 닥친 상황에서 그런 엄청난 결정을 내리는 건 누구에게나 힘든 일이에요. 금쪽같은 내 자식이 갑자기 물건 취급 당하는 걸 봐야 하는 고통, 그보다 더한 고통은 없을 거예요. 죽어가는 사람이 아니라 장기 보관 용기처럼 취급하는데, 그걸 보는 부모는 정말 복장이 터집니다. 딸이 죽은 것만으로도 가슴이 찢어지는데 그렇게 보내고 나면 절대로 편하게 잠 못 자요. 10년이 지났지만 거의 매일 밤 꿈을 꿔요. 키르스텐이 여러 사람 목숨을 구했다는 것도 전혀 위로가 되지 않아요. 우리 딸 목숨은 구하지 못했잖아요. 그리고 헬렌도 결국 그것 때문에 새파란 나이에 인생을 망쳤고요."

*

방송국에서는 네 번째 피해자가 발생하고 나서야 특별 방송을 내보냈다. 그는 텔레비전에서 생중계해주는 경찰의 기자회견을 보고 있었다. 언론은 이제 그를 '타우누스 스나이퍼'라고 불렀다. 누가 그런 싸구려 드라마에나 나올 듯한 이름을 붙였을까? 그는 흥미롭게 방송을 경청했다. 경찰은 똑똑하게 행동했다.

"저희는 그동안 벌어진 사건들 사이에 모종의 관계가 있다는 것을 밝혀냈습니다." 윤곽이 뚜렷한 미남형 얼굴의 수사반장이 울림 좋은 바리톤 음성으로 말했다. 〈크리미널 마인드〉나 〈콜드케이스〉 같은 미국 범죄드라마에 나와도 어울릴 듯한 얼굴이었다. "살인의 동기는 복수입니다. 특이한 것은 복수의 대상이 피해자가 아니라 피해자의 가족이라는 점입니다."

"축하합니다, 보덴슈타인 반장! 제대로 짚으셨군요!" 그는 비웃는 표정으로 텔레비전을 향해 맥주 캔을 들어올렸다. 그리고 길게 한 모금 마신 다음 치즈 샌드위치를 베어물었다.

경찰의 움직임은 드디어 그가 오래전부터 예상했던 쪽으로 가고 있었다. 그들은 지역 주민들의 제보를 받기 위해 사건이 일어난 날짜, 시각, 장소를 포함해 정확한 정황과 피해자들에 대한 상당히 많은 정보를 내보냈다. 심지어 〈경찰청 25시〉에 나오는 것처럼 구글 지도까지 보여줬다.

그는 소파에 등을 기대고 생각에 잠겼다. 추격자들이 점점 가까워지고 있다. 그러나 여전히 갈피를 잡지 못하고 헤매는 중이다. 그에게는 잘된 일이다. 너무 빨리 잡혀서는 안 되기 때문이다. 경찰은 점점 숨통을 조여올 것이다. 그는 더욱 행동을 조심해야 한다. 원래는 조금 더 시간적 여유를 둘 생각이었다. 그가 예상하지 못한 것은 사람들 사이에 퍼지고 있는 공포였다. 방송 첫머리에 식당 주인, 영세상인, 슈퍼마켓 주인, 버스 운전사와의 인터뷰를 보여주었는데, 미치광이 킬러의 제물이 되기 싫어서 버스와 택시는 운행을 중단했고, 식당은 손님이 없어 문을 닫았고, 택배기사들이 출근하지 않아 택배가 쌓여간다는 내용이었다. 상황은 그가 전혀 예상치 못한 방향으로 치닫고 있었다. 그러나 그렇다고 해서 달라질 것은 없었다. 사람들이 그에게 붙여준 이름도 그에게는 별 감흥을 주지 못했다. 사람들이 그를 정신병자라고 부르든 미치광이, 사이코패스, 냉혈한이라고 부르든 아무 상관없었다. 언젠가는, 늦어도 법정에 서면 모든 것이 밝혀질 것이다. 그는 리모컨을 찾아 텔레비전을 껐다. 갑자기 조용해지자 창문을 두드리는 빗소리가 크게 들렸다. 그는 이 일을 끝까지 밀어붙일 것이다. 그렇게 다짐하지 않았던가!

＊

요아힘 빙클러에게는 완벽한 동기가 있다. 남편에 대해, 그리고 남편이 겪은 깊은 절망에 대한 빙클러 부인의 이야기를 들을수록 피아는 그가 범인이라는 생각이 굳어졌다. 그는 자책에 빠져 아픔과 분노를 곱씹으며 살아왔고, 지금도 엄청난 죄의식에 괴로워하고 있다. 그가 문제의 서류에 서명했을 때 병원 측이 그를 속였다는 증거는 어디에도 없었다. 독단적이고 완고한 그에게 그 일은 씻을 수 없는 치욕이고 인생의 패배였다. 게다가 그는 당시 딸의 죽음과 관련된 사람들을 모두 알고 있었다. 리디아 빙클러는 병원과 소송을 벌일 당시 남편이 미친 듯이 밀어붙였다고 증언했다. 딸이 죽은 후 그의 삶은 복수를 위한 것이었다고 해도 과언이 아니다.

"솔직하게 말씀해주셔서 감사합니다." 셈이 특유의 자상하고 부드러운 말투로 말했다. "말씀하시기 힘드셨을 텐데."

"도움이 되길 바랄 뿐이에요." 리디아 빙클러가 슬픈 미소를 지으며 말했다.

그들은 자리에서 일어섰다. 텔레비전 소리는 그쳤지만 요아힘 빙클러는 다시 나타나지 않았다.

"남편께서 총기를 소지하고 계신가요?" 막판에는 거의 말을 하지 않고 있던 피아가 불현듯 떠오르는 것이 있어 물었다.

"네, 총이 여러 정 있어요." 리디아 빙클러가 잠시 망설이다가 말했다. "젊었을 때는 사격 솜씨가 좋았고 사냥도 좋아했어요. 오래된 얘기지만요."

"그 총 좀 볼 수 있을까요?"

"네, 그럼요."

그들은 빙클러 부인을 따라 부엌을 통해 차고로 들어갔다. 차 두 대가 들어가는 크기의 차고에 연식이 오래된 흰색 벤츠 한 대만 세워져 있었다. 한편에는 작업대와 냉동고, 그리고 철제 무기보관함이 있었다. 빙클러 부인은 작업대 서랍에서 열쇠를 꺼내와 무기보관함을 열었다. 그 안에는 연발총 네 자루와 공기총 한 자루, 모두 다섯 자루의 총이 들어 있었다. 피아는 라텍스 장갑을 꺼내 끼고 총을 한 자루씩 일일이 들어 총구와 탄창을 살피고 냄새를 맡아보았다. 피아를 지켜보던 빙클러 부인은 점점 표정이 굳어졌다.

"혹시 우리 바깥양반이 그 살인 사건들과 관련있다고 생각하는 건가요?" 피아가 마지막 총을 제자리에 내려놓고 가만히 머리를 흔들자 빙클러 부인이 퉁명스럽게 말했다. "그 총들은 오랫동안 사용하지 않았어요."

"저희는 억측을 하진 않습니다." 셈이 서둘러 말했다. "저희에겐 모든 단서를 확인해봐야 할 의무가 있습니다."

빙클러 부인은 무기보관함을 잠근 후 피아를 매섭게 노려보았다.

"우리 바깥양반은 파킨슨병이라 약을 안 먹으면 면도도 혼자 못 해요." 그녀가 벽에 붙은 스위치를 누르자 시끄러운 소리를 내며 차고 문이 올라갔다. "제가 밖으로 안내해드리지 않아도 되겠죠? 안녕히 가세요."

"안녕히 계십시오." 셈이 말했다. "다시 한 번 감사드립니다."

리디아 빙클러는 말없이 고개만 끄덕였다. 손은 스위치 위에 얹은 채였다. 그들이 밖으로 나오자마자 차고 문이 드르륵 소리를 내며 닫혔다.

"화났나 봐." 킴이 발이 푹푹 빠지는 눈 속을 걸으며 말했다.

"상관없어." 피아가 대꾸했다. "그 노인네는 동기가 충분한 데다 증오심에 부글부글 끓고 있어. 사건과 관련 있을 수도 있어."

"파킨슨병이라잖아." 셈이 말했다.

"그래서? 스스로 총을 쏠 수 없을 뿐이지 계획을 세우거나 염탐하는 건 충분히 할 수 있다고."

그들은 차를 세워둔 곳에 다다랐다. 셈은 트렁크에서 작은 빗자루를 꺼내 앞뒤 유리창에 쌓인 눈을 쓸어냈다. 피아와 킴은 차에 탔다.

"범인은 키르스텐 슈타틀러의 주변 사람이야." 셈이 운전석에 앉아 시동을 걸자 피아가 말했다. "남편, 아들, 부모 모두에게 동기가 있어. 헬렌이 자살한 뒤로는 동기가 두 배가 됐지."

*

"7시 14분에 들어가서 그 이후로는 밖에 나오지 않았습니다." 노르트엔트에 있는 에릭 슈타틀러의 집을 감시하던 경찰관 둘 중 하나가 말했다.

"혼자야?" 보덴슈타인이 물었다.

"그건 모르겠습니다." 정복 차림 경찰관이 대답했다. "열 가구가 사는데 사람들이 끊임없이 들락날락합니다."

"차를 타고 왔나, 아니면 걸어서 왔나?"

"걸어왔습니다. 조깅하는 차림새였습니다."

"좋아." 보덴슈타인은 환하게 불이 켜진 펜트하우스 층을 올려다보았다. "그럼 들어가볼까?"

그들은 길을 건너 건물 앞으로 갔다. 슈타틀러가 도망갈 수도 있다는 생각에 보덴슈타인은 맨 밑에 있는 초인종 중 하나를 눌렀다. 그는 초인종 구조가 집 구조에 맞춰져 있기를 바랐다. 다행히 1층에 사는 여자가 문을 열어주었다. 그녀는 보덴슈타인의 신분증과 정복 차림의 경찰관을 쓱 보더니 별 관심 없다는 듯 고개만 끄덕이고 다시 문을 닫았다. 그들은 엘리베이터로 8층까지 올라간 다음 펜트하우스까지 몇 계단 더 올라갔다. 닫힌 문 사이로 시끄러운 테크노 음악이 흘러나오고 있었다. 보덴슈타인은 초인종을 눌렀다. 음악이 그치고 문 쪽으로 다가오는 발소리가 들렸다. 문이 열렸다. 에릭 슈타틀러는 트렁크에 흰색 러닝셔츠 차림이라 잘 단련된 몸이 드러나 보였다. 왼쪽 어깨에는 화려한 문신이 새겨져 있었다. 경찰관을 본 그는 눈썹을 치켰다.

"아래층 좀생이들이 또 시끄럽다고 신고한 겁니까?" 뒤늦게 보덴슈타인을 알아본 그의 눈에 두려움이 스쳤다. 웃음 띤 얼굴도 어색하게 일그러졌다. "아니, 이런 것 때문에 강력반이 출동하나요?"

"안녕하십니까, 슈타틀러 씨." 보덴슈타인이 입을 열었다. "민원 때문에 온 게 아닙니다. 좀 들어가도 되겠습니까?"

"네, 그러시죠." 그는 경찰관들이 들어올 수 있게 비켜주었다.

그도 아버지처럼 넓은 공간을 선호하는 모양이었다. 집 안의 벽이란 벽은 모두 기둥으로 대체되어 무척 넓은 공간이 펼쳐져 있었다. 바닥까지 뻗은 큰 창문으로는 건물 지붕 너머 멀리 은행가의 마천루가 내려다보였다. 전면에는 부엌이 있었는데, 그 옆에 있는 계단을 올라가면 2층 회랑으로 연결되었다. 좋은 집이었다. 프랑크푸르트에서도 집세가 만만치 않은 동네라 꽤 비쌀 것이다.

"무슨 일이죠?" 에릭 슈타틀러는 긴장하지 않은 척하려고 했지만 그의 연기는 매우 서툴렀다.

"오늘 오후 1시경 어디 계셨습니까?" 보덴슈타인이 물었다.

"여기요." 그가 대답했다. "전 집에서 일하는 날이 많습니다. 회사에서보다 집중이 더 잘되거든요."

"증인이 있습니까?" 보덴슈타인은 30년간 경찰 일을 하면서 그를 속이려는 사람들의 얼굴을 수도 없이 봐왔다. 그중 정말 그를 속일 수 있었던 사람은 몇 되지 않았다.

"아니요, 왜 그러시죠?" 에릭 슈타틀러는 거짓말에 서툴렀고 죄책 감까지 느끼고 있었다. 그는 보덴슈타인의 얼굴을 제대로 쳐다보지도 못했다.

"수요일, 12월 19일 아침 8시에는 어디 계셨습니까?" 보덴슈타인은 그의 질문을 무시하고 계속 질문을 퍼부었다. "그리고 목요일, 12월 20일 저녁 7시랑 화요일, 12월 25일 아침 8시에는 어디 계셨죠?"

에릭 슈타틀러는 영문을 모르겠다는 표정을 지었지만 연기는 서툴렀다.

"25일요? 크리스마스였잖아요." 그는 자신의 신체언어가 얼마나 많은 정보를 주고 있는지 모르는 채 머리를 긁적이고 코와 귓불을 만지고 팔짱을 꼈다. "그날 전 아침 일찍부터 조깅을 했습니다. 앉아서 일하는 직업이라 운동을 많이 하거든요."

"어디로 조깅을 갔습니까? 정확히 몇 시부터 몇 시까지 달렸죠? 본 사람 있습니까? 조깅 중에 만나 얘기한 사람은 있나요?"

"기억나지 않습니다. 전 매일 조깅을 합니다. 대체 그게 왜 중요한 거죠?"

보덴슈타인은 질문을 무시한 채 그를 유심히 관찰했다. 그는 이마에 땀이 송골송골 맺힌 채 손을 가만두지 못했고 눈동자를 끊임없이 움직였다. 강력반 형사 앞에 서면 대부분의 사람이 긴장한다. 하지만 그가 보이는 긴장은 과도했다.

"바이애슬론을 하시나요?" 보덴슈타인이 물었다. "이 지역에는 바이애슬론 하는 사람이 많지 않죠."

"군대에 있을 때 산악병이었습니다." 에릭 슈타틀러가 말했다. 이번에는 거짓말이 아니었다. "그때 바이애슬론을 알게 됐습니다. 지금은 바빠서 스키 탈 시간도 없지만요."

"그래도 다른 익스트림 스포츠를 즐길 시간은 있으시죠?"

"네, 가끔. 무슨 말씀을 하시려는 거죠?"

"사격은 잘하십니까?"

"전에는 꽤 하는 편이었습니다." 그는 고개를 끄덕였다. "하지만 다 옛날 얘기죠."

보덴슈타인은 스나이퍼 피해자들의 이름을 대며 아는 사람인지 물었다. 그는 이웃에 사는 할머니였다며 잉게보르크 롤레더만 안다고 대답했다. 마가레테 루돌프, 막시밀리안 게르케, 위르멧 슈바르처는 전혀 모른다고 했다.

"슈타틀러 씨, 제가 조금 전에 말한 날짜와 시각에 알리바이가 있어야 할 겁니다." 보덴슈타인이 말했다. "왜냐면 슈타틀러 씨는 지금 살인 사건 네 건의 용의자로 지목되었으니까요."

"지금 농담하시는 겁니까?" 에릭 슈타틀러가 항의했다. "전 살인자가 아닙니다!"

"그럼 사건이 일어난 시각에 뭘 했는지 말씀해보시죠." 보덴슈타인이 대꾸했다.

"그건…… 그건 말할 수 없습니다." 슈타틀러는 다시 머리를 만졌다. "생각이 잘 안 납니다."

"경찰서에 가면 생각할 시간 많을 겁니다." 보덴슈타인이 말했다. "일단 옷부터 입으시죠. 그리고 필요한 물건을 간단히 챙기세요. 우리 직원이 동행할 겁니다."

"구속되는 겁니까?"

"긴급체포입니다." 보덴슈타인이 대답했다.

"뭔가 착각하신 겁니다. 전 그 사건들과 아무 상관없습니다." 에릭 슈타틀러가 항변했다.

"슈타틀러 씨를 위해서 저도 그러기를 바랍니다." 보덴슈타인이 돌아서며 말했다. "어서 서두르세요."

10분 뒤 그들은 엘리베이터를 타고 아래층으로 내려갔다. 건물 입구로 가는데 어떤 여자가 다가왔다. 짧은 검정색 머리 여자로 베이지색 트렌치코트 밑에 트레이닝복을 입고 있었다.

"에릭!" 그녀는 경찰관 사이에서 걷고 있는 슈타틀러를 발견하고 외쳤다. "어…… 어떻게 된 거야?"

"리즈…… 나……." 슈타틀러는 멈추려 했지만 경찰관들은 본 척도 하지 않고 계속 발길을 재촉했다.

"왜 그래?" 여자는 들고 있던 스포츠가방을 던지듯 바닥에 내려놓고 달려왔다. "이봐요, 내 남자친구랑 얘기 좀 하게 해주세요. 왜 데려가는 거예요? 어디로 데려가는 거냐고요!"

보덴슈타인이 그녀 앞을 가로막았다. 그녀는 그제야 보덴슈타인을 의식했다.

"할 얘기가 있어서 호프하임으로 데려갑니다."

"에, 하지만…… 왜……." 그녀는 말을 멈추고 눈을 둥그렇게 떴다. "잠깐…… 조금 전에 텔레비전에 나온 사람 아니에요? 맞죠?"

보덴슈타인은 고개를 끄덕였다. 머릿속에서 간단한 추측을 하는 동안 그녀의 얼굴에는 경악의 표정이 번져갔다. 그녀는 어깨를 축 늘어뜨린 채 돌아섰다. 그리고 계단에 앉아 울기 시작했다.

*

피아와 킴은 11시가 되어서야 집에 도착했다. 보덴슈타인이 피자를 돌렸기 때문에 배가 고프지는 않았다. 킴은 들어오자마자 하품을 하며 자기 방으로 들어갔다. 크리스토프와 스카이프를 할 수 있는 기회였다. 크리스토프가 타고 있는 배는 무선인터넷이 가능했다. 피아는 잠시나마 긴장을 잊고 크리스토프가 들려주는 손님들 이야기에 웃을 수 있었다. 괴짜들이 더러 있는 모양이었다.

"피곤한가 봐." 크리스토프가 말했다.

"오늘 너무 힘들었어. 네 번째 피해자가 나왔는데 수사는 여전히 오리무중이에요. 도무지 진전이 없어. 아, 나도 뿅 하고 거기로 날아가고 싶어!"

"나도 그랬으면 좋겠어." 그가 자상한 미소를 지었다. 그러나 곧 진지한 표정으로 돌아왔다. "집에 혼자 있지 않아서 정말 다행이야."

"응, 나도 킴이 있어서 좋아요."

크리스토프와 대화를 하고 나니 마음이 한결 편해졌다. 수천 킬로미터나 떨어져 있지만 훨씬 가깝게 느껴졌다.

"보고 싶어." 크리스토프가 작별인사를 했다. "자기가 없으니까 뭘 해도 재미가 없네."

그 말에 피아는 가슴이 울컥했다. 그만 눈물이 날 것 같았다. 화면에서 그의 얼굴이 사라지자 피아는 노트북을 닫고 한동안 멍하니 허공을 바라보았다. 이렇게 누구를 사랑해본 적이 있던가! 헤닝과 결혼했을 때는 완전히 달랐다. 헤닝이 며칠씩 출장을 가서 어디 있는지 정확히 모를 때도 이렇게 사무치게 보고 싶었던 적은 없었다. 오히려 남편이 집에 없는 게 편하게 느껴진 적도 있었다.

피아의 생각은 디르크 슈타틀러에게로 흘러갔다. 크리스토프도 디르크 슈타틀러처럼 갑자기 아내를 잃었다. 똑같이 뇌출혈이었다. 어린 딸 셋과 함께 홀로 남겨졌을 때, 아프리카에서 살겠다는 꿈을 아내와 함께 땅속에 묻어야 했을 때 크리스토프는 얼마나 힘들었을까? 크리스토프는 그 얘기를 피아에게 한 적이 있다. 그는 아이들이 있었기 때문에 계속 살아야 했고, 결국 아내의 죽음을 극복할 수 있었다고 했다. 디르크 슈타틀러도 비슷했다. 그러나 그는 10년 후 다시 딸을 잃었다. 그런데 아들이 사람을 넷이나 죽인 살인범이라는 것을 알게 되면 어떨까? 아니면 그도 아들이 한 짓을 알고 있을까? 모든 정황은 에릭 슈타틀러를 범인으로 지목하고 있었다. 보덴슈타인은 스나이퍼를 체포했다고 확신했다. 하지만 피아는 그다지 확신이 서지 않았다. 에릭 슈타틀러가 변호사를 부르지 않은 것은 그가 무죄이기 때문일까? 내일이 되면 뭔가 더 알게 되겠지.

오스터만은 디르크 슈타틀러가 넘겨준 소송 기록을 샅샅이 뒤졌지만 루돌프 교수와 병원장 울리히 하우스만 교수 말고 다른 이름은 찾아내지 못했다. 죽은 빵집 여종업원의 남편, 파트릭 슈바르처라는 이름은 어디에도 없었다. 카트린이 그를 다시 만나러 갔지만 키르스텐 슈타틀러라는 이름을 처음 듣는다는 대답만 듣고 돌아왔다. 파트릭 슈바르처는 강한 진정제를 처방받은 상태라 쓸 만한 대답을 들을 수 없었다.

휴대전화에서 알림음이 났다. 피아는 오스터만이 보낸 메시지를 읽었다. '안 자? 장피모에 대해 알아보는 중인데 완전 으스스하네.' 메시지 끝에 링크가 하나 달려 있었다. 크리스토프와 통화하느라 잠이 달아난 피아는 노트북을 펴고 링크 주소를 쳤다. '장기마피아 피해자 가족들을 위한 모임'의 줄임말인 장피모 홈페이지가 나왔다.

"세상에!" 피아는 낮게 중얼거리며 사이트에 올라와 있는 글을 읽기 시작했다.

장피모는 1998년에 결성된 단체로 의사의 소견에 따르면 뇌사이지만 정말 죽은 것이 아니라 죽어가는 상태에 있는 자녀의 장기 기증에 동의한 부모 등 여러 사람이 모여 만든 것이었다. 피아는 '단체 소개'를 클릭했다. 장피모는 회원수가 392명으로 유족뿐만 아니라 직업적 이유에서 장기 기증에 반대하는 사람들, 아니면 다른 이유로 장기 기증에 비판적인 사람들이 모여 있었다. 피아는 사이트를 계속 살펴보았다. 자녀를 잃은 사람들이 올린 다양한 사연들이 있고, 병원에서 일하는 사람들이 올린 장기 적출 과정을 설명해놓은 글도 있었다. 장기 기증에 관심이 없다가 몇 년 전 별 생각 없이 장기 기증 등록증을 만든 피아는 모골이 송연해졌다. 그녀는 오스터만에게 전화를 걸었다. 오스터만은 바로 전화를 받았다.

"섬뜩한데." 피아가 말했다.

"리디아 빙클러가 올린 글도 있어."

"응, 읽었어." 피아는 마우스를 밑으로 죽 내렸다. "으, 끔찍해! 나도 등록증 만들었는데 바로 없애야겠어."

"장기 기증 자체가 나쁜 건 아니야. 오히려 훌륭한 일이지!" 오스터만이 말했다. "성인으로서 정확한 정보를 제공받은 뒤에, 가족들의 품 안에서 죽을 수 없다는 걸 받아들인다면 말이야. 사람 목숨을 살리는 일이잖아."

"정말 그렇게 죽고 싶어?" 피아는 말도 안 된다는 표정을 지었다. "아직 제대로 죽지도 않은 상태잖아. 으, 생각만 해도 끔찍해. 미국에서는 수술실로 가는 도중에 깨어난 여자도 있대."

"정확한 뇌사 판정 기준이 있어. 의사들은 의료적 증상뿐 아니라

회복이 불가능하다는 것을 증명해야 해."

"병원에서 그 기준을 제대로 지킬 거라고 생각해?" 피아는 몸을 부르르 떨었다.

오스터만도 그 질문에는 대답하지 못했다.

"그런데 한 가지 눈에 띄는 건 이 포럼에 글을 쓴 사람들은 모두 감정적 비상사태에서 장기를 기증하라는 윤리적 압박을 받았다고 호소하고 있다는 거야."

"키르스텐 슈타틀러의 부모처럼 말이지?" 피아가 말했다. "의사들이 당장 심장이나 콩팥을 이식하지 않으면 사람들이 죽을 거라고 끊임없이 얘기했다잖아. 아까 빙클러 부인에게 들으니까 병원에서 엄청나게 압박한 것 같더라고. 망설이는 동안 사람이 죽으면 책임질 거냐고 했대! 정말 웃겨!"

"게다가 뇌사자들은 전혀 죽은 것 같지 않다는 게 문제지." 오스터만이 덧붙였다. 곧이어 자판 두드리는 소리가 났다. "충격에 빠진 가족들은 자녀나 부모, 배우자가 죽었다는 말을 받아들이지 못하고 언젠가 깨어나길 바라지. 하지만 의사들로선 언제까지고 기다릴 수만은 없는 노릇이야. 장기 적출은 살아 있을 때 하는 거지 죽은 다음에 하는 게 아니거든. 그런데 의학적으로 뇌사자는 죽은 사람이야. 독일 윤리위원회 홈페이지에 링크된 논문에 보면 '뇌사의 정의를 내릴 때 도덕성과 인권의 문제는 어떻게 되는가?'라는 질문이 있는데 대답이 '뇌사자는 세포 차원의 육체적 존재일 뿐 이성적 활동이나 사회적 상호작용이 불가하다. 그것은 연명이지 삶이 아니다'라고 되어 있어. 뇌사의 정의를 내릴 때는 항상 장기 이식 의학이 끼어들어."

오스터만이 말하는 동안 피아는 '협회 정보'를 클릭했다.

"요아힘 빙클러가 부회장이네." 피아가 오스터만의 말을 끊었다.

"리디아 빙클러는 서기고. 회장은 마르크 톰슨이라는 사람인데 주소가 엡슈타인이야. 공식적인 협회 소재지도 그 주소로 되어 있어. 심지어 비상시에 전화할 수 있는 핫라인 번호까지 있어. 장피모 회원들이 24시간 대기하나 봐."

"슈타틀러 부자 이름도 있어?" 오스터만이 물었다.

"아니, 회장단에는 없어." 피아가 대답했다. "디르크 슈타틀러와 빙클러 부부는 연락 없이 지낸 지 오래됐대. 그리고 디르크 슈타틀러가 장피모에 대해 말하는 투로 봐선 그 단체에서 활동할 것 같지는 않아. 그 사람에게는 다 끝난 일이거든. 그 일을 계속 생각하고 곱씹는다면 극복해낼 수 없잖아. 그런데 내가 보기에 슈타틀러는 아내의 죽음을 극복한 것 같았어. 그가 혼자 집에 처박혀서 두문불출하는 외톨이형이 아닌 것만은 확실해. 이웃이랑도 잘 지내더라고."

오스터만은 그저 "으음" 하는 소리만 낼 뿐이었다.

"내가 생각해봤는데 막시밀리안 게르케와 위르멧 슈바르처는 왠지 그림에 어울리지 않아." 피아가 화제를 돌렸다. "막시밀리안 게르케가 왜 죽어야 했던 걸까? 키르스텐 슈타틀러의 심장을 받았기 때문에?"

"아니지. 범인이 막시밀리안의 아버지를 벌하려고 했기 때문이잖아." 오스터만이 대답했다.

"뭘 벌하기 위해서? 그 사람이 뭘 잘못했는데?" 피아가 물었다.

"프리드리히 게르케는 영향력이 있고 돈이 많은 사람이야." 오스터만이 대꾸했다. "자기 아들이 빨리 새 심장을 받을 수 있도록 누군가에게 뇌물을 줬을 수도 있지."

"하지만 그건 불가능하잖아." 피아가 머리를 흔들었다. "유로트랜스플랜트에서 이식 대상자를 선정하잖아. 거부 반응 때문에 아무나 장기를 받을 수 있는 게 아니라며?"

"신문도 안 봐?" 오스터만이 한심하다는 투로 말했다. "원래는 간을 이식받지 못할 사람이 병원의 부정행위로 간 이식을 받아서 큰 스캔들이 났었잖아."

"그 얘기는 나도 들었어." 피아가 하품을 하며 말했다. "그 부분은 전문가에게 물어봐야 할 것 같아. 물론 다들 입을 꾹 다물겠지만."

"그럼 전남편에게 물어보지 그래?" 오스터만도 하품을 했다. "헤닝이 알지도 모르잖아. 아유, 나도 이제 집에 가야겠다. 오늘 세상이 끝날 것도 아니고."

피아는 잘 들어가라고 인사하고는 전화를 끊었다. 하지만 신경이 바짝 곤두서서 도무지 잠이 올 것 같지 않았다. 그래서 자정이 훨씬 넘을 때까지 인터넷을 했다. 여기저기 뒤적거리다 보니 왜 사람들이 장기 기증 등록증을 만들지 않는지 알 것 같았다.

밤새 눈이 그쳤다. 기온도 몇 도 올랐다. 보덴슈타인은 어둠이 채 가시지 않았을 때 집을 나서 루퍼츠하인에서 피시바흐로 가는 구불구불한 길을 달렸다. 어젯밤 늦게 오스터만이 옌스 하르티히의 켈크하임 주소를 문자로 보내주었다. 컴퓨터로 할 수 있는 것은 이메일, 경찰 사이트 불러내기, 검색밖에 없는 보덴슈타인으로서는 오스터만이 그런 주소를 척척 알아내는 것이 신기하기만 했다. 코지마는 전날 소피아를 데려갔다. 그럼에도 불구하고 잉카는 그의 집에 오지 않았다. 복통에 시달리는 말이 있어서 밤새 살펴봐야 하는데 그러려면 집에서 자는 게 낫다는 주장이었다. 그래서 그녀의 집으로 갈까 생각해보기도 했다. 어쩌면 그녀도 그것을 바랐는지 모른다. 하지만 힘든 일과를 마친 터라 혼자 조용히 쉬는 게 좋을 것 같았다. 켈크하임에 들어서니 안개가 짙어졌다. 그래서인지 루퍼츠하인보다 더 춥게 느껴졌다. 겨울철에 삼사 일 정도 바람이 없다가 나타나는 전형적인 날씨

292

었다. 보덴슈타인은 내비게이션 없이 그 주소로 찾아갔다. 차에서 내려 초인종을 눌렀는데 아무 대답이 없었다. 막 차로 돌아가려고 발길을 돌리는데 유모차와 개를 끌고 나오는 여자가 보였다.

"제가 도와드리죠." 그는 얼른 문을 열어주었다. 그리고 여자가 건물 밖으로 나올 때까지 기다렸다가 신분증을 보여주며 옌스 하르티히에 대해 물었다.

"조금 전에 나가던데요." 여자가 말했다. "분명히 묘지에 갔을 거예요. 그 일이 있은 뒤로는 매일 출근하기 전에 묘지에 들르거든요."

"그 일이라뇨?"

"여자친구가 자살했거든요. 결혼식 2주 전에 말이에요. 그러니 얼마나 상심이 크겠어요."

개가 컹컹 짖으며 이리 뛰고 저리 뛰었다. 그러다 목줄이 유모차 바퀴 하나에 엉켰다.

"그의 여자친구를 보신 적 있나요?" 보덴슈타인이 바퀴에 걸린 줄을 풀며 물었다.

"어머나, 고마워요." 여자가 미소를 지었다. "헬렌을 잘 알았죠. 가끔 여기 왔었거든요."

"그러니까 여기서 같이 살진 않았군요?"

"네, 결혼하면 이사 간다고 했어요. 옌스가 호프하임에 집을 한 채 가지고 있거든요. 그런데 이제 헬렌이 없으니 혼자 거기 들어가서 살진 않을걸요."

"네, 그렇군요. 혹시 그 묘지가 어디인지도 아십니까?"

"네, 켈크하임 공동묘지예요." 여자는 보덴슈타인에게 한 걸음 다가서며 목소리를 낮췄다. "헬렌 아버지가 리더바흐에 사는데, 옌스는 자기가 돌봐야 한다면서 켈크하임에 묻게 했어요. 좀 섬뜩하지 않아요?"

보덴슈타인의 생각도 같았다. 그는 매우 협조적인 이웃 여자에게 인사를 하고 묘지로 향했다.

*

"10년 전에는?" 피아가 물었다. "그때도 그렇게 엄격했어?"

피아와 킴은 법의학연구소에 있는 헤닝의 사무실 책상 맞은편에 앉아 장기 적출이 어떻게 이루어지는지, 장기 이식을 받으려는 사람이 갖춰야 하는 조건은 무엇인지, 장기 이식과 적출에 대한 규정은 어떤 것인지 설명을 들었다. 그 규정과 기준은 독일장기기증재단에서 엄격하게 감시하는데, 특히 최근 몇 년간 일어난 사건 때문에 장기를 기증하려는 사람이 현저히 줄어들자 더욱 엄격해졌다고 했다.

"지금보다는 덜했을지도 모르지만 그때도 상당히 엄격했어." 헤닝이 대답했다. "실수가 생기면 배우는 게 있고 그러면 새로운 규정이 더해지는 거지."

"자신이나 가족을 위해서 돈을 주고 기회를 사는 건 어때? 가능해?" 피아가 물었다.

"무슨 얘기를 하려는 거야?" 헤닝은 안경알을 닦으며 피아를 건너다보았다. 그의 이마엔 주름이 잡혀 있었다.

"스나이퍼가 왜 막시밀리안 게르케를 죽였는지 생각해봤거든." 피아가 대답했다. "막시밀리안은 키르스텐 슈타틀러의 심장을 받았고 막시밀리안의 아버지는 부자였어. 막시밀리안의 아버지가 재해병원 사람들에게 뒷돈을 준 거 아닐까?"

헤닝은 안경을 다시 썼다.

"물론 유로트랜스플랜트에 특별히 위급한 환자라고 알릴 수는 있어." 헤닝이 말했다. "어차피 위급한 환자들만을 대상으로 하지만 말이야. 조직 조건과 면역 조건이 맞고 환자가 가까운 곳에 있으면, 그리고 환자에게 맞는 심장이 있으면 가능할 수도 있어."

"그런 경우가 실제로 있었나요?" 킴이 물었다.

"심장은 잘 모르겠고 간은 이번에 크게 보도됐잖아." 헤닝이 말했다. "심장은 장기 이식 중에서도 그 조건이 까다로운 편이야. 심장은 공여자와 수혜자의 신체 조건이 맞아야 해. 신장과 체중이 15퍼센트 이상 차이 나서는 안 돼. 물론 혈액형도 맞아야 하고. 혈액형을 넘어서는 이식은 불가능해. 미국과 스위스에서 그런 선례가 있었어. 1997년에 베른에서 한 번 성공했는데 2004년에는 취리히에서 심장을 이식받은 여자가 죽었어. 의사들이 수혜자와 이식할 심장의 혈액형을 헷갈렸기 때문이었지."

"어떻게 그걸 헷갈릴 수 있어요?" 킴이 놀라서 물었다.

"기증된 심장이 보편적인 혈액형 O형이라면 아무 혈액형에나 이식할 수 있어." 헤닝이 강의하는 투로 설명했다. "그런데 거꾸로 기증된 심장이 A, B, AB라면 O형에게 이식할 수 없지."

"그럼 뇌물을 써도 장기를 받는 건 거의 불가능하겠네." 스나이퍼가 막시밀리안 게르케를 죽인 이유를 알아낼 수 있겠다고 기대했던 피아는 실망한 표정이었다.

"완전히 불가능한 건 아니야." 헤닝이 말했다. "독일은 장기를 기다리는 환자는 수백 명에 달하지만 장기 기증률은 유럽 국가들 중에서 낮은 편이야. 그런데 환자들은 장기를 기다리는 동안 병원에서 치료를 받는단 말이지. 의사는 당연히 그 환자와 환자의 병력에 대해 잘 알 수밖에 없어. 그런데 그 병원에 잠재적인 장기 기증자가 실려 왔고 가정해보자고. 그럼 병원에서는 유로트랜스플랜트에 데이터를 보내고 거기서 이식 대기자들 중 몇 명을 선정해. 해당 병원에 잠재적 수혜자가 있다면 그 환자가 장기를 받게 되는 거지. 특히 심장은 적출한 지 네 시간 내 이식해야 돼서 수혜자가 가까운 곳에 있어야 해. 네 시간이 넘으면 심장이 기능을 하지 못하거든."

"그런 걸 어떻게 다 알아요?" 킴이 감탄하며 물었다.

"나도 처제처럼 검찰이나 병원에 감정을 해줄 때가 종종 있거든." 헤닝이 미소를 지었다. "필요하면 내가 더 알아봐줄게."

"그래 주면 고맙지." 피아는 남은 커피를 다 마시고 손목시계를 보더니 자리에서 일어섰다. "재해병원에서는 입 꾹 닫고 한마디도 안 해줘. 뭐 숨길 거라도 있는 것처럼 말이야."

"숨길 게 있겠지." 헤닝이 고개를 끄덕였다. "뭔가 숨겨야 할 일이 있는 걸 거야."

"슈타틀러 가족과 재해병원 사이의 소송은 병원에서 슈타틀러에게 보상금을 주고 합의를 보는 걸로 마무리됐어." 피아가 설명했다.

"의사 과실에 대한 조사는 외부에 알려지지 않은 채 중단되는 게 다반사야." 헤닝도 자리에서 일어섰다. "하지만 비인간적인 조건에서 일하는 의사들도 불쌍하기는 해. 열 시간, 열두 시간 일하고 나면 집중 안 되는 건 다 마찬가지야. 그런데 외과의나 마취의는 절대 실수가 용납되지 않거든. 자동차를 도색하는 사람은 실수한 부분에 덧칠을 하면 되지만 외과의는 그 순간에 실수하면 끝장이야. 압박은 강하고 책임은 무겁지."

그들은 사무실을 나와 복도를 걸어갔다. 피아는 문득 떠오르는 것이 있었다.

"9월에 자살한 헬렌 슈타틀러라는 여자 혹시 여기서 부검했는지 좀 알아봐줄래?" 피아가 헤닝에게 부탁했다. 그는 오늘따라 유난히 기분이 좋아 보였다. "2012년 9월 16일 켈스터바흐에서 달리는 열차에 뛰어들었어."

"알았어." 헤닝이 고개를 끄덕였다. "알아보고 연락할게."

*

　이른 시간이라 켈크하임 공동묘지 주차장에는 차가 딱 한 대밖에 없었다. 어두운색 볼보에는 '호프하임 하르티히 금은방' 광고가 붙어 있었다. 보덴슈타인은 그 옆에 차를 세우고 안개 낀 어스름 속에서 묘지 정문으로 가는 계단을 올랐다. 마지막으로 이곳에 온 것은 몇 년 전 화창한 여름날 파울리 선생의 장례식 때였다. 보덴슈타인은 장례식장에서 왼쪽으로 꺾어 가운뎃길로 들어섰다. 그는 묘지의 조용하고 평화로운 분위기를 좋아했다. 어디로 여행을 가든 교회를 찾아가 묘비 사이를 거닐며 오랫동안 산책하는 것을 즐겼다. 묘비에 새겨진 글을 읽으며 여기서 마지막 안식을 찾은 사람은 과연 어떤 사람일까 생각해보곤 했다. 묘지는 무엇보다도 그의 감성적인 성정과 잘 맞았다. 그래서 코지마가 아무리 놀려도 묘지 산책을 포기하지 않았다.

　코지마. 코지마는 대체 어떻게 된 걸까? 왜 갑자기 여행을 그만둔 걸까? 혹시 남자와 관련 있는 걸까? 실연? 이혼한 지 한참 되었지만 아직도 코지마의 일이 남의 일 같지 않았다. 코지마가 상처를 받으면 상처를 준 사람에게 은근히 화가 났다. 물이 뚝뚝 떨어지는 앙상한 나뭇가지 아래 안개 낀 묘지를 걷고 있노라니 사람의 마음이란 참으로 이상하고 예측 불가능한 것이란 생각이 들었다. 이제까지 살면서 코지마만큼 그에게 큰 상처를 준 사람은 없었다. 그런데 지금 그는 그녀를 염려하고 있지 않은가!

점차 밝아오는 여명 속에 보덴슈타인은 왼쪽 앞에서 뭔가 움직이는 것을 느꼈다. 만든 지 얼마 안 된 무덤들 사이에 한 남자가 손을 모은 채 고개를 숙이고 서 있었다. 보덴슈타인은 실례가 되지 않도록 한참 뒤에 떨어져서 섰다. 그 남자는 누가 왔다는 것을 눈치채고 고개를 들었다. 그리고 보덴슈타인에게 다가왔다.

"옌스 하르티히 씨인가요?" 보덴슈타인이 물었다.

그는 고개를 끄덕였다. 30대 후반이나 40대 초반으로 보였고 잠을 못 잔 얼굴이었다. 눈은 붉게 충혈됐고 면도를 하지 않아 얼굴이 꺼칠한 데다 잿빛 머리는 부스스했다. 보덴슈타인은 자기소개를 했다.

"전 매일 아침 헬렌을 보러 옵니다." 하르티히가 쉰 듯한 목소리로 말했다. "그녀와 결혼하려고 했습니다. 청첩장도 보냈고, 모든 게 다 준비된 상태였습니다. 심지어 피로연 메뉴까지 정했었죠. 신혼여행도 예약했고요. 3주간 캘리포니아! 헬렌의 꿈이었죠. 그런데 결국 그들에게 죽임을 당했습니다."

"누구 말입니까?" 보덴슈타인은 무슨 말인지 이해되지 않았다.

하르티히는 손으로 눈두덩을 문질렀다.

"헬렌의 악령들요." 그가 나지막하게 대답했다. "내 사랑의 힘보다 그 악령들이 강했던 겁니다. 결국 헬렌은 죽고 말았어요. 그리고 난 이렇게 살아가야 합니다. 헬렌 없이는 아무 의미도 없는 삶인데 말입니다."

*

"요아힘 빙클러는 화학자였어. 40년간 회히스트 화학회사에서 일했지." 카이 오스터만은 꼼꼼하게 조사한 내용을 보고했다. "나중에는 그 회사의 후신 중 하나에서 일했고. 전과는 없지만 사냥총을 여러 정 소지하고 있어."

"그건 우리가 봤는데, 오랫동안 사용하지 않은 것 같았어." 피아가 말했다. "진짜 파킨슨병인지 아닌지 어떻게 알 수 있지?"

"그건 내가 알아낼 수 있어요." 네프가 말했다. 전날 저녁 기자회견 전에 그런 말다툼이 있었으니 다시는 나타나지 않을 줄 알았는데 아침이 되자 정확한 시간에 나타났다. 게다가 밤새 딴사람이 된 듯 처음으로 양복을 입지 않고 출근했다. 다른 사람들처럼 청바지에 스웨터 차림이었다. 그는 넥타이와 함께 거만함을 내려놓았을 뿐 아니라 자신의 행동을 사과하는 발전을 보였다.

"알았어요." 피아는 뒤끝 없는 성격이라 흔쾌히 사과를 받아들였다. 그는 경륜 있는 경찰관이고 그들은 일손이 부족했다. 보덴슈타인이 옌스 하르티히와의 대화가 길어질 것 같다고 문자를 보내왔기 때문에 피아는 일찌감치 회의를 시작했다. 셈은 빙클러 부부에 대해 보고했고, 피아와 킴은 아침에 헤닝에게 들은 이야기를 했다.

"그런데 키르스텐 슈타틀러의 혈액형이 뭐였어?" 피아가 물었다.

"어? 그건 생각 못 했는데." 오스터만이 말했다.

"어디 서류 줘봐요. 내가 한번 찾아볼게요." 킴이 오스터만에게 손을 내밀었다.

오스터만은 디르크 슈타틀러에게 받은 서류를 킴에게 건넸다.

"하우스만이라는 사람과 연락하려고 해봤어." 오스터만이 말했다. "지금도 이 사람이 재해병원 원장이야. 연휴 동안 여행을 갔는데 그쪽 말로는 아주 멀리 가서 연락도 안 된대. 재해병원 운영진은 여전히 비협조적이야. 2002년 직원 명단을 보내달라고 했는데 꿈쩍도 안

하네."

"그럼 다른 방식으로 접근해봐야지. 내 생각엔 두 그룹으로 나눠서 일하는 게 좋을 것 같아." 피아는 막 도착해 문가에 기대고 서 있는 니콜라 엥엘을 쳐다보았다. 엥엘 과장은 계속하라는 뜻으로 고개를 끄덕였다. "한 그룹은 범인을 찾는 데 집중하고 다른 그룹은 잠재적인 피해자를 찾는 거야."

"그냥 다 감시하면 안 되나?" 셈이 말했다. "빙클러 부부, 디르크 슈타틀러, 에릭 슈타틀러까지. 범인이 키르스텐 슈타틀러의 가족이라는 건 확실하잖아."

"그건 비용과 인력 때문에도 안 돼." 니콜라 엥엘이 문가에서 말했다. "그리고 아직은 혐의도 부족하고. 세상에 어떤 판사가 그 정도 혐의로 감시를 허락하겠어?"

"순찰차로 더 자주 왔다 갔다 하는 수밖에 없어." 피아가 말했다.

곧이어 그들은 임무를 분배하고 회의를 마쳤다.

"난 지금부터 에릭 슈타틀러를 심문할게." 피아가 일어서서 말했다. "킴, 옆방에서 듣고 싶으면 들어와."

"내가 함께 들어가지." 니콜라 엥엘이 말했다. 피아는 뜻밖의 제안에 놀랐지만 얼떨결에 고개를 끄덕였다. "심문은 키르히호프 형사가 하고 난 옆에 조용히 있을게."

엥엘 과장이 직접 용의자를 심문하는 일은 매우 드물다. 하긴 이번처럼 복잡한 사건도 드물긴 하다.

"네, 알겠습니다." 피아가 말했다. "그럼 내려가시죠."

*

보덴슈타인은 작은 가게 안에 진열된 귀금속을 살펴보았다. 금, 은, 백금, 진주, 다이아몬드, 보석으로 만들어진 반지, 브로치, 목걸이, 시계, 장식용 옷핀이 유리 진열장 안에서 우아하고 정교하고 화려한 자태를 뽐내고 있었다.

"이걸 다 직접 만드셨습니까?" 보덴슈타인이 감탄해서 물었다.

"그럼요. 그게 제 직업인걸요." 하르티히가 미소를 지었다. "물론 수리도 하지만 직접 제작하는 게 훨씬 재미있습니다."

"그런데 어디서 작업을 하십니까?" 보덴슈타인이 주위를 둘러보았다.

"이리 오십시오. 공방을 보여드리죠." 하르티히가 커튼 뒤로 들어가자 보덴슈타인도 그 뒤를 따랐다. 복도를 지나니 무척 큰 공간이 나왔다. 네 개의 작업대가 있고 작업장에는 주조용 목형, 화학약품, 나사 바이스, 공구가 들어 있는 플라스틱 상자, 프로판가스 통이 있었다.

"우리가 여기서 직접 다 만듭니다." 하르티히가 손때 묻은 작업대의 상판을 손으로 쓸며 말했다.

"우리요?" 보덴슈타인이 각 작업대 앞 벽에 걸려 있는 집게, 줄, 톱, 망치를 보며 물었다.

"네, 직원 두 명과 실습생 한 명이 있습니다." 하르티히가 설명했다. "금세공은 가장 역사가 긴 수공예 중 하나입니다. 창의성, 끈기, 손재주가 있어야 하죠. 물론 요즘에는 레이저 납땜기도 사용하고 CAD로 디자인도 하지만 전 전통적인 방법을 좋아합니다. 예를 들어, 여기 있는 이건 입으로 불어서 사용하는 납땜기입니다."

"흥미롭네요." 보덴슈타인이 고개를 끄덕였다. "그런데 재료들은 어디에 보관하십니까? 재료가 꽤 비쌀 텐데……."

"저녁에는 금고에 넣어둡니다. 깎아낸 부스러기는 합금해서 재사용하고요."

그는 공방을 나가 옆에 있는 작은 방으로 갔다. 휴게실이자 부엌이자 사무실인 것 같았다.

"커피 드시겠습니까?" 하르티히가 커피머신을 켜며 물었다.

"네, 한 잔 주십시오." 보덴슈타인이 대답했다. "전 아무것도 안 넣고 블랙으로 마십니다."

그라인더가 윙 소리를 내며 원두를 갈기 시작했다. 보덴슈타인은 주위를 둘러보았다. 벽에 실물보다 큰 크기의 젊은 여자 사진이 붙어 있었다. 무척 아름다운 여자였다.

"헬렌입니다." 보덴슈타인의 시선을 눈치챈 하르티히가 말했다. "제 인생에 헬렌 같은 여자는 없었습니다. 제 반쪽이랄까요?"

"약혼녀를 무척 그리워하시는군요."

"헬렌이 죽은 뒤로는 반쪽짜리 삶을 사는 것 같습니다." 하르티히가 커피를 내밀었다. "이 상태가 언젠가 나아질 것 같지도 않고요."

보덴슈타인은 상담사 놀이를 할 생각이 없었기 때문에 그럴듯한 위로 같은 것은 생략하고 바로 용건을 꺼냈다. 그는 범인이 키르스텐 슈타틀러의 가족 중에 있으며, 가족에게 고통을 안겨준 사람들에게 복수하는 것으로 의심된다는 이야기를 했다.

하르티히는 손에 커피잔을 든 채 싱크대에 기대서서 보덴슈타인의 말을 주의 깊게 들었다. 하지만 아무 대꾸도 하지 않았다.

"헬렌은 언제 알게 됐습니까?" 보덴슈타인이 물었다.

"4년 전 한 단체에서 강연한 일이 있습니다. 헬렌이 조부모님을 모시고 다니는 곳이었지요."

보덴슈타인은 그의 말에 귀를 기울였다.

"왜 그 단체에서 강연하셨죠? 하르티히 씨도 가족을 잃으셨나요?"

하르티히는 깊이 한숨을 쉬더니 보덴슈타인 맞은편에 앉아 앞에 있는 메모지를 치우고 커피잔을 내려놓았다.

"아니요, 그보다 더 심합니다." 그가 쓸쓸한 얼굴로 대답했다. "저도 살인자들 중 하나였습니다."

"예?" 보덴슈타인은 놀라서 숨죽인 탄성을 내뱉었다.

"전 의사였습니다." 하르티히는 의자에 등을 기댔다. "집안 대대로 의사였죠. 증조할아버지, 할아버지, 아버지, 삼촌, 사촌 모두요. 그냥 이름만 의사인 어중이떠중이가 아니라 각 전공 분야의 톱 엘리트들이죠. 전 그런 집안에서 자랐습니다. 의사 외에 다른 직업은 생각해본 적도 없었어요. 운 좋게도 훌륭한 외과의가 될 자질을 타고났죠. 공부는 어렵지 않았습니다. 이름만 대면 다른 학생들에게는 열리지 않는 문이 척척 열렸지요. 하지만 제게는 냉철한 정신력이 부족했습니다. 크게 성공하기 위해서는 독해야 하는데 그렇지 못했죠. 마음이 약해서 확신 있게 일을 밀어붙이지 못했습니다."

"그래서 의사를 그만두고…… 금세공사가 됐다고요?"

"이 직업에서 필요한 손재주는 외과의에게 필요한 그것과 크게 다르지 않습니다." 하르티히는 미소를 지었지만 곧 진지한 표정으로 돌아왔다. "하지만 환자의 고통을 보지 않아도 되죠. 가망이 없다는 말을 전해야 할 때 환자와 환자 가족들이 보이는 그 절망과 아픔을 보지 않아도 됩니다. 그리고 전 병원 분위기를 좋아하지 않습니다. 아직도 군대식 문화가 많이 남아 있거든요. 민주적 의사소통 같은 건 바랄 수도 없지요. 아버지께서 절 꼭 심장 전문의로 만들려고 하지 않으셨다면 모든 게 달라졌을지도 모르죠. 아버지는 저를 이식센터에 계시는 친구 분께 보냈습니다. 처음 장기 적출 수술을 참관했을 때 저는 트라우마를 경험했습니다. 그런 수술이 어떻게 이뤄지는지 아십니까?"

보덴슈타인은 고개를 저었다.

"조금 전까지만 해도 중환자실에서 치료를 받던 환자는 수술실로 옮겨지는 순간 장기 냉장고로 변신합니다. 심장, 허파, 간, 콩팥, 췌장, 창자 일부, 뼈, 눈, 세포조직 모든 게 다 필요하죠. 그런 수술은 최대한 신속하게 이루어져야 합니다. 큰 수술일 때는 전국에서 의사들이 모여들어 환자에게 덤벼듭니다. 그리고 병원 스케줄을 방해하지 않도록 항상 밤에 수술을 하죠. 환자가 수술실로 들어오면 먼저 절개를 하고 장기를 식히기 위해 얼음물을 붓습니다. 그리고 피가 다 빠질 때까지 기다립니다. 수술실에서 다들 큰 소리로 전화를 하며 돌아다니고 발목까지 피가 차오르고 난리도 아닙니다. 만약을 위해 마취의도 함께합니다. 뇌사자는 살아 있는 사람과 똑같이 반응을 하거든요. 마치 잠자는 사람처럼 혈압이 오르고 꿈틀거리고 땀도 흘립니다. 그리고 수술이 끝나면 순간적으로 사람들이 쫙 빠집니다. 첫 참관 때도 그랬습니다. 정신을 차려보니 저 혼자 수술실에 남아 있더군요. 한 시간 전까지만 해도 숨을 쉬던 환자가 껍데기만 남은 채 속을 드러내고 싸늘하게 식어 있는데 아무도 신경을 쓰지 않았습니다. 전 사체를 꿰맬 사람이라도 찾으려고 어두운 병원을 헤맸습니다.

"어느 병원에서 일했습니까?" 보덴슈타인이 물었다.

"도르트문트 심장센터요." 하르티히는 손으로 턱을 쓸었다.

"그렇게 인간의 존엄성을 무시하는 행태, 기증자에 대한 경외심 부족, 직원들의 둔감한 태도는 정말 참기 힘들었습니다. 제가 생각하는 장기 기증은 그런 게 아니거든요. 사람의 목숨이 달린 일이니 신속해야 한다는 건 저도 이해합니다. 제가 말하고 싶은 건 그것이 '어떻게' 이뤄져야 하는가입니다. 가족의 품에서 죽는 것을 포기하고 자신의 장기로 다른 사람들을 살리기로 결정한 기증자에게 경외심을 갖는 의사는 별로 없습니다. 거기서 일어나는 일은 말 그대로 비윤리적입니다. 의사들은 지난번보다 더 빨리, 더 효율적으로 수술을 끝내는 데만 집중합니다. 그러다 보면 실수가 생기게 마련이죠. 장기가 손상돼 쓸 수 없게 돼버리기도 하고, 싸움이 나거나 알력 다툼이 생기기도 합니다. 정말 역겨운 일이죠."

"그렇다고 직업 자체를 포기했단 말입니까? 전공을 바꿀 수도 있지 않았나요?" 보덴슈타인이 물었다.

"그때는 그런 생각을 하지 못했습니다." 하르티히가 일어서며 말했다. "대신 제가 속한 조직에 반기를 들었죠. 제가 뭔가 바꿀 수 있다고 굳게 믿었거든요. 커피 더 하시겠습니까?"

"아니요, 전 됐습니다."

"뇌사자 판정 기준은 엄격합니다." 하르티히는 커피를 따라 와서 다시 자리에 앉았다. "이 기준은 독일연방의사협회와 독일장기기증재단이 정합니다. 손놀림 하나하나 모두 세세하게 기록합니다. 뇌사의 정의를 두고 아직도 의견이 분분하거든요. 장기 적출과 상관없는 의사 두 명이 열두 시간 차이를 두고 환자의 상태를 확인해야 합니다. 그 두 번의 검진에서 환자의 뇌가 돌이킬 수 없는 손상을 입었고 스스로 호흡할 수 없다는 것이 확인되어야 비로소 뇌사로 인정합니다. 물론 그 전에 혈액형 검사, 전염병 검사 등등 기증자로서의 적합성 검사를 하죠. 병원 역시 이윤을 추구하는 기업에 불과합니다. 그래서 평판에 신경을 많이 쓰고, 의사들은 의사들대로 경력을 쌓기 위해 수술이 필요합니다. 장기 이식 수술은 외과에서도 최고 엘리트 분야거든요. 조금이라도 앞서고 싶은 마음에 의사들은 어떻게든 규정을 비틀어 자신에게 유리하게 만듭니다. 병원 운영진과 관리자들은 뻔히 알면서도 눈감아주고요. 중환자실 의료진, 신경외과, 장기 이식 센터 과장, 부과장들이 정해진 검진 간격을 단축하고 기록부에 허위기재하는 걸 여러 번 목격했습니다. 처음엔 직속상사에게 알렸죠. 일이나 하라고 핀잔을 주더군요. 다음번에는 병원 운영진에게 말했습니다. 제게 재갈을 물리고 입단속을 시켰습니다. 그럼에도 불구하고 전 양심의 소리를 거스르지 못했습니다. 그런 규정이 괜히 있는 게 아니니까요. 그래서 그다음에 또 그런 일이 있자 바로 연방의사협회에 고발해버렸습니다. 위에서 협박이 있었지만 개의치 않았습니다. 그때 제가 스물일곱이었으니 정의의 이름으로 조직과 싸울 수 있다고 생각하는 무모한 나이이긴 했죠. 그런데 결과가 어땠는지 아십니까? 규정을 어긴 의사들 중 단 한 명도 징계를 받지 않았습니다. 그냥 그런 식으로 계속 일을 했습니다. 아무런 책임도 지지 않았어요. 반면 전 병원에서 해고됐고, 아버지에게는 버린 자식이 됐습니다. 아버지에게 전 의사 세계의 불문율을 깨뜨린 배반자였습니다."

"키르스텐 슈타틀러 건에 대해선 뭘 아십니까?" 보덴슈타인은 다 식어버린 커피를 한 모금 마시고 잔을 내려놓았다.

"그때도 비슷하게 진행된 것 같습니다." 하르티히가 대답했다. "실수를 얼버무리고, 감정서를 위조하고, 서류가 사라지고……. 마쳐 기록이 감쪽같이 사라졌는데 원래부터 없었다고 우겼답니다. 공식적으로 적출 수술에는 마취가 포함되지 않거든요. 뇌사자는 죽은 걸로 치니까요. 게다가 수술 기록 중 다른 것도 사라졌는데 외부 팀이 맡았던 거라고 발뺌을 했나 봅니다."

보덴슈타인은 하르티히를 뚫어질 듯 쳐다보았다. 말투에서 어느 정도 체념이 묻어나기는 했지만 세상을 보는 눈이 완전히 비뚤어졌거나 복수심에 불타는 것 같지는 않았다. 오히려 힘들었던 일들과 결별할 수 있어 홀가분해하는 것 같았다. 그의 눈에 내비치는 슬픔은 사랑하는 사람을 잃은 데서 오는 거지 젊은 나이에 직업적으로 큰 실패를 맛보았기 때문은 아닌 것 같았다. 그러나 그와 슈타틀러 가족 사이에는 무시할 수 없는 연관관계가 존재했다. 그는 과연 슈타틀러 가족의 드라마에 얼마나 깊이 관여한 것일까? 그들의 비극에 얼마만큼이나 동화됐을까? 공식적으로 가족은 아니지만 거의 가족에 가깝지 않았는가! 그들이 애타게 찾고 있는 당시 병원 관계자들의 이름을 그가 알고 있을까? 수사가 새로운 국면을 맞은 것일까?

잠시 침묵이 감돌았다.

"그런 과정을 거치며 인생이 망가진 사람을 장피모에서 여럿 봤습니다." 하르티히가 말했다. "전 그 사람들을 위해서 뭔가 하고 싶다는 생각을 했습니다."

"장기 기증에 반대하는 것 말입니까?"

"아니요, 장기 기증 자체를 반대하지는 않습니다." 하르티히가 대답했다. "환자 가족들이 병원에서 겪게 되는 과정, 충격에 빠진 상태에서 병원의 압박에 노출되는 상황을 말하는 겁니다. 저는 사고로 자녀나 배우자를 잃은 가족들이 그런 큰 결정을 내리기 힘든 상태에서 순전히 병원의 압박 때문에 자신의 뜻에 위배되는 결정을 내리는 것을 여러 번 보았습니다. 다른 사람의 죽음을 초래할 수 있다는 병원의 도덕적 압박에 어쩔 수 없이 동의하게 되는 거죠. 그 결과, 그들의 삶은 망가집니다. 병원과 의사들은 기본 규정을 지켜야 합니다. 윤리적이고 도덕적인 행동 방침을 따라야 합니다. 환자 가족들이 정확하고 폭넓은 정보를 접할 수 있도록 시간을 주어야 합니다. 장기 기증에 반대하는 결과가 나오더라도 말입니다. 물론 현재 장기 기증율은 턱없이 낮습니다. 그런데 그런 일이 일어나면 사람들의 기증 의사는 더 떨어지게 되겠죠."

"헬렌도 같은 생각이었습니까?"

"아니요." 하르티히의 시선은 벽에 붙은 사진을 향했다. "헬렌은 거리를 두고 생각할 줄 몰랐습니다. 상당히 급진적이었죠. 헬렌은 장기 이식을 자연의 순리에 반하는 행동이라고 생각했습니다. 어머니가 돌아가신 그때의 상황에서 헤어나지 못했죠. 헬렌의 영혼은 갈가리 찢긴 상태였습니다. 그리고 전 헬렌을 낫게 할 수 없었습니다."

*

카롤리네 알브레히트는 켈크하임에 있는 프리드리히 게르케의 집 앞에 도착해 차에서 내렸다. 저택들 사이에 짙은 안개가 걸려 있었다. 날씨는 더 추워진 것 같았다. 그녀는 낮은 울타리 문을 열고 블록이 깔린 진입로를 걸어갔다. 사철 푸른 측백나무 울타리, 허옇게 눈이 남아 있는 잔디밭, 여기저기 흩어져 있는 갈색 낙엽들……. 카롤리네는 진입로 위의 얼룩을 보고 몸을 떨었다. 막시밀리안은 이곳으로 걸어오다가 총에 맞은 것이다. 어머니는 즉사했다. 총알이 몸속으로 들어가 심장을 갈기갈기 찢어놓는다면 목숨이 끊어지는 데 시간이 얼마나 걸릴까? 막시밀리안은 죽는 순간 뭔가 느꼈을까? 생각은 했을까? 마지막으로 머릿속에 뭐가 스쳐갔을까? 아니면 필름이 끊긴 것처럼 갑자기 암흑으로 변했을까? 그리고 끝? 집이 가까워질수록 카롤리네는 왜 여기에 왔는지 회의가 들었다. 아들을 잃고 슬픔에 빠져 있는 노인을 꼭 이렇게 귀찮게 해야 할까? 아들이 죽은 게 자신 때문이라고 말해줘야 할까? 10년 전 그가 한 일은 부모라면 누구나 했을 일이다. 부모가 무슨 수를 써서라도 아픈 아이를 치료하려고 하는 것은 당연한 일이다. 만약 그레타가 아팠다면 카롤리네 자신도 그렇게 했을 것이다! 그녀는 문 앞에 한참 서 있었다. 미리 연락하고 왔어야 했나? 아니면 준비할 시간을 주지 않고 갑자기 묻는 게 더 나을까?

카롤리네는 숨을 깊이 들이마시고 초인종을 눌렀다. 사람이 나올 때까지는 한참 걸렸다. 에너지 넘치는 사람으로 기억하고 있던 그를 카롤리네는 다시 알아보지 못했다. 경제계의 요인으로서 여러 위원회에서 목소리를 높였던 프리드리히 게르케는 파리한 얼굴에 흐린 눈동자를 가진 꼬부랑 노인으로 변해 있었다.

"뉘신지?" 게르케가 경계하는 표정으로 물었다. "무슨 일로 오셨습니까?"

"전 카롤리네 알브레히트입니다." 카롤리네가 말했다. "디터 루돌프 교수가 저희 아버지세요. 혹시 기억나세요?"

노인은 카롤리네의 얼굴을 찬찬히 훑어보았다. 그러다 기억이 난 듯 고개를 끄덕였다.

"아, 그 카롤리네!" 그는 살짝 웃으며 검버섯이 난 앙상한 손을 내밀었다. "정말 오랜만이구나."

그는 문을 열며 안으로 들어오라는 손짓을 했다.

"20년도 훨씬 넘은 것 같아요." 카롤리네가 말했다.

"외투 벗고 들어오너라." 그가 상냥하게 말했다.

카롤리네는 코트를 벗어 옷걸이에 걸고 그를 따라 복도를 지나 작은 응접실로 들어갔다.

"그냥 인사 차 들른 건 아니에요." 그다지 편하지 않은 소파에 자리를 잡고 앉은 후 카롤리네가 말했다. "어머니가 돌아가셨어요. 아저씨 아들을 죽인 그 범인의 총에 맞아서요."

"알고 있다." 게르케는 맞은편 소파에 앉아 지팡이를 팔걸이 옆에 기대놓았다. "참 좋은 분이셨는데……."

카롤리네는 순간 울컥했지만 울음을 지그시 눌렀다.

"전…… 전 뭐가 뭔지 도무지 모르겠어요." 그녀가 목멘 소리로 말했다. "어머니가 왜 돌아가셔야 했는지 알고 싶어요."

"세상에는 설명할 수 없는 일이 많단다." 게르케가 말했다. "아무리 힘들어도 그냥 주어진 대로 받아들여야 하는 일도 있어. 유일한 혈육을 잃었는데 나라고 안 힘들겠니? 그저 운이 없었던 거야. 잘못된 시간에 잘못된 장소에 있었던 거지."

카롤리네는 믿기지 않는다는 눈빛으로 노인을 쳐다보았다. 뉴스도 안 보나? 경찰이 사건의 배후에 대해 말해주지 않았나? 아니면 게르케에게 치매기가 있는 걸까?

"아니에요, 아저씨!" 카롤리네가 반박했다. "범인은 아무나 닥치는 대로 쏘지 않아요. 최근 일어난 살인 사건들은 10년 전 죽은 키르스텐 슈타틀러라는 여자와 관계 있어요. 아버지 말로는 그 여자가 재해병원에 급성 뇌출혈로 실려 왔는데 뇌사로 확인된 후 장기 기증자가 되었대요. 범인은 살인을 저지를 때마다 경찰에게 자신이 왜 그렇게 행동했는지 설명하는 부고를 보냈어요. 저희 어머니는 아버지가 허영과 욕심 때문에 사람을 죽였기 때문에 죽어야 한다고 돼 있었어요."

프리드리히 게르케는 최면에 걸린 사람처럼 멍하니 그녀를 바라볼 뿐이었다.

"아저씨, 10년 전에 무슨 일이 있었는지 아신다면 제발 말씀해주세요." 카롤리네가 애절하게 말했다. "아버지는 정례에 따라 처리했다고 하시지만 전 그 말을 못 믿겠어요."

카롤리네는 노인의 뺨에 눈물이 흘러내리는 것을 보고 깜짝 놀랐다. 게르케는 애써 울음을 삼키며 말을 골랐다.

"그러니까…… 우리 막시밀리안 때도 그런 부고가 왔단 말이냐?" 게르케가 갈라진 목소리로 물었다. 눈에는 두려움이 서려 있었다.

"네." 카롤리네는 잠시 망설이다가 핸드백에서 부고 복사본을 꺼내 그에게 건넸다. 게르케는 잠시 멈칫했지만 받아서 읽기 시작했다.

막시밀리안 게르케는 한 인간의 죽음을 방조하고 뇌물을 수수한 아버지의 죄로 죽었다.

게르케는 얼굴에서 핏기가 싹 가시며 알 수 없는 소리로 낮은 비명을 질렀다.

"이거 내가 가져도 되겠니?" 게르케가 속삭이듯 물었다.

카롤리네는 긴장해서 고개만 끄덕였다.

게르케가 마음을 진정시키는 데는 약간의 시간이 걸렸다.

"막시밀리안이 그 여자의 심장을 받았다." 카롤리네는 그 말을 듣는 순간 자신의 귀를 의심했다. 아버지는 어쩌면 그렇게 중요한 사실을 숨길 수 있단 말인가! "막시밀리안은 자신이 살기 위해서 다른 사람이 죽어야 한다는 것 때문에 생각이 많았지만 난…… 그저 병을 고칠 수 있다는 게 기쁘기만 했단다."

"하지만…… 그렇다고 죽어야 하나요?" 카롤리네는 새로운 정보에 어리벙벙해졌다.

"우린 그때 옳다고 생각하는 일을 했다. 우리 모두 그랬지." 게르케가 갈라진 목소리로 말했다. "이제 대가를 치러야 할 때가 온 거야."

"왜 우리 어머니가 자신과는 아무 상관도 없는 일 때문에 대가를 치러야 해요?" 카롤리네가 반박했다. "아저씨 아들도 마찬가지고요! 제 말이 무슨 뜻인지 아시겠어요? 전 아버지가 어머니의 죽음과 상관없다고 믿고 싶어요. 하지만 만약…… 만약…… 정말 아버지 때문이라면 전 절대 아버지를 용서하지 못할 거예요."

카롤리네는 목이 메어 더 이상 말을 잇지 못했다. 그녀는 입술을 꽉 깨물고 머리를 세차게 흔들었다.

게르케는 지팡이를 잡더니 힘겹게 일어나 창가로 갔다. 창밖에 어스름이 깔리고 있었다.

"이제 그만 가봐야 하지 않니?" 게르케가 나지막하게 말했다.

카롤리네는 핸드백을 챙겨 일어섰다.

"죄송해요, 제가 아저씨에게 너무……."

"네가 죄송할 것은 하나도 없단다." 게르케는 손사래를 치며 그녀의 말을 끊었다. "난 오히려 고맙구나. 막시밀리안이 왜 그렇게 죽어야 했는지 의문이 풀렸으니까."

카롤리네는 그를 쳐다보았다. 그리고 그게 무슨 뜻인지 깨달았다. 받아들이기 힘들었지만 그녀도 파버에게서 부고를 받아 읽었을 때 후련한 기분이 들었다. 하지만 그녀와 프리드리히 게르케 사이에는 한 가지 다른 것이 있었다. 그녀는 그가 그 사실을 알고 절망하지 않기를 바랐다. 그 역시 레나테 롤레더와 아버지처럼 범인이 비난하는 대상이었다. 게르케는 부고의 내용이 진실인지 아니면 미치광이의 헛소리인지 알고 있을 것이다.

경찰서 유치장에서 하룻밤 지내고 나면 사람이 확실히 달라진다. 쇳소리를 내며 감방 문이 닫히고 갑자기 세상으로부터 격리될 때 느끼는 무력감은 다음 날까지 흔적을 남기게 마련이다. 에릭 슈타틀러도 신경이 곤두선 모습이었다. 잠도 잘 못 잔 것 같았다. 피아는 종종 피의자 심문을 사무실에서 했다. 부드러운 분위기에서 신뢰감을 주면 조사받는 사람이 아무래도 쉽게 입을 열기 때문이다. 피아는 수많은 세미나와 교육을 다니면서 다양한 심문 기술을 배웠고 피의자들이 말을 하게 만드는 방법을 터득했다. 심문할 때는 피의자들이 입을 열게 하는 것이 관건이다. 물론 거짓말을 하는 경우가 태반이지만 말을 많이 할수록 거짓말은 엉키게 마련이다. 특히 스트레스가 심한 상황에서는 더욱 그렇다. 피아는 에릭 슈타틀러를 창문이 없는 작은 방으로 데려오게 했다. 그 방에 있는 것이라곤 녹음기가 놓인 책상 하나와 의자 세 개, 그리고 천장에 달린 카메라 두 대, 옆방에서 들여다보이는 거울 하나가 전부였다.

"왜 날 여기 가둬두는 겁니까?" 피아가 녹음기를 켜고 필수 항목을 녹음하고 나자 에릭 슈타틀러가 물었다.

"잘 아실 텐데요." 피아가 대구했다. "사건이 일어난 시간에 어디 있었는지 이제 생각났나요?"

"조깅하러 갔습니다. 어제 다 말했잖아요." 에릭 슈타틀러는 무척 애를 썼지만 가만히 앉아 있지 못했다. 엄청난 스트레스를 겪고 있다는 게 그의 신체언어에서 확연하게 드러났다. 저토록 불안해하는 것은 죄가 있기 때문일까?

"난 아무도 안 죽였습니다. 제겐 다 끝난 일이에요. 산 사람은 살아야 하는 것 아닙니까? 전 살고 싶습니다. 자유롭게 살고 싶다고요!"

"안 그런 사람이 누가 있겠어요?" 피아가 대꾸했다. "살다 보면 자신도 예측하지 못한 엄청난 일을 저지르기도 해요. 결국 돌이킬 수 없게 되기도 하고요."

"난, 아무도, 죽이지, 않았다니까요!" 에릭 슈타틀러는 다시 한 번 강조해서 말했다. "조깅을 하러 갔다니까요. 전 조깅을 자주 합니다. 제가 좋아하는 스포츠를 하려면 몸을 단련해야 하거든요."

"어디로 조깅을 하러 갔죠? 누구 본 사람이 있나요? 얘기한 사람은 있어요?"

"없습니다. 그것도 어제 다 말했잖아요!" 그가 답답한 듯 말했다. "전 언제나 혼자 달립니다. 제 속도를 쫓아올 수 있는 사람은 거의 없거든요."

"동생과의 관계는 어땠죠?" 피아가 물었다.

"동생요?"

"네." 피아가 대답했다. "9월에 자살한 헬렌 말이에요."

"헬렌과 저는 어릴 때부터 무척 친했습니다. 어머니가 돌아가시고 난 뒤 헬렌은 정신적으로 많이 불안해했어요. 모든 게 자기 책임이라고 믿었죠. 최근 들어서는 연락도 자주 못 했습니다. 전 저대로 회사일로 바빴고 헬렌은 학교에 다니고 남자친구를 사귀고 하느라고요. 이제 좀 괜찮아졌나 싶었죠."

"헬렌은 왜 자살했죠?"

"모르죠. 속은 겉으로 보이는 것과 달랐던 모양이죠."

"헬렌의 약혼자를 잘 아시나요?"

"잘 아냐고요?" 에릭 슈타틀러는 어깨를 으쓱했다. "그냥 아는 사이입니다. 그렇게 헬렌과 붙어 다니는데 모를 수가 있나요? 헬렌이 가는 곳엔 항상 따라다녔죠."

"오빠가 보기엔 어땠나요?"

"괜찮았습니다. 항상 헬렌을 잘 돌봐줬죠. 헬렌에게는 그런 사람이 필요했습니다. 원래는 아버지가 그 역할을 했는데 옌스한테 넘어간 거죠."

피아의 휴대전화가 진동했다. 헤닝이 헬렌 슈타틀러의 부검 보고서를 이메일로 보냈다. "좋아요." 피아가 일어서며 말했다. "우리 직원을 들여보낼 테니까 지도에서 조깅 경로를 찾아서 보여 주세요. 얘기는 이따가 다시 하죠."

피아는 그때까지 아무 말 없이 지켜보고만 있던 엥엘 과장에게 나가자는 뜻으로 고개를 끄덕였다. 엥엘 과장이 일어섰다. 피아는 밖에 있는 직원에게 들리도록 문을 두드렸다.

"잠깐만요!" 에릭 슈타틀러가 따라 일어섰다. "난 언제 풀어줄 겁니까?"

"슈타틀러 씨가 지난 열흘간 네 사람을 쏴 죽인 범인이 아니라는 확신이 들면요." 피아는 그렇게 말하고 조사실을 나갔다.

*

전철에 뛰어들어 자살한 사체의 부검 보고서를 읽는 것이 처음은 아니지만 피아는 읽을 때마다 혀를 끌끌 찼다. 그렇게 자살하는 사람들의 이기주의도 그렇거니와 기관사는 또 얼마나 불쌍하고, 산산이 흩어져버린 사체 조각들을 찾아내 치워야 하는 의용 소방대원들의 수고도 이루 말할 수 없었다. 헬렌 슈타틀러는 전철역 위 다리에서 선로로 떨어지는 가차 없는 행동으로 생을 마쳤다. 52킬로그램밖에 나가지 않는 헬렌의 작은 몸은 갈기갈기 찢어져 흩어졌다. 그나마 흉부까지의 상체와 양팔은 손상이 심하지 않았다.

피아가 부검 보고서를 다 읽고 고개를 드는 순간 보덴슈타인이 문 사이로 머리를 쑥 내밀었다.

"아, 반장님! 약혼자는 뭐래요?"

"여러 가지 얘기를 들었어. 이제 좀 풀리는 것 같아. 모두 내 방으로 모이라고 해."

"과장님 모셔올게요." 피아가 의자에서 벌떡 일어났다. 오스터만은 셈과 카트린에게 전화를 하려고 수화기를 들었다. 잠시 후 보덴슈타인의 방에 모인 사람들은 앉거나 선 채로 옌스 하르티히를 만나고 온 얘기를 들었다.

"원래는 의사였는데 상사와 동료들이 장기 적출 수술을 하면서 규정을 어기는 걸 보고 옷을 벗었대."

"세상에!" 피아가 탄성을 질렀다. "하르티히가 장기 이식 하는 의사였다고요? 우연도 너무 지나친 우연 아니에요?"

"그러게." 보덴슈타인이 말했다. "장기 기증자에 대한 의사들의 비윤리적인 행태에 염증을 느끼고 장피모에서 활동했나 봐. 거기서 빙클러 부부와 헬렌을 알게 된 거지."

"어느 병원에 있었는데요?" 피아가 물었다.

"도르트문트 심장 이식 센터." 보덴슈타인이 대답하고 오스터만에게 말했다. "카이, 되는 대로 빨리 확인해보고 하르티히가 어디서 대학을 다녔는지도 알아봐."

"네, 알겠습니다." 오스터만이 고개를 끄덕이며 메모를 했다. "병원에서 키르스텐 슈타틀러의 장기를 차지하려고 죽게 놔둔 거라면 모든 살인 사건의 동기가 확실해지는 거고, 우린 그 일에 관계된 사람들이 누군지 알아내기만 하면 되겠네요. 병원 사람들 전부 다 관계하지는 않았을 테니까요. 많아봐야 손에 꼽을 정도 아니겠어요?"

"이름은 물어봤어?" 니콜라 엥엘이 보덴슈타인에게 물었다.

"그럼요. 그런데 10년이나 지나서 잘 기억 나지 않는답니다. 루돌프 교수와 하우스만을 얘기하는데 그 두 사람은 우리도 이미 알고 있는 사람이고요."

"그럼 에릭 슈타틀러에게 물어보죠." 피아가 말했다.

그때 문 두드리는 소리가 났다. 곧이어 문이 열리고 보안검색대에서 일하는 여직원이 들어왔다.

"방금 우편물이 왔는데 이게 들어 있었어요." 여직원은 편지봉투 하나를 들어 보였다. 봉투는 이미 뜯겨 있었다.

"고마워요. 거기 탁자에 놔줘요." 보덴슈타인은 돋보기를 꺼내 쓰고 라텍스 장갑을 낀 다음 편지봉투에서 편지를 꺼냈다. 앞서와 마찬가지로 단순한 십자가가 그려진 부고였다. 회의실에 빙 둘러앉은 사람들 사이에 긴장된 침묵이 감돌았다.

"위르멧 슈바르처 별세." 보덴슈타인이 소리 내어 읽기 시작했다. "위르멧 슈바르처는 남편이 음주운전으로 인한 과실치사와 두 사람에 대한 구조의무 위반의 죄를 범하였기에 죽음에 처한다."

"이제는 사건 담당이 우리라는 걸 알고 직접 이리로 보내는군요." 셈이 말했다.

"그런데 왜 두 사람이죠?" 킴이 물었다.

"좋은 질문이야." 보덴슈타인은 부고를 탁자 위에 내려놓았다. "내 생각엔 키르스텐 슈타틀러와 딸 헬렌을 뜻하는 것 같아. 그렇다면 살인을 저지를 정도로 모녀의 죽음을 슬퍼하는 사람이 누군가 하는 게 문제겠지."

"아버지와 오빠죠." 피아가 대답했다.

"그리고 하르티히." 보덴슈타인이 부연했다. "그 사람 사무실에 가면 벽에 엄청나게 커다란 헬렌 사진이 붙어 있어. 그리고 매일 아침 회사보다 묘지로 먼저 출근하더라고."

"에릭 슈타틀러에게 이 부고를 보여주고 닦달해봐야겠어요." 피아가 제안했다.

"그래, 지금 바로 가자고." 보덴슈타인이 자리에서 일어섰다.

피아는 사무실에 들러 부검 보고서를 복사해서 사건 파일 속에 끼워 넣었다.

"하르티히는 어떤 사람 같았어요?" 1층으로 내려가면서 피아가 보덴슈타인에게 물었다. "어떤 유형이에요?"

"예민한 사람이야. 유형은 착한 사마리아인?" 보덴슈타인은 계단으로 내려가기 전 피아가 먼저 지나가도록 유리문을 잡아주었다. "강박적이다 싶을 정도로 헬렌에게 집착했던 것 같아. 그런데 헬렌이 죽었으니 어쩔 줄 모르는 거지."

"그래서 사람들을 총으로 쏴 죽였을까요?" 피아가 혼잣말처럼 물었다.

보덴슈타인은 잠시 생각에 잠겼다.

"내가 보기에 하르티히는 한번 마음먹은 것은 끝까지 밀어붙이는 사람이야. 조금 전에 내가 착한 사마리아인이라고 표현했지만, 그냥 순응하기보다는 불의에 맞서 싸우는 사람이야. 자신에게 정말 중요한 일이라면 전사가 되는 사람."

"당시 일의 연관관계, 관계자들의 이름을 다 알고 있을 거예요." 피아가 의심스러운 표정으로 말했다. "하르티히도 용의선상에 올려야 해요. 사건이 있던 날의 알리바이도 확인해야 하고요."

"헬렌에 대해서도 더 알아야 할 필요가 있어." 보덴슈타인이 말했다. "어디에 살았는지, 집에 있던 물건들은 어디로 갔는지."

"오빠에게 물어보자고요." 피아는 조사실 문 앞을 지키고 있던 순경에게 고갯짓으로 신호를 보냈다. 그러자 순경이 열쇠로 문을 열어 주었다.

*

보덴슈타인은 매번 심문을 할 때마다 지금부터 거짓말을 듣게 되리라는 생각으로 조사실에 들어간다. 그러면 상대가 거짓말을 하는지 아닌지 알아챌 수 있다. 거짓말을 잘하는 사람이 있고 그렇지 못한 사람이 있을 뿐이다. 에릭 슈타틀러도 거짓말을 하고 있었다. 왜일까? 보덴슈타인은 슬슬 압박을 가해서 입을 열게 해야겠다고 생각했다. 질문 속도를 빨리하고, 생각할 시간을 주지 말아야 한다.

"이래선 안 되겠네." 보덴슈타인이 말했다. "자, 처음부터 다시 해봅시다. 당시 어머니 일은 어떻게 된 겁니까? 사실대로 말해봐요."

"다 아시잖습니까?" 에릭 슈타틀러는 신경이 잔뜩 곤두서 있었다. "지난번에 아버지 집에서 다 얘기했습니다."

그는 손목을 문지르고 손가락을 잡아당기는 등 점점 더 불안한 태도를 보였다.

"물을 만한 이유가 있으니까 묻는 거 아닙니까?" 보덴슈타인이 말했다. "동생이랑 같이 어머니를 발견했을 때 어머니의 상태는 어땠나요? 어머니를 발견하고 나서 구체적으로 뭘 했죠? 재해병원에 실려 갈 때 어머니는 어떤 상태였습니까?"

"이제 와서 그게 무슨 상관입니까?" 에릭 슈타틀러는 함정을 경계하듯 눈에 적개심과 두려움을 품고 보덴슈타인을 노려보았다. 자신이 겪은 일을 있는 그대로 말했다면 두려워할 이유가 있을까?

"우리가 보기엔 아주 상관이 많습니다."

에릭 슈타틀러는 잠시 생각하더니 어깨를 으쓱했다. 눈동자는 쉴 새 없이 움직였고 이마에는 진땀이 배어났다. 얼마 안 있어 땀이 밴 손바닥을 바지에 문지르는 지경에 이르렀다. 그는 엄청난 스트레스에 시달리고 있었다.

"조깅한다고 나간 어머니가 돌아오지 않아서 헬렌과 함께 찾으러 나갔습니다. 어머니가 다니는 길을 알고 있었거든요. 어머니는 길가에 쓰러져 있었고 개는 그 옆에 앉아 있었습니다. 전 어머니 휴대전화로 구급차를 부른 다음 어머니를 돌봤습니다."

"좀 구체적으로 말할 수 없어요?" 보덴슈타인은 일부러 위협적으로 말했다. "돌봤다는 게 무슨 뜻입니까? 어머니 손이라도 잡고 있었나요?"

"심폐소생술을 실시했습니다. 운전면허 따느라고 응급 처치 수업을 받았기 때문에 방법을 알고 있었습니다."

"그때 어머니는 스스로 숨을 쉴 수 있는 상태였나요?" 피아가 물었다.

"아니요." 에릭 슈타틀러는 순간 멈칫한 후 대답했다. "하지만 전 구급차가 올 때까지 심장 마사지와 코로 하는 인공호흡을 계속했습니다."

"그때 어머니가 잠깐이라도 의식이 돌아왔습니까?" 이번에는 보덴슈타인이 물었다. 그들은 누구 한 사람에게 적응하지 못하도록 번갈아가며 질문을 쏟아냈다.

"아니요." 에릭 슈타틀러가 보덴슈타인을 똑바로 쳐다보며 대답했다. 이번에는 진실을 말했다.

"그다음엔 어떻게 됐습니까?"

"구급차가 왔고 구조대원들이 소생술을 계속했습니다. 그리고 어머니를 싣고 병원으로 갔습니다."

"왜 따라가지 않았죠?"

"그건…… 전 개를 데리고 있었거든요. 헬렌은 거의 제정신이 아니었고요. 전 할아버지 댁에 전화를 했고, 할아버지와 할머니가 오셔서 함께 병원에 갔습니다."

그는 진실을 말해서인지 긴장이 좀 풀린 듯했다.

"병원에서는 무슨 일이 있었죠?"

"한참 동안 어머니 얼굴도 보지 못하다가 중환자실에 가서야 볼 수 있었습니다. 여기저기 튜브가 꽂혀 있고 코에는 인공호흡기가 씌워져 있었습니다. 그런데 아무도 어머니가 왜 그렇게 됐는지 말해주지 않았습니다. 그래서 할아버지가 고래고래 소리를 지르고 엄청나게 화를 냈죠."

"그때 아버지는 어디 계셨죠?"

"외국에요. 연락이 되지 않았습니다."

"그래서 어떻게 됐죠?"

"이보세요, 형사님들." 에릭 슈타틀러는 몸을 앞으로 내밀며 답답하다는 듯 말했다. "10년이나 지났는데 그걸 어떻게 일일이 다 기억합니까? 어머니는 뇌사였습니다. 뇌에 너무 오랫동안 산소가 공급되지 않았다고요."

"어머니는 조깅 코스가 시작되는 곳에 쓰러져 있었나요, 아니면 끝나는 곳에 쓰러져 있었나요?" 피아가 물었다.

"그게 왜 중요합니까?" 에릭 슈타틀러는 이해가 안 된다는 듯 피아를 쳐다보았다.

"만약 어머니가 쓰러진 지 얼마 안 돼서 발견됐다면 아직 의식이 있었을 수도 있잖아요. 그럼 산소 공급이 안 된 시간도 그리 길지 않았겠죠."

"도대체 무슨 말을 하려는 겁니까?"

"문제는 어머니가 발견됐을 때 두뇌가 이미 돌이킬 수 없을 정도로 손상됐는가 아닌가 하는 거예요." 피아가 설명했다. "방금 말했잖아요. 어머니를 발견하자마자 심폐소생술을 시행했고 구조대원들이 이어서 했다고요. 병원에 가서는 산소호흡기까지 동원됐고요."

에릭 슈타틀러는 어깨를 으쓱했다.

"분명한 건 이겁니다." 그가 말했다. "의사들은 뇌사 판정을 내렸습니다. 어머니는 뇌출혈 때문에 뇌간이 돌이킬 수 없게 손상된 상태였습니다. 다시는 깨어나지 못할 거라고 했고요."

"할머니 말씀으로는 의사들이 어머니를 살리는 데는 관심이 없고 잠재적 장기 기증자로만 본다는 것을 알고 난동을 부렸다면서요?"

"전 그때 겨우 열여덟 살이었습니다!" 에릭 슈타틀러가 소리쳤다. "완전히 쇼크 상태였어요. 어머니는 제 눈앞에서 돌아가셨습니다! 지금 와서 이런다고 뭐가 달라질지 모르겠습니다. 10년이나 지난 일을 가지고 도대체 왜 이러는 겁니까? 어머니는 죽었어요!"

"뭐가 달라지는지 내가 얘기해줄게요." 피아가 말했다. "지금 밖에서 누가 사람들을 쏴 죽이며 돌아다니고 있어요. 바로 10년 전 당신 어머니에게 일어난 일 때문에, 관련자들을 처벌하기 위해서 그 가족들을 쏴 죽이고 있다고요. 그때 무슨 일이 있었는지 정확하게 알고 있는 사람이 분명해요! 그 사람은 당신 어머니가 살 수 있었다고 믿고 있어요. 만약 어머니가 정말 두 시간 동안 길가에 쓰러져 있었고 병원으로 옮겼을 때 이미 뇌사 상태였다면 그 누구의 책임도 아닌 가혹한 운명이라고 해야겠죠. 그런데 문제는 그게 아니라는 거예요!"

에릭 슈타틀러는 더 이상 버티지 못했다. 15분 동안 따발총처럼 질문을 퍼부으며 압박을 가한 뒤였다.

"그 사람들이 장기에 눈이 어두워서 우리 어머니를 죽게 내버려뒀다면 어쩔 건데요? 어쩔 건데!" 그는 갑자기 소리를 질렀다. "그럼 나더러 10년 전 일을 아직도 극복하지 못한 미친놈이라고 하겠죠. 음침한 소리나 하는 정신병자라고!"

"아니요, 그렇지 않습니다." 보덴슈타인이 차분하게 말했다. "그런 짓을 한 사람들, 그렇게 되도록 놔둔 사람들을 찾아내서 죗값을 치르게 할 겁니다. 그 사람들의 죄 없는 가족이 죽어 나가는 것보다는 그게 나으니까요!"

"사람 목숨을 구하는 일이에요." 피아가 말했다.

"그런 말 숱하게 들었습니다." 에릭 슈타틀러가 냉소적으로 웃었다. "의사들이 우리 할아버지한테 한 말이랑 똑같네요. 따님은 죽었지만 다른 사람의 목숨은 구할 수 있다, 2주 안에 간을 이식받지 못하면 다섯 살짜리 남자아이가 죽는다, 일주일 안에 새 콩팥을 받지 못하면 세 아이의 어머니가 아이들을 두고 죽어야 한다 등등 끊임없이 떠들어댔다고요!"

에릭 슈타틀러는 이마에 땀방울이 맺힌 채 씩씩거렸다.

"진정하십시오." 보덴슈타인이 차분한 말로 그를 달랬다. "옛 상처를 헤집으려는 건 아닙니다."

"지금 그렇게 하고 있잖아요!" 에릭 슈타틀러가 소리쳤다. "10년 동안 그 악몽 같은 일을 잊으려고 얼마나 애썼는데! 내 동생이 왜 죽었는지 아세요? 평생을 죄책감에 시달리고도 그 죄책감 때문에 더 이상 살 수 없어서 죽은 겁니다. 그 애는 아무 죄도 없는데!"

그는 말을 멈추고 머리를 절레절레 흔들었다. 그리고 눈을 감았다.

"언제 풀어줄 겁니까?"

"아직은 안 됩니다."

"언제요? 근거 없이 24시간 이상 잡아둘 수 없다는 거 압니다!"

보덴슈타인이 자리에서 일어섰다. 피아도 서류를 챙겨 일어났다.

"근거가 왜 없습니까?" 보덴슈타인이 말했다. "어제도 말했듯이 사건이 일어난 날의 알리바이를 댈 수 없다면 용의자로 볼 수밖에 없습니다. 에릭 슈타틀러 씨는 불이익을 받지 않기 위해 묵비권을 행사할 권리가 있고 언제든 변호인을 요구할 수 있습니다."

"지금 장난쳐요?" 에릭 슈타틀러가 흥분해서 외쳤다. "난 아무도 안 죽였어요! 변호사 따위는 필요 없습니다!"

"아니요, 필요할 겁니다. 아니면 알리바이를 대든가."

*

"그때 일을 전혀 극복하지 못했네요." 에릭 슈타틀러가 끌려나간 뒤 피아가 보덴슈타인에게 말했다. 에릭 슈타틀러가 재판관이라는 증거를 잡고 싶었던 피아는 내심 실망한 눈치였다.

"그런 일은 죽을 때까지 극복하지 못하는 법이에요." 킴이 말했다. 킴은 니콜라 엥엘, 오스터만, 셈, 카트린과 함께 옆방에서 심문 상황을 지켜봤다. "어쨌든 어머니의 죽음에 대한 건 진실이 아니에요. 신체언어가 거짓말이라는 걸 확실하게 말해주고 있었어요. 프로필로 볼 때는 에릭 슈타틀러가 범인일 수 있어요. 동기도 확실하고 그럴 만한 능력도 있고요."

피아는 범인 프로필에 대한 얘기가 지긋지긋했다. 동생을 수사에 참여시킨 것이 후회될 지경이었다. 분명 뭔가 놓친 게 있다. 그런데 그게 뭔지 알 수 없어 답답했다.

"뭔가 말 안 하고 숨기는 게 있는데 왜 그러는 걸까요?" 킴이 혼잣말처럼 물었다.

"아마 그게 당시 병원과 협의한 공식적인 버전이니까 그렇겠죠." 보덴슈타인이 말했다. "입 다물기로 하고 돈을 받은 거죠."

"그런데 헬렌에게는 아무 말도 안 했단 말이에요?" 오스터만이 이해가 안 된다는 듯 말했다. "평생 어머니의 죽음에 대한 책임을 자신에게 돌리며 살았는데?"

"조심해." 보덴슈타인이 주의를 주었다. "이건 추측일 뿐이야. 우리가 확실하게 아는 건 이 사람들의 이야기에서 뭔가가 잘못됐다는 것뿐이야. 슈타틀러 가족 혹은 가까운 사람 중 누군가는 엄청난 분노를 껴안고 살아왔어. 그리고 그게 지금 폭발한 거야."

"아니면 우리가 생각하는 것보다 훨씬 통속적인 이유가 있는지도 몰라요." 피아는 머릿속의 생각들을 끼워 맞추느라 아랫입술을 잘근잘근 씹었다.

"어쨌든 슈타틀러는 총을 잘 쏘잖아요." 카트린이 말했다.

"바이애슬론 선수들은 몇 미터 밖에서 과녁을 맞히는 정도야." 셈이 회의적으로 말했다. "우리가 찾는 범인은 거의 1킬로미터 밖에서 사람을 쏘아 맞혔다고. 그건 완전히 차원이 달라."

"이제 어떡할 거지?" 니콜라 엥엘이 보덴슈타인에게 물었다. "풀어줄 건가?"

"그러고 싶지는 않은데 증거가 없으니 더 오래 붙잡아둘 수 없습니다."

"그럼 증거를 찾아!" 니콜라 엥엘이 말했다.

"슈타틀러가 잡혀온 뒤로 살인이 일어나지 않았다는 것도 증거 아닐까요?" 카트린이 말했다.

"그것만으로는 충분하지 않아." 보덴슈타인이 머리를 흔들었다. "놔주긴 할 건데 지금 당장은 아니야. 카이, 에릭 슈타틀러에 대한 감시를 요청하고 여권 압수해. 그리고 에쉬보른 경찰서에 전화해서 매일 보고하도록 하는 것도 잊지 말고. 셈과 카트린은 에릭 슈타틀러의 여자친구를 찾아가서 요즘 태도가 어땠는지 물어봐. 이상한 점은 없었는지 등등. 무슨 말인지 알지?"

"네, 알고 있습니다." 셈이 진지한 표정으로 고개를 끄덕였다.

모두 순간순간 커지는 압박을 느끼고 있었다. 내심 무슨 일인가 터지기를 기대하고 있었다. 신고 전화가 걸려오고, 다섯 번째 살인이 일어나고, 우편함에 다섯 번째 부고가 도착하기를.

"베닝이라는 여자가 반장님을 찾아왔어요." 보안검색대 직원이 복도를 따라 걸어와 말했다. "변호사도 함께 왔고요."

"알았어요. 바로 가죠." 보덴슈타인이 말했다. "슈타틀러의 여자친구는 만나러 가지 않아도 되겠어. 셈이랑 카트린은 대신 프랑크푸르트에 가서 이웃들을 탐문해. 그리고 그전에 파트릭 슈바르처를 한 번더 찾아가봐. 얘기할 수 있는 상태인지 보고 부고를 보여줘. 우리가 필요한 건 파트릭 슈바르처와 키르스텐 슈타틀러의 연결고리야."

복도에 있던 팀원들이 흩어진 뒤에도 피아는 그대로 서 있었다.

"왜 그래?" 보덴슈타인이 물었다.

"질문이 잘못됐어요."

"무슨 소리야?"

"말 그대로예요." 피아가 보덴슈타인을 똑바로 쳐다보며 말했다.

"슈타틀러가 뭔가 숨기고 있긴 하지만 꼭 살인 사건과 관계된 게 아닐 수도 있어요. 칼텐제 사건 때 기억나세요? 마르쿠스 노박과 엘라르트 칼텐제 교수 말이에요."

"그럼, 기억나지." 보덴슈타인은 피아에게 의문의 눈초리를 보냈다. "그런데 그게 이거랑 무슨 상관이야?"

"그 사람들도 숨기는 게 있고 거짓말을 했기 때문에 우리가 범인으로 의심했잖아요." 피아가 말했다. "그런데 알고 보니 그 사람들이 숨기려고 했던 건 살인이 아니라 두 사람의 비밀스러운 관계였어요. 에릭 슈타틀러도 절대 말할 수 없는 비밀이 있는 것일 뿐 우리가 찾는 재판관은 아니에요."

"어떻게 그렇게 확신하지?"

"글쎄요." 피아는 어깨를 으쓱했다. "그냥 느낌이에요. 아까 10년째 그 일을 잊으려고 애썼다고 한 말은 거짓이 아닐 거예요. 그리고 다른 한편으로는 병원과 분명하게 약조한 바가 있고, 그 공식적 버전을 따라야 하는 것이 큰 부담일 거고요. 그의 불안한 태도는 마음대로 말하지 못하는 데서 비롯된 것 같아요."

"그럴 수도 있지." 보덴슈타인도 수긍했다. "하지만 범인으로 의심받을 위험까지 감수한단 말이야?"

"거기엔 여러 가지 이유가 있을 수 있죠. 살인범으로 몰리는 것보다 더 중요한 비밀이 있거나 아니면…… 제 생각엔 이쪽이 더 맞을 것 같은데, 누군가를 감싸려는 것이거나."

두 사람은 의미심장한 눈빛을 주고받았다.

"누구 먼저 할까요? 슈타틀러 아니면 여자친구?" 피아가 물었다

"여자친구." 보덴슈타인이 대답했다.

＊

리즈 베닝은 창백한 얼굴에 수심이 가득한 채 보안검색대 앞에 서 있었다. 그 옆에는 양복과 넥타이 차림에 콧수염을 기른 키 큰 남자가 서 있었다. 프랑크푸르트 부근에서 강력범죄를 다루는 수사관이라면 누구나 아는 얼굴이다. 사실 안더스 변호사를 기용했다는 것 자체만으로도 죄를 인정하는 것이나 다름없었다. 그는 이제까지 텔레비전에 보도된 살인 사건의 범인들을 빠짐없이 변호해온 인물이었다. 그런 인물이 이번처럼 이목을 끄는 사건을 그냥 지나칠 리 있겠는가!

"제 의뢰인과 얘기하고 싶습니다." 안더스가 수사관들을 보자마자 요구했다.

"가능합니다만 저희가 베닝 씨와 얘기를 나눈 뒤에 만나시죠." 보덴슈타인이 말했다. "변호사님은 여기서 기다리십시오."

안더스가 항의하자 리즈 베닝이 양해를 구했다. 피아는 그녀가 안더스에게 허물없는 말투를 쓰는 것을 눈여겨보았다. 그들은 복도를 지나 조금 전까지 에릭 슈타틀러가 앉아 있던 조사실로 들어갔다.

"안더스 씨랑은 어떻게 아는 사이예요?" 피아가 호기심 가득한 얼굴로 물었다.

보덴슈타인은 문을 닫은 다음 베닝에게 의자를 권했다. 그녀는 어깨에 걸친 핸드백 끈을 꽉 움켜쥔 채 의자 끄트머리에 조심스럽게 앉았다. 검은 머리에 커다란 검은색 눈동자를 가진 그녀의 얼굴은 수심으로 가득했다.

"저희 피트니스 센터 고객이세요. 제가 아는 변호사라고는 안더스 씨뿐이에요. 어제저녁 에릭이 끌려가는 걸 보고 심각한 상황이라는 걸 깨달았어요. 에릭은 지금 어디 있죠? 에릭을 왜 잡아온 거예요?"

피아는 그녀를 뚫어지게 쳐다보다가 가차 없이 대답했다.

"네 사람을 총으로 쏴 죽인 혐의로요."

"뭐라고요?" 리즈 베닝의 얼굴이 더 창백해졌다. 그녀는 손으로 목을 감쌌다. "에릭이 왜 그런 짓을 했겠어요?"

"어머니와 동생의 복수를 위해서요." 피아가 말했다. "그런데 슈타틀러 씨가 영 비협조적으로 나오네요. 사건이 일어난 시각에 알리바이가 없어요. 조깅을 했다는데 확인할 방법도 없고……. 베닝 씨가 좀 도와주실 수 있을까요?"

베닝은 아직 충격에서 헤어나지 못하고 있었다. 그녀는 도저히 믿을 수 없다는 듯 머리를 절레절레 흔들었다.

"12월 19일 오전 8시에서 10시 사이에 슈타틀러 씨 어디에 있었습니까?" 보덴슈타인이 물었다. "12월 20일 오후 7시, 크리스마스 오전 8시, 그리고 어제 점심때는요?"

"자…… 잘 모르겠어요." 리즈 베닝은 말을 더듬었다. "19일과 20일에는 아마 회사에 있었을 테고, 크리스마스에는 아침에 일어나보니 이미 나가고 없었어요. 그리고 오후에야 돌아왔어요."

그녀는 말을 멈추고 잠시 머뭇거렸다.

"에릭은 어디 간다고 말하지 않았고 저도 안 물어봤어요. 어제도 회사에 간다고 했어요. 지금 한창 연말정산 중인데 직원이 회사를 그만뒀거든요."

"어제 슈타틀러 씨는 회사에 가지 않았습니다. 회사에서는 홈오피스에서 일하는 것으로 알고 있더군요."

리즈 베닝은 어리벙벙한 표정으로 피아와 보덴슈타인을 번갈아 쳐다보았다.

"최근 슈타틀러 씨가 평소와 다른 행동을 보이지 않았나요?" 보덴슈타인이 나지막한 목소리로 진지하게 물었다. "그의 태도에서 어떤 변화가 느껴진 적 없었습니까?"

리즈 베닝은 잠시 갈등하는 듯했으나 곧 사실대로 털어놓았다.

"네, 에릭은 변했어요. 그것도 많이요. 헬렌이 죽은 뒤로 죽 그래요. 헬렌이 자살한 게 상처가 됐나 봐요. 에릭과 헬렌은 무척 친했어요. 제가 질투를 느낄 정도였죠."

그녀는 애써 웃어 보였지만 그 미소는 곧 맥없이 사라졌다.

"슈타틀러 씨가 어떻게 변했죠? 예전과 뭐가 달라졌나요?" 피아가 물었다.

"더 이상 웃지 않아요. 혼자 골똘히 생각에 잠겨 있거나 멍하니 있을 때가 많아요. 그리고 전보다 더 익스트림 스포츠에 매달려요. 에릭은…… 위험과 스릴에 중독됐어요. 전 이제 그런 미친 짓 할 때는 안 따라다녀요. 더 이상 보고 있을 수 없어서요."

그녀는 말을 멈추고 입술을 꼭 다물었다. 그러더니 갑자기 절망적인 표정이 되었다.

"요즘 에릭은 항상 불안해해요." 그녀는 속삭이듯 말하고 고개를 떨어뜨렸다. "뭔가 숨긴다는 느낌이 들어요. 약속 시간에도 늦기 일쑤고, 제가 보지 못하게 휴대전화도 숨겨요."

"그런 변화가 뭐 때문인지 생각해보셨습니까?" 보덴슈타인이 물었다.

"제…… 제 생각엔…… 다른 여자가 생긴 것 같아요." 그녀의 뺨 위로 눈물이 한 방울 흘러내렸다. "몇 번 얘기를 꺼낸 적 있는데 아예 대화도 하지 않으려고 해요. 에릭은 원래 그런 성격이 아니었거든요. 그런데…… 또 얼마 전에는…… 사랑한다고 하더라고요."

그녀는 정말 어쩔 줄 몰라 했다. 할 수만 있다면 그를 위해 알리바이를 제공하고 거짓말도 할 수 있었을 텐데 그녀는 그렇게 하지 않았다.

"슈타틀러 씨에게 총이 있습니까?"

"네, 여러 정 있어요. 회사 캐비닛에 보관하고 있어요."

"오늘 내 우리 직원에게 넘기도록 하십시오." 보덴슈타인은 대화를 마무리 지었다. "일단 총기를 조사해보고 슈타틀러 씨가 월요일에는 입을 열기 바라야겠군요. 그때까지는 여기 있어야 할 것 같습니다."

리즈 베닝은 고개를 끄덕이고 일어섰다. 피아와 보덴슈타인은 변호사가 있는 곳까지 그녀를 바래다주었다. 안더스 변호사는 의뢰인을 만나게 해달라고 다시 졸랐지만 보덴슈타인은 먼저 수사관들과 할 얘기가 있다며 거절하고 셈에게 베닝과 함께 줄츠바흐로 가서 총기를 압수하라고 지시했다.

에릭 슈타틀러는 좁은 침상에 앉아 눈을 감고 벽에 머리를 기대고 있었다.

"슈타틀러 씨." 피아는 문가에 서 있고 보덴슈타인이 들어가 말을 걸었다. "죄가 없다면서 왜 살인죄를 뒤집어쓰려고 하죠? 누구를 보호하려는 거예요?"

묵묵부답.

"오늘 구치소로 가실 겁니다. 상황에 따라서는 거기에 한참 있어야 할지도 몰라요."

에릭 슈타틀러가 눈을 떴다. 피아는 그가 드디어 입을 열고 진실을 말하는구나 싶어 기대감에 들떴지만 곧 실망했다.

"하고 싶은 대로 하시죠. 이제부터 변호사 없이는 한마디도 안 하겠습니다."

＊

보덴슈타인과 피아가 디르크 슈타틀러의 집이 있는 골목으로 가기 위해 막 모퉁이를 돌았을 때였다. 한 여자가 고개를 숙인 채 빠른 걸음으로 걸어오다 하마터면 그들과 부딪칠 뻔했다. 노란 가로등 불빛에 비친 얼굴은 다름 아닌 에릭 슈타틀러의 직원 펠만이었다. 그녀를 알아본 피아는 깜짝 놀랐다.

"펠만 씨?"

펠만은 깜짝 놀라 걸음을 멈추고 뒤를 돌아보았다. 얼굴은 눈물로 얼룩졌고 눈은 퉁퉁 부어 있었다.

"아…… 전 디르크 슈타틀러 씨에게 회사 열쇠를 갖다드리고 가는 길이에요. 하루 종일 전화했는데 에릭과 연락이 닿지 않아서요." 그녀가 설명했다. "사실은 어제가 마지막 근무였어요. 에릭이 오늘 꼭 한잔하자고 해서 나왔는데, 저 혼자 남아서 연말정산을 마무리했어요. 사장이라는 사람이 코빼기도 비치지 않았다고요! 세상에 어떻게 전화 한 통 안 할 수 있어요?"

그녀는 말이 끝나자마자 울음을 터뜨렸다. 실망감과 서러움이 북받친 것 같았다.

"슈타틀러 씨 회사에서 일한 지 얼마나 됐죠?" 피아가 물었다.

"회사가 처음 생겼을 때부터 있었어요!" 프랑카 펠만이 흐느끼며 대답했다. "2009년 10월요. 처음에는 파트타임으로 일하다가 회사가 잘돼서 정직원으로 채용됐어요."

그녀는 핸드백에서 휴대용 티슈를 꺼내 큰 소리로 코를 풀었다. "제 일은 주로 돈 안 내는 고객들에게 돈을 받아내는 일이었어요. 컴퓨터 천재들은 그런 세속적인 일은 직접 안 하려고 하거든요."

그녀는 씁쓸하게 웃었지만 곧 다시 얼굴을 찡그리며 흐느꼈다.

"에릭은 좋은 상사였고, 전 회사를 함께 키워나가는 게 재미있었어요. 그런데 이제는…… 더 이상 이런 식으로는 안 돼요. 제겐 아들이 하나 있어요. 아직 엄마가 많이 필요한 나이죠. 그런데 몇 달 전부터는 회사 일이 전부 제 차지가 됐어요. 사장 여동생이 죽은 뒤부터요."

"사장 여동생을 아시나요?" 보덴슈타인이 물었다.

그녀의 얼굴에 못마땅한 표정이 스쳤다.

"그럼요. 우리 회사는 가족적인 분위기였어요. 함께 파티할 때도 많았는데 헬렌도 자주 참석했어요."

"헬렌은 어떤 사람이었죠?"

그녀는 잠시 생각하더니 다시 흐느끼기 시작했다.

"죽은 사람에 대해서 나쁘게 말해선 안 되는 거 알지만……." 그녀는 봇물 터진 듯 험담을 쏟아냈다. "헬렌은 자기밖에 모르는 어리광쟁이에 내숭쟁이였어요. 다들 헬렌을 감싸기에 바빴지만 제가 볼 때는 그렇게 조심스럽게 대하기보다는 따귀 한 대 때리는 게 더 나았을 거예요. 헬렌은 제멋대로 굴면서 횡포를 부렸어요. 그리고 어머니 일에 대한 망상과 집착으로 가족들을 괴롭혔어요."

보덴슈타인과 피아는 재빨리 시선을 주고받았다. 그리고 술술 풀려나오는 프랑카 펠만의 수다를 끊지 않도록 조심했다.

"파티를 하거나 바비큐 모임을 할 때 분위기가 무르익었다 싶으면 헬렌은 꼭 어머니 얘기를 꺼냈어요. 그러면 분위기가 순식간에 가라앉고 헬렌에게 관심이 집중됐어요. 항상 그렇게 관심 받으려고 안달이었어요. 거의 병적이었죠. 제가 볼 때 헬렌은 그런 식으로 사람들을 휘두르는 데 재미를 느꼈던 거예요. 한번은 제가 심리상담을 받아보는 게 어떻겠냐고 했더니 제가 무슨 철천지원수나 되는 것처럼 난리를 치더라고요. 그 뒤로는 저를 보면 싹 무시했어요. 바로 앞에 있는데도 투명인간이라도 되는 것처럼 굴었다니까요!"

"헬렌의 직업은 뭐였죠? 오빠 회사에서 함께 일했나요?" 피아가 물었다.

"마음은 그러고 싶었겠죠. 그런데 할 줄 아는 게 있었어야 말이죠!" 프랑카 펠만이 얕보는 투로 말했다. "얼마 동안 에릭이 사무실에 데려다가 전화 받는 일을 시켰어요. 그런데 그것도 제대로 못 하더라고요. 출근하고 싶을 때 출근해서는 사적인 전화나 하고 앉아 있고……. 한마디로 무능 그 자체였어요. 그래서 결국 헬렌이 안 나가면 제가 나가겠다고 했죠. 그 뒤로 헬렌과 옌스는 절 인간 취급도 안 했지만 회사 일은 다시 순조롭게 돌아갔어요. 제겐 그게 가장 중요했기 때문에 별로 신경 쓰지 않았어요."

프랑카 펠만은 헬렌 슈타틀러를 심하게 질투한 것 같았다. 그러나 헬렌이 죽은 뒤에도 그녀의 상황은 나아지지 않았다. 사장 여동생은 무덤에 누워서도 그녀에게 소중한 것들을 모조리 앗아가버렸다.

"그다음에 헬렌은 어떻게 됐죠?"

"글쎄요. 대학에 등록했다나 뭐 그랬던 것 같은데. 사회학과 심리학 전공이었는데 졸업은 하지도 못했어요."

"헬렌은 어디에 살았죠?"

"아버지 집에요." 그녀는 고개를 뒤로 빼고 뒤에 있는 주택가를 가리켰다. "옌스한테 큰 집이 있는데도 그냥 아버지랑 살더라고요."

"헬렌의 남자친구를 아세요?"

"그럼요. 좀 이상한 사람이에요." 그녀는 방금 코 푼 휴지로 눈두덩을 닦았다. "항상 헬렌 주위를 맴돌면서 엄마처럼 챙기고 어르고 난리였어요. 헬렌 아버지나 에릭도 마찬가지였고요. 그런데 그 커플은 정말 이상한 게, 꼭 양로원에 사는 노인네들처럼 허구한 날 과거 이야기만 했어요! 그냥 과거에 사는 것 같았어요. 옌스는 헬렌을 정신 차리게 한 게 아니라 그 미친 생각들을 더 부추겼다니까요!"

"두 사람은 결혼하려고 했다면서요?"

"10월 초 키드리히에서 시청 결혼식, 교회 결혼식 다 하려고 했죠. 거기가 옌스 고향이래요. 제가 청첩장을 주문했기 때문에 잘 알아요. 에릭, 에릭 여자친구, 에릭 아버지, 다들 내심 기뻤을 거예요. 드디어 정신 빠진 헬렌에게서 자유로워질 수 있었으니까요."

그녀는 다시 한 번 흐느끼는 소리를 냈다.

"사실 저도 함께했던 사람들을 두고 혼자 떠나는 마음이 좋지는 않아요. 하지만 더 이상 저 혼자 감당할 순 없어요. 사장이라는 사람은 몇 주째 얼굴 보기도 힘들고, 어디 간다고 말도 안 하고, 전화도 안 받고. 이건 더 이상 직장 생활이라고 할 수 없어요! 게다가 오늘이 제 마지막 근무일인데도 안 나왔잖아요. 꼭 오겠다고 약속까지 해놓고 말이에요!"

"슈타틀러 씨가 어제는 회사에 나왔나요?" 피아가 물었다.

"아니요, 크리스마스 전부터 못 봤어요."

"어디 간다고 말 안 하던가요? 혹시 외국에 간다거나?"

"아니요, 그런 말 없었어요."

그때 프랑카 펠만의 주머니에서 휴대전화가 울렸다. 그녀는 전화기를 꺼내 발신인을 확인했다.

"아들이에요." 그녀는 눈물을 닦으며 양해를 구했다. "친구 집에 맡겨놨는데 가서 데려와야 해요."

"마지막으로 하나만 더 물어볼게요." 피아가 얼른 말했다. "혹시 아실까 해서 묻는 건데, 옌스 하르티히가 사수인가요?"

"사수요?" 프랑카 펠만이 어리둥절한 표정을 지었다. 그러다 곧 얼굴이 밝아지며 웃었다. "아, 사수! 총 쏘는 사수요? 난 또 별자리 물어보는 줄 알았네. 그건 잘 모르겠어요."

*

"지난번에는 왜 그렇게 지어낸 얘기를 하셨죠?" 잠시 후 디르크 슈타틀러와 마주한 피아가 다짜고짜 물었다. 그는 크리스마스트리를 테라스에 내놓고 막 진공청소기를 돌리는 참이었다.

"지어낸 얘기라뇨?" 그는 등받이 없는 의자에 앉으며 다리를 주물렀다.

"부인이 쓰러진 날 말이에요. 왜 사실과 다르게 얘기했죠?"

"사실대로 말했습니다. 다르게 얘기할 이유가 없잖습니까?"

"소송을 포기하고 입을 다무는 대가로 돈을 받았잖아요." 피아가 받아쳤다. "아드님이 인공호흡과 소생술을 실시했을 때 부인에게 의식이 있었다는 사실을 말하지 않는 대가로 말이에요. 얼마나 받았죠?"

그것은 에릭 슈타틀러의 말을 파격적으로 재해석한 것이었다. 피아는 강한 반박을 예상하면서도 혹시나 하는 마음에 한번 질러보았다. 그런데 슈타틀러는 한숨을 푹 쉬는 것 아닌가.

"5만 유로를 받았습니다. 하지만 의식 있는 상태였다는 건 헛소리입니다. 에릭이 발견했을 때 키르스텐은 의식이 없었고 말을 걸어도 반응이 없는 상태였습니다. 그래서 에릭도 제 엄마를 도울 수 없었지요."

"그걸 어떻게 아시죠? 그 자리에 있지도 않았잖아요."

"에릭에게 직접 들었습니다."

"진실과 정의가 5만 유로의 가치밖에 없었나요?"

"형사님은 이해하지 못하실지 모르겠습니다." 슈타틀러는 어깨를 으쓱했다. "아무도 잘못한 사람은 없었습니다. 그런데 장인어른은 당신이 장기 기증 동의서에 서명했다는 사실을 끝내 인정하지 않았습니다. 소송을 고집한 사람도 장인어른이었어요. 전 어쩔 수 없이 끌려간 겁니다. 그런데 처음부터 승산 없는 싸움이었습니다. 그쪽이 서명된 동의서를 가지고 있는데 어떻게 이길 수 있겠습니까? 병원에서는 제게 합의금을 제안했고 전 받아들였습니다. 입장을 바꿔서 한번 생각해보세요. 전 더 이상 대형 병원을 상대로 승산 없는 싸움을 할 기력이 없었습니다. 소송은 몇 년을 더 끌지 몰랐고, 그렇게 계속했다면 전 아마 파산했을 겁니다! 전 아이들을 돌보기 위해서 다른 직장을 구해야 했습니다. 특히 헬렌은 겨우 열다섯 살이었어요. 전 합의를 했고 그 돈으로 아이들이 사회에 나갈 준비를 시킬 수 있었습니다."

"소송에서는 어떤 주장을 펴셨죠?" 보덴슈타인이 물었다. "뭔가 잘못됐다는 정보는 어디서 얻으셨습니까?"

"제가 소송 기록을 드리지 않았나요?" 슈타틀러가 대꾸했다.

"좀 더 자세히 듣고 싶어서 그럽니다." 보덴슈타인은 물러서지 않았다.

"전 소송할 생각이 없었습니다." 슈타틀러는 조심스럽게 다리를 뻗으며 아픈 듯 얼굴을 찡그렸다. "아이들과 함께 애도의 시간을 갖고 키르스텐의 죽음을 극복하고 싶었습니다. 하지만 장인어른은 무슨 일이 있어도 꼭 소송을 해야 한다면서 절 가만두지 않았습니다. 온갖 음모론을 펼치고 상상력을 불태웠죠. 거기다 옌스가 한 말은 불에 기름을 붓는 격이었습니다."

"잠깐!" 보덴슈타인이 그의 말을 끊었다. "하르티히 씨 말로는 헬렌을 만난 게 4년 전이라고 하던데, 어떻게 그때 빙클러 씨에게 그런 말을 할 수 있었죠?"

디르크 슈타틀러는 어리둥절해서 그를 쳐다보았다.

"헬렌을 알게 된 건 4년 전인지 몰라도 장인어른이랑은 그때부터 알고 지냈습니다. 장인어른과 장모님은 키르스텐이 죽고 나서 바로 장피모에 가입하셨어요. 옌스는 검사 규정이 지켜지지 않는 일이 태반이고 수술 기록이 사라지거나 의사들이 직접 위조하는 경우도 있다고 주장했습니다. 설득력 있는 말이었어요. 전 결국 설득당했고 소송하기로 했습니다. 그 이후로 가족이 모이면 으레 그 얘기뿐이었지요. 한 달 두 달이 지나고 해를 넘겨서도 그런 분위기가 계속됐습니다. 상처가 아물 시간이 없었죠. 그런 상황에서 헬렌이 얼마나 괴로웠는지 눈치챈 사람은 저뿐이었습니다. 사춘기였던 헬렌은 무척 예민했습니다. 한편으로는 그 또래 아이들이 그렇듯이 생각이 매우 급진적이고 과격했지요. 헬렌은 병원에서 장기를 얻으려고 제 엄마를 죽게 했다고 굳게 믿고 있었습니다."

"헬렌이 진실을 알았습니까?" 보덴슈타인이 물었다.

디르크 슈타틀러는 고개와 어깨를 축 늘어뜨리며 깊이 한숨을 쉬었다. "진실이 있고 거짓이 있는 게 아니라니까요. 키르스텐은 조깅을 나갔다가 뇌출혈을 일으켰고 그것 때문에 죽은 겁니다. 헬렌이 바로 옆에 있었다고 해도 아무것도 할 수 없었을 겁니다. 아마 병원에서 며칠이나 몇 주 정도는 연명치료로 붙잡아놓을 수 있었겠지요. 하지만 깨어날 가능성은 전혀 없었습니다. 뇌가 이미 죽은 상태였어요. 뇌전도도 '0'을 가리키고 있었습니다. 헬렌은 이런 얘기를 하면 무척 싫어했지요. 모든 게 자기 잘못이라는 이상한 생각에 사로잡혀 있었어요. 절망적이었어요. 지난 10년간 여섯 번이나 자살 시도를 했습니다. 집을 나간 적도 많고요. 그때마다 저는 사는 게 지옥 같았습니다. 헬렌이 변사체로 발견됐다는 소식이 올까 봐 전화벨만 울리면 깜짝깜짝 놀라곤 했습니다. 하지만 헬렌은 매번 돌아왔지요. 어디 갔다 왔냐고 물으면 친구 집에서 잤다고 했어요. 그러다 몇 년 전 옌스와 사귀기 시작했습니다. 그러고 나서는 모든 게 나아지는 듯했습니다. 전보다 훨씬 차분해졌고, 다른 일에도 관심을 갖기 시작했지요. 헬렌의 죽음은 정말 청천벽력 같았습니다. 이제 막 새 삶을 시작하고 결혼식을 기다리는 신부였는데……."

그는 말끝을 흐리며 눈물을 닦았다.

"전 아직도 믿기지 않습니다. 프랑크푸르트에서 웨딩드레스를 입어본 날 저녁에 죽었어요."

"켈스터바흐에는 왜 갔을까요?"

"저도 그걸 모르겠습니다. 거길 왜 갔는지, 어떻게 거기까지 갔는지 지금까지도 수수께끼입니다."

"유서는 남겼나요?"

"아니요."

피아는 범인이 《타우누스 에코》에 보낸 편지를 생각했다. '나는 산 자와 죽은 자를 가리러 왔으니 죄를 짊어진 자들은 두려움에 떨 것이다.' 이 문장은 편지를 쓴 사람이 신앙이 있음을 보여준다.

"신앙이 있으신가요?" 피아가 물었다.

"아니요." 디르크 슈타틀러가 고개를 저었다. "공명정대한 신이 없다고 믿은 지 오래됐습니다."

"헬렌의 방을 좀 봐도 될까요?"

"좋을 대로 하십시오. 헬렌이 쓰던 그대로 뒀습니다."

"최근에 아드님이 어디 있었는지 아십니까?" 보덴슈타인이 물었다.

"아니요." 슈타틀러는 갑자기 화제가 바뀌자 놀란 눈치였다. "24일 본 게 마지막입니다. 여자친구와 함께 여기 왔었습니다. 그리고 방금 전에 직원이 와서 에릭이랑 연락이 안 된다면서 회사 열쇠를 주고 갔습니다. 에릭한테 무슨 일이 있나요?"

"어제부터 유치장에 있습니다. 아직 확실하진 않지만 혐의가 있습니다."

"뭐요?" 그는 어쩔 줄 몰라 했다. "설마…… 설마 우리 에릭이 사람을 죽였다고 생각하시는 겁니까?"

"일단 총을 잘 쏘죠. 그리고 뚜렷한 동기가 있습니다. 사건이 일어난 날에 알리바이도 없고요."

"아닙니다, 우리 에릭은 그런 짓을 할 아이가 아닙니다. 에릭이…… 그랬을 리 없어요!"

피아도 보덴슈타인도 말 사이에 끼어든 잠깐의 망설임을 놓치지 않았다. 그는 아들의 무죄를 완전히 믿지 못하는 것일까?

슈타틀러는 의자에서 힘겹게 일어나더니 다리를 절며 소파 쪽으로 걸어갔다. 더 이상 그에게 친절함을 기대하기는 힘들 것 같았다.

"헬렌 방을 보실 겁니까? 2층으로 올라가서 오른쪽 두 번째 방입니다. 다 보고 나서 말씀하십시오. 전 오늘 다리가 안 좋아서 밑에 있어야겠습니다."

"예, 알겠습니다." 보덴슈타인이 대답했다.

허리를 굽히고 진공청소기를 들던 슈타틀러는 갑자기 뭔가 생각난 듯 고개를 들었다.

"내가 댁들이라면 옌스와 얘기해보겠습니다. 아니면 마르크 톰슨을 찾아가거나."

"마르크 누구요?"

그의 입가에 씁쓸한 미소가 떠올랐다. "장피모 회장, 헬렌의……
양아버지입니다. 그런 게 필요하기라도 했다는 듯이 말이지요."

*

수련산업단지는 사람들로 붐볐다. 쇼핑 나온 사람들 때문은 아니
었다. 위르멧 슈바르처가 죽은 장소에서 사진을 찍으려고 여기저기
서 몰려든 구경꾼 때문이었다. 총알에 부서진 신발가게 유리창은 새
로 갈아끼웠고, 위르멧 슈바르처가 일하던 빵집도 여느 때와 같이 영
업 중이었다. 마치 아무 일도 없었던 것처럼.

"기가 막혀서!" 피아가 핏자국 주변으로 몰려든 사람들을 보고 역
겹다는 듯 말했다. "왜 저런 짓을 하는 거죠?"

"나도 이해가 안 돼." 보덴슈타인이 머리를 절레절레 흔들었다. "아,
배고픈데 어디 가서 뭐 좀 먹을까?"

"그래요." 피아가 말했다. "저기 앞에 버거킹 어때요?"

"으음, 꼭 그래야만 한다면."

보덴슈타인이 패스트푸드를 좋아하지 않는 것은 피아도 잘 안다.
하지만 지금 그녀에게는 칼로리, 고기, 마요네즈가 필요했다. KFC도
있긴 하지만 그건 그녀의 취향이 아니었다. 잠시 후 그들은 가게 안
으로 들어가 줄을 섰다. 심각한 표정으로 메뉴판을 연구하는 보덴슈
타인은 그곳에 전혀 어울리지 않았다.

"뭐 드릴까요?" 종업원이 피아 앞에 쟁반을 소리 나게 내려놓으며
물었다. 피아가 먼저 주문을 했다.

"고르셨어요?" 피아가 보덴슈타인에게 물었다.

"아직." 보덴슈타인이 심각한 표정으로 말했다. 그러더니 계산대의 종업원에게 물었다. "오늘의 추천메뉴는 뭔가?"

"에, 아저씨가 좋아하는 게 뭔데요?" 젊은 남자 종업원은 잠시 어리둥절한 듯했지만 바로 정신을 차렸다. "채식주의자세요?"

"아니, 그 '피시 맥' 아직도 파나?" 보덴슈타인이 물었다.

"아니요, 여긴 버거킹인데요."

피아는 보덴슈타인이 햄버거에 들어가는 재료가 뭔지, 어떤 조리법을 쓰는지 이것저것 물어보는 동안 웃음을 참느라 혼났다. 옆줄과 뒤에 선 사람들은 신기하다는 표정으로 그를 힐끗거렸다. 그는 결국 '빅 킹 XXL'과 감자튀김, 생수를 선택했다. 피아는 그가 계산할 때까지 기다렸다가 쟁반을 들고 빈 테이블로 향했다.

"왜 사람들이 날 저렇게 쳐다보는 거지?" 자리에 앉고 나서 보덴슈타인이 물었다.

"이렇게 웃기는 건 처음이에요!" 피아는 웃음을 터뜨렸다. 눈물이 나오도록 오래오래 웃었다. "오늘의 추천메뉴는 뭔가? 패스트푸드 식당에서 그런 걸 묻는 사람이 어디 있어요?"

"메뉴를 잘 모르면 그럴 수도 있지." 보덴슈타인은 기품 있게 대꾸했다. 그리고 곧 웃으며 덧붙였다. "피시 맥은 여기 게 아닌가 봐?"

"아니죠." 피아는 웃으며 머리를 흔들었다. 그리고 냅킨으로 눈물을 닦았다. "그 종업원 표정은 정말 평생 못 잊을 거예요!"

보덴슈타인은 씩 웃으며 햄버거 포장을 벗었다. 그리고 의심스러운 눈초리로 내용물을 살핀 후 한입 베어물었다.

"음, 맛은 나쁘지 않은데! 그런데 사진이랑 완전히 다르잖아."

피아는 햄버거를 먹으며 머리를 절레절레 흔들었다. 그들은 헬렌의 방에서 거의 한 시간 정도를 보냈지만 수사에 도움이 될 만한 것은 전혀 찾아내지 못했다. 책, 옷, 앨범, 화장품, 강의 자료. 옷장 속 상자 안에는 오래된 봉제인형들이 한가득 들어 있었고, 책상 서랍 속에는 콘서트 티켓, 엽서, 어머니 사진 등 버리지 못한 잡다한 물건들이 들어 있었다. 어디에서도 이상한 점은 찾을 수 없었다. 그러나 성장한 자녀의 방에 반드시 있어야 할 것, 컴퓨터나 노트북이 빠져 있었다.

디르크 슈타틀러에게 물어보니 헬렌은 노트북을 가지고 있었다고 했다. 죽은 날에도 배낭에 넣어가지고 나갔다. 그러나 그는 그 노트북을 다시는 보지 못했다. 경찰 조사가 끝난 후 배낭과 다른 내용물은 돌아왔지만 노트북은 없었다. 그래서 그는 그날 옌스 집에 놓고 온 모양이라고 생각했다.

피아가 마지막 남은 감자튀김을 막 입에 집어넣는데 오스터만에게서 전화가 왔다. 피아는 그에게 장피모의 마르크 톰슨에 대해 알아봐달라고 했었다.

"없어." 오스터만이 말했다. "이 근처에 그런 사람은 없어."

"하지만 장피모 홈페이지에 그 이름이 나와 있잖아." 피아가 귀와 어깨 사이에 전화기를 끼고 말했다.

"그래, 나와 있지. 엡슈타인 주소도 있고. 그런데 없어. 주민센터에 물어봤는데 엡슈타인에 그런 이름을 가진 사람은 없대. 우리 컴퓨터에서도 찾아봤는데 없어."

"그것 참 이상하네." 피아는 냅킨으로 기름 묻은 손을 닦았다.

"참, 파트릭 슈바르처에 대한 새로운 소식이 있어." 오스터만이 말했다. "사회복무요원이었는데 구급차를 운전했대."

"내가 맞춰볼게. 2002년 9월 16일 당직이었지?"

"맞아. 그 전날이 생일이어서 시끌벅적하게 파티를 했나 봐. 아마

다음 날 아침에도 술기운이 남아 있었겠지. 그런 상태로 키르스텐 슈타틀러를 태우고 차를 돌리다가 바퀴가 도랑에 빠져서 45분 정도 지체했대."

위르멧 슈바르처의 남편은 셈과 카트린이 재판관의 부고를 보여주자 까맣게 잊고 있었다며 10년 전 일을 기억해냈다. 그 일은 2년 반의 복무 기간 동안 단 한 번 있었던 실수로 그에게는 기억할 만한 가치도 없는 사소한 일이었다. 그 작은 실수 하나 때문에 아내가 죽음을 당했다는 사실을 알게 되자 그는 크게 절망하며 죽어버리겠다고 선언했다. 그래서 셈은 심리상담지원을 요청하고 파트릭 슈바르처의 아버지와 형이 올 때까지 기다렸다가 돌아왔다.

"죄 지은 자들은 고통을 맛보아야 한다. 그들이 무관심, 욕심, 허영, 부주의를 통해 초래한 것과 똑같은 고통을." 피아가 재판관이 신문사에 보낸 편지의 문구를 인용했다.

"범인은 원하던 걸 얻었어." 오스터만이 건조하게 대꾸했다. "슈바르처는 이제 인생 끝난 거야."

피아는 차로 가면서 보덴슈타인에게 파트릭 슈바르처의 과거에 대해 말해주었다.

"역시 에릭 슈타틀러가 범인인 것 같아." 보덴슈타인이 생각에 잠겨 말했다. "아마 병원 사람들이 하는 말을 들었겠지."

"만약 슈타틀러 가족 중 누군가가 고용한 전문 킬러의 짓이면 어쩌죠?" 피아는 몸을 부르르 떨었다. "외국에서 들어와 일을 저지르고 조용히 나가버렸다면 찾을 길이 없어요."

"그런 경우엔 킬러를 고용한 사람을 잡아야지." 보덴슈타인은 점점 짙어지는 안개 속을 응시했다.

"그럼 이제까지 만들어놓은 범인 프로필도 쓸모없어지겠네요. 늙고 병든 빙클러도, 다리를 저는 디르크 슈타틀러도 킬러를 고용할 수는 있잖아요."

"젠장!" 보덴슈타인이 중얼거렸다. "일주일 전이랑 다를 게 하나도 없잖아! 시간은 촉박한데……."

"아니에요. 지금은 무엇 때문에 이런 사건이 발생했는지 확실하게 알게 됐잖아요." 피아가 반박했다. 배가 차차 머리가 제대로 돌아가기 시작했다. "이렇게 계속 살인 사건이 일어나는 건 슈타틀러 모녀가 죽었기 때문이에요."

"그런데 왜 지금 와서 이러냐고?"

"아마 딸의 죽음이 기폭제가 됐겠죠." 피아는 손가락을 꼽으며 용의자들의 이름을 대보았다. "에릭 슈타틀러, 디르크 슈타틀러, 요아힘 빙클러, 옌스 하르티히. 이 네 사람이 우리가 눈여겨봐야 할 사람들이에요. 하지만 더 중요한 건 잠재적 피해자를 찾아내는 일이에요. 그러려면 에릭 슈타틀러, 하르티히, 재해병원을 더 압박해야 해요."

"그래, 맞아." 보덴슈타인이 크게 고개를 끄덕이며 말했다. "그리고 놈을 잡아야지!"

희미한 빛이 롤 블라인드 사이로 스며들어왔다. 보덴슈타인은 혼란스러울 정도로 사실적인 꿈의 끝자락이 완전히 사라질 때까지 가만히 누워서 기다렸다. 낮에 수사하던 사건이 밤에 꿈에까지 나타나는 일은 거의 없다. 그런데 이번에는 수사를 미궁 속으로 몰아넣은 장본인들이 마치 할 말이라도 있다는 듯 그의 꿈속으로 찾아들었다. 그는 옆으로 돌아누우며 집 안에 감도는 고요를 만끽했다. 아빠를 찾는 아이도 없고, 산책시켜야 할 개도 없고, 잉카도 없다. 침대 옆자리는 사용한 흔적이 전혀 없었다. 잉카는 전날 오후 늦게 위급한 환자가 있어서 림부르크에 가야 하는데 언제나 돌아올지 모르겠다고 문자를 보냈다. 밤중에 도착해 그를 깨우고 싶지 않으니 자기 집에서 자겠다는 것이었다. 너무 빤한 변명이라 기분이 썩 좋지 않았다. 예전에는 한밤중에 일이 끝나더라도 그의 집으로 왔고, 집 열쇠도 가지고 있다. 잉카가 왜 이러는 걸까? 무슨 일이 있었던 걸까? 크리스마스 때만 해도 괜찮았는데, 갑자기 그를 멀리하는 이유가 뭘까? 그가 너무 관심을 주지 않은 걸까? 아니면 그와 함께할 미래에 갑자기 회의가 든 걸까? 소피아가 문제라는 건 알고 있다. 하지만 그는 두 사람의 관계가 그 정도 일로 소원해지지는 않을 거라고 믿었다. 전에는 코지마 때문에 작은 말다툼이나 긴 논쟁을 벌이기도 했다. 잉카는 마음에 안 드는 일이 있으면 그냥 입을 다물어버리기 때문에 그녀와 싸우는 것은 거의 불가능하다. 처음에는 온화함이라 여겨지던 것이 이제는 갈등 해결 능력이 없는 것으로, 아니 더 나아가 무관심으로 느껴졌다. 잉카는 자존심이 강하고 독립적인 여자다. 평생 남자에게 얽매이지 않고 살아왔고 부족함도 느끼지 않았는데, 오십 줄에 들어서서 갑자기 바뀌겠는가? 그들의 관계가 그녀를 구속하는 것 같았을까? 그가 너무 지루한 남자인 걸까? 그는 시계를 확인했다. 8시. 오늘 아침에는 프리드리히 게르케를 찾아가 조심스럽게 부고 얘기를 꺼낼 생각이다. 그는 침대에서 일어나 샤워를 하러 욕실로 들어갔다.

잉카는 왜 잘 자라는 문자에 답장을 보내지 않았을까? 그와 그녀의 관계는 과연 뭘까? 사랑은 아니다. 적어도 심장이 쿵쿵 뛰고 가슴 언저리가 따뜻해지는 사랑, 그가 오랫동안 코지마에게 느꼈던 그런 감정은 아니다. 비록 쌍방의 감정이 아니었더라도. 잉카와는 첫눈에 반하고 열정이 불타올라 맺어진 관계가 아니다. 아들딸이 결혼한 것을 계기로 어릴 적 호감이 되살아나 생겨난 부차적 결과물이라고나 할까? 그들에게는 각자의 일이 있고 각자의 삶이 있다. 관계가 진행되면서 자연스럽게 그의 집으로 들어오고도 잉카는 자기 집을 세놓지 않았다. 살림을 합침으로써 그들의 관계를 공식화하는 과정이 빠졌지만 그는 있는 그대로 받아들였다. 코지마와 헤어지고, 아니카 좀머펠트와 짧은 연애를 거친 뒤 그는 잉카에게서 말동무를 찾았다. 그들은 몇 시간씩 전화 통화를 했고 언제부턴가 함께 잠자리에 들었다. 좋았다. 익숙하고 친근한 느낌이었다. 하지만 그 이상은 아니었다. 그도 그것만은 인정하지 않을 수 없었다.

그는 면도를 하면서 문득 잉카에 대해 아는 것이 거의 없다는 생각이 들었다. 잉카에게는 더 이상 가까이 가지 말아야 할 분명한 경계선이 있었다. 내면으로 통하는 그 문을 그녀는 언제나 조심스럽게 지켰고 그가 문턱을 넘는 것을 허용하지 않았다. 그녀와 마주앉으면 하지 못할 말이 없었지만 그녀 자신에 대해서만은 예외였다. 예를 들어 잉카는 토르디스의 아버지가 누군지도 밝히지 않았고, 미국에 있을 때 얘기도 하지 않았으며, 친구나 아는 사람에 대해 얘기하는 법도 없었다.

그는 자신의 이런 생각이 못마땅했다. 그녀가 이틀 밤 그의 집에서 자지 않았다고, 문자에 답하지 않았다고 관계 자체를 의심해도 되는 걸까? 그저 병원에 일이 많은 것뿐일 수도 있다. 그도 사건 때문에 바쁘지 않은가? 그게 전부다. 그럼에도 불구하고 그는 내면을 갉아먹는 의심을 떨칠 수 없었다. 그저 좋게 생각한다고 만사가 해결되는 것은 아니다. 그는 또 한 번 비겁하게 진실을 외면하려는 것 아닐까? 온전하지 않은 두 사람의 관계에 그는 과연 만족하는 걸까?

보덴슈타인은 옷을 입고 아래층으로 내려갔다. 그리고 생각에 잠긴 채 기계적으로 커피머신의 버튼을 누르고 식빵 두 조각을 토스터에 넣었다. 잉카에게 온 문자는 없었다. 그는 빵 위에 크림치즈와 딸기잼을 발라 선 채로 커피와 함께 먹었다. 다시 햇빛 없는 흐린 날이 시작되고 있었다. 신문에서 보니 2012년 12월은 1951년 기상 관측이 시작된 이후 가장 어두운 달이라고 되어 있었다. 거기다 풀리지 않는 사건 때문에 모든 게 더 어둡게 보였다. 보덴슈타인은 문득 코지마의 어머니가 한 제안에 생각이 미쳤다. 아직도 잉카에게 그 이야기를 하지 않았다. 미룰수록 더 말하기 힘들어질 것이다. 그러나 다른 한편으로는 그런 중대한 일을 문간에 서서 대충 얘기하고 싶지는 않았다. 안 그래도 잉카는 코지마의 가족에 대한 것이라면 예민하게 반응하지 않는가. 보덴슈타인은 일단 기다려보기로 했다. 내일은 섣달 그믐이고 모레는 새해가 시작된다. 새해가 오면 또 다른 기회가 찾아올 것이다. 지금은 범인을 잡아야 한다.

*

집은 추웠다. 입김을 불면 하얗게 김이 서릴 정도였다. 그래서 이불 속이 더욱 따뜻하게 느껴졌다. 그는 이불을 두 장 덮고 누워 오줌보가 터질 것 같은데도 일어나지 않고 뭉그적거렸다. 오줌이 마려운 것 말고는 급할 것도 없다. 요즘은 하루하루가 기다림의 연속이다. 안개라도 걷히면 좋으련만! 어제는 밤을 새워가며 눈이 빠지도록 범죄 소설을 읽었다. 그녀가 좋아하던 책이다. 재미있는 책이긴 했지만 사이코패스가 여자들에게 폭력을 휘두르는 장면이 너무 자세히 묘사돼 있어서 거부감이 들었다.

그는 낡아빠진 양탄자와 칠이 벗어져 너덜거리는 창틀을 응시하다가 결심한 듯 이불을 걷고 일어났다. 그리고 침대 옆 의자에 걸쳐둔 플리스 재킷을 입고 털 안감을 댄 장화를 신었다. 욕실과 거실도 춥기는 마찬가지였다. 난로 옆 장작 바구니는 텅 비어 있었다. 젠장! 그는 화장실에 들렀다가 외투를 입고 목도리를 두른 다음 바구니를 들고 밖으로 나갔다. 집 앞 나무 계단이 그의 몸무게에 못 이겨 삐걱거렸다. 앞뜰에 있는 세 그루의 소나무 중 가운데 나무에서 까마귀

한 마리가 날아올랐다. 이웃 지붕 위에는 여전히 안개가 자욱했다. 그는 집을 빙 돌아 뒤뜰로 가서 장작을 패기 시작했다. 아침에 하는 운동은 나쁠 게 없다. 10분 정도 도끼를 휘두르자 이틀치 장작이 충분히 준비됐다. 그는 바구니를 끌고 집 안으로 들어갔다. 얼마 안 있어 난로 안에서 타닥타닥 소리를 내며 장작이 타올랐다. 집 안에 아늑한 온기가 퍼졌다. 그는 싸구려 커피머신에 물을 붓고 커피가루를 퍼 담은 후 스위치를 켰다. 여름에 집을 수리할 생각이었는데 다른 일에 밀려 뒷전이 되고 말았다. 이제는 수리할 필요도 없다. 경찰이 곧 그를 잡으러 올 테니 말이다. 그는 체포되어 법정에 서게 될 것이다. 사람들은 미치광이, 사이코패스라며 그를 비난할 것이다. 이제까지 그가 한 일, 앞으로 할 일을 생각하면 그런 욕을 먹을 만도 하다. 그러나 상관없다. 죽어야 했던 사람들은 그들이 사랑하는 사람들에 의해 이미 사형선고를 받은 사람들이다. 그는 형을 집행했을 뿐이다. 기록도 자세히 해두었다. 산 자는 벌을 받을 것이고 죽은 자는 원을 풀 것이다. 한 사람도 빠짐없이.

*

보덴슈타인이 프리드리히 게르케의 집에 도착한 것은 오전 9시 정각이었다. 초인종을 눌러도 아무 대답이 없자 그는 울타리 문을 열고 들어갔다. 창문이란 창문은 모조리 닫혀 있고 블라인드까지 내려진 상태였다. 왠지 느낌이 좋지 않았다. 누구에게 전화를 해야 하나 생각하는데 '힐데가르트간호협회'라고 적힌 흰색 자동차 한 대가 와서 멈췄다. 문이 열리고 빨간 바가지 머리를 한 다부진 여자가 내렸다. 그녀는 검정색 가방을 어깨에 메더니 힘찬 걸음걸이로 계단을 올라갔다. 오리털 점퍼 밑에는 흰색 유니폼 같은 것을 입었고 흰색 신발을 신고 있었다.

"신문기자라는 것들은 주일까지 찾아와서 사람을 괴롭혀!" 그가 뭐라고 말을 걸기도 전에 그녀가 쏘아붙였다. "빨리 가세요, 경찰 부르기 전에!"

"전 기자가 아닙니다. 호프하임 강력반에서 나왔습니다." 그가 신분증을 들어보였다. "그러는 그쪽은 누구시죠?"

"아, 죄송해요. 몰랐어요. 전 카린이에요, 카린 미셸." 홍조 띤 얼굴에 난감한 표정이 번졌다.

"힐데가르트 간호사님이 아니고요?" 그가 빙긋 웃었다.

"그렇게 치면 우리 모두가 힐데가르트죠." 그녀도 웃었다. "일곱 명인데 대부분은 노인요양시설에서 일했던 사람들이에요. 요양시설에서 오래 일하면 좀 우울해지거든요. 지금도 스트레스를 안 받는 건 아니지만 노인들을 위해 시간을 더 많이 낼 수 있고 그분들도 그걸 고마워해요."

그녀는 집 쪽으로 걸어갔다. 그는 그녀 뒤를 따랐다. 집 앞에 도착한 그녀는 가방에서 큰 열쇠 다발을 꺼냈다.

"블라인드가 내려져 있어요." 그가 말했다. "초인종을 눌렀는데 아무 대답도 없고요."

"아, 원래 그래요." 카린 미셸이 말했다. "아까 그렇게 말해서 죄송해요. 요새 계속 기자들이 찾아와서 게르케 씨를 괴롭혔거든요. 그러지 않아도 늙은 양반 혼자서 얼마나 힘들어하시는데……."

그녀는 목에 매달린 안경을 쓰더니 맞는 열쇠를 찾기 시작했다. 보덴슈타인은 이런 사람을 볼 때마다 존경스러운 마음이 들었다. 늙고 병든 사람들을 진심으로 돌보면서 이렇게 명랑하기는 쉽지 않은 일이다.

"게르케 씨 집에는 얼마나 자주 오십니까?"

"아침저녁 두 번요. 이럴 때 혼자 계시는 건 좋지 않거든요." 그녀가 수다스럽게 말했다. "원래는 막시밀리안이 매일 아버지를 찾아와서 함께 나들이를 가곤 했어요. 그런 일이 일어나다니 정말 끔찍해요. 아유, 끔찍해!"

그녀는 드디어 맞는 열쇠를 찾아냈다. 문을 열자 따뜻한 공기가 훅 밀려나왔다. 퀴퀴한 냄새와 연기 냄새가 섞여 있었다. 느낌이 좋지 않았다. 카린 미셸은 아무런 이상한 점도 발견하지 못한 것 같았다.

"안녕하세요! 저 왔어요, 카린! 아유, 또 어두운 데 앉아 계시나 보네. 가끔 이러세요. 불 켜는 것도 잊어버리고 블라인드도 안 올리고 컴컴한 데서 돌아다니신다니까요. 그러다 한번은 넘어지셨지 뭐예요. 그래도 다치시진 않았으니 다행이죠." 그녀가 벽에 붙은 스위치를 누르자 집 안에 있는 블라인드들이 드르륵 소리를 내며 한꺼번에 올라갔다. "그래서 막시밀리안에게 센서 장치를 달아야 한다고 했어요. 그런데 게르케 씨가 그런 소리 말라고 성화를 하시는 거예요. 전기세 많이 나온다나 뭐라나. 1931년생이면 전쟁 세대잖아요. 그 세대들은 뭐든 아껴요. 그런 분들을 많이 알거든요."

그녀는 수다스러웠지만 호기심이 많지는 않아서 보덴슈타인에게 뭘 물어보거나 하지는 않았다.

"잠깐 기다리시겠어요? 가서 손님 오셨다고 말씀드릴게요."

"네, 그러시죠." 보덴슈타인이 고개를 끄덕였다. "고맙습니다."

그녀는 큰 소리로 게르케의 이름을 부르며 씩씩하게 집 안으로 들어갔다. 보덴슈타인은 혼자 남아 불안한 듯 복도를 왔다 갔다 했다. 잠시 후 날카로운 비명소리가 났다. 그는 재빨리 달려갔다. 얼굴이 허옇게 질린 카린 미셸이 복도로 뛰어나왔다.

"오, 맙소사! 맙소사!" 그녀가 짧은 비명을 토해냈다. "게르케 씨가! 어서 와보세요!"

보덴슈타인은 그녀를 부드럽게 밀치고 서재로 달려갔다. 그의 느낌이 옳았다. 프리드리히 게르케는 죽어 있었다. 고개를 푹 숙인 채 책상 앞에 앉아 있는 모습이 언뜻 보기에는 조는 것 같기도 하고 평온하게 잠든 것 같기도 했지만, 그의 손에는 주사기가 들려 있었다. 보덴슈타인은 떨고 있는 카린 미셸을 부축해 부엌으로 데려갔다.

"앉으세요." 그는 그녀를 의자에 앉힌 다음 찬장에서 컵을 찾아 물을 따라주었다. "마지막으로 살아 있는 게르케 씨를 본 게 언제죠?"

"어제요. 어제저녁 6시쯤요." 그녀는 중얼거리며 물을 한 모금 마셨다. 컵을 잡는 손이 바르르 떨렸다. "게르케 씨는 평소와 똑같았어요. 제게 잘 가라고 인사도 했어요."

"게르케 씨에게 당뇨가 있었나요?" 보덴슈타인이 물었다.

"네, 노인성 당뇨 제2유형요. 하지만 상태는 괜찮았어요. 자기관리가 철저한 분이거…… 철저한 분이었거든요."

그녀는 갑자기 울음을 터뜨렸다.

"물론 죽은 사람을 처음 보는 건 아니에요." 그녀가 손으로 눈물을 닦으며 말했다. "하지만 게르케 씨는 정말 좋은 분이었어요. 얼마나 정정하셨는지 몰라요. 그런데 아들을 잃고 나니까 이렇게 허무하게 무너져버리네요."

보덴슈타인은 다른 쪽으로 의심이 들었지만 그녀의 환상을 깨고 싶지 않아 아무 대꾸도 하지 않았다.

카롤리네 알브레히트는 A3고속도로를 달리고 있었다. 그녀는 방향등을 넣은 다음 액셀을 밟았다. 검정색 포르셰 911S는 비행기처럼 빠르게 앞으로 나아갔다. 등 뒤에서 400마력 엔진이 부웅 소리를 냈고 계기판의 바늘은 몇 초 사이에 150킬로미터를 가리켰다. 그녀는 예전부터 속도를 즐겼다. 운전면허를 따고 처음 탄 차는 폭스바겐 골프였다. 이제는 포르셰를 탄다. 그녀는 이 정도 급의 차를 제공받는 임원이다. 하지만 화려하기만 한 집이나 스포츠카가 무슨 소용이란 말인가? 그레타가 승마에 취미를 붙인다면 말을 한 필 사주고 견인 고리에 말을 맬 수 있는 실용적인 SUV로 갈아타는 것이 좋을 것이다. 그녀는 그레타와 함께 살 집을 머릿속에 그리며 잠시 미래에 대한 상상에 빠졌다. 농장을 사고 싶었다. 오래된 나무와 장미덩굴이 있는 정원, 연못도 있으면 좋겠지. 연못가에는 가지를 물 위에 늘어뜨린 커다란 버드나무가 있었으면 좋겠다. 켈크하임에 있는 집을 팔면 몇 년간 일하지 않아도 살 수 있을 것이다. 그리고 어머니에게 받을 유산도 있다. 생각이 어머니에게 미치자 그녀는 거칠게 현실로 내팽겨졌다. 몬타바우어 근처까지 와서 시속 100킬로미터로 속도를 낮췄다. 어제저녁에는 카르스텐이 전화를 해서 연말에 슈타른베르거제로 와서 함께 지내자고 제안했다. 카르스텐의 두 번째 부인 니키는 그녀를 그레타의 어머니 자격으로 아무런 거부감 없이 가족으로 받아들여주었다. 그래서 그녀는 여전히 슈타른베르거제에 사는 카르스텐의 부모님에게 환영받는 손님이었다. 하지만 그녀는 정중하게 거절했다. 이렇게 떠날 순 없다. 지금은 안 된다. 10년 전 무슨 일이 있었는지 알아내지 못하면 평생 괴로움 속에서 살게 될 것이다. 그리고 어머니의 장례식도 준비해야 한다.

그녀는 룸미러에 재빨리 얼굴을 비춰보았다. 슬픔, 근심, 분노, 아픔이 뒤죽박죽된 감정이 보였다. 조심스럽게 억누르고는 있지만 모래로 쌓은 성처럼 언제 무너질지 모른다. 과연 언제까지 버틸 수 있을까? 강인한 자제력과 기력은 언젠가 소진되고 말 것이다.

"카롤리네, 정신 차려!" 그녀는 자신을 질책했다. 그녀는 예전부터 한 가지 일에 집중하는 데 재능이 있었다. 지금이 바로 그 재능을 발휘할 때였다. 그녀는 내비게이션이 11시 26분에 도착할 예정이라고 알려준 한스 푸르트벵글러의 집을 찾아가는 중이었다. 아버지가 최근 자주 전화를 한 사람 중 하나다. 전날 전화한 다른 사람들에게서는 별다른 얘기를 듣지 못했다. 전화를 끊고 나니 아버지와 아버지의 친구들을 하나로 묶고 있는 어두운 과거가 있다는 확신이 들었다. 푸르트벵글러가 큰 도움이 될 거라고 생각하는 것은 아니다. 하지만 아주 작은 정보일지라도 약간의 추리력과 행운만 따라준다면 전체 그림을 보여줄 퍼즐 조각이 될지도 모른다.

*

"게르케 씨는 막시밀리안이 죽고 나서 너무너무 힘들어하셨어요. 더 이상 살고 싶지 않다고 하셨죠." 카린 미셸은 맥이 탁 풀린 채 눈물에 젖은 손수건만 만지작거렸다.

피아와 보덴슈타인은 시선을 교환했다. 빈 서류철과 아직도 따뜻한 벽난로 안의 재는 다른 이유를 예상케 했다. 서류철 겉면에 붙어 있던 제목 라벨까지 꼼꼼하게 떼어내 불태웠기 때문에 그 안에 어떤 내용의 서류가 들어 있었는지 전혀 알 수 없었다. 프리드리히 게르케는 모든 서류를 없애고 인슐린 과다 투여로 목숨을 끊었다. 유서는 없지만 대신 스나이퍼가 보낸 부고의 복사본이 책상 위에 놓여 있었다. 보덴슈타인은 조심스럽게 접근할 요량으로 일부러 부고를 숨기고 있었다. 그리고 오늘 보여줄 생각이었는데 누군가 선수를 친 것이다. 누구 짓일까? 분명 파버일 것이다. 그 기자 놈이 제멋대로 수사를 하고 있는 것이 틀림없다. 두고 봐라, 가만두지 않을 테니!

"소식을 전해야 할 가족이 있나요?" 하늘색 덧신과 라텍스 장갑을 낀 피아가 물었다.

"여동생이 하나 있는데, 외국에 살고 있고, 나이도 팔순이 다 됐을 거예요." 어느 정도 진정한 카린 미셸이 대답했다.

"금방 찾을 수 있을 겁니다." 피아가 메모하며 말했다. "협조해주셔서 감사합니다, 미셸 씨. 이제 가셔도 돼요."

카린 미셸은 의자에서 일어났다. 피아는 그녀를 현관까지 데려다주었다. 문 앞에 이르자 그녀는 피아에게 열쇠를 내밀었다.

"이제 저희에겐 필요 없어요." 그녀는 침울한 표정으로 말하고 돌아섰다.

그동안 크뢰거 팀은 서재에서 촬영과 감식을 마쳤다. 감식이 끝날 때까지 얌전히 기다린 프레데릭 레머 박사는 크뢰거에게 후한 점수를 받았다. 피아가 서재에 들어섰을 때는 남자 두 명이 노인의 시체를 의자에서 조심스럽게 들어올려 양탄자 바닥에 내려놓고 있었다.

"이제 우리가 좀 봐도 될까?" 보덴슈타인이 물었다.

"네, 그러세요. 우리 작업은 끝났습니다." 감식반장이 조금은 거만하게 고개를 끄덕였다.

보덴슈타인과 피아는 책상을 살펴보았지만 책상 위에도 서랍 안에도 물건이라곤 거의 들어 있지 않았다. 프리드리히 게르케가 다 정리한 것이다.

레머 박사는 간 온도를 쟀고 엉덩이, 등, 허벅지, 발 아래쪽에 시반이 나타난 것을 확인했다. 혈액순환이 멈추면 중력에 의해 피가 밑으로 쏠린다.

"사후경직이 아직 풀리지 않았습니다." 그가 보덴슈타인과 피아에게 말했다. "사망 시각은 밤 10시부터 새벽 1시 사이로 보입니다. 현재로선 타살 가능성을 배제해도 될 것 같습니다."

피아는 장갑 낀 손으로 전화기의 통화 기록을 눌렀다. 마지막 발신 통화는 저녁 8시 48분이고, 지역번호는 오버우어젤이었다. 그전에는 쾰른에 사는 누군가와 통화를 했다.

"분명히 루돌프 교수일 거예요. 피해자 2번의 남편 말이에요." 피아가 말했다.

"어떻게 알아?" 보덴슈타인이 놀란 얼굴로 물었다.

"그냥 느낌이에요."

그때 전화벨이 울렸다. 피아가 전화를 받으려고 하자 보덴슈타인이 기다리라는 신호를 보냈다. 지역번호는 프랑크푸르트였다. 전화벨이 세 번 울린 후 자동응답 메시지가 튀어나왔다.

"나야." 남자 목소리가 흘러나왔다. "메시지 남긴 거 방금 들었어. 집에 없나? 뭐, 그럼 나중에 다시 연락하지."

"왜 전화 못 받게 하셨어요?" 피아가 의아한 듯 물었다.

"또 다른 사람이 서류를 불태울 수도 있잖아." 보덴슈타인은 그렇게 대답하고 크리스티안 크뢰거를 향했다.

"전화기에 남아 있는 번호 좀 뽑을 수 있을까? 수신, 발신 전부 다."

"그럼요." 크뢰거가 고개를 끄덕였다. "아예 전화기를 떼어가는 게 좋겠네요."

"전화 연결은 계속 되도록 하고 우리가 착신하도록 할 수 있지?" 보덴슈타인이 물었다. "게르케가 죽은 걸 모르는 한 전화는 계속 올 거야. 그중에 쓸모 있는 정보가 있을지도 모르지."

"그럼요. 가능합니다."

"최대한 빨리 해줬으면 좋겠어. 리스트를 뽑으면 카이에게 주고."

"예, 최대한 빨리요. 빨리, 빨리, 빨리!" 크뢰거가 구시렁거렸다. "여기나 저기나 다 빨리 해달래요! 우리가 무슨 기계인 줄 아나?"

"아이고, 감식반 없으면 어디 일이 되나?" 보덴슈타인이 크뢰거의 어깨를 두드리며 너스레를 떨었다.

"됐습니다." 크뢰거는 머리를 흔들며 가버렸다.

피아의 휴대전화가 진동했다.

"카이예요." 피아는 보덴슈타인도 들을 수 있도록 스피커를 켰다.

"톰슨 찾았어!" 피아가 아침 인사를 하기도 전에 오스터만이 외쳤다. 웬만한 일에는 흥분하지 않는 그가 오늘은 예외였다. "원래 이름은 마르쿠스, 성은 브레히트 톰슨이야. 어쨌든 등록은 그렇게 돼 있어. 이러니 어제 주민센터에 물어봤을 때 없었던 게 당연하지."

"주소지는 어디야?" 피아가 물었다.

"엡슈타인 포켄하우젠, 레르헨 가 12번지."

"고마워. 지금 바로 가볼게." 보덴슈타인이 말했다.

"잠깐만요!" 오스터만이 외쳤다. "더 있어요! 마르크 톰슨은 전직 경찰입니다. 그것도 국경경찰대 제9부대(테러 진압과 요인 경호가 주임무인 특수부대_역주) 출신이에요. 그렇다면 사격 솜씨가 보통은 아닐 겁니다."

피아와 보덴슈타인은 프리드리히 게르케의 집을 나왔다. 이제 그곳에는 볼일이 없었다. 나중에 셈과 카트린을 보내서 최근에, 특히 어제저녁에 게르케의 집에 방문한 사람이 없는지 이웃사람들에게 물어보게 하면 된다.

"이번 사건 관계자 중에는 총 쏠 줄 아는 사람이 유난히 많네요. 총 다루는 사람이 이렇게 많다는 게 이상하지 않아요?" 피아가 보덴슈타인의 차에 올라타며 말했다. 그녀의 차는 멀찌감치 세워두었다. 나중에 가지러 올 생각이었다.

"생각하기 나름이지, 뭐." 보덴슈타인은 시체운반차가 주차할 수 있도록 차를 뒤로 빼주었다. "미국만큼은 아니어도 이 나라에도 총 만지는 사람이 많을걸. 사냥꾼들, 사격하는 사람들, 우리 동료들도 있고. 다른 사건들은 총과 상관없었으니까 드러나지 않은 거지."

"하긴 그러네요." 피아는 고개를 쑥 빼고 오스터만이 알려준 주소를 내비게이션에 입력했다. "헬렌 슈타틀러의 양아버지란 사람이 뭐라고 할지 궁금해지는데요."

*

레르헨 가 12번지에는 한때 정말 예뻤을 것 같은 단층집이 서 있었다. 지금은 칠이 벗어지고 지붕에는 이끼가 잔뜩 끼고 앞뜰은 황폐해서 폐가 같은 인상을 주었다.

보덴슈타인이 초인종을 눌렀지만 아무 대답이 없었다. 차고 앞에는 지저분한 검정색 SUV가 서 있고, 일요일 아침의 정적 속에 도끼 내리치는 소리가 들렸다.

"누군가 장작을 패고 있어요. 뒤뜰로 가봐요." 피아가 마당으로 들어서며 말했다. 그들은 차고를 지나 정원으로 갔다. 그러나 앞뜰과 다를 바 없는 수준이라 정원이라는 표현은 어울리지 않았다. 잔디는 깎지 않은 채 겨울을 맞았고, 집과 차고 벽에는 온갖 잡동사니가 쌓여 있었다. 낡은 나무 베란다 앞에 한겨울인데도 청바지와 티셔츠 차림으로 장작을 패는 남자가 보였다. 그는 매우 능숙한 솜씨로 두꺼운 나무토막을 쪼개서 베란다 계단 위에 놓인 바구니에 던져넣었다. 그 옆에는 검정색 로트바일러(경찰견이나 군견으로 활약하는 독일산 대형견_역주) 한 마리가 엎드려 있었다. 개는 고개를 돌려 그들을 보더니 벌떡 일어났다.

"이런 젠장!" 보덴슈타인은 얼른 피아 뒤로 숨었다.

"네, 네, 용감한 기사님." 피아가 비아냥거렸다. 근육질의 거대한 몸뚱이가 컹컹 짖으며 다가왔지만 피아는 미동도 하지 않았다.

남자는 도끼를 던지듯 내려놓더니 뒤를 돌아보았다.

"아르코, 그만!" 남자가 날카로운 소리로 명령하자 개는 짖기를 멈추고 그 자리에 우뚝 섰다.

"톰슨 씨?" 보덴슈타인이 피아의 등 뒤에서 고개를 쑥 내밀었다. 그는 멋쩍은 듯 앞으로 나오며 말했다. "일요일 아침부터 방해해서 죄송합니다만……"

그가 신분증을 들어 보이자 톰슨은 귀찮다는 듯 손사래를 쳤다.

"경찰인 거 압니다." 그가 말했다. "신분증 필요 없어요. 딱 봐도 경찰인데, 뭘. 나도 한때 그 동네에 있었거든요. 무슨 일입니까?"

그는 40대 후반으로 마르고 단단한 체구를 가진 남자였다. 숱이 많은 잿빛 머리에 잘 손질된 콧수염을 기르고 있었고 근육질 팔뚝에는 문신이 여러 개 새겨져 있었다.

"저희는 스나이퍼 사건을 수사 중입니다." 보덴슈타인이 말했다.

"그런데요?" 그가 별 관심 없다는 듯 말했다. "내가 그 사건과 무슨 상관입니까?"

"수사하다가 장피모에 대해 알게 됐는데 그 단체의 회장이시더군요. 잠깐 시간 좀 내주시겠습니까?"

"도움이 된다면 그렇게 해야죠 뭐." 그는 어깨를 으쓱하더니 장작이 든 바구니를 번쩍 들고 개에게 휘파람을 불었다. 그러자 개는 주인 곁에 바짝 따라붙었다. "들어갑시다."

그들은 베란다를 지나 집 안으로 들어갔다. 집 안은 무척 추웠다.

"벽난로는 참 좋은데 이게 단점입니다. 조금만 참으세요. 금방 따뜻해질 겁니다." 톰슨이 말했다. "먼저 부엌에 가 있으세요."

그는 거실에 있는 벽난로에 불을 지폈다. 집 내부 상태도 바깥과 별반 다르지 않았다. 문과 문틀에는 흠집이 많고 바닥에 깔린 타일은 지저분하고 창문에는 먼지가 끼어서 거의 밖이 보이지 않을 정도였다. 반면 부엌은 말끔하게 정리돼 있었다. 벽에는 축구 유니폼을 입고 환하게 웃는 열다섯 살 정도 돼 보이는 소년의 사진이 붙어 있었다.

"어떻게 도움을 드리면 되겠습니까?" 톰슨이 부엌으로 들어오며 물었다. "커피 마실 건데 드시겠습니까?"

보덴슈타인과 피아는 거절했다.

"장피모의 뜻이 뭐죠?" 피아가 물었다.

"뜻이 같은 사람들의 모임입니다." 톰슨은 컵에 커피를 따른 후 설탕을 넣고 휘휘 저었다. "일종의 이해집단이죠. '장기마피아 피해자 가족들을 위한 모임'의 줄임말입니다."

"그런데 장기마피아 피해자라는 건 무슨 뜻입니까?" 보덴슈타인이 물었다.

"장기 이식 센터 의사들은 다 도둑놈들입니다. 어디서 장기 기증자가 나왔다 하면 피 냄새를 맡은 독수리 떼처럼 달려들죠. 장기를 떼어낸 후에 일어나는 일들은 살인과 다르지 않아요." 톰슨은 싱크대에 기댄 채 확신에 찬 목소리로 말했다. "혼자서는 그들을 당해낼 재간이 없습니다. 하지만 이렇게 모이면 힘을 합해서 한 목소리를 낼 수 있고, 우리 같은 상황에 처한 사람들에게 경고의 메시지를 줄 수도 있죠."

"우리 같은 상황이라는 건 어떤 상황을 말하는 거죠?" 피아가 물었다.

"가족을 사고로 잃는 건 무척 힘든 일입니다. 그런데 병원으로부터 그런 압박까지 받게 되면 그건 정말 지옥입니다." 마르크 톰슨이 말했다. "그런 상처는 평생 낫지 않아요."

"그런 일을 직접 겪으셨나요?"

"네, 15년 전에요. 아들이 자전거 사고를 당했는데 뇌사 판정을 받았습니다. 아내는 발작을 일으켰고 병원 사람들은 내게 달라붙었습니다. 장기 적출에 동의해달라고 조르면서 엄청난 압박을 가했죠." 그의 시선은 잠시 벽에 붙은 아들의 사진에 머물렀다. "난 하지 않으려고 했습니다. 베니는 전혀 죽은 것 같지 않았거든요. 베니가 깨어나지 않을 거라는 말을 받아들일 수 없었습니다. 그런데 그 사람들은 온갖 수단과 방법을 동원해서 날 구슬렸어요. 베니가 죽은 건 끔찍하지만 더 이상 어떤 방법도 없다, 베니는 죽었지만 장기를 기증함으로써 다른 사람들의 생명을 구할 수 있다……. 난 차분히 생각해보겠다고 했습니다. 아내와 함께 의논해보겠다고요. 그런데 그 사람들은 1분 1초가 급하다면서 지칠 줄 모르고 졸라댔습니다. 그렇게 오랫동안 연명치료를 할 수는 없다는 거였어요. 어느 순간이 되자 더 이상 버틸 수 없더군요. 난 지칠 대로 지친 상태에서 결국 동의하고 말았습니다."

마르크 톰슨은 깊은 한숨을 쉬었다.

"우린 베니가 가는 마지막 모습도 지켜보지 못했습니다. 중환자실에서 수술실로 옮겨지고 난 다음 날 시체안치소로 갔습니다. 그런데 그건 더 이상 우리 아들이 아니었습니다. 그저 희멀건 껍데기에 불과했죠. 얼굴은 삐뚤빼뚤하고 눈은 꿰매어져 있고……. 각막까지 떼어 냈더라고요." 그의 목소리는 차분했지만 깊은 아픔이 느껴졌다. 15년이 지났는데도 상처가 전혀 아물지 않은 것이다. "내 아들은 최소한의 인격적 대우도 받지 못한 채 수술대 위에서 죽었습니다. 열여섯이라는 나이에. 아이가 있다면 제 마음이 어땠을지, 지금 어떨지 이해되실 겁니다."

"네, 이해합니다." 보덴슈타인이 고개를 끄덕였다. "저도 아이가 셋입니다."

"우리 부부는 더 이상 가정을 유지할 수 없었습니다. 2년 뒤 아내가 떠났고, 전 일자리를 잃었습니다."

"지금은 어떤 일을 하시죠?" 피아가 물었다.

"사설 보안회사에서 일합니다." 톰슨은 억지웃음을 지었다. "다른 걸 하기엔 스펙이 부족하더군요."

"제9부대에 계셨죠?" 보덴슈타인이 물었다.

"12년도 더 됐습니다."

"그래도 총 쏘는 법을 잊어버리지는 않죠."

"맞습니다." 톰슨의 얼굴에 미묘한 의심의 표정이 떠올랐다. "자전거 타는 방법을 잊지 않는 것처럼요."

그는 그 말을 너무도 침착하고 건조하게 했다. 피아는 청바지에 티셔츠 차림의 이 남자가 제9부대 출신임을 상기했다. 그곳은 경찰이라고 해서 아무나 들어갈 수 있는 부대가 아니다. 최고의 엘리트들이 모여 극도로 힘든 육체적, 정신적 훈련을 받는다. 현장 투입 시에는 그 이상의 상황도 벌어진다. 그들은 망설임이나 죄책감을 모르는 고효율 전투기계로 길러진다. 즉, 완벽한 킬러라고 할 수 있다.

"헬렌 슈타틀러를 아시나요?" 피아가 물었다.

톰슨의 표정은 더욱 파악하기 어려워졌다. 그러나 피아는 짧은 순간 그의 입가 근육이 실룩이는 것을 놓치지 않았다.

"알고말고요. 헬렌의 외할아버지와 외할머니가 장피모에서 활동하십니다. 그런데 헬렌이 왜요?"

"죽었죠. 아실 테지만."

"네, 압니다. 장례식에도 참석한걸요. 왜 헬렌에 대해 물으십니까?"

"저희는 스나이퍼가 헬렌 슈타틀러와 헬렌의 어머니 때문에 살인을 저지르고 있다고 보고 있습니다. 즉, 범인은 헬렌 슈타틀러와 가까운 사람일 겁니다." 보덴슈타인이 대답했다.

"아, 그래서 경찰에서 쫓겨난 전직 저격수 놈팡이가 범인이려니 해서 찾아왔다는 거죠?" 그는 기가 막힌 듯 헛웃음을 지으며 컵을 싱크대에 내려놓았다.

피아는 고개를 돌려 복도에 엎드려 있는 수컷 로트바일러를 쳐다보았다. 개도 호박색 눈으로 피아를 응시했다. 장전된 총처럼 위험한 짐승이다. 그 주인도 마찬가지고.

"디르크 슈타틀러 씨는 톰슨 씨를 헬렌의 양아버지라고 표현하던데요." 피아가 말했다. "그건 헬렌과 상당히 가까운 관계였다는 뜻 아닌가요?"

톰슨은 팔짱을 끼고 가소롭다는 듯 그녀를 노려보았다. 그 눈빛에 소름이 쫙 끼쳤다. 육감적으로 뭔가 잘못됐다는 느낌이 들었다.

"요아힘 빙클러는 사냥꾼이었습니다. 총을 상당히 잘 쏘죠. 헬렌의 남자친구 하르티히도 총을 쏠 줄 알고, 오빠는 바이애슬론 선수였습니다. 모두 나보다 가까운 사람들 아닙니까?"

"빙클러는 파킨슨병이에요." 피아가 대꾸했다. "약 없이는 컵도 제대로 못 들어요. 그런데 거의 1킬로미터 밖에서 목표물을 저격한다는 건 말이 안 되죠."

그때 집 안 어디선가 전화벨이 울렸다. 톰슨은 깜짝 놀라며 일어섰다.

"잠깐 실례하겠습니다." 그는 보덴슈타인이 뭐라고 말하기도 전에 부엌을 나갔다. 그러자 개가 일어나 그들 앞에 떡 버티고 서서 길을 막았다. 피아가 통화하는 소리를 들어보려고 문 쪽으로 한 걸음 다가서자 개가 낮게 그르렁거리는 소리를 냈다.

"알았다, 알았어." 피아가 개에게 말했다. "흥분하지 마."

톰슨은 곧 돌아왔다. 그는 부엌으로 들어오며 개의 머리를 쓰다듬었고 다시 앉으라고 명령했다.

"톰슨 씨, 총기를 소지하고 계신가요?" 보덴슈타인이 물었다.

"왜요?"

"질문에 대답하십시오."

"무기소지허가증은 있습니다. 하지만 돈이 없어서 하나씩 팔아먹다 보니 지금은 없습니다."

"영수증을 가지고 계십니까?"

"네, 그럼요."

"현재 다니는 회사 이름이 뭐죠?"

"톱 시큐어요." 톰슨이 손목시계를 보며 말했다. 그는 갑자기 초조해하는 것 같았다.

"12월 19일 오전 8시부터 10시 사이, 12월 20일 오후 7시경, 12월 25일 오전 8시, 12월 28일 정오에 어디 계셨습니까?"

톰슨은 눈을 가늘게 떴다.

"뭐하자는 겁니까?" 그가 신경질적으로 내뱉었다. "그 시간에 어디 있었는지 어떻게 다 기억합니까? 아마 여기 있었겠죠. 밤 근무일 때는 낮에 잠을 잡니다."

"12월 19일 이후로 밤 근무였습니까, 낮 근무였습니까?"

"밤 근무였습니다."

"그렇다면 제가 말한 시각에 알리바이가 없다는 말이군요." 보덴슈타인이 추론했다. "저희는 톰슨 씨를 용의자로 볼 수밖에 없습니다. 동기, 수단, 기회…… 뭐, 전직 경찰이시니까 잘 아시겠지요. 서까지 함께 가주셔야겠습니다."

톰슨은 바로 대답하지 않았다. 그는 눈을 빠르게 깜빡이더니 자그마한 부엌을 휘 둘러보았다. 그리고 다시 보덴슈타인을 쳐다보았다.

"아니요."

"그게 무슨 뜻입니까?"

순간 톰슨은 휙 돌아서더니 서랍을 열었다. 그리고 피아가 반격은 고사하고 무슨 일이 일어났는지도 파악 못 한 찰나에 총을 꺼내 그녀의 머리에 갖다 댔다. 차가운 금속성 총구가 관자놀이에 느껴졌다.

"총이랑 휴대전화 식탁에 내려놔!" 그가 날선 목소리로 명령했다. "어서!"

"이게 무슨 짓입니까? 이러면 상황이 더 나빠질 뿐입니다." 보덴슈타인이 말했다. 하지만 피아는 아무 말 없이 권총집에서 총을 꺼내 휴대전화와 함께 식탁에 올려놓았다. 손이 덜덜 떨리고 심장이 터질 듯 빠르게 뛰었다. 톰슨은 한 치의 망설임도 없이 방아쇠를 당길 것이다. "총 버려요." 보덴슈타인이 놀랄 정도로 차분한 목소리로 말했다. "지금까지는 아무 일도 일어나지 않았습니다. 총을 버리고 순순히 함께 간다면 이 일은 없었던 걸로 하겠습니다."

"그렇게는 안 된다는 걸 전직 경찰인 내가 모르겠나? 그런 개수작은 나한테 안 통해. 헛소리 집어치우고 빨리 총이나 내놔!"

보덴슈타인은 피아를 한 번 쳐다본 후 총과 휴대전화를 바닥에 내려놓았다.

"멍청한 짓만 안 하면 아무 일도 없을 거야." 톰슨이 약속했다. "자, 내 앞으로 와서 걸어. 지하실로 내려간다."

만지는 것마다 그녀에게는 기쁨이었다. 자기 집보다 좋은 게 세상에 또 있을까? 몇 달에 걸쳐 계획을 세우고, 바닥재, 양탄자, 욕실 타일, 계단 난간, 테라스에 깔 블록을 골랐다. 처음에는 설계도와 허허벌판뿐이었다. 드디어 공사가 시작되었고, 하루하루 지나면서 그녀의 상상은 현실이 되어갔다. 베티나 카스파 헤세는 매일 공사장에 나가 집이 만들어지는 과정을 카메라에 담았다. 먼저 지하실이 될 콘크리트 구덩이가 생겼고, 그 위에 바닥이 깔리고, 1층이 만들어지고, 또 지붕과 연결된 2층이 올라갔다. 그녀는 고무장화를 신고 진흙탕을 누비며 현장소장, 건축가와 의논했고, 크고 작은 변경을 요구했다. 전에 살던 집은 아이들이 크자 너무 좁아져버렸다. 아이들에겐 뛰어놀 공간이 필요했다. 새 집에는 공간이 많다. 큰 방도 있고, 지하에 놀이방도 따로 있고, 그네, 풀장, 트램펄린이 있는 정원까지 있다! 차고에 차를 세우고 부엌을 통해 바로 집으로 들어갈 수 있는 것도 베티나에게는 즐거운 사치였다. 더 이상 무거운 장바구니를 들고 주차장을 가로질러 4층까지 끌고 올라가지 않아도 된다! 그녀는 참나무로 만든 싱크대 상판을 손으로 쓰다듬으며 만족스러운 미소를 지었다. 이 만족감은 아침에 잠에서 깰 때부터 시작됐다. 침대에서 눈을 뜬 그녀는 바닥까지 닿는 큰 유리창 너머로 숲을 바라보며 지난 10년간 그녀에게 따라준 행운에 감사했다. 10년 전 죽을 각오를 하고 첫 번째 남편의 폭력으로부터 벗어났을 때, 그리고 어린 시절 좋아했던 랄프를 우연히 만났을 때만 해도 이렇게 행복한 미래가 기다리고 있으리라고는 생각하지 못했다. 첫 번째 남편은 하는 일마다 틀어지자 절망해서 술을 마시기 시작했고 급기야 폭력을 휘두르기에 이르렀다. 언제나 그녀의 발목을 붙잡던 전남편과 달리 랄프는 모든 면에서 그녀를 후원했다. 어두운 과거는 씻은 듯 잊혀졌다. 랄프와 함께 그녀의 삶에는 평온이 찾아왔다. 아이도 둘이나 생겨 거의 포기하고 있던 엄마의 꿈도 이룰 수 있었다. 그리고 이 집은 그들 행복의 정점이었다. 우리만의 집이 생긴 것이다! 집은 그녀가 랄프와 저녁마다 마주앉아 도면을 놓고 상상하고 꿈꾸고 웃고 계산한 그대로였다. 언젠가는 대출금을 모두 갚을 것이고 그들은 이 집에서 함께 늙어갈 것이다. 호호백발이 되어서도 서로를 아끼고 사랑하면서.

베티나는 미소를 지으며 냉장고에서 키슈 반죽을 꺼냈다. 내일 저녁 연말파티를 위해 해야 할 일이 많았다. 레인지 위에서는 소꼬리 스튜가 보글보글 끓고 있었다. 그녀는 저녁 메뉴를 무엇으로 할지 오랫동안 고민한 끝에 만들기도 쉽고 끓일수록 맛있어지는 소꼬리 스튜로 정했다.

지난여름 랄프는 "크리스마스 파티는 새 집에서 하자"라고 말했다. 공사장에 아직 아무것도 생겨나지 않았을 때였다. 그녀는 속으로 불가능할 거라고 생각했지만 랄프의 말은 현실이 되었다. 11월 24일 이사를 한 그들은 재빨리 짐을 풀고 옷은 옷장 속에, 책은 책장에 집어넣었다.

문 밖에서 열쇠를 꽂아 돌리는 소리가 났다.

"우리 왔어!" 랄프가 외치는 소리가 났다. 뒤이어 아이들이 뛰어 들어왔다. 동물원 나들이가 재미있었는지 뺨이 발개져서 눈을 반짝반짝 빛내며 깡충깡충 뛰었다. 랄프가 차분히 음식 준비하라고 아이들을 데리고 나가준 것이다. 아이들은 냉장고를 열어젖히더니 멀티비타민 주스를 꺼내가지고 긴 식탁으로 가서 앉았다.

"음, 벌써부터 좋은 냄새가 나는데?" 랄프가 그녀에게 다가와 허리를 감싸고 입을 맞추었다.

"이건 안 돼. 내일 먹을 거야." 그녀는 언제나 그렇듯 남편을 보자 가슴이 두근거렸다. "굶주린 남편과 애들을 위한 요리는 오븐 속에 숨겨져 있다고!"

"난 벌써 냄새로 알았지." 랄프가 오븐 창을 들여다보며 말했다. "피자!"

"와, 피자! 피자!" 아이들이 한 목소리로 외쳤다. "엄마, 피자에 뭐 넣었어?"

"너희가 좋아하는 거 다 넣었지." 베티나가 웃으며 대답했다. "얼른 손 씻자. 이제 바로 먹을 거야."

그녀는 남편을 지그시 바라보았다. 남편도 그녀를 바라보았다.

"이 집 정말 좋아." 그녀가 말했다. "하지만 당신이 훨씬 좋아. 사랑해."

그는 그녀를 안으며 자신의 차가운 뺨을 그녀의 뺨에 갖다 댔다.

"나도 사랑해." 그가 속삭였다. "내 인생이 다하는 날까지."

*

"젠장!" 화가 난 보덴슈타인이 내뱉었다. "나 참 어이없어서! 정말 우릴 여기 가두고 튀었잖아!"

톰슨은 그들을 지하로 데려가 보일러실에 처넣었다. 두꺼운 방화 문이 쾅 소리를 내며 닫히고 밖에서 열쇠 잠그는 소리가 났다. 갇힌 것이다! 게다가 보일러도 꺼져 있었다. 좁은 보일러실은 춥고 어두 웠다.

피아는 떨리는 마음을 진정시키려고 애썼다. 톰슨이 위험인물인 건 알았지만 설마 이런 상황이 닥칠 줄은 상상도 못 했다.

"우리가 어디로 갔는지 오스터만이 알고 있으니까 괜찮을 거야." 보덴슈타인이 그녀를 진정시키며 전등 스위치를 찾아 벽을 더듬었 다. 하지만 스위치가 손에 잡히지 않았다. 아마 밖에 있는 모양이었 다. 작은 환풍구로 햇빛이 조금 들어왔다.

피아는 앞으로 어떻게 될 것인지 생각하고 싶지 않았다. 만약 흔적 을 없애려고 집을 불태운다면 그들은 꼼짝없이 죽을 것이다. 백설공 주 사건 때의 그 미치광이 다니엘라 라우터바흐처럼 물을 틀어 침수 시키려 할지도 모른다!

피아는 심호흡을 하며 마음을 진정시켰다. 아무 일도 일어나지 않 을 거라고 한 톰슨의 말을 믿어보는 수밖에 없었다.

"톰슨이 우리가 찾는 범인일까요?" 피아가 물었다. 어스름한 빛에 눈이 익은 그녀는 굴러다니는 양동이 하나를 찾아 바닥에 뒤집어놓 고 그 위에 앉았다.

"그럴 가능성이 크지." 보덴슈타인이 대답했다. "어쨌든 총을 잘 쏘 는 건 확실하잖아."

"잃을 것도 없고요." 피아가 덧붙였다. "아우, 빌어먹을!"

"왜 그래?" 보덴슈타인이 영문을 몰라 물었다.

"오기 전에 화장실에 다녀올 걸 그랬어요! 오줌 마려워요."

"그 양동이에 싸." 보덴슈타인이 조언했다. "다른 데 보고 있을게."

"아니에요. 아직 참을 수 있어요." 피아는 옷소매를 내려 꽁꽁 얼어가는 손을 덮었다. "톰슨은 헬렌을 무척 좋아했던 것 같아요. 아까 헬렌 이야기를 하니까 얼굴 근육이 막 움직이더라고요."

"에릭 슈타틀러도 여동생을 좋아했잖아."

"그건 오빠로서 좋아한 거고요. 에릭 슈타틀러는 가족이 와해된 것 때문에 오랫동안 괴로워했지만 회사도 잘되고 있고, 여자친구도 있고, 취미도 있고, 친구들도 있잖아요."

"그래도 네프가 세운 범인 프로필은 에릭 슈타틀러에게 딱 맞아."

"그 프로필은 모조리 헛소리예요!" 피아가 답답하다는 듯 말했다. "게다가 에릭 슈타틀러는 너무 산만하고 끈기가 없어요. 전 톰슨 쪽이에요. 냉정하고 냉혹한 데다 프로잖아요."

"옌스 하르티히도 잊어선 안 돼." 보덴슈타인은 코트 주머니에 손을 찌른 채 5미터쯤 되는 방을 끝에서 끝까지 왔다 갔다 하기를 반복했다. 피아는 테니스 경기를 보는 관중처럼 보덴슈타인의 움직임을 눈으로 좇았다. "잘 생각해보면 하르티히도 모든 면에서 실패한 사람이야. 직업, 개인적 관계, 사명이라고 생각한 일도 마찬가지고. 내면에 복수심이 불타고 있다고. 게다가 톰슨 말대로라면 총도 쏠 줄 알잖아! 하르티히와 헬렌은 수년 동안 과거에 빠져 살았어. 내 생각에 그건 병적인 거야. 보통 사람들은 어느 정도 시간이 지나면 과거를 잊고 미래를 생각하거든. 헬렌은 그럴 능력이 부족한 사람이었어. 하르티히도 마찬가지고."

"헬렌에게 인생 최대의 문제는 자기 때문에 어머니가 죽었다는 거였어요." 피아가 고개를 끄덕였다. "마치 그 죄책감이 필요하기라도 했다는 듯이 말이에요."

"그게 자기를 특별한 사람으로 만들어줬겠지. 마치 중병에 걸린 것처럼 말이야." 보덴슈타인이 벽에 기대며 말했다. "관심을 받기 위해서 끊임없이 아프다고 하는 사람들도 많잖아."

"어떻게 그렇게 오랫동안 그런 생각에 빠져 살 수 있는지 전 이해가 안 돼요." 피아가 무릎을 가지런히 모으며 말했다. 놀라고 떨리는 마음은 서서히 진정되어갔다. 톰슨은 그들을 해치려는 게 아니라 도망갈 시간을 벌기 위해 그들을 가둔 것 같았다.

"결국에는 모두 가혹한 운명을 이겨내고 살아남았는데 헬렌만 그러지 못했지. 그런 점에서 하르티히를 자세히 조사해볼 필요가 있어. 혹시 헬렌을 죽게 한 사람들에게 복수하는 게 자기 의무라고 생각하는지도 모르잖아."

"빙클러 부부도 다르지 않아요." 피아가 혼잣말처럼 말했다. "딸의 장기를 내준 책임이 자기들한테 있다고 생각하잖아요. 톰슨도 그런 결정을 내리고 나서 정신적으로 큰 타격을 받았다고 했어요."

피아는 방광이 터질 것 같았다. 함께 갇힌 사람이 보덴슈타인이 아니라 오스터만이나 크뢰거였다면 양동이 안에 실례하는 게 이렇게까지 힘들게 느껴지지는 않았을 것이다.

"즉, 용의자는 네 명이야." 보덴슈타인이 정리했다. "옌스 하르티히, 마르크 톰슨, 요아힘 빙클러, 에릭 슈타틀러. 하르티히는 아직 확인해봐야 하지만 나머지 세 사람은 확실히 총을 쏠 줄 알아. 그리고 저마다 강도는 다르지만 전부 동기가 있고, 수단도 있다고 봐야 하고, 기회도 있었을 거야. 하르티히와 슈타틀러는 자영업자니까 마음대로 시간을 낼 수 있고, 빙클러는 연금생활자니까 말할 것도 없고, 톰슨도 밤낮 교대근무잖아."

"하지만 피해자들의 일과를 관찰하고 적당한 범행 장소를 물색하는 데는 시간이 꽤 필요할걸요." 피아는 손바닥을 마주 비비면서 저리기 시작하는 왼쪽 다리를 쭉 뻗었다. "그리고 디르크 슈타틀러도 시아에서 놓치면 안 돼요. 가장 크게 상처를 입은 사람은 그 사람이니까요. 아우, 이제 더 이상 못 참겠다. 반장님 딴 데 보세요."

그녀는 일어서서 양동이를 세워놓고 바지를 내렸다.

*

구조대는 4시 40분이 되어서야 나타났다. 톰슨이 그들을 지하 보일러실에 가둔 지 네 시간 반 뒤였다. 정복경찰 네 명을 데리고 온 셈은 보일러실 문을 열고는 씩 웃었다.

"왜 이렇게 늦게 온 거야?" 보덴슈타인은 마치 셈이 약속시간에 늦기라도 한 것처럼 말했다.

"어유, 지금 온 것도 전화가 와서 어디 계시는지 알려줘서 온 거예요." 셈이 말했다. "카이랑 저는 점심 드시러 가셨나 보다 생각하고 있었어요."

"뭐? 전화가 왔다고?" 피아가 놀라서 물었다.

"응, 톰슨이 30분쯤 전에 상황실에 전화해서 지하 보일러실에 가뒀났다고 알려줬어." 셈이 대답했다. "뒷문은 열려 있고 열쇠는 문에 꽂아놨다고 하고는 끊었어."

"이건 또 무슨 조화람?" 피아가 추위에 언 팔다리를 주무르며 중얼거렸다.

"그냥 도망칠 시간이 필요했던 건가 봐." 보덴슈타인이 추측했다. "셈, 감식반 불러서 여기 다 뒤집으라고 해. 그리고 카이한테 연락해서 톰슨 수배하고."

"수배는 이미 했습니다." 셈이 대답했다. 위로 올라와보니 여전히 식탁 위에 총과 휴대전화가 그대로 놓여 있었다. 벽난로에 여전히 장작이 타고 있어서 집 안은 사우나처럼 후끈했다. 온몸이 꽁꽁 얼어 있던 피아는 잠시 몸을 녹인 후 보덴슈타인, 셈과 함께 집 안을 둘러보기 시작했다. 톰슨은 아내와 헤어진 후 자기 방식대로 집을 꾸민 것 같았다. 거실에는 텔레비전과 소파 대신 러닝머신 한 대와 헬스기구들이 자리를 차지하고 있었고, 그 옆방에는 아무것도 없이 깨끗한 책상, 사용한 흔적이 있는 침대, 문이 활짝 열린 옷장이 있었다.

"깨끗하게 치웠네요." 피아가 중얼거렸다. "옷가지도 챙겨갔고요."

"도주한 게 확실하군." 보덴슈타인이 심각한 표정으로 고개를 끄덕였다.

"올라와서 이것 좀 보세요!" 여자 순경이 계단에서 그들을 불렀다.

2층에 있는 방 세 개와 욕실은 오랫동안 사용하지 않았는지 난방도 돼 있지 않고 퀴퀴한 냄새가 났다. 젊은 여자 순경이 그들을 욕실 옆 구석진 방으로 안내했다. 톰슨의 아들 베니가 사용하던 방인 것 같았다. 작은 싱글침대가 지붕 경사면 밑에 놓여 있고 벽에는 프랑크푸르트 축구팀 포스터가 누렇게 빛이 바랜 채 붙어 있었다. 책상 옆에는 코르크판 여섯 개가 나란히 붙어 있었다. 누군가 급히 종이를 떼어냈는지 여기저기 찢어진 종잇조각이 핀에 꽂힌 채 남아 있었고, 그 아래 양탄자 바닥에는 핀이 수북하게 떨어져 있었다.

"이게 책상 뒤에 떨어져 있었어요." 순경은 기대감에 찬 미소를 지으며 보덴슈타인에게 종이 한 장을 내밀었다. "뜯다가 떨어졌는데 알아채지 못한 것 같습니다."

"오호, 이것 봐라!" 종이를 쓱 훑어보던 보덴슈타인이 낮게 휘파람을 불었다. "미행 기록 같은데?"

그는 피아에게 종이를 건넸다.

"네, 맞아요!" 피아가 고개를 끄덕였다. "손으로 적은 미행 기록이에요. 누군가 2012년 5월에서 8월까지 막시밀리안 게르케의 일과를 쭉 관찰했어요!"

"톰슨이 범인이군." 보덴슈타인이 확언했다.

"그런데 이 글씨체를 좀 보세요." 피아가 이마를 찡그리며 말했다. "남자 글씨라기보다는 여학생 글씨 같아요."

"저기에 뭐가 더 붙어 있었을까?" 보덴슈타인이 여섯 개의 코르크판을 자세히 들여다보며 말했다. "온통 구멍투성이야."

"여섯 개네요." 셈이 생각에 잠겨 말했다. "무슨 의미가 있지 않을까요?"

"무슨 의미?" 피아가 물었다.

"피해자당 하나씩." 셈이 진지하게 말했다. "만약 그렇다면 앞으로 피해자가 두 명 더 나올 거라는 뜻이지."

*

수사는 물 만난 고기처럼 활기를 띠었다.

아무런 흔적도, 단서도, 성과도 없이 12일을 보낸 K11팀은 조심스러운 도취감에 젖어 전에 없던 열의를 가지고 수사에 뛰어들었다. 고도의 긴장감과 집중 속에서 모든 단서들이 한 데 모였다. 모순되는 추리는 배제되었고, 단서들은 정돈되었다. 하지만 퍼즐 조각을 아무리 모아봐도 그림은 여전히 추상적이기만 했다.

《타우누스 에코》 편집장은 프리드리히 게르케와 아무 연락도 취하지 않았다는군." 보덴슈타인이 새 정보를 팀원들과 공유했다. "피해자 2번의 딸 카롤리네 알브레히트가 갑자기 찾아와서 자기 어머니 앞으로 된 부고를 보여달라고 했대. 아마 그것 말고 다른 두 장도 보여준 모양이야. 글쎄 복사본까지 줬다는군."

"카롤리네 알브레히트는 뭐라고 하는데요?" 피아가 물었다. "그 여자가 왜 프리드리히 게르케를 찾아갔을까요?"

"아마 아는 사이였겠지?" 보덴슈타인이 어깨를 으쓱했다. "아버지와 친분이 있었을 가능성이 높아. 카롤리네 알브레히트는 아직 연락이 안 됐어. 전화번호를 안 받아냈더라고."

창밖이 어둑어둑해진 지 한참됐지만 아무도 퇴근할 생각을 하지 않았다. 수사가 급물살을 탄 이 시점에 퇴근하려는 사람은 없었다. 누군가 피자를 시켰다. 사람들은 오스터만의 상황 보고를 들으며 피자를 먹었다.

마르크 톰슨의 진술과 달리 그의 집 다락방에서는 소총 두 자루와 탄약이 발견됐다. 규정대로 무기보관함에 들어 있었는데, 서류와 대조해보니 소총과 권총이 한 자루씩 비었다. 그 밖에 서류철도 몇 개 발견됐지만 별로 기대되지는 않았다. 톰슨에게는 중요한 서류를 챙길 시간이 충분했다. 톰슨과 개는 수배자 명단에 올랐고 언론에 사진이 뿌려졌다. 경찰은 그의 전부인을 찾아내 전화 통화를 했고 그가 충분한 살해동기를 가졌음은 물론이고, 킴의 범인 프로필에 딱 맞는다는 사실을 알아냈다. 톰슨은 아들 베니가 죽은 후 의사들의 비윤리적 행태를 고발하는 데 온 힘을 쏟았다. 그러나 어디에서도 진지하게 들어주는 사람이 없어서 마음속에 점점 화가 쌓였다. 게다가 그는 엘리트 저격수로서 사격 솜씨가 뛰어나고, 고도의 스트레스 상황에서도 냉철하고 차분하게 행동할 줄 아는 사람이다. 경찰은 또한 전부인과의 통화에서 톰슨이 맡은 책임을 제대로 수행하지 못해 불명예스럽게 경찰직을 그만두어야 했다는 사실도 알아냈다.

보덴슈타인은 빙클러의 집도 감시하게 했다. 혹시나 톰슨에게 무슨 일이 생기면 빙클러 부부의 집에 숨어들 수도 있다고 본 것이다. 그리고 장피모 홈페이지에서 찾아낸 회원들 모두에게 전화를 걸어 톰슨에 대해 물었다. 하지만 그의 행방을 아는 사람은 아무도 없었다. 마르크 톰슨은 흔적도 없이 사라졌다.

모든 정황이 톰슨을 범인으로 지목했지만 보덴슈타인은 다른 용의자들에 대해서도 경계의 시선을 늦추지 않았다. 에릭 슈타틀러에게서는 파트릭 슈바르처의 음주운전 건이 사실임을 확인했고, 그 일에 대해 아는 사람이 꽤 많다는 사실도 알아냈다. 특히 구급의사와 구조대원들은 슈바르처가 술이 덜 깬 상태로 구급차를 몰다가 도랑에 빠뜨리자 엄청나게 화를 냈다고 했다. 오스터만에게는 옌스 하르티히에 대해 조사하라고 지시했다.

군과 경찰청에 문의한 결과 몇몇 새로운 이름들이 나왔지만 마르크 톰슨을 제외하고는 키르스텐 슈타틀러와 연관 지을 수 있는 사람이 없었다.

죽기 전에 깨끗하게 정리한 게르케의 집에서는 관심을 끌 만한 것이 전혀 발견되지 않았다. 유서도 없었다. 막시밀리안이 죽고 이틀 후 독일장기이식재단에 전 재산을 기부한다는 내용으로 유언장이 수정된 사실만 포착되었다.

"의학을 전공하고 제약회사를 운영한 아버지가 외아들의 병을 고쳐줄 수 없었다니 운명의 장난 아닙니까?" 우연인 듯 슬그머니 킴의 옆자리에 앉은 네프가 말했다. "돈이 아무리 많아도 소용없었던 거죠."

"아니죠. 고쳐줬었죠." 킴이 반박했다. "새 심장을 이식받았잖아요."

킴을 멍하니 쳐다보던 피아는 문득 스치는 생각이 있었다.

"게르케가 의학을 공부한 대학이 어디라고 했죠?" 피아가 물었다.

"쾰른요." 네프가 대답했다.

"카이, 게르케 전화기의 번호 분석은 다 끝났어?"

"응, 휴대전화는 별로 안 쓰고 유선전화를 주로 써서 뽑아내기 수월했어." 오스터만이 리스트를 찾아 피아에게 내밀었다.

"그럼 그렇지. 죽기 전에 마지막으로 통화한 사람이 디터 루돌프 교수야." 피아가 혼잣말로 말했다. "그전에는 쾰른의 한스 푸르트뱅글러라는 사람인데, 이게 누구지?"

오스터만은 바로 검색창에 그 이름을 쳤다.

"오늘 아침에 걸려온 전화는 프랑크푸르트 지역번호고, 페터 리겔호프라는 사람이야." 피아가 리스트를 계속 읽었다.

"잠깐! 그 이름 어디서 들어봤는데……." 보덴슈타인이 생각에 잠긴 표정을 지었다.

"변호사예요." 오스터만이 말했다. "제가 벌써 알아봤죠."

"그래, 맞아!" 보덴슈타인이 고개를 끄덕였다. "《타우누스 에코》기자! 기자회견 끝나고 나올 때 말을 걸면서 리겔호프 운운했어. 재해병원 측 변호사인데 슈타틀러 가족과 합의를 이끌어낸 사람이라고. 게르케가 그 사람과 무슨 관계지?"

"그건 앞으로 알아내야죠." 피아는 그렇게 말하고 통화 내역으로 다시 시선을 돌렸다. "게르케는 한스 푸르트뱅글러라는 사람과 14분간 통화했어. 그다음에 바트홈부르크 번호로 시몬 부르마이스터에게 전화를 걸었는데 12초밖에 안 걸렸어."

"자동응답기겠지." 오스터만이 추측했다. "푸르트뱅글러 찾았습니다! 1934년생, 교수 생활 하다가 은퇴했습니다. 내과와 종양학 의사였고, 혈액학 전문이에요."

"그리고 부르마이스터는 재해병원 장기 이식 센터 센터장입니다." 구글 검색을 한 네프가 말했다.

과연 프리드리히 게르케와 네 명의 남자 사이에는 어떤 관계가 있을까? 변호사는 나이가 한참 어린데도 게르케와 격의 없는 호칭을 썼다. 친분이 상당한 관계였을 것이다.

"그 사람들 사이에 무슨 공통점이 없을까?" 피아가 혼잣말처럼 물었다. "로터리클럽, 라이온스클럽 회원이거나 같은 협회에 등록돼 있다거나."

"부르마이스터는 2002년에 이미 재해병원에서 일하고 있었어." 재해병원 홈페이지에 들어간 킴이 말했다. "아마 디터 루돌프 교수의 후임이었나 봐. 경력 사항에 1999년부터 재해병원에서 일했다고 나와 있네."

"그렇다면 그 사람이 다음 피해자일 가능성이 있어!" 보덴슈타인이 수화기를 들며 말했다. "피아, 번호 좀 불러봐."

피아는 전화번호를 불러주었고 보덴슈타인은 전화를 걸었다. 하지만 역시 자동응답기로 연결됐다. 그는 급한 일이라며 전화해줄 것을 부탁하고 끊었다. 그리고 연이어 리겔호프 변호사에게 전화를 걸었다. 전화를 받은 여자는 일요일 늦게 걸려온 전화에 싫은 내색도 없이 남편은 사무실에 있다며 유선번호와 휴대전화 번호를 알려주었다. 그러나 리겔호프는 사무실에 없었다. 보덴슈타인은 자동응답기와 휴대전화 음성사서함에 메시지를 남겼다.

10시경 나타난 니콜라 엥엘 과장은 빙클러에 대한 감청 영장과 에릭 슈타틀러, 옌스 하르티히에 대한 압수수색 영장이 승인되었다고 알려주었다.

"좋아." 보덴슈타인이 일어나 좌중을 둘러보았다. "슈타틀러는 급하지 않아. 하르티히는 새벽 5시에 쳐들어가자고. 자택 먼저, 그다음에 가게. 오늘은 여기까지 하지. 모두 힘들었을 텐데 집에 들어가 쉬고 내일 일찍 시작합시다."

사람들은 컴퓨터를 끄고 노트북을 닫았다. 피아는 하품을 하며 기지개를 켰다. 킴이 니콜라 엥엘을 바라보는 시선이 느껴졌다. 네프의 시선이 그런 킴의 시선을 쫓고 있었다. 네프는 점점 더 눈에 띄게 킴의 주위를 맴돌았고, 가끔은 부탁하지도 않았는데 커피나 초콜릿 크루아상 같은 것을 가져다주곤 했다. 킴이 냉정하게 대할수록 그녀의 마음에 들고 싶어 안달했다. 아무도 보지 않는다고 생각할 때 네프의 표정을 보면 그 속이 손바닥처럼 훤히 들여다보였다. 피아는 그런 상황이 썩 마음에 들지 않았다. 네프는 허영에 찌든 얼간이다. 그런 인간이 갑자기 달라진 것도 미심쩍었다. 혹시 무슨 꿍꿍이가 있는 게 아닐까?

*

카롤리네 알브레히트는 뻣뻣해진 뒷목을 주물렀다. 오늘 쾰른에서 만나고 온 한스 푸르트벵글러에 대해 알아보느라 몇 시간째 인터넷을 헤매는 중이었다. 푸르트벵글러는 40년이나 의사 생활을 하면서 조금이라도 이름을 더럽히거나 지탄받을 일을 하지 않았다. 그는 쾰른의 한 대형 병원에서 종양학과 혈액학과 과장을 지냈으며 은퇴한 뒤에는 개인병원을 운영했다. 그가 전공 분야에서 개발한 치료법은 혈액암 분야에 새로운 표준을 제시했으며, 오늘날까지도 통용되고 있다. 독일십자훈장을 비롯해 다수의 상을 받았고, 여러 의사협회, 라이온스클럽, 그리고 다양한 후원단체의 회원이며, 스캔들을 일으키거나 고소를 당한 적도 없었다. 카롤리네는 똑같은 방식으로 한때 아버지의 가장 친한 친구였던 아르투르 야닝을 조사했지만 역시나 별다른 성과가 없었다. 프랑크푸르트 재해병원 응급의학과 과장인 아르투르 야닝도 푸르트벵글러만큼이나 과거가 깨끗했다. 그녀는 푸르트벵글러와 야닝이 애매모호하게 암시한 내용을 그들의 이력 속에서 찾을 수 있기를 은근히 바랐다. 일흔 살치고는 상당히 정정해 보이던 푸르트벵글러는 남국으로 휴가를 많이 다닌 사람처럼 건강한 구릿빛 피부를 가지고 있었다. 카롤리네는 우연히 쾰른에 왔는데 어릴 때 놀던 예쁜 정원이 생각나서 찾아왔노라고 거짓말을 했다. 그는 그녀에게 예를 갖춰 조의를 표한 후 편안하게 대화를 나누기 시작했다. 그러나 그녀의 입에서 키르스텐 슈타틀러라는 이름이 나오자마자 순식간에 침묵의 벽이 생겼다. 결국 대화는 방향을 잃고 흐지부지 끝났다.

카롤리네는 오븐에 달려 있는 시계를 보았다. 자정이 다 되어가고 있었다. 아무 성과도 없이 시간만 낭비한 것 같아 허무하고 실망스러웠다. 그만 포기하고 침실로 올라가려던 그녀는 문득 생각나는 것이 있어서 다시 의자에 앉았다. 그레타는 열네 살 생일이 되기를 손꼽아 기다렸는데, 그 이유는 페이스북에 등록할 수 있기 때문이었다. 페이스북을 시작한 이후 그레타는 하루의 반을 소셜네트워크에서 보냈다. 사진을 올리고 시시콜콜한 일상을 포스팅하고 남들이 주는 '좋아요'로 자신의 인기도를 채점했다. 한번은 누군가가 자신을 친구에서 '차단'시켰다며 일주일 내내 의기소침했던 적도 있다. '친구 차단'이란 예전에 생일파티에 초대받지 못한 것과 똑같은 의미인 것 같았다. 그레타는 페이스북에 없다는 건 이 세상에 없는 것과 똑같다며 그녀에게 계정을 만들어주고 기본 개념을 설명해주었다. 계정을 만들고 나니 정말 아는 사람들, 학교 동창들에게서 친구 요청이 쇄도했다. 카롤리네는 화이트와인을 한 잔 더 따른 다음 페이스북에 로그인했다. 헬렌 슈타틀러는 쉽게 찾을 수 있었다. 놀랍게도 계정이 여전히 존재했다. 아무도 없앨 생각을 하지 못한 것이리라! 카롤리네는 운이 좋다고 생각하며 친구 리스트를 눌렀다. 친구는 54명으로 꽤 단출했다. 친구가 아니면 사진 몇 장과 포스팅 몇 개만 볼 수 있었다. 그녀는 헬렌 슈타틀러의 글에 댓글을 달거나 '좋아요'를 누른 사람의 이름을 메모해두었다. 비비안 슈테른이라는 이름이 반복적으로 나왔다. 카롤리네는 그녀에게 쪽지를 보냈다. 물론 답장이 오지 않을 수도 있지만, 만약 온다면 그것은 새로운 기회를 의미했다.

오늘은 섣달그믐이다. 이날 사람들은 지난 한 해를 돌아보고 그동안 있었던 일을 정리한다. 무엇이 좋았고, 무엇이 그렇지 않았나? 내년에는 무엇을 어떻게 바꿀 것인가? 내년 이맘때쯤엔 어디서 무엇을 하고 있을까? 그의 경우 답은 자명했다. 감옥에 있거나, 지옥 유황불 속에서 끓고 있을 것이다. 어떤 쪽이든 크게 다를 것은 없다.

대부분의 사람은 파티를 하며 새해를 맞는다. 먹고 마시며 마치 특별한 날이라는 듯 행동한다. 하지만 실은 다른 날과 하나도 다를 게 없다. 어떤 문화권에서는 12월 31일이 전혀 특별한 날이 아니다. 그는 파티니 폭죽이니 불꽃놀이니 하는 히스테릭한 연말 분위기에서 아무런 감흥도 느끼지 못했다. 물론 그렇지 않은 때도 있었다. 전에는 동료들과 함께 술도 한잔하고 집에 가서 가족과 함께 파티도 했다. 라클렛(스위스식 녹인 치즈 요리_역주)이나 퐁듀를 안주 삼아 샴페인도 마셨다. 아주 오래전 일이다. 지금 그는 혼자다. 그리고 오늘밤 사람을 죽일 것이다. 모두들 묵은해가 가고 새해가 오는 것을 축하하지만 새해 첫날을 보지 못하는 사람도 많다. 12월 31일에는 다른 날보다 사고가 많이 일어나고, 노인들은 꾸준히 죽어나간다. 그런데 오늘은 아직 죽을 때가 안 된 사람이 죽을 것이다. 아니면 때가 된 것일까? 그는 태어날 때부터 2012년 12월 31일 슈타이어 SSG-69에서 발사된 308 윈체스터에 맞아 죽을 운명이었을까? 아니면 그가 살면서 내린 숱한 결정들이 모여 오늘밤 죽음을 맞이하게 되는 걸까?

그는 연민을 느끼지 않았다. 그를 연민한 사람도 없었다. 그 또한 당시 일어난 일을 운명으로 받아들였고, 그 상처를 껴안고 사는 법을 배워야 했다. 그 또한 혼자 남겨졌다. 한번 일어난 일은 어떻게 해도 되돌릴 수 없다. 가혹한 운명은 그렇게 청천벽력처럼 아무 예고도 없이 들이닥치는 법이고, 인간은 그대로 주저앉은 채 어떻게든 살아가야 한다. 비참한 삶이 마침내 끝날 때까지.

*

피아는 통 잠을 자지 못했다. 머릿속에서 끊임없이 뭔가 생각나긴 하는데 구체적으로 떠오르지 않아서 답답했다. 새벽 3시 45분에 일어난 피아는 부엌으로 내려가 커피를 내렸다. 전날 저녁에는 크리스토프와 스카이프로 영상통화를 했다. 물론 톰슨이 그녀의 머리에 총구를 겨눈 일은 입에 올리지 않았다. 그렇지 않아도 끼니를 대충 때우고 잠을 너무 적게 잔다고 걱정하는데, 괜히 걱정을 더 시킬 필요는 없다. 그가 너무 보고 싶었다. 그를 생각하면 가슴이 아릿할 정도였다. 낮에는 수사 때문에 바빠서 생각할 겨를이 없지만 밤에 혼자 침대에 누우면 그의 체취와 숨결, 온기가 그리웠다. 사람이 타인에게 이렇게 길들여질 수 있다고는, 그 사람이 없다고 해서 이렇게 아플 거라고는 상상도 못 했다. 잠시 떨어져 있는데도 이렇게 애틋한데, 사랑하는 사람이 갑자기 죽어서 영영 돌아오지 못한다면 얼마나 슬플까? 배우자나 아들딸이 죽었다는 소식을 접한 사람의 심정은 어떨까? 마지막 인사도 하지 못하고 사랑하는 사람을 저세상으로 보내야 하는 사람은 얼마나 가슴이 찢어질까? 피아는 디르크 슈타틀러를 떠올렸다. 그는 그런 가혹한 일을 두 번이나 겪어야 했다. 옌스 하르티히도 결혼식을 눈앞에 두고 신부를 결혼식장이 아닌 무덤으로 이끌어야 했다. 마르크 톰슨 또한 어린 아들을 잃은 후 아내와 직장까지 잃었다.

레나테 롤레더와 루돌프 교수의 경악하는 모습도 떠올랐다. 사랑하는 가족이 자기 때문에 죽었다는 사실을 깨달았을 때 그들의 표정이란! 늙고 병든 게르케는 인생을 마무리해야 할 시점에 하나뿐인 소중한 아들을 스나이퍼에게 빼앗겼다. 파트릭 슈바르처는 또 어떤가? 사소하게 여겼던 실수 하나 때문에 10년 후 엄청난 벌을 받았다.

'죽음보다 더한 고통'이라는 말이 문득 떠올랐다. 사랑하는 사람을 잃는 것만으로도 영원히 치유되지 않는 상처를 안고 살아가야 하는데, 거기에 자신 때문에 죽었다는 죄책감까지 더해진다면 사는 게 지옥 같을 것이다. 프리드리히 게르케는 그래서 목숨을 끊은 걸까?

피아는 구운 식빵에 짭짤한 버터와 누텔라 크림을 발랐다. 그때 잠이 덜 깬 킴이 부엌으로 들어오더니 유령처럼 커피머신 쪽으로 걸어갔다.

"언니는 오늘도 쌩쌩하네. 대체 비결이 뭐야?"

"아침형 인간이기 때문이지. 난 종달새고 넌 올빼미잖아. 나가기 전에 뭐 좀 먹을래?"

피아는 아직 따뜻한 식빵 두 쪽을 덮어 크게 한입 베어물었다.

"난 이렇게 일찍은 아무것도 못 먹어." 킴은 얼굴을 찡그리며 머리를 흔들었다. 그리고 커피를 한 모금 마셨다.

"톰슨에게는 제대로 된 동기가 없어." 피아가 입 안 가득 빵을 우물거리며 말했다. "슈타틀러 가족과 톰슨 사이에 우리가 모르는 무슨 관계가 있는 게 아니라면 말이야."

"나도 그렇게 생각해." 킴이 말했다. "슈타틀러는 재해병원에서 합의금을 받았어. 그 돈으로 전문가를 고용했을 수도 있지 않을까?"

"살인청부업자?"

"그래, 킬러."

"사실 나도 그런 생각을 해봤거든." 피아가 말했다. "넌 처음부터 킬러의 짓이라는 의견이었잖아. 돈도 있겠다, 제대로 된 통로만 알면 살인청부업자를 구하는 건 어렵지 않아. 리투아니아, 러시아, 코소보, 알바니아. 그쪽 사람들은 적은 돈으로도 그런 일을 하거든."

"거기까지 갈 필요도 없어." 킴은 점차 정신이 맑아지는 듯했다. "생각해봐! 슈타틀러가 톰슨에게 복수해달라고 살인을 부탁했을 수도 있잖아."

피아는 빵을 먹으며 그 가능성에 대해 생각해보았다. 과연 톰슨이 돈을 받고 사람을 죽일 만한 사람일까? 걸리면 죽을 때까지 감방에서 썩어야 하는데 그런 피 묻은 돈이 무슨 소용이란 말인가? 아니, 톰슨은 자기 확신에서 우러나와야 행동하는 사람이다. 확신이 없다면 결코 손을 대지 않을 것이다. 그는 누가 돈을 주고 부릴 수 있는 사람이 아니다.

"일단은 가택수색에서 뭐가 나올지 기다려봐야지." 피아는 접시와 칼을 식기세척기에 넣었다. "난 개들을 내보내고 말 먹이를 줘야 해.

이따가 사무실에서 보자."

"알았어." 킴이 하품하며 말했다. "난 장 봐놓고 9시까지 갈게."

"그래 주면 고맙지." 피아가 싱긋 웃었다. "연말파티에 고기 퐁듀가 빠지면 서운하잖아?"

"폭죽도 좀 사올까?" 어느새 복도로 나가 장화를 신는 피아의 등 뒤에 대고 킴이 큰소리로 물었다.

"아서라!" 피아가 웃으며 말했다. "여기서 보면 프랑크푸르트에서 하는 불꽃놀이가 다 보여. 그런 건 돈 낭비야."

*

일찍 일어났는지 밤을 새웠는지 새벽 5시에 이미 옷을 갖춰 입고 문을 열어주는 옌스 하르티히를 본 순간 보덴슈타인은 집을 수색해봐야 별 성과가 없겠다는 생각이 들었다. 수색영장을 보여주려고 하자 하르티히는 필요 없다는 듯 손사래를 쳤다.

"됐습니다." 그가 차분하게 말했다. "커피 좀 끓여도 되겠습니까?"

"네, 그러십시오." 보덴슈타인이 대답했다. 그리고 피아와 함께 하르티히를 따라 부엌으로 갔다. "안 주무신 겁니까?"

"조금 잤습니다." 하르티히는 빨래바구니로 무장하고 줄줄이 들어와 집 안의 전등을 모두 켜는 경찰관들을 물끄러미 바라보았다. 그러다 커피머신에 물을 채웠다. "헬렌이 죽은 뒤로는 잠을 잘 못 잡니다. 그럴 땐 텔레비전에서 다큐멘터리를 보거나 공방에 나가죠. 일을 하면 마음이 편해지거든요."

"오늘도 공방에 가셨습니까? 차 모터가 아직 따뜻하던데."

"네, 들어온 지 30분 정도 됐습니다. 아마 형사님들이 오실 걸 예감

했나 보죠." 피곤한 얼굴에 옅은 미소가 비쳤다. 그가 찬장을 열며 물었다. "커피 하시겠습니까?"

"아니요, 괜찮습니다." 피아와 보덴슈타인이 합창이라도 하듯 동시에 대답했다. 커피머신에서 부글부글 물 끓는 소리가 났고 커피향이 퍼지며 집 안에 밴 땀 냄새와 담배 냄새를 덮었다.

"마르크 톰슨을 아시나요?" 피아가 물었다.

"네." 하르티히가 대답했다. "깡통로봇."

"깡통 뭐요?" 보덴슈타인이 물었다.

"멍청이라고요."

"톰슨을 질투했나요?"

"내가 왜요?" 하르티히가 반문했다.

"헬렌과 상당히 가까운 사이였으니까요." 피아가 대답했다. "디르크 슈타틀러는 그를 헬렌의 양아버지라고 표현하던데요?"

"웃기는 소리. 톰슨은 헬렌이 할머니 할아버지와 함께 장피모에 나온 첫날부터 치근덕거렸습니다. 헬렌도 처음에는 신경 써주는 걸로 알고 좋아했지만 나중엔…… 싫어했어요."

"어떻게 치근덕거렸다는 거죠?"

"자기가 마치 아버지라도 된다는 듯이 행세하면서 자기 의견을 강요했습니다. 물어보지도 않았는데 끊임없이 조언을 하고요." 하르티히는 안 좋은 기억을 떨치려는 듯 머리를 세게 흔들었다. "심지어 자기 집에 헬렌 방까지 만들었어요."

"헬렌에게 원하는 게 있었던 건가요?"

"헬렌 사진을 보셨잖습니까? 얼굴도 예쁘고 가녀린 인상이잖아요. 톰슨처럼 머리는 없고 근육만 있는 마초들은 그런 여자를 좋아하지요. 보호본능을 자극하는 여자 옆에서 자기가 강하다고 착각하는 거죠. 실제로는 실패자인 주제에! 톰슨은 허구한 날 복수할 생각만 하면서 사는 불쌍한 인간입니다. 그 복수 판타지로 헬렌에게 귀가 아프게 설교를 해댔지요. 아니, 설교를 넘어서 부추겼어요."

"어떤 복수 판타지 말입니까?" 보덴슈타인이 물었다.

"톰슨은 자기가 그렇게 된 데 책임이 있는 사람들을 모두 처벌해야 한다고 생각했습니다."

"톰슨이 사람을 쏠 만한 사람이라고 보세요?" 이번에는 피아가 물었다. "말로 하는 것과 실제 행동으로 옮기는 건 다르잖아요?"

"물론입니다!" 하르티히는 굳은 얼굴로 대답하며 잔에 커피를 따랐다. "도덕적 경계가 희미한 사람입니다. 제9부대에 있을 때 이미 사람을 쏴봤을 겁니다. 평소에도 몇백 미터 밖에서 사람 쏘아 맞히는 건 일도 아니라고 자랑하는 걸 자주 들었습니다. 비디오게임이나 똑같다고 했지요."

피아는 그 말에 아무런 대꾸도 하지 않았다. 전날 톰슨이 그들을 죽일 생각이었던 것 같지는 않다. 하지만 그녀가 꾸물거렸다면 지체 없이 다리 같은 곳을 쐈을 것이다.

"총을 쏠 줄 아십니까?" 보덴슈타인이 물었다.

"한때는 쏠 줄 알았습니다. 아버지가 사냥을 광적으로 좋아하셔서 어릴 때부터 형과 저를 산에 데리고 다니셨거든요. 처음으로 총을 잡아본 게 유치원 다닐 때였어요." 미소 짓는 그의 얼굴은 슬퍼 보였다. "아버지는 그렇게 해야만 오줌싸개 꼬맹이들이 남자가 된다고 믿으셨죠."

"총 쏘는 것도 자전거 타는 것과 같아서 한번 배우면 잊어버리지 않는 법이죠." 피아가 톰슨의 말을 인용했다.

하르티히는 피아를 슬쩍 쳐다보더니 어깨를 으쓱했다.

"이제는 총알을 어떻게 넣는지도 모르는걸요."

짧은 순간이었지만 피아는 하르티히의 잿빛 눈동자에 떠오른 표정을 보고 그가 지금 연기 중이라는 사실을 간파했다. 감정의 기복이 없는 차분함, 무표정한 얼굴, 관리에 소홀한 듯한 외모, 이 모든 것은 그들을 속이기 위해 꼼꼼히 연출된 것이다. 옌스 하르티히는 지능이 높고 사소한 실패도 개인적인 모욕으로 받아들이는 자존감 높은 남자다. 동시에 자신에게 중요한 일이라면 추진력 있게 일을 밀어붙이는 행동파다. 그가 어디까지 갈 수 있는지는 병원 방침에 반발하며 의사로서의 창창한 미래를 던져버린 데서 잘 드러난다.

피아는 그의 기름 긴 덥수룩한 머리, 축 처진 어깨, 맥 빠진 표정을 찬찬히 관찰했다. 그는 사랑하는 연인을 잃고 상심한 남자를 연기하고 있었다. 연기는 훌륭했다. 행동이나 외모와 어울리지 않는 그 이상한 눈빛만 아니었다면 그녀도 깜빡 속았을 것이다. 그 눈빛 속에는 피아를 불편하게 하는 계산적이고 수수께끼 같은 뭔가가 있었다.

경찰관들이 조사해볼 필요가 있다고 생각되는 물건을 모두 담고 있는데 보덴슈타인에게 전화가 왔다. 리즈 베닝이 할 말이 있다며 만나자고 했다. 그래서 하르티히의 가게를 수색하는 데는 피아 혼자 가고, 보덴슈타인은 7시 30분에 수색이 시작될 에릭 슈타틀러의 회사에 잠깐 들렀다가 바로 경찰서로 돌아가기로 했다.

"살인 사건이 일어났을 때 어디 계셨죠?" 둘만 부엌에 남자 피아가 물었다.

"시간이 언제인지 말씀하시면 제가 답을 하지요." 하르티히가 대답했다. "담배 피워도 괜찮겠습니까?"

"물론이죠. 여긴 하르티히 씨 집이잖아요." 피아는 네 건의 살인 사건이 일어난 날짜와 시간을 차례차례 댔다.

하르티히는 잠자코 듣고 있다가 담배에 불을 붙이고 연기를 깊이 들이마셨다. 손목이 가늘고 손가락도 길고 가늘었다. 전형적인 외과 의의 손이었다. 손만 고운 것이 아니라 얼굴도 고와서 누가 봐도 미남이었다.

"잘 기억이 안 납니다." 그는 눈가를 찌푸리며 말했다. "제게 알리바이가 없는 것 같군요. 아마 그래서 지금 이렇게 집을 수색하고 있는 거겠죠. 제가 범인이라고 의심하시는 거 아닙니까?"

다시 사람을 떠보는 듯한 그 이상한 눈빛.

"그건 아니에요." 피아가 말했다. "우린 급히 정보가 필요한데 하르티히 씨가 말을 해주지 않으니 수색해서 나오길 바라는 거죠."

거짓말이었지만 수색영장이 승인된 이유 중 하나이긴 했다.

"어떤 정보를 말씀하시는 겁니까?"

"재해병원 관계자들 이름요. 키르스텐 슈타틀러의 죽음에 관계된 사람들 말이에요. 그동안 생각 나셨나요?"

"아니요, 제가 기억하는 사람은 루돌프 교수와 하우스만뿐입니다."

"거짓말하지 마세요!" 피아는 그동안 거짓말하거나 입을 다물어버리는 피의자들을 마주할 때 숱하게 느꼈던 무력감을 다시 느꼈다. "헬렌과 수년 동안 사귀면서 과거 이야기만 했잖아요. 계속 헬렌 어머니 얘기를 했다면 이름도 나왔을 거 아니에요! 왜 협조를 안 하시는 거죠? 죄 없는 사람들이 죽어나가는데 불쌍하지도 않아요?"

"정말 지푸라기라도 잡아야 하는 상황인가 보죠?" 하르티히가 비웃는 표정으로 말했다. "그 사람들을 알지도 못하잖아요. 알지도 못하는 사람들이 왜 불쌍합니까?"

피아는 어이없는 표정으로 그를 쳐다보았다. 정말 그렇게 생각해서 하는 말인지 썰렁한 농담인지 알 수 없었다.

"네, 직업상 만나는 사람 중에 제가 아는 사람은 거의 없죠." 피아가 대꾸했다. "하지만 그 사람들을 모른다고 해서 누군가 그 사람들의 목숨을 가지고 저승사자 놀이를 해도 되는 건 아니거든요. 이 나라는 법치국가이고, 저는 그 법을 대표해요. 모든 사람이 자기가 하고 싶은 대로 한다면 무정부주의가 판을 치겠죠."

"법치국가요? 참 우습네요." 하르티히는 경멸하는 표정으로 얼굴을 찡그렸다. "슈타틀러 가족과의 인연은 헬렌이 떠난 날 끊겼습니다. 그 뒤로는 헬렌도, 헬렌의 악령도 없는 미래를 보려고 노력하고 있습니다. 이해하시겠습니까?"

"네, 그럼요." 피아는 고개를 끄덕였다. "그래도 하르티히 씨를 믿기는 힘드네요. 왜 매일 묘지에 가는 거죠?"

하르티히는 긴 한숨을 쉬었다.

"전 헬렌을 그 누구보다 사랑했습니다." 그가 대답했다. "헬렌이 저와의 삶이 아닌 죽음을 택했다는 게 제겐 큰 충격이었습니다. 지금도 이해가 안 됩니다. 아마도 그것 때문에 매일같이 무덤으로 발길이 향하는 걸 겁니다."

피아는 의심스러운 눈초리로 그를 찬찬히 뜯어보았다. 그러나 아무리 기다려도 거짓말하는 사람의 제스처나 입가의 실룩거림 같은 것은 나타나지 않았다. 피아는 그를 안전한 은신처에서 끌어내야겠다고 생각했다.

"에릭 슈타틀러 커플과는 관계가 어떤가요?" 피아가 지나가는 말처럼 물었다.

"헬렌이 죽은 뒤로는 전혀 연락하지 않습니다. 하지만 전에는 친하게 지냈습니다."

"헬렌 아버지와의 관계는요?"

"디르크는 제가 헬렌에게 잘해주는 걸 항상 고마워했습니다."

질문에 대한 대답은 아니다.

"뭘 어떻게 잘해줬죠?"

하르티히는 잠시 망설였다.

"전 헬렌을 보호했습니다. 헬렌이 허락하는 한도 내에서였지만, 할 수 있는 한 최선을 다했습니다. 헬렌은 모순으로 가득한 여자였습니다." 그는 생각에 잠긴 얼굴로 타들어가는 담배를 바라보았다. "한편으로는 용감하고 자의식이 강했지만 다른 한편으로는 겁이 많고 의심도 많았습니다. 어머니의 죽음과 그 죽음을 둘러싼 상황을 도저히 떨쳐내지 못했죠. 헬렌은 조금이라도 애정을 느끼는 사람이면 딱 달라붙어서 놓지 않으려고 했습니다. 대부분의 사람은 그런 집착을 견디지 못했죠. 헬렌의 마음속에는 언젠가 또 혼자 남겨질지 모른다는 두려움이 깊이 뿌리박혀 있었습니다."

그는 담배를 비벼 끄고 손으로 얼굴을 쓸어내렸다. 피아는 프랑카 펠만이 헬렌에 대해 한 말을 떠올렸다.

"제가 듣기로는 헬렌에게 심리적으로 큰 문제가 있었는데 치료를 안 받겠다고 했다던데요?"

"외상 후 스트레스 장애였습니다. 헬렌에게 필요한 건 치료가 아니라 애정과 안정감이었습니다. 이런 사람들에게는 안전하다는 느낌이 필요합니다. 저는 그렇게 해주려고 노력했고요."

"그럼 노력이 부족했던 모양이네요. 그러니까 자살한 거 아니겠어요?" 피아는 미끼를 던져놓고 그의 반응을 기다렸다. 분노의 폭발이나 강한 반발을 예상했으나 결과는 정반대였다.

"네." 그가 차분하게 말했다. "아마 많이 부족했겠지요. 그것 때문에 정말 괴롭습니다. 전 실패했어요."

"헬렌의 트라우마는 오히려 심해졌다고 하던데요? 하르티히 씨가 옆에서 부추겼다고요. 지난여름에 헬렌과 함께 레나테 롤레더의 가게에 간 적 있죠? 거기 왜 갔죠?"

"전 헬렌을 부추기지 않았습니다. 트라우마를 극복할 수 있도록 도왔습니다."

"사람들을 협박하러 다니면서요?"

"협박한 사람도 협박받은 사람도 없습니다." 그가 고개를 저었다. "물론 헬렌이 그 여자를 보자 갑자기 이성을 잃긴 했지만, 전 그 가게에 들어가기 전까지는 그 여자가 누군지도 몰랐습니다."

피아는 헬렌, 디르크, 에릭 슈타틀러, 마르크 톰슨, 헬렌의 외조부모에 대해 몇 가지 질문을 더 했다. 하르티히는 차분하게 대답했고, 그의 대답은 매우 개연성 있고 솔직하게 들렸다. 표정과 말투는 서로 어긋나지 않았고, 내용을 미화하거나 생략하는 일도 없었고, 과장도 모순도 없었다. 그는 사랑하는 사람을 잃고 슬퍼하는 남자, 그럼에도 불구하고 현실에 발붙이려 애쓰는 남자로서 완벽했다. 너무 완벽해서 이상할 정도였다. 피아는 사람을 잘 파악하는 보덴슈타인이 그에게 속은 이유를 알 것 같았다. 보덴슈타인은 그를 착한 사마리아인이라고 표현했다. 애인의 죽음으로 인해 멍한 상태에 있는 착한 남자. 그러나 지금 그녀 앞에 앉아 있는 남자는 멍한 상태로 보이지 않았다. 둘 중 하나였다. 정말 헬렌의 죽음과 자신의 실패를 극복하기 위해 고군분투하고 있거나 모두를 속여넘기는, 냉혹하고 계산적인 사이코패스이거나.

리즈 베닝은 변호사 없이 혼자 왔다. 잠을 못 잔 얼굴이었지만 표정만은 단호했다. 보덴슈타인은 그녀를 자신의 사무실로 안내한 후 의자를 권했다.

"전 에릭을 위해 뭐든 할 수 있어요." 그녀가 입을 열었다. "사귄 지 6년이나 됐고 힘든 시기도 함께 이겨냈거든요. 헬렌이 자살한 뒤 에릭은 무척 힘들어했어요. 동생을 정말 사랑했죠. 하지만 헬렌의 상태를 객관적으로 볼 줄도 알았어요. 헬렌은 정신적으로 문제가 있었어요. 어머니 일 탓도 있지만 가족이 와해됐기 때문이기도 했어요. 헬렌은 아버지한테 집착하면서 아버지가 자신을 위해서만 존재하기를 바랐어요. 아버지도 딸한테 의지했고요. 헬렌은 정말 상태가 좋지 않았어요. 불안장애도 있고 분리불안 증세도 심각했어요. 환경이 조금만 바뀌어도 어쩔 줄 몰라 했어요."

리즈 베닝은 머리를 절레절레 흔들었다.

"한번은 에릭 아버지가 새 차를 사려고 했는데 헬렌이 그걸 알고는 원래 타던 차에 들어가서 문을 잠그고 어린아이처럼 엉엉 울었어요. 새 가구가 들어와도, 가구를 다른 자리로 옮겨도 무서워했어요. 에릭 아버지는 아무것도 바꾸지 않고 헬렌이 원하는 대로 해줬어요. 딸을 정말 끔찍하게 아끼셨죠. 헬렌이 잘할 때는 또 엄청 잘했거든요."

"슈타틀러 씨 회사 직원은 헬렌에 대해 다른 이야기를 하던데요?"

"프랑카요? 네, 그랬을 거예요. 에릭 아버지가 직장에 매여 있어서 에릭이 헬렌을 자기 회사에서 일하게 한 적 있어요. 프랑카는 엄청나게 질투했죠. 옆에 누구를 두느니 차라리 하루에 열두 시간을 일한다고 할걸요. 프랑카는 오랫동안 회사 일을 도맡아했어요. 에릭도 그게 편했기 때문에 그냥 그렇게 하도록 놔뒀고요. 그런데 에릭에게 잔소리를 하기 시작하고 고객들과 전화를 하면서 퉁명스럽게 굴기 시작했어요. 혼자 감당하기엔 일이 너무 많았던 거죠. 결국 일을 제대로 처리하지 못해서 에릭이 해고했어요."

"네? 사표를 냈다고 하던데?" 보덴슈타인이 놀라서 물었다.

"네, 이번엔 그랬죠. 2년 전 에릭이 그만두라고 하자 프랑카가 앞으로 잘하겠다고, 해고하지 말아달라고 했어요. 그래서 에릭은 해고를 취소하고 전화 받는 아가씨를 한 명 더 고용했어요."

"헬렌 얘기로 돌아가죠." 보덴슈타인은 책상 밑으로 다리를 쭉 뻗었다. "헬렌과 마르크 톰슨의 관계는 어땠죠?"

"헬렌은 톰슨 씨를 무척 좋아했어요." 리즈 베닝은 담담히 기억을 더듬었다. "아니, 숭배했다고 하는 게 맞을 거예요. 톰슨은 헬렌이 마음을 터놓고 지낸 유일한 사람이었어요. 여자아이들은 어느 정도 나이가 차면 더 이상 아버지에게 모든 걸 말하지 않잖아요."

그녀는 살짝 미소를 지었지만 곧 진지한 표정으로 돌아왔다.

"그러다 옌스가 나타나자 다른 사람은 눈에 보이지 않게 됐죠. 옌스도 헬렌을 오래전부터 알았지만 그때는 유부남이어서 눈여겨보지 않았나 봐요."

"그건 전혀 몰랐던 사실인데요." 보덴슈타인이 놀랍다는 표정으로 메모를 했다.

"우리 중 옌스의 부인을 본 사람은 아무도 없어요. 부인이 옌스를 떠난 것 같아요. 옌스는 오랫동안 슬퍼했고, 헬렌은 그 모습이 마음에 들었나 봐요. 그리고 곧 옌스도 헬렌을 사랑하게 됐죠. 두 사람은 열렬히 사랑했어요, 한동안은."

"왜 한동안이죠? 두 사람은 결혼하려고 했잖아요?" 보덴슈타인이 이해가 안 된다는 표정으로 물었다.

"옌스가 결혼하려고 한 거죠. 헬렌은 아니었어요. 여전히 행복한 척했지만 실제로는 아니었어요. 제 생각엔 헬렌이 옌스를 무서워했던 것 같아요."

"무서워할 이유가 있나요? 헬렌 아버지 말로는 헬렌이 옌스를 만나고부터 상태가 좋아졌고 성격도 차분해졌다고 하던데."

"약을 먹었으니까요. 옌스는 의사였잖아요. 그러니까 처방전도 쓸 줄 알았죠. 저도 잘은 몰라요. 언젠가 한번 우연히 헬렌의 처방전을 보고 구글에 검색해본 적 있어요. 로라제팜이었는데, 찾아보니까 불안증, 간질, 불면증에 쓰이는 벤조디아제핀계 의약품으로 중독 속도가 빠르다고 돼 있었어요. 전 에릭에게 그 얘기를 했고, 에릭이 헬렌에게 물어봤지만 헬렌은 모두 부인했어요. 하지만 헬렌은 분명 약을 먹고 있었어요. 행동이 완전히 변했거든요. 멍하니 있을 때가 많았고 자주 피곤해했어요. 전체적으로 좀 느려졌다고 할까요?"

"하르티히가 왜 헬렌에게 그런 약을 주었을까요?" 보덴슈타인이 물었다.

"그런 상태여야 통제하기가 쉬우니까요." 리즈 베닝이 대답했다. "옌스는 엄청난 통제광이에요. 끊임없이 전화하고, 문자를 보내고, 바로 답장하지 않으면 화를 냈어요. 그런데 헬렌은 또 시키는 대로 다 하더라고요. 그러다 톰슨이 어떻게 알았는지 그 사실을 알고 약을 끊게 만들었어요. 헬렌은 심각한 금단 증세를 보였어요. 무척 괴로워했죠. 그러면서 옌스가 자신에게 좋지 않은 영향을 끼친다는 걸 알았겠죠. 심리치료를 받게 하는 대신 약으로 통제하려고 했으니까요. 헬렌은 관계를 끊으려고 했지만 옌스는 놓아주지 않았어요. 헬렌이 할 수 있는 일이라고는 그 사람 집으로 들어가지 않는 것뿐이었어요. 헬렌은 무척 불행했어요."

"이웃 사람 말로는 하르티히가 헬렌과 결혼한 후에 함께 살 집도 마련했다고 하던데요?" 보덴슈타인이 말했다.

"그 집은 원래부터 있던 거예요. 전부인과 함께 살던 집이죠. 그래서 헬렌이 그 집에 더 들어가기 싫어했던 거고요."

"옌스 하르티히가 사람을 죽일 수 있다고 생각하십니까?" 잠시 말이 없던 보덴슈타인이 물었다.

리즈 베닝은 잠시 망설였다.

"좀 이상한 구석이 있긴 해요. 광적인 느낌이 있잖아요. 하지만 사람을 죽일 수 있는지는 잘 모르겠어요."

"그럼 마르크 톰슨은요?"

"톰슨은 한때 직업적으로 그런 일을 했던 사람이에요." 리즈 베닝이 진지한 표정으로 말했다. "국경경찰대에 있었대요. 어쨌든 톰슨은 헬렌을 무척 좋아했어요. 아버지처럼 아꼈다고 해두죠. 헬렌이 죽고 나서 무척 슬퍼했어요. 네, 그러면 그럴 수도 있을 것 같아요. 더 이상 잃을 것이 없는 사람이니까요."

"톰슨과 헬렌이 복수 계획을 세웠다고 하던데 거기에 대해 아는 바가 있나요?"

"아니요." 리즈 베닝은 고개를 저었다. "헬렌은 제게 어머니 얘기를 하지 않았어요. 제가 아는 건 다 에릭이랑 에릭 아버지에게 들은 거예요."

"그럼 남자친구의 알리바이에 대해 얘기해보죠. 남자친구가 왜 문제의 시간에 어디 있었는지 밝히지 않는 걸까요?"

"그건 아마 어디 있었는지 정말 모르기 때문일 거예요." 리즈가 대답했다. "에릭은 한번 달리기 시작하면 모든 걸 잊어요. 다른 사람들처럼 그냥 공원을 한 바퀴 도는 게 아니라 삼사십 킬로미터를 달릴 때도 있어요."

"에릭 슈타틀러가 사람을 쏠 수 있다고 생각하십니까?"

"아니요, 절대 아니에요!" 리즈 베닝은 확신에 찬 목소리로 대답했다. "위험한 취미를 즐기긴 하지만 에릭에겐 자유가 무엇보다도 소중해요. 감옥에 들어갈 수도 있다는 사실 하나 때문에라도 그런 짓은 하지 않을 거예요! 그리고…… 이기주의자이기도 하고요. 동생이 자살한 것 때문에 슬퍼할 수는 있어도 그것 때문에 문제를 만들 사람은 아니에요."

*

피아가 막 경찰서 앞뜰에 들어섰을 때 헤닝에게서 전화가 왔다.

"이제야 전화해서 미안해. 사실 지금도 별로 말해줄 만한 정보는 없어. 내가 연락해본 사람들은 연휴 동안 여행을 갔거나 입을 꾹 다물고 있어. 그래서 내가 직접 알아봤는데, 루돌프 교수가 있을 때부터 재해병원에서 일했던 사람이랑 얘기할 수 있었어."

피아는 주차장 안쪽으로 들어가 관용차 차고 앞에 차를 세우고 시동을 껐다.

"루돌프 교수는 실제로 친구 아들 때문에 편법을 쓴 것 같아. 심장병을 앓는 아이였는데 이식 말고는 다른 방법이 없었대."

"내가 맞혀볼까?" 피아가 끼어들었다. "막시밀리안 게르케지?"

"이름은 말 안 했어." 헤닝이 대꾸했다. "2002년 여름이나 가을쯤 응급실에 한 여자가 실려 왔대. 그런데 그 여자 혈액형이……."

"O형이었지." 피아가 다시 끼어들었다. "환자 이름은 키르스텐 슈타틀러. 그래서 어떻게 됐어?"

"내 정보원은 증인으로 나서지 않을 거야. 만약의 경우 나랑 이런 이야기를 했다는 걸 전부 부인할 거고." 헤닝이 강조했다. "하지만 그때 병원에서 그 여자를 살릴 수도 있었는데 죽게 놔둔 건 확실하대. 그리고 그 여자 가족이 엄청난 액수의 합의금을 받았다고 하더라고."

"5만 유로가 엄청난 액수인가?" 피아가 물었다.

"내가 듣기로는 100만 유로라고 하던데?" 헤닝이 대꾸했다.

2002년 여름과 가을쯤 재해병원에서 얼마나 많은 환자가 심장 이식 수술을 받았을까? 그리고 혈액형이 O형인 여자가 몇 명이나 실려 왔을까? 그 여자가 키르스텐 슈타틀러라고 자동적으로 결론 내릴 수는 없지만 그럴 가능성은 매우 컸다.

은색 BMW가 주차장으로 들어오더니 얼마 떨어지지 않은 곳에 섰다. 피아는 안드레아스 네프가 차 옆에 서서 잠시 전화를 하다가 서류가방을 들고 느린 걸음으로 걸어 들어가는 모습을 지켜보았다.

"우리가 확인한 바에 따르면 범인은 키르스텐과 헬렌 슈타틀러의 죽음에 책임이 있는 사람의 가족에게 복수를 하고 있어. 당신 정보원이 키르스텐 슈타틀러 일에 적극적으로 개입한 사람이라면 당사자나 그 가족이 위험해! 신원을 알려주면 우리가 신변보호 요청할게."

"그 사람한테 그렇게 전할게." 헤닝이 말했다. "오늘 저녁에 다시 통화 못 할지도 모르니까 미리 인사할게. 새해 복 많이 받아! 참, 랄프 집에서 파티할 거거든. 할 일 없으면 놀러와."

그 말을 들은 피아는 약간의 질투심을 느끼지 않을 수 없었다. 헤닝은 새 부인, 즉 피아의 절친 미리엄과 함께 피아가 전에 가고 싶었던 연말파티에 가려고 하고 있었다. 랄프는 헤닝의 동생으로, 프랑크푸르트 시내에 있는 펜트하우스에 산다. 피아는 한 번쯤 은행가가 발

밑에 내려다보이는 탁 트인 펜트하우스 옥상에서 불꽃놀이를 구경하고 싶었다. 하지만 헤닝은 항상 시간이 없거나 내키지 않는다며 랄프의 파티에 가지 않았다. 그래서 피아는 법의학과 부검실에서 밤을 새우거나 집에 혼자 처박혀 새해를 맞았다. 올해도 크게 다르지 않을 것이다. 집에 있을 거니까. 하지만 적어도 혼자는 아니다.

"정보 고마워, 헤닝." 피아가 차 문을 열며 말했다. "새해 복 많이 받고 다른 사람들한테도 인사 전해줘."

피아는 생각에 잠긴 채 주차장을 가로질러 건물 입구 쪽으로 갔다. 왜 재해병원과 관계된 사람들은 그토록 말을 아낄까? 아무리 생각해도 이상하다. 그렇게 집단적으로 함구하는 데는 분명 이유가 있을 터였다. 그리고 루돌프 교수가 의료적, 재정적 지원이 확실한 공립병원에서 이름 없는 개인병원으로 옮긴 것 역시 이상했다. 도대체 무슨 일이 있었던 걸까? 그게 뭔지는 모르지만 키르스텐 슈타틀러에게만 한정된 것은 아닐 것이다. 배후에 뭔가 더 있는 게 틀림없다. 피아는 매번 침묵의 벽에 부딪히는 현실에 새삼스럽게 짜증이 치밀었다.

*

"이번 한 번만 얘기하는 거예요. 헬렌이 그렇게 하고 싶어 할 것 같아서요." 카페 구석에 자리를 잡고 앉은 비비안 슈테른은 말을 시작하기 전에 미리 못을 박았다. 그녀는 전날 밤 카롤리네의 쪽지에 답장을 보냈고 만나서 커피 한잔하자는 제안에 선선히 응했다. 카롤리네가 사겠다고 하자 그녀는 눈치 보지 않고 그 집에서 가장 비싼 아침식사와 프로세코(이탈리아 산 스파클링 와인_역주)를 시켰다. 카롤리네도 오랜만에 식욕이 돌아 브리오슈(버터와 달걀을 듬뿍 넣고 만든 프랑스 빵_역주)와 카페오레를 주문했다.

"헬렌은 자신이 밝혀낸 사실을 언론에 공개할 생각이었어요. 그런데 그러기 직전에 살해됐어요."

"뭐라고요?" 카롤리네는 놀란 얼굴로 헬렌의 친구를 쳐다보았다. 비비안 슈테른은 스물여섯 살로 미국에서 1년째 지리학과 생물학을 공부하고 있었다. 호리호리한 몸매에 연한 금발의 긴 생머리, 예쁘상한 얼굴을 가진 그녀는 고등학생이라고 해도 믿을 만큼 어려 보였다. "헬렌은 자살한 걸로 알고 있는데요."

"절대 아니에요!" 비비안이 단언했다. "헬렌은 엄청 큰 건을 물었다면서 잔뜩 들떠 있었어요. 그런 사람이 열차에 뛰어들어 자살하진 않죠."

"그게 어떤 건인데요?" 비비안이 훈제연어를 크루아상에 얹어 입안에 밀어넣는 것을 보자 카롤리네는 위장이 뒤틀리는 것 같았다.

"헬렌은 의사들이 걔네 엄마 장기를 꺼내려고 죽게 방치했다고 굳게 믿었어요." 비비안은 입 안 가득 음식을 문 채 말했다. "전 그 말을 들을 때마다 좀 이상하다고 생각했지만 헬렌은 계속 증거를 모았고, 언제부턴가는 저도 그 말을 믿게 됐어요. 헬렌은 당시 무슨 일이 있었는지 밝혀내려고 했어요. 사람들이 다 자기를 속인다면서, 사실을 밝혀내지 못하면 언젠가는 미쳐버릴 것 같다고 했어요. 그리고 남자친구가 자기를 독살하려고 한다는 의심도 했어요."

"헬렌과 얼마나 친했어요?"

"아주 친했어요. 초등학교 때 단짝이었는데 나중에 프랑크푸르트 대학에서 또 만났죠." 비비안은 훈제연어에 이어 삶은 달걀을 먹기 시작했다. 무척 배가 고팠던 모양이다.

카롤리네는 질문할 거리를 적어온 메모장으로 시선을 돌렸다. 그러나 비비안은 질문을 기다리지 않고 헬렌의 남자친구가 헬렌을 조종하려 했고 중독될 때까지 약을 먹였다고 늘어놓았다.

카롤리네는 볼펜을 내려놓고 가만히 한숨을 쉬었다. 알고 보니 비비안 슈테른은 멜로드라마적인 디테일 묘사와 과장된 표현을 선호하는 수다쟁이였다. 이런 얘기를 듣고 앉아 있어봐야 시간낭비다. 게다가 시끄러운 카페에서 공모라도 하듯 은밀하게 속삭이는 말에 귀를 기울이는 것은 꽤나 피곤한 일이다. 옆 탁자에서는 중년 부인네들이 5분마다 한 번씩 접시 깨지는 듯한 웃음을 터뜨렸다.

"헬렌은 정신적으로 완전히 망가진 상태였어요. 진짜 심각했어요." 비비안은 착잡한 표정으로 머리를 흔들며 한숨을 쉬었다. "그래서 제가 1년 동안 교환학생으로 미국에 갔다 오자고 했어요. 여기 일은 다 잊고 새로운 곳에서 새로운 친구들을 만나 새로운 삶을 사는 거죠. 그래서 우린 계획을 세우기 시작했어요. 아무에게도 말 안 하고요. 그런데 옌스가 어떻게 알았는지 절 찾아왔어요. 아마 헬렌 전화기나 컴퓨터를 훔쳐봤겠죠. 어쨌든 어느 날 저녁 갑자기 우리 집 앞에 와서는 헬렌한테 계속 바람 넣으면 나중에 후회할 거다, 헬렌은 자기를 사랑하기 때문에 미국에 안 갈 거다, 그러는 거예요. 그래서 제가 '꿈 깨셔!' 그랬어요. 그랬더니 갑자기 화를 내면서 저를 막 때렸다니까요. 헬렌한테 그 얘기를 했더니 아무 말도 못 하고 가만히 있더라고요. 휴대전화는 계속 울리고…… 진짜 심란했어요. 옌스는 하루에도 몇 번씩 전화를 걸어서 어디에 있는지, 누구랑 있는지 감시했어요. 헬렌은 옌스가 전부인한테도 그렇게 했다는 걸 알고 나서 더 무서워했어요. 그 사람이 하도 스토킹을 하니까 전부인이 법원에서 무슨 처분 같은 거 있잖아요, 그런 걸 받아냈다고 하더라고요. 그 얘기를 듣고 나서 전 미국에 가자고 더 졸랐어요. 그리고 아버지와 마르크에게 옌스에 대해 솔직하게 털어놓으라고 했어요."

"마르크요?" 카롤리네는 전혀 모르는 사람들의 이름이 계속 나오자 갈피를 잡을 수가 없었다.

"나이 많은 친구예요. 할아버지 할머니랑 같이 다니던 무슨 단체에서 알게 됐대요. 헬렌은 마르크한테는 절대 말 못 한다고 했어요. 마르크가 알면 옌스를 죽일 거라고요. 가장 좋은 방법은 그냥 말없이 사라지는 거라고 했어요."

비비안은 한숨을 푹 쉬더니 프로세코를 한 모금 마셨다. 그리고 맛이 이상한지 얼굴을 찡그리며 갓 짠 오렌지주스로 입가심을 했다. "그래서 제가 비밀리에 모든 걸 준비했어요. 비자는 물론 학교에 등록하고 집 구하고 비행기 표를 예약하는 것까지 전부 다요. 10월 1일에 출발할 예정이었어요. 그동안 헬렌은 옌스가 안심하도록 행복한 예비신부를 연기했죠. 글쎄, 웨딩드레스까지 샀다니까요. 그러는 한편 여러 사람을 만나고 다니며 계속 정보를 모았어요. 그리고 드디어 걔네 엄마에게 그런 짓을 한 의사를 찾아냈고, 벌을 받게 할 수 있게 되었다며 좋아했어요."

카롤리네의 가슴이 두근거렸다. 과연 끈기 있게 기다린 보람이 있을까?

"그 의사 이름 알아요?" 카롤리네가 결정적인 질문을 던졌다.

비비안 슈테른은 망설였다. "아니요."

말도 안 돼!

"알았어요! 시간 내줘서 고마워요." 카롤리네는 억지 미소를 지으며 계산을 하려고 지갑을 꺼냈다. "아마 도움이 되는 것도 있겠죠."

"어머니를 죽인 사람을 경찰이 찾고 있을 텐데 왜 경찰에 맡기지 않아요?" 비비안이 궁금한 듯 물었다.

"그렇게 하고 있어요." 카롤리네가 대꾸했다. "경찰이 분명 범인을 찾아낼 거예요. 하지만 내가 원하는 건 조금 다른 거예요."

"뭔데요?"

카롤리네는 대답하기 전 잠시 망설였다. 비비안의 눈빛은 값싼 호기심이라기보다는 의심에 가까웠다.

그녀는 선혈 낭자한 자극적인 이야기를 원하는 것이 아니라 왜 카롤리네가 헬렌의 이야기에 관심을 가지는지 궁금한 것 같았다. 우습지만 카롤리네는 갑자기 시험을 치르는 기분이 들었다.

"스나이퍼는 사람을 죽일 때마다 경찰에 부고를 보냈어요." 카롤리네는 솔직하게 답하기로 했다. "거기엔 왜 살인을 저질렀는지 쓰여 있었어요. 스나이퍼는 죄가 있는 사람이 아니라 그 사람들의 가족을 죽였어요. 어머니, 아내, 아들을요."

"왜요?" 비비안은 정말 놀란 얼굴이었다.

"그들이 무관심이나 욕심 때문에 야기한 고통을 그들이 직접 겪게 하려는 거죠. 범인이 보낸 익명의 편지에 그렇게 쓰여 있었어요."

"세상에!"

"우리 어머니 부고에는 아버지가 욕심과 허영 때문에 사람을 죽게 했다고 돼 있었어요." 카롤리네는 이런 얘기를 입에 올리는 것이 생각처럼 어렵지 않다는 사실에 내심 놀랐다. "우리 아버지는 장기 이식을 하는 의사예요. 헬렌의 어머니를 수술한 사람이 바로 아버지였죠."

비비안 슈테른은 입이 떡 벌어져서 그녀를 쳐다보았다.

"난 진실을 밝히고 싶어요. 아버지는 말해주지 않거든요." 카롤리네가 말을 이었다. "당시 무슨 일이 있었는지, 우리 아버지와 다른 의사들이 무슨 짓을 했는지 꼭 알아야겠어요. 어머니가 부엌에서 총에 맞았을 때 열네 살짜리 내 딸이 그 옆에 있었어요. 지금 그 애가 어떤 지는 말 안 해도 알겠죠?"

비비안은 충격받은 얼굴로 고개를 끄덕였다.

"만약 스나이퍼의 말이 옳다면……." 카롤리네는 목소리를 낮췄다. "난 절대 아버지를 용서하지 않을 거예요. 기필코 벌을 받게 만들 거예요."

말을 마친 그녀는 천천히 한숨을 쉬었다. 그런 그녀를 뚫어지게 쳐다보던 비비안은 주섬주섬 가방을 열더니 낡아빠진 검정색 공책을 꺼냈다.

"헬렌 거예요. 헬렌은 알아낸 사실을 모두 여기에 적었어요. 그리고 아무도 못 믿겠다면서 항상 제게 맡겼죠. 경찰에 갖다줘야겠지만 너무 겁이 나서 못 하겠어요." 비비안은 갑자기 눈물을 글썽거렸다. "제 생각엔…… 옌스가 스나이퍼인 것 같아요. 그 사람…… 옛날에 의사였대요. 어떻게 된 건지 모르지만 틀림없이 그 일에 관련돼 있을 거예요." 그녀는 다시 가방을 뒤져 휴지를 찾아냈다. 카롤리네는 그녀가 코를 다 풀 때까지 기다렸다. "그때 맞고 나서부터는 옌스가 너무 너무 무서워요. 무슨 짓이든 다 할 수 있는 사람이에요. 전 사흘만 있으면 미국으로 돌아가요. 거긴 안전해요. 그때까지 절대 제 이름을 말하지 않겠다고 약속해주세요, 네?"

그녀는 정말 겁을 먹은 것 같았다. 카롤리네가 그녀의 이름을 발설할 이유는 없었다. 아니…… 있나? 그 수사반장은 공책이 어디서 났는지 궁금해할 것이다.

"솔직하게 말할게요. 이 공책이 수사에 필요한 거라면 경찰에게 넘길 거예요. 그리고 어디서 났는지도 말할 거고요."

비비안은 카롤리네를 찬찬히 뜯어보다가 침을 꼴깍 삼켰다. 그리고 천천히 고개를 끄덕였다.

"적어도 거짓말은 안 하시네요." 그녀가 말했다. "다른 사람이라면 지금쯤 빈말로 뭐든 다 약속했을 텐데."

그녀는 공책을 내밀었다.

"가져가세요. 도움이 되길 바랄게요." 비비안이 진지한 얼굴로 말했다. "경찰이 이걸로 헬렌을 죽인 놈을 찾아낼 수 있을지도 모르죠."

*

피아는 유리창 너머로 보이는 직원에게 눈짓으로 인사를 보내고 보안검색대를 통과했다. 1층 특수본부에서 열리는 회의는 이미 시작된 모양이었다. 피아는 오스터만 옆 빈자리에 가서 앉았다. 보덴슈타인이 리즈 베닝에게 들은 내용을 보고했다. 그다음은 피아 차례였다. "하르티히가 관계자들의 이름이 기억나지 않는다고 한 건 거짓말이에요." 피아가 말했다.

"빤한 거 아니에요?" 카트린이 말했다. "우리에게 협조하지 않으려는 거죠. 제 생각엔 하르티히가 스나이퍼예요. 계획을 끝까지 실행에 옮기려고 하는 거라고요. 왜 하르티히를 체포하지 않는 거예요?"

"증거가 없으니까." 보덴슈타인이 대꾸했다.

피아는 차라리 카트린처럼 옌스 하르티히가 범인이라고 확신할 수 있다면 좋을 것 같았다. 하지만 그렇게 편하게 생각해버릴 수 없었다.

"방금 헤닝과 통화했는데요." 피아가 보고를 계속했다. "당시 재해 병원에 근무하던 의사의 말로는 키르스텐 슈타틀러 건이 규정대로 진행되지 않은 게 확실하대요. 하지만 정보원이 이름 알려지는 걸 원치 않아요. 이 사건은 정말 모순투성이에요. 이젠 아무도 진실을 말하지 않는다는 생각이 들어요. 왜 그런 걸까요?"

"스나이퍼의 행동 뒤에는 오랫동안 쌓인 증오가 숨어 있어요." 킴이 말했다. "헬렌의 죽음이 도화선이 된 거죠. 화약고에 작은 불씨가 떨어진 것처럼요."

"저도 같은 생각입니다." 안드레아스 네프가 가방에서 서류를 꺼내며 말했다. 마치 새로운 정보를 잔뜩 가지고 있는데 풀어놓을 기회만 보고 있다는 투였다. "참, 제가 디르크 슈타틀러에 대해서 좀 알아봤습니다. 지역범죄수사국에서는 모든 정보 채널을 사용할 수 있거든요."

"잘난 척은!" 카이 오스터만이 혼잣말로 중얼거렸다.

"슈타틀러는 로스토크, 즉 옛 동독에서 태어났습니다. 1982년 서독으로 넘어왔죠. 직업은 토목기사로, 건설회사 호흐티프에 재직했는데 외국에서 일하는 시간이 많았습니다. 전과는 없고 교통 벌점이 4점 있네요. 차는 한 대, MTK-XX342 번호판의 도요타 야리스가 본인 앞으로 등록돼 있습니다. 2004년 프랑크푸르트 시에 고용되었고 유효한 장애인등록증을 소지하고 있습니다."

"잘했어." 보덴슈타인이 고개를 끄덕였다. "다 검증된 건가?"

"당연하죠! 마르크 톰슨에 대해서도 알아봤는데요, 이 사람은 정보 구하기가 좀 힘들었습니다. 하지만 뭐 저도 인맥이 있으니까요."

네프는 자신의 공로를 치하하는 박수가 터지기를 기대하는 듯 잠시 기다렸으나 아무 반응이 없자 말을 계속했다.

"공식적인 버전은 톰슨이 2000년 작전을 나갔다가 구체적인 위협이 없는데도 사람 두 명을 쏜 후 심리평가 소견이 안 좋게 나와서 퇴직했다는 겁니다. 그런데 실제로는 해임처분을 받았고, 매우 불명예스럽게 경찰을 떠났습니다. 참고로 국경경찰대 제9부대에 있을 때 톰슨이 쏜 사람은 17명입니다."

그것은 마르크 톰슨이 용의자 후보 1순위인 이유이기도 했다.

"그리고 제가 생각해보니까 하르티히, 슈타틀러, 빙클러의 은행 계좌를 추적해볼 필요가 있을 것 같습니다. 아, 그리고 이메일도요."

"그건 법원의 동의가 필요해." 보덴슈타인이 고개를 저었다.

"급할 때는 꼭 그런 것도 아니죠." 네프가 사람 좋은 웃음을 지었다. "제가 말입니다, 이미 말씀드린 대로 인맥이 좀 있거든요. 다 알아왔습니다."

"나랑 사전에 얘기도 안 하고?"

"반장님은 지금 바쁘시잖아요. 그런 일로 귀찮게 해드리면 안 되죠." 네프가 말했다. "이렇게 자발적으로 일하는 팀원이 있다는 걸 기쁘게 생각하십시오."

"나더러 기쁘게 생각하라고?" 보덴슈타인이 날카롭게 받아쳤다. "그건 자발적인 게 아니라 자의적인 거야. 자발과 자의는 하늘과 땅 차이라고! 그건 국민의 기본권을 침해하는 행위고, 법정에서도 효력이 없어."

"걱정 마세요." 네프가 능글맞게 웃으며 말했다. "나중에 신청하면 영장이 나올 텐데요, 뭘."

보덴슈타인은 잠시 고민했다. 네프의 말이 틀린 건 아니다. 하지만 그는 그런 식으로 일하는 것을 좋아하지 않았다. 게다가 부하직원이 한 일에 대한 책임은 반장인 그가 모두 지게 되어 있다. 하지만 지금처럼 절망적인 상황에서는 통화 내역이나 이메일 정보가 큰 도움이 된다는 것도 부인할 수 없었다. 결국 그는 위험을 감수하고 네프의 정보를 받아들이기로 했다.

"좋아, 뭘 알아냈지?"

네프는 승리감에 찬 미소를 지으며 가방에서 서류 뭉치를 꺼냈다.

"톰슨은 최근 몇 달간 통화를 많이 하지 않았습니다. 유무선 다 확인해봤는데요, 빙클러와 유선으로 몇 번 통화했을 뿐입니다. 아마 선불 휴대전화를 사용하는 것 같습니다. 그건 추적 안 되거든요. 그런데 어제 12시 44분 오랜만에 유선으로 전화를 받았습니다."

"맞아요." 피아가 말했다. "우리가 갔을 때 전화가 왔었어요. 그 전화를 받고 나서 갑자기 초조해했어요."

"발신인 전화번호는 알아냈나?" 보덴슈타인이 네프에게 물었다.

"아니요, 그건 아직." 네프가 고개를 저었다. "어쨌든 네덜란드 쪽 휴대전화였습니다. 톰슨은 이메일도 잘 쓰지 않는데, 아마 전직 경찰이라 경찰이 뭘 할 수 있는지 잘 알기 때문에 그런 것 같습니다. 계좌는 저축은행에 딱 하나 있는데 총 2644유로 15센트가 들어 있네요. 월급도 여기로 들어오고 통신요금, 전기세, 주택대출 상환금, 잡지 구독료, 건강보험료, 신용카드 대금 모두 여기서 빠져나갑니다. 신용카드는 마스터카드 한 장 있는데 주유, 장보기, 자잘한 구매 모두 이 카드를 사용합니다. 눈에 띄는 건 없었습니다."

공권력에 의한 감시가 확대되고 있다는 것을 잘 아는 보덴슈타인도 국가가 별로 힘들이지 않고 이렇게까지 국민을 감시할 수 있다는 사실에 새삼 놀라지 않을 수 없었다.

"자, 이제 옌스 하르티히를 살펴볼 텐데요. 아주 재미있습니다." 네프는 사람들의 시선이 온전히 자신에게 쏠리자 드러내놓고 즐거워했다. "하르티히는 계좌를 여러 개 가지고 있는데, 빚이 상당히 많습니다. 켈크하임에 있는 월세 집과 호프하임에 있는 주택은 큰 액수의 대출 때문에 담보 잡혀 있고요, 가게도 자기 소유가 아닙니다. 브레멘에 사는 전부인에게 매달 생활비가 나가고요. 자, 이제부터 재미있어집니다. 디르크 슈타틀러는 지금까지 하르티히에게 '헬렌'이라는 명목으로 매달 1000유로씩 보냈습니다. 그리고 두 사람은 헬렌이 죽은 뒤 여러 번 전화 통화를 했습니다. 하루에 몇 번씩 전화한 날도 있고요. 하르티히는 에릭 슈타틀러와도 전화를 주고받았지만 11월부터는 연락이 딱 끊겼습니다."

피아는 보덴슈타인을 쳐다보았다. 보덴슈타인도 피아에게 시선을 던졌다. 에릭 슈타틀러의 진술과 맞아떨어지는 내용이다.

"그런데 말입니다." 네프가 눈을 반짝이며 말했다. "사흘 전, 즉 12월 28일 슈타틀러와 하르티히가 7시 45분부터 9시 9분까지 통화를 했습니다! 물론 감청을 안 했기 때문에 내용은 알 수 없지만요."

"그럼 한 시간 반 동안 무슨 얘기를 했는지 슈타틀러에게 물어보죠." 피아가 말했다. 보덴슈타인은 고개를 끄덕였다.

*

"헬렌이 유서를 남기지 않았다는 건 말이 안 돼요." 피아가 말했다. "슈타틀러와 하르티히가 자신들에게 불리한 내용이 들어 있어서 숨긴 것일 수도 있어요. 제 생각엔 헬렌이 모든 사건의 중심이에요. 헬렌 주변을 더 조사해야 해요."

그 말에 반박하는 사람은 아무도 없었다. 이어 카이 오스터만이 핫라인에 들어온 제보 내용을 분석하기 시작했다.

지난번 기자회견에서 모든 사건에 대한 상세 정보가 공개된 이후 제보 전화가 빗발쳤다. 그렇게 들어온 제보에는 각각 번호가 매겨졌다. 수배, 절도, 사기전담반에서 차출된 동료 여덟 명이 밤낮으로 전화를 받았고 제보자와 통화를 하거나 개인적으로 만나서 제보 내용을 확인했다.

"지금까지는 별다른 단서가 나오지 않았습니다." 오스터만이 보고를 마쳤다.

셈과 카트린은 톰슨이 일하던 보안회사 사장을 만나보고 왔다. 사장은 톰슨에 대해 시간 잘 지키고 성실하고 동료들과도 잘 지내고 고객들에게도 좋은 평가를 받는다는 둥 좋은 말만 했다. 톰슨이 출동한 지역에는 다시는 도둑이 들지 않았다는 것이다. 셈은 톰슨의 출동 기록을 요구했다. 어느 곳에 투입됐고 몇 시에 출근하고 퇴근했는지 나와 있는 일지였다. 톱 시큐어 직원들은 규정상 하루에도 몇 번씩 날짜와 현재 위치를 보고하도록 되어 있고, 그 내용은 컴퓨터에 기록됐다. 또한 모든 차량에 GPS가 장착돼 있어 어느 차량이 어디에 있는지 한눈에 알 수 있었다.

"그런데 톰슨이 투입된 곳을 보면 재미있어요." 셈이 말했다. "예를 들어 위르멧 슈바르처가 죽은 수련산업단지에도 투입됐네요."

"그리고 톰슨이 데리고 있던 개는 회사 소유래요." 카트린이 보충 설명을 했다. "훈련된 개가 다섯 마리 있는데 톰슨이 가끔씩 아르코를 집에 데려갔고, 그걸 두고 뭐라고 하는 사람은 없었나 봐요."

"지금 그 개는 어디 있어?" 피아가 물었다.

"언제부터인지 모르지만 회사 철창에 들어 있었대요." 카트린이 대답했다. "오늘 아침에 봤다니까 아마 어제 넣었겠죠?"

"그렇다면 톰슨은 멀리 못 갔을 거예요." 피아가 말했다.

"헬렌 슈타틀러 부검 보고서는 읽어봤어?" 보덴슈타인이 피아에게 물었다.

"제가 한 번 읽어보고 카트린에게 넘겼어요." 피아가 대답했다.

"헬렌 슈타틀러의 몸뚱이는 성한 곳이 그리 많지 않았어요." 카트 린이 보고했다. "그런데 사망 시점 몸속에 신경안정제가 다량 들어 있었대요."

"그건 이상한데?" 보덴슈타인이 말했다. "에릭 슈타틀러 여자친구 의 말로는 헬렌이 진정제와 향정신성 약물에 중독된 뒤에 약을 끊었 다고 했거든."

보덴슈타인의 시선은 팔짱을 끼고 문가에 와서 선 페터 에렌베르 크를 향했다.

"무슨 일이야?" 보덴슈타인이 물었다.

"저기…… 뭐가 좀 있어서요." 항상 굼뜬 태도로 보덴슈타인을 답 답하게 하는 에렌베르크가 말했다. "에쉬보른의 그 고층빌딩에 사는 여자가 구조물 위에서 범인을 봤다고 해서요."

"뭐? 언제 들어온 제보야?" 보덴슈타인은 전기가 통한 것처럼 정신 이 번쩍 들었다.

"아마 토요일일걸요."

순간 회의실에는 싸한 침묵이 감돌았다. 모든 시선은 제보 내용을 확인하는 업무를 맡은 에렌베르크에게 집중되었다.

"토요일?" 보덴슈타인이 믿기지 않는다는 듯 말했다. "오늘이 벌써 월요일이야! 그런 얘기를 왜 이제야 하는 거야?"

"우리가 확인해야 하는 제보가 얼마나 많은지 아세요?" 기분이 상 한 에렌베르크가 받아쳤다. "전화벨이 쉬지 않고 울린다고요."

"감시카메라 녹화분은 봤어? 그건 분명히 명령한 내용인데!"

"당연히 봤죠. 이미 금요일에 다 봤습니다!" 에렌베르크가 변명했 다. "그런데 그 건물에는 312가구가 산다고요. 거주민만 해도 수백 명에 이릅니다. 게다가 공사장 인부들이 끊임없이 드나들어요! 뭘 찾아야 하는지 모르면 아무것도 볼 수가 없죠!"

보덴슈타인은 화가 치밀어 어쩔 줄 몰랐다. 마음 같아서는 땅딸막한 에렌베르크의 어깨를 붙잡고 마구 흔들고 싶었지만, 그렇게 한다면 그는 그 자리에서 병가를 내고 집으로 가버릴 것이다. 보덴슈타인은 니콜라 엥엘에게 전화를 걸어 새로운 소식을 전했다.

"여기." 에렌베르크는 오스터만에게 USB스틱을 내밀었다. 얼굴에 죄책감이 그대로 드러났다. "11시 33분부터야."

오스터만은 말없이 USB스틱을 받아 노트북에 꽂았다. 빌딩 입구의 유리문이 나타나자 모두 긴장한 표정으로 화면을 바라보았다.

"그 남자가 본 게 정확히 뭐야?" 보덴슈타인이 물었다.

"남자가 아니라 여자입니다." 에렌베르크가 말했다. "9층에 사는 여자인데 창밖으로 구조물 위에 서 있는 남자를 봤답니다. 아마 아래로 내려가는 중이었나 봅니다. 몇 달 전부터 계속 벽면 공사를 하고 있었기 때문에 인부가 있는 건 이상할 게 없는데, 그 남자가 어깨에 큰 가방을 메고 있어서 눈에 띄었다고 합니다."

복도에서 발소리가 나더니 니콜라 엥엘이 들어왔다.

"에쉬보른 빌딩에서 목격자가 나왔는데, 이미 토요일에 제보가 들어왔답니다." 보덴슈타인이 에렌베르크를 쏘아보며 말했다. "그런데 이제야 생각이 난 모양이네요."

니콜라 엥엘은 그 말에 아무 대꾸도 하지 않았지만 에렌베르크는 얼굴이 벌겋게 달아올랐다.

"카메라에는 뭐가 찍혔지?" 니콜라 엥엘이 짤막하게 물었다.

"잠깐만요." 오스터만이 동영상을 앞으로 돌렸다. 동영상은 흑백인데다 화질도 좋지 않았다. 11시 33분에 한 남자가 들어와 엘리베이터가 있는 오른쪽으로 바삐 걸어갔다. 흰색 작업모를 썼고 그 밑에는 옷에 달린 후드를 뒤집어쓰고 있었다. 카메라에 얼굴이 잡히지 않도록 조심하고 있었고, 어깨에는 검정색 스포츠가방을 메고 있었다.

"정말 미치겠네." 보덴슈타인이 이를 악물고 중얼거렸다. 니콜라 엥엘은 경고하는 눈빛을 보냈다.

"목격자가 또 뭐라고 했지?" 니콜라 엥엘이 물었다.

"정확히 관찰하긴 했지만 도움이 될 만한 것은 없었습니다." 에렌베르크가 대답했다. "키는 180 내지 185센티미터, 작업모 밑에 모자를 쓰고 옷깃을 세우고 있어서 머리색은 보지 못했고요. 장갑, 청바지, 검정색 재킷을 입었고 몸이 탄탄한 게 운동선수 같았답니다. 그리고 신발은 안전화가 아니라 운동화였답니다."

이 진술은 에릭 슈타틀러, 마르크 톰슨, 옌스 하르티히 모두에게 해당되었다.

오스터만은 화질을 좋게 만들어보려고 애썼다.

"건물에는 대체 어떻게 들어간 거야?" 엥엘 과장이 물었다.

"아무 초인종이나 누른 것 같습니다." 에렌베르크가 대답했다. "아마 택배기사라고 했겠죠. 게다가 그 건물은 몇 달 전부터 공사 중이라 인부들이 자주 드나들었습니다. 그래서 낯선 사람이 지나가도 이상하게 생각하지 않았을 겁니다. 범인은 옥상으로 가는 길을 알아놓고 조용히 총을 쏠 수 있는 곳과 도주로를 찾으려고 그전에도 몇 번 그 건물에 올라갔을 겁니다."

"좋아, 수고했어." 수사과장이 말했다. "이제 돌아가도 좋아."

"전 지금 사흘째 전화통에 매달려 있습니다." 에렌베르크가 시큰둥하게 말했다. "언제 교대되는 거죠?"

"교대는 없을 거야." 엥엘 과장이 에렌베르크를 쏘아보며 딱 잘라 말했다. "동원 가능한 인력은 모두 풀가동 중이야. 사건이 해결될 때까지는 쉴 생각 하지 마."

"하지만……."

에렌베르크가 변명을 늘어놓으려 하자 엥엘 과장이 바로 끊었다.

"휴일수당, 초과수당 다 받잖아. 뭘 더 바라는 거야?"

머쓱해져서 돌아서던 에렌베르크는 모든 것이 보덴슈타인의 책임이라는 듯 그를 노려보았다.

"이제 이걸로 더 집중적으로 찾아볼 수 있겠어요." 에렌베르크가 나간 뒤 피아가 말했다. "지난번 인어공주 사건 때도 '경찰청 25시' 방송 나가고 중요한 제보가 들어왔잖아요. 이번에도 범인이 차에 타는 것을 봤다든가 하는 사람이 분명 있을 거예요. 사진을 보면 잊고 있던 것도 다시 기억이 나잖아요."

"좋아." 니콜라 엥엘이 말했다. "내가 방법을 찾아보지. 지금까지의 수사 상황을 요약해서 제출해줘. 그리고 보덴슈타인 반장, 새로운 증거가 없으면 에릭 슈타틀러는 이제 풀어줘야겠어."

"하지만 에릭 슈타틀러가 잡혀온 뒤로 더 이상 살인이 일어나지 않았습니다." 보덴슈타인이 말했다.

"그런 말에 설득당할 판사는 없어." 엥엘 과장이 고개를 저었다.

"그럼 감시라도 붙여주십시오." 보덴슈타인이 요구했다. "다른 용의자들이 있긴 하지만 에릭 슈타틀러도 아직 완전히 혐의를 벗은 건 아닙니다."

"알았어. 그건 내가 알아서 할게." 니콜라 엥엘이 돌아서며 말했다. "에릭 슈타틀러는 풀어주고 진행 상황 계속 보고해."

페터 리겔호프는 행방이 묘연했다. 집에도 변호사 사무실에도 없고 휴대전화도 꺼져 있었다.

"이렇게 노골적으로 우릴 피하는 걸 보니 분명 뒤가 구린 거야!" 보덴슈타인은 전에 없이 크게 화를 냈다. 목격자 진술을 이제야 확인했다는 것도 화가 났지만, 에렌베르크의 태도에 더욱 짜증이 치밀었다. 특수본부에 소속된 사람들 모두 열과 성을 다해 일하고 있는데 미꾸라지 한 마리가 물을 흐리다니! 게다가 사람의 목숨이 걸린 일인데! 오스터만은 핫라인을 맡은 직원들에게 조금이라도 사건 장소와 관련된 제보가 있으면 거기에 우선순위를 두라고 분명히 말했다.

"리겔호프도 휴가 간 거 아닐까요?" 피아가 말했다. "연휴 동안 여행 가는 사람 많잖아요. 그리고……."

"리더바흐로 가지." 차가 A66고속도로를 따라 달리고 있을 때 보덴슈타인이 불쑥 말했다. "슈타틀러를 다시 만나봐야겠어."

피아는 방향등을 켜고 고속도로에서 나왔다. 몇 분 후 그들은 막 차 트렁크에 여행가방을 싣고 있는 디르크 슈타틀러와 맞닥뜨렸다.

"어디 가시나 봐요?" 피아가 물었다.

"네, 알고이(휴양지로 유명한 독일 남부 지역_역주)에 사는 여동생에게 갑니다. 새해를 혼자 맞는 건 좋지 않아요." 슈타틀러가 대답했다. "수요일에는 돌아올 겁니다. 출근해야 하니까요."

"여동생 집주소와 연락 가능한 휴대전화 번호를 적어주시겠어요?" 피아가 부탁했다.

"네, 물론이죠. 들어오십시오. 적어드리겠습니다."

슈타틀러는 차 트렁크를 쾅 닫고 다리를 절며 집 쪽으로 걸어갔다.

417

피아와 보덴슈타인은 그 뒤를 따랐다. 덧창을 모두 닫아놓아서 집 안은 어두웠다. 슈타틀러는 복도 장식장 서랍을 열고 메모지와 볼펜을 꺼내 주소와 전화번호를 적었다.

"에릭은 어떻게 되는 겁니까?" 그가 피아에게 메모지를 건네며 물었다.

"오늘 안으로 풀려날 겁니다." 보덴슈타인이 대답했다. "슈타틀러 씨, 질문이 하나 있는데요. 총을 쏠 줄 아십니까?"

"저요? 아니요." 슈타틀러는 살짝 웃으며 고개를 저었다. "전 무기에 반대합니다. 뼛속까지 평화주의자거든요."

"연방군대는요?"

"안 갔습니다."

"한 가지 더요." 피아가 말했다. "마르크 톰슨과 마지막으로 얘기한 게 언제죠?"

"꽤 오래됐는데요. 헬렌 장례식 끝나고 서너 주 뒤일 겁니다."

"그 이후로는 전혀 연락이 없었나요?"

"네, 없었습니다."

"그럼 옌스 하르티히는요? 언제 마지막으로 연락하셨죠?"

"헬렌이 죽은 뒤로는 연락이 뚝 끊겼습니다. 헬렌이 없으니까 서로할 얘기가 없었지요."

"왜 하르티히 씨에게 매월 1000유로씩 보내셨습니까?" 보덴슈타인이 물었다.

"헬렌의 생활비와 학비였습니다." 디르크 슈타틀러가 대답했다. "공식적으로는 여전히 여기 사는 거였지만 생활은 거의 옌스 집에서 했거든요. 스스로 버는 돈도 없었고요. 결혼 전까지는 제가 비용을 조달하려고 했습니다."

틀린 말은 없었다. 그는 헬렌이 죽은 뒤로 하르티히에게 돈을 보내지 않았다.

"감사합니다. 오늘은 여기까지 하죠." 보덴슈타인이 말했다. "그럼 여행 잘하시고 새해 복 많이 받으십시오."

"고맙습니다. 형사님들도 새해 복 많이 받으십시오. 오늘밤엔 푹 쉬시고요. 질문이 더 있으면 언제든 연락하십시오."

＊

슈퍼마켓은 난리북새통이었다. 사람들은 내일부터는 물건을 살 수 없는 것처럼 폭죽과 샴페인, 식료품과 음료수를 사다 쟁이느라 바빴다. 슈퍼마켓 옆 빵집도 정상영업을 하고 있었다. 위르멧 슈바르처는 이미 잊은 걸까? 빵집 주인은 비극적인 죽음을 맞은 직원을 위해 사진과 꽃을 놓아두는 예의조차 보이지 않았다. 그 일이 일어난 지 사흘밖에 안 됐고 신발가게 앞에는 아직 핏자국이 선명한데도 말이다. 지금은 다른 예쁜 아가씨들이 위르멧의 자리에서 빵과 샌드위치를 팔고 있었다. 역시 위르멧처럼 한껏 지어낸 미소를 띠고서. 인간이란 그런 것이다. 마치 아무 일도 없었다는 듯 기억을 밀어내고 잊어버린다. 그는 장 본 물건을 들고 멀리 주차장 뒤편에 세워놓은 차로 갔다. 그리고 지난 금요일 이후 모두들 그러듯 잠시 멈춰서 고층빌딩을 바라보았다. 사람들은 총알이 날아온 곳을 보며 남몰래 몸을 떨었고, 여전히 그 일에 대해 수군거렸다. 그리고 양초 몇 개와 얼어버린 꽃이 놓여 있는 핏자국 주변을 피해서 지나갔다. 개중에는 사진을 찍는 사람도 있었지만, 그들도 마음에 동요가 없기는 매한가지였다. 그들은 '산 사람은 살아야지'라는 식상한 말로 양심의 가책을 덜었다. 자신들의 무관심, 이기주의, 값싼 호기심이 내심 부끄러운 것이리라. 그는 지나가는 사람들의 얼굴을 관찰했다. 내가 먹을 것, 내 자손을 퍼트리는 것밖에 모르는 이기적인 동물들! 마치 자신의 유전자가 그럴 만한 가치라도 있다는 듯이! 그는 점점 더 인간이 견디기 힘들었다. 다른 사람들에게 의존하지 않아도 된다는 것이 기뻤다. 그는 생수 상자와 식료품 봉지를 트렁크에 실었다. 그리고 고가도로 밑을 지나 초라한 주택가가 모여 있는 조센하임으로 향했다. 250개의 차고 가운데 그의 차고가 있었다. 양철 문이 양쪽으로 스무 개씩 길게 늘어선 곳이다. 이곳 주민은 주로 사회 부적응자, 연금생활자, 외국인 노동자로, 이웃에게 관심을 보이는 사람이 아무도 없었다. 그는 117번 차고 앞에 차를 세우고 차고 문을 열었다. 그리고 장갑을 낀 다음 차고 안에 있는 차를 후진해서 끌고 나왔다. 타고 온 차는 히터가 돌아가도록 시동을 켜놓은 후 차고에 집어넣고, 식료품과 물을 옮겨 실은 다음 차고 문을 닫았다. 매번 이렇게 하는 것이 번거롭지만 경찰이 정보를 공개한 후 언론에서 매일 그에 대한 얘기를 쏟아내는 터라 전보다 더욱 조심해야 했다. 그에게는 아직 할 일이 남아 있었다. 그 기자를 통해 자신의 동기를 천명할 생각도 해봤으나, 어차피 재판 과정에서 다 밝혀질 거라고 생각해서 그렇게 하지 않기로 했다. 그때를 위해 처리할 것은 이미 모두 처리해두었다. 마지막 은신처로 사용할 집이 있는 게 다행이었다. 그는 A66고속도로를 달리다가 마인타우누스 센터에서 B8연방도로로 꺾을 때 계기판을 보았다. 1시 48분. 앞으로 열 시간만 있으면 넘버 5가 죽을 것이다.

"조깅하러 간 게 아니에요. 하지만…… 어디 있었는지 말할 수 없었습니다. 리즈가 알면 바로 절 떠날 테니까요."

사흘간 유치장 신세를 진 에릭 슈타틀러는 눈에 띄게 수척해져 있었다.

"다른 여자와 함께 있었나요?" 피아가 물었다.

"아닙니다." 그는 힘없이 고개를 떨어뜨렸다. "친구랑 같이 유럽중앙은행 건물에 올라가서…… 뛰어내렸습니다."

피아와 보덴슈타인은 기가 막혀 말이 나오지 않았다.

"아니 왜 그걸 이제야 말하는 겁니까?" 보덴슈타인이 먼저 정신을 차렸다. "우린 그것도 모르고 살인자로 의심하고 있었잖아요! 아니 그것보다 귀중한 시간을 허비했는데 어쩔 겁니까? 범인을 잡아야 할 시간을 다 낭비했잖아요!"

보덴슈타인은 엄청나게 화를 냈다.

"죄송합니다." 에릭 슈타틀러가 부끄러운 듯 말했다. "너무 제 생각만 했나 봅니다. 그 일을 준비하는 데 시간이 엄청 많이 걸렸거든요."

"죽고 싶어서 환장했어요, 그런 짓을 하게?" 피아는 아직도 믿기지 않았다.

"죽는 건 두렵지 않습니다." 에릭 슈타틀러는 사실을 털어놓고 나니 홀가분해진 모양이었다. "제겐 지루한 삶이 더 끔찍해요."

보덴슈타인은 한숨을 푹 쉬고는 피곤한 듯 손으로 얼굴을 쓸었다. 이런 경우는 정말 처음이다. 별 시답지도 않은 일 때문에 살인죄를 뒤집어쓰려 하다니! 이번에도 피아의 육감이 옳았다. 에릭 슈타틀러의 수상한 행동에는 다른 이유가 있었다.

"이제 가셔도 됩니다." 보덴슈타인이 말했다.

"기소되는 거 아닙니까?"

"아닙니다." 보덴슈타인은 그에게 메모지와 볼펜을 내밀었다. "여기에 그…… 죽고 싶어 환장한 친구의 이름을 적으시고 빨리 꺼지세요. 마음이 바뀌어서 공무집행방해로 잡아넣기 전에!"

"아, 그리고!" 피아가 생각났다는 듯 말했다. "금요일에 옌스 하르티히와 무슨 얘기를 했죠?"

"옌스요?" 슈타틀러가 고개를 들었다.

"네, 여동생의 약혼자였던 하르티히 말이에요."

"그 사람이랑 연락 안 한 지 오래됐는데요." 슈타틀러가 말했다. "여기 있습니다. 제 친구 전화번호입니다."

"지난주 금요일 저녁 7시 45분부터 9시 9분까지 하르티히와 통화했잖아요!" 피아가 몰아붙였다. "무슨 얘기 했어요?"

"정말입니다!" 에릭 슈타틀러가 항의했다. "헬렌 장례식 이후로 만난 적도 통화한 적도 없어요!"

순간 보덴슈타인은 짚이는 데가 있었다. 그는 벌떡 일어나 문을 열고 밖으로 나갔다. 피아는 슈타틀러에게 눈짓을 한 다음 서둘러 일지를 챙겨 보덴슈타인을 따라 나갔다. 그는 어느새 2층으로 가는 계단을 오르고 있었다.

"왜 그러세요?" 피아가 물었다.

보덴슈타인은 아무 말 없이 왼쪽으로 돌아 성큼성큼 걸어가더니 회의실 문을 벌컥 열어젖혔다. 오스터만, 네프, 킴, 카트린이 놀란 표정으로 그를 쳐다보았다.

"네프!" 보덴슈타인이 소리쳤다. "지난 금요일에 하르티히와 통화한 사람이 누구라고 했지?"

"에…… 잠깐만요." 네프는 허둥지둥 서류뭉치를 뒤졌다. "금방 찾을 수 있습니다……. 잠시만요!"

"빨리 찾아봐!" 보덴슈타인이 성을 냈다. 그의 미간에 깊게 주름이 잡혀 있었다. 화가 많이 났다는 뜻이다.

"네! 여기 있네요!" 네프는 어색하게 미소를 지었다. "저녁 7시 45분부터 9시 9분까지 디르크 슈타틀러와 통화를 했습니다."

"디르크 슈타틀러라고?" 보덴슈타인이 다시 물었다.

"네, 방금 말했잖아요."

"아까 낮에는 그렇게 분명하게 말하지 않았잖아!" 보덴슈타인은 이성을 잃기 직전이었다. "네프, 당장 짐 싸가지고 나가! 얼렁뚱땅하는 조사 방식도, 철저하지 못한 태도도 이제 더 이상 못 참아주겠어!"

"하지만……." 그 말 한마디가 도화선이 되어 보덴슈타인의 화는 폭발하고 말았다.

"긴말 필요 없어! 내가 지금 시간이 남아돌아서 말장난하자는 건 줄 알아?" 보덴슈타인이 버럭 소리를 질렀다. "이 방에서 나가! 지금 당장! 아래층에 방문객 명찰 반납하고 다시는 얼씬도 하지 마!"

보덴슈타인은 어안이 벙벙한 팀원들을 뒤로 한 채 문을 쾅 닫고 나가버렸다. 얼굴이 벌겋게 달아오른 네프는 입술을 꾹 다문 채 가방과 외투를 챙겨 말없이 방을 나갔다.

"굿바이 나폴레옹." 오스터만이 중얼거렸다. "다시는, 다시는 돌아오지 마!"

"와, 반장님 저렇게 화내시는 거 처음 봐요." 카트린이 속삭이듯 말했다. 그녀의 얼굴에 점점 미소가 번졌다. "이 추방을 기념하려면 샴페인 한 병, 아니 한 상자가 필요하겠는데요. 아우, 저 미꾸라지 같은 인간을 다시 안 봐도 된다니 속이 다 시원하네!"

*

카롤리네 알브레히트는 이른 오후 오버우어젤 집에 들렀다. 아버지는 집에 없었다. 지난번에 싸운 뒤로 그녀를 피하는 것 같았다. 그녀에게는 잘된 일이었다. 오늘 4시에 집에서 이리나를 만나기로 했다. 이리나는 러시아인 청소부로 원래는 일주일에 두 번씩 와서 큰 일거리만 해치웠다. 나머지는 모두 어머니가 손수 했다. 그런데 이제는 아버지를 위해 세탁과 요리까지 해줄 사람이 필요하다. 카롤리네는 이리나를 기다리는 동안 우편물을 살펴보았다. 우편물은 언제나처럼 복도 장식장 위 은쟁반에 쌓여 있었다. 중요하다고 생각되는 것은 아버지가 이미 서재로 가져갔을 것이다. 봉투도 뜯지 않은 조문 편지가 수북했다. 그 가운데 봉투가 뜯긴 편지가 한 장 섞여 있었다. 관공서에서 온 것 같았다. 어머니의 시신이 장의업체로 반환됐다는 내용이었다. 이런 편지가 왔으면 전화 한 통 해줄 수도 있었을 텐데, 아버지는 언제나처럼 자기 일이 아닌 일에는 무심했다. 카롤리네는 은쟁반을 뒤져 어머니의 시신을 부검실로 실어 간 장의업체의 명함을 찾아냈다. 찾다 보니 경찰 수사반장의 명함이 눈에 띄었다. 그것 역시 아버지가 아무렇게나 던져둔 것이었다. 카롤리네는 장의업체에 전화를 걸어 이미니의 장례식을 준비하고 필요한 서류를 준비해달라고 했다. 그리고 경찰에서 온 공문을 팩스로 보내주겠다고 약속했다. 전화를 끊고 나니 곧 이리나가 도착했다. 이리나는 그녀를 보자마자 울음을 터뜨렸다. 얘기는 30분도 안 되어 끝났다. 그녀는 아버지에게 이제 청소부가 격일로 와서 9시부터 12시까지 일할 거라고, 마음에 안 드시면 직접 전화해서 바꾸라고 쪽지를 썼다.

카롤리네는 평소 어머니와 마주앉아 얘기하던 식탁에 앉아 조문 편지를 뜯었다. 장례식 날짜가 잡히면 부고를 보낼 주소 목록을 만들어야 한다. 부고는 적당한 문구를 보내면 장의업체에서 제작해줄 것이다. 그리고 신부님을 만나 상담하고 조문객을 대접할 식당을 빌려야 한다. 어머니가 활동하던 협회에 전화해서 탈퇴 신고도 해야 한다. 그녀는 눈이 따끔거리고 허리가 아팠지만 한시도 쉬지 않았다. 며칠째 계속 일만 쫓아다니고 있었다. 그 덕분에 버틸 수 있었다. 아버지의 과거를, 진실을 밝혀내는 일에 절망적으로 매달렸다. 사명감도 있었지만, 무엇보다 그 일은 그녀가 아직 이성적으로 생각할 수 있게 하는 힘, 쓰러지지 않게 하는 원동력이었다.

창밖은 이미 어두웠다. 이제 몇 시간만 있으면 새해가 밝는다. 차에 타고 출발하기만 하면 되니 그레타를 보러 갈 시간은 충분하다. 길어봐야 네 시간이면 충분할 것이다. 순간 카롤리네는 비비안 슈테른에게 받은 공책이 떠올랐다. 그녀는 일어서서 전등 스위치를 켰다. 그리고 과연 무슨 내용일까 생각하며 가방에서 공책을 꺼내 훑어보기 시작했다. 그것은 일종의 간략한 일기였다. 헬렌 슈타틀러는 매일매일 머릿속에 스치는 생각을 짧게 정리해놓았다. 비비안 슈테른은 약간 산만한 인상이었지만, 정말 뭔가를 무서워하고 있는 것 같기는 했다. 그래도 헬렌의 죽음이 타살이라는 것을 믿어야 할지는 아직 확신이 서지 않았다. 3월부터는 일기 쓰는 방식이 달라졌다. 카롤리네는 날짜, 숫자, 이름, 뜻을 알 수 없는 약자들 사이의 연관관계를 찾으려고 애썼다. 그러다 아는 이름이 나오자 가슴이 마구 뛰기 시작했다. 결국 헬렌도 그녀와 같은 문제를 쫓고 있었던 건가? 그녀는 용감하게도 어머니의 죽음에 책임이 있다고 생각되는 사람들을 직접 만나 얘기했다. 울리히 하우스만 교수, 한스 푸르트벵글러, 프리드리히 게르케, 디터 루돌프 교수! 카롤리네는 긴장감에 침을 꼴깍 삼켰다.

헬렌은 6월 7일에 아버지를 만났다! 왜 만났을까? 아버지에게서 무엇을 알아내려 했을까? 아버지는 답을 주었을까? 그녀는 빠르게 책장을 넘겼다. 그러다 얼어붙은 듯 손길을 멈추었다.

"세상에!"그녀는 공책에서 발견한 네 개의 이름이 무엇을 의미하는지 깨닫고 중얼거렸다. 그러고 보니 시간이 훌쩍 지나 있었다. 곧 아버지가 돌아올 것이다. 오늘만은 아버지와 마주치고 싶지 않았다. 그녀는 집에 가서 수사반장에게 전화해야겠다고 생각하고 서둘러 공책을 덮은 뒤 가방에 집어넣었다. 그리고 아버지에게 쓴 쪽지를 식탁 위에 둔 채 불을 끄고 집을 나섰다.

＊

보덴슈타인은 켈크하임 기차 건널목에서 멈춘 틈을 타 한참 전에 알림음을 낸 휴대전화를 확인했다. 잉카에게서 문자메시지가 왔고 이메일도 하나 도착해 있었다. 발신인을 확인한 보덴슈타인은 깜짝 놀랐다.

TheJudge@gmail.com. 누군가 짓궂은 장난을 치는 걸까? 아니면 스나이퍼가 그와 직접 접촉을 시도하는 걸까? 그의 이름은 기지회견 이후 수사반장으로서 언론에 공식적으로 알려졌다. 그리고 이메일 주소를 알아내는 데 큰 기술이 필요한 것도 아니다. 젠장! 이미 30분 전에 메일이 도착했는데 네프 때문에 화가 나서 알아채지 못하고 있었다. 네프를 쫓아낸 뒤 그는 디르크 슈타틀러에게 전화를 걸었다. 그러나 전화기는 꺼져 있었고, 여동생 집도 전화를 받지 않았다. 두 주 가까이 초긴장 상태에서 지내다 보니 그도 예민해질 대로 예민해져 있었다. 그는 서둘러 이메일 첨부파일을 열어보았다.

"맙소사!" 그는 화들짝 놀랐다. 심장이 쿵쿵 뛰었다. 차단기가 올라간 것도 모르고 있던 그는 뒤에서 울리는 경적 소리에 얼른 차를 출발시켰다. 방향등을 넣고 50미터 앞 왼쪽에 위치한 켈크하임 경찰서 주차장으로 차를 몰았다. 그러고는 바로 피아에게 전화를 걸었다. 밖에서는 벌써 폭죽 터지는 소리가 간헐적으로 들려왔다. 오늘 사람들은 모든 것을 잊고 파티를 즐길 것이다. 그러나 최악의 경우 누군가 한 사람은 한 해의 마지막 날 불행하게 생을 마감할 것이다.

"재판관이 이번에는 내 이메일로 연락을 해왔어. 메일 내용이니까 들어봐." 피아가 전화를 받자 보덴슈타인이 말했다. "오늘밤 넘버 5가 죽을 것이다. 이제 진실이 밝혀지기까지 얼마 남지 않았다."

"그 리겔호프라는 사람부터 찾아야 해요." 피아가 말했다. 일이 무더기로 몰려오겠지만 싫은 내색은 전혀 하지 않았다. "그 변호사가 당시 관계자들을 모두 아는 유일한 사람이에요."

"루돌프 교수도 있지. 지금 켈크하임 경찰서에 있는데 여기서 루돌프 교수 집으로 순찰차를 한 대 보낼게. 그리고 디르크 슈타틀러에게 전화해봤는데 연락이 안 돼. 여동생 번호로 해봐도 안 받고."

"섣달그믐이잖아요." 피아가 말했다. "그런데 오늘이라고 해서 루돌프 교수가 입을 열까요?"

"안 열면 서로 데려와서라도 입을 열게 해야지." 보덴슈타인이 경찰서 입구에서 말했다. "분명 들을 얘기가 있을 거야. 지금 데리러 갈 테니까 준비하고 있어."

그는 전화를 끊고 잉카의 문자를 읽었다.

우싱엔에 급한 환자가 있어서 늦을 것 같아.

나도 비상이야. 이따 전화할게. 혹시 오늘 못 봐도 새해 복 많이 받아!

그도 답장을 보냈다. 그리고 전화기를 주머니에 집어넣은 뒤 상황실로 들어갔다.

피아는 보덴슈타인과 통화를 마친 후 얼른 말과 개에게 먹이를 주었다. 킴은 연락이 닿지 않았다. 그래서 문자메시지를 남기고 어둠 속에 집을 나섰다. 그녀는 말 울타리와 훈련장 사이를 걸어 내려가며 크리스토프를 생각했다. 그곳은 지금 오전 11시 반이다. 도무지 풀릴 생각을 하지 않는 사건 때문에 피아는 점점 우울해졌다. 생각 같아서는 용의자들 모두에게 감시를 붙이고 전화를 도청하고 싶지만 인원도 부족하고 담당 판사는 감청영장을 내주는 데 짜기로 소문난 사람이었다. 게다가 보덴슈타인 반장은 이런 상황에도 규정을 엄격하게 지키려고 했다. 그녀라면 정보를 얻기 위해 좀 더 융통성 있게 대처했을 것이다. 오늘 낮에 네프가 자의적으로, 그리고 반 불법적으로 정보를 손에 넣었다고 하자 보덴슈타인은 전혀 달가워하지 않는 눈치였다. 네프 그 멍청이가 한 일 중에 유일하게 쓸모 있는 일이었는데……. 그마저도 불성실한 태도로 망쳐버리고 말았지만. 수사가 시작된 후 가장 중요한 단서를 간과한 에렌베르크와 똑같다. 보덴슈타인이 더 이상 참지 못하고 화를 낼 만도 했다. 모두들 체력과 정신력이 한계에 봉착해 있었다.

피아는 대문을 열고 밖으로 나갔다. 머리 위에서는 고속도로를 달리는 차 소리가 시끄러웠다. 주위는 형체를 알아볼 수 없을 정도로 캄캄했고, 엄동설한의 추위가 살을 파고들었다. 피아는 보덴슈타인의 행동을 이해할 수 있었다. 이 무력감이 언젠가는 마지막 남은 인내심마저 갉아먹을 것이다. 피아를 가장 짜증나게 하는 것은 재해병원 사람들의 태도였다. 사람이 넷이나 죽었는데도 아직도 상황의 심각성을 인식하지 못하는 것 같았다. 아니면 이제까지 잘 숨겨온 비밀이 드러날까 봐 잔뜩 경계하는 것이거나. 피아의 생각은 점점 후자 쪽으로 기울었다.

차 한 대가 고속도로 밑에 나타났다. 전조등 한 쌍이 빠른 속도로 가까워지더니 곧 옆에 와서 멈췄다.

"리겔호프가 집에서 기다리고 있어." 보덴슈타인은 차를 돌리기 위해 들길 쪽으로 차를 뺐다. "혹시 몰라서 직원들을 미리 보내놨어. 언제 마음이 바뀔지 모르니까."

"연락은 왜 안 했대요?" 피아가 안전벨트를 매며 물었다.

"그건 가서 물어보면 알겠지." 보덴슈타인은 긴장한 표정이었다. 화가 난 듯도 했다. 차는 기찻길 위를 덜컹거리며 지나갔다.

"재판관은 왜 갑자기 살인을 예고했을까요?" 피아가 물었다. "무슨 꿍꿍이죠?"

"낸들 아나?" 보덴슈타인이 프랑크푸르트 방향 A66고속도로를 달리며 시큰둥하게 대답했다. "우릴 약 올리려고 그러는 것일 수도 있지. 우리가 얼마나 멍청한지 깨닫게 하려고 말이야. 가장 화나는 건 파버가 여기저기 찌르고 다닌다는 거야. 내가 그렇게 하지 말라고 했는데! 정말 이해가 안 돼!"

보덴슈타인과 함께 일하면서 이렇게까지 화난 모습은 처음이었다. 피아는 아마 개인적으로 짜증나는 일이 겹친 것인지도 모르겠다는 생각이 들었다.

*

집처럼 편하지는 않지만 그는 개의치 않았다. 식기세척기가 없어서 냄비와 접시, 식기를 손으로 씻어야 했지만, 그는 설거지를 좋아했다. 유리 닦기나 잔디 깎기처럼 결과를 바로 눈으로 확인할 수 있고 아무 생각 없이 집중할 수 있는 일이니까. 그는 이 작은 집이 마음에 들었다. 딱 필요한 것만 갖춘 단순함이 좋았다. 그는 이 집에서 누릴 수 있는 자유의 순간들을 즐겼다. 그는 의식적으로 이 집을 곧 감방과 바꿔야 한다는 생각을 했다. 그는 다 씻은 그릇을 찬장에 집어넣고 흠집이 많은 싱크대를 부드러운 행주로 닦았다. 벽난로에서 장작이 타닥거리는 소리가 났다. 집은 티셔츠만 입고 돌아다녀도 될 만큼 따뜻했다. 그리고 정말 조용했다. 방해하는 사람도 없고, 귀찮게 하는 이웃도 없었다. 그리고 무엇보다 헬렌의 서류가 여기 있었다. 자신의 행동에 회의가 들 때마다 모든 것을 다시 읽었다. 그러면 그의 내면에서 다시 복수의 열망이 타올랐다. 헬렌이 고통스러워한 것처럼 그들도 그렇게 고통스러워야 한다. 죽음은 너무 관대한 처벌이다. 그들도 헬렌이 겪은 것을 겪어봐야 한다. 무력감과 절망 속에서 죽을 때까지 시달려야 한다. 그리고 죽어서도 저주받아야 마땅하다. 그의 시선이 시계로 향했다. 7시 42분. 이제 슬슬 채비를 해야 한다. 그는 옷을 여러 벌 껴입었다. 추운 곳에서 얼마나 오래 기다려야 할지 모른다. 먼저 내의를 입고 검정색 청바지를 입은 다음 그 위에 반사테이프가 없는 검정색 스키바지를 입었다. 위에는 플리스 티셔츠와 후드가 달린 점퍼를 입었다. 일부러 한 치수 크게 산 싸구려 운동화에 맞도록 양말도 세 겹씩 껴 신었다. 그리고 모자와 장갑도 준비했다. 경찰이 다음 피해자의 이름을 알아낼 거라는 걱정은 하지 않았다. 그들이 무슨 수로 그 명단을 손에 넣겠는가! 메일을 보낸 것은 그저 도발하기 위해서였다. 그들은 쫓아오고 있지만 아직은 그가 한참 앞서 있었다.

총은 이미 차에 실어놓았다. 목표 지점까지는 30분 정도 걸린다. 가는 길은 이미 여러 번 봐뒀기 때문에 잘 알고 있다. 기름도 가득 채워두었다. 날씨 또한 그를 돕고 있었다. 이슬비가 조금 내릴 수도 있지만 바람은 불지 않을 것이다. 몇 시간 후면 유럽 곳곳에서 새해를 축하하며 몇백만 유로어치의 축포를 밤하늘로 쏘아올릴 것이다. 그에게는 더할 나위 없이 좋은 조건이었다.

*

오버회히스트 가로 좌회전해서 들어갈 때 스마트폰에서 알림음이 났다. 카롤리네는 한 손으로 잠금 화면을 열었다. 콘스탄틴 파버의 이메일은 무척 불친절하게 시작됐다.

알브레히트 부인, 어떻게 이럴 수 있습니까? 내가 믿고 준 정보를 제 3자에게 넘기다니요? 오늘 경찰서에서 전화가 왔는데 나를 의심하고 있습니다. 피해자 3번의 아버지 프리드리히 게르케가 자살했답니다. 그런데 그 집에서 부고가 나왔단 말입니다!

뒤에서 갑자기 날카로운 경적 소리가 났다. 그녀가 반대차선으로 들어섰기 때문이었다. 그녀는 얼른 정신을 차리고 운전대를 오른쪽으로 꺾었다. 그리고 신호등 앞에서 퓔러 가로 들어가기 위해 왼쪽 방향등을 넣었다. 갑자기 속이 뒤집힐 것만 같았다. 내가 무슨 짓을 한 거지? 프리드리히 게르케가 죽다니! 그녀 때문에 죽은 것이다! 그녀가 부고를 보여줬기 때문에! 하지만 그는 부고를 읽고도 아주 담담했다. 아들이 죽은 이유를 알게 되어 오히려 안도하는 표정이었다. 좌회전 등에 녹색불이 들어온 것을 보고 그녀는 액셀을 밟았다. 머릿속에서 생각이 미친 듯이 날뛰었다. 이런 날 저녁 8시에 수사반장에게 전화를 해서 방해해도 괜찮은 걸까? 명함을 어디에 뒀더라? 그녀는 옆자리에 둔 가방을 뒤적거리다가 내용물을 쏟은 다음 실내등을 켰다. 여기 있다! 아니, 이건 장의사 명함이고……. 전조등 앞으로 뭔가 훅 스치는 게 느껴졌다. 너무 빨리 달리고 있다는 걸 깨달은 카롤리네는 경악했다. 그녀는 브레이크를 있는 힘껏 밟았다. 포르셰는 비에 젖은 도로 위에서 크게 비틀거리다 포물선을 그으며 미끄러졌다. 그녀는 운전대를 오른쪽으로 세게 꺾었다. 차는 나무덤불을 뚫고 들어갔다. 카롤리네는 차 뒷바퀴 축에 강한 충격이 가해지는 것을 느꼈다. 숲 주차장 연석을 들이받은 것이다.

"빌어먹을!" 그 충격 때문에 그녀는 운전대를 놓쳤고, 옆 창문에 관자놀이를 세게 부딪혔다. 그리고 몇 초간 몸이 붕 뜨는 끔찍한 경험을 했다. 다음 순간 차는 우당탕 소리를 내며 옆으로 쓰러졌고 비에 젖은 아스팔트 위에서 팽이처럼 빙글빙글 돌았다. 보도 위로 죽 미끄러지던 차는 무성한 나무 사이에 긴 고랑을 만들며 질주했다. 금속판이 파열하는 소리가 고막을 찢을 듯 울려퍼졌다. 차의 무게를 못 이긴 나무들이 박살나며 나뭇조각이 사방으로 튀었다. 그러다 결국 차가 움직임을 멈추었다. 갑자기 칠흑 같은 어둠이 찾아왔다. 적막이 감돌았다. 모터가 신음하는 소리만 작게 들렸다. 카롤리네는 안전벨트에 매달린 채 이마에서 따뜻한 액체가 흘러내리는 것을 느꼈다. 그리고 바로 의식을 잃었다.

432

＊

　리겔호프의 집은 작고 예쁜 빌라로, 숲 바로 옆 발트프리드 가에 있었다. 집 앞에는 프랑크푸르트 번호판을 단 순찰차가 한 대 서 있었다. 보덴슈타인이 미리 보낸 차였다.

　"무슨 생각으로 우릴 여기 잡아두는 겁니까?" 피아와 보덴슈타인이 집에 들어서자 리겔호프는 화부터 냈다. 그는 불그스레한 주먹코, 회색머리, 건장한 체구의 50대 중반 남자였다. 그는 캐시미어 코트 안에 턱시도를 입고 나비넥타이를 맨 차림이었고, 그의 아내는 바닥까지 닿는 우아한 드레스에 모피로 가장자리를 댄 망토를 두르고 있었다. "파티가 있어서 지금 출발해야 한단 말입니다!"

　보덴슈타인도 할 말이 없지는 않았다.

　"그러게 왜 연락을 안 하셨습니까? 미리 연락했으면 우리도 여기서 이러고 있을 필요가 없죠. 우린 갈 파티가 없어서 이러고 있는 줄 아십니까?" 보덴슈타인 역시 인사 없이 차갑게 받아쳤다. "연락하라고 했을 때 연락했으면 스나이퍼가 노리는 사람이 누군지 알아내 지금쯤 그 사람을 보호하고 있을 것 아닙니까?"

　"무슨 소리인지 모르겠지만……." 리겔호프가 입을 열기 무섭게 보덴슈타인이 말을 가로챘다.

　"그건 저희가 설명해드릴 겁니다. 그리고 분명히 말해두는데, 지금 쓸 만한 정보를 토해내지 않으면 공무집행방해로 유치장에서 새해를 맞아야 할 겁니다."

　리겔호프는 화난 표정으로 보덴슈타인을 노려보았지만 곧 사태의 심각성을 파악한 듯 한 걸음 물러섰다.

　"여보, 10분이면 돼." 리겔호프의 말에 그의 아내는 별 관심 없다는 듯 어깨를 으쓱했다. 그는 피아와 보덴슈타인에게 고개를 끄덕였다.
"들어오시죠."

그는 코트를 벗어 계단 난간에 던져놓고 서재로 들어갔다. 피아는 스나이퍼가 자신이 보기에 키르스텐 슈타틀러의 죽음에 책임이 있는 사람들의 가족을 죽임으로써 복수를 하고 있다고 설명했다.

"그래서 제가 어떻게 도와드리면 되겠습니까?" 리겔호프는 빨리 해치우고 파티에 가려는 듯 초조하게 물었다.

"10년 전 디르크 슈타틀러와 프랑크푸르트 재해병원이 소송할 때 병원 쪽 변호인이셨죠?" 보덴슈타인이 말했다. "그렇다면 키르스텐 슈타틀러 사건에 관계된 사람이 누구누군지 아실 테죠? 이름 말입니다. 스나이퍼는 오늘밤 다섯 번째 사람을 죽일 거라고 예고했습니다. 이번에도 역시 죄 없는 사람이 죽게 될 겁니다."

"리겔호프 씨가 그 명단에 들어 있을 수도 있어요." 피아가 덧붙였다. "그럼 부인이나 자녀들이 표적이 되는 거예요."

"재수 없는 농담 하지 마십시오!" 리겔호프는 입술을 가늘게 만들며 어색한 미소를 지었다.

"농담이 아닙니다." 보덴슈타인이 말했다. "범인은 당시 키르스텐 슈타틀러가 쓰러졌을 때 도와주지 않은 이웃 여자의 어머니를 죽였어요. 그리고 그날 술기운이 남은 채 구급차를 운전하다가 키르스텐 슈타틀러를 태운 채 도랑에 빠진 남자의 아내를 죽였고요. 루돌프 교수의 부인도, 프리드리히 게르케의 아들도 그렇게 범인의 총에 맞아 죽었습니다. 프리드리히 게르케의 아들은 키르스텐 슈타틀러의 심장을 이식받은 사람이에요. 게르케 씨와 아는 사이였죠? 토요일에 게르케 씨 집으로 전화하지 않았습니까?"

얼굴이 창백해진 리겔호프는 불안한 듯 소매에 달린 장식단추를 만지작거렸다.

"아는 사이면 아는 사이지, 아는 사이였다는 건 뭡니까?"

"그제 자살했어요." 피아가 대답했다.

"네? 아…… 그건…… 전혀 몰랐습니다." 그는 상당히 놀란 것 같았다. 하지만 피아는 순간적으로 그의 눈에 떠오른 표정을 놓치지 않았다. 안도의 눈빛인가? 수상했다.

"프리드리히 게르케가 리겔호프 씨에게 무슨 얘기를 하려고 한 거죠? 그리고 죽기 전에 왜 서류를 불태운 거죠?"

"글쎄요, 전 모르겠습니다." 리겔호프가 딱 잘라 말했다. "자동응답기에 이름과 전화번호가 녹음돼 있고 연락 달라는 말만 남겼더군요. 거의 8년 만에 온 연락이라 저도 상당히 놀랐습니다."

"그렇다면 그때 일 때문이겠군요." 보덴슈타인이 추측했다. "게르케는 그 일과 어떻게 관련 있었죠?"

대답을 망설이던 리겔호프는 밖에서 폭죽 터지는 소리가 나자 화들짝 놀랐다. 그리고 어색한 농담으로 불안을 숨기려 했다.

"옆에서 끔찍한 소리를 해대니까 그러잖습니까?" 그는 자신의 말에 혼자 너털웃음을 웃었다.

피아는 더 이상 듣고 있을 수 없었다. 밀고 당기는 게임을 하기에는 시간이 너무 촉박했다. "리겔호프 씨, 지금 얼마나 위급한 상황인지 모르겠어요? 스나이퍼의 명단에 올라 있을지도 모르는 사람들을 보호해야 한다고요! 이름을 아니까 우릴 도와줄 수 있잖아요! 2002년 재해병원에서 일한 의사들과 책임자들의 이름 대세요. 당신이 그일에 어떻게 관련돼 있는지는 알 바 아니에요. 중요한 건 오늘밤에 누군가가 죽는다는 거예요. 당신이 입을 열면 그걸 막을 수 있다고요! 당신 때문에 사람이 죽어도 괜찮아요?"

리겔호프는 잠시 생각하더니 결심한 듯 말했다. "사무실에 서류가 있습니다. 그쪽으로 가시죠."

"당장 출발합시다." 보덴슈타인이 단호하게 고개를 끄덕였다. "부인도 우리와 동행하는 게 좋겠습니다. 스나이퍼가 리겔호프 씨를 노리지 않는다는 보장이 없으니까요."

*

어둡고 추웠다. 아련하게 고통의 맥박 같은 것이 느껴졌지만 머리를 짓누르는 압력 때문에 다른 것은 잘 느껴지지 않았다. 여기가 어디인지, 무슨 일이 있었는지, 왜 벤진 냄새가 나는지 통 알 수 없었다. 갑자기 환한 불빛이 나타났다. 그녀는 눈이 부셔 눈을 감았다.

"이봐요! 이봐요!" 낯선 목소리. 다시 밝아진 빛. "내 말 들려요? 지금 구급차가 오고 있어요."

구급차?

"이봐요! 잠들지 마요!" 누군가 그녀의 뺨을 세게 쳤다.

꿈인가?

"저리 가요." 그녀가 몽롱한 상태에서 중얼거렸다.

"의식이 돌아왔어." 남자 목소리가 말했다.

그리고 구급차 사이렌 소리가 들렸다. 또 한 대. 카롤리네는 힘겹게 눈을 떴다. 경광등이 깜박이고 있었고 주위가 대낮처럼 환했다.

저녁이었는데…… 섣달그믐 저녁. 그녀는 그레타에게 전화해서 새해 인사를 할 생각이었다. 그레타. 엄마.

바로 옆에서 금속성의 마찰음이 났다. 찬바람이 들어왔다.

"추워요."

"금방 따뜻해질 겁니다." 아까 그 남자 목소리가 말했다. "우리가 거기서 꺼내줄 겁니다. 어디 아픈 데 있어요?"

"머리요. 조금 아파요. 그리고 팔도. 어떻게 된 거죠?" 카롤리네는 밝은 빛 속에서 눈을 껌벅거렸다. 그리고 경찰 제복을 알아보았다.

"사고를 당하셨어요." 경찰관은 아직 어려 보였다. 많아봐야 20대 중반이나 됐을까? "기억나십니까?"

"네, 도로에…… 도로에 동물이 있었어요. 그래서…… 브레이크를 밟았어요."

다른 남자들이 왔다. 오렌지색 재킷을 입은 남자와 남색 오버올을 입은 남자. 구급의사. 소방대원.

사람들은 그녀를 휘감고 있는 안전벨트를 풀었다. 안전벨트가 아니었으면 더 크게 다쳤을 것이다. 그녀는 만신창이가 된 포르셰에서 들것으로 옮겨졌다.

"혼자 걸을 수 있어요." 그녀가 맥없이 항의했다.

"네, 네, 알아요." 성의 없는 대답이 돌아왔다. 누군가 그녀의 목에 보호대를 댔다. 카롤리네는 구급차로 가는 동안 주변을 둘러보았다. 길은 통제되었고 경찰차, 소방차가 보였다. 샛노란 견인차가 들어오고 있었다. 구급차 안은 무척 환했다. 사람들이 그녀에게 안전벨트를 채운 다음 링거를 꽂았다. 쇼크를 방지하기 위한 것이라고 했다. 구급의사는 이름, 주소, 오늘 날짜와 요일을 물었다. 그리고 그녀가 망설임 없이 제대로 대답하자 만족하는 표정이었다.

왜 동물이 있다는 걸 그렇게 늦게 알아챘을까? 왜 그렇게 빨리 달리고 있었지? 그렇지, 수사반장의 명함을 찾고 있었지! 하지만 왜?

"가방과 휴대전화가 필요해요." 그녀가 둘 중 더 어리고 착해 보이는 구조대원에게 말했다. "차 안에 있을 거예요."

"꺼낼 수 있는지 한번 가볼게요." 그는 그렇게 말하고 시야에서 사라졌다. 그리고 잠시 후 다시 나타나 그녀의 갈색 보테가베네타 가방을 들어 보였다.

"휴대전화도 찾아서 가방 안에 넣었어요." 그가 보조의자에 앉으며 말했다. 곧이어 차 문이 닫혔고 차가 움직이기 시작했다.

"지갑이랑 열쇠도 들어 있어요?"

젊은 구조대원은 그녀의 가방을 뒤적거리더니 고개를 끄덕였다.

"네, 둘 다 있네요." 그가 말했다. 그녀는 안도하며 눈을 감았다. "지금 바트홈부르크 병원으로 갈 겁니다. 연락해야 할 사람이 있나요?"

"아니요, 없어요." 카롤리네는 애써 미소를 지었다. "나중에 내가 직접 할게요."

그녀는 사이렌 소리를 들으며 차의 흔들림에 몸을 맡겼다. 그리고 눈을 감고 차가 가는 길을 상상해보았다. 다행히 많이 다친 것 같지는 않았다. 장을 안 봐서 걱정이었는데 이제 그 걱정을 할 필요는 없는 것 같았다.

*

역시 준비가 철저하면 모든 것이 편하다. 공사 중인 이웃 건물은 최적의 은신처인데다 도주로도 가까웠다. 도주로는 두 번이나 확인했고, 차는 로터리 바로 옆에 있는 HEM 주유소 옆에 세워놓았다. 로터리에서 5분이면 A5고속도로로 나갈 수 있다. 상황이 여의치 않으면 거기서 들길을 지나 바이터슈타트로 가거나, 산업단지를 통과해 A67고속도로로 나갈 수도 있다. 집은 황량한 들판 한가운데 서 있었다. 주변에 보이는 거라고는 새로 지은 주택 세 채뿐이었다. 그는 바닥에 엎드려 편한 자세를 취했다. 오늘은 시멘트 포대 두 개를 쌓아놓고 그 위에 총을 올렸다. 스탠드를 대신할 뿐 아니라 좋은 가림막도 되어주었다. 이제 겨우 9시 15분이니 시간은 많다. 그는 엎드린 자세로 조준경을 총신에 돌려 끼웠다. 그리고 조준경을 들여다보았다. 환상적인 광학 기술이다! 환하게 불이 켜진 집 안 풍경이 바로 눈앞에 있는 것처럼 펼쳐졌다. 안주인은 부엌에서 다른 여자와 이야기를 나누며 웃고 있었다. 집 앞에 못 보던 차가 서 있는 것을 보고 손님이 왔으리라 짐작은 했다. 그렇다 해도 상관없다. 아이들은 거실에서 텔레비전을 보고 있었다. 한 아이는 바닥에 앉아 있고 다른 아이는 검정색 가죽소파 위에서 장난을 쳤다. 귀여운 아이들이다. 딸 하나 아들 하나. 아버지는 다른 남자와 2층에 있었다. 아마 새 집을 자랑하는 중이리라. 그들은 여기 이사 온 지 몇 주 되지 않았다. 만약 아직도 그 다세대주택에 살고 있었다면 적당한 은신처를 찾기 힘들었을 것이다. 물론 차 안이나 출근길, 아니면 주차장 같은 곳에서 쏠 수도 있었다. 하지만 그는 똑같이 하고 싶었다. 그들이 보는 앞에서. 아이들이 보는 앞에서. 그는 아이들이 아버지가 죽는 장면을 보기를 원했다. 똑같이 놀라고 똑같이 무력함을 느끼고 똑같이 절망하기를 바랐다. 헬렌처럼! 그들은 이 장면을 절대 잊지 못할 것이다. 죽을 때까지.

*

9시가 조금 지난 시각, 그들은 노르트엔트 서쪽에 있는 변호사 사무실에 도착했다. 순찰차도 그들을 따라왔다. 유리문 앞에서 리겔호프는 보안카드를 찾아 긋느라 시간을 한참 썼다. 손을 덜덜 떠는가 하면 폭죽 터지는 소리가 날 때마다 깜짝깜짝 놀랐다. 보덴슈타인과 피아는 의미심장한 눈빛을 주고받았다.

명망 있는 법률사무소 'HR&F 파트너'는 4층짜리 현대적 건물의 맨 위층에 자리 잡고 있었다. 리겔호프는 그 회사의 시니어파트너였다. 하지만 기록 정리 체계는 잘 모르는지 디르크 슈타틀러와 프랑크푸르트 재해병원 소송 기록이 든 서류철 스물세 개를 찾아내는 데 45분이나 걸렸다.

유리 천장과 테라스가 있는 그의 사무실은 일종의 펜트하우스였다. 그는 서류철을 뒤지기 시작했고, 그의 아내는 순경들에게 화장실과 휴게실이 어디인지 알려주고는 남편 책상 앞에 자리를 잡고 앉았다.

"담배는 나가서 피워." 딸칵 하는 라이터 소리가 나자 리겔호프가 고개도 들지 않고 말했다.

"흠." 그의 아내는 가벼운 한숨을 토해내며 자리에서 일어섰다. 치맛자락이 바닥에 끌리는 소리가 사락사락 났다. 그녀가 테라스 문을 열자 찬바람이 소용돌이치며 들어왔다. 피아는 그녀가 담배를 물고 전화 통화를 하며 왔다 갔다 하는 모습을 지켜보았다. 참 아름다운 여자였다. 하지만 머릿속에는 오직 파티 생각뿐인 것 같았다.

"디르크 슈타틀러가 가진 소송 자료는 서류철 하나밖에 없던데요?" 보덴슈타인이 물었다.

"아마 변호사가 더 가지고 있을 겁니다." 리겔호프가 대답했다. "원고 측에 모든 자료가 가지 않은 건 사실입니다. 그쪽은 병원 내부 기록 같은 건 구경도 못 했으니까요."

"왜 그런 거죠?" 피아가 이상하다는 듯 물었다.

"실제로 문제가 있었거든요." 리겔호프는 이제 순순히 털어놓기로 한 것 같았다. "의사 측의 과실이 있었습니다. 그래서 병원에서는 재판까지 가지 않고 합의를 보고 싶어 했죠. 만약 재판을 했다면 재해병원의 이미지에 큰 손상이 있었을 테고, 어마어마한 경제적 손실도 뒤따랐을 겁니다."

"그걸 왜 진작 말하지 않았습니까?" 보덴슈타인이 눈썹을 일그러뜨리며 질책했다.

"재해병원이 우리 의뢰인이니까요. 그것도 아주 큰 고객이죠." 리겔호프가 설명했다. "이렇게 기록을 열람한 것만으로도 크게 문책을 받을 겁니다. 하지만 저 때문에 사람이 죽는 건 싫습니다."

그는 갑자기 양심의 가책을 느낀 걸까? 아니면 피할 수 없는 상황에 적응하기로 한 것일까?

"슈타틀러가 받은 합의금이 얼마였죠?" 피아가 물었다.

"5만 유로입니다." 리겔호프가 대답했다. "하지만 게르케 씨에게 따로 돈을 더 받은 것으로 알고 있습니다."

"왜요?" 보덴슈타인과 피아가 합창하듯 동시에 물었다.

"이유는 잘 모르겠습니다. 하지만 슈타틀러는 그 돈을 받고 만족했고 곧 고소를 취하했습니다." 리겔호프는 두 번째 서류철을 넘기며 말했다. "그 후의 일은 제 관심사가 아니니까요."

조용한 가운데 보덴슈타인의 휴대전화가 울렸다. 보덴슈타인은 들고 있던 서류를 피아에게 주고 전화를 받았다.

"네, 보덴슈타인입니다." 그가 짤막하게 말했다.

"저…… 전 카롤리네 알브레히트라고 합니다." 뜻밖에도 여자 목소리였다. "루돌프 교수의 딸이에요. 이렇게 늦은 시간에 방해가 안 되는지 모르겠네요."

"네, 알브레히트 부인. 누군지 압니다. 마침 전화 잘 하셨습니다. 우리 따져야 할 일이 있는 거 아시죠?"

"네, 게르케 씨 일은…… 죄송합니다. 그런 일이 일어나리라고는 생각하지 못했어요." 카롤리네 알브레히트가 불분명한 발음으로 중얼거렸다. 술을 몇 잔 마시기라도 한 듯 어눌한 말투였다. "그런데 제가 전화한 건 다른 용건 때문이에요. 제게 헬렌 슈타틀러의 공책이 있는데 제가 보기엔 경찰에게 중요한 내용이 들어 있는 것 같아요. 살생부예요."

"살생부요?" 보덴슈타인이 다시 확인하려는 듯 물었다. "그게 무슨 소립니까?"

"명단이에요. 레나테 롤레더로 시작되고 저희 아버지 이름, 게르케 씨, 그리고 제가 모르는 이름들이 있었어요. 아, 부르마이스터와 야닝도 있어요."

순간 보덴슈타인은 말문이 막혔다.

"그리고 헬렌 슈타틀러는 자살한 게 아니래요." 카롤리네 알브레히트가 말을 이었다. "타살인데, 남자친구가 죽인 거래요."

"그 명단, 지금 어디 있습니까?"

"모르겠어요."

"가지고 계신 거 아닙니까?"

잠시 아무 소리도 들리지 않았다. 전화가 끊긴 게 아닌지 의심이 들 때쯤 다시 그녀의 목소리가 들렸다.

"문제가 좀 있어요. 전 지금 사고를 당해서 바트홈부르크 병원에 있어요. 그 공책은 제 차 안에 있는데 사람들이 제 차를 어디로 가져갔는지 모르겠어요."

"사고 장소가 어디입니까?"

보덴슈타인은 얼른 정신을 차렸다. 교통사고 조사센터에 문의하면 알아낼 수 있다. 그녀는 사고 장소, 번호판, 차종을 말해주고 공책의 생김새도 설명했다. 보덴슈타인은 고맙다고 말하고 전화를 끊은 다음 다른 곳에 전화를 걸었다.

"호프하임 강력반 보덴슈타인 반장인데, 사고차량 한 대 어디로 실려 갔는지 알 수 있을까?"

피아는 무슨 일이냐는 표정을 지었다.

"사고가 일어난 지는 얼마 안 된 것 같아. K772 지방도로, 오버우어젤과 B455연방도로 사이 구간이야. 검정색 포르셰, 번호는 F-AP341이고. 응, 부탁해. 전화 끊지 않고 기다릴게."

피아가 입모양으로 무슨 일이냐고 물었지만 보덴슈타인은 기다리라는 손짓만 했다. 그는 널찍한 사무실을 서성거리며 담당자의 대답을 기다렸다.

"H&K에서 견인해갔답니다." 기다리던 목소리가 들렸다. "차는 보통 손해사정사가 올 때까지 회사 마당에 그냥 놔둡니다."

"좋았어. 차가 지금 정확히 어디에 있는 거지?"

담당자는 견인업체의 주소를 알려주었다. 보덴슈타인은 구석 소파에 앉아 커피를 홀짝거리고 있는 순경 두 명에게 지금 당장 회히스트로 가서 카롤리네 알브레히트의 포르셰에서 공책을 찾아오라고 지시했다. 순경들은 드디어 할 일이 생겨 기쁘다는 듯 사무실을 나갔다. 보덴슈타인은 그제야 피아에게 방금 들은 얘기를 해주었다.

리겔호프가 그들을 돌아보았다.

"찾았습니다." 그는 서류철에서 종이 몇 장을 꺼냈다. "이게 장기 적출 수술 기록입니다. 수술 관계자들의 이름은 여기 다 있습니다."

피아는 그에게 종이를 받아들고 책상에 앉아 읽기 시작했다.

"루돌프 교수, 부르마이스터 박사, 야닝 박사…… 옌스 하르티히도 있어요!" 피아가 믿기지 않는 듯 외쳤다. "반장님 이것 좀 보세요! 하르티히가 수술에 참여했다고 나와 있어요! 왜 우리한테 말 하지 않았을까요?"

피아가 보덴슈타인에게 서류를 내밀었다.

"카이가 하르티히에 대해 알아봤을 텐데 왜 재해병원에서 일한 사실을 몰랐지?"

"아마 우리가 지금까지도 재해병원 자료를 기다리고 있는 그 이유 때문이겠지." 보덴슈타인이 심각한 표정으로 말했다. "하르티히한테 전화해서 물어봐야겠어."

보덴슈타인은 휴대전화에 저장해놓은 하르티히의 번호를 눌렀다. 그러나 그는 전화를 받지 않았다.

피아는 그동안 서류에 있는 이름을 모두 옮겨 적었다. 그리고 리겔호프에게 다른 서류철도 보여달라고 했다.

"필요하면 다 가져가세요." 그는 손목시계를 보더니 아직도 밖에서 통화 중인 아내에게 시선을 돌렸다. "도움이 되길 바랍니다."

"관계자가 왜 이렇게 많아요?" 피아가 명단을 보며 말했다. "다른 파일에서도 한 스무 명은 더 나오겠는데요. 왜 의사가 열두 명이나 필요했던 거죠?"

"다중수술이라 그렇습니다." 리겔호프가 설명했다. "장기 적출은 빠르게 진행돼야 하기 때문에 다섯, 여섯 팀이 동시에 시체 하나에…… 아니 기증자에게 수술을 시행합니다."

"설마 이 많은 사람을 다 죽이려는 건 아니겠죠?" 피아가 명단을 노려보며 말했다.

"순경들이 그 공책을 찾아올 때까지 기다려보자고. 그럼 일을 덜 수 있지 않을까?" 보덴슈타인이 손목시계를 보며 말했다.

"언제 그걸 기다리고 있어요?" 피아는 문득 뭔가 떠오른 듯 리겔호프를 빤히 쳐다보았다. "슈타틀러가 장기 적출 자체를 문제 삼은 건 아니잖아요. 아내에 대한 병원의 처우가 문제였던 거 아니에요?"

리겔호프가 고개를 끄덕였다.

"그렇다면 결정권자들에게 집중해야 해요." 피아가 말했다. "예를 들어 빙클러에게 잘못된 정보를 준 사람, 병원에서 누가 그런 일을 하죠? 환자 가족들과 상담하는 일 말이에요. 의사들이 하나요?"

"의사들도 하죠." 리겔호프가 대답했다. "하지만 프랑크푸르트 재해병원처럼 큰 병원에는 심리상담 담당자가 있습니다. 장기 이식을 조직하고 관리하는 코디네이터도 있고요."

"키르스텐 슈타틀러의 경우엔 누가 그 일을 했죠?"

"너무 오래돼서 모르겠는데요." 리겔호프는 아무 서류철이나 끌어당겨 펼쳤다.

"이러면 너무 오래 걸려! 벌써 10시 반이야. 시간이 촉박하다고!" 보덴슈타인은 초조한 얼굴로 머리를 흔들었다. "루돌프 교수한테 전화해봐야겠어. 기억하고 있을지도 몰라."

그는 사무실 반대편으로 가서 루돌프 교수에게 전화를 걸었다. 이번에는 다행히 전화를 받았다.

"나 좀 제발 내버려둬요!" 보덴슈타인이 이름을 밝히자 루돌프 교수가 버럭 화를 냈다. "사람이 죽었는데 아무리 경찰이라도 최소한의 예의를 갖춰야 하는 거 아닙니까?"

"그래서 이러고 있는 겁니다." 보덴슈타인이 받아쳤다. "부인을 죽인 범인이 오늘밤 또 사람을 죽이겠다고 예고했습니다. 저희는 그동안 이 연쇄살인이 10년 전 재해병원에서 일어난 일과 관련 있다는 것을 알아냈습니다. 지금도 당시 슈타틀러가 소송을 제기했을 때 재해병원을 변호했던 변호사의 사무실에 와 있습니다. 몇몇 이름도 알아냈고요. 당시 병원 관계자 중에 슈타틀러 가족을 상담한 사람이 누구입니까? 장기 적출 담당자가 있었을 것 아닙니까?"

전화선 끝에서는 침묵이 이어졌다.

"교수님, 부탁입니다!" 보덴슈타인이 간곡하게 말했다. "죄 없는 사람이 죽는 걸 막을 수 있도록 도와주십시오!"

루돌프 교수는 말없이 전화를 끊었다.

"빌어먹을 영감탱이!" 보덴슈타인이 흥분해서 내뱉었다. "가만둬선 안 되겠어."

"어쩌시려고요?"

보덴슈타인은 다시 어딘가에 전화를 걸었다.

"체포해서 끌고 오라고 해야겠어." 그가 대답했다. "계속 책임을 회피할 수 없다는 걸 알아야 해."

그는 루돌프 교수에 대한 긴급체포를 지시한 뒤 전화기를 주머니에 집어넣으며 리겔호프에게 시선을 돌렸다.

"프리드리히 게르케가 전화로 무슨 말을 하려고 했는지 이제 생각나십니까?" 보덴슈타인이 날카롭게 물었다.

"아니요." 리겔호프는 그렇게 말하고는 눈을 내리깔았다.

"나중에 후회하지 마십시오." 보덴슈타인이 차갑게 말했다.

"뭘 후회한단 말입니까?" 리겔호프가 물었다.

"지금 중요한 정보를 숨기고 말 안 한 거 말입니다." 보덴슈타인은 그 말과 함께 돌아섰다. "서류는 우리가 가지고 가겠습니다."

"우리는 어떻게 하죠?"

"파티에 가셔야죠."

"스나이퍼가 우리를 노리고 있을지도 모르는데, 신변보호라도 해줘야 하는 거 아닙니까?"

"미안하지만 그건 안 됩니다." 보덴슈타인이 고개를 저었다. "처음부터 협조적으로 나왔으면 범인은 지금쯤 교도소에 들어가 있을지도 모릅니다. 그런데 그러지 않았으니 어쩔 수 없죠. 위험부담을 안고 사는 수밖에."

*

그들은 감자와 소스를 곁들인 소꼬리 스튜를 먹은 다음 와인을 마셨다. 캘리포니아에서 생산된 2010년산 카베르네 소비뇽이었다.

그는 병에 붙은 상표를 읽을 수 있었다. 접시 안의 음식, 그들의 얼굴 표정, 창을 등지고 앉은 손님들의 뒤통수도 보였다. 손님들은 시종일관 손을 꼭 잡고 있었다.

그는 아주 자세한 것까지 다 볼 수 있었다. 안주인은 술이 약간 과했는지 볼이 발그레했고 자주 웃음을 터뜨렸다. 그녀는 사랑이 담긴 표정으로 남편을 쳐다보았고 남편도 그녀를 쳐다보았다. 얼마나 조화롭고 행복한 풍경인가! 예전이었다면 그도 이런 장면을 보고 미소를 지었을 것이다. 그에게 아직 가정과 꿈 미래가 있었던 그때라면.

집에서 사람들의 말소리와 웃음소리가 새어나왔다. 아이들은 만화영화를 보며 즐거워했다. 그림 같은 풍경이다. 새 집을 얻은 행복한 가정. 그러나 이 밤이 지나면 이 가정은 사라질 것이다. 그리고 그들은 다시는 행복하지 못할 것이다.

그들은 술잔을 놓고 일어섰다. 11시가 막 지나고 있었다. 여자들은 식탁을 치웠고 남자들은 차고로 들어갔다. 그리고 곧 폭죽을 가지고 다시 나왔다. 아이들은 벌떡 일어나더니 펄쩍펄쩍 뛰며 좋아했다. 아이들의 높은 웃음소리가 귓가에 들려왔다. 남자들은 테라스로 나가 불꽃놀이 준비를 했다. 빈 병 속에 폭죽을 넣고 맥주를 마시며 웃었다. 그들은 알지 못했다. 50미터도 떨어지지 않은 곳에 죽음이 기다리고 있다는 것을.

그가 그 죽음을 가져올 것이다.

그는 죽음의 화신이다.

*

피아의 눈에 제일 먼저 띈 것은 여학생이 쓴 듯한 깔끔한 글씨였다. 마르크 톰슨의 집에서 발견된 미행 기록도 이 글씨체로 쓰여 있었다. 피아는 그것을 하도 여러 번 봐서 필적상의 특징을 바로 파악할 수 있었다. 이 글씨를 쓴 사람은 'i'의 점을 작은 동그라미로 대신했고, 글씨들이 전체적으로 오른쪽으로 심하게 기울어졌다. 왼손잡이에게서 흔히 나타나는 현상이다. 피아는 빠르게 책장을 넘기며 내용에 집중했다. 그런데 무엇을 찾아야 하는 걸까? 카롤리네 알브레히트가 말한 명단은 대체 어디에 있단 말이지?

피아가 관용차 조수석에 앉아 공책을 뒤적이는 동안 보덴슈타인은 순경들과 함께 서류철을 트렁크에 실었다. 아까 공책을 건네받은 보덴슈타인은 슬쩍 넘겨보고는 피아에게 공책을 내밀었다.

"이런 개떡 같은 조명에서는 안경을 써도 아무것도 안 보여." 그가 말했다. "눈 밝은 사람이 보는 게 낫지 않겠어?"

"저도 크게 다르지 않아요." 피아는 그렇게 말하고 그의 돋보기를 빌렸다.

마르크 톰슨은 여전히 행방불명이고 디르크 슈타틀러는 연락이 없다. 이제 옌스 하르티히도 행방불명자의 대열에 끼기로 했는지 집, 세 들어 사는 집, 가게 그 어디에서도 모습을 드러내지 않았다.

보덴슈타인이 트렁크를 닫는 순간 피아는 명단을 발견했다.

"찾았어요!" 차에서 내린 피아가 흥분해서 외쳤다. "알브레히트 부인 말이 맞았어요! 정말 살생부를 만들어놨어요. 들어보세요!"

피아는 얌전한 글씨로 한 줄씩 써내려간 명단을 읽었다.

1. 레나테 롤레더(어머니, 개)

2. 디터 파울 루돌프(아내, 딸, 손녀)

3. 프리드리히 게르케(아들)

4. 파트릭 슈바르처(아내)

5. 베티나 카스파 헤세(남편, 아이들)

6. 시몬 부르마이스터

7. 울리히 하우스만(딸)

8. 아르투르 야닝(아내, 아들)

9. 옌스 하르티히(?)

"주소까지 써놨어요!" 흥분으로 몸을 떨며 피아가 외쳤다.

드디어! 수사의 정점에 다다른 것이다!

"헬렌 슈타틀러는 어머니의 죽음에 책임이 있다고 생각되는 사람들의 일거수일투족을 미행했어요! 그리고 이제 헬렌이 계획한 걸 누군가 실행에 옮기고 있는 거예요! 그런데 왜 하르티히가 이 명단에 있는지 이해가 안 되네!"

"그건 나중에 생각해도 돼." 보덴슈타인은 운전석 문을 열고 무전기를 꺼냈다. "스나이퍼가 거기 있는 순서를 따른다면 다음 피해자는 베티나 카스파 헤세와 관계된 사람이야. 주소 불러봐."

"슈테른가세 118번지, 그리스하임."

보덴슈타인은 상황실에 전화해서 여자의 이름을 두 번이나 반복해서 불러주었다.

"프랑크푸르트에 있는 그리스하임이야, 다름슈타트에 있는 그리스하임이야?" 보덴슈타인이 피아에게 물었다.

"몰라요. 그건 여기 안 쓰여 있어요!" 피아가 외쳤다. "카이한테 알아봐달라고 할게요."

"프랑크푸르트에 있는 그리스하임에는 슈테른가세가 없습니다." 순경 하나가 말했다. "프랑크푸르트에서 10년간 순찰을 돌아서 그 정도는 압니다."

"아니, 오펜바흐 말고!" 상황실에서 계속 딴소리를 하자 보덴슈타인이 답답한 듯 소리쳤다. 목소리가 떨리고 있었다. "슈타인가세가 아니라 슈테른가세! 어이구, 답답해!"

"카이랑 연락됐어요!" 피아가 외쳤다. "아직 사무실에 있는데 금방 찾아봐준대요."

"주소 찾으면 바로 사람 보내! 가기 전에 전화해놓고! 우리가 지금 가니까 집 안의 불 모두 끄고 지하실로 내려가 있으라고 해." 그는 전화를 끊었다. "피아, 어서 타! 제시간에 도착할 수 있을지도 몰라!"

*

11시 40분. 남자는 친구와 함께 폭죽 설치를 끝냈다. 안에서 여자가 샴페인 병을 땄다. 테라스 문이 활짝 열려 있어서 코르크마개가 뻥 하고 빠지는 소리가 여기까지 들렸다. 텔레비전에서 갑자기 환호

성이 들렸다. 베를린 브란덴부르크 문에서 하는 제야 행사 생중계가 시작된 것이다.

카운트다운이 시작되었다.

아이들은 신이 나서 집 안을 뛰어다녔다. 어른들은 이미 외투를 입은 채였다. 친구는 안으로 들어갔다. 여자들을 도와주려는 것 같았다.

남자는 한 손을 외투 주머니에 넣고 다른 손에 맥주병을 든 채 혼자 테라스에 서 있었다. 그는 맥주를 한 모금 마시고 고개를 젖혀 맑은 밤하늘을 올려다보았다. 너무 일찍 쏘아올린 폭죽 하나가 펑 소리를 내며 터졌다. 그는 무슨 생각을 하고 있을까? 분명 좋은 생각일 것이다. 그는 즐겁게 저녁을 먹었고 새 집 자랑도 했다. 생의 마지막 시간을 기분 좋게 보낸 것이다. 그는 분명 행복하게 죽을 것이다.

집 안에서 전화벨이 울렸다.

"이 시간에 누구람?" 여자가 안에서 말했다.

"받아봐! 장모님이겠지!" 남자가 안에 대고 외쳤다.

남자는 몸을 돌리더니 똑바로 그가 있는 곳을 쳐다보았다.

그에게 이곳이 보일까? 이웃집 공사장 시멘트 포대 뒤에 숨은 그가 보일까?

전화벨 소리가 그쳤다.

그는 눈도 깜빡하지 않고 목표물에 집중했다.

그리고 손가락을 방아쇠에 걸었다.

남자의 얼굴이 땀구멍까지 보일 정도로 가까이 다가왔다.

"랄프!" 안에서 여자가 외쳤다. 날카로운 목소리였다. "랄프! 안으로 들어와!"

그는 심호흡을 했다.

그리고 방아쇠를 당겼다.

보덴슈타인이 연락을 받은 것은 그리스하임에서 A5고속도로를 나와 공사장 앞에서 급히 멈춰선 때였다.

"반장님 말씀이 옳았습니다." 카이 오스터만이 침울한 목소리로 말했다. "베티나 카스파 헤세가 다음 목표물이었어요. 남편이 총에 맞아 죽었습니다. 다름슈타트 경찰들이 연락 받고 11분 만에 현장에 도착했는데 틀린 주소였습니다. 한 달 전에 이사 가서 지금은 타우버 가 18번지에 살고 있대요. 전화도 했는데 한발 늦었습니다."

"빌어먹을!" 보덴슈타인은 입속으로 불분명하게 부르짖으며 손으로 운전대를 내리쳤다. 피아는 그런 그의 모습을 한 번도 본 적 없다. "빌어먹을! 빌어먹을! 빌어먹을!"

"바로 주변 도로를 통제했는데 이미 빠져나간 것 같습니다." 오스터만이 말을 이었다. "지금 어디 계십니까?"

"5분이면 도착해." 피아가 대신 대답하고 얼른 내비게이션의 목적지를 바꾸었다.

팽팽하게 유지되던 긴장감은 큰 실망으로 바뀌었다. 노력도 희망도 모두 물거품처럼 사라졌다. 다시 스나이퍼의 발뒤꿈치도 못 따라간 것이다.

"헬기는?" 보덴슈타인이 물었다.

"오늘 섣달그믐이잖아요." 오스터만이 말했다. "불꽃놀이 때문에 저공비행은 허가가 안 납니다."

"알았어, 다시 연락할게." 보덴슈타인은 어느 정도 평정심을 되찾은 것 같았다. "크뢰거한테 연락해서 바로 현장으로 출동하라고 해. 원망해도 어쩔 수 없지."

"네, 알겠습니다." 오스터만이 대답했다. "아, 그리고 새해 복 많이 받으세요, 피아도."

"새해 복 많이 받아." 피아가 힘없이 말했다.

그때 불꽃놀이가 시작됐다. 하늘 높이 떠오른 폭죽은 색색의 아름다운 모양을 만들며 흩어졌다. A67고속도로와 도시 사이에 있는 숲을 돌아갈 때는 폭죽이 일제히 터지며 까만 밤하늘에 빛의 향연이 펼쳐졌다. 도로가 갑자기 꺾이는 곳에서 첫 번째 검문이 있었다. 보덴슈타인은 창문을 내리고 신분증을 보여준 뒤 통과했다.

그는 로터리에서 세 번째 출구로 나가 엘베 가로 빠졌다. 엘베 가 왼쪽에는 숲으로 통하는 막다른 골목이 여러 개 뻗어 있었다. 타우버 가는 신축지구의 네 번째 도로였다. 태반이 비어 있는 택지 위에 새로 지은 주택이 몇 채 모여 있을 뿐이지만, 어느 집에서 그 비극이 일어났는지 바로 알 수 있었다. 그들 앞에는 현장에 가면 으레 보게 되는 살풍경이 펼쳐져 있었다. 구급차와 구급의사들, 경광등을 깜박이는 경찰차들. 보덴슈타인은 마지막 통제선 앞에서 차를 세우고 임시로 깔아놓은 아스팔트 길을 걸어갔다. 차가운 공기에서는 화약 냄새가 났다. 시체운반차가 옆으로 지나갔다. 길가에 차츰 구경꾼이 모여들기 시작했다.

이 살인이 '타우누스 스나이퍼'의 짓이라는 데는 의심의 여지가 없었다. 다름슈타트 경찰서의 묄러는 하필 오늘 당직을 서다가 이런 사건이 디지자 난감해하던 중 보덴슈타인이 나타나자 안도하는 눈치였다. 그는 보덴슈타인이 호프하임에서 감식팀을 데리고 오겠다고 하자 흔쾌히 그러라고 했다.

"끔찍해요." 묄러는 그 말을 여러 번 반복했다. "정말 끔찍해요. 내 평생 이런 건 처음 봅니다. 아이들과 아내 앞에서 살해당하다니!"

그때 피아의 휴대전화가 울렸다. 크리스토프! 피아는 한쪽으로 가서 전화를 받았다.

"새해 복 많이 받아!" 크리스토프가 명랑하게 말했다. "집의 이동통신망이 또 말썽이야?"

"크리스토프!" 피아가 말했다. "새해 복 많이 받아요. 그런데 나 지금 일하는 중이에요. 방금 스나이퍼 살인이 또 발생했거든요. 내가 나중에 전화할게요."

"저런, 가엾어라!" 크리스토프가 진심을 담아 말했다. "지금쯤 킴이랑 같이 샴페인 마시고 있을 줄 알았는데. 알았어, 나중에 전화해. 자기 생각 많이 하고 있어."

"나도요. 보고 싶어요."

피아는 깊은 한숨을 쉬었다. 그리고 마음을 단단히 먹고 보덴슈타인을 따라 집 안으로 들어갔다. 이번에도 역시 경악한 가족들의 이해할 수 없다는 눈빛, 슬픔, 깊은 절망, 비명, 눈물이 그들을 기다리고 있을 것이다. 피아는 더 이상 참기 힘들었다. 근래 들어 그의 미간에 자리잡아버린 깊은 주름을 보니 보덴슈타인도 마찬가지인 것 같았다. 인간이 견뎌낼 수 있는 것에는 한계가 있게 마련이다. 구조대원이나 경찰관을 위한 심리지원 프로그램이 있는 데는 다 이유가 있다. 살인 사건과 유족들을 계속 상대하다 보면 아무리 베테랑 형사라도 아무렇지 않을 수 없다.

처마 끝에 매달린 스포트라이트가 켜지자 테라스에 쓰러져 있는 랄프 헤세의 사체가 드러났다. 핏물과 뇌수, 뼛조각들이 흰 벽에 사정없이 튀어 있는 광경은 정말 끔찍했다. 총알은 얼굴 정면을 뚫고 들어가 밖으로 나가면서 뒤통수를 전부 들어냈다. 피아는 주위를 둘러보았다. 아직 조경하지 않은 정원에 폭죽이 담긴 빈 와인 병들이 꽂혀 있고 테라코타 타일 위에는 깨진 맥주병이 나뒹굴었다. 집 옆에는 공사 중인 건물이 보였다.

"저기서 쐈나 봐요." 피아가 말했다. 그러나 보덴슈타인은 아무 반응이 없었다. 그는 코트 주머니에 손을 찌르고 입술을 앙다문 채 사체를 내려다보았다.

"인간이 이런 식으로 사람을 다섯이나 죽이다니! 도대체 동기가 뭘까?" 그가 혼잣말처럼 물었다. "감정적인 살인, 살해는 어느 정도까지는 이해가 돼. 그런데 여기 이건…… 이렇게 철저하게 계획되고 계산된 살인은 이념에 눈이 먼 테러리스트들이나 하는 짓이잖아."

그는 고개를 들었다. 눈빛이 흔들리고 있었다.

"난 항상 사건과의 내적 거리를 유지해왔어. 그런데 이번 사건은 자꾸 개인적으로 받아들이게 돼. 그런 메일을 보내서 약이나 올리고 말이야. 빌어먹을 놈, 잡히기만 하면 가만두지 않겠어!"

피아는 그의 마음이 어떤지 잘 알기에 말없이 그의 팔을 다독거렸다. 그녀도 똑같은 심정이었다.

"유가족을 만나러 가야죠." 피아가 말했다. 그녀는 2년 전 7월에 겪은 끔찍한 경험을 떠올렸다. 진입로에 개가 죽어 있고 크리스토프는 피를 흘리며 마당에 쓰러져 있었다. 그리고 크리스토프의 손녀 릴리가 유괴당했다. 다행히 그때는 모두 무사했지만, 베티나 카스파 헤세는 다시는 남편을 안아보지도, 그 옆에서 잠들지도, 그와 함께 깨어나지도 못할 것이다.

"그래." 보덴슈타인이 결심한 듯 말했다. "얼른 해치워야지."

그들은 열려 있는 테라스 문으로 들어갔다. 거실에는 아직도 텔레비전이 켜져 있었다. 브란덴부르크 문 앞에서 요란한 행사가 벌어지는 중이었다. 보덴슈타인은 리모컨을 들어 텔레비전을 껐다. 식탁은 아직 치워지지 않은 채였다. 싱크대에는 설거지할 그릇이 가득 쌓여 있었고 식기세척기 문이 열려 있었다. 쟁반 위에는 잔 네 개와 마개를 딴 샴페인이 놓여 있었다.

잿빛 머리 남자가 경찰관과 얘기하더니 그들에게 다가왔다.

"다리우스 셰플러라고 합니다." 그가 자신을 소개했다. "저희 부부는 초대를 받아서 와 있었습니다."

그도 상당히 충격을 받은 듯했으나 보덴슈타인과 피아가 하는 질문에 성실하게 대답했다. 그는 랄프와 함께 정원에서 불꽃놀이 준비를 한 다음 샴페인 준비를 도와주러 부엌으로 들어갔다고 했다.

"전화가 왔습니다." 그가 기억을 더듬었다. "베티나가 이 시간에 누굴까 하니까 랄프가 장인장모일 거라고 했죠. 베티나는 전화를 받고 잠시 듣고 있더니 얼굴이 하얘져서 '랄프! 랄프! 안으로 들어와!' 하고 외쳤습니다. 전 무심코 고개를 돌렸는데…… 그 순간 랄프의 머리가…… 갑자기 사라졌어요. 랄프는 벽으로 내동댕이쳐졌고 피…… 피가 분수처럼 솟아나왔습니다."

그는 끄윽 하는 소리를 내며 잠시 흐느끼더니 곧 감정을 조절했다.

"그 장면을 본 사람이 또 있나요?" 피아가 물었다.

"네, 베티나가 소리를 질러서 우리 모두 돌아봤습니다."

"아이들도요?"

"아니요, 그때 아이들은 옷을 입는 중이었습니다. 제가 제때 잡아서 밖으로 못 나가게 했습니다. 아이들은 아무것도 못 봤습니다."

"부인은 어디 계시죠?" 피아가 물었다.

"2층에 베티나와 함께 있습니다. 전 아이들이 여기서 벌어진 일을 보지 못하게 이웃집에 맡기고 오는 길이고요."

"잘하셨어요." 피아가 살짝 미소를 지으며 말했다. "말씀 감사합니다. 저기 있는 경찰관에게 연락처 말씀해주세요. 나중에 연락이 갈 거예요."

2층으로 올라가니 구급의사가 다가와 낮은 목소리로 안주인의 상태를 알려주었다. 심한 쇼크 상태인데 진정제를 거부한다고 했다.

"친구가 옆에 있습니다. 부모님이 이쪽으로 오시는 길이고요." 의사가 말했다.

"질문할 수 있을까요?" 피아가 물었다.

"꼭 필요하다면요." 의사가 탐탁지 않은 얼굴로 대답했다.

피아는 유족에게 피해자의 사망 사실을 전할 때보다 더 착잡한 기분이 들었다.

"혹시 또 필요하게 될지 모르니까 여기 잠깐 계세요." 피아가 의사에게 말했다.

베티나 카스파 헤세는 눈물도 흘리지 못한 채 멍한 얼굴로 어깨를 축 늘어뜨린 채 침대에 앉아 있었다. 친구가 옆에서 그녀를 위로하고 있었다.

"부인, 죄송하지만 몇 가지 질문을 드려야 합니다." 피아가 자신과 보덴슈타인을 소개하고 난 뒤 말했다. "괜찮으시겠어요?"

명청한 질문이다. 당연히 괜찮을 리 없지 않은가? 하지만 그게 피아의 의무였다.

"저희가 수사한 바에 따르면 부군께서는 이미 네 명을 살해한 스나이퍼의 희생양이 되신 것 같아요." 상대는 아무 반응이 없었지만 피아는 말을 계속했다. "그래서 부인이나 부군께서 프랑크푸르트 재해 병원과 관련 있는지 알아야 합니다."

베티나 카스파 헤세는 천천히 고개를 들었다. 그리고 영문을 모르겠다는 표정으로 피아를 보며 살짝 고개를 끄덕였다.

"제가 거기서 일한 적 있어요." 그녀가 작은 소리로 말했다. "첫 아이 임신하기 전까지요. 그걸 왜 묻는 거죠?"

"거기서 무슨 일을 하셨죠?" 피아가 그녀의 질문에 대답하지 않고 물었다.

"장기 이식 상담자로 일했어요. 7개월 정도 다니다가 임신하고 그만뒀어요."

"키르스텐 슈타틀러라는 환자 혹시 기억나세요? 2002년 9월 16일 뇌출혈로 실려왔는데 뇌사 상태에서 장기 기증자가 되었어요."

베티나 카스파 헤세는 고개를 끄덕였다.

"네, 그 환자 기억하죠. 그 전날 임신 사실을 알았거든요." 그녀의 입가에 엷은 미소가 떠올랐다가 곧 사라졌다. "그런데 왜 그런 걸 물으세요? 뭘 알고 싶은 거예요? 그게 지금 와서 무슨 상관이죠?"

목이 메는 듯 그녀의 목소리가 꺾였다.

"키르스텐 슈타틀러를 담당했던 동료나 의사들 이름 기억하십니까?" 이번에는 보덴슈타인이 나서서 물었다.

"그…… 글쎄요. 너무 오래된 일이라……." 그녀는 손가락을 만지작거렸다. "전 루돌프 교수님 밑에 있었어요. 그 밖에 응급의학과의 야닝 박사, 부르마이스터 박사도 있었어요. 부르마이스터 박사는 외과 과장인데 욕심 많고 인정사정없는 사람이었어요. 절 완전히 나쁜 사람으로 만들었죠. 환자 가족들이 서명을 안 하려고 해서 제가 기증 동의서를 보여주고 입원 서류라고 했어요."

피아와 보덴슈타인은 재빨리 시선을 주고받았다.

"의사들이 저를 엄청나게 압박했어요. 무슨 수를 써서라도 환자 부모님이 장기 기증에 동의하도록 만들라고요. 급히 심장 이식이 필요한 환자가 있었거든요. 전 하라는 대로 했어요. 그게 제 일이었으니까요. 게다가 그날 전 특히나 기분이 들떠 있었어요. 일이든 뭐든 다 잘하고 싶었죠. 나중에 환자의 남편이 병원을 고소했어요. 그때 전 이미 출산 준비 때문에……."

그녀는 갑자기 말을 멈추고 휘둥그레진 눈으로 보덴슈타인과 피아를 번갈아 쳐다보았다. 그들이 왜 그런 말을 하는지 감을 잡은 듯했다.

"아니야." 그녀가 경악해서 중얼거렸다. "아니야! 그럴 리 없어. 그렇지 않다고 말해줘요. 그 일 때문에 내 남편이…… 내 남편이……."

그녀는 잠시 석상처럼 그대로 앉아 있었다. 눈빛조차 굳은 듯했다. 다음 순간 그녀는 알아들을 수 없는 소리로 비명을 지르기 시작했다. 그녀는 친구를 밀어내더니 바닥에 무릎을 꿇고 앉아 두 주먹으로 바닥을 쾅쾅 쳤다. 그 소리는 인간의 것이라는 생각이 들지 않았다. 급히 뛰어 들어온 의사는 피아에게 비난의 눈초리를 보냈다.

"이제 그만 괴롭혀요!" 그는 마치 피아가 재미로 그런 짓을 한다는 듯 야단을 쳤다. 피아는 말없이 방을 나갔다. 남편이 자신 때문에 죽었다는 죄책감은 앞으로 베티나 카스파 헤세를 평생 따라다니며 괴롭힐 것이다.

✳

그는 차를 타고 오면서 운동화를 벽난로에 넣어 태울 것인지 아니면 아무 쓰레기통에나 처넣을 것인지 고민했다. 공사장 바닥 시멘트 가루 위에 분명 발자국이 찍혔을 것이다. 물론 이래 봐야 별 소용없다. 그들은 곧 그를 따라잡을 것이고 그는 순순히 모든 죄를 자백할 것이다. 라디오에서는 온통 '타우누스 스나이퍼'의 다섯 번째 살인에 대한 얘기뿐이었다.

경찰들이 너무 빨리 도착한 것이 마음에 걸리기는 했다. 마치 어디서 일이 터질지 알았다는 듯이 말이다. 하긴 그동안 연관관계를 알아냈을 것이다. 그렇다면 계획에 차질이 생길 수도 있다.

그는 단지로 들어섰다. 차는 얼어붙은 웅덩이 위를 지나며 끊임없이 덜커덩거렸다. 불이 켜져 있는 집은 하나도 없었다. 모두들 이웃과 새해 인사를 나눌 수 있는 따뜻한 집에서 섣달그믐 밤을 지내고 싶을 것이다.

그에게는 오히려 잘된 일이었다.

그는 차를 세워놓고 집으로 들어갔다. 집 안은 무척 따뜻했다. 문득 시장기를 느낀 그는 프라이팬에 베이컨과 달걀을 볶아서 그릇에 덜지도 않고 그대로 먹었다. 텔레비전에서는 공식적인 경찰의 소견 발표 없이 의미 없는 화면만 잔뜩 보여주었다. 경광등, 경찰통제선, 시체운반차……. 기자들은 금요일에 보도한 내용을 반복하며 그를 사이코패스, 괴물이라 칭했다. 늘 똑같은 소리만 하고 상상력이 부족한 데다 의미가 맞아떨어지지도 않는다. 하지만 그들도 곧 그의 진짜 동기를 알게 되리라. 사람들이 그를 이해할 수 있는가는 또 다른 문제였다. 하지만 그가 왜 그렇게 할 수밖에 없었는지, 왜 그들이 처벌받아야만 하는지 알아주는 사람이 분명히 있을 것이다.

명단에는 아직 네 개의 이름이 더 남아 있다. 다음은 부르마이스터 차례다. 그는 현재 딸과 함께 휴가 중이고 내일모레 돌아온다. 돌아오면 죗값을 치르게 될 것이다.

*

피아의 휴대전화가 울린 것은 새벽 2시 반이었다. 보덴슈타인은 크뢰거와 함께 공사 중인 이웃 건물에 들어가 있었고 피아는 밑에서 담배를 피우고 있었다.

"아, 헤닝." 피아가 말했다. "새해 복 많이 받아. 다른 사람들도."

"인사는 나한테만 하면 돼." 헤닝이 건조하게 말했다. "나 프리드리히 게르케랑 함께 새해를 맞고 있어. 미리엄하고 사소한 일로 다퉜는데 친구들 만나러 가버렸어. 오후에 시체가 발견돼서 나갔다 온다니까 그 난리더라고. 로니가 당직인데 우리 둘 다 별로 할 일이 없어서 밀린 부검 해치우는 중이야."

"정말 못 말려." 피아는 머리를 절레절레 흔들었다. 그러나 마음속으로 고소해하는 자신이 부끄러웠다. 미리엄은 한때 그녀의 베스트 프렌드였다. 그러나 2년 전 갑자기 헤닝과 결혼한 뒤로는 그저 안부나 묻는 관계로 변했다. 특히 피아가 통제하지 못했던 헤닝의 일중독을 미리엄이 잘 요리하는 것처럼 보일 때는 매번 속이 상했다. 뭐, 이럴 때 보면 그런 것 같지도 않지만.

"자, 들어봐." 헤닝은 부부싸움에 대해 길게 얘기하지 않았다. "아주 흥미로운 사실이 몇 가지 발견됐어. 현장 기록을 보면 게르케가 죽기 전 벽난로에 서류를 태웠다고 돼 있잖아. 그렇지?"

"응, 맞아. 그것도 아주 많이 태웠어. 왜?"

"그런데 말이야. 게르케의 기관지, 허파, 점막 어디에서도 그을음이 발견되지 않았어. 그건 마스크를 착용했거나, 불을 피울 때 거기 없었다는 뜻이지."

"거기 없었다는 게 무슨 뜻이야?"

"계속 들어봐. 코와 입, 그리고 윗입술과 아랫입술에 말라붙은 흔적과 작은 멍 자국이 있어. 코점막과 구강점막에도 경미한 자극을 받은 흔적이 있고."

"그래서?"

"표본 채취해서 검사해봤더니 클로로포름을 들이마신 것으로 나왔어. 클로로포름은 생체 내에 있을 때 투여된 분량의 40퍼센트가 여덟 시간이 지나면 허파에서 분해돼. 그래서 허파 조직검사를 해봐야 해. 그건 시간이 좀 걸려."

피곤할 대로 피곤해진 피아는 하품만 나올 뿐 헤닝이 무슨 말을 하는지 이해되지 않았다.

"내일 아침에 메일로 보내주면 안 될까?" 그녀가 물었다. "지금 스나이퍼 살인이 또 한 건 발생해서 그리스하임에 와 있어."

"당신이 친구들하고 파티하고 있을 거라고는 생각 안 했어." 헤닝이 무감각하게 말했다. 늦은 시간인데도 정신이 말짱한 것 같았다. "사건 소식은 우리도 라디오에서 들었어. 그래도 한번 들어보는 게 좋을 텐데."

"알았어, 얘기해봐." 피아는 한숨을 쉬었다.

"잠정적 결론을 내리자면, 게르케는 클로로포름을 흡입한 뒤 의식을 잃었어. 크뢰거의 보고서에 보면 현장에서 솜이나 클로로포름에 적신 손수건 같은 것은 나오지 않았잖아. 그리고 뒤통수와 뒷목에 난 멍 자국은 누군가가 목을 잡았다는 뜻이야. 그것도 약하게 잡은 게 아니야."

피아는 그제야 무슨 뜻인지 이해가 됐다.

"게르케가 살해당했단 말이야?"

"좀 늦게 알아차리긴 했지만 100점! 사건 현장이라니 그 정도는 감안할게."

"그럼 인슐린은?"

"다른 사람이 주사했겠지. 마취 상태니까 반항할 수 없잖아." 헤닝은 부부싸움 때문에 골치 아픈 사람 같지 않았다. "클로로포름은 유행이 많이 지났지만 사람을 잠깐⋯⋯."

"어느 정도 확실한 거야?" 피아가 그의 말을 끊고 물었다. 마침 보덴슈타인과 크뢰거가 공사 중인 건물에서 나왔다.

"거의 확실해. 내일 실험 결과 보내줄게. 그리고⋯⋯."

"알았어. 고마워, 헤닝." 피아가 그의 말을 끊었다. "지금 반장님 나오셨거든. 내일 다시 통화해."

"이 시간에 그 저승사자가 무슨 일이래?" 크뢰거가 구시렁거렸다.

"할 일이 없어서 게르케를 부검했는데 외부 요인이 작용한 게 거의 확실하대요. 누군가 게르케에게 클로로포름을 흡입하게 해서 마취시켰어요. 허파에서 그을음이 전혀 발견되지 않았대요. 서류가 불타기 전에 이미 죽어 있었던 거예요."

"또 살인이야?" 보덴슈타인이 피곤한 얼굴로 머리를 흔들었다. "안 그래도 할 일이 산더미 같은데!"

"두 사람은 그만 들어가봐요!" 크뢰거가 보덴슈타인의 어깨를 치며 말했다. "헤닝이 할 수 있는 건 나도 할 수 있다고요."

"내가 볼 땐 크뢰거 반장님도 정상 아니에요." 피아가 웃으며 말했다. 그리고 긴 하품을 했다. "반장님, 이제 집에 가죠. 뭐, 오늘만 날인가요?"

*

보덴슈타인은 새벽 4시경 피아를 비르켄호프 앞에 내려주고 집으로 돌아왔다. 스나이퍼에 대한 분노와 무력한 자신에 대한 짜증 때문에 그는 계속 불안한 상태였다. 잉카가 위급한 환자를 치료한 뒤 그녀의 집으로 갔기 때문에 그도 일찍 집에 들어갈 필요는 없었다. 그는 문득 그 누구의 눈치도 볼 필요가 없다는 사실이 홀가분하게 느껴졌다. 휴일에 일하러 나간다고 해서 변명을 하거나 미안해할 필요도 없고, 함께 놀아주기로 약속했다가 아이들에게 원망의 눈초리를 받을 일도 없다. 새벽 5시에 일어나 온 집 안의 불을 다 켜도 되고, 커피머신을 돌려도 되고, 누군가 깰까 봐 걱정하며 조용조용 샤워하지 않아도 된다. 그는 허리에 수건만 두른 채 침실 옷장으로 걸어가며 생각했다. 이 상태를 계속 유지하지 말아야 할 이유가 있을까? 혼자 살면 이렇게 편한데 꼭 누군가와 함께 살아야 할까? 그가 생각하기에는 혼자 사는 것의 장점이 훨씬 컸다. 코지마와 헤어졌을 때도 혼자 사는 게 참 편하다고 느꼈다. 그때는 단지 마부 행랑채가 워낙 낡아서 생활하는 게 불편했을 뿐이다. 그런데 이제는 이렇게 좋은 집도 있고 천국 같은 자유를 누리고 있지 않은가!

보덴슈타인은 신선한 커피 향을 음미하며 바닥까지 닿는 긴 창문 앞에 서서 라인마인 지역의 밤풍경을 내려다보았다. 그는 원래 새해 계획을 세웠다가 일주일 만에 포기하는 그런 유형은 아니다. 하지만 2013년에는 꼭 세 가지를 이루고 싶었다. 첫째, 스나이퍼를 잡는다. 둘째, 잉카와 헤어진다. 셋째, 가브리엘라의 제안을 받아들인다. 자기 회의에 젖어 뭉그적거리는 일, 귀찮아서 양보하는 일은 이제 없으리라! 올해는 꼭 자신을 변화시키고 싶었다. 그리고 자신이 그런 생각을 했다는 사실이 기뻤다.

그렇게 동기부여가 된 보덴슈타인은 코트를 입고 집 안의 불을 모두 끈 다음 밑으로 내려갔다. 스나이퍼 사건은 클라이맥스를 향해 달려가고 있었다. 그는 그것을 육감으로 알 수 있었다. 그런데 뭔가 중요한 것을 간과한 것만 같아 마음 한구석이 영 찜찜했다. 수사는 처음부터 혼란스럽기 짝이 없었고 팀에는 균형이 잡혀 있지 않았다. 뭔가 하나 잡았다 싶으면 다른 사건이 발생하면서 계속해서 새로운 상황이 펼쳐졌다. 게다가 주위에서 범인 프로필 어쩌고 떠들어대는 통에 정신이 하나도 없었다. 프로파일러를 끌어들인 니콜라 엥엘의 판단은 너무 섣불렀다. 수사가 어느 정도 진행되고 사건의 윤곽을 파악한 다음이라면 모르겠지만, 어떤 사건인지도 모르는 상태에서 심리적 추리부터 앞세우고 다음 날 번복하다 보니 뭐가 뭔지 모르게 되어버렸다. 아직도 스나이퍼를 잡지 못한 것, 사람들이 계속 죽어나가는 것은 결국 그의 책임일까?

보덴슈타인은 폭죽 쓰레기가 나뒹구는 도로를 지나 곤히 잠든 켈크하임을 관통했다. 프랑크푸르트에서 함께 일하던 상관 멘첼의 말이 떠올랐다. "보고 들은 것을 하나하나 되돌려봐라. 그리고 흔적을 되짚어가라." 스나이퍼는 그들에게 천천히 생각할 시간을 주지 않았다. 새로운 살인으로 그들을 끊임없이 압박했고 조급하게 만들었다.

그들은 스나이퍼가 일을 저지를 때마다 헉헉거리며 쫓아가기에 바빴다. 살인 사건을 수사하는 데 있어서 조급함, 스트레스, 피로만큼 나쁜 것은 없다. 피로가 쌓이면 사람은 실수를 하게 되고, 잘못된 판단을 내리며, 생각의 끈을 놓치게 된다. 어쨌든 이제 동기도 알고 명단도 확보했으니 명단에 있는 사람에게 경고하면 된다.

사실 보덴슈타인은 이 사건이 이렇게 널리 알려졌으니 상부에서 사건을 빼가거나 지역범죄수사국에서 슈퍼맨 같은 수사관을 보내주지 않을까 내심 기대했다. 그러나 그럴 기미는 전혀 보이지 않았다. 이유는 둘 중 하나일 것이다. 상부에서 그의 사건 해결 능력을 신뢰하거나, 아니면 이름을 더럽힐 위험을 무릅쓰고 이런 부정적인 이미지의 사건에 섣불리 손을 뻗는 멍청이가 없거나. 직장 생활에서 실패란 어떤 것이 됐든 나쁜 영향을 끼친다. 언론 앞에서의 실패는 직업적 자살이나 마찬가지다. 그는 실패할 생각이 없었다. 실패라니 가당치 않다. 퍼즐 조각들은 다 나와 있다. 그것들을 잘 맞추기만 하면 된다. 오늘은 결전이다!

*

7시가 되어가는 시각, 피아는 고속도로 옆 아스팔트 길을 달려 호프하임으로 가고 있었다. 너무 피곤해서 눈에서 자꾸 눈물이 났다. 그녀는 새벽 4시쯤 집에 도착했다. 킴은 집에 없었다. 침대도 사용한 흔적이 없었다. 그녀는 크리스토프와 스카이프로 영상통화를 한 뒤 소파에서 잠이 들었다. 하지만 악몽이 꼬리에 꼬리를 물어 피로가 풀릴 정도로 푹 자지는 못했다. 그런데 5시경 문자가 한 통 왔다. 킴이 전날 밤 10시에 보낸 답장 문자가 매년 발생하는 '섣달그믐 이동통신망 부하'에 걸려 뒤늦게 도착한 것이다.

알았어. 필요하면 연락해. 11시까지는 술 안 마시고 있을게. 그다음엔 상황을 한번 봐야지.

6시 반경 잠자는 것을 무한정 미루고 일어난 피아는 샤워를 하고 옷을 갈아입고 동물들에게 먹이를 준 다음 차에 올랐다.

아직 어둑어둑한 아침 풍경 속을 달리며 피아는 자신이 이제까지 살면서 크리스토프의 목숨이 위험해질 만한 짓을 했는지 생각해보았다. 사실 레나테 롤레더, 파트릭 슈바르처, 베티나 카스파 헤세가 한 일은 중벌에 처해질 죄는 아니다. 이미 기억에서 지워지고 마음속에서 정리된 사소한 실수, 인간적인 실수라고도 할 수 있다. 그런데 그 사소한 실수가 누군가에게는 깊은 상처를 남겼고, 긴 세월이 지난 후 무시무시한 부메랑이 되어 돌아온 것이다.

여우 한 마리가 도로를 가로질렀다. 전조등에 비친 여우의 눈동자는 유령 같은 녹색을 띠고 있었다.

살면서 한두 번쯤 타인에게 아픔을 주지 않는 사람은 없다. 실망감이나 근심, 심지어 실제적인 고통을 주는 이도 있다. 그러나 타인에게 해를 끼치는 대부분의 행동에는 그에 상응하는 보상 규칙이 있다. 바로 법이다. 사적 제재의 시대는 오래전 지나갔다. 법에 의해 보호받지 못한다고 느끼더라도 바로 무기를 들지는 않는다. 그런데 스나이퍼는 그렇게 했다. 그는 재판과 법에 의지하는 대신 성서적 규범에서 자신만의 공정성을 찾았다. 목숨에는 목숨, 눈에는 눈, 이에는 이, 손에는 손, 발에는 발, 낙인에는 낙인, 채찍에는 채찍으로. 그는 살인을 저지르면서 과연 무슨 생각을 했을까? 내게 가장 소중한 것을 잃었으니 너도 내놓아라?

휴대전화에서 알림음이 났다. 상념에 젖어 있던 피아는 퍼뜩 정신이 들었다. 그녀는 운전을 하면서 헤닝이 보낸 문자를 읽었다.

한스 푸르트벵글러 박사, 쾰른. 루돌프 교수와 직업적으로 인연이 깊어. 참고해. 전화번호 보낼게.

한스 푸르트벵글러! 프리드리히 게르케가 죽기 전 통화했던 사람이다. 헬렌 슈타틀러의 공책에도 그 이름이 있었다. 카이가 이미 그 늙은 의사에게 전화해서 토요일 저녁 프리드리히 게르케와 14분 동안 무슨 얘기를 했는지 물어봤었다. 그때 대답이 뭐였더라? 피아는 얼른 가서 카이에게 물어봐야겠다고 생각하며 국도에서 호프하임 방향으로 빠졌다. 그리고 3분 뒤 경찰서에 도착했다. 킴의 자동차가 공영주차장에 주차되어 있었다. 하얗게 얼어붙은 바닥에 타이어 자국이 난 것을 보니 도착한 지 얼마 안 된 것 같았다. 킴은 어젯밤 대체 어디 있었던 걸까?

*

디터 루돌프 교수는 화가 나서 제정신이 아니었다. 경찰은 전날 그를 유치장에 처넣으며 전화도 하지 못하게 했다. 유치장에서 조사실로 가는 동안 그는 모욕감과 수치심을 느꼈다. 경찰이 구두끈과 허리띠를 가져간 바람에 걸을 때마다 신발이 벗겨졌고, 바지가 흘러내리지 않도록 손으로 허리춤을 꽉 잡고 있어야 했기 때문이다.

"이건 불법감금이오!" 보덴슈타인과 피아를 지나쳐 조사실로 들어온 그가 보덴슈타인에게 소리쳤다. "두고 보시오. 고소할 테니까!"

"시끄러우니까 어서 앉기나 해요." 보덴슈타인이 책상 건너편 의자를 가리키며 말했다. 건너편에는 이미 피아가 자리를 잡고 앉아 있었다.

"아니, 지금 뭘 믿고 나한테 이러는 거요?" 루돌프 교수가 버럭 화를 냈다. "내게도 권리가 있어요!"

"권리가 있으면 의무도 있는 겁니다." 보덴슈타인은 차가운 표정으로 그를 뜯어보았다. 시뻘건 얼굴 밑에서 목젖이 격하게 움직였다. 면도하지 않은 얼굴은 꺼칠했고 백발이 성성한 머리는 마구 헝클어져 있었다. 유치장에서 보낸 하룻밤은 그의 자아를 크게 흔들어놓았다. 그가 보인 반응은 보덴슈타인이 예상했던 대로 공격성과 고성이었다. 고위직에 있는 사람들은 자신을 신성불가침의 존재로 생각하는 경향이 있다. 자신에게 복종하는 사람들에게 둘러싸여 있다가 갑자기 눈길을 줄 가치도 없다고 여기던 사람으로부터 명령을 받게 되면 어찌할 바를 모른다.

"나도 의무가 뭔지 알아요!" 루돌프 교수가 화를 내며 말했다. "내가 한 달에 내는 세금이 당신 연봉보다 많다고!"

"앉으라는 말 못 들었어요!" 보덴슈타인이 버럭 소리를 지르자 그는 깜짝 놀라며 의자에 앉았다. "난 지금 세금 얘기를 하는 게 아니라 도덕적 의무에 대해 말하는 겁니다. 어제 직원 이름을 말해줬으면 사람 목숨을 살릴 수 있었다고요! 재해병원에서 장기 이식 상담자로 일하던 베티나 카스파 헤세의 남편이 어젯밤 총에 맞아 죽었어요! 당신이 양심의 가책을 느껴야 할 죄가 하나 더 늘었다고요."

루돌프 교수는 입술을 앙다물고 팔짱을 낀 채 고집스럽게 턱을 내밀었다.

"친구인 프리드리히 게르케의 아들에게 새 심장을 이식해주려고 규정을 어겼다는 거 다 압니다. 그 아이는 심각한 심장병을 앓고 있었죠. 그런데 키르스텐 슈타틀러가 그 병원에 실려 왔어요. 키르스텐 슈타틀러는 불행하게도 O형이었지요. 즉, 게르케의 아들 막시밀리안에게 맞는 심장이었던 거죠. 당신이 뇌사 판정을 서둘러서 슈타틀러 부인의 생명을 단축시킨 게 틀림없습니다." 보덴슈타인이 말했다.

"그 여자는 어차피 죽을 거였어요." 루돌프 교수가 대꾸했다. "오늘 죽으나 내일 죽으나 큰 차이가 있습니까?"

"지금 자백하는 거예요? 그런 식으로 키르스텐 슈타틀러를……." 피아가 믿기지 않는다는 듯 말했다.

"자백이라니? 당치 않은 소리!" 루돌프 교수가 벌컥 화를 냈다. "난 자백할 것 없소!"

"이것 보세요!" 보덴슈타인이 두 손으로 책상을 짚고 상체를 앞으로 쑥 내밀었다. "지금 똥이 턱까지 차오른 거 모르겠습니까? 처음부터 협조적으로 나왔으면 당신 잘못도 드러나지 않았을 거라고요."

"내 아내도 그…… 그 스나이퍼 놈의 총에 죽었소." 루돌프 교수가 완고하게 말했다. "난 깊은 슬픔에 빠져 있느라 다른 데 신경 쓸 정신이 없었다고요! 그런 것도 이해 못 합니까?"

"그래도 프리드리히 게르케에게 전화할 정신은 있었나 보죠? 그렇게 슬픈 와중에도 피해를 줄여보려는 노력은 하셨다 이거군요." 보덴슈타인이 맞받아쳤다. "당신 말 하나도 안 믿어요. 당신은 히포크라테스 선서뿐만 아니라 법도 어겼어요! 그리고 그게 탄로 나자 게르케를 시켜 유족에게 큰돈을 줘서 고소를 취하하게 한 거잖아요. 그런데 그 사실을 아는 사람이 한 명 있었죠. 옌스 하르티히 말입니다. 하르티히는 슈타틀러에게 그 사실을 다 말했죠."

"잘 알지도 못하면서!" 루돌프 교수는 겉으로는 태연한 척했지만 눈꺼풀이 심하게 흔들렸다.

"잘 알지도 못한다고요? 아니요, 시시각각 더욱 잘 알아가고 있습니다." 보덴슈타인은 피아가 메모해둔 명단을 한 번 쳐다보고 힘 있게 고개를 끄덕였다. "리겔호프 변호사도 몇 가지 중요한 얘기를 해주었습니다. 재해병원과 슈타틀러 사이의 소송 기록도 전부 우리에게 넘겼지요." 그는 의자에 기대 앉아 날카로운 눈으로 루돌프 교수를 관찰했다. "하르티히에게 들은 얘기 중에도 쓸 만한 게 아주 많습니다. 오늘은 푸르트벵글러, 부르마이스터, 하우스만과 얘기를 해볼 거고요."

루돌프 교수의 눈에 걱정스러운 빛이 스쳤다. 시종일관 아무렇지 않은 척 오만한 표정을 짓던 가면에 조금씩 금이 가고 있었다.

조사실에 갑자기 침묵이 흘렀다. 보덴슈타인과 피아는 아무 말 없이 그를 쳐다보았다. 갑작스러운 침묵은 효과가 입증된 전략 중 하나다. 격한 논쟁을 하다가 갑자기 말을 안 하면 상대는 점점 불안해한다. 머릿속이 복잡해진 피의자는 해명과 변명과 거짓말을 마구 늘어놓다가 말이 꼬여 덜미를 잡히고 만다.

디터 루돌프 교수가 이 힘겨루기에서 버틴 시간은 7분 12초였다.

"변호사를 불러주시오." 그가 겁먹은 소리로 중얼거렸다.

"네, 변호사가 필요하실 겁니다." 보덴슈타인이 의자를 뒤로 밀며 일어났다. "지금 바로 키르스텐 슈타틀러에 대한 과실치사 혐의로 체포할 거니까요."

"그럴 순 없습니다." 루돌프 교수가 항의했다. "환자들이 날 기다리고 있어요."

"환자들은 의사를 바꿔야 할 겁니다. 얼마나 걸릴지 모르거든요."

보덴슈타인은 그렇게 말하고 문 옆을 지키던 경찰관에게 눈짓을 했다. 그리고 피아와 함께 조사실을 나갔다.

*

킴이 주유소 편의점에서 사온 샌드위치를 쟁반에 담아 가운데 놓자 엥엘, 보덴슈타인, 피아, 오스터만, 셈, 카트린이 모두 하나씩 집어들었다. 피아는 치즈가 든 소다빵 샌드위치를 골랐다.

"새해 복 많이 받아, 언니." 킴이 피아 옆에 와 앉으며 말했다.

"고마워. 너도 새해 복 많이 받아." 피아가 우물거리며 대답했다. 그리고 목소리를 낮춰 물었다. "어제 어디서 잤어?"

"나중에 얘기해줄게." 킴이 속삭였다. "현장에 간다고 말하지 그랬어? 그럼 나도 같이 갔을 텐데."

오스터만이 말을 시작하기 전에 피아가 먼저 헤닝에게 들은 말을 전했다.

"그러니까 게르케가 자살한 게 아니라 살해당했을 가능성을 고려해야 합니다." 피아가 보고를 마쳤다. "정확한 실험 결과는 최대한 빨리 보내준대요."

오스터만은 전날 밤 피아에게 건네받은 헬렌 슈타틀러의 공책을 뒤져 명단을 만들었고 오늘 한 사람씩 전화를 돌려볼 생각이라고 했다. 시몬 부르마이스터의 전부인과는 이미 연락이 닿았는데 전남편이 열여덟 살짜리 딸과 함께 2주간 세이셸에서 휴가를 보내는 중이며 내일 돌아온다고 했다.

피아는 오스터만에게 물어보려고 했던 것이 생각났다.

"카이, 프리드리히 게르케가 죽기 전날 푸르트뱅글러와 무슨 얘기를 했다고 했지?"

"별로 중요한 얘기는 없었다고 했어." 카이 오스터만이 대답했다. "옛날 친구인데, 목소리가 우울하게 들렸다며 아마 죽은 아들 때문일 거라고 생각했대."

"그 말 믿어?"

"뭐 지금까지는. 왜 그러는데?"

"헤닝이 참고하라고 말해줬는데, 푸르트벵글러와 루돌프 교수는 직업적으로 인연이 깊대. 두 사람의 전공이 교차하는 지점이 어디일까? 한 사람은 흉부외과, 다른 한 사람은 혈액학과 종양학이야."

"바로 전화해볼게." 오스터만은 고개를 끄덕이고 메모를 했다.

마르크 톰슨의 집은 여전히 비어 있었고 감시 중이었다. 빙클러 부부의 집도, 하르티히의 집과 가게도 마찬가지였다. 하르티히의 가게 문에는 2013년 1월 6일까지 휴무라는 쪽지가 붙어 있었다. 디덴베르겐에 있는 하르티히 소유의 집도 압수수색을 했는데 역시 비어 있었다. 이웃사람들의 말에 의하면 1년 전쯤 리모델링을 시작했는데 지난가을 느닷없이 공사가 중단됐다고 했다.

회의실 탁자 한가운데 있는 전화기가 울렸다. 전화를 받은 오스터만은 잠시 듣고 있다가 피아에게 수화기를 건넸다.

"여보세요." 수줍은 여학생 목소리가 났다. "제 이름은 요넬레 하제브링크예요. 그리스하임에 살고요."

"안녕, 요넬레." 피아는 자리에 앉아 모두가 들을 수 있도록 전화기의 스피커를 켰다. "난 호프하임 경찰서 강력반의 피아 키르히호프야. 무슨 일로 전화했니?"

"남자친구랑 제가 그 킬러를 본 것 같아요." 요넬레가 대답했다.

모두 씹는 것을 멈추고 마법에 걸린 듯 전화기를 쳐다보았다.

"엄마 아빠가 아시면 안 돼요. 그게…… 제가…… 남자친구 사귀는 거 모르시거든요."

"요넬레, 지금 몇 살이니?" 피아가 메모지에 성을 써서 내밀자 오스터만은 바로 노트북으로 검색하기 시작했다.

"열여섯 살요."

"요넬레, 네가 아직 미성년이라 경찰과 얘기할 때는 부모님이 함께 계셔야 해." 피아가 말했다.

"그냥 전화로 하면 안 되나요? 저 완전 크게 혼날 거예요."

"루츠와 페기 하제브링크, 자알레 가 17번지." 오스터만이 작은 소리로 부모님 이름과 주소를 알려주었다.

"그 사람을 얼마나 자세히 봤니?"

"지금 생각해보니까 별로 자세히 보진 못한 거 같아요." 요넬레는 어떤 결과가 따라올지 예상되자 발을 빼려는 것 같았다. "그 남자가 차에 타는 걸 보긴 했는데 그것도 그렇게 중요한 것 같지는 않아요."

피아는 보덴슈타인의 눈치를 살폈다. 보덴슈타인은 엄지손가락을 치켜들며 고개를 끄덕였다.

"아니야, 아주 중요해." 피아는 차분히 말하려고 노력했다. "네가 본 걸 자세히 얘기해주면 수사에 큰 도움이 될 거야. 지금 우리가 너희 집으로 갈 건데 네 남자친구도 함께 봤으면 좋겠다."

"하지만 저희 부모님은 어떡해요? 파비오랑 사귀는 거 모르시는데……."

"이 연쇄살인 사건을 해결하는 데 너희가 일조했다고 하면 부모님도 자랑스러워하시지 않을까? 그리고 이번 기회에 남자친구를 소개시키면 앞으로 몰래 만나지 않아도 되잖아."

요넬레는 잠시 망설였다.

"그 말이 맞는 것 같아요. 언제 오실 건데요?"

"30분 뒤에 갈게."

그로부터 10분 뒤 보덴슈타인, 피아, 킴은 차에 타고 다름슈타트로 향했다. 탄도검사 결과 공사 중인 이웃 건물이 범인의 은신처였던 것으로 확인되었다. 그리고 범인은 처음으로 흔적을 남겼다. 크뢰거가 이끄는 감식반 직원들이 공사장의 먼지 위에 찍힌 신발 자국과 엎드려 있던 흔적을 찾아낸 것이다. 범인은 2층의 바닥까지 오는 창문 위치에 매복해 있었다. 총은 시멘트 포대 두 개를 쌓아놓고 그 위에 얹었다. 집 안이 훤히 보이는 완벽한 은신처였다.

피아는 룸미러로 뒷자리에 앉아 있는 동생을 쳐다보았다. 킴은 스마트폰에 문자메시지를 치며 혼자 씩 웃었다. 보덴슈타인이 있어서 어젯밤 일을 물어보지 못했지만 피아는 더욱 궁금했졌다.

*

"하루 더 입원해서 관찰하는 게 좋겠는데……." 의사가 말했다. "뇌진탕과 휘플래시 증후군(주로 자동차 사고로 인해 목뼈에 가해진 충격으로 발생하는 통증, 어지럼증 등의 장애_역주)을 그렇게 가볍게 생각해선 안 됩니다."

"스키 타러 갈 것도 아닌데요, 뭐." 카롤리네는 고집을 부렸다. "집에 가서 가만히 누워 있으면 되잖아요."

"큰 교통사고를 당했다는 걸 잊으시면 안 됩니다." 의사는 말은 그렇게 했지만 속으로는 이미 포기한 상태였다. 개인건강보험 환자인 그녀를 하루라도 더 잡아두면 병원으로서는 큰 이득이었다. 하지만 카롤리네는 마음이 영 불안했다. 자정이 조금 지났을 때 그녀는 그레타에게 전화해서 새해 인사를 했다. 사고 이야기는 쏙 뺐다. 괜히 걱정시킬 필요는 없다. 아버지에게도 전화했지만 휴대전화는 꺼져 있고 집 전화는 받지 않았다. 그녀는 아버지가 귀마개를 한 채 자고 있을 거라고 생각했다. 아버지는 섣달그믐 파티나 불꽃놀이에 열광하는 사람이 아니었다.

"정말 괜찮아요." 카롤리네가 의사에게 말했다. "조심할게요. 그리고 조금이라도 이상하면 다시 올게요."

"정 원한다면 그렇게 하십시오." 의사가 포기한 듯 말했다. "바로 퇴원 준비 시키겠습니다. 하지만 위험부담에 대한 서류에 서명하셔야 합니다."

의사가 나가자마자 카롤리네는 침대에서 일어났다. 머리가 띵하고 아팠지만 몇 군데 멍들고 이마가 찢어진 것 말고는 크게 다친 데는 없는 것 같았다. 욕실에 들어가 거울을 본 그녀는 누렇게 뜬 자신의 얼굴을 보고 깜짝 놀랐다. 왼쪽 얼굴은 이미 보라색으로 변했고 눈 밑에는 커다랗게 피멍이 들어 있었다. 옷장 안에는 전날 입었던 옷이 걸려 있었다. 피가 말라붙고 냄새나는 옷을 다시 입으려니 헛구역질이 날 지경이었다. 집에 가서 씻고 새 옷으로 갈아입어야 할 것 같았다. 휴대전화가 울렸다. 발신번호 표시제한이었다. 하지만 그녀는 경찰이나 견인업체일지도 모른다고 생각해 전화를 받았다.

"안녕하십니까, 보덴슈타인입니다." 수사반장의 매력적인 중저음이 귓가를 울렸다. "좀 어떠십니까?"

"괜찮아요. 에어백 덕분에 휘플래시 증후군과 뇌진탕에 그쳤어요." 그녀가 대답했다. "지금 퇴원하려고요. 그 공책은 쓸모 있었나요?"

"네, 아주 유용했습니다. 그런데 어제는 저희가 한발 늦었습니다. 간발의 차이로 스나이퍼를 놓쳤습니다."

"저런!" 그녀는 침대에 걸터앉았다. "제가 사고 내지 않고 일찍 전해드렸으면 좋았을 텐데……."

"부인 잘못이 아닙니다." 보덴슈타인이 그녀의 말을 끊었다. "그리고 프리드리히 게르케가 죽은 것도 부인 잘못이 아닌 게 거의 확실해졌습니다. 그 집 벽난로에서 다량의 서류가 불탄 채 발견됐는데, 저희는 게르케 씨가 뭔가 감출 게 있어서 불태운 거라고 생각했습니다. 그런데 부검 결과 그분은 서류가 불타기 전 이미 마취제와 인슐린 과다투여로 사망한 상태였습니다. 그 결과가 나온 뒤로는 새로운 관점에서 사건을 보고 있습니다."

부고는 계속 이어졌다. 그러나 카롤리네는 이제 살인과 죽음에 대한 얘기를 들어도 아무렇지 않았다. 어느 책에선가 그런 말이 나왔다. 살인이 한 번 스치고 지나간 사람은 다시는 예전 같을 수 없다고. 맞는 말이다.

"아버님이 게르케 씨와 친구 사이였죠?" 수사반장이 물었다. "맞습니까?"

"친구였는지는 잘 모르겠어요." 카롤리네가 대답했다. "하지만 아주 오래전부터 아는 사이인 건 확실해요. 게르케 씨 회사에서 아버지의 연구를 후원했거든요."

배터리가 다 되었는지 휴대전화에서 삐삐 하는 소리가 났다.

"배터리가 다 닳아서 곧 전화가 끊길 것 같아요. 충전기가 집에 있어서요."

"그럼 짧게 말하죠." 보덴슈타인이 말했다. "어제 아버님을 체포했습니다. 그런데 변호사를 불러달라면서 진술을 거부하고 있습니다. 물론 변호사는 불러드릴 겁니다. 저희가 알고 싶은 건 게르케 씨가 죽기 전날 아버님과 무슨 얘기를 했는가 하는 겁니다. 그리고……."

그의 목소리가 뚝 끊기고 전화기가 꺼졌다. 카롤리네는 전화기를 가방에 집어넣고 일어섰다. 엄마는 죽고 아빠는 경찰서에 끌려가고. 지난해가 우울하게 끝나더니 새해도 우울하게 시작되는구나. 그녀는 코트와 가방을 들고 병실을 나왔다. 그리고 간호사실로 가서 자신의 위험부담을 감수하고 퇴원한다는 내용의 서류에 서명했다. 이제 집에 가서 씻고 자는 거다. 그녀에게는 편안한 잠이 절실했다. 그러나 집에 가기 전 아버지 집에 들러야 했다.

*

벌써 10시 반이나 됐지만 그리스하임은 아직도 대부분 지역이 통제되고 있었고 감식반 직원들은 개를 앞세우고 범인의 도주경로를 찾아내려 애쓰고 있었다. 하제브링크 가족은 타우버 가에서 두 번째 교차로에 있는 빨간색 주택에 살고 있었다. 요넬레는 둥그런 눈, 귀여운 코, 긴 생머리를 가진 예쁘장한 소녀였다. 남자친구 파비오는 고슴도치 같은 머리를 한 비쩍 마른 소년인데, 평소라면 헐렁한 청바지에 야구모자, 운동화 차림으로 쏘다닐 법하지만 여자친구 부모님을 만나는 자리라 그런지 얌전한 차림새였다. 그는 뻣뻣하게 굳은 채 하제브링크 가의 소나무 식탁에 앉아 있었다. 피아와 보덴슈타인도 옆에 앉았다. 요넬레의 부모는 딸의 남자친구가 탐탁지 않은 티를 팍팍 냈고, 아이들은 어른들의 어두운 표정 앞에서 제대로 말을 하지 못했다. 대화가 영 풀리지 않자 킴이 요넬레의 부모를 잠시 밖으로 불러냈다. 그제야 아이들은 입을 열었다.

요넬레와 파비오는 4개월째 사귀고 있는데 타우버 가에 있는 공사 중인 건물에서 자주 만났다. 그 건물은 건설업체의 부도로 1년 전 공사가 중단된 상태였다. 그들은 지난 금요일에도 그곳에서 만났는데, 창문이 달려 있어 덜 추운 3층에 있었다고 했다.

"그냥 앉아서 얘기하고 있었거든요." 요넬레가 머리카락을 귀 뒤로 넘기며 말했다. "그런데 아래층에서 무슨 소리가 나는 거예요. 깜짝 놀랐어요. 부동산 아저씨나 집주인이 왔나 보다 했죠. 밖으로 나갈 수 없어서 일단 시멘트 포대 같은 게 있어 그 뒤로 숨었어요."

"그러고 있는데 어떤 아저씨가 계단으로 올라왔어요." 파비오가 이어서 말했다. "그 아저씨는 여기저기 살피더니 이웃집이 보이는 방으로 갔어요. 거기 잠깐 있다가 다시 나와서 아래로 내려갔어요. 그리고 그 아래층으로 또 내려갔어요. 조금 있으니까 뭔가 옮기는 소리가 났어요. 그러다 가는 소리가 나서 우리도 얼른 도망쳤어요."

"어떻게 생긴 아저씨였니?" 피아가 물었다. "무슨 옷 입었는지 기억나?"

"글쎄요." 요넬레가 어깨를 으쓱했다. "그렇게 자세히 보지는 않았는데, 옷은 검정색이고 야구모자랑 후드를 쓰고 있었어요."

"검정색 청바지랑 짙은 남색 재킷이었어요." 파비오가 보충설명을 했다.

"수염도 있었어요." 요넬레가 주장했다.

"면도를 안 한 거지." 파비오가 말했다. "진짜 수염은 아니고 그냥 여기에만 조금 있었어요."

파비오는 손가락으로 윗입술을 가리켰다.

"콧수염 말이지?" 피아가 말했다.

"네, 맞아요."

"나이는 몇 살이나 된 것 같았니?" 피아가 물었다.

"되게 늙었어요. 마흔 살 정도?" 요넬레는 남자친구를 쳐다보았다.

"아니면 그보다 더 늙었나⋯⋯. 잘 모르겠어요."

마흔 살이 되게 늙었다니! 그래, 고맙다. 피아는 속으로 한숨을 쉬었다.

"아래층에서는 무슨 일이 있었지?" 보덴슈타인이 물었다.

"거기서 한참 꾸물거리더라고요." 파비오가 말했다. "전 4시에 축구 연습이 있어서 제발 빨리 가라, 하고 속으로 빌었어요. 코치님이 완전 무섭거든요. 지각하면 큰일 나요. 그 아저씨가 가는 걸 보고 우린 얼른 내려왔어요. 그리고 전 스쿠터를 타고 연습하러 갔어요."

"전 집에 가고 있었어요." 요넬레가 말을 이었다. "그런데 달콤한 게 먹고 싶어서 HEM 주유소 편의점에 가려고 엘베 가로 가서 로터리에서 큰길을 지났어요. 그런데 그 아저씨가 주유소 옆 주차장에서 차에 타고 있더라고요. 차는 낡은 오펠이고 짙은 남색이었어요. 아니⋯⋯ 검정색일 수도 있고요. 전 차번호를 외웠어요. 왜 그랬는지는 모르겠어요. 아마 그 차가 다른 지역 차라서 그랬을 거예요. 그리고 그 아저씨가 왠지 수상했거든요."

요넬레가 말해준 차번호는 MTK-WM177이었다.

"그 남자가 그 건물에서 본 남자인 게 확실하니?" 보덴슈타인이 확인하려는 듯 물었다.

"네, 100퍼센트 확실해요." 요넬레가 크게 고개를 끄덕였다.

"관찰을 아주 잘했구나, 요넬레." 보덴슈타인이 웃으며 말했다. "너희 둘 다 전화해줘서 고맙다."

두 아이는 멋쩍은 듯 웃었다. 그 미소에는 자랑스러움이 깃들어 있었다. 강력반 형사들을 만나 목격자 진술을 한 일은 친구들 사이에서 그들을 영웅으로 만들 것이다. 요넬레는 아직 할 말이 남은 듯 쭈뼛거렸다.

"저기…… 저희 부모님에게 말 좀 잘해주실 수 없으세요?" 그녀가 둥그런 눈을 애교스럽게 깜박이며 보덴슈타인에게 부탁했다. "파비 오랑 사귀는 거 말이에요."

"아까 그 아줌마가 이미 얘기해놨을 거야." 피아가 말했다. "아마 크게 혼내시지는 않을 거야."

*

차를 없애야 한다. 지금 당장! 경찰은 차번호뿐 아니라 차종과 색깔까지 알아냈다. 어떻게 된 거지? 어디서 무슨 실수를 한 걸까? 눈에 띄지 않도록 그렇게 조심했는데! 라디오에서 우연히 수배 방송을 듣는 순간 그는 심장이 멎는 것 같았다. 그리고 그때부터 계속 떨고 있었다. 그들은 엄청나게 빠른 속도로 그의 뒤를 쫓고 있었다. 그래도 아직 그가 어디 있는지는 모르는 것 같아 다행이었다. 그들이 쫓아올 때까지는 아직 시간이 있으니 그 시간을 잘 활용해야 한다. 그러지 않으면 치밀하게 짠 계획을 끝까지 실행하지 못할 수도 있다.

그는 쾨니히슈타인 방향으로 달렸다. 손은 땀으로 축축했다. 금방이라도 누군가 그를 알아보고 차를 세울 것만 같았다. 그는 두려웠다. 붙잡히는 것이나 감옥에 가는 것이 아니라, 그들이 생각보다 일찍 그를 찾아내서 일을 다 마치지 못할까 봐 두려웠다. 도로에는 다니는 차가 별로 없었다. 연휴와 새해 때문이었다. 술이 덜 깬 사람들은 집에서 잘 것이다. 타우누스 스나이퍼가 무서워서 밖에 나오지 않는 사람도 있을 것이다. 도로에 차가 적다는 것은 사람들 눈에 띌 확률이 낮다는 것이었다. 그러나 다른 한편으로는 차가 적으면 남색 오펠이 그만큼 눈에 잘 띌 것이다.

그의 계획에는 모든 것을 위한 엔딩 시나리오가 포함돼 있었다. 물론 차에 대한 것도 있었다. 그는 두려운 마음에 허둥지둥 아무 숲에나 차를 갖다 버리는 실수를 범하지 않고 그 계획에 따라 확실하게 처리할 생각이었다.

＊

비가 왔다. 처음에는 한두 방울씩 떨어지더니 금세 굵은 물줄기로 변했다. 빗줄기는 차 지붕을 신나게 두드려댔고 앞 유리창에도 쏟아졌다. 비 때문에 아무것도 알아볼 수 없는 지경이라 보덴슈타인은 끊임없이 와이퍼를 작동시켰다. 피아와 보덴슈타인은 벌써 30분째 차안에 앉아 리더바흐 하이데 주거단지 타우누스블릭 72번지의 동태를 살피고 있었다. MTK-WM 177 번호판 오펠 메리바의 소유주로 등록된 볼프강 미거의 집이었다. 사람이 살지 않는지 집 앞 우편함에는 광고지가 넘쳐났고 대문에서 현관으로 들어가는 길에는 낙엽이 수북하게 쌓여 있었다. 창문에도 덧창이 전부 내려져 있었다.

왼쪽 뒷문이 열리고 셈이 부자연스러운 동작으로 들어와 앉았다.

"빌어먹을 날씨!" 그는 비에 흠뻑 젖은 머리를 쓸어넘겼다. 그들 모두 안에 방탄조끼를 입고 있었다. 방탄조끼는 총에 맞았을 때는 쓸모 있지만 움직일 때는 석고로 만든 코르셋을 입은 것처럼 불편하기 짝이 없다.

"이웃들은 뭐래?" 피아가 물었다.

"볼프강 미거는 2011년 크리스마스 때쯤 양로원에 들어갔대." 셈이 대답했다. "치매를 앓고 있는데 돌봐줄 사람이 없었나 봐. 부인은 몇 년 전에 죽었고 자식도 없대. 가끔씩 누가 와서 집을 돌아보고 잔디를 깎고 갔다는데, 이웃사람들에게 인사도 안 했대."

"뭐야, 그럼 지금까지 헛수고한 거야?" 피아가 언 손을 호호 불며 말했다. 그동안 관용차도 창문은 자동으로 여닫게 되었지만 블록히 터(전기를 이용해 엔진의 온도를 일정하게 유지해주는 엔진난방장치_역주) 는 여전히 사치였다. "그래도 혹시 모르지. 스나이퍼가 은신처로 사용 하고 있을 수도 있잖아."

유령 같은 존재였던 스나이퍼가 어린 목격자들에 의해 살과 피를 가진 인간으로 바뀌자 팀원들은 흥분에 휩싸였다. 그 흥분은 곧 팽팽 한 긴장감으로 바뀌었다. 아직 랄프 헤세의 부고가 입수됐다는 소식 은 없었다. 보덴슈타인이 전날 받은 메일은 지역범죄수사국 IT전문 요원들이 추적한 결과 무선랜으로 보낸 것임이 밝혀졌다. 요즘은 누 구나 접속할 수 있는 무선랜이 점점 사라지고 있다. 업자들이 오용 을 막기 위해 비밀번호를 만들기 때문이다. 스나이퍼도 슬슬 압박을 느끼기 시작한 걸까? 경찰이 헬렌 슈타틀러의 공책을 입수했고 그를 바짝 뒤쫓고 있다는 사실을 알아챈 걸까? 만약 그렇다면 어떻게 그 걸 알았을까?

오스터만은 세이셸의 호텔에 묵고 있는 부르마이스터에게 전화 를 걸어 다음 날 아침 공항 게이트에서 경찰관이 기다리고 있을 거라 고 말했다. 왜냐고 묻는 말에는 대답하지 않았다. 피아는 다음 날 직 접 공항에 나가 그와 이야기해볼 참이다. 마르크 톰슨과 하르티히는 여전히 행방불명이다. 오스터만이 하르티히의 공방 직원 한 명을 찾 아내 전화를 걸었는데 그는 1월 6일까지 휴무라는 말에 깜짝 놀랐다. 하르티히는 특별히 여행 갈 계획이 없었다며 휴무 얘기도 처음 듣는 다고 했다. 하르티히의 휴대전화에 대한 위치 추적 승인도 났지만 전 화기가 계속 꺼져 있는 상태다. 전화기의 주인은 행방이 묘연했다.

"잠깐 시동 좀 걸어보세요." 피아가 보덴슈타인에게 말했다. "이러다 얼어 죽겠어요."

보덴슈타인은 열쇠를 돌려 시동을 걸었다. 부릉부릉 모터 소리가 났다. 송풍기에서 바람이 나와 김 서린 창문이 맑아졌다. 동시에 그의 휴대전화가 울렸다. 그는 전화기 스피커를 켰다.

"기동대가 곧 도착할 겁니다." 오스터만의 목소리가 들렸다. "그리고 나폴레옹이 돌아왔는데 그냥 쫓아버릴까요?"

"아니야, 그냥 둬." 보덴슈타인은 그동안 화가 많이 풀렸다. "아직 쓸모 있을지도 모르니까. 공책은 어떻게 됐어?"

"일종의 다이어리예요. 매일 짧은 일기처럼 메모를 했어요. 주로 일상적인 내용인데 몇 가지 흥미로운 점을 발견했습니다." 오스터만이 말했다. "헬렌은 프리드리히 게르케와 만난 적이 있어요. 그리고 울리히 하우스만 교수, 시몬 부르마이스터 박사, 아르투어 야닝 박사도 만났습니다. 만난 날짜와 장소가 기록돼 있어요. 모두에게 2012년 12월 9일이 최종기일이라고 전했다고 쓰여 있습니다. 만나서 무슨 얘기를 했는지는 안 나와 있고요. 짧은 메모만 돼 있는데 무슨 뜻인지 모르겠어요. 산텍스, 혈액형 제한, O형, 기증자 A에서 수혜자 O로, 아니, 반대네요. 베른대학병원, 취리히대학병원, 연방의사협회 주소까지 있어요. 이게 다 뭔지 모르겠네요."

"여기 일 끝나면 헬렌 아버지에게 물어보죠." 피아가 말했다. "지금쯤 돌아오지 않았을까요?"

"야닝이랑 하우스만은 어디 있는지 찾았어?" 보덴슈타인이 오스터만에게 물었다.

"아니요, 죄송하지만 아직입니다. 하지만 계속 찾고 있습니다."

"카롤리네 알브레히트가 그 공책을 어떤 경로로 입수했는지도 빨리 알아내야 해." 보덴슈타인이 말했다.

"그 사람은 전화기가 계속 꺼져 있어요." 오스터만이 말했다. "계속 시도해보겠습니다."

무전기에서 지지직거리는 소리가 나더니 사람 목소리가 불분명하게 들렸다.

"카이, 이제 시작이야." 피아가 말했다. "기동대가 도착했어. 나중에 전화할게."

차에서 내린 그들은 비를 맞으며 기동대 차량이 있는 곳까지 걸어갔다. 그리고 기동대장과 자세한 작전 계획을 세웠다. 대원 세 명은 이미 대원 두 명이 지키고 있는 정원을 통해 집으로 들어가고 나머지 네 명은 보덴슈타인, 피아, 셈과 함께 대문으로 들어가기로 했다. 하지만 먼저 차고를 열어봐야 했다. 대원들은 큰 소음 없이 차고를 열었다. 차고 문이 열렸을 때 수사관들은 깜짝 놀랐다. 아니, 그리 놀랄 일도 아니었다. 차고 안에는 마르크 톰슨의 검정색 SUV가 들어 있었다. 톰슨은 미거와 아는 사이였던 것이다. 미거도 장피모 회원이거나 동조자일 수 있다. 톰슨은 미거의 차고에 사용 가능한 차량이 있다는 것을 알고 그 차를 이용했을 것이다. 보안회사 직원이니 낡은 자물쇠 여는 것 정도는 문제가 되지 않았을 것이다.

"톰슨은 국경경찰대 제9부대 출신입니다." 보덴슈타인이 기동대장에게 말했다. "위험인물입니다. 무기를 소지하고 있을 수도 있고요."

기동대장은 대원들에게 그 사실을 알린 뒤 투입을 명령했다. 대원들은 순식간에 현관문을 따고 들어가 어두컴컴한 복도에 섬광탄을 날렸다. 그리고 소파에 누워 노트북으로 영화를 보고 있던 마르크 톰슨을 눈 깜짝할 사이에 제압했다. 보덴슈타인, 피아, 셈이 안으로 들어갔을 때 티셔츠와 트레이닝 바지 차림의 톰슨은 양손을 등 뒤로 결박당한 채 바닥에 배를 대고 엎드려 있었다. 마스크를 쓴 기동대원 두 명이 톰슨을 거칠게 일으켜 세웠다. 면도를 하지 않아 수염이 덥수룩한 얼굴에 마른 체구, 콧수염을 기른 40대 후반의 톰슨은 요넬레와 파비오가 묘사한 그대로였다. 의자 등받이에는 검정색 청바지와 남색 재킷이 걸려 있었다.

"다시 만났네요." 피아가 말했다.

"꼭 이렇게 사람을 놀라게 해야 합니까?" 톰슨이 히죽 웃었다. "그냥 초인종 누르고 들어오지 그랬어요?"

그의 웃는 모습을 보자 보덴슈타인은 화가 부글부글 끓었다. 처참하게 죽은 피해자들의 모습이 뇌리를 스쳤다. 깊은 절망에 빠진 유족들이 떠올랐다. 그는 톰슨에게 주먹을 날리고 싶은 것을 겨우 참았다.

"살인 혐의로 체포하겠습니다." 보덴슈타인이 소리치고 싶은 것을 억누르며 말했다. "잉게보르크 롤레더, 마가레테 루돌프, 막시밀리안 게르케……."

"어? 이거 뭐하자는 거요?" 톰슨은 더 이상 웃지 않았다. "설마 진심으로 이러는 건 아니죠?" 톰슨은 믿기 힘들다는 듯 머리를 흔들며 말했다.

"살면서 이렇게 진심이었던 적이 없습니다." 보덴슈타인이 차갑게 대꾸했다. "당신이 다섯 사람을 죽인 스나이퍼라는 건 당신 집에서 발견된 증거가 말해주고 있어요."

"증거라니…… 무슨 증거요?"

"예를 들면 막시밀리안 게르케를 미행한 기록 말입니다."

"그런 기록은 수십 장도 더 있어요! 전부 헬렌이 몰래 관찰해서 만든 거라고요!"

"헛소리!" 보덴슈타인이 낮게 외쳤다. "무기는 어디 있어요?"

"무슨 무기요?"

"범행을 저지르는 데 사용한 총 말입니다."

"난 죽이지 않았어요! 그리고 내 총들은 이미 찾아내서 다 조사했을 거 아닙니까? 난 그 일과 상관없어요!"

"서류와 비교하면 소총이 한 자루 비던데요. 그리고 도망은 왜 친 겁니까? 왜 우리를 보일러실에 가뒀죠?"

"그건…… 겁이 나서 그랬습니다."

보덴슈타인은 단호하게 고개를 저었다. 톰슨은 경찰이 나타났다고 해서 겁을 먹을 사람이 아니다. 그는 거짓말을 하고 있었다.

"이 집에는 어떻게 들어왔어요?" 피아가 물었다. "미거 씨와는 어떻게 아는 사이죠? 차는 어떻게 했어요?"

"무슨 차요?"

보덴슈타인은 계속 모르는 척하는 톰슨에게 짜증이 치밀었다.

"됐어!" 그가 버럭 소리를 쳤다. "연행해!"

"난 스나이퍼가 아니라니까요!" 톰슨은 같은 주장을 반복했다. 그러나 보덴슈타인은 홱 뒤돌아 나가버렸다.

*

디르크 슈타틀러는 아직 알고이에서 돌아오는 길이며 저녁 8시쯤 도착할 거라고 했다. 보덴슈타인은 검찰에서 사람이 나올 때까지 톰슨을 심문하지 않기로 했다. 섣불리 심문했다가 영악한 변호사에게 걸리면 법정에서 톰슨에게 유리하게 작용할 수도 있었다. 그럴 만한 행동은 아예 하지 않는 것이 좋다. 그 판단이 얼마나 옳았는지는 불과 한 시간 뒤 한 통의 전화에 의해 확인되었다.

라디오에 공개수배를 했더니 문제의 남색 오펠이 조센하임에 있는 주차 시설의 601번 차고에 들어가는 걸 봤다는 제보가 들어온 것이다. 보덴슈타인은 조센하임으로 순찰차를 보냈고 오스터만은 그 시설의 임대업자가 누군지 알아냈다. 그리고 전화를 몇 통화 한 후 관리업체 담당자에게 2012년 마르크 톰슨이라는 사람이 임대했고 1년치 사용료를 선불로 지불했다는 말을 들을 수 있었다. 담당자는 관리하는 집과 차고가 1000개가 넘기 때문에 임차인을 개인적으로 알 수는 없다며 미안해했다. 안타깝게도 차고는 비어 있었지만 보덴슈타인은 차고를 폐쇄시키고 크뢰거에게 되는 대로 빨리 과학적 감정을 해달라고 부탁했다.

"이렇게 해서 톰슨과 차 사이의 관계는 밝혀졌군." 보덴슈타인은 그럴 줄 알았다는 듯한 표정을 지으며 회의실 탁자 앞에 앉았다. "어디 이번에는 어떻게 빠져나가는지 보자고."

"변호사는 필요 없대요." 방금 피의자를 만나고 온 피아가 알렸다.

"싫으면 말라고 하지, 뭐." 보덴슈타인은 어깨를 으쓱하더니 갑자기 크게 손뼉을 쳤다. "자, 이제 스나이퍼는 잡은 거나 다름없으니 이제 곧 정시퇴근 할 수 있겠어!"

"아유, 그렇게만 되면 좋죠." 오스터만이 반갑게 대꾸했다. "지금 우리에게 꼭 필요한 겁니다."

오스터만은 카롤리네 알브레히트에게 수도 없이 전화를 했고 결국 연결되었다.

"방금 봤는데 부재중전화가 여러 통 와 있어서요." 그녀가 이름을 대는 대신 말했다. "전화기가 꺼져 있었어요."

"예, 잠깐 여쭤볼 게 있어서요. 헬렌 슈타틀러의 공책은 어디서 나셨습니까? 저희에겐 중요한 겁니다."

카롤리네 알브레히트는 잠시 망설였다.

"우연히 헬렌의 페이스북 계정이 그대로 있는 걸 발견했어요." 그녀가 대답했다. "페이스북을 통해 헬렌 친구인 비비안 슈테른에게 연락해서 프랑크푸르트에서 만났어요."

"아, 페이스북!" 오스터만은 안타까운 듯 탄성을 질렀다. "왜 그 생각을 못 했지?"

"만나서 무슨 얘기를 하셨습니까?" 보덴슈타인이 물었다.

"헬렌이 대단한 건수를 물어서 추적 중이었다고 했어요. 헬렌은 의사들이 장기를 얻기 위해 어머니를 죽게 했다고 굳게 믿었고, 그때 일어난 일을 모두 밝혀내려고 했대요."

"그 친구는 헬렌 슈타틀러와 얼마나 친한 사이였나요?"

"어릴 때부터 친구였고 프랑크푸르트에서 대학도 함께 다녔다고 하던데요. 헬렌은 아버지나 남자친구가 보지 못하도록 그 공책을 항상 비비안에게 맡겼대요. 헬렌 남자친구가 헬렌을 굉장히 구속했던 모양이에요. 남자친구는 꼭 결혼하려고 했지만 헬렌은 원치 않았대요. 그래서 비비안과 둘이서 몰래 미국에 가서 공부할 계획을 세웠는데 남자친구가 그걸 알고 비비안을 찾아와 협박하고 때리기까지 했대요. 비비안은 그 남자를 무척 무서워했어요. 그래서 공책을 경찰에 넘길 엄두도 내지 못했고요. 비비안은 자기 이름을 밝히지 말아달라고 했지만 전 그건 피할 수 없을 거라고 말해줬어요."

"그 친구의 연락처를 아십니까?" 보덴슈타인이 물었다.

"아니요, 그건 몰라요. 비비안은 내일모레 다시 미국으로 돌아가요. 크리스마스 동안만 집에 온 거래요. 그런데 와서 보니까 헬렌이 추적하던 일과 최근 일어난 살인 사건 사이에 관련이 있다는 것을 알게 됐대요."

"어떤 계기로 알게 된 거죠?"

"신문에서 피해자 이름을 봤는데 헬렌이 말해준 이름과 똑같았대요." 카롤리네 알브레히트는 잠시 숨을 돌렸다. "헬렌은 아버지가 합의할 때 100만 유로를 받았다는 사실을 알고 나서는 아무도 믿지 못하게 됐대요. 그 사실은 집에 세무서 사람이 찾아와서 알았고요. 그때부터 조사하기 시작했는데 친구인지 누군가가 도와줬다고 하더라고요. 그 사람 이름은 기억이 안 나요."

"마르크 톰슨요?" 보덴슈타인은 전날 교통사고를 당한 사람의 기억력치고는 놀랍다고 생각하며 말했다.

"네, 맞아요."

"비비안 슈테른은 왜 헬렌의 죽음이 타살이라고 믿는 거죠?"

"자살할 이유가 없었기 때문이에요. 곧 미국에 갈 거였고, 조사하던 일에도 성과가 있었기 때문에 무척 들떠 있었대요. 비비안은 헬렌이 헤어지려고 했기 때문에 남자친구가 죽였을 거라고 하더라고요."

"부인의 아버님은 장기 취득을 목적으로 헬렌 슈타틀러의 어머니를 죽게 방치했다는 혐의를 받고 있습니다. 그거 알고 계십니까?" 보덴슈타인이 잠시 머뭇거리다가 물었다. 카롤리네 알브레히트의 한숨소리가 들렸다.

"네, 알고 있어요." 그녀의 목소리에선 씁쓸함이 묻어났다. "그것 때문에 우리 어머니가 제 딸 앞에서 죽임을 당했어요. 그게 정말 사실이라면 아버지를 용서하지 않을 거예요."

"헤닝, 나야 피아. 늦은 시간에 미안해."

"어? 아니야. 그런데 지금 몇 시야?"

"8시 반쯤 됐어."

"그래? 벌써 시간이 이렇게 됐는지 몰랐네."

피아는 웃음이 나오는 것을 어쩔 수 없었다. 전형적인 헤닝식 대답이었기 때문이다. 헤닝은 미리엄과 화해했을까? 아마 그 다툼이 처음은 아닐 것이다. 헤닝은 요즘 아침 일찍부터 밤늦게까지 연구소에 있는 것 같았다. 전에 피아와 다퉜을 때 그랬던 것처럼.

"헬렌 슈타틀러의 부검 기록을 다시 한 번 봐줄 수 있을까?" 피아가 물었다. "다리에서 스스로 떨어진 게 아니라 누군가 밀었을 수도 있거든. 모르고 지나친 상처 같은 게 있지 않을까 싶어서."

"지금 바로 보고 전화해줄게." 헤닝이 대답했다. "수사에는 진전이 있어?"

"오늘 용의자를 한 명 체포했어."

"잘됐네."

"그런데 그 익명의 정보원 말이야, 혹시 아르투르 야닝 박사야?" 피아가 물었다.

"왜 그렇게 생각하는데?" 헤닝이 반문했다. 그것만으로도 피아에게는 충분한 대답이었다.

"헬렌 슈타틀러가 자력으로 수사를 했던 모양이야. 여러 사람을 만나서 얘기한 걸 다 기록해놨어. 야닝도 그 사람들 중 하나고." 피아가 설명했다.

"맞아, 야닝이야." 헤닝이 수긍했다. "야닝은 현재 재해병원 응급의학과 과장이야. 당시 키르스텐 슈타틀러 건과는 관련이 없는데 환자가 중환자실에 있다 보니 소문으로 들었다더라고."

"헬렌 슈타틀러는 아홉 사람의 이름이 들어 있는 살생부를 작성했어. 그중 한 사람이 야닝이야. 그 아홉 사람 중 다섯, 아니 그 사람들의 가족이 이미 살해됐어." 피아가 설명했다. "야닝이 다음 피해자가 될 가능성도 있어."

"아." 헤닝은 그저 그렇게만 말했다.

"재해병원에서 분명 그 건 말고 다른 사건도 있었을 거야. 헬렌은 그 사건들의 배후를 캐고 있었고, 모두 겁을 집어먹고 있다는 것, 프리드리히 게르케가 그랬든 다른 사람이 그랬든 게르케의 집에서 서류가 불태워졌다는 것, 그 모든 게 혐의를 뒷받침해주고 있어."

"그럼 루돌프 교수가 외국으로 튀지 못하게 잘 지켜봐." 헤닝이 조언했다.

"그러기엔 이미 늦었지." 피아가 건조하게 대꾸했다. "어젯밤부터 경찰서에서 세금으로 숙식을 해결하고 있거든."

＊

복도에 열지 않은 트렁크가 그대로 있는 것을 보니 디르크 슈타틀러는 여행에서 막 돌아온 것 같았다.

"들어오시죠." 그는 정중하게 말하며 피아와 보덴슈타인을 안으로 안내했다.

"고맙습니다." 피아가 미소를 지으며 말했다. "알고이는 어땠나요?"

"조용하더군요." 그도 미소에 답했다. "길거리의 폭죽 쓰레기들을 보니 여긴 엄청 시끄러웠겠군요."

그는 현관문을 닫았다.

"어젯밤 또 살인이 있었어요." 피아가 말했다.

"네, 라디오에서 들었습니다." 그가 대꾸했다. "설마 아직도 에릭이 사건과 관련 있다고 생각하시는 건 아니겠죠?"

"어제 다른 용의자를 체포했습니다." 보덴슈타인이 대답했다.

"아, 그렇군요……. 정말 잘됐습니다. 축하합니다." 디르크 슈타틀러는 놀라는 동시에 기뻐하는 표정이었다. "그럼 제가 뭘 더 도와드려야 할까요?"

"체포하긴 했는데 여전히 범인이 아니라고 주장하고 있어서요. 증거와 동기가 더 필요합니다. 복수하기 위해서 벌인 일이라는 건 압니다. 기본적 동기도 알고 있고요. 그런데 배후에 우리가 모르는 뭔가가 더 있는 것 같습니다."

"아, 네." 디르크 슈타틀러는 거실 불을 켰다. "죄송하지만 좀 앉겠습니다. 무릎이 좋지 않아서……. 운전을 오래했더니 불편하네요."

"그러시죠." 보덴슈타인이 고개를 끄덕였다. 피아와 그는 슈타틀러를 따라 안으로 들어갔다. 슈타틀러는 무릎을 만지면서 보덴슈타인이 루돌프 교수와 프리드리히 게르케의 아들에 대해 하는 얘기에 귀를 기울였다.

"게르케가 루돌프 교수의 옛날 친구라는 사실은 알고 계셨죠?" 보덴슈타인이 물었다.

"전 옌스가 헛소리를 한다고만 생각했습니다." 디르크 슈타틀러는 무척 피곤한지 볼이 움푹 패고 열에 들뜬 눈빛을 하고 있었다. "옌스는 뜻이 꺾인 사람이고 루돌프에게 원한이 있었습니다. 어떻게든 루돌프를 끝장내려고 했죠. 그런데 제가 루돌프를 약 올리기에 안성맞춤이었던 겁니다. 옌스는 저를 통해 루돌프에게 복수하고 그 모든 걸 언론에 공개할 생각이었습니다."

"처음에는 고소할 생각이 없으셨다면서요? 왜 마음이 바뀐 거죠?" 피아가 물었다.

"이미 말했듯이 장인어른이 하도 졸라서 그랬습니다. 장인어른의 머릿속에는 오로지 그 생각밖에 없었어요. 하지만 아무리 생각해봐도 이길 가망은 없었습니다. 설령 이기더라도 아내가 살아 돌아올 수 있는 건 아니잖습니까. 전 그 일을 빨리 정리하고 조용히 살고 싶었습니다."

"재해병원과 합의하면서 5만 유로를 받았다고 하셨죠?" 헤닝에게 들은 말을 떠올리고 피아가 물었다. "정말 그게 다인가요?"

슈타틀러는 체념한 듯 한숨을 푹 쉬었다. "아닙니다. 프리드리히 게르케에게서 따로 100만 유로를 받았습니다."

"100만 유로요?" 피아가 과장해서 놀란 척했다. "뭐 때문에요?"

"소송을 취하하는 대가로요. 기약 없는 소송을 계속했다면 전 재정적으로 완전히 파탄 났을 겁니다. 게르케에게 받은 돈으로 아이들의 장래를 위한 자금을 마련할 수 있었죠."

"게르케가 왜 뇌물을 줬을까요?" 보덴슈타인이 물었다.

"뇌물이라기보다는 그 돈을 줌으로써 양심의 가책을 덜려고 했던 겁니다. 우리 집사람이 죽은 대신 그 집 아들이 살 수 있었으니까요." 슈타틀러가 차분하게 대답했다. "그 돈이 없다고 해서 게르케가 망할 것도 아니었고, 전 그 돈이 필요했습니다. 전 그 돈을 스위스 은행 계좌로 넣어달라고 했는데 그게 실수였습니다. 제 이름과 계좌가 데이터베이스에 저장돼 있었는지 세무서에서 찾아왔더라고요. 전 추징금을 냈고 벌도 받았습니다. 그 돈에 대해 전혀 모르고 있던 아이들도 알아버렸고요."

"자녀분들은 어떻게 반응했습니까?" 보덴슈타인이 물었다.

"에릭은 별로 상관하지 않았습니다. 조금 못마땅해하기는 했죠. 반면 헬렌은 엄청나게 화를 내면서 더러운 돈을 받았네, 공범이네 하면서 욕을 했죠. 그 이후로 여러 번 대화한 끝에 제가 왜 그렇게 해야만 했는지 이해시켰습니다."

"그게 언제죠?"

"2년 전입니다."

보덴슈타인과 피아는 의미심장한 눈빛을 주고받았다. 헬렌이 조사를 벌이며 다이어리를 쓰기 시작한 것도 2년 전이다.

"따님이 죽 짧은 일기를 써왔다는 사실을 알고 계셨나요?" 피아가 물었다.

"네, 헬렌은 어렸을 때부터 일기를 썼습니다. 하지만 열일곱인가 여덟인가에 그만뒀죠. 그때부터는 매일매일 짧은 메모만 하더군요."

"헬렌은 당시 병원에서 어머니를 살리기 위해 모든 가능한 조치를 취하지 않았다고 믿고 있었어요." 피아가 조심스럽게 말했다. "어머니의 장기를 사용하기 위해서 말이에요."

"그건 말도 안 됩니다." 슈타틀러가 지친 표정으로 말했다. "그 얘기도 이미 여러 번 했습니다."

"말이 되든 안 되든 따님은 그렇게 생각했고 혼자서 수사를 펼쳤어요." 피아가 말을 이었다. "사람들을 찾아가 협박을 했다고요. 그것도 심하게요."

"믿을 수 없습니다. 헬렌은 정신적으로 불안한 아이였습니다. 그런 짓을 할 수도 없고 했을 리도 없어요!"

"헬렌은 재해병원 원장을 비롯해 프리드리히 게르케, 루돌프 교수, 어머니의 죽음에 책임이 있다고 생각되는 다른 의사들을 만나 최종

기일을 통보했어요."

"최종 기일요? 무엇을 위한 기일 말입니까?"

"헬렌은 어머니의 죽음을 둘러싼 정황이 언론에 공개되기를 바랐던 것 같아요. 최종 기일은 크리스마스 직전이었고요." 피아가 말했다. "그런데 마지막 사람을 만나고 나서 사흘 뒤에 죽었어요."

피아의 휴대전화가 진동했다. 오스터만에게서 문자가 왔다. '비비안 슈테른 찾았어'라고 되어 있었다. 피아는 슈타틀러에게 비비안에 대해 물어볼까 하다가 먼저 비비안을 만나보는 것이 순서라는 생각이 들어 그만두었다.

"따님은 결혼도 하기 싫어했다고 하던데요?" 이번에는 보덴슈타인이 나섰다. "저희가 들은 바로는 하르티히가 사사건건 간섭하고 숨쉴 틈을 주지 않아서 헬렌이 약혼자를 무서워했다고 하던데요?"

"그런 말이 어디 있습니까? 옌스가 헬렌을 얼마나 아꼈는데!" 디르크 슈타틀러는 도저히 이해가 안 된다는 듯 머리를 흔들었다. "헬렌이 결혼을 좀 미뤘으면 한 건 사실입니다. 미국에 가서 1년 정도 공부를 하고 싶다더군요. 전 자기계발도 되고 새로운 환경에서 지내면 기분전환도 될 것 같아서 찬성했습니다. 옌스도 그러라고 했고요."

"그럼 왜 미래의 신부에게 그렇게 중독이 될 때까지 약물을 복용시킨 거죠?" 피아가 물었다.

"누가 그런 소리를 합니까?" 슈타틀러는 그런 말을 연달아 듣는 것이 버겁다는 듯한 표정이었다.

"믿을 만한 출처에서 나온 얘기입니다." 피아는 직접적인 답변을 피했다.

"따님은 그것뿐만 아니라 다른 계획도 세우고 있었습니다." 보덴슈타인이 말했다. "어머니의 죽음에 책임이 있다고 생각되는 사람들의 명단을 작성하고 그 사람들을 몰래 관찰했어요. 몇 달에 걸쳐 그들을 미행하고 감시했단 말입니다. 그 과정에서 마르크 톰슨의 도움을 받은 것으로 보입니다. 톰슨의 집에서 막시밀리안 게르케의 일과를 관찰한 미행 기록이 나왔거든요. 저희는 헬렌이 그 사람들에게 책임을 물으려 했다고 생각하고 있습니다. 그런데 헬렌이 죽자 누군가 다른 사람이 그 일을 떠맡은 거죠."

디르크 슈타틀러는 보덴슈타인을 쳐다보았다. 그 순간 슈타틀러의 눈동자에 말로 형용할 수 없는 깊은 슬픔이 내비쳤다. 10년이 넘는 세월 동안 짊어지고 살아온 고통이었다.

"그게 누굽니까?" 슈타틀러가 울림 없는 소리로 물었다. "누가 그런…… 그런 짓을 했단 말입니까?"

"총을 잘 쏘는 사람이죠."

"톰슨 말입니까?"

"그럴 수도 있죠. 참, 볼프강 미거라는 사람을 아십니까?"

"네, 압니다." 슈타틀러가 힘없이 고개를 끄덕였다. "제 직장 동료였습니다. 처음에는 파킨슨병, 나중에는 치매에 걸렸지요. 부인은 3년 전에 세상을 떴습니다. 자식도 없고요. 갑자기 왜 그 사람 얘기를 하시는 겁니까?"

"그 사람 집에서 용의자를 체포했습니다."

그 말에 슈타틀러는 할 말을 잃은 듯한 표정을 지으며 자세를 고쳐 앉았다.

"제가 그 집 열쇠를 가지고 있습니다." 그가 낮은 소리로 말했다. "볼프강이 쾨니히슈타인에 있는 양로원으로 들어간 뒤로 제가 가끔씩 가서 정원을 손보곤 합니다. 헬렌과 함께 간 적도 있고 제가 시간이 안 될 때는 헬렌 혼자 가서 우편함을 비우고 집을 돌아보고 온 적도 있습니다."

"마지막으로 그 집에 가신 게 언제입니까?"

"크리스마스 전에 한 번 갔습니다. 날이 갑자기 추워져서 보일러를 보러 갔으니까 2주 정도 됐겠네요."

"가끔 미거 씨의 자동차를 이용하십니까?"

"아니요, 지금 등록 안 된 상태로 차고에 있는데요."

"그게 그렇지가 않습니다. 누군가 그 차를 타고 다니고 있어요."

"그럴 리가요! 그 차는 등록도 안 돼 있고 보험도 안 들어 있어요!" 슈타틀러는 인상을 구기며 일어섰다. 그리고 다리를 절며 그들 곁을 지나 복도로 갔다. 그리고 장식대 서랍에서 열쇠를 꺼내 그들에게 들어 보였다.

"보세요. 이게 볼프강 차의 열쇠입니다. 누군가 그 차를 타고 다닌다면 저 몰래 그러는 겁니다!"

"따님이 그 집 열쇠를 하나 가지고 있다가 톰슨이나 하르티히에게 준 건 아닐까요?" 보덴슈타인이 물었다.

슈타틀러는 장식대에 몸을 기댔다.

"아, 그럴 수도 있겠네요." 그가 수긍했다. "그러고 보니 몇 달 전부터 집 열쇠 하나가 안 보였어요."

"하르티히 씨가 어디에 있는지 혹시 아세요?" 피아가 물었다.

슈타틀러는 서랍을 쾅 소리 나게 닫았다. 잠시 불편한 침묵이 흘렀다.

"아니요." 그가 고개를 저었다. "헬렌이 죽은 뒤로는 거의 연락이 없었습니다."

"지난 금요일에 한 시간도 넘게 통화를 하셨던데요?"

"아 참, 그랬죠. 새해 인사 한다고 전화가 왔는데 한참 동안 얘기를 나눴네요."

"무슨 얘기를 그렇게 하셨죠?"

"뭐 전부 다요." 그는 불분명한 손짓을 해보였다. "경찰에서 의심하고 있다는 것, 집과 공방을 수색했다는 것, 뭐 그런 거요. 그리고⋯⋯ 헬렌에 대해서 얘기했습니다. 그날이 헬렌의 스물다섯 번째 생일이었거든요."

*

슈타틀러의 집을 나왔을 때도 비는 양동이로 퍼붓듯 세차게 내리고 있었다.

"한때는 반장님이 우산을 잘 챙기셨는데 말이죠." 피아가 구시렁거리며 옷에 달린 모자를 뒤집어썼다. 그러나 이미 비는 맞을 만큼 다맞은 상태였다.

"차에 있는데 가져올까?" 보덴슈타인이 기사도를 발휘했다.

"아니에요. 이미 다 젖었는걸요."

그들은 목을 잔뜩 움츠린 채 물웅덩이를 건너뛰며 빗속을 걸었다. 피아의 휴대전화가 울렸다. 그녀는 소매 속으로 빗물이 들어가는 것도 아랑곳하지 않고 전화를 받았다.

"당신 말이 맞는 것 같아." 귓가에 헤닝의 목소리가 들렸다. "헬렌 슈타틀러의 시체는 상당히 망가졌지만 팔은 거의 훼손되지 않았어. 그때는 자살이라고 생각해서 팔 윗부분에 난 멍 자국을 타박상으로 봤는데 누군가에게 붙잡힌 흔적일 수도 있어. 헬렌 슈타틀러는 왜소한 체구였어. 힘센 남자가 난간 밖으로 밀거나 번쩍 들어서 던지는 건 일도 아니라고."

피아는 심장박동이 빨라지는 것을 느꼈다.

"옷은 어디에 있어?"

"아직 경찰서 증거물 보관소에 있을 거야. 그보다 이 얘길 들어봐."

"뭔데?"

보덴슈타인이 조수석 문을 열어주자 피아는 차로 쏙 들어갔다.

"당신도 알겠지만 여기선 자살이라고 해도 꼼꼼하게 살펴보거든. 그런데 부검 때 왼손 손톱 밑에서 피부 조직이 나왔어. 그것도 증거물 보관소에 있어. 만약 자살이 아니라 타살 가능성이 있다면 옷도 포함해서 증거물을 모두 분석실로 보내."

"응, 바로 보내야겠네. 고마워, 헤닝."

보덴슈타인은 시동을 걸고 히터와 송풍기를 최대로 올렸다. 피아는 방금 헤닝에게 들은 말을 전했다.

그들은 한참 동안 말없이 어둠 속을 달렸다.

"그런데 자꾸 찜찜해요." 피아가 불쑥 말을 꺼냈다.

"뭐가?"

"저도 잘 모르겠어요." 피아가 어깨를 으쓱했다. "겉으로만 보면 슈타틀러는 완벽해요. 적당히 슬퍼하고 적당히 당황하고 질문에 솔직히 답하고. 제가 뭘 발견했다든가 그런 건 아니에요. 게르케에게 돈을 받은 일도, 하르티히와 통화한 일도 순순히 시인했고, 미거의 집에 대한 얘기에도 전혀 이상한 점이 없었어요. 거짓말하다 들키거나 긴장한 모습을 보인 적도 한 번도 없고요. 그런데…… 그럼에도 불구하고…… 꼭 감시를 붙여야 할 것만 같아요."

"슈타틀러 말이야?" 보덴슈타인이 놀란 표정을 지었다. "왜? 검사에게 뭐라고 근거를 댈 건데?"

"가장 강력한 동기를 가진 사람이잖아요." 보덴슈타인이 뭐라고 대꾸하려 하자 피아는 손을 들어 막았다. "네, 알아요, 알아. 신체 조건 상 그런 일을 저지르는 게 불가능하고, 알리바이가 있고, 톰슨이나 하르티히와 달리 총을 쏠 줄 모른다는 거 저도 잘 알아요. 그렇게 모든 게 완벽하다니까요."

"어휴, 피아!" 보덴슈타인은 못 말리겠다는 듯 머리를 절레절레 흔들었다. "볼프강 미거는 슈타틀러의 직장 동료였어. 헬렌은 그 집을 알았고 그 집 열쇠도 가지고 있었어. 헬렌이 톰슨에게 그 집에 대해 얘기했을 거고 열쇠도 줬을 거야. 톰슨은 저격수 출신에다 알리바이가 없고 잃을 것도 없는 사람이야. 이거야말로 완벽하잖아. 톰슨이 우리가 찾는 사람이야."

피아는 말없이 정면을 응시했다.

"슈타틀러는 하르티히가 당시 재해병원에서 루돌프 교수 팀에 있던 의사라는 사실을 알까요?" 피아가 물었다.

"왜 아까 물어보지 않았어?"

"왜 꼭 제가 물어봐야 하는 건데요?" 피아는 그 말을 비난으로 받아들였다. "반장님이 물어보실 수도 있잖아요."

"난 물어보지 말아야 할 이유가 있어서 안 물어보는 줄 알았지."

"그냥 생각이 안 났던 거예요." 피아는 문득 답을 알 수 없는 질문들에 압도당하는 기분이 들었다. 수많은 추리와 혐의가 있었고 변명과 거짓말이 난무했다. 나무들에 치여 숲을 보지 못하는 꼴이었다.

"제가 지금 무슨 생각을 하는지 아세요?" 차가 워터파크 앞을 지날 때 피아가 물었다. "슈타틀러는 탈세를 하고도 직장에서 아무 문제가 없었을까요? 시청에서 일하면 다 공무원인가요?"

"글쎄, 적어도 준공무원이겠지." 보덴슈타인이 고개를 끄덕였다. "얼마 전에 어딘가의 세무서장이 해임된 일이 있었어. 몇 년간 가족 상황을 가짜로 기재한 소득세 신고서를 제출했기 때문이었지. 직무에 관계된 게 아니어도 직무상 과실로 인정된 거야."

"그런 걸 다 어떻게 아세요?" 피아가 놀라며 물었다.

"신문에 나와." 보덴슈타인이 씩 웃었다.

"새해 첫날 9시 반에 프랑크푸르트 시청에 전화해봐야 아무도 안 받겠죠?" 피아가 늘어지게 하품을 하며 말했다. "배가 너무 고프고 피곤해서 죽을 것 같아요."

하품하던 피아는 갑자기 오스터만의 문자가 생각나 정신이 번뜩 들었다.

"젠장!" 그녀는 휴대전화를 꺼냈다. "아까 슈타틀러 집에 있을 때 카이에게 문자가 왔어요. 비비안 슈테른을 찾았다고 했는데 지금쯤 연락이 됐을지도 몰라요."

"하품 좀 그만할 수 없어? 나한테도 전염되는 것 같잖아." 보덴슈타인은 투덜거리며 경찰서 주차장으로 차를 몰았다. "그리고 톰슨 심문도 해야 해."

"그건 제발 내일 해요." 피아는 턱관절에서 딱 소리가 나도록 크게 하품을 하며 조수석 문을 열었다. "톰슨이 어디 도망가는 것도 아니잖아요."

"그래, 그 말이 맞아. 이제 그만 집에 가자고." 보덴슈타인이 대구했다. "잘 가!"

"안녕히 가세요!" 피아는 차 문을 닫고 자신의 차가 있는 곳으로 갔다.

보덴슈타인은 후진해서 차를 돌렸다. 도로로 나가자 갑자기 피로감이 엄습했다. 이제까지 살면서 이렇게까지 피곤한 적은 없었다.

세이셸에서 출발한 DE303 콘도르는 예정대로 6시 30분 정각에 도착했다. 그는 다시 한 번 전광판을 확인했다. 1번 터미널, 게이트C. 그대로였다.

공항은 항상 사람들로 붐비는 곳이라 트렁크를 들고 서 있으면 전혀 눈에 띄지 않는다. 그는 트렁크를 끌고 게이트C 맞은편에 있는 커피숍으로 가 커피를 주문했다. 그리고 손님용으로 놓여 있는 신문을 뒤적거렸다. 그러고 있으니 마치 출장 중인 비즈니스맨 같았다. 공항은 그런 사람들로 넘쳐났다. 타우누스 스나이퍼에 대한 기사는 대충 제목만 보고 넘겼다. 그렇다고 다른 기사들에 관심이 있는 것도 아니었다. 게이트C 앞에는 정복 경찰관 네 명과 그 금발 여형사가 서 있었다. 키르히호프 형사다. 그녀는 지치고 피곤해 보였다. 그도 그랬다. 그녀는 또 밤늦게까지 일을 했을 것이다. 모두 그 때문이었다.

하지만 이 짓도 이제 곧 끝난다. 곧 계획했던 모든 일이, 그리고 정의가 실현될 것이다.

그는 설탕도 우유도 넣지 않은 커피를 휘휘 저었다. 원래 블랙으로 마시지만 다른 사람이 볼 때는 신문을 읽으며 커피를 젓는 모습이 훨씬 더 자연스러워 보일 것이다. 게다가 금발 여형사가 자꾸 주위를 살피고 있었다. 그녀는 그가 있는 곳을 몇 번 쳐다봤지만 그를 알아보지는 못했다. 그는 변장의 대가였다. 거기에는 그의 평범한 인상이 크게 한몫했다. 그리 크지도 작지도 않은 키와 그리 잘생기지도 못생기지도 않은 얼굴은 공공장소에서 최고의 보호막이었다.

잿빛 머리 여자와 좀 나이가 들어 보이는 회색 머리 남자가 나타났다. 여형사는 그들에게 말을 걸었고 잠시 대화를 나누었다. 잿빛 머리 여자는 불안해서 어쩔 줄 몰라 했다. 손을 가만두지 못했고 머리카락을 비비 꼬는가 하면 괜히 핸드백을 뒤적거렸다. 그들은 시선을 게이트C에 고정시킨 채 다른 사람들로부터 약간 떨어진 구석에 서 있었다. 드디어 게이트에서 사람들이 쏟아져 나오기 시작했다. 남자, 여자, 아이들, 청소년, 가족. 긴 비행에 지친 표정이지만 구릿빛으로 그을린 얼굴이 세이셸에서 잘 쉬고 온 사람들 같았다. 마중 나온 사람들도 많았다. 손 흔드는 사람들, 웃음소리, 포옹하는 사람들, 재회의 기쁨. 부르마이스터 부녀는 거의 마지막으로 나왔고, 나오자마자 경찰의 마중을 받았다. 그가 알기로 딸은 열일곱 살이고 이름은 레아였다. 딸은 아버지를 껴안으며 작별인사를 했다. 두 사람은 잠시 인사말을 주고받았고 부르마이스터는 딸의 얼굴을 쓰다듬은 뒤 뺨에 입을 맞추었다. 그런 다음 레아는 잿빛 머리 여자, 어머니에게 가서 팔짱을 꼈다. 금발 여형사는 부르마이스터에게 말을 걸었다. 그러나 그의 시선은 멀어지는 딸의 뒷모습에 고정돼 있었다. 경찰관 두 명은 레아와 어머니, 회색 머리 남자를 따라갔고 나머지 두 명은 부르마이스터 곁에 남았다. 그는 다 식어버린 커피를 마셨다. 곧 벌어질 일을 생각하니 좀이 쑤셔 가만히 앉아 있기가 힘들었다. 과연 플랜A를 실행할 수 있을지는 이제 곧 알게 될 것이다. 만약 상황이 여의치 않으면 플랜B로 넘어가야 한다.

*

승객들이 게이트에서 거의 다 나온 뒤에야 부르마이스터 부녀가 나왔다. 그들은 카트 없이 트렁크만 하나씩 들고 있었다.

"저기 와요!" 함께 기다리고 있던 부르마이스터의 전부인이 흥분해서 외쳤다. 그리고 딸을 향해 두 손을 힘차게 흔들었다. "레아! 레아! 여기야!"

원래 부르마이스터의 딸은 프랑크푸르트에 도착해 기차로 뒤셀도르프로 이동할 계획이었다. 그러나 열일곱 살짜리 여학생을 그런 위험 속에 방치한다는 것은 상황의 심각성을 고려할 때 너무 무책임한 처사였다. 부르마이스터의 전부인은 전날 연락을 받고 바로 남편과 함께 딸을 데리러 오겠다고 했다. 세 사람은 경찰관 둘의 호위를 받으며 사람들의 호기심 어린 시선 속에 사라져갔다. 경찰관들은 그들을 차까지 데려다주고 비스바덴 고속도로 분기점까지 에스코트해준 다음 돌아올 것이다. 피아는 조금이라도 위험 요소를 줄일 생각이었다.

시몬 부르마이스터 박사는 이미 50대에 접어들었는데도 누구나 돌아볼 만큼 잘생긴 남자였다. 숱이 많은 잿빛 머리는 뒤로 넘겼고, 구릿빛으로 그을린 피부는 건강해 보였으며, 운동으로 관리하는 듯 몸은 단단했고, 윤곽이 뚜렷한 얼굴에는 자신이 가진 사회적 지위와 우월한 신체조건에 대한 자신감이 드러났다.

"부르마이스터 박사님? 전 호프하임 강력반에서 나온 피아 키르히 호프라고 합니다." 피아가 자신을 소개했다. "제 동료에게 연락 받으셨죠?"

"제대로 된 커피부터 한 잔 마셔야겠어요. 비행기에서 주는 건 설거지물 같아서 도저히 못 마시겠더라고." 그는 피아의 말에 대꾸하지도 않고 그에게 손 키스를 날리는 딸에게 연신 손을 흔들었다. 그리고 성복 경찰관 두 명을 힐끗 보더니 그제야 피아에게 시선을 주었다. "이게 다 뭡니까?"

부르마이스터는 가방을 끌고 입국장에서 몇 미터 떨어지지 않은 커피숍으로 성큼성큼 걸어갔다. 피아는 좋으나 싫으나 따라갈 수밖에 없었다.

"정통 독일식 커피 한 잔 부탁합니다." 그가 10유로짜리 지폐를 내밀며 커피숍 종업원에게 말했다. 그리고 예의를 차려야겠다는 생각이 들었는지 피아에게 물었다. "그쪽도 한 잔?"

"아니요, 전 됐어요." 피아는 애가 탔다. "부탁이니 이제 제 말 좀 들으시겠어요?" 부르마이스터는 커피를 받아 들고 한 모금 마셨다.

"아, 맛있다!" 그는 그렇게 말하며 웃었다. 눈가에 잡히는 주름이 그의 얼굴을 더욱 호감 가게 만들었다. "자, 이제 말씀하시죠. 집중해서 듣겠습니다."

스나이퍼 소식은 세이셸에서도 들었을 테지만 막상 피아의 자세한 설명을 듣자 부르마이스터의 얼굴에서는 웃음기가 사라졌다. 커피 마시는 것도 잊은 듯했다.

"스나이퍼의 명단에 박사님 이름이 들어 있어요." 피아가 말을 맺었다. "보호해드리려고 하는 거니까 저와 함께 경찰서로 좀 가시죠."

"나를 보호한다고요?" 그가 눈썹을 치키며 물었다. "어떻게요?"

"스나이퍼를 체포할 때까지 경찰관 두 명이 동행하면서 신변 보호를 해드릴 거고……."

"됐습니다!" 그는 딱 잘라 말했다. 그리고 커피와 가방을 들고 입국장을 향해 성큼성큼 걷기 시작했다. "난 낯선 사람들이 화장실까지 따라오고 그런 거 딱 질색입니다! 그건 안 될 소리지! 내 몸은 내가 보호합니다!"

"제 말 제대로 들은 거예요?" 화가 난 피아가 그의 앞을 가로막으며 말했다. "누구는 할 일이 없어서 새벽 6시부터 공항에 나와 있었는 줄 알아요?"

"신경 써주는 건 고마운데요." 그가 대꾸했다. "방금 한 말대로라면 이제까지는 그 명단에 있는 사람들의 가족을 죽였다면서요. 그럼 내 딸을 더 보호해야 하는 거 아닙니까?"

"그래서 전부인이 따님을 데리러 여기까지 온 거잖아요. 따님 말고 가까운 사람이 더 있으세요? 위험에 처할 만한 사람이 있나요?"

"딸 외에는 가까운 사람 없습니다."

"여자친구는 없어요?" 피아가 끈질기게 물었다.

"진지하게 만나는 사람은 없습니다." 그는 빈 종이컵을 휴지통에 휙 던졌다. "난 할 일도 많고 자유를 사랑하는 사람입니다. 불쾌한 경험은 이제까지 살면서 겪은 것만으로도 충분합니다. 10시에 병원에서 약속이 있어서 그만 가봐야겠습니다."

피아는 이 오만한 남자가 자기 말을 귓등으로도 듣지 않는 것 같아 점점 화가 났다.

"부르마이스터 박사님, 이건 절대 그렇게 가볍게 생각하실 일이 아니에요." 피아가 경고했다. "저희가 파악한 바로는 예전 환자의 가족이 복수를 하기 위해 저지르는 살인이에요. 키르스텐 슈타틀러는 열두 시간 만에 심장과 다른 장기를 적출당했어요. 그 사실을 숨기기 위해 수술 기록이 위조됐고요. 그냥 그렇게 넘어갈 수도 있었지만 수술팀에 있던 의사 한 명이 양심의 가책을 이기지 못하고 루돌프 교수와 박사님을 병원 운영진과 연방의사협회에 고발했어요. 그럼에도 불구하고 그 일은 외부에 알려지지 않은 채 수습됐죠."

부르마이스터는 드디어 피아를 제대로 쳐다보았다. 표정은 변하지 않았시만 그을린 얼굴이 질려 있었다.

"키르스텐 슈타틀러의 남편은 프리드리히 게르케에게 거액의 돈을 받고 입을 다물었어요. 부정 사실을 폭로한 젊은 의사는 병원에서 쫓겨났고요." 피아가 말을 이었다. "그 일은 그렇게 일단락됐지만 키르스텐 슈타틀러의 딸이 어머니의 죽음에 대해 조사하기 시작했어요. 헬렌은 하우스만 교수, 루돌프 교수, 야닝 박사, 푸르트벵글러 박사, 그리고 바로 당신을 만났어요. 만난 날짜와 장소까지 다 기록해놨더군요."

자동문 앞까지 온 부르마이스터는 옷깃을 세웠다. 문 사이로 찬바람이 쌩쌩 들어왔다.

"헬렌은 당신들 다섯 명에게 당시 일이 어떻게 잘못됐는지 자발적으로 밝히길 요구했어요. 기일은 크리스마스 즈음까지였고요. 그런데 누구 좋으라고 그랬는지 9월에 자살하고 말았죠."

"그건 전혀 몰랐네요."

피아는 그 말이 거짓말이라는 것을 알았다. 하지만 아무런 대꾸도 하지 않았다.

"헬렌이 뭐라고 하던가요?"

부르마이스터는 옆으로 한 발짝 물러서더니 기억을 더듬는 듯 머리를 긁적거렸다.

"말도 안 되는 비난을 퍼붓더군요. 이미 끝난 일이라고 했지만 전혀 들으려 하질 않았습니다. 정신이 많이 이상한 것 같았어요. 나한테 전화를 한 서른 번은 했을 겁니다. 그래서 제가 계속 귀찮게 하면 경찰에 신고하겠다고 했지요."

"협박하던가요?" 피아가 물었다.

"네, 하지만 전 진지하게 받아들이지 않았습니다." 부르마이스터는 별것 아니라는 듯 손사래를 쳤다. 그러나 더 이상 무관심한 척하지는 않았다.

"아까도 말했지만 이미 끝난 일입니다. 환자 가족과 병원 간에 합의가 됐고 환자 가족은 합의금도 받았습니다."

피아는 그가 그 일을 정말 그렇게 아무것도 아닌 일로 받아들인다고 생각하지는 않았다. 그는 야망이 있는 사람이다. 프랑크푸르트 재해병원 장기 이식 센터 센터장이며 명망 있는 외과의인 그에게는 모든 것이 달린 일이었다. 만약 그가 의사로서 비윤리적 행동을 했거나 고의로 잘못된 행동을 했다는 것이 알려지면 직장, 미래, 명성, 병원의 평판에까지 영향을 미칠 것이다. 즉, 헬렌의 호기심은 권력욕이 강한 그에게는 실존적 위협이었을 것이다. 그는 의사 세계의 인정과 명성 없이는 살 수 없는 사람이었다.

"자, 이제 자초지종을 들으셨으니 저희가 뭘 걱정하는지 아시겠죠?" 피아가 말을 맺었다. "저희는 신변 보호를 권할 수는 있지만 강제할 수는 없습니다."

"네, 솔직한 말씀 감사합니다." 부르마이스터가 억지웃음을 보였다. "잘 생각해보고 연락드리겠습니다."

"아, 한 가지 빠뜨렸네요." 피아가 문득 생각났다는 듯 말했다. 그러나 사실은 일부러 말하지 않고 아껴둔 것이었다. "박사님의 전 상사이신 루돌프 교수는 이미 키르스텐 슈타틀러에 대한 과실치사 혐의로 유치장에 계십니다. 하우스만, 야닝, 게르케 씨에게도 얘기를 들었고요."

"아, 그런가요? 뭐 때문에요?" 그는 갑자기 철갑을 두른 듯 무표정한 눈빛을 보냈다. 그러나 그 철갑 뒤에는 두려움이 어른거렸다.

"이미 아시지 않나요?" 피아가 대꾸했다. "일정을 취소하고 함께 경찰서로 가시죠. 그렇게 해주신다면 저희에게 큰 도움이 될 겁니다."

마지막 말이 실수였다. 그의 눈빛이 안도의 빛으로 바뀌는 것을 본 순간 피아는 깨달았다. 그가 두려워하는 것이 뭔지는 모르지만 그녀가 아무것도 모르고 있다는 언질을 준 것이 분명했다. 젠장!

"제안은 감사합니다만 제가 스스로 조심할 수 있을 것 같네요." 그는 손목시계를 보았다. "이제 일어나야겠습니다. 10시까지는 병원에 가봐야 하거든요."

피아는 어깨를 으쓱하며 명함 한 장을 내밀었다. 그러나 그는 얄보는 듯한 미소를 지으며 무시했다.

"그럼 마음대로 하세요." 피아가 말했다. "그쪽 목숨이니까요."

*

키르히호프 형사는 부르마이스터와 20분간 이야기를 나누었다. 무슨 얘기를 하는지는 알 수 없었지만 그녀는 화가 난 듯했다. 그녀가 어깨를 으쓱하며 명함 같은 것을 내밀었지만 부르마이스터는 받지 않았다. 곧이어 그녀는 경찰관 두 명을 데리고 가버렸다. 그는 계획대로 밀고 나가면 된다는 생각에 안도했다. 플랜B로 넘어가야 했다면 훨씬 복잡해졌을 것이다. 부르마이스터는 오만방자한 멍청이다. 그는 아무도 자신에게 손을 못 댈 거라고 생각한다. 일은 그가 바라던 대로 되어가고 있었다. 자, 이제부터는 빨리 움직여야 한다. 그는 부르마이스터와 동시에 휴대전화를 들었다. 그리고 신속하게 밖으로 나갔다.

부르마이스터는 약간 뒤에 처져서 걸어오면서 심각한 표정으로 목소리를 낮춰 통화를 했다. 그래, 발등에 불이 떨어졌을 거다! 밖으로 나간 부르마이스터는 잠시 걸음을 멈췄다가 두리번거리며 다시 걷기 시작했다. 택시를 찾는 것 같았다. 그리고 마침 택시가 왔다. 택시 기사는 부르마이스터 옆에 차를 세운 뒤 트렁크를 열고 차에서 내려 가방을 실어주었다.

부르마이스터는 오른쪽 뒷좌석에 탔다. 그는 만족스러운 미소를 감출 수 없었다. 키르히호프 형사가 분명 경고했을 텐데도 이 오만한 쥐새끼는 덫으로 기어들어오지 않았는가! 그는 택시 뒤로 돌아가 뒷좌석 왼쪽 문을 열고 재빨리 안으로 들어갔다.

*

"알리바이는 없습니다." 톰슨이 말했다. 그는 여전히 변호사를 부르지 않고 있었다. "아까도 말했잖아요."

"저도 아까 그게 톰슨 씨에게 불리하게 작용할 거라고 말씀드렸죠." 보덴슈타인은 머릿속이 뒤죽박죽된 것 같았다. 방금 전까지만 해도 톰슨의 자백을 받아낼 수 있을 것 같았는데 갑자기 원점으로 돌아와버린 것이다. 아무리 증거에 빈틈이 없어도 모든 의심을 없앨 수 있는 절대적 확신, 톰슨의 자백이 꼭 필요했다.

"법정에서 유효한 증거는 하나도 없잖아요." 톰슨이 태연하게 말했다. 그 태연함이 꾸민 것이 아니라 진짜였기 때문에 보덴슈타인은 놀라지 않을 수 없었다. 전날 밤 감방을 지킨 직원의 말에 따르면 톰슨은 간이침대에 눕자마자 몇 분도 되지 않아 깊은 잠에 곯아떨어졌다고 했다. 죄가 있는 사람이라면 할 수 없는 행동이다. 하지만 톰슨은 엘리트 부대에서 극도의 정신적 훈련을 받았으니 상대를 속이기 위해서 어떻게 해야 하는지 잘 알 것이다. 아니면 소시오패스라서 죄를 짓고도 전혀 죄책감을 느끼지 못하는 걸까?

"증거가 없다니!" 보덴슈타인은 회의를 떨치고 다시 심문에 집중했다. "당신 1급 저격수 출신 아냐? 여러 달에 걸쳐 피해자들을 미행, 관찰한 증거도 이미 확보했어. 잉게보르크 롤레더, 막시밀리안 게르케, 위르멧 슈바르처, 마가레테 루돌프, 랄프 헤세, 시몬 부르마이스터, 옌스 하르티히! 회사에 개를 데려다놓으면서 쓰레기통에 다 버렸잖아. 그 기록들을 다 회수했다고. 그리고 당신이 은신처로 사용하던 미거 씨 집에 있던 차가 범행 장소 부근에서 목격됐어. 당신이 임대한 조센하임 차고에서도 목격됐고."

"그런 일 없습니다." 톰슨이 고개를 저었다. "차고를 임대한 적도 없고 그 차를 사용한 일도 없어요."

"차고 안에서 당신 것이 분명한 지문이 묻은 물병이 나왔는데도?" 보덴슈타인이 질문을 계속했다. "그건 어떻게 설명할 거야?"

"설명 못 합니다." 톰슨이 솔직하게 대답했다. "난 차고를 임대할 필요도 없고, 조센하임에 가본 적도 없습니다."

"그럼 다른 사람에게 시켰겠지." 보덴슈타인은 톰슨의 반박에 반응하지 않았다. "범행 장소에 갈 때는 볼프강 미거의 차를 이용했을 테고. 하지만 그 차고를 빌린 건 실수였어. 제대로 걸렸다고."

"그 기록은 헬렌이 한 거라고 했잖아요."톰슨은 두 손을 무릎 위에 올려놓은 채 진득하니 의자에 앉아 있었다. 상대의 시선을 피하지도 않고 과도하게 눈을 깜박이거나 땀을 흘리지도 않았다. "여러 달에 걸쳐서 말입니다."

"그래, 그건 우리도 알아. 하지만 헬렌 혼자서 그 일을 하지는 않았지. 당신이 옆에서 도와줬잖아. 그리고 헬렌이 죽고 나자 헬렌이 세운 계획을 대신 실행에 옮긴 거야. 당신은 알리바이가 전혀 없어. 루돌프 부인이 죽은 날에는 근무가 오후 6시에 끝났고, 막시밀리안 게르케와 잉게보르크 롤레더가 죽은 날에는 밤 근무였고. 이미 다 확인했다고. 게다가 증거를 없애려고 우리를 보일러실에 가뒀잖아."

보덴슈타인은 점점 절망적인 기분에 사로잡혔다. 이미 여러 번 한 말을 계속 반복하고 있었다. 심문은 제자리를 빙빙 돌고 있었다.

"미거 씨와는 어떻게 아는 사이지?"보덴슈타인은 톰슨이 아까와 똑같은 대답을 할 줄 알면서도 다시 물었다. 대답하는데 지쳤기 때문에 세부적인 부분에서 틀릴 수도 있고 말이 엇갈리면서 모순을 드러낼 수도 있었다.

"개인적으로 아는 사이는 아닙니다. 헬렌 아버지의 동료인데 건설 회사에서 함께 일하면서 외국에서 큰 공사를 많이 한 것으로 알고 있습니다. 부인이 죽고 미거가 치매에 걸리자 헬렌과 슈타틀러가 미거를 돌봤습니다. 내가 당신들을 지하실에 가둔 그날, 그 집이 생각났어요. 처음에는 빙클러 씨 집으로 갈까 했지만 당신들이 거기부터 뒤질 것 같더군요."

"자, 다시 그 얘기가 나왔네. 죄가 없다면 걱정할 게 없을 텐데 왜 도망간 거야?"

"그건 반사적으로 나온 행동이라고 했잖아요."그가 네 번째로 똑같은 대답을 했다.

"열쇠는 어디서 났어?"

"정원 헛간 옆에 있는 새 모이통 밑에 열쇠를 숨겨놓는다고 헬렌에게 들은 적 있어요."

"지금 상황이 얼마나 심각한지 전혀 이해하지 못하는 모양인데……." 보덴슈타인은 반복하던 질문을 멈추었다. "당신 지금 다섯 사람에 대한 살인 혐의를 받고 있어! 모든 증거가 당신을 범인으로 지목하고 있잖아!"

톰슨은 어깨를 으쓱할 뿐이었다.

"내가 왜 그런 짓을 합니까? 내가 왜 사람을 쏴요?"

"헬렌의 복수를 위해서."

"말도 안 되는 소리. 내 인생은 이미 망가질 대로 망가졌어요. 제정신이 아닌 여자애 때문에 남은 인생을 감방에서 썩고 싶은 생각은 없다고요."

"미거 씨 차 어디 있어?"

"모릅니다. 그 사람한테 차가 있는지도 몰랐어요."

"그 차로 움직이는 걸 본 사람이 있어!" 보덴슈타인이 추측만 가지고 떠보았다.

"다른 사람을 본 거겠죠. 옌스였는지도 모르죠. 헬렌의 복수가 이유라면 나보다는 옌스가 훨씬 가능성이 높지 않습니까?"

"헬렌은 하르티히를 두려워했어. 그의 손아귀에서 벗어나려고 했지. 당신도 알 거 아냐? 하르티히가 준 약물을 끊게 도와줬잖아."

톰슨은 아무 대답도 하지 않았다.

"하르티히는 왜 헬렌에게 약을 먹였지? 왜 그렇게 여자친구의 일거수일투족을 감시한 거지?"

"그건 그 사람에게 직접 물어보면 되잖아요."

"이봐요, 톰슨 씨!" 보덴슈타인이 그를 몰아붙였다. "도대체 왜 진실을 말하지 않는 거야? 도망쳐서 미거 씨 집에 숨은 이유가 뭐야?"

톰슨은 한숨을 푹 쉬었다.

"유치장 신세가 되기 전에 급히 해결할 일이 있었습니다." 뜻밖의 말에 심문은 다른 국면으로 접어들었다. "처음에는 몇 가지 물어보고 그냥 가려니 했습니다. 그런데 얘기를 하다 보니 날 체포하려고 왔다는 걸 알겠더군요. 그러고 보니 정말 반사적인 행동이었네요."

"급히 해결할 일이란 게 뭐였지?" 보덴슈타인이 다급한 목소리로 물었다. "어디로 가려고 했어?"

마르크 톰슨은 수염으로 꺼칠한 얼굴을 만졌다.

"이 일과는 상관없는 일입니다. 혹시 기억할지 모르겠는데, 당신들이 집에 왔을 때 전화가 한 통 왔어요."

보덴슈타인은 으르렁거리던 개에 대한 기억이 아직도 생생했다. 전화를 받고 온 후 톰슨은 태도가 싹 변했었다.

"그건 네덜란드에서 온 전화였습니다. 급하게 아인트호벤으로 가봐야 했습니다."

"왜?"

"큰일이 나는 걸 막으려고요." 톰슨은 눈썹 하나 까딱하지 않고 보덴슈타인을 쳐다보았다. "그리고 부르마이스터가 휴가에서 돌아오면 만나서 할 얘기가 있었습니다. 이제 그건 그쪽에서 하면 되겠지만요."

"무슨 얘기를 하려고 했는데?"

톰슨은 말없이 한참 동안 보덴슈타인을 쳐다보았다. 보덴슈타인은 오늘 내로 톰슨에게 자백을 받아내겠다는 생각이 얼마나 잘못된 것인지, 자신이 얼마나 근거 없는 확신에 젖어 있었는지 새삼 깨달 았다.

"부르마이스터가 9월 16일 켈스터바흐에 갔다는 사실을 얼마 전에 알았습니다." 보덴슈타인이 대답을 듣기 글렀다고 생각할 때쯤 톰슨이 입을 열었다. "부르마이스터의 차가 키르헨 가에서 교통단속 카메라에 찍혔습니다. 헬렌이 자살했다는 그 다리에서 100미터도 떨어지지 않은 곳이죠."

보덴슈타인은 잠시 말문이 막혔다.

"그건 어떻게 알아냈지?"

"그만둔 지는 좀 됐지만 난 아직 경찰에 인맥이 있습니다." 톰슨이 어깨를 으쓱했다. "경찰을 돕고 싶은 생각은 추호도 없습니다. 목숨 걸고 일한 직장이었는데 내 말을 곡해해서 총대를 메게 만들더니 헌신짝 버리듯 내쫓은 것을 어떻게 잊겠습니까? 절대 못 잊어요. 하지만 그때나 지금이나 범죄자들이 처벌받지 않고 빠져나가는 꼴은 못 보겠더군요. 그래서 직접 조사를 했는데 그 뺀질이 부르마이스터가 헬렌을 죽인 게 틀림없어요. 헬렌이 뭔가 알아낸 거죠. 세상에 알려지면 부르마이스터에게 아주 불리한 뭔가를."

*

보덴슈타인이 조사실에서 나와 옆방으로 들어간 것은 9시경이었다. 옆방에서는 피아, 오스터만, 네프, 킴이 거울유리를 통해 보덴슈타인과 톰슨을 지켜보고 있었다.

"톰슨은 스나이퍼가 아니야." 보덴슈타인이 어두운 표정으로 말했다. 그리고 빈자리에 앉아 유리 너머로 톰슨을 쳐다보았다. "그냥 경찰을 증오하는 실패한 전직 경찰일 뿐이야. 빌어먹을! 잘못 짚었어."

그 말에 반박하는 사람은 아무도 없었다.

"부르마이스터의 차에 대해 한 말은 확인해봐야겠어."

"네, 바로 확인하겠습니다." 오스터만이 말했다.

"공항에 간 일은 어떻게 됐어?"

"부르마이스터는 어떤 보호도 받지 않으려고 해요. 입이 아프도록 설득했는데 소용없었어요. 병원에서 10시에 약속이 있다면서 그걸 더 중요하게 생각하더라고요."

"어쩔 수 없지. 신변 보호를 제공하는 것 말고 우리가 더 할 수 있는 일은 없으니까." 보텐슈타인이 고개를 끄덕였다. "디르크 슈타틀러는 어떻게 됐어? 지금 어디 있지?"

"어제저녁부터 집에서 나오지 않고 있습니다." 네프가 대답했다. "어제 반장님과 키르히호프 형사가 그 집에서 나온 뒤로 계속 감시 중입니다."

무거운 침묵이 흘렀다. 결승점에 이르렀다고 생각했는데 갑자기 막다른 골목에 들어선 기분이었다.

"난 위장에 뭘 좀 집어넣어야지 더 이상은 생각을 못 하겠어." 피아가 일어서며 말했다. "빵집에 갈 건데 배고픈 사람!"

모두 자신이 원하는 빵을 주문했다. 킴만 스마트폰을 바라보며 배시시 웃고 있었다.

"킴, 같이 갔다 올래?" 피아가 동생을 불렀다.

갑작스러운 호명에 킴은 나쁜 짓하다 들킨 사람처럼 깜짝 놀랐다. 동생의 표정을 본 피아는 속으로 미소를 지었다. 살인과 총성 속에서도 삶은 계속되고 사랑은 제 갈 길을 찾고 있었다.

"자, 이제 31일 밤에 어디 있었는지 얘기해봐." 잠시 후 차에 탄 피아가 동생에게 물었다. "나 지금 피곤해서 심문 못 하거든. 궁금해 죽겠으니까 괜히 힘 빼지 말고 어서 자백해."

"니콜라 집에 갔었어."

"어휴, 내가 그럴 줄 알았다."

"그래서?"

"그래서는? 그냥 얘기 잘하고 왔어."

"무슨 얘기?"

"그냥 이것저것."

"너 정말 하나하나 다 물어봐야 대답을 할 거야? 과장이 뭐래? 너 좋아한대?"

"싫어하는 것 같지는 않아." 킴은 그렇게 말하면서 약간 얼굴을 붉혔다. "그런데 여자를 만나본 적은 없대."

"흥, 근래에 남자는 만나봤다니?"

"성공한 여자들은 남자를 만나기가 쉽지 않아. 남자들은 성공한 여자를 경쟁 상대로 여기고 경계하거든. 그건 내가 경험해봐서 잘 알아." 킴은 자신이 사모하는 대상을 두둔했다.

"난 그렇게 성공하지 못해서 다행이네." 피아가 비꼬아 말했다.

"언니네는 조화가 되잖아." 킴이 대꾸했다. "대부분의 남자는 여자가 더 잘나가는 걸 견디지 못해. 거기다 돈을 많이 벌면 더 심각해지지. 내가 사귀던 남자도 그래서 헤어진 거야. 2년간 아무 소리 안 하다가 갑자기 내 직업이 병적이라고 비난하는 거야. 하루 종일 중범죄자들만 만나는 건 정상이 아니라면서 견딜 수 없다나? 다 핑계지. 참, 니콜라가 한때 보덴슈타인 반장과 애인 사이였던 거 알아? 결혼까지 하려고 했는데 코지마가 끼어들었다고 하던데?"

"알아. 하지만 너랑 관계된 거 아니면 난 우리 과장의 연애사에 관심 없어." 피아는 신호를 받고 엘리자베텐 가로 꺾었다. "사실 다음 가족 모임에 네가 우리 과장을 데리고 나타날까 봐 좀 걱정되기도 해."

"웬 가족 모임?" 킴은 웃음을 터뜨렸다. "어쨌든 이 사건이 해결되면 함께 식사하기로 했어."

"그건 좀 기다려야 할 거다." 피아가 대꾸했다. "톰슨은 스나이퍼가 아니야."

"나도 그렇게 생각해." 킴도 수긍했다. "톰슨을 범인으로 지목하는 증거들은 다 다르게 해석할 수 있는 것들이거든."

"그런데 왜 우리를 지하실에 가두고 잠수를 탔는지 그걸 모르겠단 말이야." 피아는 방향등을 켠 후 빵집 근처 주차장으로 들어갔다.

"체포할 것 같아서 도망쳤다고 했잖아. 할 일이 있어서 감방에 갇히기 싫었다고." 킴이 말했다. "만약 정말 죄를 지었다면 지하실에 가뒀다고 전화해서 알려줬겠어?"

피아는 고개를 끄덕였다. 그들은 범인을 잡았다는 생각에 들떠서 톰슨에게 유리하게 작용할 수 있는 세부 사항은 전혀 고려하지 않은 것이다.

"반장님 말씀대로 톰슨은 실패한 전직 경찰일 뿐이야." 킴이 말했다. "톰슨이 아까 남은 삶을 감방에서 썩기 싫다고 한 말, 난 믿어. 멍청한 사람은 아니거든."

"그럼 왜 집에 있는 물건을 다 치우고 헬렌이 기록한 걸 쓰레기통에 갖다버렸을까? 숨길 게 없다면 그럴 필요가 없잖아! 누군가를 보호하려고 하는 걸까? 혹시 진짜 스나이퍼를 숨겨주려고?" 피아는 마치 동생의 얼굴에 답이 써 있다는 듯 킴을 빤히 보았다.

"언니, 잘 생각해봐! 톰슨에게 가장 중요한 게 뭐겠어?"

피아는 손가락으로 운전대를 두드리며 앞에 보이는 백화점 정문을 응시했다.

"장피모." 그녀가 잠시 생각하더니 말했다.

"그래, 맞아. 장피모 사람들은 일부 병원에서 장기 기증자를 다루는 행태를 문제 삼고 있어. 그 문제를 널리 알리고 단죄하기 위해 언론이 필요한 거고." 킴이 말했다. "프랑크푸르트 재해병원의 경우는 좀 심했던 것 같아."

"맞아." 피아가 고개를 끄덕였다. "베티나 카스파 헤세는 부르마이스터를 인정사정없는 사람이라고 표현했어. 부르마이스터가 시켜서 어쩔 수 없이 빙클러 부부를 속였다고 했어. 키르스텐 슈타틀러의 장기를 얻기 위해서 말이야. 그런 경우가 분명 더 있을 거야."

"응, 톰슨의 관심사는 키르스텐 슈타틀러에게 국한된 게 아니야. 톰슨과 헬렌은 푸르트벵글러, 게르케, 그리고 그 변호사가 개입된 다른 문제를 쫓고 있었던 게 분명해. 언니, 푸르트벵글러와 얘기해봐. 루돌프와 어떤 관계인지, 루돌프가 왜 재해병원에서 쫓겨났는지 구체적으로 물어봐. 내 생각엔 거기에 사건의 열쇠가 있어."

조용한 가운데 피아의 배에서 꼬르륵 소리가 났다.

"알았어. 하지만 그전에 칼로리가 필요해. 가자, 굶주린 늑대들에게 먹이를 가져다줘야지."

*

경찰은 아버지를 잡아갔다. 키르스텐 슈타틀러를 죽였다는 혐의 때문이다. 아버지는 그녀를 칼로 찔러 죽이지도 않았고 총으로 쏘거나 목 졸라 죽이지도 않았다. 살릴 수 있는데 그냥 죽게 내버려두었다. 왜 그런 짓을 했을까? 아버지는 의사, 그것도 좋은 의사가 아니었

520

던가? 재판관이 보낸 부고에는 "욕심과 허영 때문에"라고 쓰여 있었다. 아버지는 그런 짓을 하고도 새 장기가 필요한 사람들에게 둘러싸여 구원자라는 칭송을 들었다. 한 목숨을 살리기 위해 다른 목숨을 일찍 꺼뜨리는 짓을 한 것이 과연 그때 한 번뿐이었을까? 그때 단 한 번 들킨 것일까? 어떻게 한낱 인간이 그런 결정을 내릴 수 있단 말인가? 환자 가족들은 보통 의사의 말을 의심하지 않는다. 특히 디터 파울 루돌프 교수 같은 저명한 의사가 차분하고 진지한 표정으로 더 이상 가망이 없다고 말하면 믿지 않을 사람이 없을 것이다.

카롤리네 알브레히트는 아버지 집 식탁에 멍하니 앉아 있었다. 그녀는 아버지를 존경했고 아버지의 인정과 사랑을 얻으려고 몸부림치면서 자랐다. 그런 아버지가 살인자라니! 아버지는 그녀의 신뢰를 저버린 양심 없는 이기주의자다. 그녀를 속였을 뿐 아니라 어머니의 죽음을 애도하고 장례 준비를 해야 할 시간에 자신이 한 짓이 탄로 날까 봐 과거를 은폐하기에 바빴다. 거짓말과 파렴치로 점철된 그의 노력이 안쓰럽기까지 했다. 뭘 위한 일이란 말인가? 돈? 명예?

카롤리네는 아버지와 '산텍스' 연구소장 사이에 오간 편지가 들어 있던 서류철을 덮고 일어섰다. 온몸이 쑤시고 아팠지만 무엇보다 마음이 아팠다. 그녀에게는 툭 터놓고 얘기할 수 있는 상대도, 지금 얼마나 외로운지 알아줄 만한 사람도 없다. 삶에서 유일한 벗이던 어머니는 이제 이 세상에 없고, 애인이나 남자친구가 있는 것도 아니다. 집이 있지만 그 집에 있으면 마음이 편하지 않았고, 직장이 있지만 돈과 성공 외에는 아무런 의미도 없었다. 게다가 어린 딸은 심각한 트라우마를 겪고 있다.

그녀는 택시를 잡아타고 집으로 가서 다시 이불 속으로 기어들어가고 싶은 마음뿐이었다. 어머니의 차를 사용해도 될까? 어머니는 분명 반대하지 않을 것이다. 그녀는 뻣뻣한 동작으로 코트를 입었다. 목 깁스는 오늘 아침 샤워를 한 뒤 다시 두르지 않았다. 장식장 서랍에서 차 열쇠를 찾아낸 그녀는 집 밖으로 나가 열쇠에 달린 리모컨으로 차고 문을 열었다. 익숙한 소리와 함께 차고 문이 올라갔다. 순간 코를 찌르는 듯한 연기 냄새가 나다가 바로 사라졌다. 어디서 이런 냄새가 나는 거지? 설마 족제비가 보닛 속으로 기어들어가 전선을 망가뜨린 건 아니겠지? 그녀는 잠시 머뭇거리다가 차를 향해 걸어갔다. 그리고 뭔가 푹신한 것에 걸려 하마터면 넘어질 뻔했다.

"젠장!" 그녀는 욕설을 내뱉었다. 뇌진탕에 걸린 상태에서 넘어지기라도 하면 큰일이다. 파란 쓰레기봉투가 아버지의 마세라티 뒷바퀴에 기대져 있었다. 카롤리네는 옆으로 치워놓으려고 쓰레기봉투를 들다가 인상을 팍 썼다. 냄새의 진원지가 바로 여기였다. 궁금해진 그녀는 쓰레기봉투를 열어보고 깜짝 놀랐다. 아버지의 옷가지가 들어 있는 것 아닌가! 진회색 캐시미어 니트와 셔츠, 회색 양복바지, 그리고 신발 한 켤레였다. 카롤리네는 영문을 알 수 없어 멍하니 쳐다보고만 있었다. 아버지는 왜 옷을 쓰레기봉투에 담아놓았을까? 어째서……. 순간 수사반장의 말이 퍼뜩 뇌리를 스치고 지나갔다. "그 집 벽난로에서 다량의 서류가 불탄 채 발견됐기 때문에……." 카롤리네는 갑자기 무릎에 힘이 빠지는 것을 느끼며 차 트렁크에 몸을 기댔다. "저희가 알고 싶은 건 게르케 씨가 죽기 전날 아버님과 무슨 얘기를 했는가 하는 겁니다."

딸깍 하는 소리와 함께 차고의 불이 꺼졌다. 그녀는 어둠 속에서 생각했다. 머릿속을 떠돌아다니던 퍼즐 조각들이 저절로 맞춰지는 소리가 들리는 것 같았다.

*

　그는 어디서도 비밀번호 없는 와이파이 망을 찾을 수 없었다. 하다 못해 케밥 가게와 터키인이 운영하는 카페, 싸구려 호텔에도 암호가 설정되어 있었다. 프랑크푸르트 시내에는 보도블록에서도 인터넷에 접속할 수 있는 곳이 두 군데 있다. 하지만 오늘은 거기까지 나갈 시간이 되지 않았다. 그리고 이제는 어찌 되든 크게 상관없었다. 카페 문을 열고 들어간 그는 아차 싶었다. 손님이 거의 없었던 것이다. 그래도 너무 눈에 띄는 것은 좋지 않다. 하지만 도로 나갈 수도 없었다. 여종업원이 이미 그를 발견하고 다가오고 있었다. 그는 외투를 벗고 커피와 프랑크푸르트식 케이크를 주문한 뒤 비밀번호를 물어보았다.

　"아주 쉬워요." 그녀가 한 눈을 찡긋하며 말했다. "123456."

　"외울 수도 있겠는데요." 그가 웃으며 대꾸했다. "고마워요."

　비스듬히 맞은편에 앉아 있던 중년 부부가 그를 쳐다보았다. 아니면 그가 착각한 걸까? 사람들이 얼마나 예민해져 있는지 잊어서는 안 된다. 운이 나쁘면 결승점을 바로 눈앞에 두고 잡힐 수도 있다. 가짜 증거들을 뿌려둔 것은 잘한 일이었다. 경찰이 그 차고를 발견했다면 톰슨의 지문이 묻은 물병을 찾아냈을 것이다. 그는 주문한 커피와 케이크가 나오기 전에 메일을 보냈다. 중년 부부가 다시 그를 쳐다보더니 둘이 뭐라고 쑥덕거렸다. 이런, 이제는 아무 데서나 유령이 보인다! 여기서 나가야 한다. 그들이 뭐라고 생각하든 상관없다. 그는 손도 대지 않은 커피와 케이크 옆에 지폐를 놓고 외투를 들고 카페를 나갔다.

*

"톰슨이 아니면 누구란 말이에요?" 피아가 왜 마르크 톰슨이 범인이 아닌지 조목조목 설명하고 나자 카트린 파싱어가 물었다. 그들은 커피 흘린 자국으로 지저분한 플라스틱 책상을 한데 붙여놓고 특수 본부에 모여 앉아 있었다. 지난 2주 동안 실패에 실패를 거듭해온 팀원들은 하나같이 잠 못 잔 얼굴에 지칠 대로 지친 표정이었다. 수사 초반의 에너지는 사라진 지 오래고 반드시 범인을 잡겠다는 투지와 확신도 더 이상 찾아볼 수 없었다. 보덴슈타인은 피아가 쟁반에 늘 어놓은 빵들 중 프레첼을 하나 집었다. 그리고 팀원들의 지친 얼굴을 둘러보았다. 그는 마르크 톰슨을 심문한 뒤로 급격히 찾아든 무기력과 그것에 저항하는 내면의 분노 사이에서 어쩔 줄 몰라 했다. 잠과 일상의 리듬을 잃어버린 그는 시공을 초월한 듯한 묘한 느낌에 사로잡혀 있었다. 제대로 업무를 수행하기에 좋은 조건은 아니다. 다른 사람들도 별반 다르지 않을 것이다. 모두 조금만 건드려도 폭발할 것처럼 위태로워 보였다. 듬직한 카이 오스터만마저 쉽게 짜증을 냈다.

"그럼 하르티히밖에 안 남네요." 오스터만이 우물거리며 말했다. "전 처음부터 하르티히 쪽이었어요."

"아니면 빙클러?" 셈이 자신 없는 말투로 한마디 던졌다.

"둘 다 아니야." 피아가 고개를 저었다. 그리고 보덴슈타인을 힐끗 쳐다보았다. "한 명 더 있어. 이제까지 우리 수사망을 잘 빠져나갔지만 가장 동기가 강한 사람이야."

도대체 저 여자는 어디서 저런 에너지가 나오는 걸까? 다른 사람보다 더 잔 것도 아닐 텐데 눈빛이 초롱초롱하고 모두가 잊어버린 세부 사항까지 자세히 기억하고 있다.

"그 사람이 아니라고 말하는 정황이 너무 많아." 보덴슈타인이 말했다. 피아가 누구를 말하는지 그는 알고 있었다.

"누구를 말하는 거지?" 니콜라 엥엘이 물었다. 그녀는 치즈샌드위치를 먹고 있었는데 거기 모인 사람들 중 유일하게 접시를 사용했다.

"디르크 슈타틀러요." 피아가 냅킨에 손을 닦으며 대답했다. "톰슨이 완벽한 용의자로 떠오르긴 했지만 전 왠지 아니라는 생각이 들어요. 톰슨은 너무…… 완벽하잖아요! 그리고 이렇게 끝나면 너무 쉽지 않아요? 전 쉬운 해결책은 항상 의심스럽더라고요."

보덴슈타인은 피아의 말이 옳다는 것을 인정하지 않을 수 없었다.

"제 생각엔 누군가 일부러 톰슨이 의심받도록 증거를 뿌려놓은 것 같아요. 예를 들어 차고 임대한 것도 그렇게 어렵지 않아요. 그런 건 이메일로도 할 수 있거든요. 신분증을 보여줄 필요도 없이 양심 없는 직원에게 돈 몇 푼 쥐어주면 짠 하고 임대계약이 성사되죠."

"그럼 차고에서 발견된 물병은? 톰슨의 지문이 묻어 있었잖아." 크뢰거가 의심스러운 표정으로 물었다.

"슈타틀러나 하르티히는 헬렌 때문에 톰슨과 자주 만났을 거예요. 그럼 톰슨이 만진 물건 하나쯤 빼돌리는 건 문제가 아니죠." 피아가 대답했다. "그 물병이 얼마나 오래된 건지 알 게 뭐예요!"

"하지만 디르크 슈타틀러는 장애인이고 알리바이도 있잖아요!" 네프가 말했다. "그는 사건이 일어난 시각에도 일하고 있었어요."

"확인해봤어요?" 피아가 눈썹을 치키며 물었다.

"아, 그거요." 네프는 당황한 표정으로 시선을 피했다. "직접 확인한 건 아니고……."

모든 시선이 네프에게 집중되었다.

"직접 확인한 게 아니라니 그게 무슨 소리야?" 보덴슈타인의 얼굴이 붉으락푸르락해졌다. 디르크 슈타틀러가 수사 대상에서 제외된 것은 오직 범행 시각에 일터에 있었다는 확고한 알리바이가 있었기 때문이었다. "자네가 슈타틀러를 조사해왔다고 해서 다 검증된 거냐고 물으니까 '당연하죠' 그랬잖아!"

"구글로 검색했더니 프랑크푸르트 도시계획과 소속으로 나왔습니다." 네프는 얼굴이 붉어지다 못해 이마까지 벌게졌다. "전화번호도 있었고요."

"그래서 전화해봤어?" 보덴슈타인은 자신의 내면에서 뚜렷한 대상 없이 떠돌던 분노가 한데 뭉쳐지는 기분이었다.

"아, 아니요." 네프는 불편한 듯 의자에서 몸을 뒤척였다.

"인터넷에는 오래된 정보도 함께 돌아다녀요." 오스터만이 더는 참지 못하고 한마디했다. "캐시에 들어 있던 옛날옛적 정보일지도 모른다고요."

피아는 전화기를 끌어당겨 상황실 번호를 누른 뒤 프랑크푸르트 시청 도시계획과를 연결해달라고 했다.

신호가 가는 동안 방 안에는 무거운 침묵이 흘렀다.

"네, 프랑크푸르트 시청 도시계획과 에켈입니다." 스피커에서 여자 목소리가 흘러나왔다.

"호프하임 경찰서 강력반의 피아 키르히호프입니다." 피아가 말했다. "디르크 슈타틀러 씨와 통화 좀 할 수 있을까요?"

그런 사람은 없다는 말에 보덴슈타인은 땅이 꺼지는 느낌이었다.

"확실해요?" 피아가 다시 물었다. "상사가 누구죠?"

"헴머 과장님인데요."

"연결해주세요."

다시 전화가 연결되는 데는 시간이 한참 걸렸다. 헴머 과장은 디르크 슈타틀러가 2년 전 불미스러운 일 때문에 회사를 그만두었다고 알려주었다.

"탈세 때문에 처벌 받은 것 말인가요?" 피아가 물었다.

"네, 그렇습니다." 헴머 과장이 순순히 시인했다.

피아는 고맙다고 말하고 전화를 끊었다.

"그게 그렇게 오래된 정보인지 내가 어떻게 알았겠어요?" 네프가 변명을 늘어놓기 시작했다. "난 여기 조언자로 온 거지 수사관이 아니잖아요. 그리고 당연히 누군가 확인할 거라고 생각했죠. 오스터만이 늘 하는 일이 그거 아닌가요? 그리고……."

오스터만은 기가 막힌 듯 씩씩거리며 뭐라고 받아치려고 했다. 하지만 그 전에 보덴슈타인의 화가 폭발하고 말았다. 그가 손바닥으로 책상을 쾅 치자 네프는 화들짝 놀라 입을 다물었다.

"자네가 먼저 나서서 그 일을 하겠다고 했잖아! 인맥 자랑하면서 자발적으로 한 거 아니야? 난 그래도 자네 말을 믿었어! 팀에서는 팀원 간에 맹목적인 신뢰가 있어야 해. 내 말 무슨 말인지 알아? 내가 혼자 다 할 수 있다면 동료가 왜 필요하고 팀이 왜 필요해? 자네는 용납할 수 없는 실수로 수사에 큰 지장을 초래했어. 만약 슈타틀러가 범인으로 밝혀진다면 내가 책임지고 당신 모가지를 치겠어!"

보덴슈타인은 자리를 박차고 일어났다.

"피아, 지금 당장 부르마이스터에게 전화해. 보호구금 신청하고 잡아들여. 카이, 셈, 카트린은 디르크 슈타틀러에 대해 알아낼 수 있는 거 다 알아내."

지시받은 사람들은 자리에서 일어나 일사불란하게 움직였다.

"하지만 전 그저……." 네프가 억울한 표정으로 입을 열었다. 아마 그는 피 묻은 칼을 손에 든 채 변사체 옆에서 현장체포된다고 해도 법정에 가서 무죄를 주장할 것이다.

보덴슈타인은 자신의 큰 키를 이용해 네프를 제압했다.

"입 다물어." 오만함과 돋보이고 싶은 욕심으로 팀에 분란을 일으키고 수사에 지장을 초래한 네프를 내려다보며 그가 위압적으로 말했다. "내 눈앞에서 꺼져. 내가 이성을 잃기 전에 최대한 빨리 사라지라고."

보덴슈타인은 그렇게 말하고 뒤돌아 방을 나갔다.

*

피아는 복도를 걸어가며 시몬 부르마이스터의 휴대전화로 전화를 걸었다. 심장 뛰는 소리가 귓전에 윙윙거려서 도저히 생각을 집중할 수 없었다. 그녀의 육감이 옳았던 걸까? 그녀는 지난 금요일 위르멧 슈바르처가 살해당하기 전 슈타틀러와 통화한 내용을 떠올렸다. 슈타틀러는 프랑크푸르트 하우프트 공동묘지에서 비석을 검사하는 중이라고 했다. 그리고 그날 저녁 다시 슈타틀러와 통화했다. 피아는 그때 슈타틀러의 태도가 어땠는지 기억해내려고 생각을 집중했다. 부르마이스터는 전화를 받지 않았다. 지금이 10시 20분이니까 약속된 일정이 시작됐는지도 모른다. 피아는 사무실로 가 책상에 앉았다. 오스터만이 바로 뒤따라 들어왔다.

"나쁜 자식! 어디서 책임을 뒤집어씌우려고!" 오스터만은 씩씩거리며 의자에 털썩 주저앉았다. "할 줄 아는 거라고는 책에 나오는 소리 좋알거리는 거랑 잘난 체하는 것밖에 없으면서! 이랬다 저랬다 줏대도 없으면서 심리학 박사라도 되는 양 떠들어대고!"

오스터만은 크게 화가 난 것 같았다. 하지만 피아는 위로나 격려의 말을 건넬 여력이 없었다. 피아 자신도 크게 화가 났기 때문이다. 네프를 믿은 자신에게 화가 났고, 자꾸 아니라는 생각이 들었는데도 슈타틀러에게 속아 넘어간 데 짜증이 치밀었다.

피아는 휴대전화에서 푸르트벵글러의 연락처가 담긴 헤닝의 문자 메시지를 찾아 쾰른으로 전화를 걸었다. 전화를 받은 푸르트벵글러 부인은 남편이 외출했으며 휴대전화는 없다고 말했다.

피아는 더 이상 거짓말과 핑계를 듣고 싶지 않아서 바로 전화를 끊었다. 그녀는 다시 부르마이스터에게 전화를 걸었다. 역시 연결되지 않았다. 그녀는 이어 프랑크푸르트 재해병원으로 전화를 걸어 부르마이스터 박사와 통화해야 한다며 병원 관리자가 나올 때까지 계속 전화를 연결하게 했다.

"부르마이스터 박사님은 아직 출근 안 하셨습니다." 신경질적인 목소리의 여자가 전화를 받았다. "하지만 곧 오실 겁니다. 중요한 수술이 있거든요."

불길한 느낌이 엄습했다.

"병원에 없는 거 확실해요?" 피아가 물었다.

"출근 안 하셨다고 방금 말했잖아요!" 여자가 퉁명스럽게 말했다. "제 말을 못 믿으시는 거예요?"

"부르마이스터 박사는 생명의 위협을 받고 있어요. 병원에 들어오는 대로 제게 연락하라고 꼭 전하세요. 그리고 야닝 박사와 하우스만 교수와 통화할 수 있는 번호를 알려주세요."

"그분들은 아직 휴가 중이십니다." 여자가 쌀쌀맞게 대꾸했다. "제 권한으로는 개인 연락처를 포함한 어떤 정보도……."

피아는 더 이상 참지 못하고 폭발했다. "이봐요, 지금 이건 비상 상황이라고요!" 피아는 더 이상 예의를 차리지 않았다. "이해를 못 하신 것 같아서 다시 한 번 말하는데, 난 호프하임 경찰서 강력반 피아 키르히호프 형사예요. 지금 다섯 명을 살해한 범인이 또 두 건의 살인을 저지르려고 하고 있어요. 우리는 그걸 막으려고 이러고 있는 거고요. 입 아프게 여러 번 말하게 하지 말고 당장 전화번호 대요! 안 그러면 공무집행방해와 살인방조죄로 체포할 테니까!"

여자는 그제야 사태 파악을 한 듯 주눅 든 목소리로 전화번호를 알려줬다. 피아는 전화번호를 들고 서둘러 보덴슈타인 방으로 갔다. 그녀가 막 노크하려는데 문이 열리며 보덴슈타인이 나와서 두 사람은 부딪칠 뻔했다.

"부르마이스터는 연락이 안 돼요." 피아가 말했다. "병원에도 아직 안 왔대요, 10시에······."

"알브레히트 부인한테서 전화가 왔어." 보덴슈타인이 그녀의 말을 끊었다. "아버지 집에서 서류철과 연기 냄새가 심하게 나는 옷을 발견했대."

부르마이스터 걱정으로 머릿속이 꽉 찬 피아는 무슨 말인지 이해할 수 없었다.

"지금 바로 오버우어젤로 출발할 거야." 보덴슈타인은 복도를 걸어가며 코트를 입었다. "어서 서둘러!"

"하지만 지금은······." 피아가 반박하려고 했지만 마음이 급한 보덴슈타인은 그녀가 말하게 놔두지 않았다.

"게르케는 서류를 불태웠어." 그가 답답하다는 듯 설명했다. "그런데 기관지와 폐에서는 그을음의 흔적이 발견되지 않았지. 그건 마스크를 착용했거나 서류가 불탈 때 이미 죽어 있었다는 뜻이야. 그런데 루돌프 교수의 집에서 연기 냄새가 심하게 나는 옷과 게르케의 집에서 가져온 듯한 서류철이 발견됐단 말이야."

"알겠어요." 피아는 전화 통화를 일단 뒤로 미루기로 했다. "잠깐만 기다리세요. 얼른 가서 옷이랑 가방 가져올게요."

*

"프리드리히 게르케는 은폐 조작의 희생양이 된 거예요." 카롤리네 알브레히트는 서두 없이 곧장 본론으로 들어갔다. "아버지가 한 짓을 알아냈기 때문에 죽임을 당한 거죠."

넓찍한 식탁 위에는 그녀가 아버지 차에서 발견한 서류철 몇 개와 휴대전화, 그리고 다른 서류들이 놓여 있었다. 그녀는 언뜻 보기에도 무척 피곤해 보였지만 보덴슈타인이 놀랄 정도로 정확하고 절도 있는 태도로 자신이 알아낸 정보를 공유했다. 몸은 어떠냐는 보덴슈타인의 말에는 괜찮다는 말로 짧게 답했다. 그녀의 얼굴은 왼쪽 절반이 부어 있었고 관자놀이에서 턱까지는 피멍이 들어 있었다. 하지만 그런 상태에서도 뚜렷한 아름다움이 엿보였다. 그녀가 멀쩡한 얼굴로 웃는다면 과연 어떤 모습일까?

"전 어머니를 죽인 범인을 찾는 데는 관심 없어요." 그녀가 말했다. "그건 경찰에서 해야 할 일이죠. 제 목적은 아버지가 무슨 일을 했는지, 왜 어머니가 희생되었는지 밝혀내는 거예요. 확실한 건 아버지가 키르스텐 슈타틀러의 인공호흡기를 제거하라고 지시했다는 거예요. 뇌사 판정 검사 중에 무호흡검사라는 게 있어요. 인공호흡기를 떼고 5분간 스스로 호흡하지 않으면 뇌사의 징후 중 하나로 판단해요. 그런데 키르스텐 슈타틀러는 스스로 숨을 쉴 수 있었어요. 첫 번째 검사 때도 그랬고 두 번째 검사 때도 마찬가지였어요. 첫 번째 검사와 두 번째 검사 사이에는 적어도 열두 시간 간격을 둬야 해요. 그 검사는 장기 적출과 상관없는 의사들이 해야 하고요. 여기까지 이해하시겠어요?"

보덴슈타인과 피아는 고개를 끄덕였다.

"키르스텐 슈타틀러 건의 첫 번째 규정 위반은 첫 검사를 한 후 몇 시간 지나지 않아서 두 번째 검사를 했다는 거예요. 그건 키르스텐 슈타틀러의 혈액형 때문이었어요. O형 기증자는 아무에게나 심장을 줄 수 있거든요."

"혈액형!" 피아가 외쳤다. 며칠째 그녀의 의식 언저리에서 맴돌던 단어가 순간적으로 의식의 수면 위로 떠오른 것이었다. 그녀는 킴과 함께 헤닝을 찾아갔을 때 들은 말을 떠올렸다. 루돌프 교수가 돈을 받고 심장 이식 수술을 해주었을 가능성에 대해 묻자 헤닝은 혈액형이 일치하지 않으면 이식할 수 없다고 했다. "심장은 혈액형이 맞지 않으면 이식할 수 없어요. A형은 A형에게, B형은 B형에게, 그런 식으로만 가능하죠. 그러나 하나 예외가 있어요. O형 심장은 아무에게나 이식할 수 있는 거예요. 그렇죠?"

"맞아요." 카롤리네 알브레히트가 고개를 끄덕였다. "O형 혈액형이 바로 사형선고였어요. 응급의학과 과장의 묵인 속에 아버지는 연명치료를 모두 중단하도록 지시했고, 한 시간 뒤 키르스텐 슈타틀러의 뇌는 산소 부족으로 돌이킬 수 없이 손상됐죠."

"그걸 어떻게 알아냈습니까?" 보덴슈타인이 물었다.

"우연이 도왔는지 방금 그 응급의학과 과장에게서 전화가 왔어요." 카롤리네 알브레히트가 대답했다. "아르투르 야닝 박사가 아버지와 통화하려고 전화를 했어요. 야닝은 아버지와 친구였어요. 그런데 키르스텐 슈타틀러 건을 계기로 사이가 벌어졌죠. 그전에도 비슷한 일들이 있었는데 자세히 알아보지 않았대요. 그러다 키르스텐 슈타틀러 일이 터져버린 거예요.”

“왜 그런 짓을 했을까요? 그건 살인이잖아요.”피아가 말했다.

“노벨의학상이 달린 일인데 살인이 대수겠어요?”카롤리네 알브레히트가 콧방귀를 뀌었다.“그게 바로 우리 아버지의 가치관이에요. 전 항상 아버지의 능력에 감탄했어요. 하지만 아버지의 동기는 제가 생각한 것과는 완전히 달랐어요. 더 끔찍한 건 아버지가 장기를 꺼내려고 사람을 죽게 만든 게 그때 한 번이 아닐 거라는 거예요!”

“키르스텐 슈타틀러는 프리드리히 게르케의 아들에게 심장을 이식하기 위해 죽어야 했던 거군요.”피아가 말했다.

“네, 맞아요.”카롤리네 알브레히트는 깊은 한숨을 쉬었다. 그녀는 감정을 초월한 듯했다. 진실이 아무리 끔찍해도 그 진실을 향해 나아가야만 하는, 더 이상 멈출 수 없는 지점에 다다른 것 같았다.“그런데 배후에 뭔가가 더 있어요. 아버지는 순수한 호의로 막시밀리안 게르케를 도운 게 아니에요. 게르케의 회사 ‘산텍스’가 연구지원금을 끊을까 봐 두려웠던 거예요.”

그녀는 서류철을 손바닥으로 탁탁 쳤다.

“게르케의 집에서 가져온 것들이에요. 이 안에 뭔가 증거가 될 만한 것이 있는지, 이것들이 뭘 증명하는지 전 전혀 몰라요. 의무 기록, 장기 이식 수술 기록, 환자 기록, 아버지와 프리드리히 게르케, 푸르트뱅글러 사이에 오간 편지들이에요.”

“푸르트뱅글러는 무슨 관계가 있죠?”피아가 물었다.

“그 사람은 혈액학 전공이에요.”카롤리네 알브레히트는 어깨를 으쓱했다.“혈액에 관한 연구를 하는 사람이고 쾰른에서 아버지와 함께 연구했어요. 무엇에 관한 연구였는지는 저도 몰라요.”

보덴슈타인이 헛기침을 했다.

"그런데 그렇게 오랫동안 친분을 다져왔는데 왜 아버지가 게르케 씨를 죽였다고 생각하시는 겁니까?"

"제가 범행의 동기가 담긴 부고를 보여준 다음 게르케 씨가 아버지와 통화를 한 것 같아요. 야닝 박사가 지난주 토요일에 게르케 씨와 전화 통화를 하면서 오랫동안 말하지 않았던 비밀을 모두 털어놓았다고 하더라고요. 그리고 나서 게르케 씨가 흥분한 상태로 아버지에게 전화를 했겠죠." 카롤리네 알브레히트는 서류철 옆에 놓인 스마트폰을 가리켰다. "아버지의 비밀전화예요. 금고에 들어 있었어요. 여기 보면 게르케 씨가 토요일 저녁 8시에 전화한 것으로 돼 있어요."

"그 전화를 끊고 게르케 씨 집으로 가서 클로로포름으로 마취시키고 과량의 인슐린을 주사한 거죠." 피아가 바통을 이어서 추리를 펼쳤다. "그리고 서류들을 뒤져 대부분은 불태우고 이것들은 집으로 가져왔고요. 아들의 죽음으로 절망한 게르케 씨가 모든 흔적을 없애고 자살한 것처럼 보이게 하려는 의도였겠죠."

"그리고 그렇게 넘어갈 뻔했죠." 카롤리네 알브레히트가 목멘 소리로 말하며 자리에서 일어섰다. 그녀는 창가로 가서 밖을 내다보았다. "아버지는 야망 때문에 사람을 죽이는 일도 서슴지 않았어요. 그리고 결국 어머니까지 죽인 거예요."

한숨을 쉬며 그렇게 말하는 목소리에는 흐느낌이 섞여 있었지만, 그녀의 자제력은 거의 초인적인 수준이었다.

"어머니에게, 제 딸에게, 그리고 제게 한 짓을 생각하면 아버지가 지옥에 떨어져도 시원치 않아요." 그녀가 내뱉듯 말했다. "분명 좋은 일도 했겠죠. 그렇다 해도 아버지가 초래한 아픔과 고통을 상쇄할 수는 없어요. 아버지의 의도를 생각할수록 환자들 개인에게는 아무 관심도 없었다는 생각이 들어요. 환자를 위하는 척했지만, 사실은 자신의 명성과 성공, 인정만을 원했던 거죠. 아버지가 평생 감옥에서 나오지 않았으면 좋겠어요."

그렇게 말하는 그녀의 얼굴에서 큰 고통이 느껴졌다. 여전히 감정을 자제하고 있었지만 그녀 안에서 분노, 슬픔, 고통, 절망이 꿈틀거리는 게 보였다.

"만약 게르케에 대한 살인죄가 증명된다면 아주 오랫동안 감옥살이를 해야 할 겁니다." 보덴슈타인이 말했다. "하지만 지금 우리가 가진 건 혐의에 불과합니다. 영리한 변호사라면 이 정도는 쉽게 공중분해시켜버릴 수 있어요."

카롤리네 알브레히트는 식탁으로 돌아와 갈색 가죽 다이어리에서 종이 한 장을 꺼내 내밀었다. 그녀의 얼굴이 실룩거렸다.

"수사는 경찰이 해야 한다는 거 알아요. 하지만…… 제가 몇 가지 물어보고 다녔어요." 그녀가 나지막하게 말했다. "토요일 밤 12시 35분에 아버지가 게르케 씨 집에서 나오는 걸 본 사람의 연락처예요. 게르케 씨의 이웃이고 개를 정원에 내보내다가 봤다는데 아버지의 인상착의를 자세히 설명하더라고요. 이것과 연기 냄새 나는 옷이면 증거로 충분하겠죠?"

*

"루돌프 교수가 하려던 일은 대체 뭘까요?" 피아가 막 시동을 건 보덴슈타인에게 물었다. "혈액형 제한을 넘어서려고 했던 걸까요?"

"무슨 프랑켄슈타인도 아니고!" 보덴슈타인은 회의적인 표정으로 머리를 절레절레 흔들었다.

"하지만 생각해볼 만하잖아요. 아니면 왜 유명한 혈액학 전공의인

푸르트뱅글러와 함께 연구했겠어요? 헬렌 슈타틀러가 그걸 알아낸 게 틀림없어요. 공책에 적어놓은 메모들과 내용이 일치하잖아요!"

"하긴 부르마이스터와 하우스만도 재해병원에서 신기술이 개발되면 이득을 볼 사람들이긴 하지." 보덴슈타인이 혼잣말처럼 말했다. "그러면 병원의 명성이 엄청나게 높아졌을 거고 돈도 함께 따라왔겠지. 그런데 루돌프 교수가 걷잡을 수 없어지자 키르스텐 슈타틀러 건을 계기로 병원에서 퇴출시킨 거 아닐까?"

"루돌프 교수와 친구였던 야닝 박사는 게르케에게 속마음을 털어놓고 비밀도 말해줬어요. 그런데 왜 헬렌의 살생부에 올라 있을까요? 그 말은 곧 스나이퍼의 명단에도 있다는 건데……."

"헬렌이 보기엔 그 사람에게도 죄가 있었겠지." 보덴슈타인이 대꾸했다.

"하우스만과 야닝에게 전화해봐야겠어요!" 피아는 배낭을 뒤져 전화번호가 적힌 쪽지를 찾아냈다.

"조심해. 우리가 아는 건 아직 그렇게 많지 않아." 보덴슈타인이 주의를 주었다. "루돌프 교수에 대해 말하면 증거를 없앨지도 몰라. 비밀을 알고 있다는 건 공범이란 뜻이야."

"증거는 진작 없앴을 거예요!" 피아가 대꾸했다.

그녀는 먼저 재해병원 원장 하우스만 교수의 휴대전화로 전화를 걸었다. 하우스만은 바로 전화를 받았고 담당 형사에게 연락이 올 거라는 말을 들었다고 했다. 그건 좋지 않았다. 하지만 피아도 예상치 못한 바는 아니었다. 그녀는 간략하게 상황을 설명했다.

"루돌프 교수가 병원에서 쫓겨난 이유가 뭐죠? 도대체 무슨 일이 있었던 거예요?" 피아가 물었다.

"잠깐만요." 발소리와 문 닫히는 소리가 났다.

"당시 병원에는 루돌프에 대한 불만이 많았습니다." 하우스만이 부드러운 저음으로 말을 시작했다. "루돌프는 독재자 스타일이라 현대적인 병원 분위기와는 맞지 않았습니다. 의사들과 간호사들 사이에서 불만의 소리가 점점 높아졌지요. 결국 순조로운 병원 운영을 위해 계약해지를 통보할 수밖에 없었어요."

"정말 그게 이유였나요?" 피아가 따지고 물었다. "2002년 가을 실려 온 키르스텐 슈타틀러라는 환자 때문이 아니고요?"

하우스만은 순간 움찔했다.

"그것 때문에 분위기가 더 험악해졌지요." 그가 요령 있게 대답했다. "루돌프 팀에 있던 젊은 의사가 루돌프의 결정을 비난했다가 경고를 받고 병원 운영진과 의사협회에 탄원을 한 적이 있었습니다."

"정확히 뭐 때문이었죠?" 피아가 물었다.

"글쎄요, 자세히는 기억나지 않는데, 우선은 개인적으로 맞지 않아서 생긴 문제였던 것 같습니다. 루돌프는 성격이 괴팍한 편이어서 의식 있는 젊은 의사들이 애를 먹었지요."

피아는 이 말이 거짓이라는 것을 잘 알았다.

"지난 8월 헬렌 슈타틀러가 찾아와서 뭐라고 하던가요?" 그녀가 물었다.

"누가 찾아와요?"

"키르스텐 슈타틀러의 딸요. 저희가 입수한 정보에 의하면 몇 달 전 헬렌 슈타틀러가 교수님을 만났는데요."

다시 짧은 머뭇거림.

"아, 그 아가씨요? 얘기는 했는데 기억이 잘 안 납니다."

"제 생각엔 그 아가씨가 협박을 했을 것 같은데……." 피아는 그의 말을 단 한마디도 믿지 않았다. "왜냐면 헬렌 슈타틀러는 하르티히를 통해 병원 내부 비밀을 알고 있었거든요. 교수님 입장에서는 그 비밀을 반드시 숨기고 싶었겠죠? 사실 저희는 병원 내부 비밀에는 관심이 없어요. 신문을 봐서 아시겠지만 지난 2주 동안 다섯 명이 살해됐어요. 저희는 그동안 범행 동기를 파악해냈습니다. 피해자들 모두 가족이 키르스텐 슈타틀러와 관계가 있었어요. 그리고 이 말을 들으면 변명이 궁해지실 텐데, 피해자 다섯 명 중 세 명이 프랑크푸르트 재해병원과 관계된 사람들입니다. 되도록 빨리 휴가를 중단하고 돌아오세요. 비서는 해고하시고요. 왜냐고요? 저희가 며칠 전에 교수님과 통화하려고 했을 때 비서가 바로 연결해줬으면 두 건의 살인 사건을 막을 수도 있었거든요."

"제가 어떻게 하면 되겠습니까?" 그의 목소리가 심각해졌다.

"키르스텐 슈타틀러가 죽게 된 경위를 밝히세요. 안 그러면 언론에서 먼저 터뜨릴 거예요! 그게 범인의 목적입니다. 진실이 알려지고 나면 살인을 멈출지도 모르죠."

"하지만…… 그건 그렇게 쉽지 않습니다."

"왜요? 뭐가 무서워서요?"

"무서워서가 아니에요!" 하우스만 교수가 반박했다. "저도 병원에 고용된 사람일 뿐입니다. 병원은 외국 회사 소유인데 구설수에 오르는 걸 반길 리 없습니다."

"피할 수 없는 일이에요." 피아가 말했다. "제가 할 수 있는 말은 어서 돌아와서 피해를 최소화하시라는 거예요."

"아, 그럼…… 그럼 제가……." 그는 말을 더듬었다.

"참, 스나이퍼는 아직 잡히지 않았어요." 피아가 마치 갑자기 생각났다는 듯 말했다. "아끼는 가족이 있으시면 조심하라고 하세요."

피아는 그대로 전화를 끊고 바로 아르투르 야닝 박사에게 전화를 걸었다. 그는 다섯 번 신호가 간 후 전화를 받았다. 그리고 피아가 헬렌 슈타틀러에 대해 묻자 역시나 우물쭈물하며 답변을 피했다.

"박사님 이름이 10년 전 죽은 키르스텐 슈타틀러와 관련해서 거론되고 있어요." 피아는 다시 한 번 스나이퍼에게 희생당한 피해자들의 이름을 댔다. "박사님이나 박사님의 가족이 다음 피해자가 될 수도 있어요! 그래도 괜찮으세요?"

"무, 물론 아닙니다." 야닝이 불안한 말투로 대답했다.

"하우스만 교수가 당시 루돌프 교수가 재해병원에서 무슨 짓을 했는지, 왜 병원을 떠나야 했는지 다 얘기했어요. 비밀은 이미 다 드러났습니다. 저희에게 협조하시는 게 좋을 거예요."

"아니, 하우스만이……." 그는 놀란 듯 말을 꺼내다가 얼른 입을 다물었다. "원하는 게 뭡니까? 제가 뭘 어떻게 하면 되겠습니까?"

"질문이 잘못됐잖아요. 박사님 이름이 왜 헬렌 슈타틀러의 공책에 있느냐고 물었어야죠! 헬렌이 뭘 요구하던가요? 그 당시 해야 할 일을 하지 않았거나 잘못한 일이 있나요?"

묵묵부답.

"박사님이 협조를 하든 안 하든 저희는 결국 알아낼 거예요." 피아가 말했다. "하지만 범인의 명단에 올라 있는 사람 본인이 협조하지 않으면 저희도 보호해드릴 수 없습니다."

"무슨 명단 말입니까?"

이번에는 피아가 말을 아꼈다.

"지금 어디 계시죠?" 그녀가 대답 대신 물었다.

"알프스에 있습니다." 야닝이 대답했다. "가족과 함께 있는데 내일 돌아갑니다."

"도착하자마자 전화하세요. 경찰의 신변 보호를 받으실 겁니다."

피아가 전화를 끊자마자 휴대전화가 울렸다.

"볼프강 미거의 자동차가 발견됐어." 카이 오스터만이었다. "마인 타우누스 센터 주차장에 열쇠가 꽂힌 채로 있었어. 과학수사센터에 의뢰했으니까 곧 실험실로 끌고 갈 거야."

"잘됐군." 보덴슈타인이 고개를 끄덕였다. "그 밖에 다른 소식은?"

"네, 있습니다." 오스터만의 목소리는 심각했다. "좋은 소식은 아니지만요. 비비안 슈테른 찾아냈고요, 디르크 슈타틀러에 대해서도 몇 가지 알아냈습니다만 별로 좋아하실 만한 건 아닙니다."

*

그로부터 20분 뒤 그들은 보덴슈타인의 사무실에 앉아 있었다.

"비비안 슈테른은 실제로 헬렌 슈타틀러와 아주 친했던 것 같습니다. 초등학교 5학년 때부터 친구였답니다." 카이 오스터만이 메모를 보며 말했다. "여름이면 타우누스 어딘가에 있는 별장으로 놀러가곤 했답니다. 주인은 헬렌 아버지 친구인데 병이 있었대요."

"볼프강 미거?" 피아가 물었다.

"아마도." 오스터만이 고개를 끄덕였다. "미거는 슈타틀러와 마찬가지로 동독 출신입니다. 장벽이 세워지기 전에 넘어왔는데 슈타틀러와 아는 사이는 아니었습니다. 같은 회사에서 일하면서 알게 됐는데 아마 둘 다 동독 출신이라 친해졌겠죠. 슈테른 양 말로는 슈타틀러가 동독인민군 전투수영중대에 있었답니다. 동독에서 도망칠 때도 발트 해를 40킬로미터나 헤엄쳐서 넘어왔답니다. 그거 확인하다가 발견했는데, 슈타틀러는 3년 연속 사격왕 표창을 받은 경력이 있습니다."

잠시 적막이 감돌았다.

"믿기지 않는군." 보덴슈타인이 중얼거렸다.

"그런 다음에……." 오스터만이 말을 이었다. "디르크 슈타틀러가 왜 중증장애인으로 등록돼 있는지 궁금해서 찾아봤습니다. 우리는 한쪽 다리가 불편해서라고 생각했잖아요. 그런데 실상은 그게 아니었습니다. 다리가 아니라 정신적 문제 때문이었어요. 슈타틀러의 주치의도 프랑크푸르트 시청에 소속된 의사도 보행장애에 대해서는 전혀 모르고 있었습니다."

"보기 좋게 속았네요!" 피아가 탄식했다.

"거짓말도 안 하고 우릴 속였군. 내가 연방군대에 갔느냐고 물었을 때 안 갔다고 했는데, 맞는 말이었잖아." 보덴슈타인은 머리를 절레절레 흔들었다. "젠장! 동독 출신이라고 했을 때 그 생각을 했어야 하는 건데!"

"알고이에 여동생이 산다는 것도 사실이 아닙니다." 오스터만이 말을 이었다. "동네를 다 뒤져도 헬가 슈타틀러라는 이름을 가진 사람은 없었습니다. 슈타틀러가 알려준 전화번호로 전화를 했더니 그런 사람은 모른다고 하더라고요."

보덴슈타인도 피아도 기가 막히기는 마찬가지였다.

"네프 이 자식 가만 안 둘 테다!" 보덴슈타인은 이를 갈며 수화기를 들고 에릭 슈타틀러의 번호를 눌렀다. 그러나 신호가 가자 바로 전화를 끊어버렸다.

"왜 그래요?" 피아가 놀라서 물었다.

"갑자기 생각난 게 있어서." 보덴슈타인은 리더바흐에서 디르크 슈타틀러의 집을 감시하고 있는 경찰관에게 전화를 걸었다.

"아무런 움직임도 없습니다." 경찰관이 보고했다. "8시에 블라인드를 올리고 나서는 계속 조용합니다."

"알았어." 보덴슈타인은 불길한 예감이 들었다. "지금 집 앞으로 가서 초인종을 눌러봐. 그리고 바로 다시 전화해."

경찰관들의 전화를 기다리는 동안 피아는 다시 부르마이스터에게 전화를 걸어보았다. 이제는 아예 전화기가 꺼져 있었다. 보덴슈타인의 전화기가 울렸다. 경찰관들은 초인종을 여러 번 눌렀지만 문을 열어주는 사람이 없다고 알려왔다. 그리고 앞쪽에서는 보이지 않지만 집 뒤에 있는 정원에서 뒷집 정원으로 넘어갈 수 있다는 것을 발견했다고 보고했다. 빨리도 발견했다!

"차고 확인하고 이웃 탐문해봐." 보덴슈타인이 화를 참느라 이를 앙다문 채 말했다. "그리고 곧바로 보고해. 알았어?"

그는 뺨을 불룩하게 만들더니 천천히 숨을 내쉬었다.

"이미 튀었어." 보덴슈타인이 건조하게 내뱉었다. "카이, 디르크 슈타틀러랑 그놈 차 바로 수배해."

"네, 알겠습니다." 오스터만은 자리에서 일어나 보덴슈타인의 방을 나갔다.

"흥, 알고이에 여동생이 산다고? 어떻게 사람이 그렇게 뻔뻔할 수 있죠?" 피아는 이렇게까지 철저하게 속았다는 사실이 여전히 믿기지 않았다. "그 사람 너무…… 너무 완벽했잖아요!"

"그랬지! 우리가 자기를 의심하지 않으리라는 확신을 가지고 있었어. 이틀 동안만 시간을 벌면 되는 거였거든. 부르마이스터가 돌아오는 오늘 아침까지 말이야. 슈타틀러가 알고이 연락처 적어줄 때 기억나?"

"네, 왜요?"

"장갑을 끼고 있었어."

피아는 기억을 환기시켰다.

"네, 맞아요! 우리가 갔을 때 차에 짐을 싣고 있었어요. 밖은 추웠고요. 하지만 장갑을 벗고 번호를 적을 수도 있었죠."

"하지만 슈타틀러는 그렇게 하지 않았어. 종이에 지문을 남기지 않으려고 한 거야."

"하지만 지문은 집 안에서도 찾아낼 수 있잖아요." 피아가 이마에 주름을 잡으며 말했다.

"시간을 벌려고 한 거라니까. 아마 현장에 흔적을 남겼다는 사실도 알고 있을 거야. 그리고 미거의 자동차도 언젠가는 찾아낼 걸 알았겠지. 슈타틀러가 미거의 차를 사용한 건 확실해. 그런데 우리는 바로 지문 대조를 할 수 없으면 수색영장을 청구해야 하고, 그러려면 시간이 걸리잖아. 어쩌면 자기 지문이 어딘가에 저장돼 있을지 모른다고 생각했을 수도 있지."

"컴퓨터를 다 돌려봤는데 교통위반 몇 건 말고는 아무것도 안 나왔어요. 전과 없이 아주 깨끗했다고요." 피아는 머리를 절레절레 흔들었다. "그 알고이에 산다는 여동생도 다 알리바이 때문에 만들어낸 거였군요."

"그렇지." 보덴슈타인이 고개를 끄덕였다. "에릭 슈타틀러도 거짓말을 하거나 아버지에게 경고할 게 뻔해. 그래서 방금 그쪽에서 전화받기 전에 끊은 거야."

다시 보덴슈타인의 전화기가 울렸다. 이웃 탐문 결과 슈타틀러가 나가는 것을 본 사람은 아무도 없었다. 이웃사람들은 대부분 누군지 잘 모르겠다며 한참 생각했으며 건물 끝에 위치한 슈타틀러의 차고는 비어 있었다.

"디르크 슈타틀러가 범인일까요?" 피아가 물었다.

"그런 것 같아." 보덴슈타인이 어두운 표정으로 고개를 끄덕였다. "피아 말이 옳았어. 처음부터 느낌이 안 좋다고 했잖아. 슈타틀러는 세세한 것까지 계획을 세웠고 수사의 초점이 자기에게 쏠릴 것도 알았어. 그래서 우리가 할 질문에 철저하게 대비를 해놓은 거야."

"프랑크푸르트 시청에 근무하지 않는다는 건 일찍 알아낼 수 있었는데……." 피아가 아쉬운 듯 말했다.

"이미 이렇게 돼버렸으니 어쩌겠어." 보덴슈타인은 자리에서 일어나 문 쪽으로 걸어갔다. "슈타틀러는 다리 저는 연기를 실감나게 함으로써 우리가 아예 의심도 못 하게 했던 거야. 게다가 끊임없이 사건이 터져서 우린 생각할 틈도 없었고. 어쩌면 하르티히와 톰슨도 한통속인지 몰라. 슈타틀러에게 시간을 벌어주기 위해서 톰슨이 일부러 자기 쪽으로 의심을 돌렸을 수도 있어."

"이제 어쩌죠?" 피아가 보덴슈타인을 따라 복도로 나가며 물었다.

"과장님과 팀에 보고하고 헬렌 슈타틀러의 친구가 말한 별장을 찾아야지. 그리고 부르마이스터도 찾아내고."

옆구리에 노트북을 끼고 걸어오던 오스터만이 보덴슈타인의 마지막 말을 들었다.

"그럴 필요는 없을 것 같습니다." 오스터만이 상기된 얼굴로 말했다. "스나이퍼가 신문사에 두 통의 메일을 보냈습니다. 방금 파버에게서 전달받았는데요, 하나는 랄프 헤세에 대한 거고 하나는 직접 보셔야 할 것 같습니다!"

*

모든 시선이 특수본부 회의실의 큰 화면에 나타난 끔찍한 사진에 집중되었다. 흰색 티셔츠를 입은 남자가 수술대에 묶여 있는 사진이었다. 남자의 얼굴은 고통과 공포에 일그러졌고 가슴 위에는 손목 위에서 깨끗하게 잘린 오른손이 놓여 있었다. 손이 잘려나간 단면은 전문가의 솜씨인 듯 깔끔하게 붕대로 감겨 있었다.

"부르마이스터 박사예요!" 피아가 역겨움을 누르며 외쳤다. 무력감과 분노가 밀려왔다. 스나이퍼에게 화가 나는 건지 경고를 귓등으로도 안 듣던 부르마이스터에게 화가 나는 건지 그녀도 알 수 없었다.

"그 사람들이 이미 기다리고 있었던 거예요. 공항이나 집 앞에서 채간 것 같아요." 피아가 말했다.

"그 사람들이라니?" 니콜라 엥엘이 물었다.

"하르티히와 슈타틀러요." 피아가 대답했다. "그 두 사람이 한통속이 아니면 내 손에 장을 지지겠어요. 하르티히가 관여했다는 증거도 있어요." 피아가 사진을 가리켰다. "하르티히도 외과의였잖아요. 최고의 엘리트였죠. 루돌프와 부르마이스터에게 반항하다 쫓겨나기 전까지는."

"그렇다면 하르티히도 부르마이스터에게 복수할 이유가 있군." 보덴슈타인이 말했다. "그것도 아주 개인적인 동기 말이야."

"자, 그럼 이제부터 어떻게 할 거지?" 니콜라 엥엘이 물었다.

"두 용의자에 대한 수배령은 이미 내려진 상태고요." 오스터만이 상황을 정리했다. "집도 감시 중입니다. 자동차 역시 수배 중이고요, 지역범죄수사국 IT팀에서 재판관이 마지막으로 메일을 보낸 경로를 확인 중입니다. 저희는 미거의 별장을 찾아 토지대장을 뒤지는 중인데, 아마 켈크하임 근처인 것 같습니다. 비비안 슈테른이 별장으로 가는 길에 전철역 바로 뒤에 있는 아이스크림 가게에 들른 걸 기억하고 있었습니다."

피아는 랄프 헤세의 부고를 다시 한 번 읽었다. "랄프 헤세는 아내가 협박과 정신적 폭력을 행사하며 한 사람의 살인을 방조했기 때문에 죽어야 한다."

베티나 카스파 헤세가 이 부고를 읽는다면 과연 마음이 어떨까? 그녀에게 죄를 뒤집어씌우는 이 냉소적인 글귀를 읽지 못하도록 숨기는 게 낫지 않을까? 하지만 게르케처럼 결국은 그 존재에 대해 알게 될 것이다.

"메일이 온 시간이 정확히 언제야?" 보덴슈타인이 물었다.

"11시 52분과 11시 53분, 1분 간격으로 도착했습니다." 오스터만이 대답했다.

"부르마이스터는 오늘 아침 7시경 프랑크푸르트 공항을 나갔어요." 피아가 벽에 붙은 지도 앞으로 걸어가며 말했다. 지도에는 색색의 핀으로 범행 장소가 표시돼 있었다. "만약 부르마이스터를 거기서 바로 납치했다면 어딘가로 데려가서 손을 자를 시간이 네 시간 정도밖에 없었다는 뜻이죠. 아마 프랑크푸르트에서 멀지 않은 곳에 있을 거예요."

"공항 제1청사 앞에 있는 감시카메라들을 확인해보겠습니다." 오스터만이 고개를 끄덕이며 말했다.

"여기들 봐요!" 사진을 이리저리 살피던 크뢰거가 외쳤다. "사진을 밝게 했더니 배경이 조금 보입니다."

모두 화면을 쳐다보았다.

"저 타일! 정육점이나 제과점에 있는 타일 같은데." 보덴슈타인이 말했다.

"아니면 대형 주방이거나." 니콜라 엥엘도 한마디했다. "사진 더 크게 할 수 없나?"

"이게 최대한입니다. 더 확대하면 화질이 너무 떨어집니다." 크뢰 거가 대답했다.

"반경 100킬로미터 내 있는 빈 건물 중에서 대형 주방이 있는 건 물을 추려내죠." 셈이 제안했다.

드디어 수사가 전환점을 맞았다! 모두들 제안하고 의논하는 동안 피아는 혼자 생각에 빠졌다. 부르마이스터가 스나이퍼의 손에 넘어 간 것은 끔찍한 일이다. 하지만 그것 때문에 자신을 탓하지는 않았 다. 부르마이스터는 모든 경고를 무시하지 않았는가! 하르티히는 며 칠째 행방불명이고, 슈타틀러는 알고이에 간 적도 없고 리더바흐 집 에도 없다. 그렇다면 그들은 어디에 있는 걸까?

사용하지 않을 때 볼프강 미거의 차는 조센하임의 임대 차고에 들 어 있었다. 슈타틀러는 매번 차를 갈아탔는지도 모른다. 얼마나 영리 한 처사인가! 그 차고를 임대한 사람은 톰슨이 아니라 하르티나 슈 타틀러였을 것이다. 톰슨을 좋아하지 않는 그 두 사람이 톰슨에게 의 심이 가도록 거짓 증거를 뿌려놓은 것이다! 그 증거를 따라가던 경찰 이 막다른 골목에 부딪칠 때마다 스나이퍼는 그만큼의 시간을 벌었 으리라.

"톰슨 아직 여기 있나요?" 피아가 누구에게랄 것도 없이 불쑥 물 었다.

"응, 오늘 정오에 이감될 거야." 오스터만이 대답했다.

"모두 내 말 잘 들어봐요!" 피아가 자리에서 일어서며 말했다. "톰 슨은 분명 그 별장이 어디 있는지 알고 있을 거예요! 그리고 하우스 만 교수와 야닝 박사, 혹은 그들의 가족을 디르크 슈타틀러로부터 보 호해야 해요."

"좋은 생각 있어?" 보덴슈타인이 자세를 고쳐 앉으며 물었다.

"이제 하르티히와 슈타틀러의 집은 감시할 필요가 없어요." 피아가 상기된 표정으로 말했다. "대신 전화를 감청해야 해요. 부자가 한통 속일 경우를 생각해서 에릭 슈타틀러의 유무선 전화도 감청해야 하고요. 그리고 하우스만과 야닝에게 전화를 걸어서 위험에 처할 만한 가족이 있는지 물어봐야 해요. 루돌프는 더 압박해봐겠어요. 이리 데려와서 부르마이스터의 사진을 보여주자고요! 톰슨에게도 보여주고 별장이 어디 있는지 물어보고요!"

"좋아, 그렇게 하지." 보덴슈타인이 자리에서 일어섰다. "톰슨부터 시작하자고. 그리고 헬렌 슈타틀러의 친구와도 얘기를 해야겠어."

"슈테른 양은 오늘 저녁 비행기로 미국으로 출발하는데요." 오스터만이 말했다.

"미루라고 해." 보덴슈타인이 말했다. "당장 불러들여. 그리고 부르마이스터 사진 좀 인쇄해줘."

니콜라 엥엘은 보덴슈타인과 피아를 따라 복도로 나왔다.

"뭔가 내가 할 수 있는 일이 없을까?" 그녀가 물었다.

"있습니다." 보덴슈타인이 건조하게 대꾸했다. "전체 그림 좀 봐주십시오. 전 이제 뭐가 뭔지 하나도 모르겠어요."

*

마르크 톰슨은 볼프강 미거가 '주말농장'이라고 부르던 별장이 어디 있는지 알고 있었다. 어린 시절 그 별장에서 좋은 추억을 쌓았다고 헬렌이 여러 번 말했기 때문이다.

그 별장은 피시바흐와 슈나이트하인 사이에 있는 별장촌에 있었다. 톰슨은 정확한 주소를 기억하지 못했지만 오스터만이 켈크하임시 토지대장에서 바로 찾아냈다. 여러 대의 순찰차가 당장 출동했고 하르티히나 슈타틀러가 무장한 채 그 집에 머물고 있을 경우를 대비해 경찰기동대도 호출했다. 셈과 카트린이 하우스만과 야닝에게 전화를 걸고 비비안 슈테른이 미국으로 가버리지 않도록 조처하는 동안 보덴슈타인, 피아, 크뢰거, 킴은 을씨년스러운 풍경을 달려 피시바흐로 이동했다. 비우지 않은 쓰레기통 옆에 쓰레기봉투들이 잔뜩 쌓였고 음식물쓰레기에 끌린 들쥐와 여우들이 대낮인데도 텅 빈 거리를 활보하고 있었다. 대다수의 주민은 여행을 떠났고 여행을 가지 않은 사람들은 집에 꼼짝 않고 틀어박혀 있었다. 도로에 돌아다니는 몇 대 안 되는 차들은 대부분 순찰차였다. 기차와 버스 시간표는 지켜지지 않은 지 오래였고 신문배달부와 우편배달부들은 여전히 일하기를 거부하고 있었다. 환경미화원들, 택배기사들, 건설노동자들도 마찬가지였다. 상점과 식당도 문 닫은 곳이 많았고, 슈퍼마켓은 최소 인원으로 운영하고 있었다. 출퇴근길에 총에 맞아 죽을까 봐 무서워하는 직원들이 병가를 냈기 때문이었다.

기온은 다시 영하로 떨어졌다. 나뭇가지에 하얗게 서리가 내려 동화 같은 풍경을 연출했지만 거기 관심을 두는 사람은 아무도 없었다. 피아는 피시바흐를 가로질러 쾨니히슈타인 방향 B455연방도로로 들어섰다. 2킬로미터 정도 더 달리니 별장촌이 나왔다. 아스팔트가 깔리지 않은 길과 얼어붙은 물웅덩이 위를 지나며 차는 끊임없이 덜컹거렸다. 그들은 피시바흐 테니스클럽을 지나갔다.

"저기로 들어가!" 크뢰거가 이정표를 가리켰다. "저기가 19번지야."

경찰관들은 지시대로 길가에서 대기하고 있었다. 조금 있으니 기동대가 도착해 집과 택지를 수색했다.

"집은 비어 있습니다." 불과 10분 뒤 수색을 끝낸 기동대장이 말했다. "들어가셔도 됩니다."

"고맙습니다." 보덴슈타인이 말했다.

19번지에 위치한 아담한 집은 거대한 전나무들 사이에 있어 눈에 잘 띄지 않았다. 높은 주목 울타리와 녹슨 철망에 에워싸인 정원은 바로 숲으로 연결되어 있었다. 담쟁이덩굴이 뒤덮은 돌기둥 사이에 매달린 대문을 열자 삐걱거리는 쇳소리가 났다. 낡은 우편함에는 '볼프강&게르다 미거'라고 쓴 명패가 붙어 있었다. 손으로 쓴 글씨는 알아보기 힘들 정도였다.

"겨울에는 사람이 거의 안 다니는 곳이지." 몇 킬로미터 떨어지지 않은 곳에서 어린 시절을 보낸 보덴슈타인은 이곳에 대해 잘 알고 있었다. "처음엔 오두막 몇 채가 전부였어. 요즘은 전기가 들어오는 제대로 된 집도 짓더라고. 그래도 텔레비전은 안 나오지. 다 불법으로 지은 집들이야."

"여기가 미거의 별장이로군요. 완벽한 은신처예요." 피아가 말했다. "특히 이 계절에는요."

"아무것도 만지지 마!" 크뢰거가 불필요하게 주의를 주었다.

작은 집의 창에는 나무로 된 덧창이 달려 있고 계단 두 개 높이의 베란다도 있었다. 나무로 된 수레바퀴 세 개가 난간 역할을 하고 있어 목장 느낌도 났다. 베란다 아래에는 장작을 패기 위한 나무둥치가 놓여 있었고 그 주변에는 막 잘려나간 듯한 나무 부스러기가 흩어져 있었다.

보덴슈타인과 피아는 장갑과 덧신을 신고 집 안으로 들어갔다. 문을 열고 들어가니 커다란 하나의 공간이 나타났다. 구석에 싱크대와 찬장이 있고 좌우 양쪽에 문이 하나씩 있었다. 차가운 공기에선 퀴퀴한 냄새와 담배 냄새가 났다.

바닥이 마룻바닥인 데다 나무로 된 덧창이 모두 닫혀 있고 벽과 천장도 홈에 끼워 맞춘 나무 패널로 돼 있어 마치 나무궤짝 속에 들어온 것만 같았다. 보덴슈타인은 싱크대를 살펴보았다. 설거지통에는 접시 하나, 냄비 하나, 그리고 작은 그릇들이, 그 옆 플라스틱 식기건조대에는 컵 두 개와 접시 하나가 들어 있었다. 작은 냉장고는 식료품으로 가득했고 벽난로의 재에는 아직 온기가 남아 있었다. 오른쪽 문을 열어보니 정돈되지 않은 침대와 여기저기 널브러진 옷가지가 보였다. 보덴슈타인은 몸을 돌렸다. 낡은 식탁에는 신문이 펼쳐져 있고 소나무로 만든 작은 장식대에는 구식 소형 텔레비전이 놓여 있었다.

그는 방 한가운데 서서 눈을 감고 주먹을 꽉 쥐었다. 슈타틀러가 바로 옆에 있는 듯 느껴졌다. "뼛속까지 평화주의자거든요"라고 말하던 그의 목소리가 비웃음처럼 귓전을 맴돌았다. 피아, 크뢰거, 킴도 집을 둘러보았다. 그들이 걸을 때마다 낡은 양탄자 밑에서 마룻바닥이 삐걱거렸다.

"반장님!" 피아의 외침에 보덴슈타인은 퍼뜩 정신이 들었다. "이것 좀 보세요!"

그는 눈을 뜨고 피아가 서 있는 곳으로 갔다. 왼쪽 방을 들여다본 그는 문간에서 걸음을 멈추었다.

벽에는 피해자별로 사진, 지도, 위성사진 등이 나란히 붙어 있고 책상 위의 정리함에는 피해자와 피해자 주변에 관한 기록이 칸마다 쌓여 있었다. 그리고 종이로 만든 작은 상자에는 빈 탄피 다섯 개가 꽂혀 있고 각각의 탄피에는 피해자의 이름을 적은 스티커가 붙어 있었다.

그들은 집 밖으로 나왔다. 크뢰거는 집을 한 바퀴 돌다가 벽난로에서 나온 재를 모아놓은 장소를 발견했다. 쓰레기는 다른 곳으로 가지고 가는지 80리터짜리 쓰레기통은 텅 빈 채 이끼에 덮여 있었다.

"신발을 태웠네요." 크뢰거가 말했다. "하지만 밑창은 살아남았어요. 가지고 가서 그리스하임에서 나온 신발 자국과 대조해봐야겠습니다."

"이제 어떡하죠?" 피아가 물었다.

보덴슈타인은 생각에 집중했다. 이제부터는 아주 작은 실수라도 용납되지 않는다. 조금만 잘못해도 끝장이다. 만약 실패하면 언론은 그들을 갈기갈기 찢어발길 것이다.

"여기서 기다려야지. 언젠가는 이리로 돌아올 거야." 그가 결정을 내렸다. "대문은 멀쩡합니까?"

"좀 망가지긴 했는데 눈치채지 못하도록 잘 기대놓으면 됩니다." 기동대장이 대답했다.

"좋아, 크리스티안, 다 촬영해. 아무것도 손대지 말고."

평소라면 마지막 말을 듣고 바로 폭발했을 테지만, 크뢰거는 말없이 고개를 끄덕이고 일에 착수했다. 기동대는 정원과 집 뒤에 있는 숲을 따라 포진했고 사복경찰 두 명은 슈타틀러가 지나가면 바로 연락할 수 있도록 별장촌 초입에 있는 피시바흐 테니스클럽 주차장에 배치되었다.

오스터만에게서 전화가 왔다. 스나이퍼의 마지막 메일은 운터리더바흐에 있는 카페의 무선랜을 통해 보내진 것으로 드러났으며, 이미 사실관계를 확인할 경찰관을 그곳으로 보냈다고 했다.

"에릭 슈타틀러와 여자친구를 불러다 심문해야겠어." 피아, 킴과 함께 차로 돌아가면서 보덴슈타인이 말했다. "컴퓨터, 노트북, 휴대전화 다 압수하고 빙클러 부부도 호출해야 돼!"

"만약 그 사람들이 범행에 관계돼 있다면 슈타틀러에게 연락해서 알려주지 않을까요?" 피아는 회의적이었다. "슈타틀러가 그들과 규칙적으로 연락을 주고받았다면 그들과 연락이 닿는 한 아직 안전하다고 생각할 테고, 연락이 닿지 않으면 부르마이스터와 하르티히를 죽이고 잠적할 수도 있어요."

보덴슈타인은 이마를 찡그렸다.

"그리고 그 사람들이 이미 사정을 알고 있다면 잡아와봐야 입도 뻥긋 안 할 거예요." 피아가 말을 이었다. "차라리 팩트를 정리하고 간과한 게 없는지 살피는 게 더 좋지 않을까요?"

보덴슈타인의 전화기가 다시 울렸다. 오스터만이었다. 보덴슈타인은 모두가 들을 수 있도록 스피커를 켰다.

"공항 감시카메라 6시 30분부터 7시 30분까지 분량을 살펴봤는데요." 오스터만이 말했다. "세이셸발 비행기는 1번 터미널 게이트C에 도착했습니다. 부르마이스터는 6시 58분 입국장에서 나왔고 택시가 다가오자 그 택시에 탔습니다. 그러자 두 번째 남자가 왼쪽 뒷문을 열고 택시에 올라탔습니다. 택시 번호판은 아주 잘 보여요. 지금 확인 중입니다."

"정말 공항에서 납치했네." 피아가 중얼거렸다. "우리가 부르마이스터와 얘기하고 있을 때 가까운 곳에 있었다는 거잖아!"

피아는 오늘 아침 공항에서의 상황을 떠올려보았다. 출국장과 비교하면 입국장은 상당히 조용한 편이었다. 피아는 부르마이스터의 전부인과 얘기하면서 머릿속으로 부르마이스터에게 할 말을 정리하고 있었지만, 주변에 있는 사람들도 면밀히 살폈다. 공항 직원 몇과 커피숍에 있는 비즈니스맨 네댓 명을 제외하면 모두 마중 나온 사람들이었다. 마중 나온 사람들은 도착한 여행객들과 함께 점차 사라졌다. 슈타틀러는 당연히 변장을 했을 것이다.

"출구 쪽에서 게이트와 커피숍이 보이는 각도에 카메라가 있을까?" 피아가 오스터만에게 물었다.

"아마 있을 거야." 오스터만이 대답했다. "1985년 인도항공 폭탄 테러 이후 모든 공항 구석구석에 감시카메라가 설치됐거든."

"커피숍에 있던 남자들 중 하나가 슈타틀러일 거야." 피아는 확신이 있었다. "확인 좀 해줘."

"알았어. 수고해."

피아는 기어를 올리고 차를 출발시켰다.

"금방이라도 스나이퍼에게 연락이 와서 부르마이스터의 시체가 있는 곳을 알려줄 것만 같아." 피아가 우울하게 중얼거렸다.

"틀렸어." 뒷좌석에 앉아 침묵을 지키던 킴이 말했다. "죽이지는 않을 거야. 다시는 외과의로 일하지 못하도록 절단만 하겠지. 사실 오른손을 자른 것만으로도 충분하지만."

"결국 부르마이스터도 보호하지 못했군." 보덴슈타인이 멍한 표정으로 중얼거렸다. "우린 피해자를 단 한 명도 구하지 못했어. 항상 뒤처져서 따라가기만 했지."

"처음부터 두 개의 이야기가 존재했어요." 피아는 그의 자책 섞인 말에 대꾸하지 않았다. "하나는 키르스텐 슈타틀러의 죽음을 둘러싼 이야기예요. 들춰져서는 안 되는 비밀이지만 이미 알려졌고 서류로도 증명 가능해요. 재해병원 사람들이 기를 쓰고 덮으려고 하는 건 헬렌 슈타틀러가 조사하던 두 번째 이야기예요. 이건 아주 적은 수의 사람만 알고 있어요. 루돌프 자신과 야닝, 하우스만, 그리고 부르마이스터! 공식적으로 루돌프 교수는 권위적인 태도와 그로 인해 야기된 문제 때문에 이직한 걸로 돼 있어요. 그런데 아까 공항에서 부르마이스터를 살짝 떠보니까 뭘 두려워하는지는 모르겠지만 얼굴 표정이 싹 바뀌더라고요. 물론 그냥 떠본 거라는 걸 눈치채고는 달라졌지만. 야닝도 마찬가지였어요! 하우스만이 다 털어놨다고 하니까 급격히 말이 줄었어요."

"그래, 헬렌이 죽은 건 그것 때문일 거야." 킴이 담담하게 말했다.

"그럼 하르티히가 헬렌을 죽였다는 건 뭐야?" 보덴슈타인이 반박했다.

"또 모르죠, 하르티히도 그 패거리 중 한 명인지." 피아가 대꾸했다. "아니면 헬렌이 하르티히의 과거를 알아냈을 수도 있어요. 하르티히가 루돌프 팀에 있었다는 걸 알고 그 사실을 아버지에게 말하겠다고 협박했을 수도 있죠."

"제 생각에 비비안 슈테른이 하르티히를 헬렌의 살인자로 보는 건 본인이 하르티히를 무서워하기 때문인 것 같아요."

"그럴 수도 잇겠군." 보덴슈타인이 쩝 입맛을 다셨다.

피아는 왼쪽 B455연방도로로 차를 꺾었다. 켈크하임을 달리고 있는데 오스터만에게서 전화가 왔다.

"그 택시 말입니다. 오늘 아침에 도난신고된 차량입니다. 이건 좋은 소식인데요, 위치추적 칩이 들어 있어서 택시 회사가 두 시간 만에 찾아냈습니다."

"어디서?" 보덴슈타인이 물었다.

"이제 나쁜 소식입니다. 반장님 댁 앞에 있었다는데요."

"뭐?" 보덴슈타인이 기가 막힌 듯 외쳤다. "나쁜 자식, 이젠 나를 놀

555

리기까지 하는군.”

“힘을 과시하는 거죠.” 킴이 말했다.

“택시는 공항에서 바로 루퍼츠하인으로 갔답니다. 그래서 택시 회사에서는 손님을 태우고 가는 줄 알았나 봐요. 그런데 택시 기사가 전화해서 둔기로 머리를 맞고 밧줄로 묶여 숲에 버려졌다고 하더래요. 그 회사에는 택시가 130대인데 오늘 아침 사무실에는 젊은 여직원 혼자만 있었나 봐요. 전화를 받긴 했는데 무슨 말인지 바로 알아듣지 못했나 봅니다.”

“슈타틀러가 엄청난 도박을 했는데요.” 피아가 말했다. “공항에서 루퍼츠하인까지는 차로 35분 정도 걸려요. 그렇다면 8시 반쯤 루퍼츠하인에 도착했다는 얘기죠. 그러고는 어디선가 내려서 부르마이스터를 자기들 차로 옮겨 태웠을 거예요. 메일은 12시경에 도착했어요. 손을 자르고 붕대를 감는 시간을 감안하면, 이 근처 어딘가에 있다는 소리예요.”

그걸 알았다고 해서 크게 도움이 되지는 않았다. 이 ‘근처’라는 것이 독일에서 가장 인구 밀도가 높은 지역 중 하나였기 때문이다. 물론 전경 부대가 프랑크푸르트 인근과 도심에 위치한 빈집을 뒤지기 시작했고 텔레비전, 라디오, 인터넷을 통해 수배령이 퍼져나갔지만 건초더미에서 바늘 찾기나 마찬가지였다. 보덴슈타인은 얼마 전 참여한 세미나에서 동료에게 타우누스 지방은 수도 베를린에 비하면 “시골 촌구석”이라는 말을 또 한 번 들었다. 그는 그런 말을 들을 때마다 화가 났다. 독일에서 프랑크푸르트 공항, 수많은 은행, 국제적 기업들이 위치한 이 지역만큼 덜 시골스러운 지역은 없을 것이기 때문이다. 하지만 오늘만큼은 정말 그런 시골 촌구석에 살았더라면 하는 생각이 들었다. 목장 열 개, 학교 하나, 실내체육관 두 개 정도만 뒤지면 되는 작은 마을 말이다. 그런 생각을 하는 순간 그의 머릿속에서 그동안 전혀 생각하지 못했던 연결고리가 철컥 맞물렸다.

"맞아!" 그가 흥분해서 외치자 깜짝 놀란 피아가 몸을 움찔했다.

"사고 날 뻔했잖아요!" 피아가 버럭 화를 냈다.

"슈타틀러는 오랫동안 시청 도시계획과에서 일했어. 그렇다면 공공건물에 대해 잘 알고 있을 거야. 박물관, 학교, 체육관, 수영장 같은 거 말이야! 수색 범위를 프랑크푸르트 시내로 좁혀야겠어!"

보덴슈타인은 오스터만에게 전화를 걸어 자신의 생각을 말하려고 했다. 그런데 오스터만이 먼저 새로운 소식을 전했다.

"돌아오는 중이세요?" 오스터만이 물었다. "새 메일이 도착했습니다. 이번엔 사진이 아니라 동영상이 첨부파일로 왔어요."

*

"미리 말해두는데 비위 약한 사람은 조심하세요." 오스터만이 8분짜리 동영상을 큰 화면에 재생시키며 말했다.

공포로 일그러진 부르마이스터의 얼굴이 클로즈업으로 나타났다. 금방이라도 눈알이 튀어나올 것만 같았다. 그는 더 이상 오늘 아침 딸과 포옹할 때의 자신감 있고 생기 넘치는 남자가 아니었다.

"안 돼!" 그가 절망적으로 울부짖었다. "제발…… 제발, 안 돼! 이럴 수는 없어! 제발! 나…… 돈 많아요! 시…… 시…… 시키는 대로 다 할게요. 제발 손만은! 제발!"

카메라는 그의 얼굴에서 팔로 미끄러져 내려갔다. 왼팔이 나무 상판 같은 것에 고정되어 있고 팔꿈치 위에서 전문 의료인의 솜씨로 묶여 있었다.

피아는 욕지기가 나는 것을 느끼며 얼굴을 돌렸다. 치가 떨렸다. 귀를 막고 싶었다. 부르마이스터의 찢어지는 비명은 어느새 귓가를 파고들었다. 그녀는 더 이상 참지 못하고 밖으로 뛰쳐나갔다. 동료들을 헤치고 복도로 나온 그녀는 뒷문을 통해 밖으로 나갔다. 계단에 앉아 있으려니 분노의 눈물이 솟구쳤다. 그녀는 심호흡을 하면서 주머니에서 담배와 라이터를 꺼냈다. 그러나 불을 붙이려 해도 손이 떨려 라이터를 켤 수 없었다. 그녀는 시몬 부르마이스터를 구할 수 있었다! 왜 그냥 수갑을 채워서 끌고 오지 않은 걸까? 짙은 패배감이 그녀를 에워쌌다. 그녀는 벽에 머리를 기댄 채 눈을 감았다. 누군가 나와서 옆에 앉았는데도 눈을 뜨지 않았다.

"피아 잘못이 아니야."

보덴슈타인은 평정을 되찾은 듯했다.

"아니에요." 피아가 대꾸했다. "강제로라도 끌고 왔어야 했어요."

"싫다는 사람을 억지로 도울 수는 없어."

"크리스토프와 함께 에콰도르에 갔어야 하는 건데!" 피아가 손등으로 눈물을 훔치며 말했다. 그리고 눈을 뜨고 다시 담배에 불을 붙이려고 시도했다.

"남아줘서 난 정말 고마워." 보덴슈타인은 피아의 손에서 부드럽게 라이터를 뺏었다. 그리고 그녀의 입에 물린 담배를 빼내 불을 붙였다. 그는 그녀에게 담배를 건넨 후 자신도 한 개비 꺼내 피웠다.

"우린 왜 이렇게 많은 실수를 한 거죠?" 피아가 힘없는 소리로 물었다. "왜 페이스북을 통해서 헬렌 슈타틀러의 친구를 찾아볼 생각도 하지 못했을까요?"

"생각할 시간이 없었으니까 그렇지." 보덴슈타인이 대꾸했다. "숨돌릴 틈도 없었잖아. 범인이 어디 시간을 줬나? 가짜 증거들까지 뿌려놨지. 크리스마스를 고른 것도 분명 우리가 정보를 늦게 받을 거란 생각에서 그랬을 거야."

"정말 평범한 사람 같았는데……." 피아가 중얼거렸다. "전 바보같이 동정심까지 느꼈어요. 이번엔 육감도 전혀 통하지 않았어요."

"아냐." 보덴슈타인이 반박했다. "처음부터 이상하다고 했잖아."

그들은 그렇게 나란히 앉아 말없이 담배를 피웠다.

"지금 용기를 잃어선 안 돼." 보덴슈타인이 말했다. "우리 두 사람은 이제까지 잘 싸워왔잖아. 이번에도 잘 끝낼 수 있을 거야. 이제 거의 따라잡았어. 부르마이스터가 마지막 피해자야. 나머지 사람들은 이제 안전해."

"그래도 뭔가 간과하고 있다는 느낌을 지울 수 없어요." 피아는 담뱃불을 튕겨낸 꽁초를 수풀에 던졌다. 반면 보덴슈타인은 담배를 비벼 끈 후에도 생각에 잠긴 채 담뱃가루가 떨어질 때까지 손으로 담배 꽁초를 만지작거렸다.

"그건 나도 마찬가지야." 그가 고개를 끄덕였다. "하지만 내 권한으로 할 수 있는 일은 다 했어. 우린 기계도 아니고 슈퍼맨도 아니야. 사람일 뿐이라고. 사람이니까 실수를 하는 거고."

두 사람은 서로를 쳐다보았다.

"이제 어떡하죠?" 피아가 물었다.

"방금 루돌프 교수가 도착했으니까 동영상을 보여줘야지. 나긋나긋해질 때까지 100번이고 1000번이고." 보덴슈타인이 대답했다. "하지만 그전에 톰슨부터 족치자고. 야닝과 하우스만에게는 카이가 사진을 보냈어. 사태가 얼마나 심각한지 경각심을 가지라는 뜻에서 보내라고 했어. 야닝의 딸이 프랑크푸르트에서 은행에 다니는데 신변보호 붙였고."

보덴슈타인은 일어서서 정중하게 손을 내밀었다. 피아는 웃으며 그 손을 잡았다.

"자, 마지막 전투를 치르러 가야지." 보덴슈타인이 미소를 지었다. "오늘 끝내버리자고."

*

마르크 톰슨은 부르마이스터의 사진과 동영상을 보았다.

"결국은." 그의 입가에 엷은 미소가 스쳤다. "나쁜 놈, 당해도 싸지."

"그게 무슨 말입니까? 아직도 우리한테 숨기는 게 있습니까?" 보덴슈타인이 물었다.

"아니요. 누가 그 사람들을 죽였는지 전 정말 모릅니다." 톰슨이 대꾸했다. "고층 빌딩에서 쐈다고 하기 전까지는 에릭을 의심했지만 그 이후로는 모르겠더라고요. 그런 건 운동선수가 할 수 있는 범위를 벗어나거든요."

"왜 부르마이스터에게 저런 짓을 하는 거죠? 왜 갑자기 전략을 바꾼 걸까요?" 피아가 다그쳐 물었다.

"글쎄요." 톰슨은 어깨를 으쓱했다. "어쨌든 부르마이스터는 여러 사람에게 큰 해를 끼쳤습니다. 루돌프 못지않은 미치광이죠. 권력을 위해서라면 못 할 게 없는 오만방자한 족속이에요."

피아는 숨을 멈추고 보덴슈타인과 짧은 시선을 교환했다.

"루돌프와 푸르트뱅글러는 친구 사이로 오래전부터 생명체의 혈액형을 바꾸는 약을 개발해왔습니다. 별의별 실험을 다했고 동물들이 숱하게 죽어 나갔죠. 사람도 세 명이나 죽었어요. 확인된 것만 세 명이죠. 루돌프와 부르마이스터는 환자에게 몇 주간 약물을 투여한 후 그 환자와 혈액형이 다른 심장을 이식했어요. '산텍스'라는 제약회사에서 그 연구를 후원했죠. 그 회사의 대표이사인 프리드리히 게르케는 아들의 병을 고칠 수 있다는 희망을 가지고 있었기 때문에 이해관계가 있었습니다."

톰슨은 잠시 쉬었다가 다시 말했다.

"연구는 아직 동물실험 단계였지만 루돌프와 부르마이스터는 환자들에게도 개발 중인 약물을 사용했습니다. 잘못된 정보를 듣고 동의한 사람들이었죠. 그 환자들은 기적이 일어나지 않는 한 죽을 거라는 사실을 알고 있었고, 루돌프는 그들에게 자신이 그 기적을 일으킬수 있다는 믿음을 줬습니다. 하지만 결과는 처참했죠. 장기를 이식받은 환자들은 거부반응을 일으켜 몇 시간 내지 며칠 만에 고통스럽게 죽었습니다. 세 사람 모두 다요. 아마 알려지지 않은 환자의 수는 더많겠죠. 루돌프 팀에 있던 하르티히가 정확하게 알고 있는 건 그 세건뿐입니다. 그 후 게르케는 후원을 중단하려고 했습니다. 루돌프와부르마이스터는 겁을 집어먹었죠. 성공만 하면 혈액형 부적합성 때문에 수술을 받지 못하는 사람이 없어지고 훨씬 많은 환자를 살릴 수있을 테니까요. 그리고, 아마 이게 가장 중요했을 텐데, 루돌프가 노벨상을 탈 건 거의 확실했거든요!"

"그런데 O형 혈액형을 가진 키르스텐 슈타틀러가 실려 왔던 거군요." 피아가 말했다.

"바로 맞혔어요." 톰슨이 고개를 끄덕였다. "루돌프와 부르마이스터는 뇌사 판정 검사를 조작했고 키르스텐 슈타틀러의 심장을 꺼내게르케의 죽어가는 아들에게 이식했죠. 결과는 좋았습니다. 루돌프는 게르케에게 개발 중인 신약이 제 역할을 한 거라고 믿게 했고, 그결과 게르케는 후원을 계속했습니다. 그런데 키르스텐 슈타틀러의 가족이 들고 일어났죠. 루돌프는 모든 걸 덮으려고 했습니다. 그리고 게르케에게 키르스텐 슈타틀러가 실제로 더 살 수 있었다고 털어 놨죠. 그 말을 들은 게르케는 양심의 가책을 느끼고 슈타틀러 가족에게 합의금을 제안했어요. 무척 큰돈이었습니다. 그즈음 재해병원 원장 하우스만도 그 사실을 알게 됐어요. 하우스만은 루돌프의 오랜 친구인데 세 환자의 죽음에 루돌프가 관련돼 있다는 사실을 알고 직접 나섰습니다. 루돌프는 사실 아무 일 없이 지나갈 수도 있었어요. 하르티히가 병원에서 입을 놀리지 않았다면 말이에요. 어쨌든 그 일로 인해 두 사람의 우정이 깨졌고 루돌프는 병원을 나가야 했습니다. 병원은 슈타틀러 가족과 합의했고, 게르케는 디르크 슈타틀러에게 비밀을 지키는 대가로 따로 100만 유로를 주었습니다."

"어떻게 그걸 다 알고 있죠?" 피아가 물었다.

"루돌프의 미치광이 짓에 희생된 피해자 두 명의 유족을 만나봤으니까요." 톰슨이 대답했다. "그 사람들은 루돌프나 병원을 상대로 법정싸움을 벌일 용기도 돈도 기회도 없었습니다. 하지만 전 그 사람들의 정보와 하르티히의 증언을 토대로 헬렌과 함께 조사 작업을 시작할 수 있었죠."

"그럼 구체적인 것까지 다 알고 있다는 얘기네요?"

"네, 이름과 날짜까지요." 톰슨이 대답했다. "1년 전쯤 헬렌이 저 모르게 게르케, 루돌프, 하우스만, 야닝, 부르마이스터를 찾아갔습니다. 100만 유로의 존재에 대해 알고 난 직후였죠. 헬렌은 아버지가 돈을 받고 진실을 포기했다며 불같이 화를 냈습니다. 헬렌에게 돈은 별 의미가 없었어요. 아버지가 합의한 침묵 서약을 깨뜨리는 것도 개의치 않았고요. 헬렌은 저와 하르티히에게 들은 혈액형 건을 언론에 폭로하겠다며 그 사람들을 협박했습니다."

"만약 그렇게 됐다면 엄청난 스캔들이 일어났겠군요." 보덴슈타인이 끼어들었다.

"그럼요. 그뿐 아니죠." 톰슨이 말했다. "그렇지 않아도 스캔들에 시달리고 있는 장기 이식에 대한 신뢰도가 땅에 떨어졌을 겁니다."

그는 엄지와 검지로 턱을 매만졌다.

"재해병원 마피아들은 헬렌을 두려워했습니다. 헬렌이 하르티히와 연결돼 있다는 걸 눈치챘거든요. 법정에서 하르티히만 한 증인은 없지 않겠습니까? 방법은 협박의 주체를 제거하는 길밖에 없었죠. 그리고 그들은 그렇게 했습니다."

톰슨은 웃었다. 그러나 그것은 소리 없는 쓴웃음이었다.

"헬렌은 그놈들 손에 죽은 게 확실합니다."

"그럼 왜 하르티히를 협박하지 않은 겁니까? 헬렌보다 하르티히가 훨씬 위험할 텐데?" 보덴슈타인이 물었다.

"하르티히는 그 문제를 폭로하는 데는 관심이 없었습니다. 부친이 루돌프 라인에서 아직 활동 중이기도 하고요. 그게 보호막이 된 거죠."

"왜 헬렌이 살해당했다고 단정하는 겁니까?" 보덴슈타인은 여전히 확신이 서지 않았다.

"이제 한 발짝만 더 나아가면 인생 최대의 문제가 해결되는데 목숨을 끊을 사람이 있겠습니까?" 톰슨은 보덴슈타인의 질문에 반문으로 답했다. "헬렌은 들떠 있었어요. 기뻐서 어쩔 줄 몰랐습니다. 그렇게 생기 있는 모습은 처음이었다니까요! 헬렌은 반평생 동안 자신과 가족 위에 드리워져 있던 어두운 그림자에서 벗어나게 되었다고 생각했어요. 심지어 미국에 1년간 다녀오기 전에는 결혼하지 않겠다고 하르티히에게 말할 용기까지 냈습니다. 학생 비자도 받았고 교환학생 자리도 얻었어요!"

"그걸 다 어떻게 알아냈죠?" 피아가 물었다.

"헬렌은 제게 비밀이 없었습니다." 톰슨이 대답했다.

"그럼 헬렌이 짠 그 계획은 뭐예요?" 피아가 머리를 절레절레 흔들었다. "몰래 사람들을 관찰하고 본격적으로 미행까지 했던데! 왜 헬렌이 그러는 걸 막지 않았죠?"

"웬걸요, 처음엔 돕기까지 했는걸요." 톰슨이 순순히 시인했다. "전 관계자들에 대해 조사하기 시작했습니다. 누구를 다치게 할 생각은 없었습니다. 전혀 없었어요! 그런데 하르티히가 그 사실을 알게 되면서 완전히 통제 불능이 되고 말았죠. 하르티히는 옛 상사들에게 본때를 보여줄 생각을 하고 있었거든요."

"왜요?"

"제 생각엔 병원에서 받은 대우에 앙심을 품고 있었던 것 같아요." 톰슨이 답했다. "도덕적 관점에서 절대적으로 옳은 행동을 하고도 처벌을 받았으니까요."

"그런데 한 가지 이상한 게 있어요. 왜 하르티히는 헬렌에게 모든 걸 얘기해주고 나서 약물을 복용시키고 헬렌이 겁을 먹을 정도로 통제하려고 한 거죠?" 피아가 반박했다. "말이 안 되잖아요!"

톰슨은 한참 동안 말이 없다가 한숨을 쉬며 고개를 들었다.

"하르티히는 아무 얘기도 안 했습니다." 톰슨이 힘없이 말했다. "다 제가 얘기한 겁니다. 거기서부터 이 비극이 시작된 겁니다."

피아는 보덴슈타인에게 짧은 시선을 던졌다.

"헬렌은 그때까지 어머니의 죽음을 막을 수 있었다고 굳게 믿고 있었습니다." 톰슨이 말을 이었다. "그런데 자신이 아니라 의사들의 잘못이라고 하니까 마치 구원받는 것 같았을 겁니다. 저와 하르티히만 아니었다면 거기서 끝날 수도 있는 일이었죠. 그런데 하르티히는 헬렌을 좋아하게 됐고, 헬렌은 하르티히에게서 정보를 쏙쏙 뽑아냈습니다. 아버지, 할아버지, 할머니, 그리고 제가 끊임없는 자극을 제공했지요. 우린 모이면 그 얘기밖에 안 했고 단 한 가지, 복수만을 생각했습니다. 각자 동기는 달랐지만 원하는 건 하나였습니다. 진실을 밝히는 거요! 네, 과거가 과거로 머물지 못하게 된 건 우리 때문이었습니다."

"하르티히는 어떻게 했죠?"

"하르티히는 헬렌의 어머니가 죽을 때 자신이 한 역할을 헬렌이 알게 되면 어떤 일이 생길지 차츰 깨닫게 됐죠. 깊이 후회하고 있었지만 그렇다고 한 일이 안 한 일이 될 수는 없으니까요."

"하르티히가 무슨 일을 했는데요?" 보덴슈타인이 물었다.

"하르티히가 처음으로 적출하고 이식한 심장이 바로 키르스텐 슈타틀러의 심장입니다. 전도유망한 외과의로서의 첫 걸음이었죠. 하르티히는 모든 걸 제대로 했습니다. 하지만 앞뒤 상황에 대해선 전혀 모르고 있었죠."

"그걸 어떻게 알았죠?"

"하르티히에게 들었습니다. 오래전 장피모에서 처음으로 강연하던 날 얘기하더군요. 그때 하르티히는 헬렌과 개인적으로 아는 사이가 아니었습니다. 불행한 우연이 계속 이어졌고 결국 나중에 더 많은 사람이 죽게 됐죠."

"관계자들의 가족을 죽인다는 발상은 어디서 나온 거죠?" 피아가 물었다. "그 일에 얼마나 관계했죠?"

톰슨은 다시 한참 동안 말이 없었다.

"전 루돌프의 생체실험 건을 터뜨리려고 했습니다. 하르티히는 최고의 정보원이었죠. 사실 우리 둘만이었다면 가능했을지도 모릅니다. 두 건에 대한 상세한 정보, 이름과 증거가 있고 증언할 준비가 된 사람도 있었으니까요. 그런데 헬렌과 헬렌의 가족이 끼어들면서 모든 게 너무나 감정적으로 변해버렸습니다. 헬렌의 경우에는 그때까지 증거가 전혀 없었고 믿을 만한 증인도 없었습니다. 물론 바로 생기긴 했지만요."

"하르티히 말이죠?"

"네." 톰슨이 고개를 끄덕였다. "그리고 하르티히는 헬렌을 막을 수 없었어요. 저도 시도했지만 헬렌은 자신의 뜻대로 밀고 나갔죠. 그 상황에서 하르티히의 선택은 약물이었고 제 선택은 도움을 주면서 옆에서 제동을 거는 거였습니다. 전 잘 관리하고 있다고 생각했는데 그게 아니었나 봅니다."

"헬렌의 아버지는 동독인민군 출신입니다." 보덴슈타인이 말했다.

"네?" 톰슨은 놀란 표정으로 보덴슈타인을 쳐다보았다.

"우린 디르크 슈타틀러가 스나이퍼일 거라고 생각하고 있어요. 어떻습니까, 그런 짓을 할 만한 사람입니까?"

톰슨은 이마에 주름을 잡으며 잠시 생각했다.

"디르크는 전혀 생각 못 했네요. 하지만 얘기를 듣고 보니…… 디르크는 아내가 죽었을 때 크게 상심했습니다. 그래서인지 헬렌을 꽉 붙잡고 놔주지 않았습니다. 혼자 남겨지는 걸 두려워했죠."

톰슨의 진술은 슈타틀러의 진술과 완전히 상반되는 것이었다.

"원래는 거꾸로 아닌가요? 헬렌이 아버지에게 매달렸다고 들었는데요?" 피아가 물었다.

"헬렌은 독립해서 자기 삶을 살겠다고 말할 만큼 강하지 못했습니다." 톰슨이 한숨을 푹 쉬었다. "아버지의 태도가 변하거나 아버지에게 새로운 여자가 생기길 바랄 뿐이었죠. 하루 빨리 진실이 밝혀지고 죄 지은 사람들이 처벌받아서 아버지가 정상적인 삶을 살게 되기를 바랐습니다. 하지만 디르크는 헬렌과 단둘이 그렇게 영원히 살고 싶어 했습니다. 헬렌을 꽉 붙잡고 바깥세계로부터 단절된 채 과거 속에서만 살았죠. 그래서 절 그렇게 미워했던 겁니다. 헬렌을 뺏어갈까 봐요."

"그것 때문이라면 하르티히를 더 두려워했어야 하는 거 아닙니까?" 보덴슈타인이 물었다.

"아닙니다. 하르티히는 죄의식 때문에 디르크 앞에서 꼼짝도 못했어요. 디르크는 감정적인 협박을 일삼으며 헬렌과 하르티히를 제멋대로 조종했습니다."

"하르티히가 루돌프 교수의 팀이었다는 걸 디르크 슈타틀러도 알고 있었나요?"

"물론이죠. 하르티히와 빙클러가 함께 소송을 제기하게끔 디르크를 설득할 때 다 밝혔으니까요."

보덴슈타인과 피아가 슈타틀러에 대해 알고 있던 모든 것이 다른 각도에서 조명되는 순간이었다. 그들은 슈타틀러를 너무 소홀히 한 나머지 그의 어둡고 염세적인 면을 보지 못했다.

"빙클러 부부가 사위와 연락을 끊은 이유는 뭐죠?" 피아가 물었다.

"디르크가 헬렌과 함께 사는 방식에 문제가 있다고 생각했습니다. 헬렌은 아버지와 같은 침대에서 잠을 자고 텔레비전을 볼 때도 둘이 손을 잡고 봤습니다. 뭐든 둘이 함께했죠. 헬렌은 원래부터 아버지에게 의존적이었고, 디르크 역시 헬렌이 정신적으로 성장하는 것을 막았죠. 다른 사람들에게는 헬렌을 보호하기 위해서라고 했지만 사실은 완전히 반대였어요. 헬렌이 죽자 하늘이 내려앉고 땅이 꺼진 기분이었겠죠. 헬렌이 어머니를 살리지 못했다는 죄책감 때문에 자살했다고 믿었으니까요."

톰슨의 진술은 개연성이 있고 카롤리네 알브레히트의 추측을 어느 정도 뒷받침해주었다. 이제 그림이 완성된 듯했다. 그럼에도 불구하고 보덴슈타인은 화를 내지 않을 수 없었다.

"왜 그걸 이제야 말해주는 겁니까?" 보덴슈타인은 이제 호감마저 느껴지는 톰슨에게 호통을 쳤다. "왜 처음부터 솔직하게 말하지 않았냐고요! 그랬으면 서로 고생할 일도 없고 랄프 헤세와 부르마이스터를 구할 수 있었을 거 아닙니까!"

톰슨의 눈동자에 냉소가 스쳤다.

"부르마이스터를 구해요? 내가 왜 그런 짓을 합니까? 그리고 경찰에서 나를 그렇게 모함하고 내친 걸 생각하면 협조할 이유가 전혀 없죠."

"그런데 지금은 왜 마음이 바뀐 겁니까?" 보덴슈타인이 물었다.

"그놈들 중 한 놈도 빠져나가지 못하게 하려는 겁니다." 톰슨이 순순히 답했다. "죄 지은 사람은 마땅히 벌을 받아야 합니다."

*

디터 파울 루돌프 교수는 마치 지루한 모임에 나온 사람처럼 다리를 꼬고 바지주머니에 손을 찌른 채 앉아 있었다. 부르마이스터의 동영상도 얼굴 표정 하나 바뀌지 않고 보았다. 옛 동료의 불행에는 관심도 없는 듯했다.

"언제 여기서 나갈 수 있습니까?" 그가 모든 질문에 침묵으로 답한 뒤 물었다.

"지금 상황이 돌아가는 걸로 봐선 영영 못 나갈 것 같은데요." 피아가 말했다. "검사들이 최소한 세 사람에 대한 살인 혐의로 고소장을 준비 중이에요. 골프 약속도 심장 수술도 이제 안녕이네요. 노벨상을 향한 꿈도 마찬가지고요."

루돌프는 처음으로 피아를 제대로 쳐다보았다.

"그게 무슨 헛소립니까?" 그가 주머니에서 손을 빼고 거만한 자세로 말했다. "지금 내가 누군지 알고 하는 소립니까?"

"그럼요, 잘 알죠." 피아도 지지 않고 그를 쏘아보았다. "그동안 교수님에 대해서 많이 알게 됐어요. 스나이퍼의 메일이 무슨 뜻인지 전혀 모르겠다고 한 말, 환자 가족과 한 번도 갈등을 일으킨 적이 없다고 한 말 모두 거짓말이었죠? 게르케의 아들에게 심장을 이식하기 위해 부르마이스터와 함께 키르스텐 슈타틀러를 죽게 내버려뒀다는 것도 알아요. 당신이 어떤 동기에서 그런 짓을 했는지도 알고, 야망에 찬 연구가 계속 실패하자 게르케가 후원을 중단하겠다고 한 것도 알고, 아직 동물실험 단계에 있는 약을 환자들에게 사용해서 그 환자들이 죽었다는 것도 알아요."

루돌프의 창백한 얼굴이 분노로 벌겋게 달아올랐다.

"당신은 실패를 받아들이기엔 너무 허영이 심했어요." 피아는 계속 그의 자존심을 자극했다. "당신은 세계 최초로 혈액형 제한을 뛰어넘어 심장 이식을 하는 의사가 되겠다는 욕심에 사로잡혀 있었어요. 노벨상도 염두에 두고 있었죠. 명예, 명성, 돈, 그것도 아주 많은 돈이 눈앞에 있는 것 같았겠죠. 그것들을 위해서 사람이 죽어나가는 것도 개의치 않았고요! 마침 O형인 키르스텐 슈타틀러가 실려 오자 이게 웬 떡이냐 싶었겠죠. 그 여자의 생명은 어떻게 되든 상관없었어요. 지금 오랜 동료인 부르마이스터의 불행이, 부인의 죽음이 아무 상관없

듯이 말이에요……."

"닥쳐!" 루돌프가 화난 소리로 으르렁거렸다. 손이 떨리고 있었다.

"당신에게 장기 기증자는 연구 재료나 다름없었어요. 환자는 목적을 위한 수단일 뿐이고 직원들은 하찮은 벌레보다 못한 존재였죠." 피아는 계속 그를 몰아붙이며 반응 하나하나를 놓치지 않고 보았다. "그런데 그 원대한 계획이 신출내기 의사 하나 때문에 물거품이 되고 말았죠. 당신의 비인간적인 처사와 자기애에서 나온 과대망상을 보다 못한 옌스 하르티히가 병원 운영진과 연방의사협회에 당신을 고발한 거예요. 그래서 당신은 재해병원을 떠나야 했고요."

"난 수천 명의 목숨을 살렸어!" 루돌프가 버럭 소리를 질렀다. "장기 이식 분야의 발전에 선구적인 역할을 한 사람이라고! 그런데 우매한 형사 나부랭이가 뭘 안다고 날 모독해? 다 똑같아, 멍청한 인간들! 난 당신들과 달라. 비전이 있는 사람이라고. 그 비전을 현실로 만들 용기도 있고! 나 같은 사람이 있었기 때문에 인류가 이만큼 발전할 수 있었던 거야. 만약 당신 같은 사람들만 있었다면 인류는 지금도 동굴에서 뭉그적거리고 있을걸! 큰 도약을 위해서는 희생이 따르는 법이야."

"아니요, 당신 같은 사람은 의사라는 직업 세계의 물을 흐리는 미꾸라지 같은 존재예요!" 피아가 매섭게 받아쳤다. "당신은 죄 없는 사람들을 희생시켰어요! 당신은 장기 이식 역사에 무자비하고 파렴치한 의사로 기록될 거예요. 사람들은 당신을 알았던 걸 부끄러워하며 당신이 쓴 책을 분리수거함에 처넣을 거라고요!"

피아의 말 한마디 한마디가 매서운 칼날이 되어 그의 허영에 찌든 영혼을 후려쳤다. 피아는 그의 표정에서 그것을 알 수 있었다. 그는 멍청한 사람이 아니므로 그녀의 말이 헛소리가 아니라는 것을 알 것이다.

"자기 환자들에게 그 정도로 무심한 사람이라면 차라리 목수가 되는 게 낫지 않겠어요?" 피아는 거기서 그치지 않고 그에게 한 방 더 먹였다. "목수는 한 번 실패해도 그렇게 끔찍한 결과를 낳진 않잖아요."

"난 실패하지 않았어!" 루돌프가 부르짖었다. 관자놀이의 핏줄이 툭 불거졌고 이마에는 송골송골 땀이 맺혔다.

"미안하지만 실패한 거 맞거든요." 피아가 동정하는 투로 말했다. 루돌프는 분통이 터져 어쩔 줄 몰라 했다. "직장, 가정 할 것 없이 두루두루 실패했어요. 언젠가 감방에서 나오면 의지할 데 없는 괴팍한 노인네가 돼 있겠죠."

디터 루돌프는 얼굴 근육을 마구 실룩거리며 땀으로 축축해진 손을 바지에 문질렀다.

"누가 헬렌 슈타틀러를 달리는 열차 앞으로 던졌죠?" 피아가 불쑥 물었다. "그렇게 해서 자신의 실패를 은폐하려고 했나요?"

루돌프는 증오에 찬 눈빛으로 피아를 노려보았다.

"차라리 내가 했다면 좋았겠지!" 그가 쉰 목소리로 내뱉었다. "그 계집애는 내 일생의 작품을 부수겠다고 협박했어. 차라리 내가 한 거라면 좋겠군! 하지만 애석하게도 내가 한 게 아니야."

그의 입에서는 침이 튀었고 힘을 준 손마디가 하얗게 변했다.

"그럼 누구죠?" 피아는 그의 반응에 전혀 개의치 않고 다그쳤다. "말해요. 그러면 구형할 때 선처받을 수 있어요."

"누구 좋으라고!" 루돌프는 이윽고 화를 폭발시켰다. "변호사를 부를 거야. 지금 당장 전화할 거야!"

피아와 보덴슈타인은 자리에서 일어섰다.

"형법 전문 변호사를 불러야 할 겁니다." 보덴슈타인이 조언했다. "피해자 세 명에 대한 살인 혐의로 기소될 테니까요."

"증거도 없잖아!" 루돌프가 버럭 소리를 질렀다. "증거도 없으면서 큰소리야!"

"증거? 물론 있죠." 보덴슈타인이 차갑게 미소를 지었다. "지난 토요일 밤 프리드리히 게르케의 집에서 나오는 걸 본 사람이 있습니다. 클로로포름으로 마취시킨 후 과량의 인슐린을 주사해서 게르케를 죽인 후 나오는 길이었죠?"

"무슨 근거로 그런 황당한 주장을 하는 거야?" 루돌프는 기죽지 않고 받아쳤다. "우린 친구였어!"

"한 친구가 다른 친구를 속이면 우정이 깨지게 돼 있죠." 보덴슈타인이 대꾸했다. "당신 집에서 연기 냄새가 심하게 나는 옷이 발견됐어요. 차에는 게르케의 집에서 빼돌린 서류철과 클로로포름 병이 들어 있었고요. 그리고 금고에서 휴대전화도 찾아냈어요. 여기저기 바쁘게 통화하셨던데요? 증거물을 찾아내는 데 따님이 매우 협조적이었어요."

그 말을 들은 루돌프는 얼굴이 허옇게 질렸다.

"그 애가 날 미워해서 가짜 증거를 만든 거요." 그가 주장했다. "당장 변호사 불러줘요."

*

"역겨운 인간!" 조사실에서 나온 피아는 머리를 절레절레 흔들었다. "부르마이스터 걱정은 하지도 않네요."

"과대망상이야. 현실과의 고리를 깡그리 잃어버렸어." 보덴슈타인이 말했다. "야망에 눈멀고 자기애로 똘똘 뭉친 사람이야."

"루돌프가 거짓말하지 않았다면 진즉에 슈타틀러를 의심했을 거예요. 그 생각을 하니 너무 화가 나서 살살 다룰 수 없었어요."

그들은 회의실에 가기 위해 복도를 따라 걸었다.

"리겔호프와 푸르트벵글러는 뭘 그렇게 두려워하는 걸까요? 벌써 10년이나 지난 일인데!" 피아가 계단 앞 방화문 앞에서 걸음을 멈추었다.

"푸르트벵글러와 하우스만 원장의 경우엔 이해할 만하지." 보덴슈타인이 말했다. "아무리 옛날 일이어도 그런 스캔들은 병원의 평판을 순식간에 떨어뜨리니까. 특히 그걸 은폐했다는 사실이 밝혀진다면 말이야."

"그럼 변호사의 경우도 마찬가지겠네요." 피아가 고개를 끄덕였다. "리겔호프는 당시 사실을 은폐하는 데 적극적으로 가담했어요. 그러니 변호사 자격증을 잃거나 기소될 위험이 있겠죠. 함구하는 대가로 뇌물이 오갔을 수도 있고요. 그걸 누가 알겠어요?"

보덴슈타인은 유리문을 밀었고 잠시 후 두 사람은 특수본부 회의실에 도착했다. 회의실 문을 여니 꾸벅꾸벅 졸다가 화들짝 일어나는 사람도 있고 그냥 계속 잠을 청하는 사람도 있었다. 탁자 위에는 지저분한 접시와 컵, 음료수병, 피자 상자가 아무렇게나 쌓여 있었다. 회의실 공기는 탁했고 교회당처럼 조용했다. 피로에 찌든 직원들의 모습을 보며 보덴슈타인은 마음이 짠했다. 어서 빨리 사건을 해결해 그들에게 휴식을 주고 싶었다.

한편 담당 검사, 니콜라 엥엘, 킴, 오스터만은 탁자에 모여앉아 나지막하게 대화를 나누고 있었다. 보덴슈타인과 피아도 그 자리에 합석했다. 보덴슈타인은 톰슨과 루돌프를 심문한 결과를 보고했다.

"슈타틀러는 부르마이스터를 해치우고 나면 하르티히를 죽일 겁니다." 보덴슈타인이 보고를 마치며 말했다. "그리고 이 스캔들은 비밀로 남겠죠. 남은 사람들도 죄가 있는 사람들이라 입을 열지 않을 테니까요."

"과연 슈타틀러가 그런 짓을 할까?" 니콜라 엥엘이 회의적으로 말했다. "지금까지 정황으로 봐선 하르티히가 공범 아닐까?"

"슈타틀러는 자신을 살인자라고 생각하지 않습니다." 보덴슈타인이 대답했다. "정의를 실현하는 사람이라고 생각하죠. 이제까지 그는 자기 가족에게 고통을 준 사람들을 처벌하기 위해 헬렌이 조사한 결과물을 이용했습니다. 그리고 헬렌의 계획을 그대로 따랐죠. 전혀 흔적을 남기지 않으면서요. 그런데 이제 뭔가가 바뀌었습니다."

"뭐가 바뀌었습니까?" 담당 검사 로젠탈이 물었다. 머리가 벗어지고 키가 훌쩍 큰 40대 중반의 그는 깐깐하기로 정평이 나 있었다.

"부르마이스터 본인에게 손을 댔어요. 딸이나, 여자친구, 전부인이 아니라요. 이제까지 완벽했는데 갑자기 전략을 바꾼 이유가 뭘까요?"

"새로운 사실을 알아낸 걸까요?" 로젠탈 검사가 물었다.

"제 생각이 바로 그겁니다." 보덴슈타인이 고개를 끄덕였다. "그런데 무엇을, 누구에게서 알아낸 걸까요?"

"하르티히에게서요?" 피아가 생각하는 표정으로 말했다.

"아니, 내 생각엔 비비안 슈테른 같아. 외부 사람으로부터 새로운 정보를 알아냈고, 그로 인해 새로운 관점을 얻게 된 거지. 더 나아가서 하르티히를 계획에 포함시키게 됐을 수도 있고."

"셈과 카트린이 아직 슈테른 양 집에 있습니다." 오스터만이 말했다. "출두 명령을 거부하고 있어요."

"우리가 슈타틀러에게 헬렌의 공책에 대해 얘기한 게 언제였지?"

보덴슈타인이 피아에게 물었다.

"어제저녁이요." 피아가 대답했다.

"만약 하르티히가 헬렌을 미국에 가지 못하게 했다는 걸 알게 됐다면 하르티히가 의도적으로 헬렌에게 접근했다고 생각했을 수도 있습니다." 보덴슈타인이 말했다. "하르티히는 슈타틀러 가족을 앞에 내세우고 재해병원과 싸웠다고 할 수 있습니다. 하지만 헬렌이 갑자기 톰슨의 부추김에 힘입어 지난 일을 들쑤시고 다니자 자신이 그때 한 일이 들통 나지 않도록 헬렌을 막아야 했습니다. 그래서 약을 먹이기 시작했죠. 언젠가는 헬렌을 정신병원에 집어넣었을 겁니다. 헬렌은 다시는 거기서 나오지 못했을 거고요. 그런데 누군가 하르티히를 대신해서 문제를 해결해줬습니다. 헬렌을 달리는 열차 앞으로 민 거죠. 하르티히가 한 가지 모르고 있었던 건 헬렌이 그를 무서워한다는 사실을 톰슨과 헬렌의 가족이 알고 있었다는 겁니다."

"헬렌 슈타틀러는 실패한 인생인 두 정신병자의 손아귀에 떨어진 거예요." 피아가 부연했다. "헬렌을 구할 수 있는 사람은 마르크 톰슨뿐이었죠."

"그럼 왜 구하지 않은 거지?" 오스터만이 물었다.

"슈타틀러, 헬렌, 하르티히 사이에서 벌어지는 일들을 심각하게 생각하지 않은 거지." 보덴슈타인이 대답했다.

"그런데 이건 다 그냥 추리잖아요." 로젠탈 검사가 머리를 절레절레 흔들었다.

"지금은 그렇죠." 보덴슈타인이 수긍했다. "하지만 형사들이 100년 전처럼 발로 뛰어서 만들어낸 추리입니다. 유전자 감식이니 그런 헛소리에서 나온 게 아니라고요. 카이, 슈테른에게 전화해서 어제 슈타틀러에게 전화 왔었는지 물어봐."

"지금 부르마이스터를 붙잡고 있는 게 슈타틀러와 하르티히라고 생각하시는 거죠?" 로젠탈이 물었다.

"네, 물론입니다. 하르티히는 유능한 외과의였습니다. 슈타틀러가 동영상을 찍었을 테고요."

말없이 오스터만의 노트북으로 부르마이스터 동영상을 돌려보던 킴이 고개를 들었다.

"이 리놀륨 장판이 아무래도 마음에 걸려요." 그녀가 말했다. "물, 기름을 많이 쓰는 주방이나 정육점에 깔기에는 너무 미끄럽잖아요. 제게 다른 장소가 하나 떠올랐어요. 여기를 한번 보세요!" 킴은 모두가 볼 수 있도록 노트북을 돌렸고 모두 정지된 화면에 집중했다.

"여기요!" 킴이 배경 한 군데를 손으로 가리켰다. "여기 보면 긴 나무의자가 있고 위에 옷걸이가 죽 매달려 있어요. 그럼 바닥재하고도 맞아떨어지죠. 학교 체육관 탈의실이에요."

"그래, 학교 체육관!" 오스터만이 외쳤다. "지금은 방학 중입니다. 그리고 기업체 건물은 보안전문업체에 맡기지만 학교는 돈이 없어서 보안이 허술한 편이죠."

"좋아, 잘했어!" 보덴슈타인이 칭찬했다. "전화해서 프랑크푸르트 서부, 체육관이 있는 학교들 중심으로 찾아보라고 해. 아직 슈타틀러의 복수가 끝나지 않았다는 걸 명심하자고."

*

"반장님이 딱 맞히셨는데요." 카이 오스터만이 수화기를 내려놓으며 말했다. "어제저녁에 슈타틀러가 비비안 슈테른에게 전화했답니다. 아마 반장님이 가시고 나서 바로 전화한 것 같습니다. 헬렌이 하르티히에 대해 무슨 말을 했는지, 무슨 일이 있었는지 물어봤습니다. 그리고 9월 16일 헬렌이 열차에 뛰어든 날에 대해서도 물었답니다. 저도 그날에 대해 물어봤는데 울면서 얘기하더라고요. 헬렌은 그날 어머니의 죽음에 대해 말해준다는 사람이 있어서 만나러 갔답니다. 비비안 슈테른은 느낌이 좋지 않아서 함께 가려고 했는데 헬렌이 혼자 가겠다고 했대요."

"그게 누군데?" 니콜라 엥엘이 조급하게 물었다. "누구를 만나러 간 거야?"

"재해병원 의사요." 오스터만이 대답했다. "이름은 말하지 않았답니다."

누군가 창문을 열었다. 더 이상 조는 사람은 없었다.

"톰슨의 말이 맞았네요." 피아가 말했다. "병원의 평판을 위해 저질러진 살인이에요."

"하마터면 그냥 묻힐 뻔한 사건이지." 니콜라 엥엘이 덧붙였다.

"헬렌 슈타틀러의 시체에서 유전자 시료가 채취되었습니다." 크뢰거가 말했다. "하우스만, 야닝, 루돌프, 부르마이스터에게 타액 검사를 해서 유전자 대조를 해볼 수 있습니다."

"100년 전처럼 발로 뛰는 수사만은 아닌 것 같은데요?" 로젠탈 검사가 옅게 미소를 지으며 말했다. "그래도 잘하고 있군요."

"공항 감시카메라 녹화분이 도착했습니다." 크뢰거가 말을 이었다. "지금 큰 화면으로 옮기겠습니다."

모두 마법에 걸린 듯 대형 스크린을 바라보았다. 입국장 게이트C 앞에 있는 몇 안 되는 가게들이 보였다. 커피숍도 아주 잘 보였다.

"잠깐!" 피아가 외쳤다.

크뢰거는 화면을 정지한 후 확대했다.

동양인 남자 두 명, 신문 보는 남자 한 명, 저만치 떨어진 곳에 스마트폰에 열중하고 있는 남자 두 명이 앉아 있었다. "신문 보는 남자예요." 피아가 말했다. "홀 전체가 시야에 들어오는 위치에 앉아 있잖아요." 크뢰거는 화면을 천천히 재생시켰다.

커피를 마시며 신문을 읽고 있는 그 남자는 언뜻 보면 뿔테안경을 끼고 콧수염이 난 평범한 비즈니스맨처럼 보였지만 자세히 보면 가끔 신문을 넘길 뿐 기사에는 관심이 없었다. 커피도 마시지 않았고 홀에서 일어나는 일에만 온 신경을 집중하고 있었다.

"어쨌든 몇 분 있다가 택시 뒷좌석에 올라타는 남자와 동일인물입니다." 오스터만이 말했다. "확실해요. 넥타이, 안경, 콧수염 다 똑같습니다."

"축하합니다." 로젠탈 검사가 말했다. "이제 잡아들이기만 하면 되겠군요."

그 말이 채 끝나기도 전에 상황실 직원이 문을 열고 복도를 향해 외쳤다.

"찾았습니다!"

모두 전기에 감전된 듯 벌떡 일어섰다. 흥분의 파도가 회의실을 휩쓸었다.

"프랑크푸르트 팀이 운터리더바흐에 있는 루드비히 에르하르트 학교 체육관 뒤에서 차를 발견했답니다!"

드디어 출동이다! 30분 뒤 라인마인 지역에서는 경찰 역사상 최대 규모의 작전이 시작되었다. 운터리더바흐와 인근 도로는 전면 통제되었고, 심지어 B8연방도로와 고속도로로 연결되어 시 밖으로 이어지는 쾨니히슈타인 가와 A66고속도로까지 통제되었다. 이제 프랑크푸르트 시에서는 생쥐 한 마리 빠져나갈 수 없었다. 보덴슈타인이 직접 현장에 나가기를 원했으므로 니콜라 엥엘과 오스터만이 사무실에 남아 총지휘를 맡기로 했다.

"크리스티안, 우리랑 같이 움직여." 보덴슈타인이 막 나가려다가 생각난 듯 말했다. "하지만 그 전에 하우스만, 야닝, 부르마이스터의 사무실에 감식반 직원 보내서 유전자 시료로 쓸 만한 것 좀 가져오라고 해. 검사가 바로 승인해줄 거야."

"알겠습니다!" 크뢰거가 휴대전화를 들며 말했다. "먼저 출발하세요. 건투를 빕니다!"

건물 앞뜰에는 보덴슈타인, 피아, 감식반을 운터리더바흐까지 에스코트할 순찰차 네 대가 경광등과 사이렌을 켠 채 대기하고 있었다.

달리는 차 안에서는 경찰 무전이 조용히 흘러나왔다. 피아는 조수석에 앉아 여기저기 전화를 돌렸다. 보덴슈타인은 슬쩍 피아에게 시선을 던졌다. 결연한 표정을 보니 그녀 역시 이 사건을 단순한 일 이상으로 받아들이고 있는 것 같았다. 아까 피아가 계단에 앉아 울었을 때 그는 무척 당황스러웠다. 이제까지 그녀가 우는 것을 본 적은 한 번도 없었다. 피아는 2년 전 크리스토프의 손녀가 아동성범죄자에게 납치되고 크리스토프가 다쳤을 때도 눈물을 보이지 않았다. 하지만 그 일 이후로 많이 예민해진 것도 사실이다. 보덴슈타인은 문득 지난 2주간 초인적인 모습을 보여줬다고 치하하며 그녀를 도닥거려주고 싶은 충동을 느꼈다. 그러나 감정적으로 격앙돼 있는 상황에서 그런 행동은 금물이다. 그는 그녀의 상사로서 언제나 모범을 보여야 한다.

피아는 카롤리네 알브레히트와 통화한 후 그녀가 머물고 있는 아버지 집으로 순찰차를 보냈다. 그리고 하우스만에게 전화해 가족과 함께 안전하게 피해 있는 것을 확인했다. 야닝도 부르마이스터의 사진을 본 후 겁을 먹은 상태였다.

"경찰이 괜찮다고 할 때까지 집 밖으로 나가지 않겠습니다." 그가 다짐했다.

경찰 무전 때문에 차 안은 시장통처럼 시끄러웠다.

"루돌프 그 사람 정말 대단하지 않아요?" 보덴슈타인이 갑자기 빠른 속도로 커브를 돌았기 때문에 피아는 휴대전화를 무릎 사이에 끼우고 손으로 문손잡이를 잡았다. "말도 안 되는 연구가 중단될까 봐 사람을 죽게 내버려두다니! 깊이 캐보면 뭐가 더 나올지 몰라요. 나이가 예순도 넘은 사람이 자기 잘못을 반성할 줄도 모르고! 부인이 죽었어도 느끼는 게 없나 봐요."

"반성하는 기미도 없었지. 잘못을 덮으려고 오랜 시간 후원자였던 친구를 죽이기까지 했잖아." 보덴슈타인이 맞장구를 쳤다. "구제불능이야!"

보덴슈타인은 큰 소리로 사이렌을 울리며 질주하는 순찰차 두 대를 따라 정체되어가는 도로 갓길로 차를 몰았다. 운터리더바흐로 나가는 길목에서 길이 막혔다. 무전에서는 이미 학교를 포위했다는 소식이 들려왔다.

"문을 부수고 들어간 흔적이 있습니다." 무전에서 지지직거리는 소리가 나더니 누군가의 목소리가 흘러나왔다. "이제 어떻게 할까요?"

"기다리지 말고 먼저 들어가!" 보덴슈타인이 지시했다. "우리 지금 고속도로 진출로에서 막혔어! 만약 그 안에 환자가 있다면 빨리 응급 처치를 받게 해야지."

"알겠습니다. 바로 들어가겠습니다!"

보덴슈타인의 손가락은 운전대 위에서 불안하게 춤췄다. 열에 들떠 있는데도 식은땀이 흘렀다. 왠지 이번에도 한발 늦을 것 같은 불길한 느낌이 엄습했다.

*

　그들이 학교에 도착했을 때는 이미 작전이 끝난 뒤였다. 보덴슈타인의 불길한 느낌은 기정사실이 되었다. 사람들의 얼굴에는 범인을 놓쳤다는 실망감이 짙게 드리워져 있었다. 체육관 탈의실 중 하나에서 부르마이스터가 발견됐다. 응급의사와 구조대원들이 투입되었다.

　"전 안 들어갈래요." 피아가 걸음을 멈추고 우뚝 섰다.

　"내가 들어갈 테니까 차를 살펴봐." 보덴슈타인이 말했다.

　그녀는 고맙다는 듯 고개를 끄덕이고 어둠 속으로 사라졌다. 크뢰거와 보덴슈타인은 체육관으로 들어갔다. 쇳내와 단내 섞인 피 냄새가 탈의실에 밴 땀 냄새를 압도했다. 응급의사와 구조대원들이 부르마이스터에게 응급처치를 하고 있었다.

　"어떻습니까?" 보덴슈타인이 문가에 서서 물었다. 흔적을 지우지 않기 위해서라고 자신에게 핑계를 댔지만 사실은 몇 시간 전 동영상에서 본 장면을 실제로 보는 것이 두려워서였다.

　"혈압은 안정시켰고요, 곧 병원으로 이송할 겁니다." 응급의사가 대답했다. "손은 전문가의 솜씨로 절단됐습니다. 다시 접합하기엔 늦었어요."

　"왜요?"

　"직접 와서 보십시오. 15년 동안 이 일을 하면서 별의별 거 다 봤는데 점점 더 심한 게 나오네요."

　보덴슈타인은 겨우 용기를 내 탈의실로 들어갔다. 리놀륨 장판이 깔린 바닥에는 핏물이 흐르다 말라붙은 흔적이 여기저기 보였다. 부르마이스터는 여행가방을 묶을 때 쓰는 나일론 끈으로 묶인 채 의식 없는 상태로 긴 의자에 누워 있었다.

보덴슈타인은 마른침을 꿀꺽 삼켰다. 부르마이스터의 절단된 손과 피에 젖은 붕대를 보자 등줄기에 소름이 쫙 끼쳤다. 오랜 세월 강력반 형사로 일하면서 산전수전 다 겪었지만 아무렇게나 벗어놓은 양말처럼 바닥에 떨어져 있는 손을 보니 기가 막혔다. 불과 몇 시간 전 이곳에서 벌어졌을 일을 생각하니 속이 뒤집히는 듯했다. 구조대원이 나일론 끈을 자르자 부르마이스터가 신음소리를 내며 움직였다.

"아, 의식이 돌아왔군요." 응급의사가 말했다. 보덴슈타인은 그 말을 듣자마자 줄행랑을 놓았다.

*

슈타틀러와 하르티히는 흔적도 없었다. 슈타틀러의 은색 도요타는 문이 잠긴 채 체육관 근처에 세워져 있었고 체육관 문에는 지렛대로 부순 흔적이 있었다. 상공에서는 헬리콥터가 날고 있었고 통제선 뒤로는 언제나처럼 기자들과 구경꾼들이 모여들었다.

보덴슈타인은 시멘트 화분에 걸터앉아 이마에 흐르는 식은땀을 닦았다. 슈타틀러는 도망쳤다. 탈의실 바닥의 피는 굳어 있었다. 부르마이스터의 왼손을 자른 시점으로부터 한참 시간이 지난 것이다. 슈타틀러와 하르티히가 도망칠 시간은 충분했다. 자동차를 두고 간 것은 그를 약 올리려는 의도다. '보덴슈타인 반장, 너무 느린 거 아냐?'라고 말하는 슈타틀러의 메시지인 것이다.

견인 차량이 학교 뜰로 들어오더니 천천히 도요타를 실었다.

"이제 어떤 차를 타고 도주 중인지 알게 뭐예요?" 피아가 그 앞에 와 섰다.

"아마 하르티히의 차를 타고 갔겠지." 보덴슈타인은 온몸의 힘이 쭉 빠졌다. 마치 발이 시멘트 속에서 굳어버린 느낌이었다.

부르마이스터는 들것에 실려 대기 중인 구급차로 옮겨졌다. 기다렸다는 듯 플래시가 터지기 시작했다. 헤드라이트 불빛이 어둠을 밝혔다. 보덴슈타인은 부르마이스터의 절단된 손이 자꾸 생각나 몸을 부르르 떨었다. 문득 카롤리네 알브레히트가 떠올랐다. 슈타틀러가 그녀에게 해코지하지 않을까 걱정됐다. 피아가 아까 그 집으로 순찰차를 보낸 것은 잘한 일이다. 그는 왠지 모르게 그녀에게 끌렸다. 짙은 녹색 눈을 가진, 강하고 용감한 여자였다.

"어디론가 갔을 거예요." 피아가 혼잣말처럼 중얼거렸다. "이렇게 날이 추운데 차에서 밤을 보낼 수는 없어요. 갈 만한 곳은 다 감시해야 해요."

"우리가 모르는 곳이 있을지도 몰라."

"가요." 피아가 주머니에 손을 찌르며 말했다. "여기서 할 일도 없잖아요. 어차피 슈타틀러가 어딘가에서 발견되거나 검문에 걸리기를 기다리는 수밖에 없어요."

"맞는 말이야." 보덴슈타인은 바위처럼 무겁게 짓누르는 실망감을 번쩍 들어올리는 기분으로 일어섰다. "그래, 가자고."

*

통제가 풀렸고 도로의 차량 흐름도 정상으로 돌아왔다. 운전석에 앉은 피아가 막 방향등을 넣고 쾨니히슈타인 가에서 비스바덴 방향 고속도로로 진입하려는데 스피커에 꽂아놓은 보덴슈타인의 휴대전화가 울렸다.

"목표물이 별장촌으로 들어가고 있습니다." 기동대장의 목소리가 들렸다. 무전 대신 휴대전화를 사용하기로 보덴슈타인과 약속한 상태였다. "차 안에는 운전자 한 사람뿐입니다. 검은색 볼보, 번호판 MTK-JH 112."

피아는 재빨리 방향등을 제자리로 돌려놓고 계속 직진했다. 마인 타우누스 센터 앞을 지나 빠른 속도로 달렸다. 이 근처를 잘 아는 그 녀는 어느 길로 가야 가장 빨리 목적지에 도착하는지 알고 있었다.

"슈타틀러가 혼자 하르티히의 차로 움직이고 있어." 보덴슈타인이 말했다. "그건 이미 하르티히를 죽였다는 뜻이야." 피아는 창백한 얼 굴로 앞만 볼 뿐 아무 대꾸도 하지 않았다.

보덴슈타인은 오스터만에게 연락한 뒤 역시 말없이 앞만 쳐다보 았다. 피곤한 동시에 전기에 감전된 듯 온몸이 찌릿찌릿했다. 감정 은 기대와 실망 사이에서 널뛰다 녹초가 되어버렸지만, 심장은 금방 이라도 튀어나올 듯 갈비뼈를 두드려대고 있었다. '이 직업은 건강에 좋지 않아.' 보덴슈타인은 속으로 생각했다. 언제나 범죄자를 쫓아다 니는 것도 이제는 지겨웠다. 피, 살인, 거짓말과 속임수부터 들이대는 사람들, 그럴 때 느끼는 무력감, 모든 것이 신물 났다. 가장 싫은 건 팀원도 아닌 네프를 무턱대고 믿은 자신이었다.

"목표물은 아직 차량 안에 있습니다!" 기동대장의 목소리가 스피 커에서 흘러나왔다. "시동은 꺼진 상태입니다. 눈치챈 것 같습니다. 하지만 빠져나갈 수는 없을 겁니다. 이 일대를 완전히 포위했고 저격 수들도 포진해 있습니다."

"정말 차 안에 혼자입니까?" 시속 180킬로미터로 연방도로를 질주 하는 차 안에서 보덴슈타인이 물었다. 안개가 점점 짙어지고 있었지 만 피아는 속도를 늦추지 않았다.

"그렇습니다. 칠까요?"

"아니요, 아직. 차에서 내릴 때까지 놔뒀다가 집 쪽으로 걸어가면 그때 치세요. 생포하는 거 잊지 마시고요."

피아는 속도를 줄이고 왼쪽 커브길로 달리다가 오른쪽 가게를 순환도로 방향으로 꺾었다. 안개 때문에 가시 범위가 15미터 정도밖에 되지 않았다.

"이쪽으로 꺾어!" 보덴슈타인이 왼쪽을 가리켰다. "일방통행이지만 이 길로 가면 10분 정도는 절약할 수 있어."

"목표물이 여전히 차 안에 있습니다." 기동대장이 알려왔다. "그런데 안개가 너무 짙어서 제 손도 잘 안 보일 지경입니다. 아무것도 안 보입니다."

"그럼 준비되는 대로 쳐요." 보덴슈타인은 기동대장에게 지시하고 앞을 응시했다. 좁은 도로에서 버스라도 만나면 후진해야 할 판이니 마음이 조마조마했다.

*

그는 차에서 내려 차 문을 잠그고 녹슨 대문 쪽으로 걸어갔다. 문을 열자 끼익 하는 소리가 났다. 그는 피곤했다. 금방이라도 쓰러질 것처럼 피곤했다. 잠을 못 잔 날이 며칠인지 알 수 없었다. 머릿속에는 뜨거운 물로 샤워를 하고 자고 싶다는 생각뿐이었다. 전화도 사람도 소리도 싫었다. 더 이상 아무 생각도 하고 싶지 않았다. 그는 베란다로 올라가 발매트 밑에서 열쇠를 꺼내려고 허리를 굽혔다. 그 순간 주위가 대낮처럼 환해졌다. 심장이 덜컥 내려앉았다. 뒤를 돌아봤지만 강렬한 빛에 눈이 부셔 아무것도 보이지 않았다. 그는 눈을 감았다.

"손, 머리 위로 올려!" 누군가가 소리쳤다. 그는 시키는 대로 했다. "바닥에 엎드려! 바닥에 엎드려!"

갑자기 주위의 모든 것이 살아 움직이기 시작했다. 복면을 쓰고 검은 옷을 입은 남자들이 안개를 뚫고 다가왔다. 목소리와 발소리. 그들은 거칠게 그의 어깨를 붙잡아 일으켰고 그의 몸을 더듬었다. 그러더니 그를 바닥에 내동댕이친 뒤 팔을 뒤로 사정없이 잡아당겨 손목을 묶었다. 심장이 거칠게 뛰고 이마에서는 진땀이 솟았다. 준비는 하고 있었지만 실제로 이런 일을 당하니 두렵기만 했다. 하지만 그는 견딜 것이다. 견뎌야 한다. 내일 아침까지만.

*

피시바흐를 향해 달리던 피아와 보덴슈타인에게 기동대가 범인을 제압했다는 소식이 전해졌다.

"반항은 없었습니다." 기동대장이 보고했다. "무기도 소지하고 있지 않습니다."

"좋았어. 5분 후에 도착합니다." 보덴슈타인은 크게 안도하며 시트에 머리를 기대고 눈을 감았다. 그리고 흥분이 가라앉기를 기다렸다가 오스터만에게 전화를 걸었다.

"잡았어." 보덴슈타인이 짧게 소식을 전했다. "반항도 없었고."

"아, 이제 다시 발 뻗고 잘 수 있겠네요." 피아가 씩 웃었다. "다행이에요."

그들은 별장촌으로 들어가 차를 세웠다. 그리고 짙은 안개 속을 걸어 헤드라이트 불빛이 환하게 켜진 막다른 골목까지 갔다. 검정색 기동대 버스와 순찰차 여러 대가 길을 막고 서 있었고, 검정 유니폼 차림의 기동대원들과 정복 경찰관들이 쫙 깔려 있었다. 하르티히의 볼보는 울타리에 바짝 붙어 주차되어 있었다. 피아와 보덴슈타인은 문을 통과해 안으로 들어갔다. 슈타틀러는 베란다 계단 앞에 엎드린 채 결박되어 있었다. 스나이퍼를 잡으면 과연 어떤 기분이 들까 궁금했던 보덴슈타인은 아무런 감흥도 없는 자신이 이상하게 느껴졌다. 안도감 정도만 느껴질 뿐 증오나 분노 같은 감정은 전혀 들지 않았다. 이것도 심문이 시작되면 달라질 테지만. 어쨌든 드디어 악몽이 끝났다는 사실이 기뻤다.

"일으켜 세워." 보덴슈타인이 지시했다.

기동대원 두 명이 그를 일으켜 세웠다. 그는 눈이 부신지 얼굴을 찡그렸다. 옆에서 피아가 헉 하고 숨 들이마시는 소리가 났다. 보덴슈타인은 그의 얼굴을 자세히 들여다보았다. 그가 누구인지는 바로 알아봤지만 두뇌는 순간적으로 그 인식을 거부했다. 그들 앞에 서 있는 사람은 디르크 슈타틀러가 아니라 옌스 하르티히였다.

새벽 4시.

하르티히는 경찰서에 잡혀온 뒤 단 한마디도 하지 않았다. 창백한 얼굴로 조사실 플라스틱 의자에 앉아 모든 시선을 피하며 벌겋게 충혈된 눈으로 책상 끄트머리만 쳐다보았다. 으름장도 놓아보고 사정도 해보았지만 아무런 반응이 없었다. 자정 무렵 보덴슈타인은 심문을 중단했다. 볼보 트렁크에서는 총기와 탄약이 발견됐다. 광학조준경, 소음기, 적외선 거리측정센서를 장착한 슈타이어 SSG-69 저격총이었다. 야닝, 하우스만, 하우스만의 딸에게는 알람을 해제시키지 않았다. 슈타틀러가 아직 잡히지 않았다. 총 없이도 그는 위험천만한 존재였다.

팀원들은 대부분 집에 가지 않고 남았다. 보덴슈타인은 의자에 앉은 채 잠이 들었다. 킴은 피아의 사무실 양탄자 바닥에 이불을 둘둘 감고 누워 곯아떨어졌다. 피아는 크리스토프와 전화를 한 뒤 자기 책

588

상 앞에 그대로 앉아 있었다. 맞은편에는 오스터만이 책상에 다리를 올리고 고개를 푹 숙인 채 코를 골고 있었다. 캐비닛 위에 놓인 작은 텔레비전은 소리 없이 화면만 움직였다. 사무실은 텔레비전 화면의 퍼런 빛과 문틈으로 새어들어오는 빛을 제외하고는 컴컴했다.

피아는 잠이 오지 않았다. 몸은 물에 젖은 솜처럼 무겁고 눈은 아플 정도로 뻑뻑했지만 정신만은 말짱했다. 도무지 안정이 되지 않았다. 그녀는 여기저기 채널을 돌렸다. 뉴스에서는 경찰통제선, 운터리더바흐의 학교 체육관 사진, 시몬 부르마이스터의 자료 화면을 반복해서 보여주었다. 안개 속에서 마이크에 대고 열심히 지껄이는 기자들의 과장된 표정은 소리를 끄고 보니 여간 우스워 보이는 게 아니었다.

그들은 종국에는 슈타틀러가 하르티히를 죽일 것이라고 예상했다. 그런데 어찌된 일일까? 반대로 하르티히가 슈타틀러를 죽였을까? 그렇다면 슈타틀러는 스나이퍼가 아니었단 말인가?

그녀는 사기를 치거나 사람을 학대하고 죽인 사람들이 처벌 없이 빠져나갈 수 있다고 생각하는 것 자체를 이해할 수 없었다.

그녀는 하품을 해대며 계속 채널을 돌렸다. 담배를 피우고 싶었지만 추워서 나가기가 싫었다. 채널을 돌리다 보니 공동묘지에서 벌어지는 좀비 이야기를 다룬 시시한 옛날 영화가 나왔다. 무심코 채널을 돌리려던 피아는 문득 어떤 생각이 떠올라 정신이 번쩍 들었다. 벌떡 일어난 그녀는 보덴슈타인의 방으로 달려가 그를 흔들어 깨웠다.

"왜? 뭐야?" 보덴슈타인이 잠이 덜 깬 소리로 중얼거렸다.

"슈타틀러 말이에요, 묘지에 있을 것 같아요." 피아가 나지막하게 말했다.

보덴슈타인은 하품을 하며 눈을 비볐다.

"무슨 묘지?" 그가 영문을 모르겠다는 듯 물었다.

"어디긴 어디에요? 딸 무덤이지!" 피아는 흥분을 감추지 못했다. "미션을 끝낸 거예요. 그게 아니라면 총을 트렁크에 뒀을 리 없어요. 어서 가봐요, 반장님!"

보덴슈타인은 잠시 정신을 가다듬더니 천천히 고개를 끄덕였다.

"그래, 그 말이 맞을 수도 있어. 가보는 게 나쁠 건 없지."

＊

그들은 말없이 어둠 속을 달렸다. 천지를 삼켜버린 짙은 안개 속에서 헤드라이트 불빛이 외롭게 빛났다. 가끔씩 와이퍼가 차창에 흐르는 물기를 닦아냈다. 차는 15분 뒤 켈크하임 하우프트 공동묘지에 도착했다. 피아는 입구에서 가장 가까운 곳에 주차를 했고 보덴슈타인은 트렁크에서 손전등을 꺼냈다. 그들은 묘지로 들어가 무덤이 죽 늘어선 길을 걸었다. 손전등의 가느다란 빛이 묘지 바닥을 더듬었다. 갑자기 쉭 하는 바람 소리와 함께 머리 옆으로 뭔가 지나갔다. 피아는 얼른 몸을 움츠렸다. 심장이 거칠게 뛰었다.

"방금 그거 뭐였어요?"

"부엉이야." 앞서 걸어가던 보덴슈타인이 말했다. "밑으로 늘어져 있는 나뭇가지가 많아. 걸리지 않게 조심해."

그 말이 끝나자마자 버드나무 가지가 피아의 얼굴로 정통으로 날아들었다. 주위를 살펴보니 보덴슈타인은 이미 안개 속으로 사라지고 없었다. 심장이 더욱 빠르게 뛰었다.

"반장님, 어디 계세요?" 피아는 겁에 질린 자신의 목소리에 짜증이 났다. 얼어붙은 모래땅을 밟는 발소리가 났다.

"여기." 보덴슈타인은 그녀의 얼굴을 유심히 살폈다. "괜찮아?"

그녀는 '그럼요, 괜찮아요'라고 말하려 했지만 너무 빤한 거짓말이었다. 그녀는 추위에 몸을 떨며 허리춤에 찬 권총을 살짝 만졌다. 보덴슈타인은 그녀에게 팔을 내밀었고 피아는 감사하는 마음으로 팔짱을 꼈다.

"이제 다 왔어." 그가 좁은 길로 들어서며 말했다. "바로 저 앞이야!"

피아는 입 안이 바짝바짝 탔다. 보덴슈타인이 손전등을 높이 쳐들었다. 피아는 그의 팔에 바싹 매달렸다. 그러나 다음 순간 팔을 빼고 얼른 권총을 꺼내들었다. 누군가 비석에 반쯤 기댄 채 바닥에 누워 있었다.

"슈타틀러 씨?" 보덴슈타인은 손전등을 그의 얼굴에 비추었다. 디르크 슈타틀러는 맨발에 티셔츠와 청바지 차림이었고 눈을 감은 채 미동도 하지 않았다. 눈썹과 눈두덩에는 얇게 살얼음이 껴 있었다.

피아는 총을 도로 집어넣었다.

보덴슈타인은 무릎을 굽히고 앉아 손가락 두 개를 그의 목에 대어보았다.

"너무 늦었어." 보덴슈타인이 피아를 올려다보며 말했다. "끝까지 한발 늦는군."

디르크 슈타틀러는 이미 죽은 뒤였다.

*

동이 트고 있었다. 시커먼 어둠은 점점 옅어져 회색으로 바뀌었다. 피아와 보덴슈타인은 길가에 서서 장의업체 사람들이 슈타틀러의 시체를 관에 담아 차에 싣는 모습을 지켜보았다. 보덴슈타인은 바로 의사를 불렀지만 의사도 그가 이미 진단한 것을 확인하는 데 그쳤다. 슈타틀러는 동사했다. 사망시각은 새벽 1시에서 2시 사이였다. 그는 외투와 스웨터를 곱게 접어 베개 삼아 머리맡에 두었고 독주 한 병을 다 비운 상태였다. 술에 취하면 더 빨리 얼어 죽는다는 것을 알았던 모양이다. 슈타틀러는 죽음까지도 완벽하게 계획했다. 하르티히가 잡힌 것 역시 그의 전략이었다. 그만큼 시간을 번 셈이다.

장의업체 직원이 보덴슈타인에게 다가와 반으로 접힌 편지봉투를 내밀었다.

"외투 안주머니에 들어 있었습니다. 반장님 이름이 쓰여 있는데요."

"고마워요." 보덴슈타인은 고개를 끄덕이고는 자기 이름이 쓰인 편지봉투를 한참 동안 내려다보다가 봉투를 뜯었다.

존경하는 폰 보덴슈타인 씨, 이 편지를 읽을 즈음 전 이미 이 세상에 없겠지요. 제가 한 짓은 용서받지 못하겠지만 이해할 수 없는 일은 아닐 겁니다. 저는 제가 딸과 함께 겪은 고통을 똑같이 갚아주기 위해 그들의 가족을 죽였습니다. 결코 쉬운 일은 아니었습니다. 하지만 충분히 깊이 생각한 끝에 결정한 일입니다. 이 비극을 초래한 사람은 디터 P. 루돌프 교수입니다. 그자는 자신의 명예와 영광을 위해 사람을 죽이는 짓도 마다하지 않았습니다. 제 사랑하는 아내도 그 짐승 같은 인간의 손아귀에 떨어져 운명을 달리했습니다. 시몬 부르마이스터의 죄도 그에 못지않습니다. 부르마이스터는 환자를 사람으로 보지 않고 자신의 목적을 달성하기 위한 수단으로만 여겼습니다. 이 두 남자의 비도덕적 행태를 조사하던 제 딸 헬렌은 진실을 밝히겠다는 신념에 목숨을 바쳤습니다.

그러나 도덕적 관점에서 볼 때 결국은 저도 제가 처벌한 사람들과 똑같

은 죄를 범했습니다. 그들은 신 행세를 했고 저도 그랬습니다. 이제 용서
해주시리라는 작은 희망을 품고 가장 높으신 분의 심판을 받으러 떠납니
다. 이 일은 모두 저 혼자 계획하고 저지른 것입니다. 저 외에 그 누구도
죄를 짓거나 법을 어기지 않았습니다.

　저는 성격상 많은 사람 앞에 나서는 것을 좋아하지 않습니다. 게다가
두 팔 벌려 저를 받아주고 언제나 제게 호의를 베풀어준 국가에 이미 큰
경비를 소모하게 한 점을 죄송스럽게 생각합니다. 그렇기에 법정에 서겠
다는 원래 계획을 바꿔 스스로 목숨을 끊기로 했습니다. 그리고 조금이나
마 제가 초래한 경비를 상쇄하기 위해 전 재산을 국가에 헌납하도록 유
언장을 남겼습니다. 법정이 죄 지은 자들을 모두 심판해주기를 바라며 이
세상을 하직합니다.

존경을 담아,

2013년 1월 2일, 디르크 슈타틀러

　편지를 다 읽은 보덴슈타인은 맥없이 머리를 흔들고는 피아에게
편지를 건넸다. 그리고 코트 주머니에 손을 찌른 채 주차장으로 걸어
갔다.

녹색 잔디 위에 펼쳐진 하얀 천막. 긴 탁자를 사이에 두고 모여앉은 사람들. 명랑한 웃음소리. 그 위로 구름 한 점 없는 파란 하늘이 떠 있고, 고기 익어가는 냄새와 막 깎은 잔디의 싱그러운 냄새가 퍼지는 풍경.

"내가 꿈꾸던 결혼식이 바로 이거예요." 피아가 크리스토프를 보며 웃었다. "정말 환상적인 파티예요!"

"세상에서 가장 멋진 여인을 위한 파티지." 크리스토프는 그렇게 말하며 그녀를 꼭 안아주었다.

그들은 2월에 결혼 발표를 했다. 그전부터 결혼식은 비르켄호프에서 가벼운 파티 형식으로 할 생각이었다. 재혼인 데다 나이도 있어 민망하다 싶어 웨딩드레스는 생략하기로 했다. 그렇게 해서 가족과 친구들을 위한 편안한 자리가 마련되었다. 정오 무렵부터 그릴 파티를 시작한 그들은 즐겁게 먹고 마셨다. 웃음소리가 끊이지 않았다.

크리스토프의 딸들도 참석했다. 특히 릴리의 가족은 멀리 오스트레일리아에서부터 날아왔다. 섣달 그믐날 싸웠다가 다시 화해한 헤닝과 미리엄 부부, 그 밖의 다른 친구들, 크리스마스의 어색한 재회 이후 뜸하게나마 다시 연락을 유지하고 있는 피아의 부모님도 참석했다. 크리스토프는 파티를 시작하기 전 짧은 연설을 하면서 피아의 어머니에게 점수를 톡톡히 땄다.

"고기를 더 구워야 할 것 같은데, 잠깐 나 없이 혼자 있을 수 있겠어?" 크리스토프가 과장스럽게 말하고는 피아에게 입을 맞췄다.

"그럴 수는 있지만 너무 슬퍼요." 피아도 너스레를 떨었다. 그러고는 동료들이 앉아 있는 테이블로 갔다. 보덴슈타인은 막내딸 소피아를 데리고 왔다. 지금쯤 릴리와 함께 어딘가에서 뛰어놀고 있을 것이다. 그는 연초에 잉카와 헤어졌다. 피아는 남자친구를 데려온 카트린, 아내와 함께 온 셈, 오스터만, 크뢰거, 그리고 몇몇 다른 동료들과 잔을 부딪쳤다.

9월이 되면 헬렌 슈타틀러 살해 혐의로 기소된 울리히 하우스만의 재판이 시작될 것이다. 범인을 잡은 것은 과학수사였다. 헬렌 슈타틀러의 손톱 밑에 있던 피부조직이 하우스만의 것으로 밝혀진 것이다. 교통단속 카메라에 찍힌 것은 시몬 부르마이스터의 포르셰가 맞지만 운전석에 앉은 사람은 분명 부르마이스터의 상사 하우스만이었다. 체포된 그는 2012년 9월 16일 헬렌 슈타틀러를 달리는 열차 앞으로 밀었다고 자백했다. 디터 루돌프 교수는 키르스텐 슈타틀러와 프리드리히 게르케 살해, 환자 세 명에 대한 과실치사 혐의로 기소됐다. 아마도 종신형이 선고될 것이다. 장애를 입은 부르마이스터 또한 처벌에서 제외되지 않았다. 그도 환자 세 명에 대한 과실치사 혐의로 기소됐다. 검찰은 키르스텐 슈타틀러의 연명치료 중단을 눈감아준 아르투르 야닝 또한 살인방조 혐의로 기소했다.

마르크 톰슨은 슈타틀러의 시체가 발견된 날 바로 풀려났다. 그는 아들과 키르스텐 슈타틀러의 죽음에 얽힌 음모를 폭로한 책을 써서 베스트셀러 작가가 되었다.

에릭 슈타틀러는 주변에 알리지 않고 조용히 누이동생의 무덤에 아버지의 시체를 합장했다.

옌스 하르티히는 시몬 부르마이스터에 대한 상해치사 혐의로 재판을 받았다. 그러나 증거불충분으로 풀려난 뒤 금은방을 팔고 다른 지역으로 이사했다.

카롤리네 알브레히트는 아버지와 완전히 연을 끊었다. 피아는 그 소식을 보덴슈타인이 장모에게 받은 제안에 대해 얘기하면서 언급해서 알게 됐다. 보덴슈타인은 카롤리네 알브레히트에게 이런저런 조언을 들으러 갔던 모양인데, 피아는 단순히 그것 때문이 아니라는 걸 직감으로 알 수 있었다.

깜짝 놀란 피아가 "그럼 퇴직하실 거예요?"라고 물었다.

"피아가 내 자리 맡을 거면." 그가 대답했다.

"아유, 전 됐어요." 피아가 손을 내둘렀다. "그냥 이대로가 좋아요."

"그럼 나도 이대로 있지, 뭐." 그가 빙긋 웃으며 말했다. "우리 대장 나리께서 내 부업을 인정해주신다면 말이야."

활짝 열린 대문으로 차 한 대가 들어오는 것이 보였다.

"어? 또 누가 오는 거지?" 오스터만이 물었다.

"늦게 오는 손님일수록 귀한 손님이라잖아." 피아가 나무의자에서 일어서며 말했다. "킴 차야."

"난 안 오는 줄 알았지." 크리스토프가 다가와 말했다.

"어라? 누굴 데려왔는데?" 피아의 얼굴에 장난스러운 미소가 번졌다. 킴의 자동차에서 내린 사람은 청바지, 흰색 셔츠, 모카신 차림의 니콜라 엥엘이었다. 캐주얼한 차림이어서 마치 딴 사람 같았다.

"어? 엥엘 과장도 초대한 거야?" 보덴슈타인이 깜짝 놀라며 엉거주춤 일어섰다.

"기억 안 나세요? 초대장에 부부동반이라고 돼 있었잖아요." 피아가 빙긋 웃었다.

킴과 니콜라가 그들에게 다가왔다.

"늦어서 미안해, 키르히호…… 아니, 산더 형사." 니콜라 엥엘이 한 눈을 찡긋했다. "이 호칭은 좀 더 입에 붙여야겠는데. 자, 이쪽이 운 좋은 신랑님이신가?"

"그냥 운 좋은 게 아닙니다. 대박이죠!" 크리스토프가 악수를 청하며 말했다. "늦게라도 와주셔서 감사합니다."

그는 파티업체에서 나온 도우미에게 술을 가져오라고 손짓했다.

"손님이 새로 왔으니 또 한잔해야죠!" 크리스토프가 피아의 어깨에 팔을 두르며 말했다. 곧 샴페인이 나왔고 모두 건배했다.

"아 참!" 니콜라 엥엘이 아직 잔을 입에 대지 않은 채 말했다. "우리가 늦은 건 좋은 일 때문이에요. 프랑스에서 전화가 와서 검찰에 전달해주고 왔는데, 죽은 줄 알았던 범죄자가 어제저녁 파리에서 잡혔어요. 어느 젊은 여성이 신고해서 프랑스 경찰이 체포했는데 다행히도 증인이 확실히 알아봤어요. 외교관 여권도 있었고 이름도 바꾼 상태였거든요."

"대체 누군데 그래?" 보덴슈타인이 물었다.

"마르쿠스 마리아 프라이." 니콜라 엥엘은 피아가 이제까지 한 번도 본 적 없는 환한 미소를 지었다. "정의의 물레방아는 천천히 돌지만 결코 멈추지 않는다는 사실!"

"그거 정말 축하할 일이네요." 크리스토프가 말했다. "자, 샴페인 식기 전에 건배!"

"그런데 둘이 키스는 안 합니까?" 오스터만이 과장된 얼굴로 항의했다. 그러자 모두 한 목소리로 외치기 시작했다.

"키스해! 키스해!"

"잠깐만요." 크리스토프는 피아의 잔을 받아 자신의 잔과 함께 보넨슈타인에게 주었다. 그리고 피아의 어깨를 감쌌다.

"사랑합니다, 산더 부인." 크리스토프가 그녀의 눈을 지그시 바라보며 속삭였다.

"사랑해요, 산더 씨." 피아가 미소를 지었다.

타우누스 산 뒤로 불덩이같이 붉은 해가 지고 있었다. 하객들은 휘파람을 불며 박수갈채를 보냈다. 키스하기에 이보다 좋은 타이밍이 있을까?

감사의 말

먼저 편집자 마리온 바스케즈에게 감사드립니다. 플롯을 구상할 때부터 값진 조언으로 함께했고 원고 마무리까지 깔끔하게 해주셨습니다.

시작 단계에서 비판적인 피드백을 해주시고 언제나처럼 옳은 길로 이끌어주신 수잔네 헤커 씨에게 감사드립니다.

미완성 원고를 읽어보고 건설적인 비판과 조언으로 지지해주신 분들, 어머니 카롤라 뢰벤베르크, 자매들 클라우디아 코헨, 카밀라 알트파터, 에이전트 안드레아 빌트그루버, 친구들 시모네 슈라이버, 카트린 룽에, 바네사 뮐러라이트에게도 깊은 감사의 마음을 전합니다.

특별히 '범행현장 견학'을 하게 해주신 라인하르트 슈투름 씨, 경찰활동에 대해 도움 말씀 주신 안드레아 루프 경사님 감사합니다. 전문적 조언을 주신 다른 분들께도 감사드리고 소설 속에서 작가의 자의에 따라 현실이 변형된 점 너그럽게 봐주시기 바랍니다.

매번 훌륭한 책을 만들어 주시는 울슈타인 출판사 직원들에게도 감사 말씀 드립니다.

그리고 제 책을 사랑해주시는 독자 여러분, 늘 고맙습니다. 여러분의 응원과 칭찬은 끊임없이 새로운 이야기를 만들게 하는 원동력이 됩니다.

그리고 이 세상 누구보다 소중한 사람, 제 삶의 동반자 마티아스에게 감사드립니다. 음으로 양으로 뒷바라지를 하며 제가 일에만 집중할 수 있도록 해주는 사람입니다.

고마워요, 내 사랑!!

2014년 7월, 넬레 노이하우스

어릴 때 글짓기 선생님이 내 시를 칭찬해주셨는데 아이들이 표절이라며 야유를 보낸 적이 있었다. '아버지보고도 차조심해라, 어머니보고도 불조심해라, 나보고도 길조심해라, 그런 말씀 하시느라 주름살이 하나둘 늘어가신 우리 할머니.'라는 짧은 시였는데 아이들은 앞부분이 동요를 베낀 거라며 항의했다. 선생님은 마지막 줄이 참신해서 좋다고 하셨다. 말하자면 반전이 있다는 것이었다. 이 이야기에도 반전이 있다. 비슷한 문제의 소지가 있는 반전이다. 나는 개인적으로 이 마지막 부분이 좋았다. 반전 뒤에 이어지는 결말이 아련한 여운을 남겨서 좋았다. 이 반전이 없었다면 아마 그 여운이 덜했을 것 같다. 차가운 겨울날 사랑하는 이의 무덤 옆에 누워 수십 년간 가둬두었던 감정을 내려놓았을 주인공을 생각하니 절로 동정심이 들었다.

이 소설의 주인공은《백설공주에게 죽음을》의 토비아스 이후로 내게 가장 가깝게 다가온 캐릭터다. 사실 노이하우스의 소설에는 워낙 등장인물이 많다 보니 주인공이 누구인지 헷갈릴 때도 있다. 주인공 치고는 인간적인 약점이 너무 많은 사람들이라 그런지도 모르겠다. 그런데 그렇게 덜 완벽한 사람들이라 더 정이 간다. 노이하우스의 소설에는 캐리커처 같은 희화적인 인물이 많이 나온다. 겉으로만 그럴 듯한 속물들, 인격이 성숙하지 못한 유치한 어른들, 창피를 모르는 노인들. 그들은 위선적인 포장을 유지하다가 정체가 탄로 나면 악에 받쳐 우는 어린아이처럼 속내를 드러낸다. 억울해서 어쩔 줄을 모른다. 그런데 그렇게 밉지는 않다. 노이하우스의 소설에서는 대부분 범인들도 인간적이다. 정확히 말하면 그들의 동기가 인간적이다. 그들은 자신의 욕망에 너무도 충실하다. 우리는 어릴 때부터 욕망 내지는 감정을 드러내지 말 것을 교육받는다. 울다가도 뚝! 하면 그쳐야 한다. 울지 않아야 먹을 것도 생기고 어머니의 칭찬도 듣는다. 그러면 억울한 마음은 연기처럼 다 사라졌을까?

권위적인 사회에는 억압이 많다. 조선시대에는 한 맺힌 이야기가 얼마나 많은가. 할미꽃에도 뻐꾹새에도 심지어 바위에도 한이 서려 있다. 죽어서라도 한을 풀려고 하다 보니 귀신 이야기도 그렇게 많아졌을 것이다. 그런 한을 품은 사람이 이 소설의 주인공이다. 마음에 억울함이 넘쳐 영혼의 기계가 고장나버린 사람이 한을 푸는 이야기다. 토비아스도 한이 많은 인물이었다. 억울하게 살인범으로 몰려 교도소에서 청춘을 보내고도 곱지 않은 시선을 받지 않았는가. 모성본능을 자극하는 잘생긴 토비아스에 비하면 이 소설의 주인공은 그야말로 안티히어로다. 토비아스처럼 나쁜 운명에 휩쓸리다 구조되는 착한 주인공이 아니다. 그래서 그의 퇴장은 더욱 슬프다.

이 소설의 주된 정서는 슬픔이 아닌가 싶다. 이야기를 다 읽고 한 가지 감정으로 정리가 된다는 것은 좋은 책이라는 증거다. 깊은 상처를 안고 평생을 살아야 하는 사람들이 있다. 더 이상 공동체가 아닌 우리 사회에서 남의 슬픔이란 것이 반드시 공감할 필요는 없는 선택의 문제처럼 되어버렸지만, 우리가 여전히 책을 읽는 것은 누군가에게 공감하고 싶어서가 아닐까?

김진아

산 자와 죽은 자

초판 1쇄 발행 2015년 6월 15일
초판 15쇄 발행 2023년 10월 18일

지은이 넬레 노이하우스
옮긴이 김진아
펴낸이 신경렬

상무 강용구
기획편집부 최장욱 송규인
마케팅 김사라
디자인 박현경
경영지원 김정숙 김윤하
제작 유수경

펴낸곳 (주)더난콘텐츠그룹
출판등록 2011년 6월 2일 제2011-000158호
주소 04043 서울시 마포구 양화로12길 16, 7층(서교동, 더난빌딩)
전화 (02)325-2525 **팩스** (02)325-9007
이메일 longest@thenanbiz.com **홈페이지** www.thenanbiz.com
ISBN 979-11-85051-82-6 03850

• 이 책 내용의 전부 또는 일부를 재사용하려면 반드시 저작권자와
  (주)더난콘텐츠그룹 양측의 서면에 의한 동의를 받아야 합니다.
• 잘못 만들어진 책은 구입하신 서점에서 교환해 드립니다.